诗词盛典(Ⅲ)

吕长春诗词盛典系列丛书

第一函～第十一函

吕长春读写全宋词一万七千首（全四册）

吕长春 著

中国书籍出版社
China Book Press

步铭
——记诗词盛典 Ⅰ Ⅱ Ⅲ

古古今今主客人　　生生息息匹夫身　　年年岁岁苦经纶

两万三千三百日　　十三万首佩文臻　　方圆格律作香尘

图书在版编目（CIP）数据

吕长春读写全宋词一万七千首. 一 / 吕长春著. --
北京：中国书籍出版社，2020.7
（诗词盛典. Ⅲ）
ISBN 978-7-5068-7892-0

Ⅰ. ①吕… Ⅱ. ①吕… Ⅲ. ①词(文学)—作品集—中国—当代 Ⅳ. ①I227.8

中国版本图书馆CIP数据核字(2020)第111843号

吕长春读写全宋词一万七千首. 一

吕长春　著

责任编辑	刘　畅　吴化强
责任印制	孙马飞　马　芝
封面设计	东方美迪
出版发行	中国书籍出版社
地　　址	北京市丰台区三路居路97号（邮编：100073）
电　　话	（010）52257143（总编室）　　（010）52257140（发行部）
电子邮箱	eo@chinabp.com.cn
经　　销	全国新华书店
印　　厂	三河市顺兴印务有限公司
开　　本	787毫米×1092毫米　1/16
字　　数	2600千字
印　　张	82.5
版　　次	2020年7月第1版　2020年7月第1次印刷
书　　号	ISBN 978-7-5068-7892-0
定　　价	1286.00元（全四册）

版权所有　翻印必究

辽宁·桓仁 故乡

全家福

全国地铁办公室 　　　　　　　　台城　一家老小

女儿一家 　　　　　　　　兄弟姐妹

私塾

一世夫妻

十年沧桑

这里的世界只有两种颜色 　　　　　　一条线把地球分成两半

首相、省长、顾问 　　　　　　独木成林

出版前言

一个人的诗词长城

《诗词盛典——吕长春格律诗词系列丛书》出版前言

2017年1月27日，中共中央办公厅、国务院办公厅联合印发了《关于实施中华优秀传统文化传承发展工程的意见》（以下简称意见），新中国成立以来，这是党和国家政府第一次以中央文件形式专题阐述中华优秀传统文化传承发展工作，表现并彰显出了中央对传统文化前所未有的重视程度与践行决心，昭示着国学即将迎来真正的解放与全面的复兴。

如果说国学是中华民族文化根元取之不竭的宝库，那么传统诗词就是这宝库里最为璀璨的明珠。21世纪以来，中华诗词文化事业方兴未艾，欣欣向荣，然而正如习近平总书记在文艺工作座谈会上所提到的，当前文艺创作还存在有数量无质量，有高原无高峰的缺憾。传统诗词也不例外，最为突出的，就是在传统诗词的承继发扬与现实效用上还远远不够，往往呈现古人多，今人少；诵读多，领悟少；研究多，创作少的习惯与现状。在中央统一要求把传统文化融汇创新并贯穿国民教育始终的时代背景下，文化界、学术界、诗词界、教育界、出版界迫切需要推出一批古为今用、推陈出新的优秀传统诗词作品，令古老的诗词歌赋在每一个当下都能焕发出现实的光彩，让每一位阅读者都能感到读有所得，知一反三，让每一个学习者都能从中悟到中华优秀传统文化独特的气度、智慧与神韵。

正是在这种背景与需求下，中国书籍出版社隆重推出近一千万字的煌煌巨著《吕长春格律诗词系列丛书》，以此作为对《意见》的落实与响应，希望凭借着中华传统文化全面复兴的时代东风，将丛书作为"中华优秀传统文化继承发展实施工程"中的一个抓手，以文化人、以诗育人，弘扬国粹，提振国学。

作为本书作者，吕长春先生年近七秩，较之时下风云人物、网络大V，可谓不见经传、藉藉无名。这很大程度上与长春先生不求闻达的心态与行止有关。其实作者人生经历极为丰富，早年即在国务院经济研究中心担任要职，通晓俄德英日四语，主持多项外贸谈判，后又参办香港和蛇口及苏州工业园区，创设信托银行，而今为马来西亚和巴布亚新几内亚国家部长级顾问，于事业一途早证圆满。然而其内心最深的热情、毕生最大的倾注，则要归之于中华传统歌赋诗词。作者工科出身，且专外语，论传统文化并非科班严训，本是半路出家，却独钟诗词格律，几十年来手不释卷，笔不停挥，朝朝有吟啸，日日发新辞。大半生心血，铸就十三万首谨尊法度而又自蕴意趣的诗词歌赋，这已经不是一般意义上的自况或唱和，而是传统诗词领域横空出世的一座独特的大厦、一幅辽阔的壮锦，概括地说，它将带给传统诗词爱好者几个不一样的阅读感受：

一、数量前无古人，质量精益求精

本丛书共收吕长春格律诗词十三万余首，截至今年初夏，作者共完成古今诗佩文韵格律诗词六万八千首、读写康熙御制全唐诗五万两千首、读写唐圭璋全宋词一万七千首，三者累计十三万七千首，草稿和正本约1700万字，不仅远远超过了号称诗词高产冠军乾隆皇帝的四万三千首，也超过了《全唐诗》的四万八千首，从诗词创作体量层面而言，这个数量是可以载入史册的。更为难得的，是作品数量和质量的相对统一，现代人著古诗，往往要么求意境而失工整，要么得格律而弃内涵，更多的则是平仄不分，声韵全无。本书诗词十三万首，却丝毫不因数量之巨而在格律上有所敷衍，于海量的数量下仍能基本保持格律工整、法度谨严、意境蕴藉的水准，的确是蔚为大观、蔚为奇观。

二、形制丰富多彩，体裁不一而足

本书堪称中华传统诗词形制与体裁读写的集大成者，举凡格律、古风、歌行、乐府、竹枝词、长短句、词牌、中长调、曲赋等，皆在十三万首中包罗万有，融汇一炉。作者诸体皆读、皆用，皆能，转换自得，如数家珍，诗词爱好者观之如入诗词之百花深处，又如观曲赋之大树千枝。

三、题材联通中外，元素纵横古今

作者以毕生之力，著海量诗词，却并非务空务虚、泛泛而咏。丛书以三个系列为轮轴，以百万诗行为辐条，犹如一条绵绵不绝而又风景殊胜的诗词大道。从创作题材来看，均以古诗为眼，以今诗点睛，即读一首古诗，写一首今诗，古诗中未道尽的渊源、人事、意味，都在对应的今诗里脉脉相承、遥遥相应。就内容元素而言，更是至广至深，上至三皇五帝，下至一带一路，纵横几万里，上下数千年，读之品之，犹如时空飞越，古今穿梭。

四、高张现实观照，洋溢时代气息

一个时代有一个时代的文学，一个时代有一个时代的诗歌。诗映现实、歌咏时代，历来是我国诗歌创作的一个优良传统，也是落实习近平总书记文艺作品要出精品、见高峰思想的重要体现。长春先生人生阅历极为丰富，参与政务体改，主持外贸谈判，兴办工业园区，创设信托银行，一幕幕时代变革与社会发展，历历在目，如在眼前，都在其笔下化作凝固的记忆，时代的新声。而贯穿始终的，则是作者对共和国深厚的感情，对改革开放成就的记录，对中华民族历史与文化的弘扬。

中国书籍出版社有限公司在传统文化出版与传播方面向有建树，近年来与中华诗词研究院、中华诗词学会、北京诗词学会等团体单位和个人深度合作，出版了一批诗词专业图书，在业界拥有独特影响，受到社会广泛好评。《诗词盛典——吕长春格律诗词系列丛书》则是我社诗词图书产品线中较有典型意义的特殊作品，我们希望让更多人们知道：在传统诗词日渐式微的现在，还有这么一位半路出家的退休老人为此而孜孜不倦、情倾一生，如能因之而重新唤起人们对中华传统文化的热爱，对读诗论诗写诗的热情，那更是大有功德的好事。

吕长春先生读写诗词 70 年，25550 天平均每日一千字，计 2555 万字，万里长城 1700 万砖，则 70 年笔墨相当于 1.5 个万里长城，作者坚韧的专注度和惊人的创造力于此可观，从这个意义上看，诗词盛典犹如作者自己铸就的一座诗词长城，但作者毕竟是半路出家，有意读唐宋，无意作诗人，故此，这座诗词长城上的每块砖是否厚重，成色如何，请所有诗词爱好者批评、指正。中国书籍出版社愿以此结缘有志于承继中华优秀传统文化的各界人士，为中华优秀传统文化的复兴、繁荣与提振，尽我们一点微薄的力量。

中国书籍出版社

2020-07-10

目 录

第一函

1. 桓仁 ········· 3
2. 春会 ········· 3
寄辽宁丹勋文化公司 王景华先生 3
3. 和砚 ········· 3
4. 开宝元年南郊鼓吹歌曲三首《钦定词谱》卷九导引:"按宋鼓吹四曲,悉用教坊新声。车驾出入奏《导引》,此调是也。……凡七曲,或五十字,或加一叠一百字。"十四体。········· 3
5. 六州 二十体《文献通考》:"本朝歌吹,止有四曲:《十二时》《异引》《降仙台》并《六州》为四。每大礼宿斋,或行幸,遇夜每更三奏,名为'警场'。"··· 3
6. 十二时 大曲,四体 全唐五代词卷七依任二北,敦煌曲校录曲,以十二时表分咏。········· 3
7. 丁酉-戊戌立春 ········· 3
8. 王禹偁 ········· 3
9. 点绛唇 ········· 3
10. 苏易简 ········· 3
11. 越江吟 二体。《钦定词谱》卷九"曰:"太宗酷爱琴曲十小词,命近臣十人各探一调撰一词,苏翰林易简探得《越江吟》。"逐此调。 4
12. 寇准 ········· 4

13. 甘草子 ········· 4
14. 踏莎行 ········· 4
15. 阳关引 ········· 4
16. 点绛唇 ········· 4
17. 江南春 寇准"秋风清"又名"汀洲绿",原为唐声诗。齐言两体,平仄两韵。"江南春"取自寇准"萍满汀洲人未归。" ········· 4
19. 夜度娘 寇准单调 二十八字四句三平韵 二十八字四句三仄韵 4
21. 钱惟演 ········· 4
22. 木兰花 ········· 4
23. 玉楼春 ········· 4
24. 陈尧佐 ········· 4
25. 踏莎行 古今诗 ········· 4
26. 潘阆 ········· 4
27. 酒泉子 ········· 4
37. 扫市舞 潘阆单调一体四句三仄韵 ········· 5
38. 丁谓 ········· 5
39. 凤栖梧 ········· 5
41. 林逋 ········· 5
42. 相思令 ········· 5
43. 点绛唇 ········· 5
44. 霜天晓角 ········· 5
45. 瑞鹧鸪 暗香浮动月黄昏。原为七律,后人唱作瑞鹧鸪 ········· 5
46. 相忆 ········· 5
47. 少年游 ········· 5

48. 陈亚 ········· 5
49. 生查子 药名寄章得象陈情 5
50. 又药名闺情 ········· 6
51. 又同上 ········· 6
52. 又同上 ········· 6
53. 夏竦 ········· 6
54. 喜迁莺 ········· 6
55. 鹧鸪天 ········· 6
56. 聂冠卿 古今诗 ········· 6
57. 李遵勖 ········· 6
望汉月 ········· 6
58. 滴滴金 ········· 6
59. 范仲淹 ········· 6
60. 幕遮,怀旧 古今诗 …… 6
61. 渔家傲 古今诗 ········· 6
62. 御街行 秋日怀旧 ········· 6
63. 剔银灯 与欧阳公席上分题 6
64. 定风波 十五体外一体。双调62字,上31字6句仄,下31字6句6仄。 ········· 6
65. 沈邈 ········· 7
剔银灯,途次南京忆蛮伎张温卿 7
66. 又 ········· 7
67. 杨适 ········· 7
长相思 ········· 7
68. 柳永 ········· 7
正宫 ········· 7
69. 玉女摇仙佩 佳人 ········· 7
70. 雪梅香 ········· 7

1

诗词盛典 Ⅲ 吕长春读写全宋词一万七千首（全四册）

71. 尾犯 ……………… 7	雨霖铃 ……………… 10	之1 远近东风（北巷门）……… 13
72. 早梅芳 "词律词典"作早梅芳慢。一体，双调吟字，上五十三字十二句四仄韵，下五十七字十二句三仄韵。……………… 7	109. 定风波 ……………… 10	之3 老马伏枥（书房门）……… 13
	110. 尉迟杯 寄艾琳娜 美琳娜 ……………… 10	之4 天地方圆（院门）……… 13
		之5 戊戌初新（街门）……… 13
73. 斗百花 古今诗 ……… 7	111. 慢卷䌷 ……………… 10	140. 浪淘沙慢 古今诗 ……… 13
74. 其二 ……………… 7	112. 征乐部 古今诗 ……… 10	141. 夏云峰 ……………… 13
75. 其三 ……………… 7	113. 佳人醉 ……………… 11	142. 浪淘沙令 ……………… 13
76. 甘草子 ……………… 8	114. 迷仙引 ……………… 11	143. 荔枝香 ……………… 13
77. 其二 ……………… 8	115. 御街行 ……………… 11	144. 林钟商 ……………… 13
78. 中吕宫 ……………… 8	116. 其二 ……………… 11	古倾杯 ……………… 13
送征衣 ……………… 8	117. 归朝欢 ……………… 11	145. 倾杯 ……………… 13
79. 昼夜乐 ……………… 8	118. 莲令 ……………… 11	146. 破阵乐 五体 ……… 13
81. 柳腰轻 ……………… 8	119. 秋夜月 ……………… 11	149. 双声子 ……………… 13
82. 西江月 ……………… 8	120. 巫山一段云 ……… 11	150. 阳台路 ……………… 14
83. 仙吕宫 ……………… 8	121. 其二 ……………… 11	151. 内家娇 ……………… 14
倾杯乐 ……………… 8	122. 其三 ……………… 11	152. 二郎神 ……………… 14
	123. 其四 ……………… 11	153. 醉蓬莱 ……………… 14
85. 大石调 ……………… 8	124. 其五 ……………… 11	154. 宜清 ……………… 14
倾杯乐 ……………… 8	125. 其六 ……………… 11	155. 锦堂春 ……………… 14
86. 迎新春 古今诗 面向海洋 8	126. 婆罗门令 ……… 11	156. 定风波（慢）……… 14
87. 曲玉管 ……………… 9	127. 小石调 ……………… 12	157. 许衷情近 ……………… 14
88. 满朝欢 ……………… 9	法曲献仙音 ……… 12	158. 其二 ……………… 14
89. 梦还京 ……………… 9	128. 西平乐 ……………… 12	159. 留客住 古今诗 ……… 14
90. 凤衔杯 ……………… 9	129. 凤栖梧 又蝶恋花 ……… 12	160. 迎春乐 古今诗 ……… 14
92. 鹤冲天 ……………… 9	130. 其二 ……………… 12	161. 隔帘听 ……………… 14
93. 受恩深 古今诗 ……… 9	131. 其三 ……………… 12	162. 凤归云 ……………… 15
94. 看花回 ……………… 9	132. 法曲第二 ……… 12	163. 抛球乐 ……………… 15
95. 其二 ……………… 9	133. 秋蕊香引 ……… 12	164. 集贤宾 接贤宾 ……… 15
96. 柳初新 古今诗 ……… 9	134. 一寸金 ……………… 12	165. 㛹人娇 ……………… 15
97. 两同心 ……………… 9	135. 指调 ……………… 12	166. 思归乐 古今诗 弟兄居三 15
98. 其二 ……………… 9	永遇乐 ……………… 12	167. 应天长 古今诗 ……… 15
99. 女冠子 ……………… 9	136. 其二 ……………… 12	168. 合欢带 ……………… 15
100. 玉楼春 ……………… 10	137. 卜算子 十六体 藏头体 不确。以词典谱。古今诗 ……… 12	169. 少年游 古今诗 ……… 15
105. 金蕉叶 ……………… 10		179. 长相思 北京 ……… 16
106. 惜春郎 ……………… 10	138. 鹊桥仙 古今诗 ……… 12	180. 尾犯 ……………… 16
107. 傅花枝 古今诗 ……… 10	139. 戊戌春联 ……… 13	181. 木兰花 ……………… 16
108. 双调 ……………… 10	之1 远近东风（北巷门）……… 13	185. 驻马听 ……………… 16

目录

186. 许衷情 ············ 16
187. 中吕调 ············ 16
188. 轮台子 ············ 17
189. 引驾行 古今诗 ···· 17
190. 望远行 读史 ······ 17
191. 彩云归 ············ 17
192. 洞仙歌 ············ 17
193. 离别难 ············ 17
194. 击梧桐 ············ 17
195. 夜半乐 ············ 17
196. 癸天神 ············ 17
197. 过涧歇近 ·········· 18
198. 中吕调 安公子 ···· 18
199. 菊花新 ············ 18
200. 过涧歇近 ·········· 18
201. 轮台子 一九九七年我与费世诚来建造阳澄湖渔民小镇 ··· 18
202. 平调 ·············· 18
　　望汉月 ············ 18
203. 归去来 ············ 18
204. 燕归梁 ············ 18
205. 八六子 ············ 18
206. 长寿乐 古今诗 ···· 18
207. 仙吕调 ············ 18
　　望海潮 ············ 18
208. 如鱼儿 ············ 18
209. 其二 致陈立夫兄"成败之鉴"和萧丽云、陈立夫重修金陵题词。············ 19
210. 玉蝴蝶 小令始于温庭筠，长调始于柳永 古今诗 ···· 19
211. 其二 ·············· 19
212. 其三 ·············· 19
213. 其四 ·············· 19
214. 其五 重阳 ········ 19
215. 满江红 十六体 ···· 19
216. 其二 ·············· 19

217. 其三 ·············· 19
218. 其四 ·············· 19
219. 洞仙歌 ············ 19
220. 引驾行 又名长春 ·· 20
221. 戊戌书香联 ········ 20
222. 望远行 ············ 20
223. 八声甘州 ·········· 20
224. 临江仙（慢）一体，双调93字，上97字11句5平下46字11句6平韵 ···· 20
225. 竹马子 ············ 20
226. 小镇西（犯）七体，79字者，名小镇西 ············ 20
227. 其二 ·············· 20
228. 迷神引 ············ 20
229. 促拍满路花 寄独娜家联 20
230. 六云（令） ········ 20
231. 剔银灯 ············ 21
232. 红窗听 ············ 21
233. 丁酉末一戊戌初 ···· 21
234. 临江仙 ············ 21
235. 凤归云 ············ 21
236. 女冠子（慢）古今诗 21
237. 玉山枕 ············ 21
238. 减字木兰花 古今诗 21
239. 木兰花令 ·········· 21
240. 甘州令 古今诗戊戌春 丁酉末 ········· 21
241. 西施 二体皆柳永，双调73字，上367句4平，下37字7句3平。 ···· 21
242. 其二 双调71字，上35字7句4平，下36字7句3平。·· 21
243. 河传 双调57字，上27字6句4仄，下30字6句5仄韵。 21
244. 其二双调57字，上27字7句5仄，下30字6句5仄。 ·· 22

245. 郭郎儿近拍 ········ 22
246. 南宫调 ············ 22
　　透碧霄 ············ 22
247. 木兰花慢 ·········· 22
248. 其二 ·············· 22
249. 其三 ·············· 22
250. 临江仙引 ·········· 22
251. 其二 ·············· 22
252. 其三 ·············· 22
253. 瑞鹧鸪 双调88字，上43下45字，各9句5平韵。 ··· 22
254. 其二 双调64字，上30字5句3平，下34字6句3平韵。 22
255. 其三 双调86字，上42下44各9句5平韵。 ·········· 23
256. 其四 双调64字，上30下34字，各与5句3平韵。般涉调 ·· 23
257. 忆帝京 ············ 23
258. 般涉调 ············ 23
　　塞孤 ·············· 23
259. 洞仙歌 古今诗 ···· 23
260. 安公子 ············ 23
261. 其二 双调105字，上52下53各8句5仄韵，般涉调。 ··· 23
262. 长寿乐 双调113字，上57下56字，各11句5仄韵。 ···· 23
263. 黄钟羽 ············ 23
　　倾杯 ·············· 23
264. 大石 ·············· 23
　　调倾杯 ············ 23
265. 散水调 ············ 24
　　倾杯 ·············· 24
266. 黄钟宫 ············ 24
　　鹤冲天 古今诗 ···· 24
267. 林钟商 ············ 24
　　木兰花 小杏 ······ 24
267. 其二 海棠 ········ 24

第二函

1. 其三 柳枝 戊戌初二，二〇一八，二，十六……27
2. 散冰调……27
倾杯乐……27
3. 歇止调……27
祭天神……27
4. 平调……27
5. 中吕调……27
归去来首辅……27
6. 中吕间……27
梁州令……27
7. 中吕调……27
燕归梁……27
8. 夜半乐……27
9. 越调……27
清平乐……27
10. 中吕调……27
迷神引……27
11. 失调名 多情到了多病……28
爪茉莉 秋夜……28
12. 女冠子 夏景……28
13. 十二时 秋夜……28
14. 红窗回……28
15. 西江月 寄张建利、李建、岐山之一之二之三之四，马来、巴新、墨西哥、拉丁国策……28
16. 凤凰阁……28
17. 三台令……28
18. 虞美人……28
19. 多丽 双调139字，上74字13句6平，下65字11句5平韵……28
20. 如梦令……28
21. 其二……28
22. 千秋岁 古今诗……28
23. 西江月 古今诗……29
24. 张千 字子野，湖州进士。29
正宫……29
25. 又 赠琵琶娘，年十二……29
26. 中吕宫……29
南乡子……29
27. 又……29
28. 菩萨蛮……29
29. 又……29
30. 又……29
31. 又……29
32. 踏莎行……29
33. 又……29
34. 感皇恩（小重山）双调，上，各平韵。……29
35. 西江月……29
36. 庆金枝……29
37. 浣溪纱……29
38. 相思儿令 一体，依词律辞典晏殊体，双调，上平，下平韵。29
39. 师师令……30
40. 山亭宴慢……30
41. 谢池春慢 玉仙观道中逢谢媚卿……30
42. 惜双双 溪桥寄意（又名惜分飞）……30
43. 吕南宫……30
44. 八宝妆……30
45. 一丛花令……30
46. 道调宫……30
西江月……30
47. 感皇恩……30
48. 仙吕宫……30
宴春台慢……30
49. 好事近 和毅夫翁内梅花……30
51. 大石调……30
清平乐……30
52. 又……31
53. 醉桃源 词律辞典无收，以元好问最高楼十七体之。……31
54. 恨春迟……31
55. 又……31
56. 双调……31
57. 又 古今诗……31
58. 采桑子 五胡 古今诗……31
59. 御街行 送蜀客……31
60. 玉联环 送临淄相公……31
61. 武陵春……31
62. 定风波……31
63. 百媚娘……31
64. 梦仙乡……31
65. 归朝欢……31
66. 相思令……32
67. 少年游……32
68. 贺圣朝……32
69. 生查子……32
70. 小石调……32
夜庆厌……32
71. 迎春乐 立春戊戌 古今诗32
72. 凤栖梧……32
73. 歇指调……32
双燕儿 古今诗……32
74. 十算子慢 又古今诗寄同里江村一号和村长小叶……32
75. 林钟商……32
76. 又……32
77. 南歌子……32
78. 又……32
79. 又……32
80. 蝶恋花……32
81. 又……32
82. 又……33
84. 又……33
85. 许衷情……33
86. 又 寄张恩媛……33
87. 木兰花……33

目 录		
88. 又……………………33	西江桥 古今诗………35	154. 双韵子 古今诗认谐韵也。非叠韵。也称叶韵。……37
89. 又……………………33	123. 又 古今诗………35	155. 鹊桥仙………………37
90. 减字木兰花…………33	124. 又 古今诗………35	156. 醉垂鞭 钱塘………37
91. 少年游 井桃………33	125. 又 古今诗………35	157. 定西番………………37
92. 又……………………33	126. 木兰花………………35	158. 又 执胡琴者9人…37
93. 醉落魄………………33	127. 又……………………35	159. 望江南………………37
94. 喜朝天 清署堂赠蔡君谟…33	128. 又……………………35	160. 少年游慢……………37
95. 破阵乐 钱塘………33	129. 又……………………35	161. 剪牡丹 舟中闻双琵琶…37
96. 中吕调………………33	130. 又……………………35	162. 画堂春………………38
菊花新……………………33	131. 又 乙卯吴兴寒食…36	163. 芳草渡………………38
97. 虞美人 别体………33	132. 又……………………36	164. 又……………………38
98. 醉红妆 寄小苗条…34	133. 倾杯 吴兴…………36	165. 御街行………………38
99. 天仙子………………34	134. 又……………………36	166. 苏幕遮………………38
100. 又 郑毅夫移清社…34	135. 离亭宴 别吴兴……36	167. 武陵春………………38
101. 菩萨蛮 古今诗……34	136. 感皇恩 徐铎状元 词律辞典认此为"小重山"双调58字，上30字下28字各4句4平韵。…36	168. 醉落魄 吴兴莘老席上…38
102. 高平调 怨春风……34		169. 长相思………………38
103. 于飞乐令……………34	137. 忆秦娥………………36	170. 更漏子………………38
104. 临江仙………………34	138. 系裙腰………………36	171. 浣溪沙………………38
105. 江城子………………34	139. 清平乐 古今诗 思娘…36	172. 醉桃源………………38
106. 转声虞美人 古今诗…34	140. 又……………………36	173. 行香子………………38
107. 燕归梁………………34	141. 减字木兰花 古今诗 思娘36	174. 熙州慢 述古………38
109. 定西番………………34	142. 偷声木兰花 古今诗 思娘36	175. 虞美人………………38
110. 仙吕调………………34	143. 菩萨蛮 古今诗 思父母兄弟	176. 泛情（泛清苕）正月十四日与公择吴兴泛舟…38
河传………………………34	………………………………36	
111. 偷声木兰花…………34	144. 又……………………36	177. 惜琼花 吴兴守赋…39
113. 醉桃源 渭州作……34	145. 又……………………36	178. 河满子 陪杭州泛湖夜归…39
114. 千秋岁………………34	146. 又……………………37	179. 劝金船，流杯堂唱和翰林主人元素自撰腔……39
115. 唐·薛涛望江楼征联：…35	147. 庆春泽………………37	
116. 天仙子 别渝州……35	148. 又……………………37	180. 庆同天 即怨王孙…39
117. 般涉调………………35	149. 破阵子………………37	181. 江城子………………39
渔家傲 和程公辟赠别……35	戊戌思娘……………………37	182. 雨中花令 赠胡楚草…39
118. 天仙子 观舞………35	150. 玉联环 应是"一落索"玉联环长调104字。……37	183. 汉宫春 腊梅………39
119. 又 公将将行………35		184. 青门引 春思………39
120. 南乡子 送客过余溪，听天隐二玉鼓胡琴…………35	151. 玉树后庭花…………37	185. 满江红 初春………39
	152. 又……………………37	186. 西江月 寄赠………39
121. 少年游 渝州席上和韵…35	153. 卜算子 古今诗……37	187. 塞垣春 寄子山……39
122. 定风波令 寄吕焱侄。忆桓仁		

5

188. 浪淘沙 …………39	225. 又 …………41	259. 又 …………43
189. 望江南 …………39	226. 鹊踏枝 词律辞典无收此律41	260. 又 …………43
190. 碧牡丹 宴同叔出姬……39	227. 又 …………41	261. 又 …………43
191. 山亭宴 湖亭宴别 ………40	228. 点绛唇 …………42	262. 又 …………43
192. 菩萨蛮 …………40	229. 凤衔杯 …………42	263. 又 …………44
193. 更漏子 古今诗 …………40	230. 又 词律辞典作杜安世词 42	264. 又 …………44
194. 三字令 词律辞典引为欧阳炯词。…………40	231. 又 …………42	265. 又 …………44
	232. 清平乐 …………42	266. 又 …………44
195. 虞美人 古今诗 …………40	233. 又 …………42	267. 又 …………44
196. 又 …………40	234. 又 …………42	268. 迎春乐 …………44
197. 酒泉子 …………40	235. 又 …………42	269. 许衷情 …………44
198. 又 …………40	236. 又 …………42	270. 又 …………44
199. 又 …………40	237. 红窗听 …………42	271. 又 …………44
200. 又 …………40	238. 又 …………42	272. 又 …………44
201. 又 词律词典选为冯延已词40	239. 采桑子 …………42	273. 又 …………44
202. 晏殊 …………40	240. 又 …………42	274. 又 …………44
203. 谒金门 …………40	241. 又 …………42	275. 又 …………44
204. 破阵子 古今诗 …………40	242. 又 …………42	277. 胡捣练 …………44
205. 又 …………40	243. 又 …………42	278. 殢人娇 …………44
206. 又 …………40	244. 又 …………42	279. 又 …………44
207. 又 …………40	245. 又 …………42	280. 又 …………44
208. 浣溪沙 …………41	246. 喜迁莺 古今诗 …………43	281. 踏莎行 …………45
209. 又 …………41	247. 又 …………43	282. 又 …………45
210. 又 …………41	248. 又 …………43	283. 又 …………45
211. 又 …………41	249. 又 …………43	284. 又 …………45
212. 又 …………41	250. 又 …………43	285. 又 …………45
213. 又 …………41	251. 撼庭秋 …………43	286. 渔家傲 古今诗 思父母 45
214. 又 …………41	252. 少年游 双调51字, 上26字6句2平, 下25字5句3平韵。古今诗…………43	287. 又 …………45
215. 又 …………41		288. 又 …………45
216. 又 …………41		289. 又 …………45
217. 又 …………41	253. 又 …………43	290. 又 …………45
218. 又 …………41	254. 又 双调50字, 上25字5句3平韵, 下25字5句2平韵 …43	291. 又 法国特使、地铁外交、国际都市、四百公里地铁。………45
219. 又 …………41		
221. 更漏子 …………41	256. 酒泉子 双调45字, 上21, 4句2平, 下24字4句了平韵。 43	292. 又 …………45
222. 又 …………41		293. 又 …………45
223. 又 …………41	257. 又 …………43	294. 又 …………45
224. 又 …………41	258. 木兰花 …………43	295. 又 …………45

296. 又 ············· 46	333. 又 ············· 48	21. 千秋万岁 ········ 52
297. 又 ············· 46	334. 临江仙 自度曲 48	22. 谢绛 ············ 52
298. 又 ············· 46	335. 燕归梁 ·········· 48	菩萨蛮 咏月 ········ 52
299. 又 ············· 46	336. 又 自度曲 ······ 48	23. 夜行船 别情 ···· 52
300. 又 ············· 46	337. 望汉月 ·········· 48	24. 许奭情 宫怨 ···· 53
301. 雨中花 ·········· 46	338. 连理枝 ·········· 48	25. 宋祁 ············ 53
302. 瑞鹧鸪 咏鹧鸪 46	339. 又 ············· 48	浪淘沙近 ············ 53
303. 又 ············· 46		26. 蝶恋花 古今诗 53
304. 望仙门 ·········· 46	**第三函**	27. 玉楼春 ·········· 53
305. 又 ············· 46		28. 蝶恋花 古今诗 53
306. 又 ············· 46	1. 破阵子 ············ 51	29. 鹧鸪天 古今诗 53
307. 长生乐 ·········· 46	2. 玉楼春 ············ 51	30. 好事近 ·········· 53
308. 又 ············· 46	3. 阮郎归 ············ 51	31. 尹洙 ············ 53
309. 蝶恋花 ·········· 46	4. 又 ················ 51	水调歌头 和苏子美 53
310. 又 ············· 46	5. 醉桃源 ············ 51	32. 梅尧臣 ·········· 53
311. 又 ············· 46	6. 望江梅 ············ 51	苏幕遮 ·············· 53
312. 又 ············· 47	7. 滕宗谅 ············ 51	33. 玉楼春 ·········· 53
313. 又 ············· 47	临江仙 ·············· 51	34. 莫打鸭 ·········· 53
314. 又 ············· 47	8. 张昇 宋史作张升,宰辅表作张昇。 51	35. 叶清臣 ·········· 53
315. 拂霓裳 ·········· 47	满江红 ·············· 51	江南好 ·············· 53
316. 又 ············· 47	9. 离亭燕 ············ 51	36. 贺圣朝 留别 ···· 53
317. 又 ············· 47	10. 许奭情 古今诗 ·· 51	37. 吴感 ············ 53
318. 菩萨蛮 ·········· 47	11. 石延年 ·········· 51	折红梅 ·············· 53
319. 又 ············· 47	鹊桥仙 七夕词 ······ 51	38. 文彦伯 ·········· 53
320. 又 ············· 47	12. 燕昭君梁 ········ 51	映山红 ·············· 53
321. 又 ············· 47	13. 关咏 ············ 51	39. 欧阳修 ·········· 54
322. 秋蕊香 ·········· 47	迷仙引 ·············· 51	西湖念语 人月圆 ···· 54
323. 又 ············· 47	14. 刘潜 ············ 52	40. 采桑子 ·········· 54
324. 相思儿令 ········ 47	六州歌头 项羽庙 ···· 52	41. 又 ············· 54
325. 又 ············· 47	15. 水调歌头 ········ 52	42. 又 ············· 54
326. 滴滴金 ·········· 47	16. 李冠 ············ 52	43. 又 ············· 54
327. 又 史铸《菊谱辨疑》 47	蝶恋花 ·············· 52	44. 又 ············· 54
328. 山亭柳 赠歌者 ·· 48	17. 六州歌头 骊山 ·· 52	45. 又 ············· 54
329. 睿恩新 ·········· 48	18. 鹧鸪天 ·········· 52	46. 又 ············· 54
330. 又 ············· 48	戊戌一带一路 ········ 52	47. 又 ············· 54
331. 玉堂春 ·········· 48	19. 六州歌头 ········ 52	48. 又 ············· 54
332. 又 ············· 48	20. 蝶恋花 佳人 ···· 52	49. 又 ············· 54

7

50. 又 古今诗……54	87. 又……56	123. 又……58
51. 又……54	88. 渔家傲……56	124. 又……59
52. 又……54	89. 又……56	125. 又……59
53. 朝中措 古今诗……54	90. 又 与赵康靖公……56	126. 又……59
54. 长相思……54	91. 又……57	127. 又……59
55. 又……54	92. 又……57	128. 又……59
56. 又……54	93. 又……57	129. 又 古今诗……59
57. 许衷情 眉意……54	94. 又……57	130. 又……59
58. 踏莎行……55	95. 又……57	131. 又……59
59. 又……55	96. 又……57	132. 又 子规……59
60. 望江南……55	97. 又……57	133. 又……59
61. 减字木兰花……55	98. 又……57	134. 又……59
62. 又……55	99. 又……57	135. 又……59
63. 又……55	100. 又 七夕……57	136. 渔家傲……59
64. 又……55	101. 又……57	137. 又 二月……59
65. 又……55	102. 又……57	138. 又 三月……59
66. 生查子……55	103. 又……57	139. 又 四月……59
67. 又……55	104. 又……57	140. 又 五月……59
68. 清商怨……55	105. 又……57	141. 又 六月……60
69. 阮郎归……55	106. 又……57	142. 又 七月……60
70. 又……55	107. 玉楼春 又名木兰花令 题上林后亭……58	143. 又 八月……60
71. 蝶恋花……55		144. 又 九月……60
72. 又……55	108. 又……58	145. 又 十月……60
73. 又……55	109. 又……58	146. 又 十一月……60
74. 又……55	110. 又……58	147. 又 十二月……60
75. 又……56	111. 又……58	148. 又 一月……60
76. 又……56	112. 又……58	149. 又 二月……60
77. 又 自度曲……56	113. 又……58	150. 又 三月……60
78. 又……56	114. 又……58	151. 又 四月……60
79. 又……56	115. 又……58	152. 又 五月……60
80. 又……56	116. 又……58	153. 又 六月……60
81. 又……56	117. 又……58	154. 又 七月……60
82. 又……56	118. 又……58	155. 又 八月……60
83. 又……56	119. 又……58	156. 又 九月……60
84. 又……56	120. 又……58	157. 又 十月……61
85. 又……56	121. 又……58	158. 又 十一月……61
86. 又……56	122. 又……58	159. 又 十二月……61

160. 南歌子 …… 61	196. 贺圣朝影 …… 63	232. 品令 …… 65
161. 御街行 …… 61	197. 洞天春 …… 63	233. 燕归梁 …… 65
162. 桃源忆故人 又名《虞美人影》…… 61	198. 忆汉月 …… 63	234. 又 …… 65
	199. 清平乐 …… 63	235. 圣无忧 …… 65
163. 又 …… 61	200. 凉州令 东堂石榴 …… 63	236. 锦香囊 …… 65
164. 临江仙 …… 61	201. 南乡子 …… 63	237. 系裙腰 …… 65
165. 又 …… 61	202. 又 …… 63	238. 阮郎归 …… 66
166. 圣无忧 古今诗 …… 61	203. 鹊桥仙 …… 63	239. 又 …… 66
167. 浪淘沙 …… 61	204. 圣无忧 …… 63	240. 又 …… 66
168. 又 …… 61	205. 摸鱼儿 …… 63	241. 怨春郎 …… 66
169. 又 …… 61	206. 少年游 …… 63	242. 滴滴金 古今诗 …… 66
170. 又 …… 61	207. 又 …… 63	243. 卜算子 …… 66
171. 又 …… 61	208. 又 …… 64	244. 感庭秋 …… 66
172. 定风波 …… 61	209. 鹧鸪天 …… 64	245. 满路花 …… 66
173. 又 古今诗 …… 61	210. 千秋岁 …… 64	246. 好女儿令 …… 66
174. 又 …… 62	211. 又 …… 64	247. 南乡子 自度曲 …… 66
175. 又 …… 62	212. 醉蓬莱 …… 64	248. 又 …… 66
176. 又 …… 62	213. 于飞乐 …… 64	249. 踏莎行 …… 66
177. 又 …… 62	214. 鼓笛慢又水龙吟 与鼓笛令无涉 …… 64	250. 又 …… 66
178. 又 …… 62		251. 许衷情 …… 66
179. 暮山溪 …… 62	215. 看花回 …… 64	252. 又 …… 66
180. 浣溪沙 …… 62	216. 蝶恋花 …… 64	253. 恨春迟 …… 66
181. 又 古今诗 …… 62	217. 又 …… 64	254. 盐角儿 …… 67
182. 又 …… 62	218. 又 …… 64	255. 又 …… 67
183. 又 …… 62	219. 又 …… 64	256. 忆秦娥 …… 67
184. 又 …… 62	220. 武陵春 …… 64	257. 少年游 …… 67
185. 又 …… 62	221. 梁州令 …… 64	258. 踏莎行慢 …… 67
186. 又 …… 62	222. 渔家傲 …… 65	259. 蕙香囊 …… 67
187. 又 …… 62	223. 又 …… 65	260. 玉楼春 古今诗 …… 67
188. 又 …… 62	224. 又 …… 65	261. 又 …… 67
189. 御带花 …… 62	225. 又 …… 65	262. 又 …… 67
190. 鹤冲天 …… 62	226. 又 …… 65	263. 又 …… 67
191. 夜行船 …… 62	227. 一斛珠 …… 65	264. 又 …… 67
192. 又 …… 63	228. 惜芳时 …… 65	265. 定风波 寄燕子 …… 67
193. 洛阳春 …… 63	229. 洞仙歌令 …… 65	266. 减字木兰花 …… 67
194. 雨中花 …… 63	230. 又 …… 65	267. 又 …… 67
195. 越溪春 古今诗 …… 63	231. 鹊踏枝 …… 65	268. 迎春乐 …… 67

269. 一落索 ……67	307. 祝英台 ……70	339. 又 ……72
270. 夜行船 ……67	308. 望江南 柳 ……70	340. 惜春令 ……72
272. 望江南 ……68	309. 又 酒 ……70	341. 又 ……72
273. 又 ……68	310. 又 燕 ……70	342. 踏莎行 ……72
274. 宴瑶池 ……68	311. 又 竹 ……70	343. 又 ……72
275. 解仙佩 ……68	312. 又 草 ……70	344. 又 ……72
276. 渔家傲 ……68	313. 又 江景 ……70	345. 又 ……72
277. 少年游 ……68	314. 又 水 ……70	
278. 桃源忆故人 ……68	315. 又 江乡 ……70	**第四函**
279. 阮郎归 ……68	316. 又 月 ……70	
280. 归自谣 ……68	317. 又 雪 ……70	1. 端正好 ……75
281. 又 ……68	318. 斗百花 江行 ……70	2. 又 ……75
282. 又 ……68	319. 陈凤仪 ……70	3. 又 ……75
283. 长相思 ……68	320. 苏舜钦 ……70	4. 又 ……75
284. 瑞鹧鸪 ……68	水调歌头 沧浪亭	5. 菩萨蛮 ……75
285. 阮郎归 ……68	321. 解昉 ……70	6. 又 ……75
286. 又 ……68	永遇乐	7. 丑奴儿 ……75
287. 蝶恋花 ……68	322. 阳台梦 ……70	8. 凤衔杯 平仄两体 ……75
288. 又 ……68	323. 韩琦 ……71	9. 又 ……75
289. 又 ……68	点绛唇	10. 少年游 ……75
290. 应天长 ……69	324. 维扬好 ……71	11. 玉楼春 ……75
291. 又 ……69	325. 安阳好 ……71	12. 又 ……75
292. 又 ……69	326. 又 ……71	13. 又 ……75
293. 清平乐 ……69	327. 望江南 ……71	14. 又 ……75
294. 芳草渡 ……69	328. 眼儿媚 夏闺 ……71	15. 又 ……75
295. 更漏子 ……69	329. 沈唐 ……71	16. 又 ……76
296. 贺明朝 词律辞典无此体 69	失调名 蟬虫三叠	17. 又 古今诗 戊戌生日，二月初三，崔颢唐诗第一……76
297. 一斛珠 ……69	330. 雨中花 ……71	18. 河满子 ……76
298. 南乡子 古今诗 ……69	331. 霜叶飞 古今诗 ……71	19. 又 草与花 ……76
299. 浣溪沙 古今诗 ……69	332. 念奴娇 ……71	20. 山亭柳 ……76
300. 江神子 ……69	333. 望海潮 ……71	21. 合欢带 ……76
301. 望梅花 ……69	334. 望南云慢 木芙蓉 ……71	22. 更漏子 ……76
302. 舞春风 ……69	335. 杜世安 ……71	23. 又 ……76
303. 千秋岁 ……69	鹤冲天	24. 又 ……76
304. 献衷心 一带一 ……69	336. 两同心 ……71	25. 喜迁莺 ……76
305. 荣諲 ……69	337. 玉阑干 静夜思 ……72	26. 杜韦娘 ……76
306. 王琪 ……69	338. 浣溪沙 ……72	27. 胡捣练 ……76

目 录

28. 少年游 …………………… 76
29. 凤栖梧 …………………… 76
30. 又 ………………………… 76
31. 又 ………………………… 77
32. 又 ………………………… 77
33. 浪淘沙 …………………… 77
34. 又 ………………………… 77
35. 又 ………………………… 77
36. 更漏子 古今诗 ………… 77
37. 行香子 …………………… 77
38. 巫山一段云 ……………… 77
39. 生查子 …………………… 77
40. 贺圣朝 …………………… 77
41. 又 ………………………… 77
42. 安公子 …………………… 77
43. 苏幕遮 …………………… 77
44. 渔家傲 …………………… 77
45. 又 ………………………… 77
46. 又 ………………………… 77
47. 剔银灯 …………………… 78
48. 又 ………………………… 78
49. 又 ………………………… 78
50. 临江山 …………………… 78
51. 又 ………………………… 78
52. 采明珠 …………………… 78
53. 朝玉阶 …………………… 78
54. 又 体 …………………… 78
55. 卜算子 古今诗 ………… 78
56. 又 ………………………… 78
57. 瑞鹧鸪 …………………… 78
58. 燕归梁 …………………… 78
59. 菊花新 …………………… 78
60. 又 又一体 …………… 78
61. 鹊桥仙 …………………… 78
62. 又 古今诗 ……………… 78
63. 虞美人 …………………… 79
64. 又 古今诗 一路一带，一带一路。

………………………… 79
65. 又 ………………………… 79
66. 凤栖梧 …………………… 79
67. 又 ………………………… 79
68. 又 ………………………… 79
69. 又 ………………………… 79
70. 又 ………………………… 79
71. 忆汉月 …………………… 79
72. 许衷情 忆同里小桥村，江村一号小叶 ……………………… 79
73. 朝中措 …………………… 79
74. 菩萨蛮 …………………… 79
75. 丑奴儿 …………………… 79
76. 蝶恋花 …………………… 79
77. 赵抃
　　折新荷引 ……………………… 79
78. 刘几 ……………………… 80
　　梅花曲 其一 ……………… 80
79. 又 其二 ………………… 80
80. 花发状元红慢 …………… 80
81. 元绛 ……………………… 80
　　减字木兰花 ……………… 80
82. 映山红慢 ………………… 80
83. 程思孟 …………………… 80
　　渔家傲 …………………… 80
84. 陈朴 ……………………… 80
　　望江南 …………………… 80
85. 又 ………………………… 80
86. 又 ………………………… 80
87. 又 ………………………… 80
88. 又 古今诗 ……………… 80
89. 又 ………………………… 80
90. 又 ………………………… 81
91. 又 ………………………… 81
92. 又 九一九兵团 ………… 81
93. 张伯端 紫阳真人 ……… 81
　　西江月 …………………… 81

94. 又 ………………………… 81
95. 又 ………………………… 81
96. 又 ………………………… 81
97. 又 ………………………… 81
98. 又 ………………………… 81
99. 又 ………………………… 81
100. 又 ……………………… 81
101. 又 ……………………… 81
102. 又 ……………………… 81
103. 又 ……………………… 81
104. 又 ……………………… 81
105. 又 ……………………… 81
106. 又 ……………………… 81
107. 又 ……………………… 81
108. 又 ……………………… 82
109. 又 ……………………… 82
110. 又 ……………………… 82
111. 又 ……………………… 82
112. 又 ……………………… 82
113. 又 ……………………… 82
114. 又 ……………………… 82
115. 又 ……………………… 82
116. 又 ……………………… 82
117. 又 ……………………… 82
118. 满庭芳 ………………… 82
119. 卢氏 …………………… 82
120. 刘述 …………………… 82
　　家山好 …………………… 82
121. 赵祯 宋仁宗 ………… 82
122. 王拱臣 ………………… 82
　　沁园春 忆乡 …………… 82
123. 蔡襄 …………………… 83
　　好事近 …………………… 83
124. 韩绛 …………………… 83
　　踏莎行 …………………… 83
125. 李师中 ………………… 83
126. 蔡挺 …………………… 83

11

喜迁莺 韦庄词鹤冲天……83	153. 王安石……85	失调名 木槿……87
127. 王益柔……83	甘露歌……85	189. 好事近 初春……87
喜长新……83	154. 桂枝香……85	190. 又 自度曲……87
128. 韩维……83	158. 菩萨蛮……85	191. 强至……87
西江月……83	159. 渔家傲……85	渔家傲……87
129. 踏莎行……83	160. 又……85	192. 沈注……87
130. 减字木兰花 颖州西湖…83	161. 雨霖铃……85	踏莎行 赠杨蟠……87
131. 浪淘沙 自述……83	162. 清平乐……85	193. 蒲宗孟……87
132. 胡捣练令……83	163. 浣溪沙……85	望梅花 平韵体……87
133. 失调……83	164. 许衷情 和俞秀老鹤词…85	194. 陈汝羲……87
134. 又……83	165. 又……85	减字木兰花……87
135. 曾巩……83	166. 又……85	195. 汪辅之……87
赏南枝 自度曲……83	167. 又……85	行香子（记恨） 自度曲……87
136. 司马光……83	168. 又……86	196. 范纯仁 范仲淹次子……87
阮郎归……83	169. 南乡子……86	鹧鸪天 自度曲……87
137. 西江月……84	170. 又……86	197. 张才翁……87
138. 锦堂春……84	171. 浪淘沙令……86	雨中花……87
139. 刘敞……84	172. 望江南 归依三宝赞……86	198. 寿涯禅师……87
清平乐……84	173. 又……86	渔家傲……87
140. 踏莎行……84	174. 又……86	199. 章棨……87
141. 王珪……84	175. 又……86	水龙吟……87
142. 韩缜……84	176. 西江月 红梅……86	200. 声声令……88
凤箫吟 芳草……84	177. 渔家傲……86	201. 徐积……88
143. 韩缜姬……84	178. 清平乐……86	渔父乐……88
蝶恋花……84	179. 生查子……86	202. 无一事……88
144. 苏氏……84	180. 谒金门 自度曲……86	203. 堪画看……88
145. 更漏子 寄季玉妹……84	181. 菩萨蛮 自度曲……86	204. 谁学得……88
146. 鹊桥仙 寄季顺妹……84	182. 千秋岁引 自度曲……86	205. 君看取……88
147. 踏莎行 寄姊妹……84	183. 吴氏 王安石妻……86	206. 君不悟……88
148. 裴湘……84	定风波……86	207. 沈括……88
浪淘沙……84	184. 吴师孟……86	开元乐……88
149. 又……84	腊梅香 平韵101字体……86	208. 又……88
150. 阮逸女……84	185. 周紫芝……86	209. 又……88
花心动 春词……84	阮郎归……86	210. 又……88
151. 滕甫……85	186. 临江仙 题清溪图……87	211. 范宽之……88
蝶恋花 次长汀壁间韵……85	187. 古调歌……87	失调名……88
152. 又 再和……85	188. 郑獬……87	212. 方资……88

黄鹤引 自度曲⋯⋯⋯⋯⋯88	240. 又 ⋯⋯⋯⋯⋯⋯⋯90	277. 生查子 ⋯⋯⋯⋯⋯⋯92
213. 王安国 王安石弟 ⋯⋯88	241. 又 ⋯⋯⋯⋯⋯⋯⋯90	278. 又 ⋯⋯⋯⋯⋯⋯⋯92
点绛唇⋯⋯⋯⋯⋯⋯⋯⋯88	242. 又 ⋯⋯⋯⋯⋯⋯⋯90	279. 又 ⋯⋯⋯⋯⋯⋯⋯92
214. 清平乐 春晚 ⋯⋯⋯⋯88	243. 思量子 ⋯⋯⋯⋯⋯⋯90	280. 又 ⋯⋯⋯⋯⋯⋯⋯92
215. 减字木兰花 ⋯⋯⋯⋯88	244. 蝶恋花 ⋯⋯⋯⋯⋯⋯90	281. 又 ⋯⋯⋯⋯⋯⋯⋯93
216. 孙洙 ⋯⋯⋯⋯⋯⋯⋯88	245. 又 ⋯⋯⋯⋯⋯⋯⋯90	282. 又 ⋯⋯⋯⋯⋯⋯⋯93
菩萨蛮⋯⋯⋯⋯⋯⋯⋯⋯88	246. 又 ⋯⋯⋯⋯⋯⋯⋯90	283. 又 ⋯⋯⋯⋯⋯⋯⋯93
217. 河满子 ⋯⋯⋯⋯⋯⋯88	247. 又 ⋯⋯⋯⋯⋯⋯⋯91	284. 又 ⋯⋯⋯⋯⋯⋯⋯93
218. 李清臣 ⋯⋯⋯⋯⋯⋯88	248. 又 ⋯⋯⋯⋯⋯⋯⋯91	285. 又 ⋯⋯⋯⋯⋯⋯⋯93
失调名⋯⋯⋯⋯⋯⋯⋯⋯88	249. 又 ⋯⋯⋯⋯⋯⋯⋯91	286. 又 ⋯⋯⋯⋯⋯⋯⋯93
219. 韦骧 ⋯⋯⋯⋯⋯⋯⋯89	250. 又 ⋯⋯⋯⋯⋯⋯⋯91	287. 又 ⋯⋯⋯⋯⋯⋯⋯93
减字木兰花 惜春词⋯⋯⋯89	251. 又 ⋯⋯⋯⋯⋯⋯⋯91	288. 又 ⋯⋯⋯⋯⋯⋯⋯93
220. 又 劝饮酒 ⋯⋯⋯⋯89	252. 又 ⋯⋯⋯⋯⋯⋯⋯91	289. 又 ⋯⋯⋯⋯⋯⋯⋯93
221. 又 止贪词 ⋯⋯⋯⋯89	253. 又 ⋯⋯⋯⋯⋯⋯⋯91	290. 南乡子 ⋯⋯⋯⋯⋯⋯93
222. 又 望仙词 ⋯⋯⋯⋯89	254. 又 ⋯⋯⋯⋯⋯⋯⋯91	291. 又 ⋯⋯⋯⋯⋯⋯⋯93
223. 又 春词 ⋯⋯⋯⋯⋯89	255. 又 ⋯⋯⋯⋯⋯⋯⋯91	292. 又 ⋯⋯⋯⋯⋯⋯⋯93
224. 菩萨蛮 ⋯⋯⋯⋯⋯⋯89	256. 又 ⋯⋯⋯⋯⋯⋯⋯91	293. 又 ⋯⋯⋯⋯⋯⋯⋯93
225. 鹊桥仙 ⋯⋯⋯⋯⋯⋯89	257. 又 ⋯⋯⋯⋯⋯⋯⋯91	294. 又 ⋯⋯⋯⋯⋯⋯⋯93
226. 减字木兰花 水仙花 ⋯89	258. 又 ⋯⋯⋯⋯⋯⋯⋯91	295. 又 ⋯⋯⋯⋯⋯⋯⋯93
227. 洛阳春 丁香花 ⋯⋯89	259. 鹧鸪天 ⋯⋯⋯⋯⋯⋯91	296. 又 ⋯⋯⋯⋯⋯⋯⋯93
228. 醉蓬莱 廷评庆寿 自度曲89	260. 又 ⋯⋯⋯⋯⋯⋯⋯91	297. 又 ⋯⋯⋯⋯⋯⋯⋯93
229. 沁园春 廷评拜军情 自度曲	261. 又 ⋯⋯⋯⋯⋯⋯⋯91	298. 清平乐 自度 ⋯⋯⋯93
⋯⋯⋯⋯⋯⋯⋯⋯⋯⋯89	262. 又 ⋯⋯⋯⋯⋯⋯⋯91	299. 又 ⋯⋯⋯⋯⋯⋯⋯94
230. 圆禅师 主湖州甘露寺 ⋯89	263. 又 ⋯⋯⋯⋯⋯⋯⋯92	300. 又 ⋯⋯⋯⋯⋯⋯⋯94
渔家傲⋯⋯⋯⋯⋯⋯⋯⋯89	264. 又 ⋯⋯⋯⋯⋯⋯⋯92	301. 又 ⋯⋯⋯⋯⋯⋯⋯94
231. 则禅师 主潼川天守寺 ⋯89	265. 又 ⋯⋯⋯⋯⋯⋯⋯92	302. 又 ⋯⋯⋯⋯⋯⋯⋯94
满庭芳 自度曲 ⋯⋯⋯⋯89	266. 又 ⋯⋯⋯⋯⋯⋯⋯92	303. 又 ⋯⋯⋯⋯⋯⋯⋯94
232. 陈偕 ⋯⋯⋯⋯⋯⋯⋯89	267. 又 ⋯⋯⋯⋯⋯⋯⋯92	304. 又 ⋯⋯⋯⋯⋯⋯⋯94
八声甘州⋯⋯⋯⋯⋯⋯⋯89	268. 又 ⋯⋯⋯⋯⋯⋯⋯92	305. 又 ⋯⋯⋯⋯⋯⋯⋯94
233. 满庭芳 西湖 ⋯⋯⋯90	269. 又 ⋯⋯⋯⋯⋯⋯⋯92	306. 又 ⋯⋯⋯⋯⋯⋯⋯94
234. 又 送春 ⋯⋯⋯⋯⋯90	270. 又 ⋯⋯⋯⋯⋯⋯⋯92	307. 又 ⋯⋯⋯⋯⋯⋯⋯94
235. 晏几道 晏殊幼子。⋯⋯90	271. 又 ⋯⋯⋯⋯⋯⋯⋯92	308. 又 ⋯⋯⋯⋯⋯⋯⋯94
临江仙⋯⋯⋯⋯⋯⋯⋯⋯90	272. 又 ⋯⋯⋯⋯⋯⋯⋯92	309. 又 ⋯⋯⋯⋯⋯⋯⋯94
236. 又 ⋯⋯⋯⋯⋯⋯⋯90	273. 又 ⋯⋯⋯⋯⋯⋯⋯92	310. 又 ⋯⋯⋯⋯⋯⋯⋯94
237. 又 ⋯⋯⋯⋯⋯⋯⋯90	274. 又 ⋯⋯⋯⋯⋯⋯⋯92	311. 又 ⋯⋯⋯⋯⋯⋯⋯94
238. 又 ⋯⋯⋯⋯⋯⋯⋯90	275. 又 ⋯⋯⋯⋯⋯⋯⋯92	312. 又 ⋯⋯⋯⋯⋯⋯⋯94
239. 又 ⋯⋯⋯⋯⋯⋯⋯90	276. 又 ⋯⋯⋯⋯⋯⋯⋯92	313. 又 ⋯⋯⋯⋯⋯⋯⋯94

| 314. 又 …… 94
| 315. 又 …… 94
| 316. 又 …… 94
| 317. 又 …… 95
| 318. 又 …… 95
| 319. 采桑子 …… 95
| 320. 木兰花 …… 95
| 321. 又 …… 95
| 322. 又 …… 95
| 323. 又 …… 95
| 324. 又 …… 95
| 325. 又 …… 95
| 326. 又 …… 95
| 327. 又 …… 95
| 328. 减字木兰花 …… 95
| 329. 又 …… 95
| 330. 又 …… 95
| 331. 泛清波摘编，凡曲数叠而取，裁为之摘编。…… 95
| 332. 洞仙歌 …… 95
| 333. 菩萨蛮 …… 95
| 334. 又 …… 96
| 335. 又 …… 96
| 336. 又 …… 96
| 337. 又 …… 96
| 338. 又 …… 96
| 339. 又 …… 96
| 340. 又 …… 96
| 341. 又 …… 96
| 342. 玉楼春 …… 96
| 343. 又 …… 96
| 345. 又 …… 96
| 346. 又 …… 96

第五函

1. 又 …… 99
2. 又 …… 99
3. 又 …… 99
4. 又 …… 99
5. 又 …… 99
6. 又 …… 99
7. 又 …… 99
8. 又 …… 99
9. 阮郎归 …… 99
10. 又 …… 99
11. 又 …… 99
12. 又 …… 99
13. 又 …… 99
14. 读中华韵典 …… 99
15. 归田乐 …… 100
16. 浣溪沙 …… 100
17. 又 …… 100
18. 又 …… 100
19. 又 …… 100
20. 又 …… 100
21. 又 …… 100
22. 识 …… 100
23. 浣溪沙 …… 100
24. 又 …… 100
25. 又 …… 100
26. 又 …… 100
27. 又 …… 100
28. 又 …… 100
29. 又 …… 100
30. 又 …… 100
31. 一而三则十 …… 100
32. 又 …… 100
33. 又 …… 100
34. 又 …… 100
35. 又 …… 100
36. 又 …… 100
37. 又 …… 101
38. 六么令 六么音缘腰字录要，曲工词语录其要者。自度 …… 101
39. 浣溪沙 皓道穷经小淑女 …… 101
40. 六么令 自度 …… 101
41. 又 …… 101
42. 更漏子 …… 101
43. 又 …… 101
44. 又 …… 101
45. 又 …… 101
46. 又 …… 101
47. 又 …… 101
48. 河满子 …… 101
49. 又 体 爽商钟 …… 101
50. 于飞乐 …… 101
51. 愁倚阑令 …… 101
52. 又 …… 101
53. 又 …… 102
54. 御街行 …… 102
55. 又 …… 102
56. 浪淘沙 …… 102
57. 又 …… 102
58. 又 …… 102
59. 又 …… 102
60. 丑奴儿 …… 102
61. 又 …… 102
62. 许衷情 …… 102
63. 又 …… 102
64. 又 …… 102
65. 又 …… 102
66. 又 …… 102
67. 又 …… 102
68. 又 …… 102
69. 又 …… 102
70. 破阵子 …… 103
71. 好女儿 …… 103
72. 又 …… 103
73. 许衷情 秦汉隋唐 …… 103
74. 点绛唇 …… 103
75. 又 …… 103

76. 又 …………… 103	112. 又 寻祖父足迹 望江亭 105	149. 司马穰苴列传 …… 107
77. 又 …………… 103	113. 又 …………… 105	150. 又 商君列传 …… 107
78. 又 …………… 103	114. 又 …………… 105	151. 又 张仪列传 …… 107
79. 戊戌西湖游 …… 103	115. 又 …………… 105	152. 又 …………… 107
80. 又 …………… 103	116. 两同心 …………… 105	153. 又 …………… 107
81. 又 …………… 103	117. 少年游 …………… 105	154. 又 孟子荀卿列传 …… 107
82. 又 …………… 103	118. 又 …………… 105	155. 又 …………… 107
83. 又 …………… 103	119. 又 …………… 105	156. 又 孟尝君列传 …… 107
84. 又 …………… 103	120. 又 …………… 105	157. 又 …………… 107
85. 又 …………… 103	121. 又 …………… 105	158. 又 平原君列传 …… 107
86. 又 …………… 103	122. 虞美人 秦始皇纪 105	159. 又 信陵君列传 …… 107
87. 又 …………… 103	123. 又 项羽纪 …… 105	160. 又 范睢蔡译列传 …… 107
88. 又 …………… 103	124. 又 高祖本纪 …… 105	161. 又 廉颇蔺相如列传 … 107
89. 又 …………… 103	125. 又 …………… 105	162. 又 …………… 107
90. 又 …………… 104	126. 又 …………… 105	163. 又 屈原贾生列传 …… 107
91. 又 …………… 104	127. 又 …………… 105	164. 又 刺客列传 …… 107
92. 又 …………… 104	128. 又 …………… 105	165. 又 …………… 108
93. 又 …………… 104	129. 又 …………… 106	166. 又 淮阴侯列传 …… 108
94. 又 …………… 104	130. 又 …………… 106	167. 又 …………… 108
95. 又 …………… 104	131. 采桑子 河渠书 106	168. 又 韩信卢绾列传 …… 108
96. 又 …………… 104	132. 又 平准书 …… 106	169. 又 郦生陆贾列传 …… 108
97. 又 …………… 104	133. 又 …………… 106	170. 又 刘敬叔孙通列传 … 108
98. 又 …………… 104	134. 又 陈涉世家 …… 106	171. 又 季布栾布列传 …… 108
99. 又 …………… 104	135. 又 外戚世家 …… 106	172. 又 张释之冯唐列传 … 108
100. 又 …………… 104	136. 又 卫皇后 …… 106	173. 又 …………… 108
101. 又 …………… 104	137. 又 齐王世家 …… 106	174. 又 扁鹊仓公列传 …… 108
102. 又 …………… 104	138. 又 萧相国世家 …… 106	175. 又 …………… 108
103. 又 …………… 104	139. 又 …………… 106	176. 又 …………… 108
104. 又 …………… 104	140. 又 …………… 106	177. 又 魏其武安侯列传 … 108
105. 又 …………… 104	141. 又 曹相国世家 …… 106	178. 又 李将军列传 …… 108
106. 又 …………… 104	142. 又 留侯世家 …… 106	179. 又 …………… 108
107. 又 上海吕赢家中 …… 104	143. 又 …………… 106	180. 又 …………… 108
108. 又 …………… 104	144. 又 陈丞相世家 …… 106	181. 又 …………… 108
109. 又 …………… 104	145. 又 绛侯周勃世家 …… 106	182. 又 匈奴列传 …… 108
110. 又 …………… 104	146. 又 …………… 107	183. 又 卫霍列传 …… 109
111. 又 浣溪沙 戍戍清明 桓仁 寄吕思凝 …… 104	147. 又 伯夷列传 …… 107	184. 又 司马相如列传 …… 109
	148. 老庄申韩列传 …… 107	185. 又 …………… 109

15

| 186. 又　淮南衡山列传 …… 109
| 187. 又 …………………… 109
| 188. 又　汲郑列传 ………… 109
| 189. 又 …………………… 109
| 190. 又　酷吏列传 ………… 109
| 191. 又　游侠列传 ………… 109
| 192. 又　货殖列传 ………… 109
| 193. 又　滑稽列传 ………… 109
| 194. 又 …………………… 109
| 195. 又　太史公自序　正史不正，野史不野 …………………… 109
| 196. 又 …………………… 109
| 197. 踏莎行 ………………… 109
| 198. 又 …………………… 109
| 199. 又 …………………… 109
| 200. 又 …………………… 109
| 201. 满庭芳 ………………… 110
| 202. 留春令 ………………… 110
| 203. 又 …………………… 110
| 204. 又 …………………… 110
| 205. 又 …………………… 110
| 206. 风入松 ………………… 110
| 207. 又 …………………… 110
| 208. 清商怨 ………………… 110
| 209. 秋蕊香 ………………… 110
| 210. 又 …………………… 110
| 211. 思远人 ………………… 110
| 212. 碧牡丹 ………………… 110
| 213. 长相思 ………………… 110
| 214. 醉落魄 ………………… 110
| 215. 又 …………………… 110
| 216. 又 …………………… 110
| 217. 又 …………………… 111
| 218. 望仙楼 ………………… 111
| 219. 凤孤飞 ………………… 111
| 220. 西江月 ………………… 111
| 221. 又 …………………… 111

| 222. 武陵春 ………………… 111
| 223. 又 …………………… 111
| 224. 又 …………………… 111
| 225. 解佩令 ………………… 111
| 226. 行香子 ………………… 111
| 227. 庆春时 ………………… 111
| 228. 又 …………………… 111
| 229. 喜团圆 ………………… 111
| 230. 忆闷令 ………………… 111
| 231. 梁州令 ………………… 111
| 232. 燕归梁 ………………… 111
| 233. 胡捣练 ………………… 111
| 234. 扑蝴蝶 ………………… 112
| 235. 丑奴儿 ………………… 112
| 236. 谒金门 ………………… 112
| 237. 存目词　附录　上行杯　112
| 238. 王观 …………………… 112
| 忆黄梅 …………………… 112
| 239. 浪淘沙 ………………… 112
| 240. 天香 …………………… 112
| 241. 浣溪沙　纵横，苏秦和张仪 ……………………………… 112
| 242. 卜算子　送鲍浩然之浙东 112
| 243. 清平乐 ………………… 112
| 244. 雨中花令 ……………… 112
| 245. 庆清朝慢　踏青 ……… 112
| 246. 清平乐　拟太白应制 … 112
| 247. 木兰花令　柳 ………… 112
| 248. 生查子 ………………… 112
| 249. 菩萨蛮　归思 ………… 112
| 250. 江城梅花引 …………… 113
| 251. 高阳台 ………………… 113
| 252. 减字木兰花 …………… 113
| 253. 红芍药 ………………… 113
| 254. 失调名 ………………… 113
| 255. 临江仙 ………………… 113
| 256. 王安礼 ………………… 113

| 257. 潇湘忆故人慢 ………… 113
| 258. 点绛唇 ………………… 113
| 259. 张舜民 ………………… 113
| 江神子　癸亥陈和叔会于赏心亭113
| 260. 朝中措 ………………… 113
| 261. 卖花声　题岳阳楼 …… 113
| 262. 又 …………………… 113
| 263. 曾布 …………………… 113
| 江南好 …………………… 113
| 264. 水调歌头　排遍第一 … 114
| 265. 又　排遍第二 ………… 114
| 266. 又　排遍第三 ………… 114
| 267. 又　排遍第四 ………… 114
| 268. 又　排遍第五 ………… 114
| 269. 又　排遍第六　带花遍　114
| 270. 又　排遍第七　撷花十八 114
| 271. 魏夫人 ………………… 114
| 临江仙 …………………… 114
| 272. 好事近 ………………… 114
| 273. 阮郎归 ………………… 114
| 274. 减字木兰花 …………… 114
| 275. 又 …………………… 114
| 276. 菩萨蛮 ………………… 114
| 277. 又 …………………… 114
| 278. 又 …………………… 115
| 279. 定风波 ………………… 115
| 280. 点绛唇 ………………… 115
| 281. 武陵春 ………………… 115
| 282. 江城子 ………………… 115
| 283. 卷珠帘 ………………… 115
| 284. 系裙腰 ………………… 115
| 285. 王仲甫 ………………… 115
| 清平乐 …………………… 115
| 286. 满朝欢 ………………… 115
| 287. 丑奴儿 ………………… 115
| 288. 永遇乐 ………………… 115
| 289. 浪淘沙 ………………… 115

290. 醉落魄 ……………… 115	323. 浣溪沙 ……………… 118	35. 又 ………………………… 123
291. 蓦山溪 ……………… 115		36. 又 ………………………… 123
292. 孙浩然 ……………… 115	**第六函**	37. 又 ………………………… 123
离亭燕……………………… 115		38. 又 ………………………… 123
293. 夜行船 ……………… 116	1. 又 水调歌头 ………… 121	39. 又 ………………………… 123
294. 王诜 ………………… 116	2. 满江红 ………………… 121	40. 又 ………………………… 123
鹧鸪天……………………… 116	3. 又 自变 ……………… 121	41. 渔家傲 ………………… 123
295. 花心动 腊梅 ……… 116	4. 又 …………………………… 121	42. 又 ………………………… 123
296. 落梅花 ……………… 116	5. 又 …………………………… 121	43. 又 七夕 ……………… 124
297. 黄莺儿 ……………… 116	6. 又 …………………………… 121	44. 又 ………………………… 124
298. 踏青游 ……………… 116	7. 归朝欢 ………………… 121	45. 鹧鸪天 谪黄州作真本藏林子
299. 忆故人 ……………… 116	8. 念奴娇 赤壁怀古 …… 121	敬家 …………………………… 124
300. 行香子 ……………… 116	9. 雨中花 ………………… 121	46. 又 ………………………… 124
301. 蝶恋花 ……………… 116	10. 沁园春 ………………… 122	47. 少年游 ………………… 124
302. 玉楼春 海棠 ……… 116	11. 劝金船 ………………… 122	48. 又 ………………………… 124
303. 花发沁园春 ………… 116	12. 一丛花 ………………… 122	49. 定风波 ………………… 124
304. 人月圆 元夜 ……… 116	13. 木兰花令 ……………… 122	50. 又 ………………………… 124
305. 换遍歌头 …………… 116	14. 又 ………………………… 122	51. 又 重阳 ……………… 124
306. 画堂春令 …………… 117	15. 又 ………………………… 122	52. 又 感旧 ……………… 124
307. 撼庭竹 ……………… 117	16. 西江月 ………………… 122	53. 又 送元素 …………… 124
308. 蝶恋花 ……………… 117	17. 又 ………………………… 122	54. 又 墨竹词 …………… 124
309. 陈济翁 ……………… 117	18. 又 ………………………… 122	55. 又 咏红梅 …………… 124
310. 踏青游 ……………… 117	19. 又 ………………………… 122	56. 又 ………………………… 124
311. 苏轼 ………………… 117	20. 又 重九 ……………… 122	57. 又 ………………………… 124
水龙吟 四首 …………… 117	21. 又 茶词 ……………… 122	58. 南乡子 春情 ………… 124
312. 又 …………………………… 117	22. 又 ………………………… 122	59. 又 梅花词 …………… 125
313. 又 次韵章质夫杨花词 117	23. 又 ………………………… 122	60. 又 酒 ………………… 125
314. 又 吕长春格律诗词六万八千首	24. 又 送钱侍御 ………… 122	61. 又 重九 ……………… 125
………………………………… 117	25. 又 梅花 ……………… 122	62. 又 ………………………… 125
315. 满庭芳 ……………… 117	26. 又 ………………………… 122	63. 又 有感 ……………… 125
316. 又 …………………………… 117	27. 又 平山堂 …………… 123	64. 又 和杨元素 ………… 125
317. 又 …………………………… 118	28. 送别 …………………… 123	65. 又 自述 ……………… 125
318. 又 …………………………… 118	29. 临江仙 ………………… 123	66. 又 送元素还朝 ……… 125
319. 又 …………………………… 118	30. 又 ………………………… 123	67. 又 赠行 ……………… 125
320. 水调歌头 …………… 118	31. 又 ………………………… 123	68. 又 双荔枝 …………… 125
321. 又 …………………………… 118	32. 又 冬日即事 ………… 123	69. 又 集句 ……………… 125
322. 又 …………………………… 118	33. 又 ………………………… 123	70. 又 集句 ……………… 125
	34. 又 ………………………… 123	

17

71. 又　集句 …………… 125	尼朱,年九十余,自言随师入孟昶宫, 一日热,孟昶与花蕊夫人避,而吟, 只记前二句。…………… 128	137. 又 …………………… 130
72. 又　集句 …………… 125		138. 又 …………………… 130
73. 又　集句 …………… 125		139. 又　秋兴 …………… 130
74. 南歌子　游赏 ……… 126	108. 八声甘州 …………… 128	140. 又　冬思 …………… 130
75. 又　湖景 …………… 126	109. 三部乐　情尺 明皇分立伎、 坐伎和法曲三部 …… 128	141. 又　过七里滩 ……… 130
76. 又　寓意 …………… 126		142. 菩萨蛮　歌伎 ……… 130
77. 又　和尤韵 ………… 126	110. 阮郎归　初夏 ……… 128	143. 又 …………………… 130
78. 又　和前韵 ………… 126	111. 又　梅词 …………… 128	144. 又　西湖 …………… 130
79. 又　晚春 …………… 126	112. 又　苏州席上作 …… 128	145. 又　杭伎往苏迓新守 … 130
80. 又　八月十八日观潮 … 126	113. 江神子　陶渊明正月五日游 斜川,作诗,余躬耕东坡,雪堂居 之。………………………… 128	146. 又 …………………… 130
81. 又　再用前调 ……… 126		147. 又　述古席上 ……… 130
82. 又 …………………… 126		148. 又　感旧 …………… 130
83. 又 …………………… 126	114. 又　孤山竹阁送述古 … 128	149. 又　新月 …………… 131
84. 又　湖州作 ………… 126	115. 又　江景 …………… 128	150. 又　七夕 …………… 131
85. 又　暮春 …………… 126	116. 又　猎词 …………… 128	151. 又　有寄 …………… 131
86. 又　黄州腊八饮 …… 126	117. 又　空城计 ………… 128	152. 又 …………………… 131
87. 又　有感 …………… 126	118. 又　冬景 …………… 128	153. 又　回文 …………… 131
88. 又　感旧 …………… 126	119. 又 …………………… 129	154. 又　夏景回文 ……… 131
89. 又　舞曲二首 ……… 126	120. 又 …………………… 129	155. 又　回文 …………… 131
90. 又 …………………… 126	121. 又 …………………… 129	156. 又　回文春闺怨 …… 131
91. 好事近 ……………… 126	122. 蝶恋花　春景 ……… 129	157. 又　回文夏闺怨 …… 131
92. 又 …………………… 127	123. 又　佳人 …………… 129	158. 又　回文秋闺怨 …… 131
93. 鹊桥仙　七夕 ……… 127	124. 又　送春 …………… 129	159. 又　回文冬闺怨 …… 131
94. 又 …………………… 127	125. 又　暮春 …………… 129	160. 生查子　许别 ……… 131
95. 望江南　暮春 ……… 127	126. 又　密州上元 ……… 129	161. 又　寄小小,独娜 … 131
96. 又 …………………… 127	127. 又 …………………… 129	162. 翻香令 ……………… 131
97. 卜算子　感旧 ……… 127	128. 又 …………………… 129	163. 乌夜啼　寄远 ……… 131
98. 又 …………………… 127	129. 又 …………………… 129	164. 虞美人　琵琶 ……… 131
99. 瑞鹧鸪　观潮 ……… 127	130. 又　述怀 …………… 129	165. 又　述怀 …………… 131
100. 十柏子　暮秋 ……… 127	131. 采桑子 ……………… 129	166. 又　守杭 …………… 131
101. 清平乐　秋词 ……… 127	132. 千秋岁　湖州暂来徐州重阳作 …………………………… 129	167. 又　东坡与秦少游饮别 132
102. 昭君怨　送别 ……… 127		168. 河满子　湖州作 …… 132
103. 戚氏 ………………… 127	133. 苏幕遮　咏选仙图 … 129	169. 哨遍　公云,渊明归去来兮赋, 有词无声,东坡筑雪堂,人以陋名。 或作稍遍。龟兹五声。独鄌阳芜颜 夫欲卜邻,作此词家僅扣牛角为云 节。………………………… 132
104. 醉蓬莱　重九上君献 … 127	134. 永遇乐 ……………… 130	
105. 贺新郎 ……………… 127	135. 又　夜宿燕子楼梦盼盼因作 …………………………… 130	
106. 洞仙歌　咏柳 ……… 128		
107. 又　公自序曰,七岁见眉山老	136. 行香子　茶词 ……… 130	

170. 又 春词 …… 132	202. 又 送东武令 …… 134	236. 又 春情 …… 136
171. 点绛唇 己的巳重九和苏坚 …… 132	203. 又 送别 …… 134	237. 又 菊节 …… 136
172. 又 庚午重九再和前韵 132	204. 又 送赵令 …… 134	238. 又 春情 …… 136
173. 又 再和送钱公永 …… 132	205. 又 过吴兴，择生子三日会客 …… 134	239. 又 荷花 …… 136
174. 又 …… 132	206. 又 得书 …… 134	240. 又 寄费孝通人大副委员长 …… 136
175. 又 离恨 …… 132	207. 又 送别 …… 134	241. 又 有赠 …… 136
176. 㜞人娇 赠侍人 …… 132	208. 又 …… 134	242. 又 …… 136
177. 又 赠朝云 …… 132	209. 又 赠小鬟琵琶 …… 134	243. 又 …… 136
178. 又 …… 132	210. 又 立春 …… 134	244. 又 …… 136
179. 许衷情 送述古 …… 133	211. 又 雪词 …… 134	245. 又 人大批准满旗自治县 136
180. 又 海棠 …… 133	212. 又 花 …… 134	246. 又 …… 136
181. 又 琵琶女 …… 133	213. 又 春月 …… 134	247. 又 赠远 …… 136
182. 更漏子 送孙巨源 …… 133	214. 又 赠胜之 …… 134	248. 又 …… 136
183. 华清引 感旧 此调此一词，平仄遵之 …… 133	215. 浣溪沙 新秋 …… 135	249. 又 …… 136
184. 桃源忆故人 暮春 …… 133	216. 又 游蕲水清泉寺，寺临兰溪，溪水西流 …… 135	250. 又 赠楚守田待制小鬟 136
185. 醉落魄 述怀 …… 133	217. 又 渔父 …… 135	251. 又 和前韵 …… 136
186. 又 席上呈元素 …… 133	218. 又 …… 135	252. 又 端午 …… 136
187. 又 忆别 …… 133	219. 又 微雪 …… 135	253. 又 感旧 …… 136
188. 又 述怀 …… 133	220. 又 前韵 …… 135	254. 又 自适 …… 136
189. 谒金门 秋夜 …… 133	221. 又 前韵 …… 135	255. 又 寓意 …… 136
190. 又 秋兴 …… 133	222. 又 前韵 …… 135	256. 又 即事 …… 136
191. 又 秋感 …… 133	223. 又 再和前韵 …… 135	257. 双荷叶 即秦楼月 …… 136
192. 如梦令 公曰，本曲唐庄宗制，名忆仙姿，末句：如梦如梦，和泪出门相送。因以为名。…… 133	224. 又 前韵 …… 135	258. 皂罗特髻 采菱拾翠 … 137
	225. 又 九月九日二首 …… 135	259. 调笑令 …… 137
	226. 又 和前韵 …… 135	260. 又 …… 137
193. 又 同前 …… 133	227. 又 有感 …… 135	261. 荷华媚 荷花，词律辞典载荷花媚 …… 137
194. 又 有寄 …… 133	228. 又 咏桔 …… 135	
195. 又 春思 …… 133	229. 又 公守湖长老法惠伽兰寄黄公济 …… 135	262. 青玉案 和贺方回韵送伯固归吴中故居 …… 137
196. 阳关曲 公曰：本名小秦王，入腔即阳关曲 …… 134	230. 又 前韵 …… 135	263. 渔家傲 赠曹光州 …… 137
197. 又 军中 …… 134	231. 徐门石潭谢雨道上作五首 135	264. 江城子 …… 137
198. 又 李公择 …… 134	232. 又 …… 135	265. 又 …… 137
199. 减字木兰花 …… 134	233. 又 …… 135	266. 南乡子 …… 137
200. 又 寓意 …… 134	234. 又 …… 135	267. 又 …… 137
201. 又 荔枝 …… 134	235. 又 …… 135	268. 菩萨蛮 …… 137
		269. 又 咏足 …… 137

| 270. 又 ………………………… 137
| 271. 蝶恋花　送潘大临 …… 137
| 272. 又　同安生日放鱼，取金光明经救鱼事 ………………… 137
| 273. 浣溪沙　端午 ………… 137
| 274. 又 ………………………… 138
| 275. 又 ………………………… 138
| 276. 减字木兰花　琴 …… 138
| 277. 又 ………………………… 138
| 278. 又 ………………………… 138
| 279. 又 ………………………… 138
| 280. 又 ………………………… 138
| 281. 又 ………………………… 138
| 282. 又 ………………………… 138
| 283. 又 ………………………… 138
| 284. 南歌子 ………………… 138
| 285. 如梦令　题淮山楼 …… 138
| 286. 瑞鹧鸪 ………………… 138
| 287. 临江仙　赠王友道 …… 138
| 288. 少年游 ………………… 138
| 289. 一斛珠 ………………… 138
| 290. 点绛唇　二首 ……… 138
| 291. 又 ………………………… 138
| 292. 虞美人 ………………… 138
| 293. 天仙子 ………………… 139
| 294. 满庭芳 ………………… 139
| 295. 南乡子　宿州上元 …… 139
| 296. 浣溪沙 ………………… 139
| 297. 又　送叶淳花 ……… 139
| 298. 减字木兰花 …………… 139
| 299. 又　寄李白 ………… 139
| 300. 又　寄李白 ………… 139
| 301. 行香子　与泗守过南山晚归作 …………………………… 139
| 302. 画堂春　寄子由 …… 139
| 303. 浣溪沙　方响 ……… 139
| 304. 好事近 ………………… 139

305. 占春芳 ………………… 139
306. 南歌子　步独娜小小景山公园韵 ………………………… 139
307. 浪淘沙 ………………… 139
308. 木兰花令 ……………… 139
309. 又 ………………………… 139
310. 又 ………………………… 140
311. 虞美人 ………………… 140
312. 又 ………………………… 140
313. 临江仙 ………………… 140
314. 蝶恋花 ………………… 140
315. 又 ………………………… 140
316. 又 ………………………… 140
317. 又 ………………………… 140
318. 又 ………………………… 140
319. 渔家傲　飞来延吉机上 140
320. 江城子 ………………… 140
321. 浣溪沙 ………………… 140
322. 又 ………………………… 140
323. 又 ………………………… 140
324. 又 ………………………… 140
325. 又 ………………………… 140
326. 又 ………………………… 141
327. 又 ………………………… 141
328. 又 ………………………… 141
329. 又 ………………………… 141
330. 又 ………………………… 141
331. 又　清守将 …………… 141
332. 又　忆桑衡康 ………… 141
333. 又　南方航空到延吉商务舱 …………………………… 141
334. 又　吴大澂 …………… 141
335. 又　上五家山 ………… 141
336. 又 ………………………… 141
337. 又　雁在珲春 ………… 141
338. 又 ………………………… 141
339. 又　寄赵连胜兄 ……… 141

340. 祝英台近　寄蔡兄 …… 141
341. 浣溪沙　延吉－北京机上 141
342. 又　延吉－北京机上 … 141
343. 雨中花慢　二十一体 … 141
344. 又　别体 ……………… 142
345. 念奴娇　中秋 ………… 142
346. 水龙吟 ………………… 142
348. 渔父　四首　二体 …… 142
349. 又 ………………………… 142
350. 又 ………………………… 142
351. 又 ………………………… 142
352. 醉翁操 ………………… 142
353. 瑶池燕 ………………… 142
354. 千秋岁　次韵少游 …… 142
355. 减字木兰花 …………… 142
356. 菩萨蛮 ………………… 142
357. 踏青游 ………………… 142
358. 阮郎归 ………………… 143
359. 西江月　咏梅 ………… 143
360. 踏莎行 ………………… 143
361. 又 ………………………… 143
362. 鹧鸪天　佳人 ………… 143
363. 西江月　佳人 ………… 143
364. 更漏子　佳人 ………… 143
365. 又　佳人 ……………… 143

第七函

1. 如梦会　佳人 ………… 147
2. 清平调引　佳人 ……… 147
3. 又 ………………………… 147
4. 又 ………………………… 147
5. 赵轼 ……………………… 147
6. 郭讵 ……………………… 147
7. 李之仪 …………………… 147
8. 蓦山溪　次韵徐明叔　上声二十五有韵 …………… 147
9. 又　上声七虞韵 ……… 147

目录

10. 又 采石值雪，入声九屑韵 147
11. 又 …………………… 147
12. 满庭芳 八月十六日 咏东坡词，因韵 …………………… 147
13. 又 …………………… 148
14. 玉蝴蝶 九月十日登黄山骤雨 …………………… 148
15. 早梅芳 …………………… 148
16. 谢池春 …………………… 148
17. 怨三三 …………………… 148
18. 春光好 …………………… 148
19. 千秋岁 …………………… 148
20. 又 …………………… 148
21. 又 …………………… 148
22. 又 …………………… 148
23. 又 …………………… 148
24. 又 …………………… 148
25. 临江仙 …………………… 148
26. 又 …………………… 148
27. 江神子 即江城子 …………………… 149
28. 又 …………………… 149
29. 又 …………………… 149
30. 清平乐 橘 …………………… 149
31. 又 …………………… 149
32. 又 听杨姝琴 …………………… 149
33. 又 再和 …………………… 149
34. 又 …………………… 149
35. 浪淘沙 琴 …………………… 149
36. 卜算子 …………………… 149
37. 忆秦娥 用太折韵 …………………… 149
38. 蝶恋花 …………………… 149
39. 又 …………………… 149
40. 又 …………………… 149
41. 又 …………………… 149
42. 浣溪沙 …………………… 149
43. 西江月 橘 …………………… 149
44. 又 …………………… 150

45. 又 …………………… 150
46. 鹊桥仙 …………………… 150
47. 又 中苏日朝韩 …………………… 150
48. 踏莎行 …………………… 150
49. 又 …………………… 150
50. 鹧鸪天 …………………… 150
51. 又 …………………… 150
52. 又 …………………… 150
53. 又 …………………… 150
54. 朝中措 …………………… 150
55. 又 …………………… 150
56. 又 …………………… 150
57. 采桑子 …………………… 150
58. 如梦令 …………………… 150
59. 临江仙 登凌敲台感怀 … 150
60. 又 …………………… 150
61. 丑奴儿 …………………… 150
62. 青玉案 …………………… 151
63. 更漏子 借陈君俞韵 仄声十二震韵，上阙十二侵韵，下阙十一真韵 …………………… 151
64. 渔家傲 …………………… 151
65. 南乡子 月 …………………… 151
66. 又 夏日 …………………… 151
67. 又 读史 …………………… 151
68. 又 端午 …………………… 151
69. 又 …………………… 151
70. 蓦山溪 …………………… 151
71. 减字木兰花 …………………… 151
72. 又 …………………… 151
73. 又 …………………… 151
74. 又 …………………… 151
75. 又 …………………… 151
76. 天门谣 …………………… 151
77. 好事近 …………………… 151
78. 又 …………………… 152
79. 又 …………………… 152

80. 浣溪沙 …………………… 152
81. 又 …………………… 152
82. 又 …………………… 152
83. 菩萨蛮 …………………… 152
84. 又 …………………… 152
85. 雨中花令 …………………… 152
86. 又 …………………… 152
87. 留春令 …………………… 152
88. 踏莎行 …………………… 152
89. 又 …………………… 152
90. 南乡子 …………………… 152
91. 万年欢 …………………… 152
92. 朝中措 …………………… 152
93. 又 …………………… 152
94. 临江仙 早梅 …………………… 152
95. 又 …………………… 152
96. 蝶恋花 …………………… 153
97. 蔡确 …………………… 153
98. 许将 惜黄花 …………………… 153
99. 郑无党 临江仙 …………………… 153
100. 陈恺 无愁可解 …………………… 153
101. 苏辙 …………………… 153
102. 调啸词二首 效韦苏州 …………………… 153
103. 又 …………………… 153
104. 又 …………………… 153
105. 水调歌头 徐州中秋 … 153
106. 渔家傲 …………………… 153
107. 陈睦 沁园春 …………………… 153
108. 清平乐 …………………… 153
109. 马成 玉楼春 …………………… 153
110. 李婴 满江红 …………………… 154

21

111. 王齐愈 …………… 154	141. 卜算子 …………… 156	177. 范祖禹 …………… 158
菩萨蛮戏成六首 … 154	142. 菩萨蛮 …………… 156	虞主回京双调四曲 … 158
112. 二 ………………… 154	143. 又 ………………… 156	178. 六州一曲 ………… 158
113. 三 ………………… 154	144. 又 ………………… 156	179. 十二时一曲 ……… 158
114. 四 ………………… 154	145. 又 ………………… 156	180. 虞神歌一曲 ……… 158
115. 五 ………………… 154	146. 又 ………………… 156	181. 虞主祔朝日中吕导引一曲 158
116. 六 ………………… 154	147. 又 次刘郎中赏花韵 … 156	182. 孙平仲 …………… 158
117. 鹧鸪天 …………… 154	148. 又 ………………… 156	千秋岁 ………………… 158
大连海鲜 …………… 154	149. 又 送奉化县知县秦奉武 156	183. 了元 僧佛印，浮梁人 158
118. 鹧鸪天 …………… 154	150. 又 ………………… 156	满庭芳 ………………… 158
马踏飞燕 …………… 154	151. 又 ………………… 156	184. 西江月 …………… 158
119. 菩萨蛮 初夏 …… 154	152. 又 ………………… 156	185. 品字令 …………… 158
120. 虞美人 寄情 …… 154	153. 又 ………………… 156	186. 蝶恋花 …………… 158
121. 王齐叟 …………… 154	154. 又 ………………… 156	187. 浪淘沙 …………… 158
望江南 ………………… 154	155. 又 ………………… 156	188. 如梦令 …………… 159
122. 失调名 …………… 154	156. 又 次萤中元归韵 … 156	189. 太尉夫人 仁宗时宗室夫人
123. 舒氏 ……………… 154	157. 又 湖心寺湖上赋茶 … 157	…………………………… 159
124. 琴操 杭伎，后为尼 … 154	158. 又 别意 ………… 157	极相思令 ……………… 159
满庭芳 ………………… 154	159. 又 次韵 ………… 157	190. 郭祥正 …………… 159
125. 卜算子 …………… 155	160. 又 ………………… 157	醉翁操 笑东坡 ……… 159
126. 舒亶 ……………… 155	161. 又 ………………… 157	191. 董父 ……………… 159
临江仙 桓仁 ………… 155	162. 蝶恋花 置酒别公度座间探题	望江南 ………………… 159
127. 点绛唇 …………… 155	得梅 …………………… 157	192. 又 ………………… 159
128. 散天花 …………… 155	163. 又 ………………… 157	193. 丁仙现 …………… 159
129. 蝶恋花 …………… 155	164. 减字木兰花 ……… 157	绛都春 上元 ………… 159
130. 醉花阴 试休 …… 155	165. 又 赋锦带 ……… 157	194. 刘泾 ……………… 159
131. 又 越州度有伎送梅花 … 155	166. 木兰花 …………… 157	减字木兰花 …………… 159
132. 虞美人 寄度 …… 155	167. 又 ………………… 157	195. 夏初临 夏景 …… 159
133. 又 周园欲雪 …… 155	168. 又 ………………… 157	196. 黄裳 ……………… 159
134. 又 蒋园醉归 …… 155	169. 浣溪沙 …………… 157	桂枝香 延平阁闲望 … 159
135. 丑奴儿 …………… 155	170. 又 ………………… 157	197. 又 ………………… 159
136. 一落索 …………… 155	171. 又 和仲闻对棋 … 157	198. 新荷叶 雨中泛湖 … 159
137. 又 ………………… 155	172. 又 劝酒 ………… 157	199. 渔家傲 咏月 …… 159
138. 满庭芳 重阳前席上次元直韵	173. 又 ………………… 157	春月 …………………… 159
六麻 …………………… 155	174. 鹊桥仙 吕使君钱会 … 157	200. 夏月 ……………… 159
139. 又 ………………… 155	175. 菩萨蛮 …………… 157	201. 鹧鸪天 …………… 160
140. 又 ………………… 156	176. 好事近 …………… 158	202. 鹧鸪天 …………… 160

203. 鹧鸪天 …………… 160	240. 又 …………………… 163	268. 醉蓬莱 …………… 165
204. 渔家傲　秋月 ……… 160	241. 又 …………………… 163	269. 南歌子 …………… 165
205. 又仲秋月 …………… 160	242. 又 …………………… 163	270. 蓦山溪　赠陈湘 …… 165
206. 又　冬月 …………… 160	243. 又 …………………… 163	271. 转调丑奴儿 ……… 165
207. 又　新月 …………… 160	244. 又 …………………… 163	272. 品令 ……………… 165
208. 又　斜月 …………… 160	245. 又 …………………… 163	273. 踏莎行 …………… 165
209. 永遇乐　雪 ………… 160	246. 又 …………………… 163	274. 又 ………………… 165
210. 又　冬日 …………… 160	247. 又 …………………… 163	275. 定风波 …………… 165
211. 蓦山溪 ……………… 160	248. 又 …………………… 163	276. 又 ………………… 165
212. 喜朝天 ……………… 160	249. 青门引　社日游云门 … 163	277. 又　荔枝 ………… 166
213. 锦堂春　雪 ………… 160	250. 满路花　和秋风吹渭水 163	278. 又 ………………… 166
214. 霜叶飞 ……………… 161	251. 卖花声 ……………… 164	279. 鹊桥仙　次东坡七夕韵 166
215. 水龙吟　方外述怀 …… 161	252. 王雱　王安石子，进士，龙图阁直学士，三十三岁卒 …… 164	280. 又　赋七夕 ……… 166
216. 蝶恋花　牡丹 ……… 161	倦寻芳慢 ……………… 164	281. 阮郎归 …………… 166
217. 又 …………………… 161	253. 张景修 …………… 164	282. 又 ………………… 166
218. 又　东湖 …………… 161	虞美人 ………………… 164	283. 更漏子 …………… 166
219. 又 …………………… 161	254. 选冠子 ……………… 164	284. 绣带子 …………… 166
220. 又 …………………… 161	255. 黄大临　字符明，黄庭坚兄，萍乡令 ……………… 164	285. 撼庭竹 …………… 166
221. 又 …………………… 161	青玉案 ………………… 164	286. 减字木兰花　春 …… 166
222. 喜迁莺 ……………… 161	256. 又 …………………… 164	287. 又 ………………… 166
223. 宴琼林　木香 ……… 161	257. 七娘子 ……………… 164	288. 又　登巫山县楼作 … 166
224. 宴春台 ……………… 161	258. 黄庭坚　字鲁直，洪州分宁人，进士，著作郎，编管宜州，有山谷词。 ………………… 164	289. 又 ………………… 166
225. 雨霖铃 ……………… 161	念奴娇 ………………… 164	290. 又 ………………… 166
226. 桂枝香　重阳 ……… 161	259. 水调歌头 …………… 164	291. 又 ………………… 166
227. 喜迁莺　端午泛湖 … 162	260. 又 …………………… 164	292. 又　私情 ………… 166
228. 洞仙歌　暑中 ……… 162	261. 满庭芳 ……………… 164	293. 又　中秋，寄曹使君伯尧兼简施州，张使君促得 …… 166
229. 又 …………………… 162	262. 鹧鸪天 ……………… 165	294. 又 ………………… 167
230. 又　七夕 …………… 162	读史 …………………… 165	295. 又 ………………… 167
231. 八声甘州 …………… 162	263. 满庭芳　雁 ………… 165	296. 又　今夜鄜州月，闺中只独看，遥怜小儿女，未解忆长安 …… 167
232. 满庭芳　咏浮桥 …… 162	264. 鼓笛令　南唐近事 … 165	297. 又 ………………… 167
233. 宴琼林　上元 ……… 162	265. 洞仙歌 ……………… 165	298. 又　前韵未知命弟 … 167
234. 又　东湖春日 ……… 162	266. 惊帝京 ……………… 165	299. 木兰花令 ………… 167
235. 又　牡丹 …………… 162	267. 雨中花 ……………… 165	300. 又 ………………… 167
236. 满江红　东湖观莲 … 162		301. 又 ………………… 167
237. 瑶池月　云山行 …… 162		302. 又　隋唐前为古诗，隋唐至清
238. 又　烟波行 ………… 163		
239. 蝶恋花　月词 ……… 163		

23

为今诗,民国后为现代司…… 167
303. 又 …… 167
304. 又 …… 167
305. 清平乐 …… 167
306. 又 重九 …… 167
307. 又 …… 167
308. 又 …… 167
309. 又 亦知命 …… 167
310. 又 饮宴,桓仁冰葡萄酒 167
311. 忆帝京 赠弹琵琶忆 … 167
312. 又 私情 …… 168
313. 画堂春 …… 168
314. 又 …… 168
315. 鹧鸪天 …… 168
316. 又 前韵 …… 168
317. 又 …… 168
318. 又 …… 168
319. 醉落魄 …… 168
320. 又 …… 168
321. 又 …… 168
322. 又 …… 168
323. 南乡子 重九,知命向成都 …… 168
324. 又 …… 168
325. 亚洲发展投资银行 ADIB …… 168
326. 南乡子 …… 168
327. 又 …… 169
328. 点绛唇 重九寄弟 …… 169
329. 谒金门 …… 169
330. 采桑子 赠黄中行 …… 169
331. 又 赠彭道微使君 …… 169
332. 又 …… 169

第八函

1. 西江月 茶 …… 173
2. 鹧鸪天 吉祥长老设长松汤 173
3. 渔家傲 …… 173
4. 又 …… 173
5. 又 …… 173
6. 又 …… 173
7. 又 …… 173
8. 拨棹子 退居 …… 173
9. 许衷情 …… 173
10. 浣溪沙 …… 173
11. 菩萨蛮 王荆公新筑半山草堂,引入功德水筑港,土磊石作桥 173
12. 调笑歌 …… 173
13. 步蟾宫 …… 173
14. 浣溪沙 程婴 …… 173
15. 南柯子 又名南歌子,东坡过楚州见净慈法师作南歌子 …… 174
16. 又 …… 174
17. 丑奴儿 …… 174
18. 西江月 病戒酒,宴独醒 174
19. 画堂送 …… 174
20. 虞美人 …… 174
21. 又 宜州见梅作 …… 174
22. 两同心 …… 174
23. 又 …… 174
24. 又 …… 174
25. 满庭芳 …… 174
26. 又 …… 174
27. 又 …… 174
28. 蓦山溪 …… 174
29. 又 …… 175
30. 又 …… 175
31. 阮郎归 …… 175
32. 又 …… 175
33. 又 …… 175
34. 又 …… 175
35. 又 …… 175
36. 定风波 …… 175
37. 又 …… 175
38. 又 …… 175
39. 又 …… 175
40. 浪淘沙 …… 175
41. 看花回 茶词 …… 175
42. 惜余欢 …… 175
43. 醉落魄 …… 176
44. 西江月 …… 176
45. 又 …… 176
46. 木兰花令 当涂解令印后宴 176
47. 又 …… 176
48. 又 …… 176
49. 又 …… 176
50. 又 …… 176
51. 品令 …… 176
52. 醉蓬莱 …… 176
53. 江城子 忆别 …… 176
54. 又 …… 176
55. 逍遥乐 香港招商局,蛇口工业区专家组长吕 …… 176
56. 离亭燕 …… 176
57. 归田乐引 …… 176
58. 又 …… 177
59. 归田乐令 …… 177
60. 望远行 …… 177
61. 鼓笛令 …… 177
62. 又 …… 177
63. 又 …… 177
64. 又 …… 177
65. 好女儿 …… 177
66. 又 …… 177
67. 采桑子 …… 177
68. 又 …… 177
69. 又 …… 177
70. 又 …… 177
71. 丑奴儿 …… 177
72. 菩萨蛮 淹泊平山堂 …… 177
73. 鹧鸪天 …… 177
74. 又 …… 177

75. 又 …………………… 178	110. 失调名 …………………… 180	145. 又 …………………… 183
76. 少年心 …………………… 178	111. 好事近 …………………… 180	146. 又 …………………… 183
77. 又 …………………… 178	112. 瑞鹤仙 双调字，上平韵。下，	147. 喜迁莺 …………………… 183
78. 点绛唇 …………………… 178	平叶颜韵。…………………… 180	148. 又 雁 …………………… 183
79. 又 …………………… 178	113. 蓦山溪 春晴 …………… 180	149. 又 吕长春格律诗词十二万
80. 南乡子 …………………… 178	114. 捣练子 …………………… 180	首，平生二万五千余日。…… 183
81. 南歌子 …………………… 178	115. 菩萨蛮 …………………… 180	150. 沁园春 又 …………… 183
82. 更漏子 …………………… 178	116. 渔家傲 自述 ………… 180	151. 水调歌头 又 ………… 183
83. 好事近 …………………… 178	117. 踏莎行 …………………… 180	152. 金盏倒垂莲 又 ……… 183
84. 又 太平州小伎弹琴送酒 178	118. 黄叔达 字知命，黄庭坚弟	153. 百宝装 又 …………… 183
85. 又 …………………… 178	…………………… 180	154. 玉蝴蝶 又 …………… 184
86. 喝火令 …………………… 178	119. 盼盼 泸州伎 ………… 180	155. 木兰花 又 …………… 184
87. 留春令 …………………… 178	120. 晁端礼 …………………… 180	156. 金盏子 又 …………… 184
88. 宴桃源 …………………… 178	121. 又 咏月 ……………… 180	157. 洞仙歌 又 …………… 184
89. 雪花飞 …………………… 178	122. 望海潮 创关东 ……… 181	158. 安公子 又 …………… 184
90. 下水船 …………………… 178	123. 水龙吟 …………………… 181	159. 庆寿光 …………………… 184
91. 贺圣朝 …………………… 178	124. 又 …………………… 181	160. 黄鹂绕碧树 …………… 184
92. 青玉案 …………………… 179	125. 又 …………………… 181	161. 永遇乐 …………………… 184
93. 沁园春 寄女今子嬴 …… 179	126. 又 …………………… 181	162. 满江红 …………………… 184
94. 千秋岁 少游，醉卧古藤阴下，	127. 上林春 …………………… 181	163. 春晴 …………………… 184
了不知南北，竟死于藤州光华亭上。	128. 又 …………………… 181	164. 河满子 …………………… 184
…………………… 179	129. 满庭芳 …………………… 181	165. 醉桃源 …………………… 185
95. 又 …………………… 179	130. 又 …………………… 181	166. 一丛花 巴布亚新几内亚国家
96. 河传 …………………… 179	131. 又 …………………… 181	顾问 …………………… 185
97. 望江东 …………………… 179	132. 又 …………………… 182	167. 感皇恩 …………………… 185
98. 桃源忆故人 …………… 179	133. 又 …………………… 182	168. 御街行 …………………… 185
99. 卜算子 …………………… 179	134. 雨中花 …………………… 182	169. 踏莎行 …………………… 185
100. 蝶恋花 …………………… 179	135. 又 …………………… 182	170. 又 …………………… 185
101. 浣溪沙 …………………… 179	136. 又 …………………… 182	171. 又 …………………… 185
102. 又 …………………… 179	137. 玉楼宴 …………………… 182	172. 蝶恋花 …………………… 185
103. 诉衷情 …………………… 179	138. 醉蓬莱 …………………… 182	173. 又 …………………… 185
104. 又 …………………… 179	139. 又 …………………… 182	174. 定风波 …………………… 185
105. 又 …………………… 179	140. 又 …………………… 182	175. 江城子 …………………… 185
106. 昼夜乐 …………………… 179	141. 金人捧露盘 …………… 182	176. 又 …………………… 185
107. 一落索 …………………… 179	142. 玉女摇仙珮 …………… 182	177. 临江仙 …………………… 185
108. 满庭芳 自述 ………… 180	143. 蓦山溪 …………………… 183	178. 西江月 …………………… 185
109. 西江月 …………………… 180	144. 又 …………………… 183	179. 浣溪沙 …………………… 185

25

180. 又 …… 186	215. 丑奴儿 …… 187	251. 一落索 …… 190
181. 诉衷情 …… 186	216. 又 …… 187	252. 一斛珠 …… 190
182. 又 …… 186	217. 惜双双 …… 188	253. 少年游 …… 190
183. 又 …… 186	218. 脱银袍 自述 …… 188	254. 鹊桥仙 …… 190
184. 清平乐 …… 186	219. 行香子 …… 188	255. 点绛唇 …… 190
185. 又 …… 186	220. ，小重山 …… 188	256. 卜算子 …… 190
186. 又 …… 186	221. 雨霖铃 …… 188	257. 柳初新 …… 190
187. 又 雁 …… 186	222. 玉叶重黄 …… 188	258. 千秋岁 …… 190
188. 浣溪沙 …… 186	223. 金蕉叶 …… 188	259. 殢人娇 …… 190
189. 又 …… 186	224. 南歌子 …… 188	260. 遍地花 …… 190
190. 又 …… 186	225. 鹧鸪天 …… 188	261. 梁州令 …… 190
191. 又 …… 186	226. 又 …… 188	262. 滴滴金 …… 191
192. 又 …… 186	227. 又 …… 188	263. 失调名 …… 191
193. 又 …… 186	228. 又 …… 188	264. 蓦山溪 …… 191
194. 又 …… 186	229. 又 …… 188	265. 曾肇 …… 191
195. 又 …… 186	230. 又 …… 188	好事近 …… 191
196. 菩萨蛮 …… 186	231. 又 …… 188	266. 郑仅 …… 191
197. 又 …… 186	232. 又 …… 188	267. 又 …… 191
198. 又 …… 186	233. 又 …… 189	268. 又 …… 191
199. 又 …… 186	234. 又 …… 189	269. 又 …… 191
200. 又 …… 187	235. 并蒂芙蓉 …… 189	270. 又 …… 191
201. 一落索 …… 187	236. 寿星明 …… 189	271. 又 …… 191
202. 虞美人 …… 187	237. 黄河清 …… 189	272. 又 …… 191
203. 又 …… 187	238. 浣溪沙 …… 189	273. 又 …… 191
204. 一斛珠 …… 187	自述 …… 189	274. 又 …… 191
205. 少年游 …… 187	239. 又 …… 189	275. 又 …… 191
206. 鹊桥仙 …… 187	240. 舜韶新 …… 189	276. 又 …… 191
207. 点绛唇 …… 187	241. 上林春 自述 …… 189	277. 又 …… 191
208. 鹧鸪天 …… 187	242. 雨中花 …… 189	278. 蔡京 …… 191
209. 浣溪沙 …… 187	243. 醉蓬莱 …… 189	西江月 …… 191
费世诚 占美宝 …… 187	244. 吴音子 …… 189	279. 苏琼 …… 191
210. 浣溪沙 …… 187	245. 洞仙歌 …… 189	西江月 …… 191
尧帝 …… 187	246. 安公子 …… 190	280. 李元膺 …… 192
211. 鹧鸪天 …… 187	247. 河满子 …… 190	茶瓶儿 …… 192
212. 武陵春 …… 187	248. 踏莎行 …… 190	281. 洞仙歌 …… 192
213. 苏幕遮 …… 187	249. 临江仙 …… 190	282. 又 …… 192
214. 朝中措 …… 187	250. 清平乐 …… 190	283. 蓦山溪 …… 192

284. 鹧鸪天 …… 192	311. 又 …… 194	34. 河传 二首 …… 199
285. 菩萨蛮 …… 192		35. 其二 …… 199
286. 一落索 …… 192	**第九函**	36. 浣溪沙 五首 …… 199
287. 浣溪沙 …… 192	1. 望海潮 …… 197	37. 其二 …… 199
288. 又 …… 192	2. 又 …… 197	38. 其三 …… 199
289. 吕南公 …… 192	3. 沁园春 …… 197	39. 其四 …… 199
290. 又 …… 192	4. 水龙吟 …… 197	40. 其五 …… 199
291. 赵顼 …… 192	5. 八六子 …… 197	41. 如梦令 …… 200
292. 吕希纯 …… 192	6. 风流子 …… 197	42. 其二 …… 200
临江仙 自述 …… 192	7. 梦扬州 …… 197	43. 其三 …… 200
293. 喻陟 …… 192	8. 雨中花 …… 197	44. 其四 …… 200
腊梅香 …… 192	9. 一丛花 …… 197	45. 其五 …… 200
294. 朱服 …… 193	10. 鼓笛令 …… 198	46. 阮郎归 四首 …… 200
渔家傲 自述 …… 193	11. 促拍满路花 …… 198	47. 其二 …… 200
295. 丁注 …… 193	12. 长相思 …… 198	48. 其三 …… 200
无闷 …… 193	13. 满庭芳 三首 …… 198	49. 其四 …… 200
296. 刘弇 …… 193	14. 其二 …… 198	50. 浣溪沙 …… 200
宝鼎现 …… 193	15. 其三 …… 198	51. 满庭芳 三首 …… 200
297. 洞仙歌 …… 193	16. 江城子 三首 …… 198	52. 其二 …… 200
298. 浣溪沙 …… 193	17. 其二 …… 198	53. 其三 …… 200
落阳宫 …… 193	18. 其三 …… 198	54. 桃源忆故人 …… 200
299. 金明春 …… 193	19. 满园花 …… 198	55. 调笑令 十首并诗 …… 200
300. 内家娇 …… 193	20. 迎春乐 …… 198	56. 乐昌公主 曲子 …… 200
301. 安平乐慢 …… 193	21. 浣溪沙 …… 198	57. 崔徽 …… 200
302. 佳人醉 …… 193	夜梦 …… 198	58. 无双 …… 201
303. 惜双双令 …… 193	22. 鹊桥仙 …… 198	59. 灼灼 …… 201
304. 清平乐 …… 193	23. 菩萨蛮 …… 198	60. 盼盼 …… 201
305. 时彦 …… 194	24. 减字木兰花 …… 199	61. 莺莺 …… 201
青门饮 自述 …… 194	25. 木兰花 …… 199	62. 采莲 …… 201
306. 廖正一 …… 194	26. 画堂春 …… 199	63. 烟中怨 …… 201
瑶池宴令 …… 194	27. 千秋岁 …… 199	64. 离魂计 …… 201
307. 董武子 …… 194	28. 踏莎行 …… 199	65. 右十 …… 201
无调名 …… 194	29. 蝶恋花 …… 199	66. 虞美人 三首 …… 201
308. 哑女 …… 194	30. 一落索 …… 199	67. 其二 …… 201
醉落魄 赠周鄂应举 …… 194	31. 丑奴儿 …… 199	68. 其三 …… 201
309. 秦观 …… 194	32. 南乡子 …… 199	69. 点绛唇 二首 …… 201
310. 望海潮 四首 …… 194	33. 醉桃源 以阮郎归歌之 …… 199	70. 其二 …… 201

71. 品令二首 …… 201	107. 又 …… 203	141. 之二 一 辰二点钟 … 206
72. 其二 …… 201	108. 又 …… 204	142. 之三 一 辰三点钟 … 206
73. 南歌子 三首 …… 201	109. 渔家傲 …… 204	143. 水龙吟 …… 206
74. 其二 …… 201	110. 又 …… 204	144. 石州慢 九日 …… 206
75. 其三 …… 201	111. 又 …… 204	145. 喜迁莺 …… 206
76. 临江仙 二首 …… 201	112. 又 …… 204	146. 又 …… 206
77. 其二 …… 202	113. 又 …… 204	147. 又 …… 206
78. 好事近 …… 202	114. 行香子 夏至 …… 204	148. 风流子 …… 207
79. 添春色 …… 202	115. 江城子 …… 204	149. 沁园春 …… 207
80. 南柯子 …… 202	116. 河满子 …… 204	150. 又 …… 207
81. 画堂春 …… 202	117. 忆秦娥 灞桥雪 …… 204	151. 浣溪沙
82. 木兰花 …… 202	118. 又 曲江花 …… 204	游子 …… 207
83. 御街行 …… 202	119. 又 庾楼月 …… 204	152. 摸鱼儿 重九 …… 207
84. 青门饮 …… 202	120. 又 楚台风 …… 204	153. 兰陵王 …… 207
85. 夜游宫 …… 202	121. 风入松 …… 204	154. 米芾 …… 207
86. 醉蓬莱 …… 202	122. 满江红 自叙 …… 204	西江月 …… 207
87. 满江红 …… 202	123. 又 …… 205	155. 菩萨蛮 拟古 …… 207
88. 一斛珠 …… 202	124. 碧芙蓉 九日 …… 205	156. 水调歌头 中秋问东坡 207
89. 如梦令 …… 202	125. 满庭芳 赏梅 …… 205	157. 渔家傲 金山 …… 207
90. 玉楼春 …… 202	126. 琳琳	158. 丑奴儿 是白发 …… 207
91. 又 …… 202	乌镇 …… 205	159. 减字木兰花 …… 207
92. 又 …… 203	127. 亚洲发展投资银行 …… 205	160. 又 展书卷 …… 208
93. 南乡子 忆姑苏同里江村小桥	128. 念奴娇 忆张恩媛 …… 205	161. 点绛唇 …… 208
一号 …… 203	129. 又 赤壁舟中咏雪 …… 205	162. 浣溪沙
94. 虞美人 …… 203	130. 又 …… 205	苏轼与米芾 …… 208
95. 踏莎行 …… 203	131. 又 …… 205	163. 浣溪沙
96. 又 …… 203	132. 又 咏柳 …… 205	致苏东坡 …… 208
97. 又 …… 203	133. 又 过小孤山 …… 205	164. 浣溪沙 …… 208
98. 临江仙 …… 203	134. 又 …… 205	165. 北京晋商会所观米芾画 一
99. 又 …… 203	135. 又 …… 206	刘宁 …… 208
100. 又 …… 203	136. 鹧鸪天	166. 又 …… 208
101. 钗头凤 别武昌 …… 203	自了 …… 206	167. 又 …… 208
102. 蝶恋花 …… 203	137. 解语花 …… 206	168. 又 寄刘宁同学孙阳澄 208
103. 又 题二乔观书图 …… 203	138. 玉烛新 四时和,谓之玉烛	169. 醉太平 …… 208
104. 又 …… 203	…… 206	170. 李甲 …… 208
105. 又 …… 203	139. 水龙吟 …… 206	望云涯引 …… 208
106. 又 …… 203	140. 浣溪沙 …… 206	171. 吊严陵 …… 208

172. 梦玉人引 ……… 208	208. 半死桐 思越人，亦名鹧鸪天 ……………………… 211	醉中真 ……………… 212
173. 过秦楼 ……………… 208	209. 翦朝霞 牡丹 同前 … 211	240. 频载酒 ………… 212
174. 帝台春 ……………… 208	210. 千叶莲 同前 ………… 211	241. 掩萧斋 ………… 213
175. 击梧桐 ……………… 208	211. 第一花 同前 ………… 211	242. 杨柳陌 ………… 213
176. 幔卷帘 ……………… 209	212. 花想容 武陵春 …… 211	243. 换追风 ………… 213
177. 望春回 ……………… 209	213. 古捣练子 …………… 211	244. 最多宜 ………… 213
178. 少年游 ……………… 209	214. 又 夜捣衣 ………… 211	245. 锦缠头 ………… 213
179. 赵令時 ……………… 209	215. 又 望书归 ………… 211	246. 将进酒 小梅花二首 … 213
蝶恋花 ………………… 209	216. 又 翦征袍 ………… 211	247. 行路难 小梅花 … 213
180. 又 …………………… 209	217. 醉厌厌 南歌子 …… 211	248. 东邻妙 木兰花 … 213
181. 又 …………………… 209	218. 又 …………………… 211	249. 问歌颦 雨中花令 … 213
182. 又 …………………… 209	219. 窗下绣 一落索 …… 211	250. 诉衷情三首 …… 213
183. 又 …………………… 209	220. 艳声歌 太平时 …… 211	画楼空 ……………… 213
184. 天仙子 ……………… 209	221. 又 …………………… 211	251. 偶相逢 ………… 213
185. 菩萨蛮 ……………… 209	222. 又 …………………… 211	252. 步花间 ………… 213
186. 又 …………………… 209	223. 又 …………………… 211	253. 丑奴儿二首 …… 213
187. 又 …………………… 209	224. 定风波 卷春空 …… 211	醉梦迷 ……………… 213
188. 好事近 ……………… 209	225. 凤栖梧 三首 ……… 212	254. 忍泪吟 ………… 213
189. 小重山 ……………… 209	桃源行 ………………… 212	255. 铜人捧露盘引 … 213
190. 又 …………………… 210	226. 西笑吟 …………… 212	凌歊 ………………… 213
191. 蝶恋花 ……………… 210	227. 望长安 …………… 212	256. 燕瑶池 ………… 214
192. 西江月 自述 ……… 210	228. 呈纤手 木兰花三首 … 212	秋风叹 ……………… 214
193. 满庭芳 自述 ……… 210	229. 归风便 …………… 212	257. 万年欢 ………… 214
194. 清平乐 自述 ……… 210	230. 续渔歌 …………… 212	258. 断湘弦，平韵102字。上片50字9句4平，下52字，10句4平。 …………………… 214
195. 思远人 ……………… 210	231. 踏莎行 七乎 ……… 212	
196. 临江仙 阿方初出 …… 210	惜余春 ………………… 212	259. 忆秦娥 ………… 214
197. 虞美人 光华道中寄家 210	232. 题醉袖 …………… 212	子夜歌 ……………… 214
198. 浣溪沙 ……………… 210	233. 阳羡歌 …………… 212	260. 更漏子三首 …… 214
199. 鹧鸪天 ……………… 210	234. 芳心苦 …………… 212	独倚楼 ……………… 214
200. 临江仙 ……………… 210	235. 平阳兴 …………… 212	261. 翻翠袖 ………… 214
201. 乌夜啼 ……………… 210	236. 晕眉山 …………… 212	262. 付金钗 ………… 214
202. 贺铸 ………………… 210	237. 思牛女 …………… 212	263. 丑奴儿 伴登临 … 214
203. 鸳鸯语 七娘子 …… 210	238. 负心期 浣溪沙（疑山花子） …………………… 212	264. 苗而秀 ………… 214
204. 壁月堂 小重山 …… 210		265. 尉迟杯 ………… 214
205. 群玉轩 同前 ……… 210	239. 减字浣溪沙七首（浣溪沙八体） ………………… 212	东吴乐 ……………… 214
206. 辨弦声 迎春乐 …… 211		266. 水调歌头 ……… 214
207. 尔汝歌 清商怨 …… 211		

29

台城游·················214	288. 渔家傲··············216	**第十函**
267. 满庭芳··············214	荆溪咏·················216	
潇湘雨·················214	289. 鹧鸪词··············216	1. 渔家傲··············221
268. 沁园春··············214	吹柳絮·················216	2. 感皇恩··············221
念离群·················214	290. 蝶恋花··············216	3. 菩萨蛮··············221
269. 六幺令 词律辞典作六幺，六幺会止吕岩一体。句平。······215	江如练·················216	4. 二·················221
	291. 南歌子··············216	5. 三·················221
	宴齐云·················216	6. 四·················221
宛溪柳 自述········215	292. 定风波 十五体······216	7. 五·················221
270. 满江红··············215	醉琼枝 无此体········216	8. 六·················221
伤春曲·················215	293. 更漏子··············217	9. 七·················221
271. 青玉案··············215	294. 蓦山溪··············217	10. 八················221
横塘路·················215	弄珠英·················217	11. 九················221
272. 感皇恩··············215	295. 木兰花慢············217	12. 十················221
人南渡·················215	梦相亲·················217	13. 十一···············221
273. 薄幸················215	296. 采桑子 罗敷歌······217	14. 于飞乐·············221
274. 天香················215	297. 二·················217	15. 浣溪沙 自在姑苏三年半郎中·················222
275. 满江红 念良游······215	298. 三·················217	
276. 胜胜慢二首 作胜胜令，非声慢·················215	299. 四·················217	16. 品令···············222
	300. 五·················217	17. 海月谣··············222
寒松叹·················215	301. 小重山··············217	18. 风流子··············222
277. 凤求凰··············215	302. 二·················217	19. 鹧鸪天··············222
278. 好女儿四首··········215	303. 三·················217	20. 忆仙姿··············222
国门东·················215	304. 四·················217	21. 二·················222
279. 九回肠··············215	305. 河传···············217	22. 三·················222
280. 月先圆··············216	306. 二·················217	23. 四·················222
281. 绮筵张··············216	307. 侍香金童············217	24. 五·················222
282. 迎春乐··············216	308. 凤栖梧··············218	25. 六·················222
舞迎春·················216	309. 更漏子··············218	26. 七·················222
283. 菩萨蛮··············216	310. 玉京秋 一体，双调95字，上片48字11句6仄，下片47字9句6仄韵·················218	27. 八·················222
城里钟·················216		28. 九·················222
284. 清商怨三首··········216		29. 凤栖梧··············222
望西飞·················216	311. 蕙清风··············218	30. 琴调相思引 送范殿监赴黄岗·················222
285. 东阳叹··············216	312. 虞美人··············218	
286. 雨女销凝············216	313. 下水船 忆雅卿······218	31. 芳草渡··············222
287. 兀令 又名想车音，贺铸独体·················216	314. 点绛唇 又·········218	32. 雨中花 我筑阳澄小区，渔民自水泥船上岸定居·················222
想车音·················216		33. 花心动 又··········223

30

34. 浪淘沙 …… 223	71. 西江月 …… 225	106. 二 …… 227
35. 二 …… 223	72. 摊破木兰花 …… 225	107. 三 …… 227
36. 三 …… 223	73. 浣溪沙 …… 225	108. 四 …… 227
37. 四 …… 223	寄父母兄弟 …… 225	109. 五 …… 227
38. 夜游宫 …… 223	74. 又 …… 225	110. 六 …… 227
39. 忆仙姿 …… 223	75. 点绛唇 …… 225	111. 七 …… 227
40. 二 …… 223	76. 诉衷情 …… 225	112. 八 …… 228
41. 菱花怨 …… 223	77. 二 …… 225	113. 九 …… 228
42. 望扬州 …… 223	78. 怨三三 …… 225	114. 十 …… 228
43. 定情曲 春愁 …… 223	登姑塾堂寄旧游 用贺方回韵 225	115. 十一 …… 228
44. 吴音子 拥鼻吟 …… 223	79. 醉春风 …… 225	116. 十二 …… 228
45. 思越人 …… 223	80. 忆秦娥 …… 225	117. 十三 …… 228
46. 清平乐 …… 223	81. 浣溪沙 …… 226	118. 十四 …… 228
47. 二 …… 224	82. 忆秦娥 …… 226	119. 十五 …… 228
48. 三 …… 224	83. 又 …… 226	120. 琴调相思引 …… 228
49. 木兰花 …… 224	84. 河满子 …… 226	121. 天门谣 …… 228
50. 二 …… 224	85. 御街行 别东山 …… 226	122. 献金杯 …… 228
51. 减字木兰花 …… 224	86. 连理枝 …… 226	123. 清平乐 …… 228
52. 二 …… 224	87. 金凤钩 …… 226	124. 又 …… 228
53. 三 …… 224	88. 芳洲泊 踏莎行 …… 226	125. 摊破浣溪沙 …… 228
54. 四 …… 224	89. 水调歌头 …… 226	126. 浣溪沙 …… 228
55. 摊破木兰花 …… 224	90. 摊破浣溪沙 …… 226	平生 …… 228
56. 二 …… 224	91. 江南曲 踏莎行 …… 226	127. 摊破浣溪沙 …… 228
57. 南乡子 …… 224	92. 二 潇潇雨 …… 226	128. 惜双双 …… 228
58. 二 …… 224	93. 三 度新声 …… 226	129. 思越人 …… 229
59. 临江仙 …… 224	94. 楼下柳 天香 …… 226	130. 又 …… 229
60. 罗敷歌 丑奴儿 …… 224	95. 吴门柳 渔家傲 …… 226	131. 鹤冲天 …… 229
61. 点绛唇 …… 224	96. 二 游仙咏 …… 227	132. 小重山 …… 229
62. 南歌子 …… 224	97. 雁后归 临江仙 …… 227	133. 六州歌头 …… 229
63. 二 …… 224	98. 二 想婷婷 …… 227	134. 浣溪沙 …… 229
64. 小重山 …… 225	99. 三 采莲回 …… 227	135. 又 …… 229
65. 清平乐 …… 225	100. 四 鸳鸯梦 …… 227	136. 又 …… 229
66. 二 …… 225	101. 念彩云 夜游宫 …… 227	137. 江城子 …… 229
67. 木兰花 …… 225	102. 烛影摇红 …… 227	138. 浪淘沙 与国防科工委副主任
68. 玉连环 一落索 …… 225	103. 小重山 …… 227	钱学森，谈草部，谈钱缪。… 229
69. 惜奴娇 …… 225	104. 绿头鸭 别名多丽 …… 227	139. 木兰花 …… 229
70. 蓦山溪 …… 225	105. 减字浣溪沙 …… 227	140. 又 …… 229

31

141. 蝶恋花 …………… 229	175. 五 刁学士宅藏春坞 … 232	209. 又 历下立春 ………… 234
142. 石州引 …………… 229	176. 六 多景楼 …………… 232	210. 满庭芳 ……………… 234
143. 减字木兰花 ……… 229	177. 七 金山寺化城阁 …… 232	211. 凤凰台上忆吹箫 …… 234
144. 凤栖梧 …………… 230	178. 八 陈丞相宅西楼 …… 232	212. 又 ………………… 234
145. 南柯子 别恨 …… 230	179. 九 苏学士宅绿杨村 … 232	213. 摸鱼儿 东皋寓居 …… 234
146. 望湘人 春思 …… 230	180. 十 京口 …………… 232	214. 永遇乐 ……………… 234
147. 谒金门 …………… 230	181. 念奴娇 ……………… 232	215. 过涧歇 自述 ……… 234
148. 浣溪沙 …………… 230	182. 蓦山溪 佩文诗韵 … 232	216. 黄莺儿 ……………… 234
太湖 ………………………… 230	183. 减字木兰花 ………… 232	217. 消息 端午 越调永遇乐 234
149. 蝶恋花 …………… 230	184. 浣溪沙 ……………… 232	218. 梁州令叠韵 ………… 235
150. 小梅花 …………… 230	185. 醉花阴 ……………… 232	219. 酒泉子 ……………… 235
151. 乌啼月 …………… 230	186. 西江月 ……………… 232	220. 归田乐 桓仁镇天后村吕家
152. 簇水近 …………… 230	187. 玉楼春 ……………… 232	………………………… 235
153. 画眉郎 好女儿 …… 230	188. 虞美人 ……………… 232	221. 诉衷情 同前 ……… 235
154. 试周郎 诉衷情 …… 230	189. 蓦山溪 ……………… 232	222. 浣溪沙 同前 夏至后 235
155. 新念别 ……………… 230	190. 诉衷情 春情 ……… 232	223. 金凤钩 同前 ……… 235
156. 谒金门 自述 ……… 230	191. 又 建康 …………… 233	224. 又 同前 …………… 235
157. 减字木兰花 ………… 230	192. 又 宝月山作 ……… 233	225. 生查子 同前 ……… 235
158. 摊破浣溪沙 ………… 230	193. 又 春词 …………… 233	226. 行香子 同前 ……… 235
159. 赵仲御 ……………… 230	194. 又 寒食 …………… 233	227. 诉衷情 同前 ……… 235
160. 仲殊 ………………… 231	195. 蝶恋花 ……………… 233	228. 浣溪沙 同前 山姜 … 235
蓦山溪 ……………………… 231	196. 柳梢青 吴中，食蟹第一人巴	229. 木兰花 遐观楼 …… 235
161. 鹊踏枝 ……………… 231	解 …………………… 233	230. 行香子 同前 ……… 235
162. 点绛唇 题云中梅 … 231	197. 夏云峰 ……………… 233	231. 阮郎归 同前 ……… 235
163. 南歌子 ……………… 231	198. 望江南 ……………… 233	232. 引驾行 一名长春 …… 235
164. 减字木兰花 ………… 231	199. 望江南 ……………… 233	233. 碧牡丹 ……………… 236
165. 又 ………………… 231	200. 南柯子 六和塔 …… 233	234. 江神子 江城子 …… 236
166. 南歌子 ……………… 231	201. 减字木兰花 李公麟山阴图	235. 好事近 中秋不见月，重阳不
167. 踏莎行 ……………… 231	………………………… 233	见菊 ………………… 236
168. 金蕉叶 ……………… 231	202. 念奴娇 ……………… 233	236. 洞仙歌 留春 ……… 236
169. 定风波 独登多景楼 … 231	203. 惜双双 墨梅 ……… 233	237. 又 填卢仝诗 ……… 236
170. 蝶恋花 ……………… 231	204. 洞仙歌 ……………… 233	238. 水龙吟 ……………… 236
171. 南徐好 ……………… 231	205. 楚宫春慢 …………… 233	239. 洞仙歌 温园赏海棠 … 236
瓮城 ………………………… 231	206. 晁补之 ……………… 234	240. 又 梅 ……………… 236
172. 二 花山李卫公园亭 … 231	207. 水龙吟 别吴兴至淞江作 234	241. 行香子 梅 ………… 236
173. 三 渌水桥 ………… 231	208. 八声甘州 扬州次韵和东坡钱	242. 盐角儿 亳社观梅 …… 236
174. 四 沈内翰宅百花堆 … 231	塘作 ………………… 234	243. 清平乐 对晚菊作 …… 236

32

244. 江神子 观梅 …………… 236
245. 望海潮 扬州芍药会作 237
246. 夜合花 牡丹 ……… 237
247. 下水船 琼花 ……… 237
248. 浣溪沙 樱桃 郑逢时 237
249. 万年欢 梅 ………… 237
250. 感皇恩 海棠 ……… 237
251. 洞仙歌 菊 ………… 237
252. 喜朝天 海棠 ……… 237
253. 生查子 梅 ………… 237
254. 少年游 次季良韵 …… 237
255. 又 ………………… 237
256. 满江红 …………… 237
257. 浣溪沙 黄河 ……… 237
258. 离亭宴 巢 ………… 237
259. 千秋岁 次韵吊高邮秦少游
 ……………………… 238
260. 迷神引 贬玉溪对江山作 238
261. 满江红 赴玉山之谪 … 238
262. 古阳关 …………… 238
263. 玉蝴蝶 …………… 238
264. 安公子 …………… 238
265. 惜分飞 别吴作 …… 238
266. 又 代别 …………… 238
267. 离亭宴 忆吴兴金陵怀古 238
268. 满庭芳 忆庐山 …… 238
269. 又 次韵答季良 …… 238
270. 又 用东城韵，题自画莲社图
 ……………………… 238
271. 尾犯 庐山 一名碧芙蓉 239
272. 尉迟杯 毫社作惜花 … 239
273. 八六子 重九 ……… 239
274. 临江仙 …………… 239
275. 又 ………………… 239
276. 蓦山溪 谯园饮酒 …… 239
277. 又 ………………… 239
278. 又 毫社寄文潜舍人 … 239

279. 又 和王定国朝散忆广陵 239
280. 忆秦娥 和留守赵无愧送别
 ……………………… 239
281. 好事近 南都寄历下人 239
282. 阮郎归 同十二叔泛济州环溪
 ……………………… 239
283. 又 ………………… 239
284. 又 ………………… 240
285. 宴桃源 …………… 240
286. 一丛花 …………… 240
287. 又 十二叔 ………… 240
288. 又 ………………… 240
289. 临江仙 韩求仁南都留别 240
290. 又 同前 …………… 240
291. 浣溪沙 广陵被召留别 240
292. 忆少年 别历下 …… 240
293. 江神子 广陵送王左丞赴阙
 ……………………… 240
294. 虞美人 广陵留别 …… 240
295. 金盏倒垂莲 寄杨仲谋观察
 ……………………… 240
296. 浣溪沙 夏雨 ……… 240
297. 金盏倒垂莲 寄杨仲谋安抚
 ……………………… 240
298. 西平乐 广陵送王资政正仲赴阙
 ……………………… 240
299. 御街行 待命护国院，不得入国门，寄内 …………… 241
300. 生查子 同前 感旧 … 241
301. 青玉案 同前 ……… 241
302. 水龙吟 始去齐，路逢次膺叔感别 叙旧 ………… 241
303. 南歌子 谯园作 …… 241
304. 醉落魄 用韵和李季良泊山口
 ……………………… 241
305. 万年欢 次韵和季良，卜命黄花达帝畿与雅卿 …… 241

306. 临江仙 信州作 …… 241
307. 虞美人 羊山饯杜侍郎郡君十二姑及外弟天逵 …… 241
308. 安公子 和次膺叔 …… 241
309. 绿头鸭 琵琶 ……… 241
310. 水龙吟 寄留守无愧文 241
311. 惜奴娇 …………… 242
312. 临江仙 …………… 242
313. 又 ………………… 242
314. 满庭芳 …………… 242

第十一函

1. 定风波 …………… 245
2. 千秋岁 …………… 245
3. 又 ………………… 245
4. 鹧鸪天 …………… 245
5. 清平乐 …………… 245
6. 虞美人 宜宾洪水冲倒苏东坡，黄庭坚尚在 ……… 245
7. 浣溪沙 又 ………… 245
8. 万年欢 寄韵次膺叔 … 245
9. 一丛花 …………… 245
10. 减字木兰花 ……… 245
11. 菩萨蛮 自述 ……… 245
12. 鹧鸪天 …………… 245
13. 凤箫吟 自度曲 …… 245
14. 梁州令 同前 ……… 246
15. 引驾行 同前 亦名长春 寄雅卿 …………………… 246
16. 菩萨蛮 同前 ……… 246
17. 点绛唇 同前 ……… 246
18. 上林春 …………… 246
19. 杨柳枝 …………… 246
20. 蓦山溪 …………… 246
21. 又 ………………… 246
22. 生查子 …………… 246
23. 少年游 …………… 246

33

| 24. 青玉案 …………………… 246
| 25. 江城子　赠次膺叔家娉娉 246
| 26. 青玉案　伤娉娉 ………… 246
| 27. 胜胜慢　家伎荣奴既出有感246
| 28. 点绛唇　同前 …………… 247
| 29. 永遇乐　赠雍宅璨奴 …… 247
| 30. 虞美人　代内 …………… 247
| 31. 行香子　赠轻盈 ………… 247
| 32. 感皇恩 …………………… 247
| 33. 临江仙　代内 …………… 247
| 34. 碧牡丹　王晋卿都尉宅观舞247
| 35. 少年游 …………………… 247
| 36. 西江月 …………………… 247
| 37. 鹧鸪天 …………………… 247
| 38. 满江红　寄内 …………… 247
| 39. 菩萨蛮　代歌者怨 ……… 247
| 40. 临江仙　自度 …………… 247
| 41. 浣溪沙　谢独娜一扇过伏天247
| 42. 苏小小 …………………… 247
| 43. 临江仙　又 ……………… 247
| 44. 紫玉箫　过韩相家伎轻盈所留题
　　　……………………………… 248
| 45. 斗百草　二体之一 ……… 248
| 46. 又　二体之二 …………… 248
| 47. 斗百花　汶伎阎丽 ……… 248
| 48. 又　汶伎褚延娘 ………… 248
| 49. 又 ………………………… 248
| 50. 御街行 …………………… 248
| 51. 南乡子 …………………… 248
| 52. 清平乐 …………………… 248
| 53. 好事近 …………………… 248
| 54. 调笑令　西子 …………… 248
| 55. 宋玉 ……………………… 248
| 56. 大隄 ……………………… 248
| 57. 解佩 ……………………… 248
| 58. 回文 ……………………… 249
| 59. 春草 ……………………… 249

| 60. 洞仙歌　泗州中秋作,此绝笔之
　　　词也 ………………………… 249
| 61. 下水船 …………………… 249
| 62. 洞仙歌 …………………… 249
| 63. 又 ………………………… 249
| 64. 朝天子 …………………… 249
| 65. 陈师道
　　　菩萨蛮 ……………………… 249
| 66. 又 ………………………… 249
| 67. 又 ………………………… 249
| 68. 又 ………………………… 249
| 69. 木兰花 …………………… 249
| 70. 南柯子　父母空桓仁,五兄弟一妹,
　　　妻雅卿,女今子赢 …………… 249
| 71. 西江月　又 ……………… 249
| 72. 菩萨蛮　又 ……………… 249
| 73. 虞美人　又 ……………… 249
| 74. 木兰花　汝阴湖上同东城用六一韵
　　　……………………………… 250
| 75. 南乡子　九日用东坡韵 … 250
| 76. 又 ………………………… 250
| 77. 西江月　咏荼蘼菊 ……… 250
| 78. 又　咏榴花 ……………… 250
| 79. 菩萨蛮 …………………… 250
| 80. 减字木兰花　九日 ……… 250
| 81. 满庭芳　咏茶 …………… 250
| 82. 南乡子　自述家 ………… 250
| 83. 清平乐二首　又 ………… 250
| 84. 又 ………………………… 250
| 85. 南乡子　又 ……………… 250
| 86. 罗敷媚　二首　和何大夫荼蘼菊
　　　……………………………… 250
| 87. 又 ………………………… 250
| 88. 木兰花　和何大夫 ……… 250
| 89. 减字木兰花　赠晁无咎舞环250
| 90. 又 ………………………… 251
| 91. 临江仙　自述 …………… 251

| 92. 南柯子　问王产之督茶 … 251
| 93. 减字木兰花 ……………… 251
| 94. 清平乐　二首 …………… 251
| 95. 又 ………………………… 251
| 96. 卜算子 …………………… 251
| 97. 洛阳春 …………………… 251
| 98. 浣溪沙 …………………… 251
| 99. 临江仙　送叠罗菊与赵使君251
| 100. 浣溪沙　观雨书房 …… 251
| 101. 清平乐　柑子菊 ……… 251
| 102. 南乡子 ………………… 251
| 103. 其二 …………………… 251
| 104. 临江仙 ………………… 251
| 105. 蝶恋花　送彭舍人罢徐 251
| 106. 西江月　咏丁香菊 …… 251
| 107. 洛阳春 ………………… 252
| 108. 菩萨蛮　寄赵使君 …… 252
| 109. 减字木兰花　和人对雪 252
| 110. 卜算子　送梅花与赵使君252
| 111. 渔家傲　从叔父乞苏州潜红笺
　　　……………………………… 252
| 112. 少年游 ………………… 252
| 113. 南乡子 ………………… 252
| 114. 木兰花减字 …………… 252
| 115. 踏莎行 ………………… 252
| 116. 菩萨蛮　佳人 ………… 252
| 117. 卜算子 ………………… 252
| 118. 二 ……………………… 252
| 119. 三 ……………………… 252
| 120. 青幕子妇 ……………… 252
| 121. 张耒 …………………… 252
| 122. 鹧鸪天　入京书字,桓仁第一
　　　人 …………………………… 252
| 123. 满庭芳 ………………… 252
| 124. 风流子 ………………… 253
| 125. 秋蕊香 ………………… 253
| 126. 少年游 ………………… 253

| 127. 鸡叫子 荷花 …… 253
| 128. 侯蒙 …… 253
| 临江仙 …… 253
| 129. 周邦彦 …… 253
| 瑞龙吟 春景 大石 取为三叠253
| 130. 锁窗寒 越调 …… 253
| 131. 风流子 大石 …… 253
| 132. 渡江云 小石 …… 253
| 133. 应天长 商调 …… 253
| 134. 荔枝香近，歇指，大石调皆有近拍 …… 253
| 135. 第二 …… 253
| 136. 浣溪沙 长茂小玉醒宇 共游什刹海 …… 254
| 137. 浣溪沙 满汉全席 中国国际商会朱雯伟 御膳宫 …… 254
| 138. 浣溪沙 昨天，今天，明天 …… 254
| 139. 还京乐 大石 …… 254
| 140. 扫地花 双调 …… 254
| 141. 春景 …… 254
| 142. 玲珑四犯 大石 …… 254
| 143. 丹凤吟 越调 …… 254
| 144. 满江红 仙吕 …… 254
| 145. 瑞鹤仙 高平 …… 254
| 146. 浣溪沙 曾家 …… 254
| 147. 西平乐 小石 …… 254
| 148. 浪淘沙 …… 255
| 149. 忆旧游 越调 …… 255
| 150. 春景 …… 255
| 151. 少年游 黄钟 …… 255
| 152. 又 …… 255
| 153. 秋蕊香 双调 …… 255
| 154. 渔家傲 般涉 …… 255
| 155. 第二 …… 255
| 156. 南乡子 商调 雁 …… 255
| 157. 望江南 大石 …… 255

158. 浣花溪 黄钟 …… 255
159. 迎春乐 双调 自述曲 255
160. 第二 …… 255
161. 点绛唇 仙吕 …… 255
162. 一落索 双调 …… 255
163. 第二 …… 256
164. 垂丝钓 商调 …… 256
165. 夏景 …… 256
166. 隔浦莲（近拍） 大石 …… 256
167. 法曲献仙音 大石 …… 256
168. 过秦楼 选冠子 大石 …… 256
169. 侧犯 大石 …… 256
170. 浣溪沙 怀仁 林下参 256
171. 塞翁吟 大石 …… 256
172. 苏幕遮 般涉 …… 256
173. 浣溪沙 …… 256
174. 点绛唇 仙吕 …… 256
175. 诉衷情 商调 自许吕字泰山石 …… 256
176. 秋景 …… 256
177. 华胥引 黄钟 秋思 … 257
178. 宴清都 中吕 …… 257
179. 四园竹 官本作西园竹 小石 …… 257
180. 齐天乐 正宫 秋思 … 257
181. 木兰花 高平 …… 257
182. 霜叶飞 大石 …… 257
183. 蕙兰芳引 仙吕 …… 257
184. 塞垣春 大石 …… 257
185. 丁香结 商调 …… 257
186. 秋景 …… 257
187. 解蹀躞 商调 …… 257
188. 少年游 商调 …… 258
189. 庆春宫 越调 …… 258
190. 醉桃源 大石 …… 258
191. 第二 …… 258
192. 点绛唇 仙吕 …… 258

193. 夜游宫 般涉 …… 258
194. 第二 …… 258
195. 诉衷情 …… 258
196. 伤情怨 林钟 …… 258
197. 红林檎近 双调 …… 258
198. 满路花 仙台 …… 258
199. 单题 …… 258
解语花 高平 元宵 …… 258
200. 六幺令 仙吕，重九 … 258
201. 又 重阳 …… 258
202. 倒犯 仙吕调 新月 … 258
203. 大酺 越调 春雨 …… 259
204. 玉烛新 双调 梅花 …… 259
205. 花犯 小石 梅花 …… 259
206. 西河 大石 金陵 …… 259
207. 丑奴儿 大石 梅花 …… 259
208. 水龙吟 越调 梨花 …… 259
209. 浣溪沙 寄丛树春兄 … 259
210. 浣溪沙 梦叶剑英 叶选平 叶选宁 源水之注 …… 259
211. 六丑 中吕 落花 …… 259
212. 虞美人 正宫 …… 259
213. 第二 …… 259
214. 兰陵王 越调柳 …… 260
215. 蝶恋花 商调 柳 …… 260
216. 第二 …… 260
217. 第三 …… 260
218. 第四 …… 260
219. 归去难 仙吕 期约 … 260
220. 三部乐 商调 梅雪 …… 260
221. 菩萨蛮 正平 梅雪 …… 260
222. 品令 商调 梅花 …… 260
223. 玉楼春 仙吕 惆怅 …… 260
224. 黄鹂绕碧树 双调 春情 260
225. 满路花 仙吕 思情 …… 260
226. 杂赋 …… 260
227. 拜星月 高平 秋思 … 261

35

228. 尉迟杯　大石　离恨 … 261
229. 浣溪沙　过秦淮 ……… 261
230. 绕佛阁　大石　旅情 … 261
231. 一寸金　岩　江路　自述依原韵
　　…………………………… 261
232. 蝶恋花　商调　秋思 … 261
233. 如梦令　中吕　思情 … 261
234. 第二 ……………………… 261
235. 月中行　怨恨　月宫春 261
236. 浣溪沙　黄钟 ………… 261
237. 点绛唇　仙吕　商感　自述
　　…………………………… 261
238. 少年游　黄钟　楼月 … 261
239. 望江南　大石　咏伎 … 261
240. 杂赋 ……………………… 261
241. 迎春乐　双调　携伎 … 262
242. 定风波　商调　笑情 … 262

243. 红罗袄　大石　秋悲 … 262
244. 玉楼春　大石 ………… 262
245. 第二 ……………………… 262
246. 第三 ……………………… 262
247. 浣溪沙　秋雨 ………… 262
248. 夜飞鹊　道宫　别情 … 262
249. 早梅芳　别恨 ………… 262
250. 第二　牵情 …………… 262
251. 凤来朝　越调　佳人 … 262
252. 芳草渡　别恨 ………… 262
253. 感皇恩　大石　标韵 … 262
254. 虞美人 …………………… 262
255. 第二 ……………………… 262
256. 第三 ……………………… 263
257. 玉团儿　双调 ………… 263
258. 浣溪沙　大器　小气 … 263
259. 粉蝶儿慢 ……………… 263

260. 红窗迥　仙吕 ………… 263
261. 念奴娇　大石 ………… 263
262. 燕归梁　高平　晓 …… 263
263. 南浦　中吕 …………… 263
264. 醉落魄　中吕 ………… 263
265. 留客住 …………………… 263
266. 长相思　高调 ………… 263
267. 看花回　越调 ………… 263
268. 又 ………………………… 263
269. 月下笛　越调 ………… 264
270. 无闷　冬 ………………… 264
271. 琴调相思引　自许 …… 264
272. 青房并蒂莲　维扬怀古
　　…………………………… 264
273. 满庭芳　忆钱塘 ……… 264
274. 又 ………………………… 264
275. 又 ………………………… 264

北宋·燕文贵
秋山琳宇图

读写全宋词一万七千首

第一函

1. 桓仁

已下仙人岛，重登五女山。浑江留不住，八卦一城湾。水色辽东碧，天光子弟颜。胶州原故土，格律过榆关。

2. 春会

寄辽宁丹勋文化公司 王景华先生

北京四季恋 立春厅

岁岁终冬至，年年始立春。丹勋丹世界，志得志人民。

3. 和砚

和凝晋宰相，子砚晦仁章。博士花间集，郎中主客香。

4. 开宝元年南郊鼓吹歌曲三首 《钦定词谱》卷九导引：
"按宋鼓吹四曲，悉用教坊新声。车驾出入奏《导引》，此调是也。……凡七曲，或五十字，或加一叠一百字。"十四体。

皇土大业，垂象秦阶平。草木尽枯荣。唐隆宗治宁波载道。自古有英名。岁年年岁有天声。社稷水云萌。天涯远，有疆无际，玉斧箸文明。

5. 六州 二十体《文献通考》："本朝歌吹，止有四曲：《十二时》《异引》《降仙台》并《六州》为四。每大礼宿斋，或行幸，遇夜每更三奏，名为'警场'。"

严夜寝，无以鼓钟鸣。听天下，问地上，夜色清清。古巷静，栎州声声。太和应气象，朝暮宇光明。街市列，帝王城。来去去来荣。明月月明澄。今古即备，今在古往，五更重见，百嘉久集，万福相迎。

6. 十二时 大曲，四体 全唐五代词卷七依任二北，敦煌曲校录曲，以十二时表分咏。

夜半路，人世多普度。如来向观音，自以朝朝暮。人间步，岁岁元元付。梅花白雪心，佛道儒书顾。春雨霖水暖有寒禽。二月三日月，山水有知音。野苑圃，百草群芳数。申申展展节，夜夜如弦琴。水成浔，处处有夏荫。岸岸岸塘塘色，古古复今今，荒芜误，鸟鸟相倾许。天地社日斜，生生巢穴树。夏秋赴，一寺无梁附，僧僧刹刹钟，佛佛心经护。

7. 丁酉 – 戊戌立春

水水山山雨，天天地地云。新春新立象，二月是春分。白雪梅花伴，阳明万物嚏。人行人不止，自作自斯文。

之二

日月往，岁岁年年悟。思思念念去，离离合合煦，落叶深，修见木成林。果因不自，斯人自然寻。行止若，谁闻齐客筝。念念未离群，鼓钟无善恶。黄昏妒，江山空色寓，欲欲莫偏心，去来应在属。人定谕，旋磨砺阻蘦。元元岁岁终，终终始始互。

8. 王禹偁

九岁能文章，元之禹偁杨。周宗登进士，制书以王郎。

9. 点绛唇

雨雨云云，云烟烟雨烟烟岸，小桥流水，碧玉情难断。雁雁鸿鸿，飞去衡阳畔。青海半，以人汗漫，一字苍梧唤。

10. 苏易简

铜山第一人，进士尚书宾。太简参知政，陈州制书钧。

11. 越江吟 二体．《钦定词谱》卷九"曰："太宗酷爱琴曲十小词，命近臣十人各探一调撰一词，苏翰林易简探得《越江吟》。"逐此调。

人人朝暮光阴箭，晓燕，碧桃红杏宫殿。翰林宴，舒舒卷卷，云初散。春温和，飞红团扇，玉片片。烟烟雾雾是非面。应无见，书生笔砚，秦楼媛。

12. 寇准

寇准巴东集，华州仆射诗。中书门下省，十谓构思司。

13. 甘草子

春晓，鸟啼啼鸟，杨柳垂垂小，雨雨云云渺渺。烟水和淼淼。杏桃貌，绿已始，初黄色娇。池池沼沼，芜蓼鸳鸯过桥窈，小女情情了。

14. 踏莎行

细雨蒙蒙，酸梅小小。天光一片云山老。东西两岸洞庭风，姑苏自古天堂鸟。色色空空，水水淼淼。寒山寺里钟声晓。来来去去总相逢，江湖日月和明昭。

15. 阳关引

古塞阳关外，只作王维燕。声声不止，寒寥里，深宫院。柳杨杨柳岸，雨雨云云散，远远天，飞飞落落史安乱。牧马阴山北，今古叹，几人朝代，胡旋断。已开战，不解东风面，未了长城堰。磊石关，分分别别是离见。

16. 点绛唇

水水山山，云云雨雨岸。是爨非爨，自古江湖叹。渚渚湾湾，暮暮朝朝畔。梅花乱，小桥桥畔，碧玉皇家冠。

17. 江南春 寇准 "秋风清"又名"汀洲绿"，原为唐声诗。齐言两体，平仄两韵。"江南春"取自寇准"萍满汀洲人未归。"

桃花处处一村头，小叶叶半绿洲。且以人心杨柳色，船娘傲立运河舟。

18.

同里岸，虎丘山。洞庭山上草，日满太湖湾。江南处处春花暖，色色空空人未还。

19. 夜度娘 寇准单调 二十八字四句三平韵 二十八字四句三仄韵

隋炀水调一劳歌，柳杨杨柳千帆河。一日楼船万古去，三吴已是天堂荷。

20.

楼船六溇，五湖路，古今留下三吴顾。雨雨烟烟处处云，天堂究竟谁分付。

21. 钱惟演

武武文文志，诗诗赋赋生。中书门下省，节度使家名。

22. 木兰花

独上短亭天下路，何不尽朝朝暮暮。因由远近几行人，不可见和风细雨。坐见短亭兮四面，南去北来飞断燕。千山万水一年年，无欲有情都实践。

23. 玉楼春

人生来云长长路，暮暮朝朝朝又暮。短长亭里望前程，日日步中何不顾。苏杭水色江南雨，杨柳隋炀应不误。长城垒石北南分，天下同明知所误。

24. 陈尧佐

一代儒生太子盟，司空谥惠侍中情。中书门下平章事，进士希元闽学成。

25. 踏莎行 古今诗

利利名名，荣荣辱辱，高高不就低低曲，风流总是误风流，中书门下平章烛。处处中庸，时时自束。天天日日相承续。平生未止是平生，诗词不断斯磨玉。

26. 潘阆

人生自得一逍遥，碧玉无心半小桥。有集三生何所寄，无须半世望洋潮。

27. 酒泉子

八月钱塘，一水排空天上去。可疑天下有天堂。未了草木杨。苏杭只与天公语，争得水调隋炀软。潮水一线纵横梁，四时满芬芳。

28.

二月钱塘，已是人间皆俯仰，柳杨杨柳一天堂，能不忆隋炀。苏杭自是丝绸坊，争以帛计江南养。天堂自此是天堂，只须运河乡。

29.

不忘西湖，柳浪闻莺皆美女。浣纱西子下东吴，不可锁玉壶。夫差已去西施去，吴越两霸问相如。太湖半江都。

30.

不忘西湖,四百禅房天竺路,佛家天下皇都,处处问有无。行僧跬步何云雾,争得俱是人间渡。吴姬个个仙奴,去来是殊途。

31.

不忘孤山,水水山山云雨岸。太湖杨柳互相颜,女色满玉关。三潭印月西湖畔,僧寺共计连云唤,光光影影一人间,去来一人还。

32.

不忘孤缘,古寺新僧三界院。暮朝朝暮一云川,处处有九天。天涯咫尺何须见,谁教向背谁谋面。芰荷结子作蓬莲,冷泉有鸣蝉。

33.

不忘苏杭,拾得寒山渔父唱。去来来去小桥旁,碧玉寄九香。飞来峰下如心尚,灵隐寺里知方向。如来自在久天堂,鼓钟久传扬。

34.

不忘苏杭,六合江湖黄天荡。虎丘同里共天堂,四季不结霜。淞江一半问钱塘,争奈不以富春量。苍茫入海故人乡,只留一天堂。

35.

不忘吴田,不可三千年岁断。自周如此税收泉,泰伯水月弦。鱼禾顶上草王寇,和战不计风云散,头颅好自一楼船,独孤半方圆。

36.

不忘吴田,自古粮仓无可断。有税无赋不皇年,水水作酒泉。天堂只在官家岸,无以不计江南算。天堂尽是去来船,不留半家莲。

37. 扫市舞 潘阆单调一体四句三仄韵

一坑灰,半秦汉。刘项李斯都已断,水调唤。

38. 丁谓

幺言一谓堂,进士事平章。晋国公丁客,长洲一故乡。

39. 凤栖梧

十二峰前三峡澡,三峡巴山,一水瞿塘好。神女色瑶姬早早。襄王宋玉几草草。何以高唐朝暮道,不以微波,蜀楚无分藻。同影共形落羽葆。古今自是天难老。

40.

朱阁凤栖飞落鸟。月桂嫦娥,弦已方圆少。明暗寒宫仙客晚。人面朝暮知多少。只似婵娟同窈窕。东上西沉,路比朱轮行晚皎。浮云左右经常绕。

41. 林逋

梅妻生鹤子,足及半孤山。二十年中志,真宗赐等闲。

42. 相思令

一山青,二山青。处处青山处处茬。水岸见浮萍。池泠泠,湖泠泠。并蒂莲花不满汀。红颜含独丁。

43. 点绛唇

岁岁年年,烟烟雾雾何人主。暮朝朝暮,去去来来处。一半苏杭,一半天堂路。隋炀渡,似云如雨,不是楼船故。

44. 霜天晓角

寒宫明灭,只教人离别。自伎师儿西子,王生云,无圆缺。已绝同作穴,以人情俱洁,净净慈慈舟泊,只见得,长桥诀。

45. 瑞鹧鸪 暗香浮动月黄昏。原为七律,后人唱作瑞鹧鸪

雪霜霜雪共相邻,白黑藏红玉女身。孤傲独影腊冬月,暗香浮动寄黄昏。寒心已暖芳香远,叶叶枝枝不合魂。只有诗翁可相问,未春冬末是乾坤。

46. 相亿

年方十一初,正字秘书居。制书翰林院,临终四十余。

47. 少年游

江南塞北,水山云雨,飞雁一人分。衡阳半岁,半年青海,南北换衣裙。水山山水,行行止止,日月共天君,读书读几纷纭,更不向,故乡勋。

48. 陈亚

水调楼船唱,维扬一亚之。神农知百草,好集药名诗。

49. 生查子 药名寄章得象陈情

朝朝暮暮农,岁岁年年路。病病或难平,事事乾坤度。红花白雪山,虎骨人参误。若以世民心,事事乾

坤度。

50. 又药名闻情

相思一半深，白芷严滩岸。芍药采心中，百草群芳唤。重阳问菊花，游子当归算。十载苦参商，百草群芳唤。

51. 又同上

姑苏五味全，八月蟾宫半。桂子鹿茸茸，一半江南岸。杭州十里香，菽米平生叹。莲子苦心好，一半江南岸。

52. 又同上

车前子已生，岭上芝兰冠。世上粉珍珠，苦夏多兴叹。石榴裙色消，不忍枇杷断。腊月雪梅花，苦夏多兴叹。

53. 夏竦

贤良正直言，制书对轩辕。郑国文庄谥，官途究可源。

54. 喜迁莺

雨细细，雾幽幽，无语见清流。夜凉云落忆春秋，天下未央楼。刘项问，鸿门酒，江山是，谁出手。秦皇二世自蒙羞，不知问吴钩。

55. 鹧鸪天

日日相思日日忧，潇湘竹泪五湖舟，郎君去后郎君醉，胜似萧娘忆不休。从耳目，上心头。无言静待问江楼。千杯直以三杯酒，不醒方知问五侯。

56. 聂冠卿 古今诗

仄韵140字体，上75字15句6仄下65字12句5仄。想人生，岁岁年年如顾。主其间，向其往事，是非是已故。步东城，委汪古巷，有清波、鱼水烟雾。老枣朝天，根干枝叶，绿春红子，以秋普渡。有人问，几多枝叶，吾可答其数。枝千万叶得五亿，生生云雨。去来暮朝天下路，古今今古如许。箸诗词，十三万首，莫以人间乱分付。月有婵娟寒宫清影，无休止，生死死生，不可轻误。

57. 李遵勖

望汉月

灵隐自来天竺。云云咫尺不宿。只教冷落是非余，不知春自相逐。人生都读书。缺圆里，月月何速。一花开后一花无，只爱惜，如来如目。

58. 滴滴金

一生一路一生客。诗书外，是阡陌。江山千里半家乡。何须自相隔。行止止行杨柳帛。头颅好，运河脉。大家同约问隋炀，水调离杨策。

59. 范仲淹

进士吴县子，闭目万笏山。政事参知殿，封公楚国颜。

60. 苏幕遮，怀旧 古今诗

去来寻，朝暮路，望尽前行，不可平生误。万里风云千里雨。一半求新，一半温如故。有阴晴，知跬步，柳柳杨杨，未了何分付。日日年年多少赋。十万诗词，俱是人情度。

61. 渔家傲 古今诗

自古人生应一诺，江山日月阴晴索。十万诗词天下约。多少搏，成成败败观收获。上下长空飞一字，南南北北家乡错。一度衡阳青海约。同喜鹊，松松柏柏人间鹤。

62. 御街行 秋日怀旧

纷纷落叶飘飘去，寂寂夜，声声语。归根求得别根行。天下秋风谁驭。年年如此，夏水冬冰与。人生自主人生虑。未豫豫先楚楚。无休无止依前书，杨柳瑶姬神女。襄王宋玉，高唐三峡，来去成名誉。

63. 剔银灯 与欧阳公席上分题

董卓曹操己罢，始三国，荆州谁借。赤壁东风，中原涂炭，不得三分天下。不必细寻思，文和武，春秋五霸。秋去冬春又夏，四时序，有成庄稼。社稷人间，朝暮往来，莫以浮名真假。一品与千金，只作到，如何婚嫁。

64. 定风波 十五体外一体。双调62字，上31字6句仄，下31字6句6仄。

东风去来朝又暮，水山都是寻芳路。浦口渡，云云雾雾，无尽处，五湖吴越桃花炉。已有神仙日月误。花荣草碧春光数。莺鹭声声各不顾。烟与雨，谁问俱是江南序。

65. 沈邈

剔银灯，途次南京忆蛮伎张温卿

一字潇湘飞雁，青海去来人间。北北南南，南南北北，年岁岁年相盼。是非繁慢，身心外，离鸿相盼。多少语，情深是润，直道是，倾肠如幻。影影形形，形形影影，有重有分还叹知伊知宦，当然许以约无绽。

66. 又

柳柳杨杨河岸，朝暮去来都难。水调情长，劳歌上下，波暖月明肤腕。已休还叹，周身是音琴分半。知白雪、红梅灿漫，且住住、余香无断。叠叠重重声声语语，几时互相参赞，依依须是，应留忆，再约轻唤。

67. 杨适

长相思

一江流，一江楼。去去来来水上舟，平生几度留。一春秋，又春秋。暮暮朝朝日月休，平生几度留。

68. 柳永

正宫

黄莺儿

莺花相互东风主，白雪阳春，桃李成蹊，温温和和，众芳群妒。朝露湿微珍珠，小叶已泉语。女儿心上如绵，似以情多成病成许。云雨。是雨是云烟，只可分朝暮。女儿是儿女，两两相呼，无朝暮丛中去。何以草草花花，已是芳香处。只作叶叶枝枝，同享根身与。

69. 玉女摇仙佩 佳人

佳人镜里，细白微红，两手中黄金缕。欲点梅妆，风言风语是不是阳和煦。女在名花圃。争如这情多，已病成芳，牵肠挂肚。眉似月柳似水，莫莫清流，点点难平如虎。古古今今，知音如此，落得相思当户。只任婵娟俯。怎消得，才子佳人无主。但愿是，空空色色枕前床上，雨云云雨。从明月，圆圆缺缺当相房。

70. 雪梅香

夕阳下，江山万里一秋风。又重阳来去，年年岁岁相同。天远云高水清清，草花无数不相同。楚吴水，浪浪涛涛，方向何西东。飞鸿，逐人字，再去衡阳，已过云峰。可见湘灵，二妃斑竹凌空。隔载重回又青海，有霜经雪见红枫。前程意，尽把书生，是无始无终。

71. 尾犯

夜雨自潇潇，云落竹丛，池水渺渺。不是闲心，是佳人难了。情积久，无端病态，步沉沉，行行渐少。是无端处，却把良宵，任作何难晓。佳人才子见，尽是作远飞鸟。只弃相思，带余香为扰。几时问，相如琴里，且轻弹，凭音共缘。酒垆宁可，肯把纯玉千金藜。

72. 早梅芳 "词律词典"作早梅芳慢。一体，双调吟字，上五十三字十二句四仄韵，下五十七字十二句三仄韵。

问天空，人间语，暮朝朝暮谁程序。朝朝代代，帝王万井，杨柳隋堤如许。青莲浦溆，萍蕙汀洲，小桥当玉帝。琼花飞絮，扬州聚色，一好头颅旅。叹隋唐，自从破房征辽，祖制何承绪。长城已久，运河汴水，南流东流吴越女。钱塘两岸，过去江湖，作天堂，便是楼船，妃妾皇王，莫作隋炀拒。

73. 斗百花 古今诗

岁岁年年依旧，暮暮朝朝还续，来来终是去去，是非非是今古。一人事事，三生几度重阳，长是钟钟鼓鼓。天下诗词主。有头无尾圈圃。何以始终，当初十万成字。古往今来谁称第一诗翁，却道严滩渔父。

74. 其二

二万三千年月，十万诗词歌赋，朝朝暮暮无终，去去来来还付。春夏秋冬，留下跬步人生，日日耕耘如数。何以巢由故。自学农夫，粒粒棵棵呵护。因果子成，春秋种收何处。坚持当人，天天日日年年，应锁满庭云雨。

75. 其三

跬步平生来去，日月耕耘年岁，长亭家国处处，满园春色朝暮。少年已老，重阳九日茱萸，诗里如今是故。无止行程路。三峡云雨，蜀吴流水径楚。应是不住，初时此不分付。

古往今来，神仙自叹无遇，却道昭阳花圃。

76. 甘草子

朝暮。十里长亭，处处知云雨。跬步一人生，不尽诗词路。从自少年知分付，有毅力、天天如数。日日三千字字苦，胜似无言语。

77. 其二

春早。柳杨杨柳，红杏桃花小。处处闻啼鸟，天下青门道。荷叶已尖见多少，只一缕、飘飘渺渺。池水平平四方晓，淡淡应含娇。

78. 中吕宫

送征衣

送征衣，军军战战天下江山，只以古今几人。独孤氏，不相依。天机。见运河、长城万里，楚汉回归。不见得、封疆大吏，去来后、树玉旗。经年年、经又年年，和战战和祈。天下江湖华下，数日月，问王畿。周秦汉三国晋，武治群威。群盛，成六国、张仪言楚，如是 心非。究竟得人间所致，一宏宏，一微微。自书生，纵横横，齐心自天晖。

79. 昼夜乐

几何记得初相遇，一汴水，长城故。江东一半苏杭，塞北万千朝暮。自有人生人路路，未必、共生同住。只恐问风流，不随伊归去。古今去去谁评许。一天机、半分付。李斯二世秦皇，万寿无疆留住。王母瑶台招汉帝，也不见、古今何去？日日已思量，去来千百度。

80.

古今是是非非误，自古是、如今许。人人事事时，已自是千百度。况值人心思万处，对满目、隔情何语，莫道曰年华，尽随君朝暮。存成记败由谁许？有前功、总轻负。已知辱辱荣荣，何必当初云雾。何以逐流追波去，更别有，比比喻喻。简简是繁繁，节章谁人顾。

81. 柳腰轻

杨杨柳柳江南岸，吴娃馆，昭阳殿。去来来去，曲琴歌舞，俱是千金飞燕。散香处、宫里婵娟，已藏娇，楚腰红面。白雪阳春目眩。喜盈盈、两波微颤，管弦丝调，依扬莲步，扭扭妮妮相恋。欲何止，云落云飞，而无晴，一人倾便。

82. 西江月

己问江南柳色，还寻碧玉人家。小桥流水雪梅花，半在西湖佳。八月钱塘一线，潮头浪里淘沙。凭空雾里水天涯，不见临川石崖。

83. 仙吕宫

倾杯乐

半入姑苏，是非无有，似烟如露。运河岸，盘门碧玉。江村同里，三吴朝暮。连云玉带桥边雨，退思园里，山水寺中分付。桂花香遍，只是方城一路。钟鼓继，寒山应度，见拾得咫尺，天竺步。寺外是、七步枫桥，渔歌互答如许。半晓色、船娘不妒。多隐约，心心相护。愿岁岁年年里，情情如故。

84.

笛家弄，《词律》辞曲收入笛家，《全宋词》收入笛家弄。

花在姑苏，太湖香遍，东西山上，洞庭山上枇杷酒。状元府外，一日清明，百年已旧，隋堤杨柳。不见王孙，只多游客，不尽江南友。去来间，运河水，触目尽成人首。知否。胥门曾记，夫差木渎，半闭吴门，万里东风，十杯千叟。不及，虎丘干将勾践，立步卧薪如口。岂知秦楼，凤凰声断，无道是分先后。空遗却，穆公是，岁岁尽重阳九。

85. 大石调

倾杯乐

缺缺圆圆，一明明半，分明月色分明断。莫消尽，嫦娥兴叹。苍天炯，寒宫何算？追往事，后羿同霄汉。如何是非所见，独见风云散。朝思暮想，自家空待天河岸。到古今谁可呼唤？月月自己来，众星皆漫，线线弦弦，偷药后，早早晚晚天畔。桂影里、玉兔相陪，未曾略展心扉一身段。问甚时你我，人间七夕皆无看。

86. 迎新春　古今诗　面向海洋

四序是何序，一到南洋谁顾？当顶阳光照，暴云雨，丛林树。也如来，千门万户，只两季，无夏秋冬春度。雨早分二路，阳光直，阴晴无数。马来南北赤道分付。花草巨，海洋漫漫云雾，三分陆地七分海，问人间，相相互互。向龙宫，如始如终如重募。新开似如故。劈地今古，独闻归去。

87. 曲玉管

一载姑苏，江村十日，烟波水上隋炀柳。不是江湖萧索，皆运河舟，运河舟。金陵不远，唯亭同里，已来见北南通酒。不比长城，水水停下汀洲，作王侯。可想当初，有多少，楼船佳会，只谁是好头颅，人间雨下云留。运河舟。以吴杭州去，见得天堂丝帛，换来杨柳，自是无言，只问江楼。

88. 满朝欢

鸳鹭朝墀，殿堂鸾驾，皇家十二时晓。制书中书门下，天下春鸟。江南处处，运河已柳杨，天堂灵沼。塞北暮朝，长城万里，烟云芳草。何以秦楼弄玉，楚馆瑶姬，俱已留歌欢笑。去来日日，缺缺圆圆重好。人面桃花，雪梅相伴，不尽人间娇娆。别是越越吴吴，当以英雄怀抱。

89. 梦还京

以年来来去去，岁暮暮朝朝。不似前朝，如何后朝，南国江河，水水山山难消。望遥遥，寻路迢迢。落叶上下是萧条。夕照时，过柳杨桥。可品味，虎跑龙井余娇。女儿腰。雾里采得尖尖叶，去也迢迢，也来妙青聊聊。

90. 凤衔杯

何以山河都是怨，经年问，不分长远。只水水山山，岁年年岁丹青献。

可俯仰，无须劝。看烟花，听弦管。谁当知，史家编撰。纵横已千年，败成荣辱谁心愿？怎争似，隋堤堰！

91.

三峡瞿塘流水岸，瑶姬色，楚襄王叹，宋王赋高唐，雨云云雨人情唤。尽不问，何时断。以长城，英雄汉。南北分，几东西段。六国一秦皇，女儿儿女都饥惋。似可比，运河半。

92. 鹤冲天

朝朝暮暮，去去来来路，几云几烟雾，几时雨。再三思往事前行见，何须顾。非是人生误，是非非是，只云来有误。前行步步前行步，以知去去，长亭数。只使重诗书，斜正处，当初付。佛道儒所度，遥遥年月，故乡只是朝暮。

93. 受恩深 古今诗

九月黄花路，三生千万步。直须行止几回顾。赤道过南洋，北极是俄罗斯暮。非是金钱误，十二万诗词，天下独树。去去来来都是度。万卷儒书，唯有诗翁曾许。岁岁一重阳，岁年日日天天数。今古轻回顾，二千作诗人，五万诗赋。

（注：《全唐诗》四万九千首，诗人二千二百余）

94. 看花回

岁岁年年七十余，朝暮诗书。读成三万三千册，十万诗，卷卷舒舒，云云成雨雨，极品何如？尘世休休自度予，已自当初。去来来去朝朝

暮暮，书书写写耕锄。始终终始是，天下桑鱼。

95. 其二

十万诗词二万天，如运河船。本来天下江南水，六浃津，满是云烟。仓颉应造字，两过千年。平仄音声曲调全，格律自然。韵工肩对成层比，江河本本源源泉，国家风景好，天下诗田。

96. 柳初新 古今诗

书生不饮平生酒，田亩里，长春手。六千棵黍，平均每亩。祖上与爹娘母。翁自山东胶复，有神功，关东杨柳。创业辽东药友。开新田，农家成守。屋前房后，桃否李围墙厚。接九陌，桓仁江鸥。杜鹃花，南山山首。

97. 两同心

二月东风，草花花草。春光早，如碧如茵，黄带绿，何初啼鸟。已知时，雨雨云云，几度多少。叶叶也还小小，水烟淼淼。江湖岸，夕照云飞，去无限，洞庭山蓼，五湖外，采女东西，谁人不晓。

98. 其二

碧玉姑苏，几番云雨。小桥旁，玉带初宽，双目里，波水游移，光影照，丝丝缕缕。只当时，不是花迷，却是花主。别有楚腰吴妩，古今和煦。鸳鸯浦，暮雨朝云，太湖岸，去来谁数。细想还，别去良时，留相思苦。

99. 女冠子

雨云云雨二高唐，襄王路。半三峡，

瞿唐朝暮。嘉陵江水，夔门无锁，巴山官渡。瑶姬处处分付。寒虫切切吟秋苦，猿啼两岸，流萤点点，来来去去。把月临风，凭是今今古古，最是二世秦皇处。李斯赵构，有长城，却无进士，不得书生方误。因人不可人妒，平生只以前行步。好天良地，无须惹起，民心万绪。

100. 玉楼春

步步前行天下路，人人风华朝又暮。来时何止云还明，成败江河应无数。万事开头当有愿，千里山川一门户。有心作业比庄稼，一春一秋当不误。

101.

一半江南春色早，去去来来去听啼鸟。小桥流水柳条条，芳草茵茵露珠晓。夜雨方晴烟雾绕，三吴碧玉先窈窕。姑苏舟上问钱塘，同里会稽心未了。

102.

暮暮朝朝何时见，去去来来都不算。你若无意我无心，为甚梦中频频唤。不如及早都了断，使得人情多少乱。风流应是少年郎，十八女儿情一半。

103.

却妆初了明如雪，灯影婵娟弦似月。窃凤凰声满秦楼，云雨宫中情切切。藏娇金屋群香绝，飞燕轻轻团扇别，相如无赋赋相如，隔帐已思儿女子。

104.

去去来来飞小燕，暮暮朝朝都见面。春心凝结满情怀。少小女儿如闪电。鸟语声情多少院，望尽鸳鸯相互恋。素颜独立到黄昏，只恐巢空辛苦倦。

105. 金蕉叶

朝朝暮暮平阳酒，红酥手，柳杨杨柳。驸马金枝天下，玉叶人人守。不忍得君子口。江山日月应知否。不知时，不可无首。就中有个，风流只是重阳九。隔岁是春先后。

106. 惜春郎

暮朝朝暮朝朝暮暮，去去来来去。年年岁岁，一波三折，泾渭谁顾？女儿情长多自误，也不问何路，只少年，岁岁年年，只道是江山故。

107. 傅花枝 古今诗

平生不负，诗词音韵。少儿小，老来知天问。古今诗，十三万，首首生奋。守格律，工字句，表里酝酝。七十六，事事人人，南南北北，满世界见闻。儒书万卷，农夫家训：天天读，不须红运。逐时辰，当日月，频频拼拼。只计取，两万天，日日无分。若有短，必补相平，且行个，跬步心郡。

108. 双调

雨霖铃

长亭离别，一声三断，几度圆缺，朝朝暮暮无序，来来去去，何须鸣咽。有雨霖铃惊梦，叹多少豪杰！几度是，今古英雄，只是兴亡汉秦切。人情自古人情彻，运河边，柳浪闻莺竭。明皇已去心结。长生展，木真如雪。再见华清，何可梨园，具已灰灭。可纵有千里风云，万里阴晴说。

109. 定风波

一路隋堤一路船，三吴云雨五湖烟。碧玉小桥杨柳岸，兴叹，长城万里故前川。南去北来秦汉问，登临今古几无边。大漠已荒沙石远，千万，运河留下好桑田。

110. 尉迟杯 寄艾琳娜 美琳娜

以佳丽，半去江南，半来相比。莺啼柳浪西湖，草草花花堆翠。盈盈池水，积绿处，有露先娇媚。月三潭，只在中秋，才算会人情意。长堤步步应被，隋炀柳，如金似玉帛相倚。汴水苏杭，天堂日月，已是情人情味。风流是，娜娜美美，几法国、东西西东誓。只相知，父母爷娘，未可轻分连理。

111. 慢卷绸

一半书生，三千子弟，不是从前事。乞火对寒灯，积点流萤，隔壁借光，夔门十二。已是群峰，暮朝朝暮，一日高唐水。不是巫山楚鄂，江流官渡相济。瞿塘白帝。托孤处，思蜀苔痕翠。已不忍三分，魏还吴侣，如今不得，周郎粉渍。诸葛去来，草船借箭，赤壁多云际。独马立华容，退空城，何是无计。

112. 征乐部 古今诗

少年翁首，来去具是人生路。又何必，朝朝暮暮，长短是，长短如雾。凭何去，应知主。日月是，苦辛无故。七十载自是童翁，二万三千日如数。

当然不顾，风前月下，心事始终分付。但愿得，前行行止，足看待，家国诗词赋。一半春秋步，格律约，不须相误。作柳杨，水水山山，处处多云雨。

113. 佳人醉

其是佳佳丽丽，儿女何分门第，正是风华际。江南江北，社稷黄帝，不尽诗词曲赋，豫章河山济。舟船系，运河相继，娇女素娥，不隔红尘同去，高作吴娘髻，小夫妻，相盟相誓，只有天堂声细。

114. 迷仙引

谁是神仙，予是神仙，彼此参半。五百年前，王孙都入汗漫。算等闲，应一笑，有千金兴叹。常以豆蔻华，容易轻换，相逢河畔。日月风云散，草木同霄汉。柳柳杨杨，琼花傍上扬州岸，有笛ди，箫声不断，凤凰情绪呈，双波玉腕。

115. 御街行

牛郎织女银河岸，岁月年年断，人间七夕问婵娟，缺缺圆圆兴叹。有弦上下，多寒多影，吴越多娃馆。明皇记取长生殿，喜得神仙面。太真曾是玉天颜，已足芙蓉茜倩。相思不尽，相思有限，常作乾坤院。

116. 其二

前时一曲春香院，已见风云散。花开花落自无限，岁岁约年年见。云雨雨云悄悄，朝暮露水珍珠岸。相思不尽情如面，梦里还惊断。寒宫明月不成眠，只望那婵娟叹。飞燕有巢，声声还语，惹得心中乱。

117. 归朝欢

湖上轻舟三两只，风雨潇潇云淅淅。沙洲落羽各东西，苍茫烟雾和霜陌，淡淡知暮色。去来来去多行役，作书生，南南北北，不做利名客。赤壁周郎吴蜀隔，诸葛东风借箭策。风云一半在华容，关公无向曹操迫，作英雄八百，一天下九州情脉。是人生以何归去，有个神魂魄。

118. 莲令

一平生，来去东西路，何无语，暮朝朝暮。少年不自有分歧，跬步行行去。相思曲，儿儿女女，都无不尽，此生生此四顾。以日方量，七十五岁扬长去。诗词客，一言千绪，万般方寸，回首处，以此向谁许。岁年里，前程不止，心中足下，未了是人生路。

119. 秋夜月

风云不断，莫以作，相逢聚时还散。上虎丘。剑池吴越谁兴叹。范蠡船，商贾去，不顾西施娃馆。有在是东风面。春秋无限。日月草木天，莫道人间怨。自主自家天下，事事方便。作杨柳，南北水，雨云香畔。可望前行，一人飞雁。

120. 巫山一段云

暮暮朝朝雨，朝朝暮暮云，别离离别我难分，十二晚峰裙。峡里猿啼住，山中宋玉闻。襄王不近女神勤，几度自纷纭。

121. 其二

九九重阳酒，千千落叶寒。远风吹去半云端，自是归根难。不见麻姑去，还闻社稷坛。蓬莱海上几波澜，普渡著青丹。

122. 其三

对月诗词赋，行身草木光。一枝红杏意方长，桃李自然香。玉洞门中深浅，一半天堂柳杨。蓬莱仙岛是非乡，此去著华章。

123. 其四

一片梨园雪，三春碧玉桥。五湖水上满波潮，不向女儿消。弄玉秦楼上，箫声似半寥。穆公问道凤凰遥，几度是苗条。

124. 其五

白首梅花雪，红颜古木花。分分合合一人家，粉玉是奇葩。雨雨阴晴见，云云日月华。朝朝暮暮半倾斜，结子作香瓜。

125. 其六

咫尺天涯问，天涯咫尺闻。沃洲天竺自耕耘，日月有无分。暮鼓晨钟在，高僧古寺君。心经处处度辛勤，独独以香薰。

126. 婆罗门令

一回忆，几回回忆，何回忆，不尽还回忆。去去来来，如飞雁，衡阳匿。青海匿，南北春秋翼。家居国，分两地。故家乡，北北南南忆。书生读学前行力,乡是梦,别离别离极。寸心万绪,咫尺千里。去去来来,如飞雁,何乡匿,只有相邻域。

127. 小石调

法曲献仙音

太尉知,龙云一曲成。已三清,何言天下,渡蓬瀛,仙子精英。远近高低行。

128. 西平乐

步步登高寄目,处处书生路。当以诗词字句,平仄心心互印,天下阴晴云雨。来来去去,何已朝朝暮暮。不相误。寒食节,人在顾。正是清明乞火,已见红红绿绿,别别离离去。只见得,天空飞雁,人行一字,衡阳青海,年两度,乡何处?岁岁春秋数数,高天上下人字声声如故。

129. 凤栖梧 又蝶恋花

注:迟四支仄,四寘仄,思四支平,四寘仄。双调六十字。上三十字韵,五句二仄韵二叶韵。下三十字,五句四仄韵。

别来相思无限思,处处相思。只要总相思。已是相思谁不思,如何尽得何相思。眼上心中当自思,再把相思月下深相思,多少婵娟同寄思,共同日月凭相思。

130. 其二

别离相思别离迟,欲说相思,总是相思迟。已是相思相互时。如何不得相思至。已是相思心里事,只把相思,述尽方嫌迟。多少相思都做泪,

别离不可相思迟。

131. 其三

惊落桃花知不少,燕子飞时,叶下藏啼鸟。枝上残红青杏小,风光依旧朝阳晓。石径洞庭山上绕,水上人家,应是船娘娇。曲细声轻波渺渺,五湖暖多窈窕。

132. 法曲第二

天下诗词,天下文章,不可平生草草。日月耕耘志,作中半低高,知头颅好。帛杨柳,长城内外有烦恼尽枯槁。问隋炀,是从人容易,顺得成败天昊。天下事,来去去来都老。以此良知到头回,可谁问道。运河水,北南南北,古今香稻。

133. 秋蕊香引

关已闭。沙鸣千里,望楼兰去,风云日,无户第。蛮楼易散交河影,胡姬尽佳丽。双目动,舞舞衣衣不系。只相继,这回己是,取得葡萄济。自唐始,知天地,见胡旋递。

134. 一寸金

异想天开,不在中原在西夏,地理远,万里风光,峰漠荒沙,已有天台歌榭。海市蜃楼影,知西域,欲行不罢,荒荒日剑岭横云,问乌孙去已嫁。摸石池边,三刀一梦,桥名不多暇。有使节,记取隋炀,此去尽招商业,丝绸文化。西过西安路,千百里,有欧有亚。天空里,同是山川,异土无称霸。

135. 指调

永遇乐

春云万户,细雨千家。朝暮华夏。道法光天心经福祉,玉宇长空化。中枢明月,流渚阴晴,草木俱荣明暇。见唐虞垂拱,胡汉长城,运河商舍。江山社稷,来去今古,自是桑泉庄稼。年岁农夫,茧蚕养育,男女方婚嫁。乾坤如此方圆,臣僚官吏,竟营元亚。这春秋,北极齐尊,和平天下。

136. 其二

天下江南运河六渎,春种秋获。柳柳杨杨,朝朝暮暮,都是天堂约。风轻云雨,何似长城,万里尽驱荒漠。问秦皇,色过隋炀,六国女儿都索。吴王政国,今古河山秀异,江村求索。同里(富)舟船,丝绸旧郡,采女桑蚕络。荷莲如若,塘上芙蓉,飞落是人间鹊。见方圆,天地乾坤,民心音乐。

137. 卜算子 十六体 藏头体 不确。以词典谱。古今诗

一路各东西,几度知云雨?格律诗词七十年,行止朝朝暮暮。何意望前程,跬步匆匆去。过了阳关再向西,总是回东处。

138. 鹊桥仙 古今诗

向前途,无休止,孤孤独独行行去。是人生,非是年岁荒荒度。诗词方始绿录。跬步思量路。千万里,百岁未知奴,苦辛分付。日日四千字数。自方圆,是耘歌赋。工格律,

欲精几番重悟。心心脉脉倾许。十万千千句,古往今去,只留平生杵。

139. 戊戌春联

之1 远近东风（北巷门）

诗词同日月,佳节共长春。

之1 远近东风（北巷门）

红梅已是香千里,白雪当然润万春。

之3 老马伏枥（书房门）

平生三万日,着作百千诗。

之4 天地方圆（院门）

东厢枣树一池鱼,北座文房万卷书。

之5 戊戌初新（街门）

朝阳北去三千界,紫气东来一京城。

140. 浪淘沙慢　古今诗

一梦入黄粱已早,寒灯明灭。何然还醒,又闻人声,黍米因噎。嗟因天下已长程折,见平生,几处盟天,不可以,从前成败,顿化成无忧。梅雪。有春还冬,暗香浮动,几度落羽相重,红里还加白,只向阳春去,也随圆缺。兀自方圆,百岁年中去来殷切。到如今,天长地久,年年自家春节。知何时,日日当须数,必吟诗十首,工工整整写,天天月月,是否孤身子。

141. 夏云峰

画堂深,轩槛浅,烟雾雨气沉沉。花露草珠玉玉,水水清浔。女儿羞色,羞色却,解羽披襟。久不语,回回顾顾,似有轻吟。越姬蕙态兰心,水芙蓉,一波三折难禁。啼鸟欲藏未止,也是知音。似作弹琴。结莲荷子,春夏尽,碧叶交侵。向此处鸳鸯只顾,享受光荫。

142. 浪淘沙令

白雪阳春,飞燕心神,不须团扇共红尘。尽是个初初末末,都有恣身。短短衣巾,幕幕茵茵。曲终独立见经纶。金屋藏娇羊车早,天子相邻。

143. 荔枝香

一曲长生殿上,生日宴,荔枝香满长安,都是龟年篡。千里飞来呈贡,都替明皇办。和氏,众里杨家贵妃盼。蜀南产,北国品,同飞雁,去去来来,何是雨中云间。留下梨园,羯鼓声声百花绽。唐王朝几官宦。

144. 林钟商

古倾杯

雪地冰天,腊冬春月,梅已浮香绕。江南塞北,阴晴日月,各是春心知晓。有鸿隐隐无飞,河山杳杳。遥云变色,丹青未了。不望千里,听得莺啼小鸟。隔几日,黄河风沼。去何处,排云飘渺。九曲一湾湾,东流如许,万里千年皎。追思五霸年少。已记取,项项刘刘,江东。向背进退,纷纷扰扰。

145. 倾杯

行止殷勤,舟桥无滞,长亭去来南浦。情知这世上,明月缺缺圆圆,朝云暮雨。向平生,悲莫悲乎无欲,最苦最贪虞,只求如故。问天寻地,梨花一枝知普渡。五百年三千无序。只有如来心,经纶天下,草木阴晴,再三再四应分付。天下自当步,知多少,他日前程,平生曾顾。从今又是前行路。

146. 破阵乐　五体

国乐唐家首,秦王破阵声。咸歌天下统,共享太康名。

147.

春秋四面一唐家,白雪阳春半帝花。破阵不迟天下路,秦秦汉汉浪淘沙。

148.

二妃鼓瑟,湘灵竹泪,音语霄汉。天下苍梧树树,八百里秦川兴叹。千古江山,英雄社稷,风云不断。问长城,也问头颅好,运河江南去,天堂分半。六国纵横,隋唐演,生灵涂炭。

应见不是秦皇,还非汉武,临汴水,杨柳岸。北北南南通舟楫,富华以商为冠。苏杭州,吴姬曲,阳关唱馆。越有明珠,红莲碧叶,钱塘云雨,六合云海沉沉,共同晓旦。

149. 双声子

辱荣荣辱,是非非是,朝暮来去春秋。天堂吴越,隋炀杨柳,天下汴水南流。叹夫差故国,娃馆没,勾践残丘。江苏岸,太湖水,黄天荡范蠡舟。想当年,吴越吴越战,刘刘项项无休。山河如此,阴晴无数,姑苏子胥藏仇。正经经史,嗟子集,当记风流。黄昏暮暮茫,向东点点山头。

150. 阳台路

一团扇，不是飞燕舞，藏娇如面。向羊车，匹匹驱驱，都不是东风院。追想当时，一见一新，有情如恋。长生殿，且不知，人心云雨分片。此路瞿塘三峡，问宋玉，瑶姬设宴，水烟芳草，滟滪锁，以阳台便。当初是，前情后意，不得是非如练。今今古古明明，身轻飞燕。

151. 内家娇

路路途途，长长短短，来去去来行止。桃桃李李，当自成蹊，柳柳杨杨如此，处处有花有草，时时山山水水。见岁年，自以新程旧序，何就何比？乡里。书生当此是，别别也离离彼。别多离多已。半生两载三年，不回还徙。不比年年飞雁，春秋北南故垒。两三载，不得归乡，只留旧忆山雉。

152. 二郎神

当新旧，老叶暗，新叶时候。乍露玉珠黄中带绿，芽方出，俱是初秀。已自纤纤尖细色，已有约，春先可就。极目望，成城普渡，老老之中含幼。峰岫。高低左右，夕阳东昼。大运河，天堂楼上女，梅雪绣，丝绸当袖。悄悄窥窥私语处，向谁是，私情不守。尽天下人间，处处时时，依依豆蔻。

153. 醉蓬莱

九日黄菊雨，自是重阳。深秋云雨。已见寒凉，可尤其朝暮。白雪冰花，霜枫深浅，俱已红颜渡。万里无尘，清清净净，如天如故。地道升平，天机多少，水月风花，漏声词赋。世上江南，老小都分付。有女如云，不忍离处，不管何去。太液微波，风归水榭，月明倾许。

154. 宣清

弦月明明，细细丝丝，天空干干净净。近群星，如是又非，远群星，有心无映。上上空空，空空下下，团团盟盟。这婵娟隐弦弦人前圆缺藏性。桂树影何成，只因小小，风情风不正。左右夜朦朦，银河两岸，处处繁华，尽是神仙生命。问嫦娥，寒光竞竞。可天天，以形论证。缺圆圆缺，宋玉赋高唐，十三峰，一峰当并。

155. 锦堂春

一片春梅，姑苏木渎，东西山上云端。五湖香雪海，已是波澜。天上人人处处，红红绿绿冠冠。不必登高望远，情在烟云，情在山峦。太湖舟船百渡，洞庭山水前，交互春寒。女儿儿女去，玉树银滩。只见尖尖荷角，琼花带露登坛。已是年年如此，半在人间，半在青丹。

156. 定风波（慢）

定风波，慢慢悠悠，杨杨一半柳柳。汴水隋河，丝丝帛帛，天下人人口。一楼船，半宫妇。不似长城万人首。当母，问常情如此，佳佳丑丑，不知是杯酒。一秦皇，六国红酥手。这江山，社稷长城太守，何以同轨走。已相违，何所有？见得天堂六合否？和我，高甲天下，千年之后。

157. 许衷情近

朝暮朝暮，画尽昭君蜀女。阴山敕勒川中，牛马犬羊处处。千年汉胡胡汉，古古今今，几度封疆语。长城外，万里连绵不与。战争情绪，未解何思虑。黎民庶，以和为贵，春秋老少，雪冬夏署，都是和平誉。

158. 其二

运河悄悄，已作天堂处处，苏杭同里吴江，西子会稽俯仰。六合水边幽竹，龙井钱塘，是富春江上。闲情象，绮陌游人素养。少年风华，自以诗翁敞。黄天荡，是非俱往，江湖处处，一千方丈，大漠多思想。

159. 留客住 古今诗

水淼淼。望五湖，洞庭山上，一亭三光，处处香花碧草。东西两岸云雨，已是香雪，潮平潮盻盻。江村院落，是谁家，碧玉小桥啼鸟。可知晓在此已三年，无无了了。只对平生，度日诗词当晓。今日秘书何处？百里天堂，看看春已老。休休退退，这姑苏，碧玉小桥多少。

160. 迎春乐 古今诗

古今天下何兴安，有进退，无向背。自平生，跬步无晴晦。由己是，多神态。日日望，天天气慨。文字里，书香滋味。怎得依依灯下，独意怜蓬莱。

161. 隔帘听

已是友情相互，咫尺天涯小。春莺乳燕皆啼鸟，处处也嘀嘀，曲多不少。语语娇，舌如簧，再三不绕。何人晓，声情言表，不得相思了，心心只把私私告，悄悄盈盈尽，几时年。水花沼，当然是共伊窈窕。

162. 凤归云

几处是，金谷秦楼。平康巷陌，弄玉求凰。何以人间，未尝分付，寸心双悦。穆公儿女，儿女情肠。箫声呜咽。又绿珠，堕下知已绝。长是因此因他，古今心结。

不可得，处处繁华，曲歌未了，琴瑟又余，白雪阳春，下里巴人，梅花三弄，缺圆圆缺。尽平生事，瞬息光阴，浮名应切。俱来往来所谓离别。即是暮雨朝云，岁年春节。

163. 抛球乐

古今来去来去，天下天下。一春秋，天下六国，吴越相争，五湖谁霸。小杏脸，西子方开，木渎水，宫腰低亚。是处丽质盈盈，手手腕腕，都似婵娟借。笑里抛球问，情中互递，女儿丰满，含芳欲嫁。十里五湖水，八百载，神仙相和暇。柳腰王多许，娃馆馆娃，一春半夏。

已是勾践夫差，不必是，女女儿儿罢。范蠡商，潮子胥，已付人生代价。楚吴越女，何以桑田庄稼。卧薪尝胆，剑池醒醉，百里豪杰吴文化。一日吴越地，西施舞尽太平，落得沉湖而谢。如此女儿身，可足是，岁尽莺声讶。又绿蚁翠蛾，再行天下。

164. 集贤宾 接贤宾

运河南下东西水，天下交流，就中隋炀帛柳，最是杭州。有道天堂旧酒，阳春白雪商舟。范蠡只是经营客，

西施去，五霸春秋。见得人间天上，惟有一心忧。五湖湖水一江楼，世界久沉浮。纵横秦仪再会，已见沧洲。不是姑苏子胥，吴江六合潮头。楚鞭王，是非是，宜言去，莫胜由酬。制作山河同轨，方信有思谋。

165. 殢人娇

今此相逢，始见阳春白雪，多惆怅，不同轻别。去来光景，日月明灭。又道是，行止可平生杰。晓色初平，前程已决，人情记，几成时节。朝朝暮暮，莫浮名何绝。有心理，跬步只前无缺。

166. 思归乐 古今诗 弟兄居三

天下长亭来去苦，前不止，殊途无主。也有风云还有雨，直教得，入深齐鲁。已著诗词今复古，平仄里，七言还五。一蜀国同蚕丛杜宇。吕老三，共乡农土。

167. 应天长 古今诗

残蝉声未绝。这柳柳杨杨，落叶伤别。霜露清清，已入黄花时节。重阳重了结。绽金蕊，茱萸当折。处处是，已见风流，月还圆缺。远近与君说。任弟弟兄兄，怎忍虚设，当效夫妻，朝暮相思凝咽，劳歌常不歇。运河水，也长城杰。知上阙，来去方成，下阙中阙。

168. 合欢带

江河弯，玉带妖娆，以春许，柳杨条。处处山光天下水，吴越情，小女村桥。莺歌燕舞，清思巧绣，护了纤腰，

五湖舟，便觉苏杭有见，吴越渔樵。梨花如雪，桃李成蹊，苏杭闲得逍遥。只道千金应一笑，夜明珠，误了朝潮。萧郎有幸，胡姬耳目，薄了鲛绡。正当年，共忆秦楼凤凰台上吹箫。

169. 少年游 古今诗

年年岁岁著诗词，朝暮几人知。已逾七十，有三加五，十万古今诗。辛辛苦苦三万日，途长长，路期期，宋词重写，唐宋一文时。

170.

平生一路一平生，来去半人情。几回远近，花开花落。岁岁有枯荣。阳关一曲沙鸣伴，千里望，九州行。天竺如来，运河水月，大漠有长城。

171.

佳人一笑一千金，天下半知音。几情所欲，灯红香暖，好尽古今心。蛮腰细细山峰隐，姿百态，意弦琴。舟里船娘，有羞无却，两处一般寻。

172.

人间一半两红尘，儿女自由身。运河岸草，姑苏风水，处处柳杨春。扬州十二桥中曲，声杳杳，意频频。吴上烟云，越中花雨，几处女儿亲。

173.

佳人欲解石榴裙，朝暮奉仁君。一波未了，三杯春酒，好事尽殷勤。山山水水如相见，云雨客，雨云分。三峡瞿塘。去来来去，宋玉赋芳芬。

174.

去年写完唐诗，今岁始宋词。唐诗五万，三千三日，宋词两万首，如今戊戌从头写，千日里，已约期。唐人三千，宋人二千，而我一人司。

175.

天天不尽暮朝时，十万首唐诗，宋词两万，应须千日，费尽去来迟。如今白发苍苍老，逾七十，百年期。书笔平生，始终文化，格律佩文师。

176.

平生不弄半书香，今古一文章。唐诗写尽，宋词开始，相次度炎凉。去来年岁，风华白首，回顾久思量，千万日，万千行。珍惜时时，暮朝朝暮，日月久低昂。

177.

江楼只见一江流，何问有春秋，东风细雨，夏荷黄菊，白雪着梅头。两仂当序，乾坤四象，来去帝王州。多情不必问风流，数日月，不停休。

178.

乾坤日月，江河流水，常是自东西。别去情怀，居何滋味，桃叶故乡妻。诗词写了年年岁，三万日中题。青海衡阳，排天飞雁，人字两乡栖。

179. 长相思　北京

十里长街，明灯满市，皎月圆缺北京。明都始建古巷，清朝阡陌，纵纵横横。隆治唐宋，蓟门应永定，夜夜升平。一代繁荣。那人家，岁岁萌萌。故宫故人城，一路天安日上，远近联盟。天涯咫尺，跬步西东，世界相迎。中南海里，不迟留，书写精英。又岂须，伟大微小，人人事事三明。向前行。

180. 尾犯

云云雨雨，会稽多芳草，运河两岸。已垂杨柳，钱塘近海，富春江畔。西湖水，印月三潭如冠。有春明，也有秋明，故人留下参半。值此苏杭兴叹，一平生，三界唤。留下诗词赋，十万首三万日，于生不断。二万三千算，数日月是非汗漫。当白首，检点词诗，好头颅北南滩。

181. 木兰花

吴江同里多云雨，进退盘门苏绣户。一层三叠两空帷，谢女雪成杨柳絮。梅花惹起群芳妒，飞燕身轻娇人语。冰肌雪面舞红颜，团扇相思无梦处。

182.

连昌宫里神仙女，一拨琴弦千万语。少年年少，学藏娇，日下羊车知几处。秦秦楚楚无相许，弦月丝丝何所去。圆圆缺缺共婵娟，如梦相思如梦汝。

183.

不上小楼春已暮，花落花香芳草路，三日雨，一珍珠，叶上欲流还止住。坐看莲蓬应有语，丝蕊未分生子故。芙蓉出水玉婷婷，蜂蝶留心还少女。

184.

数尽是朝朝暮暮，行道路来来去去。行不止，数如故。跬步不停人不误。不可古今空不主，何以去来难自付。前前后后向前行，回首学他千百度。

185. 驻马听

一寺双仪望明月，相知不是相知。方方丈丈，禅房禅语，无思彼此无思。是非时，顿悟心，立地时期。应了如来万般千度，日月诗词。　平生韵音格律，对世平仄当规。见一字排空雁，人字方为。不念鱼虫鸟兽，龙虎蛇马思维。这世上，纵纵横横，天下慈悲。

186. 许衷情

平生万里十三州，不独望江流。数遍关河日月，诗笔自当头。人有善，事无休。帝王侯。以邻皆学，雪在天山，日在春秋。

187. 中吕调

咸氏三片212字，上73字15句9平韵，中55字12句6平韵，下84字16句6平韵2仄韵。　三体

大江天，两岸杨柳运河船。半水天堂，半山南北五湖烟。当然，越吴边，村桥碧玉采桑田。碧螺虎跑龙井，远近苏杭二三泉，带带路路，衣衣楚楚，美人岁岁年年。正春花似许，香彻浦草，色满前川。　娃馆木渎如涟。珠玉叶上，欲止欲流莲。芙蓉出，似婷婷立，采女婵娟。夕阳绵，远远近近，形形影影，自向高天。是非向背，漫漫东山，往往方是迁延。　日月风光好。姑苏一世，上下秋千。五霸何名不取，状元天下，弟子三千。儿儿女女如儒，

似言未语，云雨盘门关。忘利名，只向人情间。谁往事，西子娇妍。这范蠡，误了琴弦。可留取，本本是源渊。以优优对，成人普渡，俱得君贤。

188. 轮台子

一路长亭远去，半道是，人生易老。天天跬步前行，日日比曦还早。心中常有诗词，有殊途，也有旁门好。亦人人事事，自主心思如来晓。童翁百岁年间，楚天阔，越中多少。又三吴，尽工工作作，营生营标，但岁岁年年，日书日昭。格律又音声，比兴由情表。古今评，何时是了？只争是，七十年中，还作南飞鸟。

189. 引驾行　古今诗

长亭亭短，劳劳步步同朝暮。运河堤，五湖水，吴越是天堂路。何绪，又何玉门关，居庸嘉峪几回顾。几回顾，来来去去，问沙鸣，大漠赋。莫许，秦楼弄玉，凤凤凰凰倾许，不及穆公情，英雄一世，尽成分付。如误，念南洋马来，巴新家国在何处？独自个，银行设立，向天涯住。

190. 望远行　读史

运河两岸，长城外，如许当然如许。万古江山，帝王来去，留下人情无数。是也秦皇，隋炀也是，日日所为，天天事处，怎可知，思想深深瞬时顾。时顾。今古皇宫离去，自暗揿，儿儿女女。六国大统，扬州楼船，究竟作何分付。我来重新评说，一事一议，留下民生为主。不作英雄史，

筑人间路。

191. 彩云归

天堂一路半苏杭，富春江，已入钱塘，吴越天下雨云云雨，潮海静，六合天光。那西子，五湖娃馆，范蠡范娘。此际是，多情应作，处处情伤。何伤。人人若是，向民间，共与炎凉。只留一迹，人点人赞，岁岁衷肠。胜似与，朝朝暮暮，寺里来去拜高香。相思处，唯有人心以世黄粱。

192. 洞仙歌

佳景佳人面，是少年彼此，宫中飞燕。自身轻掌上，又深宫院。羊车偏巧东风便。几度问，藏娇金屋宴。同心绾，已向诸神仙，何以相逢恋。绻绻。雨云悄悄，隐隐重重，欲语还情。共指海誓山盟，都已是心相牵。人间不了红尘细，细柳杜鹃桃李遍。春满甸。向其间寄约，风华自无限。露珠霰，是集结，无分散。这人间天上，暮云朝雨天天见。

193. 离别难

花草一春一夏，佳人一千金。玉天然，蕙质兰心。作芙蓉，荷水共知音。可依此，碧叶红莲，婷婷浮动，天下光荫。半黄昏，采女幽幽隐隐，衣却露人心。池激激，水沉沉。逐香波，似瑟如琴。十二峰前一峰立，五湖方舟半难寻。已见是独木成林，根根如树，如木如林。几不见，子子孙孙一片，今古古今今。

194. 击梧桐

池水深深，荷塘月色，淡淡波波轻舞。半见婵娟，半见嫦娥，半见西施娃府。千金一半芳心，一半吴越江南春雨。女女儿儿女女，纤纤步步，丝丝缕缕，不仅千般思苦。日日东风春花春圃，陌陌阳光和煦，百草碧，群芳聚散，鸟雀轻飞梳羽。记得言言语语，怜香惜玉今古。未了得，人人处处，心心何入主。

195. 夜半乐

举兵夜半天气，明皇二曲，成以还京路，夜半乐人声，殿宫深处，刃临韦后，江山玉树，石榴裙下倾许，是唐周妒。八十岁，王朝似分付。上官子子女女，之问佺期，以袍诗许。先后是，诗诗词词相误。牡丹花开，观音自在，有客有度如来，敦煌神塑。只留下，朝中佛堂度。未以念念，道道重来，韦陀难护。五十载，河西向东去。这长安，天下岁月归期付。留下虑，又是皇天步，暮朝朝暮还朝暮。

196. 癸天神

自以千年古今轻叹，一秦皇，汉武长城都半。人间自是桑田，点点渔舟岸。岁年衣食盼丰收，儿女唤。夺五霸，争霄汉。又闻得，都是英雄断。江山日，谁社稷，俱是皇家乱。念民生，风情踪迹，儿女情怀，岁岁年年，富富家家看。

197. 过涧歇近

吴楚一水曲，东云万里江流，尽日云云雨雨。依依语，女女儿儿女女，远近蒹葭浦。水月里，两两船娘夜深许。渚渚滩滩，草草花花不自主，在红尘里，红尘可自付。回首江村，一半渔舟，舱开舱闭，不锁去来来处。

198. 中吕调　安公子

瞿塘三峡路，楚吴由此衣带，雾雾烟烟彼此，分界由官渡。江流江楼住。当此好山好水，不必多思多感，行役当心顾。不远宋玉高唐，朝云暮雨。形形色色，十里两岸瑶姬主。只向襄王问，来去匆匆，究竟如何有语。

199. 菊花新

何以梁州都不付，适安园中已步步。衣缓菊夫人，知处处，一身分付。院庭静静花相妒，归重华，乐声重度。几世一梨园，无久在，暮云朝雨。

200. 过涧歇近

人性，是非是，有意无心从政。已是南唐明镜。君无命，不见良臣，夜宴余香，由韩熙载，管弦曲令，山河醉近庆。二主心绪，一水东流东纵横。帝王咫尺，佳期女儿倩。去去来来，不在孔孟，春风桃李，几何只把相思净。

201. 轮台子　一九九七年我与费世诚来建造阳澄湖渔民小镇

百里阳澄，烟雨湖光碧。昆山近姑苏，再直鹿苑，汉朝残壁。孤村望处同寂寞，知钓叟，都是水泥船笛。岸边来我修别墅，多少户，建成城色。陌阡客，重回故踪，八十三户隔，一镇渔家息。不是名利是非如织，闻道渔歌，谁听得。九月莼鲈脍，重阳日上，黄花处侧。浮生历世终无益。念岁岁何背，红阡绿陌，女儿儿女，从古如今，花花草草生魂魄。问行思役，又何忍，把诗赋抛掷。

202. 平调

望汉月

明月明月明月，圆缺圆缺圆缺。少年年少老年人，短相会，常常离别。去来何知处，不见不知时节。向背长亭两依旧，这道路，络绎无绝。

203. 归去来

寒食清明时节，无尽天山雪。明月悄悄量圆缺，身应尽，影方绝。玉树婵娟窈，清宫外，去来明灭。弦弦上下弦弦折，藏何处，是轻别。

204. 燕归梁

织布穿梭注意深，夜夜知音。竖横经纬一丝寻，成绸缎，作衣襟。梅桃一半梨花色，书香老，已如今。一人千里是千金，莫冷落，是时心。

205. 八六子

几知音，运河河水，朝暮来去吟吟。夜夜细雨浥经纶，惊断长城内外，秦汉武文分寻。苏杭久天堂近，万里绵延，由古如今。木木林林。历年年，功勋是功勋心。一王天下，一人成事，成事，只与人间幸事，年年岁岁重临，可留名，乾坤只余日钦。

206. 长寿乐　古今诗

平生一路。一去来，一是朝朝暮暮。十万诗词，谁知七十，有六日日可数。有儿儿女女，也是赢赢今古度。家内外，国已琼楼玉树。吾何去，老少前行跬步。马来顾，总不是再去巴新分付。便是仙岛云深，册银行事，风光如许。对天涯咫尺戊戌羊岁方附。待点头，海海洋洋依故。我应去，化作无知细雨。

207. 仙吕调

望海潮

运河南下，三吴六渎，钱塘自古人家。杨柳小桥，桃花碧玉，绵延百里莲花。记取浣溪沙。一线潮头雪，直作天涯。散尽珠玑，雾中云里雨烟斜。
黄天荡里清佳，有嫦娥弄月，白雪娇娃，剑池虎丘，琴弦玉带，桥边钓叟参差，故曲唱桑麻。泰伯听暮鼓，一片烟霞。拾得寒山俯仰，只着一袈裟。

208. 如鱼儿

万里中华，千年故事，峡峡水水水瞿塘。楚楚吴吴，妃灵鼓琴潇湘。一娥皇，女英泪。斑竹炎凉。小雨里，兰蕙君山，洞庭夜月曲船乡。渔火暗，水茫茫。波波荡荡星光。柳柳杨杨，盈盈儿女情肠。有萧郎，有清唱，有是潘娘。不归去，隐约萍花处处，处处是鸳鸯。

209. 其二 致陈立夫兄"成败之鉴"和萧丽云、陈立夫重修金陵题词。

历古家国，不可独行其宗，自在风流。唯我立中华，大君夫，领治神州。丽云留。是先后，非是非谋。四万万，大好河山，颗粒未得不低头。三千载，帝王侯。子民子意无休。富贵致人家，时会高志春秋。莫消愁，革履西服赤足尤，食是本，冷暖人生事，算除此外何求。

210. 玉蝴蝶 小令始于温庭筠，长调始于柳永 古今诗

祖上胶州故土，关东创业，白雪秋香。落叶黄花，九月九日重阳。有爷娘，桓仁父母，五弟兄，一妹炎凉。种钱粮，去来何在，水月茫茫。
难忘，文殊进士，燕京学院，五载星霜。自过榆关，是知非是家乡。飞雁，人成一字，岁年度，青海潇湘。著诗词，业中业外，独立斜梁。

211. 其二

自幼在西关镇，学师师长，优劣书生。五女山前佳丽，处处人萌。记恩媛，友情寄我，行步步，俭学成英。入林城，勤工为治，白雪风声。
时盟，少年年少，劳身劳力，伐木相倾。见了花花柳柳，拾取不心惊。向民兵执军防化，大跃进，纤手枯荣。未前期，炼丹钢铁，始得精英。

212. 其三

处处直街斜，巷艳花芳草，春已繁荣。记取吾师满守成："汝可精英。"莫名其妙第一名，心目里，我可倾瀛。北京城，独孤皇土，约定枯荣。儒生，去来来去，家乡家土，隐隐明明。未了寻寻觅觅，只作一人生。且前行，寸心日日，拼毅力，无止行行。始终盟，有无无有，志在纵横。

213. 其四

成就一团和气，古今今古，来去方圆。窥宋三年，少小日月长天，共婵娟，巴山夜雨，三峡岸，官渡啼猿。一高塘，几回宋玉，神女云泉。
不尽瞿塘流水，盈盈蜀楚，朝暮涎涎。只待瑶姬，已先知十二峰前。试解取，鸳鸯锦带，好遮住，鹦鹉珠帘。半云边。水流无数，其月如弦。

214. 其五 重阳

极目天高气爽，年年九月，岁岁重阳。已别辽东乡里，幽燕炎凉。北京城，香山落叶，枫已染，朝暮红黄。菊花昂，雪霜霜雪，一山帝王。
书生灯前笔下，诗词歌赋，日月文章。燕京秋劲，蓟门西照一斜阳。望飞鸿，一人天上，以岁年，青海衡阳。到头望，马来（西亚）巴新，过了南洋。

215. 满江红 十六体

赤壁东风，魏吴蜀，一番今古。问当年，谁分三国，扩兵军伍。不顾苍生天下去，曹操蜀箭孙权弩。计空城，司马早知情，当如许。
何必盅，英雄路，凭实力，兴亡主。晋方兴，胜巧取书生语。几度江山径世换，千年往事成人字。大丈夫，成败一春秋，知云雨。

216. 其二

赤壁东风，魏吴蜀，江山一路。都智慧，草船借箭，空城如许。司马明知兵退去，不向老小兴师虑。退去也，作我一名声，天归处。
孙权事，曹操语，建安学，铜雀赋。文文化化去，留下云雨。已是人间三国志，何须独自云泉据？且留下，一曲许昌都，由人数。

217. 其三

义结桃园，三兄弟，成当五虎。天下事，人当一字，力坚如古。不以乡关何处是，水山处处多云雨。一江河，一度有无中，心由主。
天涯路，三四五。前不止，应辛苦。英雄是非问，岁年当取。国国家家，忧是途，跬步行尽还无伍。便告知，前至万千人，何荣辱。

218. 其四

一朵黄花，重阳色，秋风千树。去来还当来去，暮暮朝朝。见得枫林霜独与，古今同是人生路。你何须，我不必归去，知根处。
飘落又飞何虑，经远近，高低许。叶枝枝叶见，一根如主。云里雨中多少误，经年彼此谁人许，记平生，前无止前语，心回顾。

219. 洞仙歌

年少，年少无知，最是伤心如苦。十里浦幽香，芷蕙多无主。绿珠无止，荷塘莲叶，柳柳杨杨，隐隐约约，芙蓉舞。风已止，采女水中丝缕。何雨，只是珍珠风景，水村

渔浦。云里雾里黄昏，当是幽会径心许。不曾见得牛郎，抬头望向树边，繁花处，听牛语。空自付心思，儿女无据。无横有竖。独立对，有时和煦。西阳暖，碧叶下，此时情绪。

220. 引驾行　又名长春

阡阡陌陌，红红绿绿黄黄易，是春秋夏冬继，人生独自前行。新程，长春时节，阳春白雪梅早约，一江村一趷步，诗词留下半平生。平生，千万同天地，去来朝暮自明明。不记得临歧，只记得，天有阴晴。阴晴，圆圆缺缺，月起月落长城。六国秦六国，三吴帛柳，见运河情。何情，今古般般事，争如来去是非明。若可人，今古鉴定，以和以和平。

221. 戊戌书香联

地地天天半日月，朝朝暮暮一诗词。

222. 望远行

江山社稷，元都是，去去来来天下。世间人等，酒市歌楼，秋后冬春夏。好是帝王只得到民情许，世上和平当如画。女儿知当以人心为嫁。　风雅，文化颂时政治，主宰者，为何争霸？鸿沟两界，刘邦项羽，谁以楚歌低亚。无见虞姬歌断，乌江收尽，已有梨园舞榭。不理农夫泪，成何天下。

223. 八声甘州

向交河，此云斩楼兰，八声过甘州。见狂风大漠，阳关十里，残照当头。已是沙鸣遍谷，水草月牙舟。谁问胡姬舞，无语无羞。已见纤纤两目，

又肩肩左右，问帝王侯。未知西城外，儿女自淹留。作佳人，红楼处处，误风尘，此去未归舟。应知我，前行不止，过度春秋。

224. 临江仙（慢）一体，双调93字，上97字11句5平下46字11句6平韵

已觉少年少，有云有雨，来去潇潇。洞庭水，湘灵鼓瑟藏娇。藏娇，二妃竹泪，斑斑悄，夜夜寥寥。苍梧客，只在君山外，何以清宵。清宵，娥皇独见，相望时女英潮。又重来，憔悴里九嶷遥。魂消，女儿儿女，红尘外，独自萧条。人间事，这去来来去，都是修桥。

225. 竹马子

姑苏五湖乡，洞庭山上，有东西瞩。见浮云挂雨，摇摇曳曳，丝丝珠玉。只觉点点清秋，残蝉噪晚，不望荣辱。勾践向夫差，越还吴，西子湖边红绿。是是非非，成成败败，互继相续。人间总是无忙。只以前行知促。极目翠翠微微，剑池娃馆，同里江村曲。盘门画角，子胥何归属。

226. 小镇西（犯）七体，79字者，名小镇西

月宫一个人，婵娟有影。仲秋节，带寒神领。以清静，玉树形，婚婚妍妍，桂子无邻，以弦圆缺，再次光景。　久伸憬。独来孤去见，长空自省，分明是，似乎如井。箸银屏，任鸡声唤起，四分寂寞，三分问道，三分楚云残郢。

227. 其二

立春惊蛰少，春分不早，清明后，谷雨群鸟。尖脚青莲小小。水清池沼。谁祓禊，兰亭吴越晓。女窈窕，野花新草碧，烟烟缈缈。色缥缥，有情无蕤。白雪红梅初娇。嫩叶方蓼。向何处，夏日池塘悄。

228. 迷神引

来去长亭平生路，止止行行前去。寻寻觅觅，不分朝暮。几分飞，重阳见，菊花雨。杨柳隋堤岸，天堂步，也上长城望，英雄遇。　远近茱萸，咫尺天涯赋。已出阳关，谁辜负玉门关外，半途程，当心渡。过河金戈握，诗词故。天下南洋海，巴新顾。知他遥缱约，可知数。

229. 促拍满路花　寄独娜家联

红梅和白雪，远近一东风。春光天水润年丰，年华正茂，日满杜鹃丛。已入千家暖，巢燕梁上不误，未了精工。绿黄苹果盈树，都是米粮翁。田家贫富是非穷。已多儿女，明月满长空。应是春秋继，岁岁年年，有无一字飞鸿。

230. 六云（令）

夕阳西照，一去阳关道。长城万里无止，荒漠玉门岛。日夜沙鸣峡谷，海市蜃楼好。人声兰考，风狂石磙，水土尽流已无保。　嘉峪关前重望，东自居庸堡。江山留下多娇，戈壁无水草。何处楼兰旧郡，只以人情早。一丛沙藻，空空旷旷，见得几株胡老。

231. 剔银灯

知是江南少丽，白雪白，红梅红滞。杏杏桃桃，杨杨柳柳，雨雨云云无计。门门第第，碧玉是，小桥水霁。艳艳娇娇济济，楚楚腰腰细细。草闭花开，芳菲缥缈，已千金情砌。如今皇帝，不相伴，也无回蔽。

232. 红窗听

今古人情都不断，先后是，柳柳杨杨畔。楼船留下江南岸，几何长城乱。历代英雄谁得冠，隋炀帝，秦皇汉武，来西汗漫。五千年里，暗别皆一半。

233. 丁酉末一戊戌初

平生三万日，十二百千诗。已是东风雨，前行跬步时。

234. 临江仙

自是楼船杨柳岸，佳人美女娇妍。纤纤玉步一婵娟，男儿文化翰，彼此作方圆。　十二楼中箫笛弄，壹千弟子儒渊，诗词歌赋曲千年，南朝多少寺，处处雨云烟。

235. 凤归云

一姑苏，洞庭山下五湖潮，陌上虎丘，留下剑池桥。西子夫差，勾践一霸，百里越吴遥。只是范蠡娃馆，江山谁许，暮朝朝暮云霄。　驱驱君子，苒苒光阴，人间利禄，天下功名。毕竟成何事。胜逍遥。行止长亭，跬步尘木，壮节等闲消。只有此生年外，一心留下，百千诗律天骄。

236. 女冠子（慢）古今诗

去来南北，东西问，阳春白雪。有朝暮，也有圆缺。春夏秋冬，四时草木云雨，日明灭。留下天堂，小荷花开花落。国忧家思客，平水庚信，以诗词彻。李白贺知章，王维杜甫，及几襄阳撼岳，明皇处，何人品说。以文会友，今古人生已贤哲。八十年中，已留名，十二万首诗词绝，只从后人读，一朝两代，数优评劣。自得第一悦。

237. 玉山枕

夏雨虹半，自天际，朝空断。夕阳光彩，东山复翠，无限云峰，四处分散。露莎烟芰满斜塘，见次第，是芙蓉岸。红粉红，参白青莲，自婷婷，不须神仙叹。　女儿荷下清清怨，老牛去，情须愿。绿丛密密，洁身自好，水里沉浮，数着千万。树边罗绮隐芳心，玉池暖不藏身段。作潘娘，只待萧郎，踏新声，不如轻声唤。

238. 减字木兰花　古今诗

朝朝暮暮，去去来来千里路，夜夜书儒，日日年年大丈夫。诗词分付，立此平生前跬步。半在江湖，半在人间一念奴。

239. 木兰花令

声声来去声声叹，暮暮朝朝朝朝断。止行行止梦中船，渡口绊惹都一半。黄粱只有黄粱唤，官场何如儿女岸。相思已久月弦弦，莲子蓬中多少算？

240. 甘州令　古今诗戊戌春丁酉末

半年初新，半岁末，梅花白雪。寒香伴，暖心先彻。有春风，无冻月，却成圆缺。是丁酉，是戊戌，一夜里，却分双切。　两年一夜，星空虚设。是时节，怎生优劣。在人人，在事事，五千年碣。尽平生，尽朝暮，尽跬步，尽人间杰。

241. 西施　二体皆柳永，双调73字，上367句4平，下37字7句3平。

浣溪西子几人猜，五霸自徘徊。馆娃曲舞尽，落雁沉鱼来。木渎夫差六合，勾践问，范蠡会稽媒。　越吴吴越经商去，施罗绮，作尘埃。五湖水荡荡，天下满春梅，香雪梅海相催。步步姑苏城外，藏娃馆，月空半荒台。

242. 其二　双调71字，上35字7句4平，下36字7句3平。

两人心上事何多，一月半嫦娥。万姿千态，夜夜是寒波，后羿经天，射日英雄，只留下弓戈。　断肠最以私偷药，长空里，几弦何？九歌唱尽，无计论朝珂。有道行云处，细雨已相过。

243. 河传　双调57字，上27字6句4仄，下30字6句5仄韵。

运河隋岸，劳歌水调，河传千难。家家户户，易帛柳杨兴叹，楼船吴越断。　运河一路风流漫,扬州畔,美女皇朝冠。已似凤凰如愿,千金宫殿,帝王何一半。

244.其二双调57字,上27字7句5仄,下30字6句5仄。

谁面,几面,风流向背,芙蓉相恋。长生殿外,止止行行飞燕。难分难舍见。　玉宫处处人心倦,羊车院,十步藏娇缱。隐隐去来,渐渐兼葭遮遍,白莲红色羡。

245.郭郎儿近拍

过客,成成败败人生,都是长亭长短隔。阡陌,处处松柏,阳关三叠西去,且以沙鸣知石白。　千册,史上楼兰,草木水月芳泽。可见如今,沧桑九脉,等闲知柳帛。凭革一好人颜,汴水六渎收获。会造天堂,苏杭百里,越吴今古益。这钱唐,胜似长城,何使秦皇常自责。

246.南宫调

透碧霄

运河边,柳杨杨柳雨云烟。五湖六渎,苏杭吴越,满了商船。扬州佳女,琼花映日,月桂经天。这天堂,处处婵娟。二月梅香雪,春风成海,五月青莲。　缺圆成桂子,秋霜黄菊,蟹脚脍鲈鲜。八月潮,天庭水,何以直下前川。富春江下,钱塘六合,天下依然。几何人,成了源渊。道道秦皇汉武,知了隋炀,胜似当年。

247.木兰花慢

已登高望远,这天下,一通途,远近自相连,天涯海角,应此前驱。江湖,见新日月,且知天下有书儒。同是如来处处,寸心老子鹧鸪。　江都,暗想隋炀,成往事,向东吴。一半对楼船,天堂所就,知已姑苏。河图,是来去处,已云云雨雨满平芜。赢得长城内外,人间有好头颅。

248.其二

木兰花开慢,寒食雨,泡清明。一路望黄花,桃桃李李,芳草繁荣。倾城,踏青香雪,女儿儿女处处精英。日暖人心如数,陌阡啼遍春莺。　纵情,纤草盈盈。飞燕去,杜鹃迎。一望红,水水山山碧玉,玉带桥横。流明,运河柳色,小荷尖尖白玉初萌。夏月芙蓉出界,苏杭处处芳蓁。

249.其三

运河南下水,杨柳岸,十三州。六渎半江湖,黄天荡外,百里长洲。吴楼,满香雪海,洞庭山下处处商舟。簇簇繁花碧玉,家家水调歌头。　沉浮,波光春秋,吴越霸,五湖流。一范蠡,半是闾门子胥,楚帝王侯。何留？去来往矣,夫差勾践西子曹刘。跬步平生永日,地天一半飞鸥。

250.临江仙引

渡口,向晚,西照水,不归舟。秋光一去风流,半是红枫叶,半非望根求。径风远近,但见楚吴,无处不沉浮。衡阳雁来青海信,三湘夜雨无休。此处何归路,明年又飞求,年年岁两度,不向故土淹留。

251.其二

路路,步步,朝朝暮,自当初。书生自古书。记取家乡住,岁年出来书冏。物情人意,以此望彼,无处可心居。我以家乡生我此,行行止止云舒。又以平生彼,半园一耕锄。何当只向漏永,雁飞两地相如。

252.其三

落雁,缓慢,青海别,向衡阳。春秋两度飞翔。岁岁年年问,北南儿家乡？飞天一字,万里一人,无处不家乡。春风一度青海去,秋霜兰侵向三湘。彼此何归路,各云雨茫茫。书生彼此向像,尽日独立斜阳。

253.瑞鹧鸪　双调88字,上43下45字,答9句5平韵。

古古今今,江南岸,天然绿浅线深。青莲碧叶,珠玉成霖。闪闪银光不定,浮动似千金。观望处,芙蓉带露,束盖衣襟。　都是女儿心。采得红莲蓬,结子怀妊。初果见,脆里藏甘如饮。水暖荷塘月色,空使泡身心。须莫问,情情意意,待有知音。

254.其二　双调64字,上30字5句3平,下34字6句3平韵。

江南江北一春梅,人前人后半香催。已满天机,故作香雪海,便作罗衣小杏开。几回桃李成蹊子,东风云雨相陪。已交款心事,都分付与,儿女到,小亭台。织女牛郎水月来。

255. 其三　双调86字，上42下44各9句5平韵。

十地风流，三千界，人间水月瑶台。姑苏烟雨，两子红梅。万井千闾富甲，同里百花开。碧玉婵娟采女，向小桥来。　桑叶养蚕回。白苎帛丝绸，作柳杨限。褓媪袴暖，子弟多才。读读吟吟学学，应是五元魁。吴越地，江村木浃，处处玫瑰。

256. 其四　双调64字，上30下34字，各与5句3平韵。
般涉调

三吴天下一风流，会稽西子十三州。勾践夫差各以功成见，千里沧波半春秋。　至今无限骄骄者，不来拾萃芳洲。木浃同里江村，唯亭斜塘路，雨烟舟。三两船娘古渡头。

257. 忆帝京

已秋又暖何天气，欲别一未离滋味。月夜两三更，起了还思睡，只可共婵娟，一夜长如岁。　不必是，止行征辔，又必是，去来无计。万种思量，千重顾旧，已过寂寞何天地。系我一生心，负你三生泪。

258. 般涉调

塞孤

五更鸡，已报残辰歇。驿驿亭亭长短，去去匆匆来又别。山水路阴晴雪。行行止，止行行，灯火役，何明灭，却阳关道，西域西决。遥指问玉门，不断秋风咽，远近胡杨声切。算得楼兰明月缺，谁念念，何时节。荒

大漠，废交河，天地里，人豪杰。步前行，花甲筹耄耋。

259. 洞仙歌　古今诗

年岁，百载三万日，行止里诗词约。道路道儒佛，品人品博，时时事事多余作。不影响天下，有闲多索。算一度，日日天天如若。　河洛，自古是，去来来去，纵横左右，进退成败兴亡，尽可以诗词诺。从来朝暮应飞鹊，彼此无伤爵。要同衾同蓉。作了此文章，序成经络。作了别托，断不等闲轻却。平生是，日三万，好心收获。

260. 安公子

杜宇声声暮，劝君快快归家去。十里汀洲人寂寂，两岸多鸥鹭。数几点，船娘竹枝兼菆浦。停泊处，切切私相语。道："去当今夜"。约定江村玉树。　来去成心绪，情思作暮朝朝暮。一水鸳鸯何远近，凤凰知所悟。自芦苇，丛丛月照轻云雨，记可取，露露珠珠苦。大雁成一字，劝人作人如故。

261. 其二　双调105字，上52下53各8句5仄韵，般涉调。

夏至应参半，有长有短由银箭。何以长长长见长，嫦娥相伴。夜淡淡，寒宫玉树炎凉见。圆缺圆，上下东西岸，止止行行去，怎得风云不散。荣辱常兴叹，当初未合当初乱，跬步前行跬步问，独自平竹断。这月色，弦弦上下弦弦换。圆了缺，缺了还

圆旦。怎得藏何处，狭狭宽宽更难。

262. 长寿乐　双调113字，上57下56字，各11句5仄韵。

朝朝暮暮，去来去，行止行止朝暮。是以平生，前程跬步，同以诗词相顾。苦辛人，当主当辅，前进都成路。可寻花采草，芳名碧玉，一车应载尽，无数无数。少年虑，事专成，不柯韶华轻误。已有红妆，唯唯女女，一一千金独誉，这当初，处处当是，留下诗词句。有行程，未束飞鸿日月，以诗词记录，人生如故。

263. 黄钟羽

倾杯

水乡天气，雨云烟，半见江村淼。半见两三飞鸟。丛丛簌，木叶归心落落飞飞，飘零不少。一根露，当自自当知，天外征鸿，青海衡阳分去，何心乡了。　芦苇深深，叶枝无数，只以春秋成表。北北南南，秋来秋羽，万里风霜藐藐。几度相思无蓼。空使回顾老小。子子孙孙，事事人人，就中难晓。

264. 大石

调倾杯

黄天荡里，五湖天水，姑苏皎。碧玉阴晴天气，圆圆缺缺，远近茱萸已了。望月里寒光，问婵娟影，情多少？自是多姿多娇，几言隐约，已是残光云绕。只在小桥两面，江村石岸，何人知晓。有倾情，也有

离愁,再有是,相依相悄悄。水波
淼淼。嫦娥语,见这寒宫,同是人
情老。又是人间飞鸟。

265. 散水调

倾杯

雁落潇湘,青海冰雪,分明已是冬
幕。夕照远近,岭禾独立,影影形
形弱。何人路上思乡国,忘却平生
跃。人情万绪,行万里,去去来来
如约。不略,朝朝暮暮,想前思后,
何计风云却。十万首诗词,还多还写,
作天涯求索。海角人归,高阳人散,

滟滪瞿塘博。若如若,终始是,此
生无诺。

266. 黄钟宫

鹤冲天　古今诗

黄金榜上,进士龙头望。天下一书生,
何方问?已是榆关过,争已见长城
将。何须李斯相。今古诗词,自作
是千年匠。
文章制书,依约丹青高尚。七十六
年中,行程量。跬步功功业业,骚
人事,儒家样。江河湖海涨,把了
浮名,却了独英低唱。

267. 林钟商

木兰花　小杏

春工小杏红颜色,过墙悄悄人情得。
还猜未了几何心,园中结子同家国。
花娇似火相思客,李李桃桃都不隔。
麦收收麦果如人,不误酸甜多少液。

268. 其二　海棠

江南塞北同颜色,白红自得东风惑。
无须五月牡丹香,风炎炎人生得。
清清素素相思客,暮暮朝朝都是脉。
若无情猜错果红黄,不误风情阡
又陌。

北宋·范宽
溪山行旅图

读写全宋词一万七千首
第二函

1. 其三 柳枝 戊戌初二，二〇一八，二，十六

黄丝万里春风约，北京除夕新声鹊。初心戊忆家乡，诗词十万平生诺。年年时时索，暮暮朝朝来去着。若还今古佩文书，格律方成杨柳荻。

2. 散冰调

倾杯乐

处处云烟，运河杨柳，隋堤半隐时候。小桥流水，碧玉采叶，露水珠寒袖。红梅白雪分时秀，五湖春风守。蚕蚕茧茧，丝不断，儿女情长依旧。虎丘剑池吴越，范蠡娃馆，勾践夫差宥。子胥声声，看朱成楚，等闲何相谬。去去来来谁谓荣辱，今古多成就。自杨首，当彼此，长天宇宙。

3. 歇止调

祭天神

悄悄关心又轻轻语，娇娆处，羞里藏红，纤手白酥神女。千姿百态，玉玉婷婷自倾与。声声细细，情里叙叙，又是五分相许。见朱何成碧，九歌不尽曾依侣。有泪罗有长沙，争应此君楚。念千古烟波，私私相约，自依附，一向多心绪。

4. 平调

鹧鸪天，原调瑞鹧鸪，非今按律改——全宋词。

入夜残灯，入夜风，三通月色五更同。既轻莫以眠轻许，不得心寝不同。
情脉脉，烛红红。由衷自是自由衷。相知切切相知与，一枕婵娟一枕空。

5. 中吕调

归去来首辅

一夜狂风雨，群芳醉，去归无数。杨杨柳柳何分付，百花扬，千草顾。入春还夏秋冬去，几行止，几年朝暮，多情只以相思苦，休惆怅，好当度。

6. 中吕间

梁州令

梦里寒窗晓，书生去来多少？前行人事几枯荣，朝朝暮暮，离别何时了。长亭外是长亭缈，北北南南缥。一人飞去春秋度，雁问衡阳，鸿问青海小。

7. 中吕调

燕归梁

飞燕归来旧日巢，三枝叶，两重茅。虎丘山下剑池郊。怎寻故乡抛。年年岁岁炎凉度，何归去，故乡胞。去来处处柳杨梢，得似个，问奴姣。

8. 夜半乐

改朝周武，唐李重树。换代明皇开元路，潞州自还京，殊事当故，举师夜半，皇宫寂寂，水泥泥水，旧曲里新声赋。五十载长生殿中度。太真神女路路，出水芙蓉，念奴留步。天宝后，杨家胡旋相妒。羽衣羯鼓，霓裳香彻，马嵬胡以三军，背情倾许。蜀国雨，霖铃忆神女。对此情景，地久天长，惹成无绪，不必问神仙在何处？忆良时，无可人间等闲顾。谁社稷，四首江山暮，一半风云去如何去。

9. 越调

清平乐

缺圆春半，草木红花乱。白雪红梅都不断，未满全身莫算。雁来一字飞还，人形换了人间。已是春秋两度，一行一止天颜。

10. 中吕调

迷神引

汴水隋炀钱塘去，柳柳杨杨朝暮。姑苏碧玉，会稽吴误。少分飞，常

相约，多云雨。八月盐官望，一潮位，万水朝天去，已倾误。一绿潮头，卷起千层雾，地地天天连成路。洞房开闭，玉屏声，天机许。有归云，无缥缈，只倾注。上下江洋，何辜负。惊语多情语，只交与。知音应相约，几如故。

11. 失调名　多情到了多病

爪茉莉　秋夜

到得秋来，满山落叶响。西风静，气高天爽。飘飘洒洒，可自以，摇摇俯仰。向根道，岁岁年年，去何也，还再长。儿孙父母，似生成，再成养。工日月，求方向。离乡望晓，只巴巴，更朗朗。这故乡，只在枕头想象。等入梦，心怏怏。

12. 女冠子　夏景

密云环雨，荷荷叶叶如玉。晴阴无度，兼葭玉露，欲行又止，芙蓉娇语，心中蓬欲子，蕊蕊丝丝，子身分付。炎炎暑暑，采女莲塘，只来不去。作佳期，容易牛郎误。挂心衣，应远近知其儿女。这情相互，莫以含羞，成何情绪。有风轻玉影，白红摇动，看了生炉。此时今际，隐中结子，情人深处。

13. 十二时　秋夜

一寒宫，缺圆圆缺，明暗弦弦。几上下，空空求索，狭狭宽宽沟壑。也有东西，还无枯荣，玉树婵娟约。知后羿，箭在弓前，都向乾坤如老。天怎知，当空一日，这药已被偷错。

夜有夜无，分明留下，束束情高阁。独独知世界，有心有情无乐。夜静思，离离别别，万种种千衷情意。见得伊来，雪霜重漠，再度人间廊。模模糊糊是，重新见登枝鹊。

14. 红窗回

一雨来，云半落，百家满窗红，如如若若。花且问，谁向约，二春初未索。不得人人吴楚越，腊月梅早说："今朝阔绰。"有开有放留尊，待得明岁诺。

15. 西江月　寄张建利、李建、岐山之一之二之三之四，马来、巴新、墨西哥、拉丁国策

处处风风雨雨，年年岁岁云云。当年月下尽思君，今日倾情神女。只以黄花自主，作得江山功勋。去来社稷作衣裙，信仰人间今古。

16. 凤凰阁

匆匆离去，暮暮朝朝不面。云云雨雨都如见，留下相思一半，却似飞燕，巢未筑，空空恋恋。人心都是，浅浅深深一片，潇湘夜月隋堤堰。由着运河杨柳，碧玉桥甸，吴越宫院。问心意，黄昏笔砚。

17. 三台令

春不尽，日无穷，去来风。明玉碧，百花红。一芙蓉，初出水，自由衷。人所在，事其躬，作雕虫。前向路，后寻工。作分明，南北望，是飞鸿。

18. 虞美人

秦皇汉武何时了，莫以长城少。运河日月柳杨桥，莫以楼船回首，一江潮。隋炀一半头颅好，只是人间道，问君能有几多高，恰似东西南北，望波涛。

19. 多丽　双调139字，上74字13句6平，下65字11句5平韵

张均伎，艺名多丽琵琶。一清真，声声切切，万里大漠鸣沙。月芽潭，半明作出，后庭方易杜鹃花。香暖人间，骆驼幽咽。万丘千壑到天涯。且听取，昭君西去，四望蜀乡遮。阴山客，胡胡汉汉，天下人家。问黄河司空见惯，女儿儿女参差。夜婵娟，共当玉叶，暮朝朝暮一年华。刺勒川前，阴山峰下，东流九曲似胡笳。十八湾，清清浊浊，天下有桑麻。长城见，隋炀汴水，重著蒹葭。

20. 如梦令

有得雨来云去，有得高唐神女。有得一阴晴，有得半生如语。如语，如语，有得三春飞絮。

21. 其二

已是去来朝暮，已是短长亭路。已是向前行，已是止行行步。行步，行步，已是一生如故。

22. 千秋岁　古今诗

暮朝朝暮，来去长长路。行不尽，前程度。沙丘成大漠，万里长城赋。天下这，当留磊石英雄步。

28

不见山河老，还有胡杨树。多日月，多词赋，无妨心不止，有道行如故。天近也，平生一字何分付。

23. 西江月　古今诗

日月当然草木，诗词自是文章。人间自古一扬长，避短方知想象。进退何须上下，枯荣已是炎凉。春秋不尽半年光，寺寺方方丈。

24. 张千　字子野，湖州进士。

正宫

醉垂鞭

子野一湖州，姑苏酒，隋炀柳。一路运河舟，三吴少女羞。女儿红酥手，荷塘莽汉。平江月，下扬州，此去十三楼，琼花香满头。

25. 又　赠琵琶娘，年十二

十二岁离分，黄花运，琵琶问，大漠一昭君，画师几度闻。阴山天下近，平声韵。碧衣裙，小女自殷勤，阳关三叠云。

26. 中吕宫

南乡子

子野一湖州，望尽姑苏望尽楼，五霸夫差勾践事春秋。何必西施木渎舟。南北运河流，去去来来已不休，留下天堂杨柳岸，江头，十里荷花碧玉羞。

27. 又

塞外一长城，起是居庸蓟外明。止去阳关嘉峪外，平生。不到长城不可鸣。万古半枯荣，自请红缨自请行。踏遍东西天下路，雄英，已得南南北北情。

28. 菩萨蛮

行行止止行行路，花花草草花花度，楚水下东吴，江河成玉壶。江南多雾雨，塞北胡杨树。已有问姑苏，又当寻念奴。

29. 又

梅花一片成香雪，洞庭山上春云节。十里一天街，三吴儿女偕。群芳应不绝，独色何须折。已见是金价，只留心上皆。

30. 又

相思不住相思苦，人情只以人性主。月在一江湖，步行三界殊。江南多细雨，塞北无今古。汴水向江都，运河杨柳苏。

31. 又

秋风一叶秋风去，归根十地归根处。读学作书儒，平生何丈夫。长亭多少虚，跬步相思女。九月九飞鬼，重阳重玉壶。

32. 踏莎行

一片新荷，五湖雾雨。东西两岸枇杷树，梅花谢了杜鹃谢，洞庭山上分朝暮。已是姑苏，天平玉兔，寒宫且以寒宫度。三吴处处是三吴，盘门不锁盘门路。

33. 又

草木江湖，云烟雾雨。青莲处处青莲处，姑苏碧玉是姑苏，桥边水月桥边女。出水芙蓉，婷婷似语，卿卿我我卿卿去。东吴淑气满东吴，莲蓬结子莲蓬如。

34. 感皇恩（小重山）双调，上，各平韵。

一日东风一日春，梅花含玉露，著红尘。经纶来去是经纶，时序促，木兰半身新。枝叶未分匀，殊观邻树色，近天津。此枝胜似彼枝亲，当君子，独傲凤池人。

35. 西江月

去去来来去去，年年岁岁年年。婵娟一色一婵娟，此院清弦彼院。细语难明细语，娇妍胜似娇妍。秋千上下做秋千，不见含羞不见。

36. 庆金枝

处处一方圆，两三见，半荷莲。水浮萍叶碧娇妍，有珠玉，只堪怜。心丝处处成黄羽，花月下，枕塘眠。相逢结子共缠绵，已结后生缘。

37. 浣溪纱

杜宇东风杜宇分，石榴花绽石榴裙。诗君笔下是诗君。树上啼莺啼不住，青云一半一青衣，芳芬九脉九芬芬。

38. 相思儿令　一体，依词律辞典晏殊体，双调，上平，下平韵。

日月去来来去，桃李李桃荣。应是

运河杨柳，朝暮暮朝情。小杏且醉无声，过墙明，羞向书生。谁知明月荷塘，脚尖尖系心萌。

39. 师师令

佳人二八，这师师如是。伎妆色二八年华，不道是徐娘应儿？子野秦观邦彦死，未了徽宗只。芳名当以芳桃李，一情师师子。四弦千曲百姿身，唇点点，媚娘如此。正值红英和褒姒，不尽传千里。

40. 山亭宴慢

静心寺里听钟鼓，有清香，有禅今古。跬步可微微，有和气，年年自主。浙江流水一天台，有风月，今宵何处，谁向运河船，这日日，多辛苦。柳杨易帛柳杨树，运河府，十商百贾。天意送芳菲，佛道老，儒书已取，新声应是旧声补，正能量，几时和煦？只以挹飞云，此路是飞鸿羽。

41. 谢池春慢　玉仙观道中逢谢媚卿

女儿儿女，平生是，青春少。绣被玉仙观，不问东方晓。此处当心静，何以听飞鸟。草芜平，花未了。日长天久，孤影闲时小。香尘落定，逢谢女，城南道。莫以施末粉，何以人情老。鼓鼓钟钟钟钟磬，玉下馨馨好。春秋继，朝暮早，梅花三弄，都是温家堡。

42. 惜双双　溪桥寄意（又名惜分飞）

来去无穷天边路，天下路，无穷玉树。朝暮不尽朝暮暮。有山高处还高处。日月东西南顾，南北顾，天天不住。来去照旧来去，水溪桥上何分付。

43. 吕南宫

南柳，词律辞典无此，疑江南弄。双调，上仄韵，下平韵。
杨柳岸，隋堤多一半。江南吴越花不断。汴水苏杭处处船，潘家碧玉小桥边。楼船已到天堂路，芙蓉有意作红莲。以情牵，凭子绽。蓬蓬勃勃荷花瓣。

44. 八宝妆

暮朝朝暮朝暮暮，花明暖，情关许。正欲来欲去，如风细雨似如分付。此时云里春莺住，居何处。相思路，左左还右右，烟烟露露，湿衣相妒。

45. 一丛花令

桃桃杏杏嫁春风，云雨自无穷。墙头有息谁人见，暗自是，悄悄藏红。寒少暖多，花多叶少，繁简各西东。苏家自古一郎中。子野半词翁，东坡便作寻芳计，已结子，应已天公。观此一生，疏慵自主，人字一飞鸿。

46. 道调宫

西江月

汴水长城万里，秦皇汉武千年。隋炀杨柳逐商船，已是天堂不乱。一半苏杭一半，琴弦草木琴弦。前川日月满前川，自以方圆汗漫。

47. 感皇恩

十里长亭十里遥，十长亭百里，望云霄。长亭不尽望天桥，天涯路，南北国，海洋潮。自古几渔樵，巢由先后去，有唐尧。至今还有沈郎腰。秦楼在，何弄玉，凤凰箫。

48. 仙吕宫

宴春台慢

日日千门，春秋百草，皇城紫气东来。腊月梅花，香风独去天台。风和暖丽方开，这芳菲，那里相催。飞鸿飞近，阳春白雪，远近轻雷。芰荷初露，头顶尖尖，运河楚柳，见玉兰回。金猊气散，罗衣暗里香媒。府第人归，赋文章，诗剪裁。上蓬莱，当与神仙会，何以徘徊。

49. 好事近　和毅夫翁内梅花

末雪入阳春，先上枝头梅树。如此有寒还暖，白红相分付。从从簇簇纵横素，未见花间妒。不得东风来去，坏了藏娇处。

50.

一夜自停风，云在雪中分付。当以暖寒参半，白红相度。层层落落反复著，婵娟已藏住。你中有他明月，我中红白妒。

51. 大石调

清平乐

春风处处，柳柳杨杨路。一帛千金千里去，已见天堂朝暮。苏杭美化东吴，运河注入江湖。同里人间富土，先驱是是先驱。

52. 又

朝朝暮暮，去去来来路。汉武秦皇都不误，莫以长城量度。隋炀过了江都，楼船几向姑苏。可见黄天荡里，殊途未是殊途。

53. 醉桃源　词律辞典无收，以元好问最高楼十七体之。

商山路，天下客先知。秦汉楚人迟。鸿沟南北谁分界，未央宫里半王池。莫重来，刘项去，四皓司。去来去来寻，成败时。自以见闻，荣辱斯。东逝水，北山岐。由高自是从低去，山峰也有水维持。可长如，天下地，易中仪。

54. 恨春迟

好梦难成又断，成败去，荣辱无还。一枕入黄粱，未半何功业，去来向人间。西子西湖耶溪岸，木渎水，叹五湖山。古古今今古古，朝暮年年，原来都是红颜。

55. 又

白雪红梅一半，素皙见，香满人间。向了运河两岸，柳柳杨杨已是天颜。彼此初心群爱叹，过十日，冬去春还，应以多情善感，折得三枝，空瓶插入对云环。

56. 双调

庆佳节　戊戌春节，词令而记之
一二三四五六七八九十

一风流，二风流，三流后，四闲愁。五是江南月满楼，六渎水，七吴舟。八九方成来去十，人字自一春秋，

一字文章十心头。太湖水，几时休。

57. 又　古今诗

梅花节，梅花节，如玉如柳如雪。不与婵娟共圆缺。独独傲，情情切。芳香已动何时歇？孤身立，已成杰。我有初心对君说"过十日，群芳折。"

58. 采桑子　五胡　古今诗

杨杨柳柳天堂路，一半姑苏。一半姑苏。一半风流一半吴。洞庭山上梅花雪，一半珍珠，一半珍珠。一半波光一半湖。

59. 御街行　送蜀客

花来花去，花如雾，来去见，初心付。未如春梦寄相思，去似朝何处？雨云云雨，几何何几，暮暮朝朝暮。高唐宋玉襄王赋，应是瑶姬度。此流东去一瞿塘，三峡雨云无数。余情如水，楚吴还越，由蜀经官渡。

60. 玉联环　送临淄相公

　　词律辞典无收此。依谱双调字联作一首

一生一世一当年，去来来去，如今谁若？有朝朝暮暮，行行止止，泾渭自当求索。城下下路，剑舞九州诸。此联联彼，地天天地，相期有约。亭见短短长长，总前行，尚友风流云雀。这万里江山，羲皇淳朴，阡陌桑麻取获有沧洲日月，人有间辽阔，阳关极目，玉门南北，沙鸣大漠，飞天雀。

61. 武陵春

结子莲蓬池水暖，女儿采菱船。半是荷花半玉妍，叶下一婵娟。窃窃牛郎偷自见，乞巧向塘前。已有清光月已圆，不负一云烟。

62. 定风波

蓬蓬叶叶各几何？蚕蚕茧茧已丝多。自是筑城城里过，斯磨。春来夏去看秋歌。荣辱利名应几许，东西流水万千波。日月岁年径数箇，如佐，古今唯有不须惰。

63. 百媚娘

天下女，谁相似，地上女，云仙子。百媚一生人赐与。白艳手酥细如水。万态千姿皆褒姒，春在桃梨里。一动一情花蕊，一举一行风靡。素质本来清明华，寒食已分元梓。意切体真，如彼此，其任东风起。

64. 梦仙乡

寒山方丈，枫桥孟昶。吴越问，有黄天荡。佳节换新妆，春艳百花香。同里姑苏同享，三三两两，花月好，供人长仰。观止运河乡，江湖一天堂。

65. 归朝欢

杨柳运河杨柳路，来去苏杭来去渡。江湖曾是一江湖，后庭花开后庭树，淅淅云作雨。盘门不锁多烟雾，往来船，三三两两，不是利名顾。一望乡关三水注，不觉归心已不住。运河一去一楼船，小桥碧玉姑苏步，玉带桥不误，青莲已向红莲许。蓬荷子，芙蓉深处，采女不相妒。

66. 相思令

一半相思一半心，两三独立两三音。东风不断，应见雨云寻。已是年华方豆蔻，自然相交有文禽。鸳鸯池水，岸上柳堤琴。

67. 少年游

重阳黄菊一茱萸，八月脍莼鲈。阳澄湖里，昆山马解，秋叶半江苏。吴门碧玉桥边去，寄意向飞凫。绿鬓红颜，去来来去，疑是小丈夫。

68. 贺圣朝

遥遥日月心心近，思思问问，当然相互，影形形影，个中私奔。春心无止，人情有欲，不言家训。有依无靠，心猿意马，含羞押韵。

69. 生查子

年年岁岁头，岁岁年年尾。白雪覆梅花，大雁衡阳苇。当春泗水流，腊月吴门扉。已了去来由，见得群芳卉。

70. 小石调

夜庆厌

一夜孤船（夜行船）已厌厌，互依相共。观星观月风求風。未思量，似影如梦。湖上舟横人不弄，情情在，有钗头送。白首红颜应常驻，两鸳鸯，欲擒故纵。

71. 迎春乐 立春戊戌 古今诗

立春十日迎春节，年去年无霜雪。人前不问春来子，何老小，天涯别。故国家乡弟兄切，各应各，几人圆缺。举首举爹娘，留取吾咽噎。

72. 凤栖梧

百鸟处处朝凤舞，萧史秦楼，弄玉风流误。来去只为穆公处，声声不过人间度。明日不知花在否？今夜婵娟，可约半云雨。不得声情容易去，东城渔水东城暮。

73. 歇指调

双燕儿　古今诗

匡芦山下云风，五湖水，腊梅红。姑苏一半，三吴水浅，同里相逢。江村一号吾家墅，进退时，来去匆匆。三年这里，是非那里，日月空空。

74. 十算子慢　又古今诗寄同里江村一号和村长小叶

江村一号，同里古树，日月去来兴叹。老了长春，未误五湖云岸。如面柳杨柳太湖湖畔。不必问隋炀，已是天堂已是盱眙。水映西施馆。夜静范蠡舟，见无无见。一度夫差，二度勾践宫院。天缱。养蚕吴越束丝难断。这五霸，秦皇汉武，运河河上见。

75. 林钟商

更漏之　正体，双调，上6句2仄2平，下6句3仄二平。

水月斜，云云夏，谙尽风流文雅。有炎热，几无遮，此情你我她。采荷莲，蓬中假，结子莫如惹。柳岸里，女儿家，门前小杏花。

76. 又

一世中，一天下，三界阴晴文雅。有多少，见窗纱，有情无奈嗟。是枯荣，非孤寡，记取那暇。都不比，这田家，门前种豆瓜。

77. 南歌子

乞火清明近，清明谷雨前。五湖滩上问渔船。三月二月鱼跃，对江天。已是吴云雨，重寻越女妍。兰亭序里几先贤。池瘦鹅肥流水，好源泉。

78. 又

柳柳杨杨岸，朝朝暮暮歌。五湖六淀运河波，吴越越吴千里一嫦娥。两两三三鹭，千千万万荷。南南北北水穿梭，相约富春江去，嫁媒婆。

79. 又

六合三吴水，钱塘八月潮。东流入海富春遥。一线平雁推千里，上云霄。去去来来涌，风风浪浪飘。云云雨雨向天消。天上汹涛澎湃，自天骄。

80. 蝶恋花

短短亭亭长去去，日月来来，草木枯荣处，是是非非多路路，朝朝暮暮行步。短短长长数数，事事人人，自莫平生误。柳柳杨杨云雨雨，前前进进如如故。

81. 又

暮暮朝朝还暮暮，去去来来，短短长长路。止止行行都不误，成成败败无倾许。事事人人径度度，岁岁年年，日日辛辛苦，处处生生应处处，鸿鸿雁雁乡乡付。

82. 又

日日分分应付付，月月年年，独独孤孤处。十万诗词三万绪，平生不止相如赋。淡淡平平成故故，利利名名，实实虚虚雾。色色空空心度度，如如已是来来路。

83.

水水莲莲春夏雨，半在心神，半在人间树。简简繁繁花草互，荷塘月色清华暮。别别离离何自许，缺缺圆圆，有有无无苦。雪雪梅梅杨柳树，折折断断留情处。

84. 又

北北南南杨柳岸，半在钱塘，半在长城断。自古隋炀秦汉半，运河易帛谁来算。留下天堂吴越见，过了千年。已是人间冠。此是楼船何是赞，头颅好了谁涂炭。

85. 许衷情

花前月下以情盟，草木自枯荣。人心已是分付，我我亦卿卿。花不尽，月生明，两相倾。以时如进，只愿初心，醉了春情。

86. 又 寄张恩媛

少年自去少年行，不顾女儿情。平生已见长短，旧忆是枯荣。生淡淡，事平平，已明明。是非非是，去去来来，纵纵横横。

87. 木兰花

杨杨柳柳隋堤路，舟舟女女轻声去。书书简简寄情人，卿卿我我相相许。青钱贴儿园园处，碧玉莲房郎可住。妾心常此若君误，结子芙蓉朝暮去。

88. 又

西湖柳浪闻莺处，一言又语何倾许。巢由不道筑巢由，临心倒把人情误。三潭印月相思myTime守，守住人心儿女妒。月明明月入深中，作秦平生多少路。

89. 又

未上小楼春已暮，独望乡关天下路，书生不断又前行，长亭去了前程去。其中不废相思树，少小童翁都不住。若知猜测都如书，不误平生来去处。

90. 减字木兰花

小桥流水，碧玉惊花红不起。绕女耶溪，何以东流自不低。桃桃李李，掌上飞燕成妹妹。芳草萋萋，一旦藏娇各东西。

91. 少年游 井桃

佳人细步一千金，三日半情深。井桃色色，香残荷露，独以独身心。佳人笑里半藏真，云雨半含春。有约有会，无情无意，莫误了新春。

92. 又

落霞浮动已黄昏，玉影在高门。花花草草，一日多色，春去小儿孙。老榕千载老榕根，独木已成林。风风雨雨，暮朝朝暮，相次过江村。

93. 醉落魄

新新弱弱，朝朝暮暮初心约。香香色色上高阁，来来去去，月里婵娟若。朱唇浅破桃花萼，依依谁向应求索，这盛情不冷却衣薄。情入枫林，未未梅花落。

94. 喜朝天 清署堂赠蔡君谟

雨云开，上仙馆凌虚，自是蓬莱，玉宇仙步，近青莲岸，人静情回，风月三清层殿，洞宾韩湘普渡成才。箫鼓里，上真一字，知道不催。枯荣老子今古，一二三无有，何去何回。年岁重来，隔了隔壁，日月分媒。此去南天远近正初心，天上净尘埃。潼关外，黄河留下，重忆天台。

95. 破阵乐 钱塘

钱塘八月，千军万马，重箸今古。一线潮头第一，直上天街满云雨。争下垂流，观人勇退。吴钟越鼓。近黄昏，铁甲金戈溃，霸王乌江怒，长驱直下，七色旗光，一帘列阵雄鹰如虎。飞羽，一将当关，群情众舞，应六合，呼射弩。一日盐官天地醉，但觉败兵如数。望长空，蓬莱近，波涛有主。不得归从容易，石垒沙堤，南屏海月，西湖桥外，好作秦王临政，江山来取。

96. 中吕调

菊花新

何以重阳重日暮，谁问隋炀隋帝去。来去去来行，陵朝舞作后庭树。菊花夫人谁相妒？隐园低，适安故，不恐一"梁州"，轻化作，一枝红雾。

97. 虞美人 别体

鸿门宴上鸿沟路，项羽刘邦去。曾

33

知楚汉未央暮，只是人间都得读书误。乌江不似乌江渡，八百江东故。江山社稷何言树，一水东流今古不评述。

98. 醉红妆　寄小苗条

诗词打字小苗条，薄云衣，细柳腰。旗袍还紧束双娇。红颜秀，总如潮。人民大学生谣，可书子，又寥寥。正理文章成日月，天下去，有心桥。

99. 天仙子

水调声声杨柳树，不在隋堤何是暮。人间一半作人间，留下路，来也去。地上云来天下雨。不见文禽多少妒，鹤鹿三清三界误。潼关老子老潼关，黄河故，泾渭许，共向东营东不住。

100. 又　郑毅夫移清社

一雁飞行人字见，一入衡阳萍水甸。四头不得不回头，青海岸，青海岸，去去来来都是恋。十万人家春满院，北去南来重问遍。河山处处是河山，千百面，千百面，只有乡情乡土牵。

101. 菩萨蛮　古今诗

长亭只是匆匆路，前程不断前程去。三载问姑苏，半生寻越吴，隋炀杨柳树，汴水钱塘注。已是作书儒，飞凫飞五湖。

102. 高平调　怨春风

来来去去，绵绵只是生云雨。柳柳杨柳都情绪。草草花花，多在偷情处。今已萧郎明月许，明辰还望前行路。只身已是相思树，不着罗衣，叶叶枝枝暮。

103. 于飞乐令

问婵娟，红白净，乞火清明。初寒食，已是花荣。罩红衫，穿绣鞋，裙短私惊。观前思后，不藏娇，处处风情。有双波，也有阴晴，桑蚕茧，已是丝城。这阳春天气，暖暖色相萌。黄花多了，满江南，醉月相倾。

104. 临江仙

古古今今古去，朝朝暮暮朝朝。英雄不过女儿桥，登山临水路，望远作天骄。止止行行不止，遥遥远远遥遥。钱塘八月可观潮。天街天水岸，入目入云霄。

105. 江城子

楼船留下柳杨堤。画桥西，女儿齐。月里婵娟，水上小舟低。影影形形常上下，船不定，草萋萋。

106. 转声虞美人　古今诗

平生不饮前行酒。一路长亭友。远近初心左右，霄汉自长久，暮暮朝朝杨柳，有雨有云知否？犹有东城鱼水，红荷共白首。

107. 燕归梁

去岁中秋去岁年，圆少缺多弦。躲藏藏躲小婵娟，空玉宇，净床前。缺圆圆缺，寒宫玉树，明月久难全。谁留心上自无眠，今岁是，是明年。

108.

去去来来又一年，明月作婵娟。缺多圆少不成眠，行不尽，问云烟。隔年重问，形形影影，天下自周全。何

当留下古今船，径玉宇，隔天年。

109. 定西番

竹泪似珠流下，枝叶碧，女英乡。苍梧二妃同在见娥皇。湘灵鼓瑟朝暮，九嶷天下扬。治水人间留下，自炎凉。

110. 仙吕调

河传

朝暮，云雨，解黄金缕。只望姑苏，千年柳岸，花花草草东吴。半书儒。运河南下天堂路，莺莺语，一半同五湖。香尘雪海，碧玉隐映红姑，故人奴。

111. 偷声木兰花

白雪红梅香朝暮，重扉外院曲歌处。小叶新生，半上红楼灯半明。清波不语三两步，欲停又行且相顾。似有阴晴，无言自是最多情。

112.

雨雨云云横塘路，朝朝暮暮相思处。燕子无声，只在梁间筑巢情。南南北北都不许，去来来去向春住。自有枯荣，张扬何必向春鸣。

113. 醉桃源　渭州作

琼花三月一香溪，扬州半玉堤。清波分作供莺啼，空空色色低。云鬓细，齿白齐。霓裳羽衣雨。梅花落了作红泥，何须有密笄。

114. 千秋岁

黄花不绝，又是千秋节。重阳再以

茱萸折。雨云风水月，梅子青时别。这杨柳，南南北北同圆缺。一半丝弦切，一半笙歌歌。一半是情难说。只是天不老，中有千千结。莫过也，梅香未了由白雪。

115.唐·薛涛望江楼征联：

江流不断问江楼。应对上联：日月何须明日月。日月何须明日月，江流不断向江楼。

116.天仙子　别渝州

别里相逢逢有数，去路长亭亭又去。平生跬步步行行，朝作暮，朝作暮，未了人情情处。已此江流流不住，楚蜀江楼上女。枯荣草木木枯荣，都是度，都是度，也自有人前前后顾。

117.般涉调

渔家傲　和程公辟赠别

已是巴山水路，瞿塘峡口瞿塘雾。宋玉朝云还暮雨。襄王去，瑶姬留下应神女。折柳枝头留泪处，知君又向吴门许。但向江南江北顾。君不住，行行止止难分付。

118.天仙子　观舞

二八天仙仙有度，半在三春春不误。歌歌舞舞舞千姿，情不住，情不住。白白红红红白雾。莫以衣衫衣不顾，短短长长长短弩。空空色色空空，红白妒，红白妒，曲后清波波浪付。

119.又　公择将行

一向吴州吴越路，半在江南南北顾。九脉风情情似雨。云不妒，云不妒，

树树花花树树。造化新枝枝叶付，杏杏桃桃李暮。香香色色色香香，情已住，情已住。只误春心心不误。

120.南乡子　送客过余溪，听天隐二玉鼓胡琴

细细楚腰身，淡淡风流处处春。白雪梅妆梅白雪，均均。曲曲弦弦别样新。短袖短衣巾，转动双波不顾人。色里添情情未了，频频。百卉东君已近邻。

121.少年游　渝州席上和韵

小楼歌尽一高门，寂寞半王孙。飞天一字，雁人人雁，相次过黄昏。水流流水，波波浪浪，朝暮问江村。年年岁岁去来奔，可几度，向归根。

122.定风波令　寄吕焱侄。忆桓仁西江桥　古今诗

百步中秋玉带桥，天堂一半柳杨潮。汴水隋炀朝暮棹如貌。越吴江南上云霄。五湖洞庭山上召。扬啸。吕焱三叔俱来辽。应记山东关外庙，地窖，江桥如此志难消。

123.又　古今诗

日本江桥已半斜，兵荒马乱一农家。父父母母爷奶亚，冬夏，修桥铺路筑庙华。行医桓仁通化舍，庄稼，关东创业西关夸。百亩开荒应不罢，惊讶，教人回忆共天涯。

124.又　古今诗

创业关东父母华，爷爷奶奶善人家。来自胶州天下路，朝暮。开荒种田创桑麻。修桥铺路行医去，共度，

穷人结伴似朝霞。长白山前多少苦，云雨，诗书育子好儿娃。

125.又　古今诗

半在人间半在吴，吕炎三步共姑苏。玉带桥边同侄女，朝暮。月明嫦娥满江湖。人生去来何不顾，分付，纵横天下好头颅，留得天堂南北路，如数，长洲工业园区奴。

126.木兰花

人人俱说江南好，岁年不见佳人老。以云和雨展芭蕉，情情意意花花草。相思只向相思道，去去来来儿女讨。倩人猜得债人书，莫误平生阿不嫂。

127.又

离离别别折杨柳，去来处处谁知否。长亭十里短亭外，行人只解行人首。何须欲望当然有，不见如何不走。以前断后不樵渔，未负人生多少手。

128.又

前前后后长长路，来来去去朝朝暮暮。多多少少雨云求，荒荒漠漠胡杨树。凉州过去阳关成，不是王维三叠许。玉门关外几人书，海市蜃楼多少顾。

129.又

凉州西去阳关路，上下楼兰天下暮。洛阳泾渭向交河，谢女雪中吟不误。长洲已断江湖语，儿女情长相互许。江南以此向天堂，红了樱桃酸了雨。

130.又

姑苏一半芳菲路，五湖一半吴江暮。

桥桥小小是伊人，邻邻水水邻邻处。
深中自有相思故，越女吴水相不妒。
范蠡西子在东吴，误了平生多少虑。

131. 又 乙卯吴兴寒食

杨花去后空无影，美人玉立多风景。
相思不定寄相思，何难入定何难静。
春寒食里青团冷，只愿潘郎平舴艋。
五湖湖水在吴兴，得了人情多少憬。

132. 又

十年六载孤身过，半作木兰花一朵。
不知远近待郎来，只开后院常未坐。
已是花落般般个，来去空空几去过。
傍人莫必问相如，恐怕东风未及作。

133. 倾杯 吴兴

吴兴水净，斜塘浼，唯亭畔。落下春云飞来堂燕，巢边弄影，无知拍岸。已岁岁年年，这江南，不必重飞断。过了清明，女儿身懒，秋千上下，由其不乱。正是欲眠无睡，长空怅算。潘郎未看。望东西，左右风云，小荷角尖尖，春已唤。青莲叶散，谁知道，早晚芙蓉，水上婷婷冠。烟波望尽谁兴叹。

134. 又

姑苏九月，姑苏水，姑苏岸，半是姑苏，姑苏多半，风风水水，云云雨雨畔。一世已成烟，运河边，逐五湖兴叹。夜在中秋，缺圆圆缺，重阳再绪，丝弦不断。自古已千年去，何时有乱。江山易换。有王侯，也有江湖，勾践向夫差，娃女馆。英雄聚散，谁知道，去去来来，古今今算。风云远处三千纛。

135. 离亭宴 别吴兴

有姑苏万卷，千载建，东吴别宴。勾践夫差由此见，早已是，太湖宫殿。十里古城方久，盘门虎丘娃馆。香雪海中飞燕。问杏李，桃花满甸。花外花中都似媛，留下是，芳菲如霞。去了又须回首，莫以离帆遮面。

136. 感皇恩 徐铎状元 词律辞典认此为"小重山"双调58字，上30字下28字各4句4平韵。

春到龙门春草清，玉珠华露浓，晓光明。经纶天下泡尘情，曲江水，处处有啼莺。应是凤池生，当然鸳鹭去，状元声。豫章两省主枯荣，蓬莱阁，十载带寒行。

137. 忆秦娥

秦楼月，箫断相思竭。情已越，萧史声声宫外阙。穆公情，孤影玉空没。何凤凰飞字，来去歇，留下余音如此曰。

138. 系裙腰

男儿不可误婵娟，朦胧影，夜云天。人情只是如明天，岁岁年年，又能见，几回圆。初一天天成十五，除一日，是弦弦。芳塘始见红荷绿，小小如钱，结蓬结子，藕时莲。

139. 清平乐 古今诗 思娘

长春何处，老了诗词顾，去去来来应无数，误了爹娘又误。退休别了姑苏，重了作了女奴，无数还当无数，前途不是前途。

140. 又

三儿一路，忘了爹娘顾。国国家家都是误，只任朝朝暮暮。行行止止止止如儒，成成败败思途。白首苍苍始悟，荣荣辱辱何图。

141. 减字木兰花 古今诗 思娘

娘亲在榻，别去家乡尘世杂。给我身家，去去来来望家。三儿不孝，已是今生无报答。误了人家，有了爹娘才有家。

142. 偷声木兰花 古今诗 思娘

平生未了爷娘误，止止行行止止路，只有爹娘，给了身家给了乡。三儿白首诗词故，七十重知家何处。父母所居，父母曾依父母予。

143. 菩萨蛮 古今诗 思父母兄弟

家乡不在家乡路，离离别了离离误。读学128前途，如书儒玉奴。高低不顾，止又行成步。白首见屠苏，爹娘何有无。

144. 又

孤行一味孤行去，平生九脉平生路。七十不知吴，三光明玉奴。爹娘留子女，日月还云雨。只顾只良图，何言何有无。

145. 又

爹娘膝下应儿女，家家国国年年绪。

弄玉只求凰，飞鸿南北乡。亲情相互顾，子女枯荣趣，读学自离乡，何时知短长。

146. 又

前程去了前程路，朝朝暮暮还朝暮。别别是爹娘，离离辞故乡。爹娘客所许，子女从途去。七十五年长，爹娘何暖凉。

147. 庆春泽

书剑平生相倚。人独立西东，柳杨轻絮。应记取长城，英雄豪气。塞外荒凉原，运河有流水。冬梅腊月香寄，群芳共英明，青红万里。云雨雨云依，春光无闭。只问婵娟，何情由衷起。

148. 又

一曲里千情广，风韵好天真。以心同唱。天下是知音，酒泉波浪。以此同享。傍花共明朗。江湖玉宇空旷。歌白雪阳春，绽红开放。眉目动，风波悠悠还飐飐，一片清静，三光俱方丈。

149. 破阵子

戊戌思娘

学了前途似锦，知来草木乌纱。一路无停行止去，顾得枯荣未顾她。三儿非是娃。岁岁年年日月，离离别别天涯。白首重回天下问，没了爹娘没了家。入春如雪花。

150. 玉联环 应是"一落索" 玉联环长调104字。

南圆一去归来晚，芳菲满眼。桃红梨白杏花村，梅独去，空枝暖。自是红云易散，羞羞问遍。当时生子蝶蜂鸣，只几日后，由心绽。

151. 玉树后庭花

悲欢何"伴侣"，"玉树后庭花"。璧月谁为主，张妃是丽华。

152. 又

台城多碧玉，学士少琼华。后主南朝去，隋炀问国家。

153. 卜算子 古今诗

水不一波平，月末千寒主。见得婵娟见得情，日月生云雨。草木半精英，跬步三更路。自是行行止止行，处处真如数。

154. 双韵子 古今诗认谐韵也。非叠韵。也称叶韵。

隋炀水调一河听，柳杨何人应？北通已到南通，劳役语，扬州宁（二十五经）。天堂路，楼船令。苏杭市，由商贾性。运河自此阴晴，来去见，春秋镜。（二十四敬谐韵）

155. 鹊桥仙

情长梦短,醒来又乱,自是依依不断,神仙不见不神仙,已得道,河河岸岸。相思近远,孤心似半,好好先生未算,婵娟月里作婵娟，呼呼唤唤。

156. 醉垂鞭 钱塘

八月一钱塘，盐官上，吴潮浪。玉水满天堂，风云苏浙杭。天兵天将相，黄天荡，又回光，一线一汪洋，人间谁帝王。

157. 定西番

十六有羞香玉，双目秀，一红莲。婷婷疑疑临水，对婵娟。千里明荷碧，一圆波又圆。采女偷偷来此，向郎前。

158. 又 执胡琴者9人

二八女儿歌曲，多少态，舞姿田。纤纤柳柳前后，两波悬。三十六弦同响，细音微乐全。听得梅花三弄，合重弹。

159. 望江南

青楼女，舞罢一潮来。半曲江南花月夜，雪花风玉上天台。香色误材。春江水，处处泡尘埃。媚目自应波浪屿，含情三弄傲冬梅。心意不常开。

160. 少年游慢

寒宫一圆缺，自得阳春白雪。肌白生香，身姿云雨，高唐别。三峡瑶姬净，不尽相思悦。千古西施，范蠡不忘时节。宋玉无心彻，谁与襄王分设。暮暮朝朝，山山水水，情难绝。听得猿啼晓，忘了成豪杰。楚蜀江流，当留去来明灭。

161. 剪牡丹 舟中闻双琵琶

万里昭君，阴山天下，敕勒川上云净。来去深宫，画师有无镜。单于日月方明。修中剪袂，撷香积翠相竞。如解双峰女儿兵男性。呼和浩特初命，问古城，草原风定。来路一琵琶，留下古今风情谁更。玉盘大小任珠迸，照旧无尽，花好月圆盟。重听。这汉妃一曲，人间一命。

162. 画堂春

莲潮一半画堂春，人间不破红尘。芙蓉出水白华身，乱了天津。不到秦淮可问，婵娟排叶频频。女儿不是女儿邻，忘了经纶。

163. 芳草渡

浮云落落雨霏霏，烟已锁，雾沉归。排空一字雁南飞。低高处，分远近，别天机。南寒始，北冰微，吴越路，可相依。馆娃宫里客人稀。姑苏水，五湖夜，满余晖。

164. 又

风云处处有高低。分南北，合东西。唐昌花草自萋萋。三湘水，衡阳苇，洞庭堤。青海岸，玉门藜，野桥梅雪红霓。年年岁岁北南啼。滩头月，草丛水，自栖栖。

165. 御街行

平生青海衡阳路，春雨至，秋云去。来如南水带寒暖，去似霜风冰住。故乡何处？北南南北，岁岁年年度。参差草木阴晴树，朝暮朝朝暮暮。苦辛辛苦见人行，踪踪迹迹无数。心心留下，有前无后，飞雁一人赋。

166. 苏幕遮

草纤纤，花雾雾。半在东风，半在春云雨。一半人间都不顾。也在姑苏，也在杭州路。去来来，朝暮暮。半在人心，半在知音故。一半相思

都是误。也是无心，也是多心处。

167. 武陵春

百草繁繁荣茂色，千花自菲菲。北雁南来已不飞。第二故乡归。青海三湘分不定，岁岁可相依。不解清光解照微，日月满身晖。

168. 醉落魄　吴兴莘老席上

三三两两，江湖武月多俯仰。馆娃西子谁相望，不是范蠡，不是夫差贶。不无醒醉婵娟帐。何须当向云间放。芳芬百卉人间赏。春在是春，只在花枝上。

169. 长相思

半金陵，一金陵。月在金陵桃叶灯，献之大小乘。半香凝，一香凝。玉色秦淮玉色水。人心已是自应。

170. 更漏子

一相思，三界织。朝暮去来不记。千日月，万诗词。此情谁不知。应暗示，也明示。圆缺阴晴放肆。阿未晚，女无迟。凤凰玉姿。

171. 浣溪沙

一尺江流七尺桥，三吴碧玉两吴潮。云霄万里半云霄。已是姑苏香雪海，东西山上自逍遥。柳杨树下柳杨条。

172. 醉桃源

桃源洞口可观窥，秦秦汉汉时。原来不战久和期。人人已未迟。儿女织，古诗辞，花开桃李枝。相思不尽一相思，情情人万知。

173. 行香子

舞曲笙歌，凸凹山河。十八湾，少少多多。露台十丈，胜败干戈，社稷兴亡，王侯在，有嫦娥。何妨到老，风花雪月，对功名战战和和。红颜不尽，水水波波。共止同行，梨园客几斯磨。

174. 熙州慢　述古

一姑苏，占了半江湖，不以朝暮。六淡夫差，一越王勾践，何须如故。况值运河南下，帛政隋柳杨路。当水万景，楼船弄月，范蠡回顾。商贾来来去去,越吴水，草草花花相许。同里虎丘，盘门小桥云雨。寒山寺钟已归，又与鼓，人间相如。此心去，红枫碧玉泊舟语。

175. 虞美人

寒山寺里寒山鼓，自主钟声主。枫桥月下一渔舟，拾得船娘曲是五湖游。年年岁岁何朝暮，步步人生路。姑苏城外十三州，北北南南来去自春秋。

176. 泛情　（泛清苔）正月十四日与公择吴兴泛舟

月色无痕，处处作王孙，误了黄昏。红妆女，绿裙短，白衫薄，一叶归根。吴娃唱尽韩娥唱，白皙容，入了江村。学为行雨，夕照晚，从教水溅衣蕴。烟云水草乾坤。是男儿上下，是女儿魂。船不定，色难见，身香近，忘了姻婚。归程不远千家岸，碧玉间，此小桥恩。袖衣不拂，如醉鸳鸯，自曰清纯。

177. 惜琼花　吴兴守赋

浮萍白滩水碧。运河杨柳帛，南北阡陌。千年来去隋炀脉。今古如今，云南相泽。望长城，知改革。战和和战比，何计收获。去来来去江山客。谁在徘徊，人不成隔。

178. 河满子　陪杭州泛湖夜归

一片西湖水月，三吴秋色余音。越女多情云雨别，断桥远近留心。只教衣裙弄水，笑中处处如琴。小叶无风自落，重阳也有晴阴。天若有情天不老，儿儿女女如今。独自芳菲惊梦，觉来何处追寻。

179. 劝金船，流杯堂唱和翰林主人元素自撰腔

人生八十惊人首，一半前行酒，前前后后扬程走，醒来醉来否。五里短亭路，十里外，柳杨杨柳。难尽利名，休已太极云手。先生朝暮多朋友，事事人人守。须知处处先生在，左边也知右。翰阁谁归来，读学是，留连长久，但见凤凰池上，不须重九。

180. 庆同天　即怨王孙

不是小小，长洲了了。已去春春，五湖晓晓。落红归去如潮，叶逍遥。秦楼弄玉箫箫缈，云不少，雨却悄悄表。穆公未问，养儿育女何桥，在天宵。

181. 江城子

运河已注作天堂。是隋炀，是苏杭。绿了东吴，红了遍钱塘。站在富春江上望，千万里，一汪洋。

182. 雨中花令　赠胡楚草

一字作人云雁去，（大云雁，小云雁）好相见，花枝神女。花枝十二，共南北，同东西并路，双燕子，只合住，不分朝暮。合箸。面对面，情倾情不误，金浮图，佛是佛，春秋雨云雾。眉十女媚楚草，细眉弯月妒，胡草，正见得，死生何故。如故。

183. 汉宫春　腊梅

冬月梅香，带来春消息，寒里含芳。枝枝独傲，朝上天下扬长。飞来白雪，作羽衣，衬了红妆。谁不见，层层叠叠，东君寄予天堂。仙姿又着冰妆，更玲珑剔透，半似凌霜。天公已晚，为她解了私囊。烟烟水水，小叶生，满了心房。何不是纷纷在手，氤氤换了新娘。

184. 青门引　春思

有暖还余冷，云雨晚来无省。书生乞火近清明，青团老酒，采得早龙井。西湖北岸梅花岭，月照山光静。三潭印月还月，隔墙送过嫦娥影。

185. 满江红　初春

半是初春，冬梅落、朝朝暮暮。香犹在，色还依旧，似乎如故。过清明寒食雨，短亭换了长亭路，下江南，已是小桃红，梨花树。再前去，吴粤渡，芒果碧，荔枝塑，到天涯海角，只云和雨。四季无分分早雨，年年岁岁如来数。几春秋，似夏自炎炎，何分付。

186. 西江月　寄赠

一半西江月色，三千弟子人生。行行不止是行行，视作桑田是政。不分官衙南北，何言郡守耘耕，同盟天下共同盟，苦苦劳劳百姓。

187. 塞垣春　寄子山

暮色平分半。帛柳换，隋炀岸。楼船不在，树藏吴腕，烟雨湖畔。极浦云雨运河清纁，这景象，扬州冠。好头颅，多留下，一怀情广陵散。追念此风流，天然是，音韵兴叹。水月起相思，天云上汗漫。有西庭短帽，有南宫院，有北方圆娃馆。老鹤问天下，凤凰谁可弹。

188. 浪淘沙

日月浪淘沙，误了人家。朝时木槿暮时花。碧碧红红都是色，满了天涯。见了桑麻，入得官衙。平生未了天华。止止行行都路，日有朝霞。

189. 望江南

香闺外，何不约佳期。步步花荫丛簇簇，见了珠玉叶先垂。隐隐作相思。厌厌地，此地已难拣。点点芳心无托处，幽幽玉宇月迟迟，来去有谁知。

190. 碧牡丹　宴同叔出姬

子野湖州字，属意侍，新词试。曲曲声声，不免伊家旧制。怨入夫人，剑黛由公弄。何通判，唱情异。碧牡丹，行乐何鸾戏。重招侍儿容易。再见夫人，不复冷落知己。得了人生，忘了金钱志，这王侯，任公寄。

191. 山亭宴　湖亭宴别

少年已向西湖去,断桥边,云烟江树。保俶塔前来,柳堤岸,春莺无数。西子是西施,浣纱处,清清无语。小女下东吴,以曲舞,夫差误。松松栢栢青如故,有枝叶,何花朝暮。无蝶蝶蜂蜂,节节向向,高高自叙。风风雨雨几倾许,总已得,当然情绪。自己老来身,自己度龙鳞固。

192. 菩萨蛮

春风一半春风路,花开一半花开处。妾是一郎奴,此香三界无。知音知不误,只在花心住。解语自由图,纵情凭玉壶。

193. 更漏子　古今诗

漏三更,人上路,残月依依连树。行不尽,止深儒,一生书所途。万长亭,诗已数。三万日中天度。经老少,作词奴,童翁应如故。

194. 三字令　词律辞典引为欧阳炯词。

春不尽,日方迟。女儿时,红七色,绿千姿。牡丹香,明芍药,一千枝。人已去,燕来词,约佳期。花四季,月明知。草丛丛,情隐隐,可相思。

195. 虞美人　古今诗

英雄不以英雄定,不认平生命。行行止止又行行,垓下分封刘项未私情。江东子弟江东正,只以鸿沟横。乌江八百子弟兵,一诺江山刘项不声名。

196. 又

何分老少何分性?俱有相思病。温情日月自温情,水水莲莲荷叶绿盈盈。心中只有蓬中命,共以同根姓。精英自以自精英,不识人前人后不声名。

197. 酒泉子

天上风云,柳下长亭长短路,飞鸿飞,行人去,向功勋。人生前面有无分。建树以零朝暮。九州心,三世主,一知君。

198. 又

花草丛丛,日月东西应不定,还西东。人知性,路无终。潇潇云雨自无穷。隔岸不听何命一。十三州,千万姓,一情衷。

199. 又

其乐融融,处处人人皆梦梦。成飞鸿,无三弄,有英雄。天高云淡半秋风。是黄粱,非朝凤,作雕虫。

200. 又

亭短亭长,五里应知十里路。飞云飞,多来去,有表阳。江山天下几回乡。跬步量程何处?三万天,朝又暮,好儿郎。

201. 又　词律词典选为冯延巳词

千里秦川,八水长安三晋府。隋唐朝,辽东主,运河船。天堂吴越柳杨田。若已是多云雨,这长城,今又古,是人年。

202. 晏殊

临川一晏殊,七岁半神儒。制书平章事,翰林学士趋。

203. 谒金门

山水路,依约是苍烟树。万里江南云雨暮,柳柳杨杨处。好在天堂来去。共作是风流主。吴越运河千万户,苏杭都是雾。

204. 破阵子　古今诗

岁岁年年见老,童童不似翁翁。缺缺圆圆明月见,不得何时见始终,阴晴都不定。少小天天向上,中年日日争雄,老老诗词多少首,留下人生一路中,原来身是弓。

205. 又

一路人生一路,行行止止行行。跬步朝前应量尽,不以枯荣论世名。此生成此生。自以新瓶旧酒,还有老足前程。已有人生多少见,不误江山不误情,只留天下丁。

206. 又

去去来来日日,朝朝暮暮年年。处处人情应处处,缺缺圆圆上下弦。是非非是全。雪雪梅梅色色,桃桃李李翩翩。已是春秋冬夏半,一字生平一字前,古来何处然。

207. 又

雨雨云云雨雨,天天地地天天。上下高低逢左右,得了天机过大千。人间来去田。水水莲莲水水,花花叶叶圆圆。出立芙蓉解日月,结子心中采女船。朝天红玉妍。

208. 浣溪沙

逝水无言逝水流，春秋有度又春秋。几何人生几何求。去去来来随日月，朝朝暮暮共王侯。今今古古未人留。

209. 又

草草花花日月荣，情情意意以心生。儿儿女女是风情。雨雨云云三峡岸，朝朝暮暮一生萌。瞿塘逝水楚江平。

210. 又

柳柳杨杨几度香，桃桃李李成蹊忙。红颜小杏过亿墙。细细腰腰垂日色，幽幽粉粉子傅扬。因因果果是衷肠。

211. 又

半曲新词一曲声，三生日月两生明。中年最好运河情。草草花花天下色，开开落落是枯荣，今年已是去年萌。

212. 又

泊泊停停自不声，渔渔火火女儿情。枫枫叶叶小桥横。唱遍阳关回头问，波波水水久不平。田田似此待耕耕。

213. 又

淡淡妆妆薄薄衣，红红白白素身依。轻轻许许夜星稀。莫以相思相互语，天机不解是天机，相依至此且相依。

214. 又

夏夏塘塘曲曲波，荷荷叶叶碧荷荷。莲蓬结子谢嫦娥。水水明明似女色，娇娇女女悄声歌。心中有子不蹉跎。

215. 又

雪雪梅梅一半花，孤孤傲傲向天斜。芳芳色色近人家。若以东风迟十日，桃梨李杏欲争华。阳关三叠浪淘沙。

216. 又

绿绿红红一晓烟，儿儿女女半前川。风花雪月运河船。柳柳杨杨亭水岸，来来去去系心弦。朝朝暮暮好荷莲。

217. 又

去去来来一叶舟，朝朝暮暮半风流。男儿在此女人求。自以隋炀杨柳岸，运河帛米运河舟。楼船不见有扬州。

218. 又

曲曲声声曲曲来，花开花落又花开。亭台似旧作亭台。只有运河杨柳岸，开船又有系船回。年年岁岁有新梅。

219. 又

日日舟舟日日行，南南北北北南平，荣荣水水水荣荣。一水高低流远近，三吴左右五湖情。人生见此是人生。

220.

一月梅香二月花，三吴日色半吴家。苏杭上路运河华。百里荷塘荷月色，千年汴水浪淘沙，隋炀留下柳杨斜。

221. 更漏子

柳垂垂，杨醉醉，杨柳柳杨如织。杨叶叶，柳丝丝，遇春何不迟。吴暮次，越朝次，一日东风已至。来已见去还思，梦君你不知。

222. 又

柳三三，杨四四，朝暮暮朝垂地。红东东，绿微微，以春秋日归。云有意，雨无字，尽在心中累积。花色色，草菲菲，一鸿处处飞。

223. 又

玉炉香，红烛泪，春雨夏云秋水。心楚楚，意非非。有云无雨归。先朝暮，后来去，望尽窗前烟雾，期数数，约依依，一来一去微。

224. 又

雪寒寒，梅暖暖。吴越来去娃馆。勾践范蠡船，又闻西子妍。江山算，女生短，五霸春秋不伴。天下事，几方圆，事人不可全。

225. 又

水草草，波处处，流去又来不住，来蜀楚，去东吴。曲声如玉奴。何云雨，又云雨，暮暮朝朝无主。千滴滴，万趋趋，已行大丈夫。

226. 鹊踏枝 词律辞典无收此律

只以相思分两处，暖暖寒寒，燕子孤飞去。离离别别随朝暮。儿儿女女相思苦。一夜西风吹玉树。独枕多凉，梦断天涯路。已是周身随尺素，山长水远同君住。

227. 又

此日庭中多喜鹊，去去来来，跳跳欢欢跃。朝朝暮暮相思约。几度听来如可若。暗里偷情悄悄东厢约。

早已清身香里外，由君任意相求索。

228. 点绛唇

燕雁无乡，书生处处求方向。一年心广，十载多思想。去了衡阳，再去青海浃。年年象，以家家养，几处家乡往。

229. 凤衔杯

归根一叶秋风匿，飞落是：挂枝孤力。不自飘飘，霜湿无飞翼，应落下，连根息。有平生，有回忆，儿女是：两情离宥。再又生儿育女，欢娱地，不是家娘域。

230. 又　词律辞典作杜安世词

留花不住作花飞，向三湘，斑竹依依。已是娥皇泪尽，女英归。云雨雨，雨霏霏。灵处处，瑟微微。对苍梧，情自湘妃。何况逐流治水，以心闻，非落叶，是春晖。

231. 又

柳杨杨柳自青春，共运河，成了天津。自此岁年年岁，作经纶。商贾酒，女儿巾。成往事，逐芳尘。这苏杭云雨相邻。南北北南天下去来人。富了顺天民。

232. 清平乐

天空玉宇，已往成今古。少小相催谁是伍，不在人间作主。江湖已是江湖。江湖不是江湖。帛帛杨杨柳柳，楼船下了江都。

233. 又

云云雨雨，不是隋炀主。柳柳杨杨都可舞，暮暮朝朝浦浦。江湖老了江湖，姑苏汴水姑苏，八月钱塘八月，东吴富了东吴。

234. 又

年来岁去，古往知何处，一半天堂杨柳树，带雨含云如故。人生自是浮屠，观音已在书儒，老子当然一道，何须有无无。

235. 又

途途路路，暮暮朝朝去。止止行行行止处，切切多多思付。楼船已互江都，千年汴水东吴。遗产隋炀留下，长城误了匈奴。

236. 又

儿儿女女，自有多情语，暮暮朝朝都给与，约约期期去处。飞鸿玉宇当初，人生水水鱼鱼。已是心心相印，相思日日书书。

237. 红窗听

薄薄衣衫薄以雾，谁付与，似云如雨。波波浪水波波水，已催高唐去。一半分明由此注，谁知道，瞿塘逝水，如如已度，不留留住，一波三折续。

238. 又

一半瞿塘三峡去，在白帝，何巫山注。嘉陵江上云雾，薄衫瑶姬住。暮暮朝朝云又雨。谁知道，襄王不在，相看宋玉。此情总是，问高唐神女。

239. 采桑子

春风不误东君信，已是群芳，已是群芳，见了桃花杏李忙。红红绿绿都开放，乱了萧娘，乱了萧娘，走了潘郎走阮郎。

240. 又

红英一片晨霞里，忘了晨香，忘了晨香，带了珍珠着彩妆。花花叶叶层层露，映了朝阳，映了朝阳，恰似新娘会小郎。

241. 又

谁知小杏红颜色，过了东墙，过了东墙。过了东墙始有香。桃桃李李蜂蜂至，嫁了新郎，嫁了新郎，结子心中杏李黄。

242. 又

桃花且向梨花问，白里还红。白里还红。只恐东君一阵风。三春结子三春果，一半由衷。一半由衷，叶叶枝枝总不空。

243. 又

梳妆打扮朝花对，杜里婵娟。杜里婵娟，过了三春不度仙。开开放放身姿展，解束无眠，解束无眠，小李心中小杏天。

244. 又

春光一半随花老，落了桃花。落了桃花，结子方成你我他。多情只有多情子，作了人家，作了人家，只待明年再放花。

245. 又

荷花不似桃花子，束束蓬蓬，束束蓬蓬，子子蓬蓬多少宫。多情似此多情子，岁岁无穷，岁岁无穷，有了根基有了逢。

246. 喜迁莺　古今诗

夜幽幽，香淡淡，灯下半清明。一诗难毕一心情，今古是平生。官场来，文场去，来去去来朝暮。三身六十东吴，老了赴姑苏。

247. 又

新加坡，工业苑，中国一财团。我来天下一方圆，明月照荷莲。香满面，人满宴，好梦在故宫殿。苏州重上五湖船，诗里有长天。

248. 又

运河边，千里地，来去一方圆。虎丘同里龙井泉，秦汉有桃渊。五湖船，黄山恋，有梦问何飞燕，生来非是可归田，来去有无川。

249. 又

草纤纤，花簇簇，三载一姑苏。郎中四品半东吴。何问一江湖。不开镰，收蟹奴，好去好来何处？沙滩西面向南殊，人在以良图。

250. 又

草无穷，花难尽，年岁有秋春。南方知北见南人，西面有东邻。何枯荣，谁远近。短短步，长长问。人生来去一经纶，三叠滟轻尘。

251. 撼庭秋

运河南北千里，一带情无寄。柳杨杨柳，朝朝暮暮，帛回隋水。苏杭十地，天堂吴越，以谁原委？这兰堂红烛，心长焰短，有行无止。

252. 少年游　双调51字，上26字6句2平，下25字5句3平韵。　古今诗

重阳过后，黄花自栩，寒暖已分明。茱萸帝第，肃风归叶，总是玉关情。声声似此，长亭路外，何处见身名。人生今古自人生，如此作长鸣。

253. 又

苏州别去，人生六十，年岁已分明，诗词数万，暮朝朝暮，总是总才情。年年日日，时时刻刻，天下笔耕生。三身如此此如生，知得作精英。

254. 又　双调50字，上25字5句3平韵，下25字5句2平韵

今年重箸去年衣，人字雁归飞。应知家在，何时离去，乡土土乡微。爹娘子女翁童易，已是是非非。换了朱颜，去来何是，长记运来违。

255.

年年花草长新枝，朝暮不曾迟。春云春雨，梅花梅雪，吴越越吴时。洞庭山上香雪海，兰亭会稽时。曲水流觞，池肥鹅瘦，当此可多知。

256. 酒泉子　双调45字，上21，4句2平，下24字4句了平韵。

雨重云深沉，燕语莺歌藏不住，一巢三日是呻吟。作音琴。柳丝无力自垂沉，泾渭不分常逝水，长安多少逐人心，古还今。

257. 又

一半阴晴，一半春花春草续。雨云云雨入芳丛，弄残红。牡丹开了杜鹃丛。遍野满山应处处，海棠花下意朦胧，向东风。

258. 木兰花

多情自得梁中燕，有雨归来巢里见。有声无语望阴晴，春风十里朝朝面。排空一字声声雁，岁岁衡阳青海岸。去来来去两年还，误了乡家多少盼。

259. 又

人人事事人人处，雨雨云云雨雨雾。晴晴不尽阴阴尽，暮暮朝朝一一路。成成败败前行去，国国家家都似虑。荣荣辱辱几何人，不误平生多少顾。

260. 又

佳人日暖花中去，知君独醉人间故。如今独醒是非中，何如执等诗词悟。人生自以前行路，直下江南江北许。若依书里豫章文，作了童翁还原处。

261. 又

金陵上海杭州路，太湖锡惠黄山雾。龙井虎跑寺灵隐。西湖保俶断桥处。三潭印月三潭月，柳浪闻莺声不歇。不疑天下是非中，吴了平生听子曰。

262. 又

春分过了清明半，运河过了天堂岸。隋炀过了一楼船，平生过了三兴叹。人情误了相思断，跬步行程应不乱，老来知了重霄汉，不负诗词回首看。

263. 又

昭君去了黄河畔，不须说得琵琶叹。阴山敕勒一晴川，单于更是从先汉。中原子子孙孙见，蜀女深宫来西殿，若还猜妾画师恋，误了皇宫多少债。

264. 又

立春一半三冬过，白雪送梅花万朵。去来已是尽东风，草花处处红兰谢了江东左。已见儿女千千个，由往桥边碧玉坐。姑苏不尽几厮磨，有了相思有了情。

265. 又

三清日月三清路，有朝有暮无仙树。丹炉玉石不分分，年年岁岁年年度。心中定了何牵顾，了却人间多少误。短衫红袖妾私书，望了巫山云也雨。

266. 又

长春不饮长春酒，几何忘却红酥手。江南十八女儿红，皮肤白皙樱桃口。前前后后回回走，只与萧郎柳与柳。洞庭山下五湖舟，得了私情知可否。

267. 又

私情处处知音客，柳杨密密隋炀帛。苏杭一路女儿多，江湖近了人心泽。吴中玉带桥边陌，却似江村同里隔。五湖香雪海中花，探得春芳多少碧。

268. 迎春乐

春归紫陌春归单，已垂芳，已花老。有莺啼，有燕清清白白早。共日月，晨光好。一一人，天天成大道，来去见，是谁头脑？汴水南流一派，占取千年葆。

269. 许衷情

青梅煮酒论英雄，若此一曹公。徐昌自以秦汉，不误上长空。吴蜀火，一东风，一东风，这连营计，百里成空，忘了东风。

270. 又

秋风九月又重阳，落叶半经霜。飘飘洒洒何去，独具菊花黄。根不见，树苍苍，水茫茫。一冬三夏，四季春秋，易得炎凉。

271. 又

飞鸿已去向衡阳，青海半家乡。南南北北来去，作柳柳杨杨。如此是，别家乡，别爹娘。老来成父，再无家乡，再无家乡。

272. 又

人生到老许衷情，步步是人生。年年日月先后，处处自纵横。来去路，有阴晴，自枯荣。回头何见，未了声鸣，又有声鸣。

273. 又

人情不尽是衷情，伴以少年行。前程路上分别，客里心中惊。何去止，几相倾，有声鸣。以香香止，向月心生，念念萌萌。

274. 又

青莲老了是红莲，出自污泥渊。蓬蓬子子成就，独独共婵娟。荷露露，自圆圆，作泉泉。以心流下，忘了长天，忘了长天。

275. 又

庸庸碌碌半红尘，富贵一迷津。朝朝暮暮何去，日月自秋春。三界路，百花新，万经纶。向前行止，跬步阴晴，正了冠巾。

276.

云云雨雨各西东，日月照长空。朝朝暮暮来去，草木自无穷。千万里，半枯荣，一英雄。古今今古，事事工工，雁雁鸿鸿。

277. 胡捣练

不寒白雪半梅花，李李梨梨争嫁。已是东风低亚，何以晴明罢。佳人头上满红尘，已得芳香远近。谁见女儿心里，俱是桃花运。

278. 殢人娇

止止行行，一半前行一路。短亭外，长亭情绪。花花草草，雨雨云云误。争奈向，千留万留不住。止止行行，朝朝暮暮，只前去，却无回顾。不知后会，也不知何处，日月里，只须得朝前去。

279. 又

去去来来，总是朝朝暮暮，行止处，别情离绪。如来如主，也有观音度。还所见，三清道家分付。最是儒书，诗词歌赋一日日，人间普渡。也问爹娘，也向妻儿顾，更是爷宗护。心目里，只须时时前去。

280. 又

九月重阳，八月秋风扫路。山深里，

云云雾雾。红枫四顾，自经霜铺绪。朝夕见，层层叶枝留住。不必归根，何须重聚，人生是、离索无数。除非除非，守住田边树，情待兔，也须时时相顾。

281. 踏莎行

细草含烟，幽花带露，长洲一半香云雾。隋炀易帛到姑苏，天堂汴水楼船住。已过江湖，还闻玉树。吴儿作女情情顾，山西处处大丈夫。人情俱是人情误。

282. 又

一半夕阳，黄昏一半。运河柳柳杨杨岸。隋堤汴水已平平，花花草草都兴叹。一半青莲，青莲一半，池池色色塘塘乱。芙蓉结子作荷蓬，明年再作婷婷冠。

283. 又

暮暮朝朝，朝朝暮暮，春情不尽谁分付。书生一半作书生，人间自是人间路。吏吏官官，诗诗赋赋，情情已是心心与。云云雨雨见巫山，襄王宋玉瑶姬语。

284. 又

友友朋朋，朋朋友友，人生不却人生酒。女儿与了红酥手。红梅白雪心心口。柳柳杨杨，杨杨柳柳，江南采女江南藕。出泥不染色明明，婵娟夜里应知否。

285. 又

燕燕莺莺，莺莺燕燕，春来夏去了。声声见，花丛草簇藏身形，咽咽唧唧轻轻面。一院阴晴，阴晴一院，心心绪绪都相恋。卿卿我我已相思，干柴烈火何方便。

286. 渔家傲　古今诗　思父母

一世人生爹娘报，隋炀留下头颅好。知道运河南北导，谁可告，楼船船路上渔家傲。十二桥中箫到，琼花白白长年青。不比长城南北蹈，刘国煮，人间万事何时书。

287. 又

自得人间何老少，浮生不得长年少。一世一生应日晓，遥缈缈，诗情一句情无了。汴水长城何不好？长城汴水当年造。莫惜帝王开口道，百姓堡，和平自古由花草。

288. 又

见了萧娘红玉手，只须只饮一杯酒。已得隋堤风月柳。何人首，扬州一曲三吴口。万里长城知可否？秦皇汉武平生守，自古江山南北问，九月九，垂阳过了黄花后。

289. 又

叶叶枝枝根多极，数来数去四五亿。岁岁年经日得，多努力，诗词十万逾期息。李白乾隆分外抑，排名第一人间匿。自古如今千载织，十五亿，平生比对唐诗域。

290. 又

自以丹青多少客，姑苏已得五湖泽。莲在池塘风月白，吴泰伯，隋炀汴水柳杨帛。望尽洞庭山上石，运河水岸平田陌。两两三常相脉，儿女策，人情去去来时隔。

291. 又　法国特使、地铁外交、国际都市、四百公里地铁。

步步行行何远近，家华记取邹韬奋，地铁外交千里问，香港运，苏联分了中华韵。万万千千人事洄，城城市市同行信，四百里来高速迅，京都引，人间至此图前进。

292. 又

万万千千三界路，来来去去一言语。赴赴行行何朝暮。知玉树，花红草绿人生许。十万诗词天下度，千年李白应相妒。八百首中由酒注，才已付，床前明月扬言付。

293. 又

疏雨已净半湿天，微云薄雾一婵娟。无隐有形天下远，谁幽怨，不堪往事相思遍。烟锁池塘十调莲，水波荡漾系荷船。采女香菱香不断，芳蓉焕，好情多由伊见。

294. 又

一日风流三日少，红颜合只少年晓。雪月风花知不了，云缈缈，相思曲尽情难了。绿水青山天下好，人生事业多花草。只以当年人不老，应颠倒，童童一半翁翁道。

295. 又

碧叶红花池水甸，芙蓉出水婷婷见。采女已藏荷粉面。衣已却波波水水香云霰。玉影翩翩人影眷，浮萍处处浮形衍。一手藕丝难断缱，刘郎羡，人间忘了何时昒。

296. 又

暮鼓晨钟应不断,春风绿后江南岸。柳柳杨杨荷花畔,红一半,梅花落了都无算。小杏过墙墙外看,樱桃白李成蹼灿,忘了丁香留夜散,梦里叹,儿儿女女何时唤。

297. 又

五霸春秋干将路,西施误了昭君误。三国貂婵知吕布,非是故,曹公孟德故。借了荆州忘了去,东吴赤壁东风顾。若是连营知火护,孙刘护,徐昌献帝重何许。

298. 又

诸葛空城兵马误,琴中老弱扫军路。司马三思分半许,疑兵故,英雄一世争强主。后退兵丁留阵步,孔明遣将重分付。定作英雄如此许,三国数,今今古古当然度。

299. 又

司马行军司马势,空城识得空城计,我是英雄成一帝,知退继,强强弱弱兵家砺。不是功成功业闭,江山社稷行真谛。胜负不分成败艺,须代替,聪明知慧谁门第。

300. 又

十八弯中无锡畔,姑苏共是湖州岸,四面太湖长洲半。分不断,洞庭山下还加半。五月枇杷香了算,秋风初起昆山乱,蟹脚痒痒千家宴,老酒叹,女儿成了男儿汉。

301. 雨中花

半就新瓶旧酒,半就隋堤杨柳。半是荷塘明月色,半是红酥手。楚女细腰控白藕,云梦泽,此情知否?采得是,一身明月色,躲在人归后。

302. 瑞鹧鸪　咏鹧鸪

春分听得瑞鹧鸪,惊春过后入屠苏。南已春风,燕蓟香山主,李广当年射虎呼。晋隋唐宋明清去,北平定作国都。已是自力更生,作了江山路,泽东趋,作了中华大丈夫。

303. 又

隋堤杨柳送风流,梅花谢了李桃州。一代农夫,自力中华路,千古人带领头。江山社稷中华就,共和再铸春秋。立下万古英雄,确认田家道,众人酬,万千人家领袖忧。

304. 望仙门

武帝留下望仙门,做儿孙。华山有道集灵根,作仙魂。一片兰英木,三清万寿乾坤。太平无事想君恩,想君恩,留下望仙门。

305. 又

玉莲浮面向秋杨,净荷塘,清风未起散余否,有微凉。夜色由明月,心中著得丝房,一蓬九子十三娘,采菱忙,忘了望仙乡。

306. 又

玉池波浪泛黄昏,一浅村。渔歌已唱近乾坤,小儿孙。采女莲荷下,藏身不得余温。水中叮碰有深根,有深根,私下望仙门。

307. 长生乐

十五寒宫十六圆,近了鹤龟田。水中明月,五半作凉天。洞府三清虚步,近了神仙。人生喜事,同以金炉共云烟。莺歌燕舞,玉管丝弦,阳春白雪白芳妍。人已在,富贵可长年。去来官场三台,上了醉时船。

308. 又

见了盘桃天上客,海外有荷莲。洞门王母,付蓬莱方圆。处处天花缭乱,笙曲宣宣。三清堂上,寄与芳明满香烟。凌虚步步,心心立立,玉女霞光作彩云,炉里丹石已桑田,只维千万千万,几何是经年。

309. 蝶恋花

太上皇宫荒草院,水在华清,月在长生殿。乞得蓬莱娟已见,人生已去人情倦。记取开元天宝钿,这里杨家,那里神仙恋。天上云间都觅遍,何时不得何时面。

310. 又

九月重阳重聚首,见了黄花,见了人生酒。采了茱萸天下走,平生莫误平生友。落叶随风飘已久,处处寻根,处处同杨柳。各自飞扬何左右,相思远近谁知否?

311. 又

见了君心都不见,误了人间,误了长生殿。二十曾言天下燕,飞飞落落皆天甸。入得梨园君子面,舞了霓裳,曲了平生恋。只是三军都不遣,谁言道马嵬坡堰。

312. 又

半是荷花杨柳岸,月色清明,半是莲蓬院。处处香风都似练,如心不止还如面。女子何言男子见,问得明皇,入了长生殿,过了人情都是缘,江山不变阴晴变。

313. 又

羯鼓声中天下乱,社稷江山,俱是皇家院。是了开元天宝断,胡旋已是分胡汉。但以梨园回首看,也是人情不是皇家叹。败败成都不算,人间处处都离散。

314. 又

记取玄宗安史乱,去了长安,幸蜀成都叹。夜雨霖铃听不断,马嵬坡下皆分散。一半江山人一半,守得江山,守衡人情旱。若是江山都不见,荣荣辱辱都应换。

315. 拂霓裳

半秋天,广寒宫里已明圆。听桂子,玉清形色落光烟。人间同不眠,共话问婵娟。莫弦弦。玉兔行,吴刚太平年。东西普渡,孤独在,却星田。西域外,渭泾流水逐流泉。普天之下见,吴越晋秦川,共清欢,只当然,同照一神仙。

316. 又

喜秋成,米粮川里农家繁荣。高粱晒,稻田波浪谷收平。重阳重社日,欢呼场园情。一声声。一曲曲,和合二仙行。已是社日,谁醒醉,一年耕,

秋岁日,互邻相友共阴晴。原来春瑞雪,雨露自多萌,苦经营,这年年,来去光盈盈。

317. 又

菊花黄,有风无雨一秋凉。高日远,上楼庾信韵方扬,诗词成古今,日月故炎ození。故家乡,一天地,多以太平祥。桑田百亩,社日见,醉难妨,无醒得,东邻西舍各传香。更生应自力,农子是田粮,共牛羊,见刘郎,情在女儿旁。

318. 菩萨蛮

相思未了情难断,阴晴总是苏杭岸。只在柳杨边,留心来去船。楼船天下乱,磊石长城半。汴水过前川,将兵胡汉田。

319. 又

童童学得翁翁老,何须岁月何须道,退了江潮,又扬云下消。人生人不少,问路问飞鸟。不是共同桥,何非是逍遥。

320. 又

黄河万里黄河岸,阴山九脉阴山半。渭水潼关,东流应拐弯。长安应水畔,洛邑秦川断。雁过雁门山,东都东故颜。

321. 又

胡姬半隐胡姬面,双波内动双波见。女子女思媛,男儿男善战。西行西域倩,已过阿拉鄯。不是一轩辕,何须三界垣。

322. 秋蕊香

梅红雪白如叟,香彻披寒衣厚。春芳已寄隋杨柳,浮动墙过前后。潘郎不饮杯中酒,君子口,金乌玉兔东西走,且赋诗词相守。

323. 又

独以暗香数久,腊月经心时后。群芳只以身知否,寒断冷来如友。萧娘已将心中酒,如无有,非非是是非非手,且付于樱桃口。

324. 相思儿令

昨日探春杨柳,今早五湖平。前后小花纤草,多在野桥生。访遍白雪梅英,洞庭山。多少阴晴。天堂儿女侬侬,就中系了人情。

325. 又

探访五湖消息,香雪海中生。梅已六瓣八瓣,应是多萌情。且以百草群英,以人声,知了波平。东西山上无穷,就中桃李分明。

326. 滴滴金

梅花已领春消息,柳丝黄,草无匿。一半东风已相逼。四时人间力。江湖已作姑苏色,望江南,北飞翼。人字排空不相隔,二多相忆。

327. 又 史铸《菊谱辨疑》

黄花玉露梢头滴,有新根,作金迪。不觉秋霜自经历。念知多相适。长亭一步长亭客,这红枫,柳杨帛,千里长城运河隔,只有人阡陌。

328. 山亭柳　赠歌者

生在西秦，唱遍艺人身。阳关曲，涴清尘。也以梅花三弄，合则杨柳秋春。记取高音师旷，也子期邻。岁年来去咸京路，人间冷暖自相亲。衷肠事，托何人？寂寂微微流水，已分殷勤。一曲知音落泪，杨柳罗巾。

329. 睿恩新

芙蓉出水荷塘色，承晓露，珍珠先惑。欲流去，叶叶圆圆，作衣羽，陪佳人息。对已婷婷直直，倾国国，倾城非。自心中，独向初秋，结蓬子，经年了得。

330. 又

芙蓉一朵心中色，红艳艳，依依消息。似佳人，望见莲蓬，已结子，十三宫则。静对西风初得，金蕊定，醉前无惑。向明年，再度重生，又如此，倾城倾国。

331. 玉堂春

一吴娃馆，二月香风参半。雨雨云云，花草含烟。十里天平，匆匆山山路，处处西施自养蚕。细细丝丝回绕，夫差儿女怜。管管弦弦，几度知音曲，谁约长洲日月船。

332. 又

运河河岸，柳柳杨杨云散。木渎唯亭，来去吴船。水水平平，只以舱中见，已似龙舟左右舷。水在窗边堂下，波涛生眠前，浊浊清清，向背知来去，何以沧桑咫尺田。

333. 又

帝城宫院，留下是长生殿。一半梨园，来去方圆，子弟王孙，汉武秦皇见，十丈方台演易宣。记得开元天宝，宫庭五十年。弟弟兄兄，子子妃妃间，红了芭蕉绿了川。

334. 临江仙　自度曲

七十年中三十载，前行不误前行。人生未解半人生。官僚官不举，日月日相倾。已是长亭长短见，诗词夜夜书生。天天白以十三鸣，耕耘文字句，十万半枯荣。

335. 燕归梁

燕燕归归绕栋梁，留恋故书房。小巢藏了是书香，更何况有衷肠。云云雨雨，花花草草，着意有西厢。灯灯烛烛不炎凉。凭自在，不牛羊。

336. 又　自度曲

半在人生半知音，入了森森。数天寻日尽，百年寻，唯榕树，自成林。回头自顾谁朋友，行行是，古人心。去来来去善高岑，方圆里，作中寻。

337. 望汉月

离别别离是别，圆缺缺圆还缺。谢娘阮郎何言说。心不定意难如结。梅花和白雪，春已见，女儿先折。朝朝暮暮好时节。怎奈何，未重离别。

338. 连理枝

浅水萍萍早，深井生纤草，有寒有暖，有阴也是，有阳正好。这天天地地是枯荣，见多多少少。日月何多少？一半乾坤晓。雨雨云云，微微巨巨，飞了小鸟。也排云直上，可扬长，自飘飘缈缈。

339. 又

一半人生老，事长亭早。一半日月，一半乾坤，一半方好。一半人间一半路，见晨晨晓晓。一半春秋表，一半人生好，一半阴晴，一半枯荣去，一半不了。一半留下见，一半成，一半消遥首。

北宋·范宽
雪山萧寺图

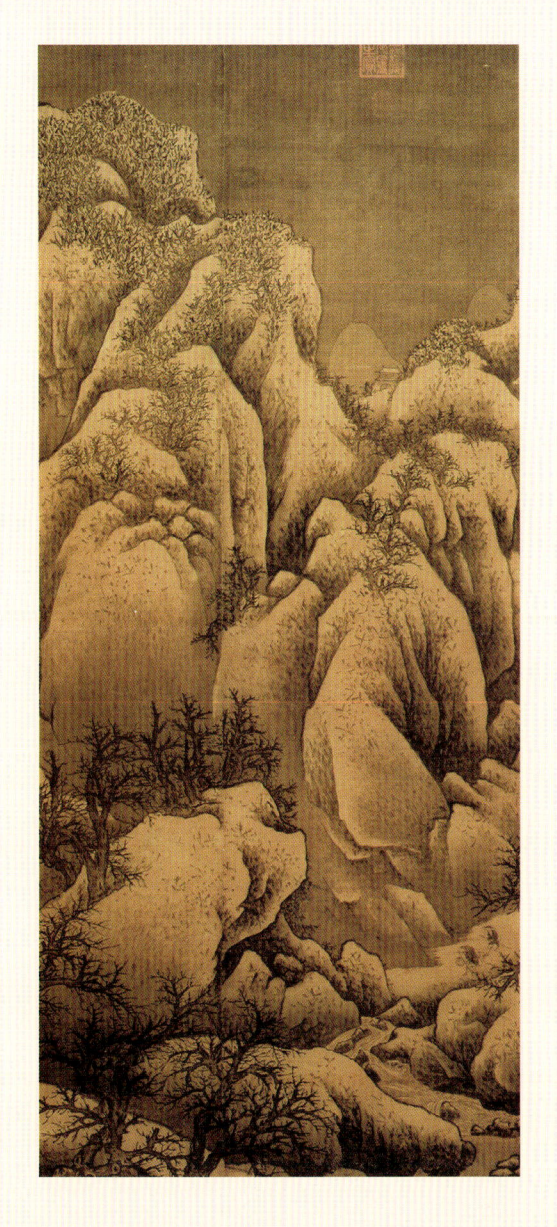

读写全宋词一万七千首
第三函

第三函

1. 破阵子

燕子来时雨水,梨花落去清明。乞火书生寒食过,问道人间路不平,止行行止行。青海衡阳青海,排空一字相倾。目与飞鸿南北问,不误书香,不误情,人知由一成。

2. 玉楼春

花花草草长亭步,水水山山来去数。秦秦汉汉一皇家,柳柳杨杨半朝暮。运河莫以长城度。本自前行无须顾。归时当问几千年,跬步已量多少路。

3. 阮郎归

纤纤细草踏青时,梅花一半迟。遗芳留下百花知。香雪海里姿。纯碧碧,水漪漪,姑苏杨柳枝。已黄渐绿画师持,昭君塞外司。

4. 又

飞飞落落蒲公英,千丝细细生,只由行止子轻盈。当留不去萌。三两日,任风情,年年岁岁荣。人间如此似无声,悠悠日月行。

5. 醉桃源

秦秦汉汉一桃源,春秋毫不言。渊明借此问轩辕。人间草木萱。书不尽,觉难援。西方有一元。泉泉湿地久

荣繁。江流自有源。

6. 望江梅

香雪海,山下五湖舟。香满姑苏吴越彩。梅花深处有青楼。汴水过扬州。

7. 滕宗谅

临江仙

鼓瑟湘灵斑竹泪,君山水,洞庭明。巴陵感状岳阳城。洪湖运梦泽,大小二姑情。帝子苍梧听不见,观天下,九嶷声。衡阳落雁有闻名。千年千不尽,一字一人生。

8. 张昇 宋史作张升,宰辅表作张昇。

满江红

事事人人,利利名名,荣荣辱辱,烦恼虔。朝朝暮暮,风风雨雨。步步长亭长不住,行行止止行行去。有笙歌,也有诗词,生生悟。知今古,应不误。来去问,功勋故。以东风润泽,以春秋度日月江山,成社稷,来来去去千条路。这人间,只要有心思,天天步。

9. 离亭燕

不见何时何候,日月江河如昼。万

里山川依然是,一带风光如旧。花草自枯荣,薄了吴姬衣袖。去了南朝豆蔻,留下人间锦秀。不在渔樵闲话里,却有鹅池肥瘦。自古一诗词,盛典农夫一豆。

10. 许衷情 古今诗

残光未尽泪长痕,以短见乾坤。百年已得榕树,独木自成林。天下去,雁中来,一人飞,北南南北,近了南洋,近了天台。

11. 石延年

鹊桥仙 七夕词

牛郎织女,牛郎织女,半在天河两岸。人间尽是望天河,这一半,那边一半。浮云已散,浮云已散,乞巧人间都乱。牛郎织女过河桥,且约见,呼呼唤唤。

12. 燕昭君梁

一半春秋一半凉,草木两时妆。先黄后绿绿还黄,一岁里,两度黄。不知何以同先后,相似里,各牵强。秋黄一度似春黄。向枯尽,向荣量。

13. 关咏

迷仙引

春时候,柳柳杨杨,似乎如旧。汴

水运河流去贸苏杭秀。燕燕莺莺，这青梅如豆。行步步，非是非依旧。香雪梅外，有太湖云雨，花如绣。杜鹃红透，丹青笔，临桃李，有情对色梨花就。白首。已却短衣袖，不藏住，逍遥陋，，草草花花，自在无羞淡如守。云影下，云影复。拂温波，暗里相思右。情心茂，望红楼，切切琴声靓。莫凭栏，人在黄昏后。

14. 刘潜

六州歌头　项羽庙

江东才俊，刘项不书生，一坑外，秦皇朝，几精英。世人兵。束带非难事，未央去，乌江水，群雄起，李斯名。六融纵横先后，鸿沟岸，垓下分明。不封天下路，泾渭几枯荣，二世天惊。楚歌声，有张良策，萧何辅，这韩信，载难平。鸿门宴，沛公醒，去车行。见输赢。帐下虞姬舞，这红剑断吴情。曾记取，低檐下，誓先盟。谁见江山如此，张仪楚，挥斩长鲸。遣彭门战斗，感叹一长城，汴水相倾。

15. 水调歌头

明月汉秦年，立志筑长城。居庸嘉峪关上，今古作精英。万里西风归去，足以朝朝暮暮。高处有枯荣。内外是非界，人字一和平。运河水，南北色，女儿声。不应有问，商贾奇货可居营。人有巫山云雨，国以方圆来去，以此建忆情。咫尺人心里，田亩自耕耘。

16. 李冠

蝶恋花

过了清明寒食后，一片黄花，杏李桃花秀，暗自成蹊分左右，来来去去还依旧。最是樱桃成问豆蔻。唱了阳春，白雪当然候。未了高山流水守，长长短短摇摇红袖。

17. 六州歌头　骊山

骊山百里，回望故京都。何来去，温汤处，有念奴，有鹧鸪，也有开元暮，到天宝，方珠顾，疑是误，真妃妒，有民呼。千尺沐泉，新浴多云雨。非屠苏。有芙蓉，无朝暮，雍政荒芜。忘了江湖，运河枢。渭伊梁石，甘氏故，安子误。一声胡。南北度，三军住，马嵬孤，帝王夫。幸蜀三春祚。已分付，命名殊，难自护，同声惧，作飞凫。曾是水中芙蓉，如今是，作了江湖。这唐家社稷，今古问前途，十斛珍珠。

18. 鹧鸪天

戊戌一带一路

一带方圆一路长，三江四海五洲乡。中华自多儿女，世界同雕共济梁。今古事，好儿郎。园区共建共炎凉。英雄远近和平约，自在东西在强。

19. 六州歌头

伊梁石渭，甘氏六州头。西行路，阳关暮，数春秋。风云流。未斩楼兰顾，敦煌去，交河步。飞将故，沙鸣赋。望移丘，丘散漠舟，来去骆驼渡。见了沉浮。汉胡乌孙女，听取帝王侯。不见神州，是神州。有花无主，多情绪。曾泽水，已无谋，飞落羽，明月宇，几人休。有蜃楼，海市惊天鼓。不归去，已难收。功盖主，成今古，望丝绸。因此可成商路，黄金缕。各有需求。以人间彼此贫富逐良酬。济济环球。

20. 蝶恋花　佳人

一树梨花春渐暮，落满全身，处处成云雨。草弱花娇行止顾，香云目秀双波顾。有色方明千百度，了了相思，半向桃花许。结子当然心上住，乾坤只有情分付。

21. 千秋万岁

杏花好，只在春风院。半似秋千，东墙面。把娇红，过了桃花艳，以心心学得飞飞燕。香四散，风中笑，三两片。欲绽全开由子见，结子由衷蜂蝶恋，人间应是貂蝉媛。半天真，一半加红粉，分明只由书生羡。千百度，去来去，群芳遍。

22. 谢绛

菩萨蛮　咏月

人心自古人心主，相思已是相思苦。眉目已知如，胸怀常史书。巡视知落羽，注目成今古。远近帝王居，阴晴天日初。

23. 夜行船　别情

一树梨花如雪，半岁月，烛光明灭。川川山水水川，不寻思，似舍如别。

今夜身心相合结，深深里，多云雨，也多言说。隔日桃花色落，意应留，此情难缺。

24. 许衷情　宫怨

春风不锁女儿羞，已上柳枝头。梅花素，玉兰白，小杏过了红楼。梨一树，李三州。半梁州，石伊甘氏，见了胡姬，一共风流。

25. 宋祁

浪淘沙近

第一人路，弟兄何语，同朝进士韵华度。到如今，大小宋号家户已数。书生自是知朝暮，历人间苦。春花秋月凭时许，不衔泥，第十豫章人主。

26. 蝶恋花　古今诗

一架葡萄珠似玉，井外中秋，半壁乡家绿。北面三间房正录，东西两面仓梁属。已见婵娟媛女旭，大学京都，误了人情续。得以平生诗句促，重来故土寻知属。

27. 玉楼春

去去来来人间路，止止行行先后步。已是平生欢乐少，千金一笑肯分付。已是黄昏今古去，无言夕照向高树。巫山云雨谁风流，只恐被伊索心许。

28. 蝶恋花　古今诗

一了平生三万日，十万诗词。见得人生秩。仄仄平平律，音音韵韵皆应密。曲调声声杨柳毕，赋遍江山，足迹千年笔。角羽宫商徵筚篥，人人一一飞难逸。

29. 鹧鸪天　古今诗

处处阴晴半雨风，悠悠风月一长空。心中自主灵犀在，一点人生一点通。经日月，数童翁。天天日日尽穷究。诗词三万千千首，止止行行始不终。

30. 好事近

醒了玉兰花，已是绿扬红若。处处杜鹃放暖，有群芳相约，人间已是满香涯，平平一沟壑。只见一庭明月，唤起三更鹊。

31. 尹洙

水调歌头　和苏子美

百顷江湖水，万里一长城。秦秦汉汉来去，彼此作生平。不可乘风归路，记取民间天下，世上作枯荣。汴水隋炀柳，月色有荷平。经纶继，乾坤朗，有阴晴。山山水水朝暮处处寄声鸣。但有婵娟与共，缺缺圆圆相继，缺了又圆明。但以人长久，仰俯举红缨。

32. 梅尧臣

苏幕遮

泗淮明，杨柳晓。汴水隋炀，一路苏杭鸟。落尽梨花春已少，满了荷花，片片云烟缈。有生生，无了了，出水芙蓉，玉立婷婷娇，傲首莲蓬心尚小，近在天堂，远在晴波淼。

33. 玉楼春

拂水飞来飞去燕，入得荷塘荷叶甸。风流风花雪月见，采女莲中着了面。

花艳有根成白藕，沐后比相同方便。黄昏无限是黄昏，近是良宵远是恋。

34. 莫打鸭

莫打鸭，打鸭惊鸳鸯，宣州官伎鞭笞去，却有杭州善丽肠。有声江南独形妙，丽华情中几短长。

35. 叶清臣

江南好

江南有云造化雨，丞相谏议治疏顽，赢取一天闲。

36. 贺圣朝　留别

风轻雨细留春住，花来花还去，朝朝暮暮几分红，一碧千荣处。长亭离别，前程几许？且多诗多赋，丁香来了牡丹续，行行路。

37. 吴感

折红梅

有高山流水，有阳春白雪，梅花三弄。春消息，是香雪海，浮红一枝千凤。求凤箫曲，弄玉去，秦楼惊梦。穆公别与，一种风情，女儿儿女声，请君知瓮。群群众众，一花一枝夭，六瓣成贡。且收取，均分八瓣，独傲独芳由衷。凭何解冻，寒处处，心中无控。以心求取，含纳初心，知有冬寒送，有冬寒送。

38. 文彦伯

映山红

蜀杜宇，晋汾水，平章军国是潞公。

39. 欧阳修

西湖念语　人月圆

西湖百里隋炀柳，千古一钱塘。富春江山杭州，六合天下平章。清风明月，闲人信步，不是沧桑。江山确是，人间冷暖，作了天堂。

40. 采桑子

三潭印月三潭月，一水平平，一水平平，只在婵娟窄窄明。闻莺柳浪闻莺岸，隐隐歌声隐隐歌声，小小余音小小情。

41. 又

斜阳夕照黄昏色，满了西湖，满了西湖，上了苏堤下了吴。波明柳暗天光住，管管弦弦，笑容管弦弦，问了婵娟问玉壶。

42. 又

行舟已见行云见，一月弦弦，半月弦弦，一半寒宫一半圆。明明白白知圆缺，误了婵娟，莫误婵娟，去去来来总不全。

43. 又

群芳去了西湖在，枫叶方红。最是霜红。一缕斜阳一始终，年年不尽年年去，半在江东，一在江东，昨日今天明日中。

44. 又

西湖远近钱塘岸，山也微微，水孔微箫曲弄玉，一水茫茫白鹭飞。莼鲈八月江东味，虾也肥肥，蟹也肥肥，一半思乡一半归。

45. 又

西湖自是钱塘水，自富春江，是富春江，半国江东半国邦。书生乞火清明后，入了纱窗。望了纱窗。学了书香学立桩。

46. 又

荷花一片芙蓉色，远了清香。近了清香，结子莲蓬碧玉杨。余红采女温温水，来也无藏，去也无藏，认得牛郎一半鸯。

47. 又

梅妻鹤子林和靖，与白堤联，与白堤联，保俶晴空塔影悬。钱塘水色升三尺，八月潮天，八月潮天。居易观笺一寸迁。

48. 又

阴晴一半西湖色，阴也方明，晴也方明，六部桥边采女情。芙蓉粉瓣莲蓬子，自在心生，自在心生，向了人间向了荣。

49. 又

西湖远近知灵隐，暮鼓晨钟。暮鼓晨钟，咫尺心中有主从。如来指点观音座，天也容容，地也容容，如此人生如此宗。

50. 又　古今诗

西泠印社诗词故，入了如今，出了如今，改革文文字字音。佩文成了康熙韵，也有诗音，也有词音。白话方成简化寻。

51. 又

百年白话今人近，格律无成，音韵无成，似是还非半不明。唐诗古古今今句，有了平平，无了平平，简化文明简化情。

52. 又

平平仄仄诗词句，字字精精，对对精精，古古今今也俗成。当前是非非字，误了其情，丢了其情，个别音音韵韵更。

53. 朝中措　古今诗

诗词一半上长空，日月自西东。七十年中杨柳，去来朝暮由衷。诗词太守十三万首，四品郎中。止止行行如此，年年岁岁诗翁。

54. 长相思

朝思量，暮思量，一半相思一半量，幽幽欲断肠。杜鹃香，牡丹香，百草花园百草堂，情情似柳杨。

55. 又

丁香花，芍药花，入了心中入了家，刘郎自发芽。一朝霞，半晚霞，不误人间日月华，萧娘作馆娃。

56. 又

一花枝，半花枝，一半花枝一半思。春风自不迟。草草时，花花时，草草花花各自知，痴心不可持。

57. 许衷情　眉意

秦砖汉瓦一层霜，镜里着梅妆，阳春白雪红面，柳叶眉长长。成旧事，忆留芳，有余香。已藏心里，慢慢思量，慢慢思量。

58. 踏莎行

白雪阳春，阳春白雪，梅花三弄梅花节。香香散散又情情，今明昨日春情别。缺缺圆圆，圆圆缺缺，婵娟只以弦弦咽。明明隐隐笑还颦，人生只是情难绝。

59. 又

陌陌春分，春分陌陌，花花一半含苍白。天光四野已光荣，青青碧碧丝绸帛。脉脉含情，含情脉脉。春秋五霸春秋册。虞姬别了立乌江，英雄俱是英雄客。

60. 望江南

江南月，形影泊中央，心似婵娟身玉树。寒宫深处有寒香。西子共轻狂。堤外色，水上半烟光。不与轻风吹夜静，只随花絮落东墙，长待着新妆。

61. 减字木兰花

人生独好，天若有情天亦老。日月阴晴，草木枯荣朝暮萌。年年晚晚，夜夜诗词无了了。十万千千，缺缺圆圆上下弦。

62. 又

圆圆缺缺，上下弦弦形影别。一问婵娟，再问婵娟久不情。寒宫玉树，不见吴刚朝是暮。已见清明，又见清明是不平。

63. 又

梁州西去，不斩楼兰应自主。一路平生，一目前程不是名。交河日暮，

已是人间人是路。半自枯荣，半自行行止止情。

64. 又

朝朝暮暮，去去来来行不住。下了东吴，下了淞湖下五。云云雨雨，已见巫山巫水路。问得江都，问得隋炀问得儒。

65. 又

梨园处处，处处梨园天下路。社稷江山，是是非非皆已闲，君臣史许，帝帝王王民不主。换了天颜，未换黄河九曲湾。

66. 生查子

黄昏有约时，月色无情候。欲欲又羞羞，只待人声后。寒宫不见人，独自藏红袖。小心是潘郎，悄悄萧娘守。

67. 又

三千弟子情，十二峰中路。一水半山明，九派三生住。巫山峡口云，白帝芭蕉雨。宋玉赋襄王，只在瑶姬处。

68. 清商怨

前朝留下都是怨，历史应不远。过了明清，农夫千千万。中华民国立宪，共和是，人心意愿。岁岁年年，时时求贡献。

69. 阮郎归

箫娘心里阮郎归，浮云日日飞。暮朝朝暮一情扉，雨中一翠微。云处处，雨霏霏。春芳半开衣。湘灵鼓瑟二

妃依，床空自影稀。

70. 又

花花草草自菲菲，云云雨雨归。独孤孤独可依依，人情一是非。天下路，日明妃，相思日日闻。黄粱梦里尽春晖，衡阳雁不飞。

71. 蝶恋花

喜鹊枝头登不去，已是春来，白雪阳春处。唤起群芳千百度，声声不尽声声住。十里长亭长短路，止止行行，不计何朝暮。近了君王君子赋，中中上下中中步。

72. 又

雁过衡阳青海岸，问玉门关，只是梁州半。竹泪苍梧云雨散，二妃鼓瑟湘灵叹。一字排空飞不断，北北南南，俱是声声唤。玉宇人人人可看，长江流域黄河畔。

73. 又

白雪红梅春几许，有了桃蕾，有了寻芳女。喜鹊登枝多少语，声声不住声声去。雨雨云云何去处，入得人心，入得青青序。莫以纤纤花草与，楚腰束带衷情侣。

74. 又

有了沉云当有雨，且问箫娘，湿了黄金缕。草草花花都自主。园园滴滴珍珠舞。眼下当然波浪鼓，似得江湖，束带宽宽辅，白皙身姿从不睹，此时不顾由今古。

75. 又

一片梅花香雪海，一半崔嵬。已见落花彩。自是芙蓉难主宰，三军去后明皇悔。记取华清温水客，处处春情，处处由衷白。见了洞庭山上陌，姑苏有了胡姬借。

76. 又

幸蜀成都何不见，有雨霖铃，未了声声断，记取胡旋胡不散，明皇上了长生殿。别是芙蓉温水岸。白净身姿，楚婷婷面。再以华清谁问燕，长城汴水都飞遍。

77. 又　自度曲

老老诗翁从小小，路路桥桥，七十平生晓。步步人情行未了，辽东不尽南洋岛。路上桥中人自好。四品郎中，一半中庸道，上下相平诗词早，花花世界花花草。

78. 又

一路登山谁共坐？上了嫦娥，又有云云朵。下了寒宫何不锁，吴刚玉树何时可？天女散花因不果。只是人间，莫以江东左。世上身名分你我，江湖一诺知荆轲。

79. 又

水上芙蓉根是藕，内有丝丝，采女红酥手。叶叶荷荷藏似柳，衣裳却了羞羞口。扶了小舟沉了首，见了波波，忘了郎知否。夕照西阳净身后，黄昏悄悄偷偷走。

80. 又

小杏桃花红了算，汴水钱塘，已是香香岸。不尽天堂吴越涣。杨杨柳柳，红莲半。见了江南花不乱，也在春秋，也在阴晴断。十八女儿玉腕，箫娘载了潘郎汉。

81. 又

八月潮头何进退，一线潮头，一线平生昧。已是秋风秋向背，诗词不尽英雄轰。以水扬扬天下佩，作得云天，落五珍珠碎。自古江山兴也废，天涯海角离南北。

82. 又

到了临安南北顾，忘了江都。汴水隋炀路。筑了和平城应不许，秦皇汉武封疆去。富了苏杭天下赋，柳柳杨杨，也有红莲处。好遍江南江北雾，温温雅雅谁分付。

83. 又

小女依栏何所想，似见相思，似是春情涨。昨夜春云春雨爽，人生梦里平身仰。一只啼莺轻也郎，却寄声声，柳柳杨杨向。已有儿郎三也两，无寒有暖心生慌。

84. 又

一半春心容不下，绿了芭蕉，白了丁香嫁，红了杜鹃桃李乍，梅花唤起群芳谢。一半多情造化，意马心猿，且向刘郎讶。已作风流从日夜，君今见我未惊诧。

85. 又

不到清明寒食近，禁火绵山，处处书生问，一片花黄都是韵，姑苏百里春芳杏。已是青团青草酝，绿遍江南，都是桃花运。柳柳杨杨吴越郡，朝朝暮暮波波汶。

86. 又

绿了江南杨柳岸，绿了青莲绿了江湖畔，绿了洞庭山草乱，在香雪海中兴叹。不是梅花轻易换，不是桃花，不是梨花散，不是风流都不断，太湖百里间观看。

87. 又

踏遍西湖春已少，百里杭州，处处闻啼鸟。柳浪闻莺莺不晓，三潭印月波波淼。半在山庄知小小，半在清明，已是相思都不了，人心得寒宫藐。

88. 渔家傲

一路秋风秋一路，三生故道三生步。待到黄花黄处处，来去故，如来度过观音度。万里山河山不语，千年日月千年树。只有英雄常自主。何分付，方方面面人心妒。

89. 又

且趁梅花先一笑，苍梧竹泪湘妃庙。百里江湖江水妙，轻声啸，留心世上渔家傲。渭水直沟曾不钓，荒村鼓案应无要。直是文王形影吊，周武召，人间草木何难料。

90. 又　与赵康靖公

一世英雄英已政，三生日月天性。

四纪才名才子命，千古敬。身心举止当朝镜。白首 归来归不定，百家草木百家姓。构厦朝廷唐六典，君子竞，平生定册功成圣。

91. 又

渭水流中波已早，长安市里人先老。佛佛儒儒还道道，谁 为好？天高日月多花草。暮暮朝朝曾不少，来来去去应不了。苦苦辛辛何了了，成败晓，工工业业精精昭。

92. 又

柳叶招摇先后住，流莺上下秋千顾。二月踏青须跬步，花草处，新新色色萌萌许。一有春情春自主，温温 暖暖波波绪，只向晴空飞落误，都已付，惊惊不止郎郎故。

93. 又

妾栖钱塘苏小小，杭州曲遍姑苏晓。短 短衣衫身窈窕，姿态袅，双波左右千沙淼。白皙吴腰声杳杳，歌歌舞舞情情表，白雪阳春情不了。听飞鸟，藏私处处知多少。

94. 又

未了心平还俯仰，流莺落到落到秋千上。本 是春心情欲涨，无方向，芳园狭狭心心广。一片荷塘莲叶敞，珍珠露水明明荡，欲止还流泱泱泱，明色朗，多情如此随心想。

95. 又

叶有珍珠花有露，茫茫水色茫茫雾。一片青莲花带雨，谁分付，芙蓉出水婷婷度。作了荷蓬多 结子，夫夫不见妻妻故。入了春秋都是赋，鸳鸯暮，深深浅浅相如许。

96. 又

一片荷花佳丽丽，红红白白云烟雾。玉立婷婷初水际，成 势计，清清净净藏香泥。只有心中中含蕊髻，丝丝未了蓬蓬第。远近渺渺相互济。相互济，来来去去年年继。

97. 又

十里莲蓬花月下，人 间已是从春夏。水水云云多造化都已嫁。心中结子有无暇？一半人情谁不挂，扬扬碧首弯弯亚。叶叶浮浮圆缺罢。情丝谢，人间自此收庄稼。

98. 又

碧碧池光波漫漫，尖尖小脚荷荷冠，欲展园园成天畔，云不断，云云雨雨江南岸。叶叶园园成一片，萍萍芷芷还分散。昨天风声应未断，春已半，随心所欲足青看。

99. 又

一叶园园三尺匿，荷间采女无消息，见了牛郎方入侧，何无力，衣衫去了成空色。半是含情情脉脉，三生已是青春织。彼此如知如此得，应记忆，黄昏过后嫦娥臆。

100. 又 七夕

采女荷间初出手，芙蓉白白如莲藕。水水温温菱纠纠，方惊首。衣衫湿了胡姬柳。夕照乘机重 沐浴，含羞换了衣衫走。不上小船云作友，黄昏后，虚窥左右谁知否？

101. 又

已是开元天宝院，谁人不管长生殿。七夕人间人不便，飞去燕，明皇不作金銮宴。去去来来都是叹，应知草木枯荣茜。不必江山称帝见，人相恋，平生自得东风面。

102. 又

别别离离何了断，来来去去都难断。柳柳杨杨折不断。折不断，无须是是非非断。短短长长都是断，朝朝暮暮东西断。灭灭明明天下断，天下断，情情事事人人断。

103. 又

已是黄花天下色，重阳九月重阳忆。弟弟兄兄南北城。南北城，来来去去无消息。作了书生书十地，东西日月东西极。草木枯荣平仄匿。乡国得，何须彼此何须抑。

104. 又

已是黄昏天下别，长城万里长城绝。嘉峪关前多白雪。多白雪，明皇不得千秋节。汴水隋炀杨柳色，江都富了苏杭杰。六合钱塘钱已列，钱已列，天堂已是天堂说。

105. 又

女变男儿男变女，桑田沧海云成雨。汴水苏杭成了路。成了路，东西日月分朝暮。越越吴吴吴越去，小桥碧玉天堂住，我了波侬烟雾处。烟雾处，楼船入了天堂主。

106. 又

青海衡阳南去雁，年年岁岁春秋盼。

一字排空人字幻,南北谏,声声不断形形绽。记取家乡杨柳岸,书生作了书生叹。作了私家公事断,风云散,平生误了家乡半。

107. 玉楼春　又名木兰花令　题上林后亭

人生日日年年少,天年事事飞飞高。
依依草木自依依,行行止止行行早。
官家事事官家晓,日日天天应了了。
上林花发后亭香,尽了平生人事昭。

108. 又

南朝日日当歌酒,北人 处处交朋友。
文章自束作高 人,平生跬步朝前走。
官居一品童翁叟,第一书生状元口。
我知运河长城路,柳柳杨杨何杨柳。

109. 又

西亭草木相爱好,不似珏兰花朵早。
赠衣结结献殷勤,杜鹃岁岁情不老。
忆取官场千千道,衙内良良处处 昊。
无须日月两分开,已见春风十里堡。

110. 又

花花草草西亭下,杜鹃未谢丁香晓。
经天酒暖坐情人,声声曲曲从飞鸟。
其中只破相思字,却是藏情无不娇。
阳关三叠唱难容,白雪阳春人意少。

111. 又

风花雪月何时了,玉兰茉莉知多少?
西园草草似情人,柔柔弱弱轻窈窕。
梅妆初作相思眉,却恐郎官疑不晓。
四更均精五更修,入了心身无限娇。

112. 又

春风不尽江南岸,洛阳已过黄河畔。
潼关渭水三门峡,东流直直从无断。
弯弯曲曲江河汉,浅浅深深都不算。
女娲还了愿天公,补了人间云雨散。

113. 又

临安日月杭州路,白堤六合钱塘暮,
天堂处处去来云,西湖水水多微雨。
听琴竹下多君度,问道朝中何不顾。
作官须得作农商,不误民情应作主。

114. 又

当官不作民生主,未成业绩何辅。
诗词格律韵相应,人间彼此枯荣组。
其中道破官家府,月下从容谁曲舞。
玉姬腰细作娇情,不是贫家儿女苦。

115. 又

亭 楼月下听钟鼓,老僧旧刹何今古。
飞来峰下望西湖,临安一路黄金缕。
人心咫尺由心主,跬步天涯行可数。
柳杨莲水尘江南,不误平生知韩愈。

116. 又

玉妆柳眉樱桃口,十八女儿红一酒。
会稽百里一亭,古今曲水肥瘦否?
集序重复羲之首,流畅鹅池父子手。
文人一字苦相修,九月重阳自数九。

117. 又

人生细算千千绪,世行路路天天语。
神仙不在问神仙,谁成道士谁成苴。
留君不得相思女,却恐郎中心向楚。
挽衣还妾倩人书,得了平往多少侣。

118. 又

春花去了春花路,夏莲 开了青莲暮。
花花草草寄情情,湖湖水水多云雨。
芙蓉玉立芙蓉渡,色色香香都已付。
自然来去自芳菲,不误人生何不误。

119. 又

来来去去去来去,朝朝暮暮朝朝暮。
阴晴过了又阴晴,行行止止行行路。
相思不尽成云雨,独立春秋难分付。
草花花草自芳菲,未了平生何不误。

120. 又

湘灵鼓琴苍梧晚,九嶷竹泪君山远。
江流逝水已东流,今今古古经堤堰。
江河自以春秋浅,草木常形荣朽短。
只留人后成身名,不废川波然世遗。

121. 又

梅花落了冬天过,换来细雨群芳破。
春花处处是春花,红红绿绿天天 个。
丛中小女多斯磨,簇下男儿无懒惰。
两情相悦已经心,一曲行人当约坐。

122. 又

文君帐外香如雪,相如拨弄知音切。
高山流水寄情人,梅花三弄梅花节。
阳春白雪阳春别,下里巴人下里缺。
曲终人去可当炉,认得千杯非是别。

123. 又

依依旧旧谁依旧,故人不得何时候。
老来重觅故行踪,黄昏去了黄昏后。
成成败败相思酒,意意情情心事右。
两年来往有情书,五载风光何豆蔻。

124. 又

江南暖清明酒，旗亭酒市诗人口。
书生一句斩楼兰，春风已到阳关柳。
苏杭碧玉应知否，渭水轻尘离别首。
四时分季序中原，过了交河何所有？

125. 又

梅妆柳媚眉鬓试，楚腰越色衣裙异。
阳春白雪寄情人，渔舟唱晚姑苏遂。
多娇已似 常年醉，独曲还从姿态恣。
以芳还色倩心扉，误了湘灵来鼓瑟。

126. 又

鹦鹦鹉鹉知音鸟，有前有后言声晓。
无非学舌是 人情，当然不可知多少。
其中过节应相了，却恐郎心何所绕。
若还猜得约西厢，贻误喧喧迟缈缈。

127. 又

寻寻觅觅花花错，来来去去丛丛索。
沉沉落落又浮浮，云云雨雨春春约。
相思不定相诺，独处疑心独处阁。
不寻亭北玉兰香，小叶生成多叶若。

128. 又

阡阡陌陌阡阡陌，红红白白红白白。
桃花一半是梨花，梅梅雪雪香香客。
红袖短短娱娱白，不过盘门问秦伯，
五湖吴越一江苏，六渎江东千万泽。

129. 又 古今诗

人间第一诗词客，有前有后寻阡陌。
东西世界见东西，今今古古寻恩泽。
中华改革中华帛，柳柳杨杨长安脉。
自隋西域路丝绸，赋予平生多少益。

130. 又

来来去去来来去，云云雨雨云云雨。
朝朝暮暮雾烟烟，珠珠露露如何顾。
花花草草花花误，妾妾郎郎何不顾。
有情多似欲留心，有了相思有了误。

131. 又

黄昏已至南园树，白头止止行行路。
依然夕照上云天，朝朝暮暮诗词处。
人生一世千年顾，力事三生工日数。
残阳犹自满山河，记取平生多少步。

132. 又 子规

东风日月耕耘早，子规一曲农家老。
年年岁岁伴人情，啼声不住田桑藻。
天堂汴水苏杭道，却见隋炀头颅好。
欲分南北一长城，误了江南江北葆。

133. 又

长城已作朝廷路，运河自得天堂赋。
成成败败帝王家，辛辛苦苦农民度。
文文武武江山付，炭炭涂涂都不顾。
古今今古一前途，少了和平多了误。

134. 又

儿儿女女人间路，女儿获取男儿护。
三宫六院一藏娇，乌孙更把匈奴误。
民生只要和平雨，世界方明何不顾，
小桥流水造天堂，见了江南多少渡。

135. 又

芙蓉国里芙蓉女，洞庭水上洞庭絮。
飘飘落落逐东流，行行止止常应应。
根根叶叶相思去，却似书生归不与。
读书成了问前程，海角天涯何所处。

136. 渔家傲

杜宇声中看玉柳，丁香树上新芽首。
一夜风平君子手，春已友，家家共渡人人口。去去来来天下路，儿女女人生酒。短短长长衣袖芳，红酥手，多情见了多情否？

137. 又 二月

燕子飞来飞去故，梨花向了丁香树。
共与东风朝也暮，何倾许？花花草草同分付。早了梅香杨柳色，先知细草纤纤路。已见江青江水雾。鸭已住，寒波水暖知云雨。

138. 又 三月

已近清明寒食后，书生禁火书生口。
自作青团青草友。清香久，人间化成平生酒。上上秋千飞落见，杏花已过邻家柳。绿绿红红分左右，心难守，东西两面潘郎久。

139. 又 四月

叶里青梅如豆小，枇杷结果何多少？
已见洞庭山下淼，湖光晓，姑苏草木钱塘昭。日月难留香雪海，余花尽飞归鸟。老树东西山上梢，天光娆，小桥碧玉多窈窕。

140. 又 五月

五月石榴花欲暮，红红色色西施妒。
已是貂蝉裙角住，昭君素，贵妃得了明皇顾。误了人间多少女，应当记取乌孙路。自古君王颜似玉，都不误，画师成了千年故。

141. 又　六月

一片荷红应一半雾，婷婷玉玉婷婷赴。结了莲蓬多子女，根已顾，净净白白人间素。六月炎炎天气付，荷风不断涟漪暮。夕照公平应满渡，云不雨，由衷采女由衷许。

142. 又　七月

织女牛郎同七夕，河边对望多情积。乞巧应声寻锦帛，情脉脉，运河汴水天堂泽。只向瑶台王母问，人间已有天公客。本是同根同陌陌。谁相责，儿儿女女何相隔。

143. 又　八月

八月中秋明月色，红莲结子青莲力，已满莲蓬王母植。年消息，荷塘已见枯萎饰。宋玉无声应早赋，枚乘有道王朝膻。听了秋声秋两翼，天公力，江云阔阔空空域。

144. 又　九月

九月重阳霜叶暮，三秋白菊黄花雾。独傲千山千里路，人一步，江河咫尺心中流。一叶飞天飞不住，书生自是书生误，误了归根寻故圃。前行数，功名利禄何分付。

145. 又　十月

白雪阳春分岁月，冰霜雨露随年越。已入严冬春欲发，梅未歇，心中慢慢生新勃。小玉成芽先不语，留芳腊月浮香纥。未唤群花三弄曰，天下阙，南山草木枯荣则。

146. 又　十一月

白雪飘飘霜不敢，等闲拾得秋风柳。已是秋黄冰水岸。江南畔，寒寒冷冷常兴叹。一树梅花香一片，孤身独傲群芳唤。换了人间人举冠，都不算，阳春白雪东风半。

147. 又　十二月

岁岁春秋冬夏季，年年四象中原比。腊月梅香余彼此。飞落鸫。东风已带和两咫。自是冬中春已立，桃桃李李藏蕾蕊。雨水相邻清谷枳，寒食否，书生八卦新行止。

148. 又　一月

雨水东风初已见，惊春少女情颜面。爆竹声声辞旧宴，庭庭院。人人换了新衣羡。腊末冬梅香逐缱，群芳涌动何所恋。飞去雁。长安可问长生殿。

149. 又　二月

遍地黄花已遍，江南菜籽江淮见。汴水钱塘西子倩。佳人面。红红白白人人恋，水水山山都已变，花花草草香香甸。去去来来飞了燕，繁也衍。平平日日上和和变。

150. 又　三月

一半姑苏香雪海，洞庭山下多颜彩。见得东西山上改，红主宰，香香漫漫人人怠。桃李成蹊梨杏色，人间乱了人间载。果果因因已在，何相待，梅花八瓣应无蕾。

151. 又　四月

晚了蚕桑春茧早，吴门叶叶江村好。听得声声蚕宝宝，同里好，江南处处人情老。尽了相思丝了尽，平生自缚无终了。彼此心中多少绕，谁知晓，朝朝暮暮寻飞鸟。

152. 又　五月

五月薰风荷有信，园园碧碧多才俊。已有芙蓉藏内润，多相衬，芙蓉出水芙蓉阵。司马空城空不问，英雄对决英雄刃。诸葛弹琴声里认，兵家慎，精英彼此时相各。

153. 又　六月

带雨荷花云里听，芙蓉不定鹅毛定。一片香风多应应。知大乘。如来指示观音径。池水红莲超彼岸，人生普渡人生宁。自以心径心可证，空色磬，何时睡去何时醒。

154. 又　七月

出不芙蓉腰细细，临风不语情情丽。白白红红颜色际。惊上帝。人间乞巧思才艺。自己明霞天地界，莲蓬已有春秋系。自向空中风雨济，云水赑，池塘一片高门第。

155. 又　八月

八月阳澄巴解庙，秋风蟹脚谁人料。一半昆山情不要，谁大笑，横虫火里红红妙。第一人前先吃道，留名自是谁知道。远近天兵天所克，从此见，芳香扑鼻多讥诮。

156. 又　九月

采了茱萸情如草，分分别别离离扰。九月秋风秋叶少。归根少。生来自以随风倒。见得吴娘知彼此，人间一道沧桑了。水陆盘门应锁早。吴音太湖岸上姑苏鸟。

157. 又 十月

一曲胡笳胡笛怨，人情生了千千万。不似吴姬多少绻，强悍里，波波目目人心愿。牧草阴山天水岸，枯荣已尽黄河堰。汴水长城谁所建？何人献，天堂由了隋炀冀。

158. 又 十一月

玉律黄钟成暮鼓，宫商起落知音辅。有水生冰冰未羽，当户苦。江南只是寒无主。北北南南通汴水，春春夏夏秋秋浦。有了风云常有雨。何今古，寒寒冷冷谁人数。

159. 又 十二月

滴水成冰冰不去，凝云作雾凝寒处。谢女吟诗吟雪絮。杨柳与，瑶林玉树霜城箸。腊月梅花香满路，含霜带雨已成澎。已是心中心所主，群芳故，东风已备春光许。

160. 南歌子

独坐横塘岸，观鱼不读书，船姑十六弄云舒。乱了波纹天上女儿居。不散双波近，无声两目余。书生是否是相如，有了知音有了是当初。

161. 御街行

非花非雾非来去，云淡淡，轻轻雨。相倾相合作阴晴，只似杨花柳絮。晓阳初上，落烟成露，绒绒黄金缕。分分辨辨西池树，来去依依附。竹丛深处狡狐住，应此可情如许。沉香余意，似痴如醉，离别倾心付。

162. 桃源忆故人 又名《虞美人影》

何人一曲《钗头凤》《下里巴人》一梦。去去来来送送，莫以羞羞矗矗。无端止步，轻轻动，相依一番由衷。隔此见无与众，再以《梅花弄》。

163. 又

梅花落尽桃花暮，小杏过墙独住。雨雨云云处处，遇了相思树。合欢小叶含羞付，只可微微倾许。结子心心相顾，且以风云度。

164. 临江仙

雨雨云云荷叶见，船娘侧了船舷，莲塘去处满青莲。舱中炉火小，暖手不须眠。不问纵横何自在，难留滴水心田。刘郎不在女儿边。悠悠多少意，处处付香烟。

165. 又

暮暮朝朝行远近，小桥流水人家。长安不忘曲江花。书生书不上，事主事官衙。已是人生人不主，天涯海角天涯。诗词老来做窗纱。相观相互隔，一透一中华。

166. 圣无忧 古今诗

蜀道难行剑，今生别路虚。词诗格律人如此，规规矩矩如。唯有前行无止，天天积累当初。公公己己都相互，著得万年书。

167. 浪淘沙

五米腊梅红，一半东风。人间一半着芳丛。未见春莺啼几句，已见飞鸿。紫气未央宫，日色西东，今今古古作英雄。不忘春秋秦汉治，海阔天空。

168. 又

楚水楚云霄，柳柳条条。深宫处处细腰腰。已是丰腴杨貌女，改了逍遥。历代女儿娇，罢了鲛绡，西施作了勾践朝。未误夫差娃馆舞，隐隐昭昭。

169. 又

何处望长安，渭水波澜。骊山只在半云端。记取开元天宝路，幸蜀千难。未带一群官，独去皇冠。霖铃驿里客清寒。不见贵妃思不见，忘了金銮。

170. 又

万事苦绵绵，旧约前缘。长生殿上一新欢，不在骊山生死问，作了神仙。隔了一云烟，误了心田。华清池水旧温泉。未与人间人与未，作了源泉。

171. 又

来去见江楼，来去江流。年年岁岁是春秋，止止行行多少路，白了人头。逝水轻舟，何以重求。成成就就以心谋。只有诗词同日月，老可丰收。

172. 定风波

一曲阳春白雪歌，梅花三弄过黄河，自以隋炀运河口杨柳。以云成雨绿婆娑。目断飞鸿留不住，已去，三湘草木玉门多。万里长城应不忘，已是图穷，百计一荆轲。

173. 又 古今诗

七步行吟七步诗，一生格律一生时。韵韵音音何独主，群主。有工无陋是真知。意意情情心不尽，不尽，人人事事比兴辞。拟把众声群口纪，向了云天，向了少年思。

174. 又

一度年华半鼓钟，半生明月半生从。学得文章留来去，朝暮，以元还白问谁封。只在琵琶江上叹，兴叹，山山水水隐如容。见历读书终学路，远了云天，近了问行踪。

175. 又

字字诗词句句工，比兴吟对自严同。格律音声平仄韵，文训，有无私塾曲师同。古古今今诗已见，已见，童童一似半翁翁。只把宽严分日月，合了则明，不合不行空。

176. 又

庾信楼中一仄平，水平平水半音盟。百计应分谁鉴定，定性，佩文诗韵康熙城。三十平声音韵部，仄部，何多七十八部衡。一再向诗词，此事已难成。

177. 又

世上人间处处春，草花花草简繁邻。百计留芳留不住，何去。去来来去雨云新。一路平生平仄见，未见，山山水水隐天津。只把未央宫不建，二世难成，不止一红尘。

178. 又

草草花花自不情，去来来去是枯荣。莫以多心自付，分付，暮朝朝暮有阴晴。岁岁年年开又落，相约，开开落落岁年生。总把异同当过去，异异同同，误了白头翁。

179. 蓦山溪

恩恩怨怨，事事人人叹。只是读书生，去来去、琅玕汗漫。运河汴水，秦汉一长城，分南北，又南北，作了隋炀岸。杨杨柳柳，处处都相见。绿了这江南，问单于、昭君河瀚。琵琶曲里，也是在人间，青云上，白云中，不必低头看。

180. 浣溪沙

一半人生一半家，三千弟子五千花。窗纱隐约作乌纱。九品三台何品第，一人之下万人华，精英之外自桑麻。

181. 又 古今诗

一路人生两路成，为公完了尚私荣。诗词日月自耘耕。日日坚持衡久续，年年岁岁老精英，朝朝暮暮有吟声。

182. 又

三月花明草亦明，秋千落下有新声。衣衫素手望心情。顾了裙边红白露，羞容反是水波清，天留玉影女留英。

183. 又

竹叶青青竹叶青，形形影影形形。泾泾渭渭泾泾。泪泪斑斑谁鼓瑟，灵灵自在自灵灵。星星火火几星星。

184. 又

小杏温泉煮酒香，佳人已着薄衣裳。红红白白惹心妆。一曲梅花三弄后，情情绪绪久低扬，当然欲醉欲衷肠。

185. 又

一半风流一半情，三生草木一生荣。千年归事五湖平。汴水隋炀杨柳岸，楼船沿路见精英。江都处处有莺鸣。

186. 又

远近江湖大小船，姑苏碧玉小桥边。江村玉带运河前。手采阡桑同里岸，蚕声陌许过吴烟。丝丝挂挂雨云田。

187. 又

一曲阳春一曲香，三吴越女半家乡。东厢不语到西厢。伯伯侬侬你不主，云云雨雨细思量，休回两眼断人肠。

188. 又

百岁人生一步行，千年万里半书生。来来去去几枯荣。止止行行不尽，朝朝暮暮自耕耘，明明日日有阴晴。

189. 御带花

人生朝暮行行路，草木年岁来去？一灯明灭，半月弦弦度。缺圆无数。败败成成，几荣辱，辛辛苦苦。隋堤柳，长城磊石，谁问五侯妒。阴阴晴晴步步，也后后先先，不以分付，向前无了也柳柳杨杨，故如如故，陌陌阡阡，早向晓，暮同书厝。一载一江山，何必问，易知何处。

190. 鹤冲天

梅已谢，柳方明。香色满皇城。杏花桃李各衷情。香雪海中荣。天无尽，人无尽。来去去来无信。少年持酒女儿红，千万莫匆匆。

191. 夜行船

八百里秦川路，一汗血，穆公朝暮。伊川山水洛川花，细思量，旧曲新赋。

弄玉箫声吟凤语,秦楼上,凤凰如数。老琰重温儿女处,各自是,自行自去。

192. 又

少小横横纵纵,十载后,有谁同共。秦川山水洛阳花,八百里,历历如梦。今古精英何所重,天山下,大河冲动。曲曲弯弯东流去,到潼关,渭泾相送。

193. 洛阳春

红红绿绿黄鹂语,玉人多情绪。一边相思一边去,几处风云雨。柳杨时节多轻絮,见了萧郎处。花花草草都春归,有来处,无去处。

194. 雨中花

古古今今行路,都都野野下雨。送了离人,花残夕暮。又是东君去。柳柳杨杨隋堤渡。多少运河树。浦口泽江南,佳人水岸,只作群芳妒。

195. 越溪春　古今诗

二月初三生我日,天下尽黄花。越吴不尽南洋去,世界观,逾越天涯。修子东方,西方再读,临了人家。停停止止双车。来去浪淘沙。与时同进格律平仄,诗词挂满桑麻。朝暮去来都不误,桃李共中华。

196. 贺圣朝影

白雪阳春三两声,一春情。高山流水杨柳鸣,水清清。下里巴人阳关叠,玉门横。楼兰不斩交河平,作人生。

197. 洞天春

杨杨柳柳朝暮,草草花花一路。露露珠珠作云雨,不如夫妻误。群芳

无谓处处,鸟鸟啼啼有数。叶叶垂垂是何故?有春心谁顾?

198. 忆汉月

谁见汉宫知晓,月缺还圆无了。画师知道是谁娇,蜀女这边唯好。昭君从此去,留恋是,故乡人少,琵琶声里不成归,对玉宇,由人老。

199. 清平乐

东风不早,只见梅花好。踏遍江南人不老,蕙蕙兰兰草。杨杨柳柳条条,黄黄绿绿分娇。最是儿儿女女,新衣追逐新潮。

200. 凉州令　东堂石榴

小叶层层密,细细纷纷云逸。红花碧玉已殷殷,喇叭口里,一展去去律。羞羞隐隐窥芜溢,不恐芳容失。有无零落春晚,云云雨雨轻轻毕。一半瞳瞳日,丛丛彼藏娇如乙。宫宫分隔已封封,情情脉脉,子子安排实。人间只以春秋匹,当把佳期秩。成心处处依旧,今年自是明年质。

201. 南乡子

雨点问荷平,不必翻翻自在荣。只作珍珠流止见,行行欲去还来是未明。水国水相倾,一半芙蓉一半情。最是风流云雨色,萌萌。有道无声有玉英。

202. 又

雨后一斜阳,半上东山半下塘。自是荷花红艳艳,芳芳。半在身姿半在妆。水国小姑娘,采了莲蓬采了香。

未熟先尝天下快,莺莺。忘了鸳鸯已在泱。

203. 鹊桥仙

鹊桥两岸,银河两岸,织女牛郎未见。人间乞巧是人间,俯仰望,兴兴叹。心中不断,神中不断,古古今今太难。多情已是自多情,日月里,逢逢散散。

204. 圣无忧

夕阳下,暮云羞。黄昏已满青楼。烟水茫茫无影,无知是春秋。荷露成珠留下,行行止止还流。多少园园离别,情杳杳,意悠悠。

205. 摸鱼儿

问去来,何朝朝暮暮,不尽这长长路。有短亭,还有长亭续,更有玉门关步。应远顾。但人事寂寂,寞寞谁无主。倚栏依树,这燕子春秋,一飞一住,北北南南度。天分付,岁岁年年早晚,衡阳青海无误。以乡家何论,多情示了多情许。是非是,一鸟一飞寻,不以巢穴附。佳期过尽,父母已无须,多应忘了,家乡去皆故。

206. 少年游

佳人一笑值千金,当入少年心。几回欲约,余情香暖,好事知音。风花雪月同情在,云杳杳,雨沉沉。应以烟波,草花花草,两处一衣襟。

207. 又

红红白白一天光,杨柳荔枝香。贵妃倚枕,芙蓉颜色,只在帝王床。如今幸蜀霖铃雨,天下去,独明

皇。孤道蚕丛，这长生殿，处处几炎凉。

208. 又

芙蓉树叶去年枝，春日几时迟。柳杨处处，东风吹暖，万里自新知。山山水水人人司，花万秀，草千姿，当是荣荣，日风云雨，岁岁有相思。

209. 鹧鸪天

半在霓裳半在香，芙蓉水出玉晖光。倾城一笑还倾国，不信骊山已断肠。天下路，去来长。胡旋羯鼓不相当。安安史史惊天下，虢国夫人误着妆。

210. 千秋岁

一西西去，不在长城内。楼兰未斩交河背。英雄何进退，去去来来悖。到如今，苍梧竹泪湘灵对。立语当然轰，剑剑书书配，魂欲断情难碎。衡阳青海雁，未以家乡载。飞一字，人人仰望人人佩。

211. 又

有云无雨，隐约天空。儿儿女女无虚设。风流风不住，雪月多情歇。如今，人情冷暖人心切。已是春分雨，又是寒霜雪。年岁里，思难绝，黄粱都梦得，更与何人说。当见月，圆圆缺缺情多离别。

212. 醉蓬莱

叹人生一梦，今古千年。岁何重九。庾岭归来，菊花重阳首。太ови文章，格律音韵，古古今今守。岁岁登高，年年白发，物华依旧。社稷江山日月，处处重采荣黄，这情如酒。何以相思，

北北南南柳。相似无同，各以山水，事事人人口。会以童翁，去来来去，可知知否？

213. 于飞乐

一月应天，缺还圆，作婵娟。轻轻度，宇空船。有千姿，当万态，似玉花妍。藏娇隐约，小少年，老了怀仙。每到春深萧娘兴叹，潘郎欲得香泉。过情肋，遇唇边，自是良缘。相思只在，相思意，满了心田。

214. 鼓笛慢又水龙吟 与鼓笛令无涉

秦皇已去秦淮在，留下金陵消息。前桃叶渡，后王谢岸，石头城翼。一带长江，刘邦项羽，宋明帝域。朱棣北京国，南洋七下，郑和去，风云织。须信人间杨柳，有谁家，登云称极。古今来去，朝朝暮暮，空空色色，普渡众生，如来心上，观音情臆。望前行不尽，平生步步，始终人力。

215. 看花回

举头天上明月，一半圆缺。远远风霜雨雪，已过了昆仑，天水无歇。弦弦上下，来去婵娟无了结。无赖处，不问扬州，十三桥上见奇绝。步步里，琼花似屑，玉树叶，不辜佳节。犹有箫声弄玉，挂一缕相思，不对明灭。凰凰凤凤，人在天边心暗折。穆公情，这儿女，作作如何说。

216. 蝶恋花

蝶蝶花花何不恋，过了春分，别了

东风面。太上真人天上见，明皇进了长生殿。羯鼓霓裳安安乱，误了唐家，作了人情断。不见梨园多少院，明皇只在长生殿。

217. 又

已是天元天宝绝，玉玉珍珍，误了千秋节。认了胡儿安史绝，江山社稷何明灭。有了清平声乐在，李白文章，月月当圆缺。忘了阳春非白雪，长生殿里情情切。

218. 又

一日分飞云雨后，带了相思，带了人生酒。莲子深深心上有，蓬蓬处难开口。叶叶花花红绿友，满了心中，满了清静塘藕。白白连根连白首，风流八月真知否。

219. 又

百种相思千种酒，记取香风，记取红酥手。却了罗衫成楚柳，梨花白了人间首。不见偷偷偷了否？男大当婚，女大当家母。枕上波横情左右，莲花谢了莲蓬。

220. 武陵春

来去风花同雪月，人间四时新。处处江南碧玉茵，世界一红尘。柳柳杨杨荷莲水，采茨女儿身，不问桃源洞口色，总是武陵春。

221. 梁州令

小杏墙头树，的的书生一路。佳人采手弄芳菲，花花叶叶，色色香香顾。初心只是窥私雾，只恐容颜误。有红有粉朝朝晚，清明主夏径朝暮。

一一闲庭步，半半以情私许。秋千杨柳自高低，娇娇怯怯，似以窈窕趣。黄昏有了约黄昏数。难以佳期度，芳心已是依故，春风处处有春雨。

222. 渔家傲

十二莲房初结稚，黄缨柱顶丝丝辔。蕊蕊蓬蓬藏已醉。弯未迟。荷塘日色情情恣。采女心中多少事，牛郎岸上牛未至。不可银河分两地，王母赐，人间只以人间字。

223. 又

一片荷花红绿尽，黄昏采女莲塘悯。出水芙蓉身色敏，私相引，心中有约何应允。隐隐明明穿叶去，萍萍又遂芚芚难。约在舟舱情可忍，应不蠢，人心向自人心泯。

224. 又

一半荷塘桥一半，香风已上芳菲岸。几处诗人多咏叹，红了算。莲蓬未子丝难断。十二峰中多少雨，巴山峡口风云散。此去高唐神女唤。瑶姬腕，留心玉树情心乱。

225. 又

月色荷塘荷不住，红红白白都成雾。出水芙蓉孤独立，情已住，潘郎切莫萧娘误。采了莲蓬应结子，心心意意当全付。隐隐藏藏都不顾。何不顾，情情窦窦知君住。

226. 又

采女推舟藏不住，红颜白皙荷间露。茨茨菱菱全不顾。心无主，潘郎切切私渡。此地无银三百两，由君任意由君护。待待黄昏应已暮，天暗去，有情可以多分付。

227. 一斛珠

双眉久不保，形容已是多枯槁。香肌不暖情心老，一斛珍珠不解深情好。密赠江妃花似草，上阳宫里梅妃早。绣床平铺娇无倒，懒懒慵慵，不独高枝鸟。

228. 惜芳时

一处兰台半云雨，睡不足，身心相许。人生一半人生度，常常是，以乾坤数。朝朝暮暮重分付，道："白皙，红颜不妒。"丁香结结蔷薇色，依我我，又卿卿又度。

229. 洞仙歌令

相思去，暮暮朝朝路。读了诗书上官度。一长城，一半运河江南，杨柳岸，明月荷塘如故。相思携素手，不锁双波，可见窥窥密私顾。天涯咫尺何？过了三更，孤寒被，以谁分付。辗转见，晨星已无明，又只道，流年暗中倾许。

230. 又

春分已过，杨柳东风后。天气清凉入红袖。暖心田，却是厚了衣衫，那身热，如儿女黄藤酒。湖边曾执手，细细柔柔，情在手中可知否。这传情，生怕分开，谁知道，彼此独来消受。夜夜，有星月相知，有影形，约定明天时候。

231. 鹊踏枝

独坐相思分两半，情肠已是愁难断。人字飞来衡阳岸，三声青海多兴叹。一字原来经我唤，交他耶娘，几处留书案。可叹这云雨成消散，千种寻思千金冠。

232. 品令

落叶景，西风领。自是飘飘无省。不堪闻，寻根飞天境，已知独寒凉。读学书生有幸。地南天北并。终是望归来，无知永。苦苦是，过楚郢。

233. 燕归梁

一字人人一字飞，不是回归，衡阳青海是回归。春秋节，北南飞。行行止止程程远，云淡淡，雨霏霏。菊花离去杏花归。只归是，雁门归。

234. 又

一一人人字字飞，已是回归。衡阳青海各回归。家乡远，父母微。年年岁岁分南北，谁儿女，几家违。黄花开了雪花归，不归是，一湘归。

235. 圣无忧

别别逢逢促，来来去去须叟。圆圆缺缺知明月，曲曲折折余。莫惜半量珠玉，梨花白雪云居。人生长短身难得，只在一清虚。

236. 锦香囊

一寸相思千里路，夜夜长长度。灯花里，已入黄粱，寻寻得，莫郎君误。自是居心重云雨，枕枕依依故。已交共，花草三春，终不尽，几回朝暮。

237. 系裙腰

阳春白雪一花生，云雨后，格外明。

东风来已百枯荣。杨柳绿，玉兰紫，牡丹英。女儿一步半娇行，含所欲，望偷情。凤凰何有凤凰鸣，你也在，我也在，何如行？

238. 阮郎归

含羞不语女儿情，纤腰目不平。玉胸波动雨云萌。姿身白皙明。香淡淡，色荣荣。千金步步倾。青螺画角与心荆，春莺一两声。

239. 又

年年岁岁落花时，云云雨雨知，草花花草不相迟。春莺在顶枝。知日月，惹相思，衣衫透玉肌。昨天今日又明时，何人待我迟。

240. 又

仙郎已去女儿来，花明百草台。立春春雨一云开，芳心暗自猜。朝早去，暮无回。如何不自催，依依恋恋许假假，经痴夜久陪。

241. 怨春郎

女儿家，心不定。入了春天难应，不知不觉懒身心，隐隐望仙郎，左右有人凭。一衷肠，三秉性，已是隐隐清清净。咫尺是，思思忖忖伊，谁忆如不见明镜。

242. 滴滴金　古今诗

相逢未尽行行路，不容易，有云雾。万万千千自朝暮，记时光从如数。平平仄仄音音故，佩文书，庚平顾。今古音尘便分付，格律唐人赋。

243. 卜算子

碧玉小桥边，宝带江村暮。远在姑苏近在吴，汴水多云雨。盛泽一丝绸，同里三吴故。一暮渔歌一夜许，彼此千年住。

244. 感庭秋

年年岁岁一秋春，去来来去人。草草花花处处，小女儿，窥向东邻。心知半孔半通神，隔壁读书身，了了空空色色，向太虚，净净红尘。

245. 满路花

铜台铜雀问，女儿女声明。兰堂曾夜永，满春情。风花雪月，自是一人生。江东赤壁，东风火起，暗金甲，苦连营。大军水陆百万兵，将帅已倾城。且如何，背了枯荣。关公在此，误了一身名。徐庶知诸葛，若以东风，曹公对漳情。

246. 好女儿令

楚步吴娘，姿态修长。自无声，已在花下立，隐隐遮遮约约，又衣衫薄薄，浅浅红妆。已露冰肌肤白，散得了，玉兰香。形形影影端正好，只由人在此，从头上下，细细思量。

247. 南乡子　自度曲

十八好儿男，两千年中格律坛。品汇音音何韵韵。春蚕。一半丝丝束束函。十二万诗谱。已是平生日月耽。曲赋诗词歌调句，深潭。卧虎藏龙参。

248. 又

一路一秋春，一路诗词一路人。一路耕耘自己，时珍。作了经纶作了尘。步步过天津，步步精英步步新。步步文章应记载，彬彬。十万诗词日月均。

249. 踏莎行

过了回廊，西厢别院。私情有约红娘便，形形影影到墙边，居身一跃寻常见。不要惊声，还须自便。莺莺已却红妆面，息灯月色白如练，儿儿女女随心面。

250. 又

意意难难，思思好好。何言不见多烦恼。卿卿我我自难消。相依去去来来讨。一到黄昏，当然要早。形形影影戏娘保。隔墙有耳有琴声，人心只在情中老。

251. 许衷情

吴江半入五湖潮，八月半云宵。虎丘碧玉龙井，已绿柳杨条。寒食后，露芭蕉，过江桥。女儿儿女草草花花，色里藏娇。

252. 又

巴山夜雨带情听，蜀国雨霖铃，高唐宋玉依旧，栈道草青青。神女色，玉零汀，自心灵。不如三峡，误了猿啼，得了丁宁。

253. 恨春迟

只是红梅远近，白雪里，香遍知音。色在三湘两岸，惹得相思，满了初心。十八女儿红中问，再不嫁，何以抚琴。善感多愁处处，觅觅寻寻，如何消得如今。

254. 盐角儿

衣衣已长，袖袖已短。出群超众。
如肌似玉，肤白似雪，引人思梦。
向凤凰，作凤凰。何素质，梅花三弄。
是非里，春风春雨，又有人心浮恸。

255. 又

辰妆一红，晚妆一白，超群人才。
诗中一语，曲里两叠，情来相催。
有去去还来来。香不尽，心心无猜。
除非是，抱着含着，又以风波作媒。

256. 忆秦娥

秦娥忆，情情意意人人得。人人得，
朝朝暮暮，去来消息。双飞燕雀双
飞翼，南南北北心心力。心心力，
穆公留下，玉箫平仄。

257. 少年游

去年花落已秋春，已尽去来人。今
晨微雨，青莲含露，无滴有珠邻。
浮浮动动圆圆滚，满了玉珍身。不
待芙蓉，白红出水，落入一红尘。

258. 踏莎行慢

独望洞庭山，尽东西两岸。姑苏暮
雨，太湖云断。残叶飞已散。茫茫处，
轻轻叹，今古事，夫差勾践春秋半。
扁舟不稳，船娘作难。夜空漫漫。
分明一语千金翰。诗情在，旧情惋，
江流暗，帆不挂，平书案。已破晓，
脉然醒得中霄汗。

259. 蕙香囊

身做琵琶，背弹宫羽，佳人自然有约。
宝檀槽在两胸前，雪波峰、纤指如雀。

项羽刘邦，楚歌重起，四面埋伏一诺。
愿伊批拨唱阳关，也阳春，白雪相托。

260. 玉楼春　古今诗

月上玉楼来又去，却把春情留下住。
阳春白雪一佳人，百态千姿神女处。
水性肌肤冰不妒，只是禽声心有误。

261. 又

已过梁州西向路，又忆后庭花玉树，
高山流水有知音，杨柳声中水调暮。
下里巴人多少故，白雪阳春来去误。
楼兰未斩过交河，却问佳人何所顾。

262. 又

月在玉楼春已暮，不到阳关花正妒。
沙鸣千里柳杨垂，海蜃楼天下赋。
年少读书常学剑，一诺百金应不误。
老来回首箸诗词，向背云中何不雨。

263. 又

一路平生何所去，二月中春杨柳絮。
楼兰谁诺过交河，不见玉门关外女。
读尽千车书万虑，己己公公私两处。
人间事业是身名，自以诗词应不误。

264. 又

事事人人天下去，暮暮朝朝亭外路。
平生由着自然心，行止顺其情跬步。
少读后庭花玉树，一水东流流不住，
辛辛苦苦到黄昏，写尽朝朝和暮暮。

265. 定风波　寄燕子

燕子来时一春时，梅花香遍半玉枝。
只以云南有行止，由宴始。何当朝
暮自所已。时当五六日，留心天下
宋词诗。谁道情里多儿女，一两语，
倾城倾国是相思。

266. 减字木兰花

朝朝暮暮，去去来来天下路。半问
姑苏，半问长安听念奴。平生步如
只向前行曾不恕。日日年年，格律
诗词自度船。

267. 又

高山流水，鹦鹉洲头波不起。汉口
如春，不尽楼万里人。琴台不语，
楚问吴江黄鹤去。柳柳杨杨，处处
人间作故乡。

268. 迎春乐

太湖四面梅花路，来探梅花雨。梅
花一片春朝暮，香雪海，姑苏故。
洞庭山中以谁主，有神女，不无云雨，
只见这东风，吹向人心去。

269. 一落索

东风去了谁为主，芳菲满圃，桃花
红遍杏花红，疑不是，梨花数。已
是云云雨雨，丛丛玉露。芙蓉初出
一青莲，水水日日，池塘舞。

270. 夜行船

一路人生今古，跬步去，问狼知虎。
伊川山水洛川花，千万里，处处如主。
来去人间人自取，巴山夜，楚腺为伍。
此去瞿塘三峡西，一神女，瑶姬心腑。

271.

明月枕前相共，见星星，又钗头凤。
雨呼去唤付身心，几不成，入神女梦。
睡还醒，蒙蒙懵懵。良宵见，小心
又动。一波三折女儿情，一船中，

再三宠拥。

272. 望江南

江南柳，何系运河舟。花瓣落时片片见，草碧深时误春秋。各自各风流。江南柳叶小已成荫。桥边独知处处立，攀折只寄去人心，只见已春深。

273. 又

江南女，知面不知心。无笑已见甜甜语，有意情中寄深沉。自是自知音。江南女，声下有诗吟。云里雨里朝朝暮暮，悄悄轻轻作弦琴。一约一相寻。

274. 宴瑶池

意意情情终不改，恋恋心心在。因缘是，色色空空，有余香，尽殊相爱。何不是，风流宰，有相逢，有分离待。由今是，去去来来，这私里，入了苍海。

275. 解仙佩

柳柳杨杨相系，这苏杭，着了春衣。南北运河何相依，问隋炀，水调分飞。雨里女儿初睡，云中冰肌散香腻。小桥碧玉流萃。这东吴，草木菲菲。

276. 渔家傲

战胜归来三杯酒，英杰首，回归自作南山叟。

277. 少年游

佳人一笑值千金，初入半知音。二三月里，花香花暖，好似着鸳鸯衾。情情意意黄昏近，相约约，念沉沉。

丛里云烟，小楼风月，两处一样心。

278. 桃源忆故人

丁香一夜开多少？同是海棠春晓。色色香香缈缈，不与莺莺鸟鸟。牡丹芍药红红早，老树新花不老，已是荣荣葆葆，忘了含羞草。

279. 阮郎归

萧娘留得阮郎归，晚向青海飞。三湘容易客心违，女儿情意扉。西去远，玉门晖。月芽湖里玑。沙鸣千里还是非，九巘由二妃。

280. 归自谣

春已暮，草碧花红千万树。运河两岸商人渡。香闺寂寞门半掩，阴晴故，去来数尽黄昏住。

281. 又

云一半，雨一半，如杨柳岸。情情意意都难断。儿儿女女都不算，谁人叹，多情似此都应乱。

282. 又

寒水碧，玉笛舟中三五客。纵横两岸如阡陌。船娘不似多故脉。情难隔，运河一路何恩泽。

283. 长相思

一相思，二相思，已是三三尽意思。无须日月知。日里思，夜里思，去去来来总是思，卿卿我我知。

284. 瑞鹧鸪

十二峰中一半郎，三巴水上两三妆。云雨阴晴分不定，瞿塘白帝夔门决。

今日高唐有凤凰，明天宋玉赋文章。只愿此心何作用，瑶姬留下作娇藏。

285. 阮郎归

黄昏一半日衔山，三千弟子闲。五百罗汉佛家班，如来老道关。来去问，水云间。路途何时还。九曲黄河十八湾，作留生玉颜。

286. 又

黄昏日下日衔山，昆仑顶上闲。夕阳已过玉门关，蜃楼海市间。晚照远，近云删。付黄河曲弯。阮郎留下女儿蛮，不须来去还。

287. 蝶恋花

院院庭庭曾几许，曲曲弯弯，只是多云雨。草草花花多少路，瑶姬只是高唐许。已是人间人不数。晋晋秦秦，百里同朝暮。诡诸齐姜姬伯女，穆公弄玉如何故。

288. 又

有了运河杨柳岸，去了楼船，都作隋炀断，忘了人间商贾算，苏杭已是天堂半。望断长城南北乱，白骨干戈，万里千年叹。汉武秦淮谁奴汉？和和斗斗朝廷散。

289. 又

近了清明寒食雨，雾雾云云，是是非非误。自以轻烟笼玉树，姑苏一半梅花路。过了枫桥应步步，拾得寒山，暮鼓晨钟故。咫尺天涯天竺顾，如来自在观音度。

290. 应天长

箸了罗裙金线缕,无贴花红藏玉羽。垂长带,交鹦鹉,处处雨云谁做主。
红妆低子午,眉细已平媚妩。切切偷偷暗许,莫三三五五。

291. 又

已是人间儿女性,何以交情深浅竞。鸳鸯水,荷花镜,水色水天相互映。
水中萍藻盛,天上卷舒天净。去去来来不定,一愁多少虑。

292. 又

春莺枝上三两语,小院芳香千万欤。杜鹃处,问神女,三峡已空来此如。
太湖云,巴山雨,一水蜀吴来去,夜夜东流楚楚,一思多少虑。

293. 清平乐

春来何处,处处多云雨。处处风风寒暖度,处处年年如故。先知处处苏苏,人间处处鹧鸪。处处荣荣绪绪,湖湖处处雏雏。

294. 芳草渡

江湖水,去来舟,云烟散,有风流。潇潇杨柳动乡愁,朝暮见多少路,在沧洲。一杯酒,双手手,远近朋朋友友。弦如月,月如钩。前行口,人白首,上高楼。

295. 更漏子

月生寒,洲带草。依旧是,春风早。杨柳岸,乳鸭潮,如今试水消。梅花老,杜宇好,雨雨云云藻藻。空近近,色遥遥,婵娟上小桥。

296. 贺明朝　词律辞典无此体

人生记取如蚕茧,丝丝演演。方方寸寸,茧蚕蚕茧,不因绸缎,却因衣被,误了深浅。

297. 一斛珠

东流不止,东流只是江楼客。已留曲曲湾湾泽,逝者如斯,足见阡陌。
两岸运河杨柳色,姑苏城外枫桥勒,渔舟唱晚寒山得。夜半钟声,不问羊车惑。

298. 南乡子　古今诗

七十下南洋,一路三生作柳杨。日月风云和水土,文章。只有诗词父母光。万里是衷肠,过了长城是故乡,白头榆关南北问,误了祖先误了娘。

299. 浣溪沙　古今诗

万里人生万里家,千年故事百年沙。淘淘不尽到天涯。十万诗词加二万,平生日月始终些。年年岁岁种桑麻。

300. 江神子

阴晴不尽是阴晴。有人生,近清明。采了青团,忘了作书竹。禁火三天寒食节,无日暖,有莺鸣。丁香结了女儿萌,阮郎惊,小桥平,唤了声声,近了亦倾倾,只见波平风不定,心未静,已生情。

301. 望梅花

白雪红梅一半,杨柳运河两岸。唤起群芳香已乱,李李桃桃已见,小杏过墙红了面,落入谁家后院。

302. 舞春风

春妆无罢对春风,客家有约主家东。杏花已落邻家院,桃李当然心自红。
燕燕飞时飞不远,莺莺落处落梅空。而今不得小儿女,一枕黄粱何梦中。

303. 千秋岁

春春暮暮,来去多云雨。花带露,天生雾。阳明桃李度,天下何分付。寒已去,温温日暖和和煦。门内三清步,门外千花树。玄元里,青莲路,诗词歌曲赋,日月山河数。时令是,已知已见何为故。

304. 献衷心　一带一

来去涉山水,来去春秋。过南北,问东西。弃朝暮,书与剑,不归乡里,客成住,一飞路,两九州。见中华好,共带路谋。天涯近,人心忧,江山万里封侯,愿公千年主,古今修,天云里,易沉浮。

305. 荣堙

南乡子

路上野梅香,腊月开花腊月黄,自度芬芳心自度,思量。独傲山中独自扬。岁末有寒凉,唤得群花继续妆。表面看来都一样,堂堂。处处春春处处昂。

306. 王琪

定风波

已听穿林打叶声,无妨吟啸自前行。日月山河当自去,新路。平生一路一平生。草木花光天下竞,人性。朝朝暮暮有阴晴。去去来来都是路,来去也当坎坷也当平。

307. 祝英台

梁山伯，祝英台，去来都是猜，正史不正，野史不野，是非回。

308. 望江南 柳

江南柳，垂与运河平。儿女修修长入水，楚腰叶眉两相成。今古是风情。摇摆见，纤纤细细萌。已纵柔条系客棹，啼莺浪里两三声，三月对心明。

309. 又 酒

女儿红，十八味偏浓。无醉无休深巷里，碧玉身姿小桥东，湘妃鼓瑟中。斑竹泪，秦楼问穆公。天下箫声何不断，苍梧彼此九嶷空。酩酊一春风。

310. 又 燕

飞来燕，处处呢喃声。巢穴巢梁高栋宇，哺育儿女不身名。天天有新荣。王谢去，曾入秦淮城。烟花不月香沓沓，晨钟暮鼓自情情，已过杏园明。

311. 又 竹

湘斑竹，有泪不轻弹。娥皇女英知鼓瑟，王以苍梧见江澜。君心在云端。朝天势，立足已根冠。空空节节方知劲，春春夏夏秋冬寒，傲骨是青丹。

312. 又 草

墙头草，何以两面摇。旷野春风繁简见，逐香铺设茵茵潮。日日已昭昭。千万里，云雨自难消。青了山中青山下，葱葱郁郁不藏娇，何胜见兰苕。

313. 又 江景

多云雨，烟雾满前咱，柳柳杨杨湖水岸，枇杷杏李入梅天。何以洞庭边。朝与暮，常见运河船，商贾风流金缕带，客舟靠近水香蓬，波浪总相连。

314. 又 水

江南水，风里浪淘沙，雾雾烟烟三二月，云云雨雨客人家。吴楚腊梅花。何主宰，洞庭一山涯。姑苏月下渔舟唱，雁飞一字几咨嗟。留下是红霞。

315. 又 江乡

江村路，云落小桥横。棹棹帆帆何靠岸，杨杨柳柳白莲情。谁问涨潮声。兴废事，今古一身名。勾践夫差越吴城，冷靖不尽又清上，遥望太湖明。

316. 又 月

江南月，清夜一寒宫。谁向婵娟问颜色，后庭花开玉难穷。圆缺半无终。弦上下，形影自空空。丹桂不知藏何处，离别处处有情衷，天地一蒙蒙笼。

317. 又 雪

江南雪，云雨两难分。何向梅花身上落，红红白白作香君。箸了好衣裙。明月色，阳春已无尽。落纷纷。谢女何须吟不住，子猷乘兴书天文，英玉自相闻。

318. 斗百花 江行

一叶轻舟飘去，剪破青峰无数。留下两岸扁波纹，化作人间云雨。恰似飞鸿，留下人字工夫，北北南南相互，不问何朝暮。雪浪绵绵，进退迟迟难度，非雾是雾，平沙落雁惊顾。帆向长天，人心所取楼兰，远近都是分付。

319. 陈凤仪

一落索 送蜀守蒋龙图

蜀江如此重重雾，别姬君归去。海棠也似蒋龙图，不结子，长亭路。只有杜鹃啼处，见花光月露，愁来即便寻芳去，也记取，蚕丛度。

320. 苏舜钦

水调歌头 沧浪亭

三吴天下水，百里洞庭山。沧沧浪浪，一半姑苏两三般。浊浊清清冠足，已见运河杨柳，还问太湖颜。不念张翰故，复问胥门关。大丈夫，小女子，几人还。长洲自己，风月难与纵横间。更是经纶今古，几处波澜壮阔，九曲八河湾。隐隐鱼龙舞，书剑度人寰。

321. 解昉

永遇乐

小女酥香，秘书唐杜，始有朝暮。咏咏吟吟，文才曲色，日日相倾许。逾墙之好，竞流河溯，小人为仆，《永遇乐》中陈许。夜茫茫三歌亡去。化作人间云雨。春秋冬夏，行止来去，不断诗词前路。燕子楼空，乐天何处，空得徐州故。十年杨柳，一生分付，不是草花相妒。斜阳照，黄昏远近，长亭信步。

322. 阳台梦

本来神女，十二峰中住。三峡行云

行雨。只因宋玉赋瞿塘，见得了楚襄王。嘉陵处处巴山雾，何以人情度。古今都见一阳台，白帝瑶姬，只记取，久徘徊。

323. 韩琦

点绛唇

柳柳杨杨，东风带了春天鸟。已听方晓，暖暖寒寒少。草草花花，野野幽幽幽小，波波淼淼，有荣藏娇，见了啼莺了。

324. 维扬好

二十四桥箫弄玉，三千一树贵妃花。

325. 安阳好

安阳好，曹魏故西州。一半中原三国尽，千年文章建安留。关羽镇飞浮。阡陌路，横纵几春秋。华夏知音台上望，蜀吴云中江流，如斯帝王侯。

326. 又

安阳好，今古一沉浮。逐鹿中原来去见，英雄抗鼎十三州。吴蜀魏何谋。铜雀去，谁以问漳流。歌舞无声无止尽，杜康千杯解心忧，向醒醉春秋。

327. 望江南

维扬好，三月落琼花。点点珍珠擎玉蕊，幽幽藏娇入人家。颜色已难加。如雪白，碧玉作托纱。二十四桥分两岸，五百罗汉到天涯，仙里作羞娃。

328. 眼儿媚　夏闺

西湖四月去来频，百草过三春。群芳日上，莺鹂叶下，小女塘津。芙蓉分明欲出水，醉了采珠人。黄昏过后，莲荷遮蔽，净了心身。

329. 沈唐

失调名　蝗虫三叠

却是这，下轰飞天，空空如也。害田伤民。

330. 雨中花

十三洲头，功名青史，几多王帝王侯。已湘灵鼓瑟，水水东流。留下竹斑珠泪，苍梧无止春秋。九嶷山下，巴陵远近，何岳阳楼。

331. 霜叶飞　古今诗

去来一生，诗词作，人间高榭楼阁。仄平平仄，字辞辞字，韵音音索。比念意，兴情相约。芙蓉出不梨园鹊。李白赋华清，侍奉翰林，格律无可莲鹤。崔灏黄鹤楼前历历晴川烟，草草鹦鹉洲漠。龟蛇难锁，夏口琴台，凤凰难落，李白金陵何已诺。斯情斯意斯文格。驻首望江湖，万里一山川，千年萧却。

332. 念奴娇

大江东去一朝暮，卷起波涛云雨。不尽开元天宝误，留下念奴如许。曲曲声声，人人处处，事事难评述。霓裳羯鼓，梨园千古留住。李白侍奉翰林，只须高力士，华清词句。一了平生天下路，不到夜郎何故。月在当涂，谁平平仄仄，醉醒谁数。青莲居士，江山如此分付。

333. 望海潮

东南杨柳，江山形胜，富春作了钱塘。朝暮暮朝，三秋桂子，参差十里荷香。自古水家乡。投鞭渡江志，男儿方扬，楚楚姬姬，"柳七"孙何布衣裳。朱唇以曲留芳。望海潮八月，一线潮头，百汇江洋。吴越已惊，天波落下，人间如此炎凉。不必问天堂。运河流商贾，色了苏杭。记取楼船旧迹，日月是天光。

334. 望南云慢　木芙蓉

一木芙蓉，叶叶枝枝扬。黄了秋光。乱了角羽，乱了霜叶落，近了九重阳。何见茱萸草，伴岭菊，黄花溢香。一歌三叠，玉门关前，有了宫商。衷肠。见得胡姬，双波两顾，长短半着衣裳。而今最是，散了有余香。却了红妆。白白成红红，尽情是，寄以黄粱。相倾依旧，切切殷殷，误了思量。

335. 杜世安

鹤冲天

清明佳丽，小女柳杨细。应是楚腰纤，半遮蔽。露了红衫短，余香溢，新荷帝。只是风流惠。提了衣裙，半开软玉身系。逍遥美艳，白了千姿第。无力依修篁，眼双迷。一个关心处，谁相问，情已滞，酥手宽云髻。懒慵多思，自知嫦娥后羿。

336. 两同心

人上雁雁，飞飞自依依。一霜路，蜀道行稀。已南去，别了京畿。望碧云际，蚕丛留下，杜宇声微。剑外何去何归？长安重阳计。问兄弟，异乡非非。惟独步，远远迢道，宇空漫漫，每每无言，夕照斜晖。

337. 玉阑干　静夜思

抬头李白低头井，俯仰月明都是影。爹娘在处是吾家，爹娘去，几孤身省？已生儿女逾南岭，腊月梅，无个忡憛。几回低头思故乡，意悠悠，旧梦重整。

338. 浣溪沙

金屋藏娇掌上妍，婵娟月色夜宫宜。云如倩影玉如莲，一半巫山云雨济，三千日色作神仙。昭阳扫叶着楼船。

339. 又

一画工夫半汉宫，昭君蜀佩两颜红，单于已得国春风。一路沙鸣千万里，黄河九曲八湾穷。琵琶曲里女儿衷。

340. 惜春令

三月东风春已深,河边草,处处人心。一路苏杭云雨岸,杨柳知音。水调隋炀吟,二千里,南北光阴。已见楼船天下水,留古古今今。

341. 又

明日重阳秋意深，篱边菊，一展千金。万里江南黄二月，春有菜花心。且以长城吟，见秦汉，谁是知音。战战和和千古去，真理也难寻。

342. 踏莎行

去去来来，朝朝暮暮，行行止止知何处？前程总是向前程，人生自是人生路，草草枯荣，花花分付。阴晴自是阴晴雨，江山照旧是江山，千思也许千思误。

343. 又

过了清明，应来谷雨。阴晴一半人间路。四时有序四时修，江南水色江南树。水水山山，文文化化。严冬过了春秋夏。男男女女互相嫁，谁惊日月谁惊讶。

344. 又

柳柳杨杨，花花草草，人生只以春秋老。书生苦读学书生，先先后后谁人好。事事人人，多多少少，荣荣辱辱随时了。成成败败是身名，来来去去应知晓。

345. 又

地地天天，年年岁岁。知知识识思思慧。如来自是一观音，三清老子三清济。读了儒书，书香袂第。门当户对应相继。人间自此作人间，华华夏夏琴台际。

北宋·范宽
雪景寒林图

读写全宋词一万七千首
第四函

1. 端正好

夕照金陵秦淮暮,知王谢,寻后庭树。
小桥流水献之渡,万万云,千千雨。
月明声声琴琴误,听桃叶,情情诗赋。
孤孤独独半情绪,只寄心,同行步。

2. 又

蜀蜀吴吴多如雾,江流去,留下云雨。
月月三峡楚宫渡,栈道悬,猿啼住。
暮朝高唐瑶姬主,襄王在,人情无数。
夔门白立案有序,待自流,高低处。

3. 又

暮暮朝朝行云雨,瑶姬在,三峡分付。
有情神女自如许,宋玉知,衷心故。
月月高塘襄王顾,人间是,幽幽路路。
啼猿不语遥遥去,未了长,相倾许。

4. 又

喜鹊巢巢栖栖语,天微冷,双鸟双处。
夕阳空照别离女,一枕空,思相与。
夜来风风寒寒遽,相依附,无忧无虑。
如如果果独相踞,跬步行,何之助?

5. 菩萨蛮

寒宫一半婵娟住,何须一半分朝暮。
夜夜问姑苏,声声听小姑。弦弦分
不付,月月江天度。自古洞庭湖,
如今湘阮兔。

6. 又

衷情织作相思扎,初心过了是初八。
一半不人家,冬梅多梅花。穿梭先
后拔,不慎纵横刖。最是夕阳斜,
鱼书如落霞。

7. 丑奴儿

樱桃绿了梨花白,燕何时归来。不
见潘郎早晚来,人人事事何时尽,
上了天台。草花竞开。且慢萧娘独
自猜。

8. 凤衔杯 平仄两体

婵娟缺缺圆圆度,何处是,桂花香
树。去去来来,疑是弦弦误。空目断,
人间顾。这平生,有云雨,知草木,
暮朝如故。也有阴晴日月,良辰美景,
辱辱荣荣付。

9. 又

浮萍一夜静风波,五湖舟,三两渔
歌。可惜留声不住,问嫦娥。明月下,
向香荷。情处处,意多多。这牛郎,
未过天河。知织女,着新织,是厮磨。
空满眼,影婆娑。

10. 少年游

晚霜初满半秋枝,残叶两三迟。风
风雨雨,少年年少,不觉不知时。

多情何似多心意,此病不须医。朝
暮来去是相思,夜短短,月明姿。

11. 玉楼春

岁岁年年天下草,去去来来春上早。
枯荣相继自枯荣,无影无形无不好。
万里长城南北荷,千载随风两边倒。
远山满了近山颜,田野野田人共老。

12. 又

去去来来长生殿,暮暮朝朝神女面。
有意多情惹相思,梦臆不停应相见。
少年不解都是恋,独自孤行芳草甸。
阳春花暖早多情,只恐被伊牵秀倩。

13. 又

一片梅花非五瓣,七八相分天下绽。
姑苏香雪海中明,芳草连天形影幻。
自下人生多少盼,同同异异都须惯。
无知初见探深知,人字一飞南北雁。

14. 又

月上玉楼春草促,已有梅花三弄竹。
有情多意付琴弦,无可笛箫相伴续。
何以少年应自主,剑剑书书三更烛。
晓莺窗外语花丛,向背前行装正束。

15. 又

自古中原曾逐鹿,已是人间多少目。
相思相隔一天涯,独步独行千节竹。

一水运河连六渎，万里长城嘉峪筑。
古今留下半山河，忘却平生何止牧。

16. 又

已是春来春去见，未见去年归得燕。
依时南北共双飞，自顾难成孤独院。
阔别秋风南下旬，一鸟居巢何所倦，
大江南北有黄昏，记取谁人长生殿。

17. 又 古今诗 戊戌生日，二月初三，崔颢唐诗第一

二月初三春未老，处处风光芳百草。
诗词留下十三万，格律佩文音韵好。
已是平生多少道，再以前行经晚早。
行行止止复行行，黄鹤楼吟崔颢讨。

18. 河满子

墙外墙头小杏，颜颜色色鲜明。意
意情情知多少，是非都是枯荣。同
是千花百草，东君已予风萌。自古
书生留目，春来苦是阴晴。天若有
情留子去，隔年传代再生。芎艾牡
丹依旧，秋千追上精英。

19. 又 草与花

柳柳杨杨已绿，云云雨雨清明。草
草花花都是色，年年岁岁枯荣。铺
地连天碧玉，羞红只怕阴晴。草草
花花各去，谁人不解私情。天若有
知天亦老，草花花草难平。是是非
非如梦，天天地地精英。

20. 山亭柳

一花开落，百花开落。叹风流，都
过却。芳草萋萋，衬群芳，绿红隐约。
年年共来共去，四季相如若。暖寒
未分先自诺，东君应是寄情度。是

春期，有早弱。最是江流，小鸭知，
以游相索。枯荣自以日月，切切切，
寻河洛。

21. 合欢带

梨花离了初衷，运河岸，运河风。
十八年中藏日月，见樱桃，似女儿
红。巢巢乳燕，楼台馆所，御柳深宫。
问维扬，有楼船在，这江南有朦胧。
露珠珠露牡丹丛，自阴晴，色色空空。
男大当婚男已定，女儿情，左右难
穷。春来小燕，分飞处处，朝暮西东。
问丹青，岁年花草，暖寒寒暖与谁同。

22. 更漏子

粉三层，花一面。雪雪肌肌恋恋。
云淡淡，雨烟烟，献之桃叶船。云
不断，两难断，隐了运河两岸。情
不尽，意婵娟。玉门到酒泉。

23. 又

女儿情，天下半。留下人间细算。
朝暮暮，去来来。杏花常自开。五
湖岸，太湖岸。草草花花无断。杨
柳岸，运河船，女儿作了船。

24. 又

一近青莲，湖岸岸。已是浮萍不断。
苞密密，芡尖尖。女儿行小船。情
分半，意分半，一半阴晴一半。儿
楚楚，女妍妍，见红见杜鹃。

25. 喜迁莺

名利利，利名名，今古半生平。草
花花草各阴晴。谁见不枯荣。各不同，
何共晓？止止行行飞鸟。古今南北
有西东，来去知多少？

26. 杜韦娘

榆钱飞落,天天地地人人帛,换了
季,无改商家还,入了水,新荷新
碧。红牡丹谢了,丁香作客,杨杨
柳柳江南陌。运河流,尽日官船,
周郎赤壁。人寂寂,当初如是,东
风不与蜀吴积。百万兵,从与连营
掷,一鼓去,三军当易。想当初,
唤作曹蛮,小道华容,记取关公席。
问心扉,三战吕布,江山咫尺。

27. 胡捣练

数枝挂满一前庭,半白雪,小园香径。
三弄曲中谁定,心已群芳胜。风风
雨雨又云云,只独傲,有冬春性,
寒里暖中书磬,天律应为凭。

28. 少年游

夕阳西下半黄昏,向背一高门。阴阳
分定,向山临水,谁问作乾坤。夕阳
西下,东山顶上,先到后离根。多情
自锁是王孙。十地是,一天尊。

29. 凤栖梧

何以开元天宝见。华清池温,舞了
霓裳倦。出水芙蓉都许便,东君就
了长生殿。人人情里云雨燕,筑了
梨园,鞨鼓声中面。却了君王以心恋,
只以太上皇宫院。

30. 又

谁见三春三月暮。丁香蔷薇,叶叶
花花树。水上青莲红初处。池塘十
里荷云雨。花开花落花不语,有了
知音,作了相如。却了当炉也如故,
不道不是人间路。

31. 又

过了江楼成逝水，作了江流。不计春秋止。柳柳杨杨何桃李，都经日月光晖始。沙洲沙岸沙水砥，不见留踪，汐汐何何委。到海江河万千里，汇汇聚聚无经轨。

32. 又

谁以春秋当一路，终生前行，暮暮朝朝数。夏日荷花自无数，香风色满横塘故。高唐有雨桃源去，半是人间，半是婵娟误。自是多情自付，刺敕川中黄河渡。

33. 浪淘沙

一人一心情，咫尺生平。清明谷雨始新萌。旧约年年成岁岁，海誓山盟。一人一心情，咫尺生平。阴晴处处有阴晴，雨雨云云天下客，共了枯荣。

34. 又

又是子规啼，过了耶溪。西施未误馆娃堤，不作夫差勾践霸，作范蠡妻。有越越吴吴，鲁鲁齐齐，当然楚汉几高低。留下人间都是问，几了东西。

35. 又

九派浪淘沙，过了人家，行行止止到天涯。逝水何须终始问，自是朝暮，腊月一梅花，白雪参差，香香玉玉作奇葩，已是冬春分不定，杜宇桑麻。

36. 更漏子　古今诗

何是身名？自古已形成。作了书生。就作精英，必以忧国，为了上下民情。自以吏吏官官，辛辛苦苦营。路知有天涯，跋山涉水，海角相倾。思想事事难成。且向二途程，自以枯荣。不负农家，日月相度，诗词格律工精。留下十三万首，退休不退行。望前前无止，古今千年，纵纵横横。

37. 行香子

人事方圆，过眼云烟。这浮名，浮利月弦。天天宽窄，如是桑田。不可无无，有无有水由泉。终始文章，官以民怜。这情情，地地天天，后人留见，过了先年。对一平生，一条路，一青莲。

38. 巫山一段云

白帝巫山雨，瞿塘滟滪云。朝朝暮暮自纷纷。十二峰前裙。已到阳台下，猿啼栈道分。山山水水一江闻，宋玉不知君。

39. 生查子

关山白日遥，汴水苏杭晓。八月一钱潮，桂子三秋好。长洲七步桥，碧玉千人少。弄玉凤凰箫，不作秦楼鸟。

40. 贺圣朝

东君借了春风力，群芳相互，杏桃梨李一齐开，乱了千色。绿丛红树，含羞隐匿。有花王消息，有芳香故，共同百草，明了西域。

41. 又

春来谁能留春住，朝朝暮暮。几时去了几时顾，只多云雨。阴晴参半，香香艳艳，已难常倾许。已妒百草碧深深，似等闲如度。

42. 安公子

柳色苏杭半，运河来去斜塘岸。桃李杏梨花不断，渐生荷畔。莼碧透，玉莲小看。红尘乱。波滟滟，向运河轻唤。北通南水，作了楼船，隋炀兴叹。一事千年算，运河当以长城换。笔战战和是半，几时消散。皇帝业，以民谋旦。何汗漫，听杜宇，终是桑田冠。运河南北，一路迢迢，富强时翰。

43. 苏幕遮

一摩遮，都邑访。已自西胡，骏马浑脱样。着箸琉璃服色亮。遍道皇恩，沿路长安唱。女儿身，男子亢。眉目传情，态态恣恣荡荡。羯鼓双弦弹又望。似水流波，留下心思量。

44. 渔家傲

细雨微云天已暮，离人望断黄昏路。记取心中多少妒。儿女误。行人只要人情故。燕子飞来飞去，南南北北家何处？四序春秋分两虑，司梁署。巢巢穴穴轻轻语。

45. 又

雨雨云云都已住，清清朗朗婵娟度，只向人间留点雾。还如故。平生后羿平生误。往事思量成往事，如今寂寞如今付。上下弦弦弦不顾。圆缺互，萍萍水水人人渡。

46. 又

雨水惊春清谷泽，东君带女成佳丽。乱了人心门户第。心云际。多情自古相思蔽。已见群芳花草地，纤纤弱弱应无计。厌厌愁愁关不闭。居行滞，相期未定相期继。

47. 剔银灯

好好先生好遇，只怪是，多情多误。有意悄悄，偷偷约会。共把衷肠分付。云云雨雨。几彼此，倾倾许许。无有是非情绪，有圆缺，离离还聚。露水鸳鸯，芳塘迢递。似似如如何故。互相相互，只留下，去来朝暮。

48. 又

一夜风风雨雨，读三国，曹刘孙故。赤壁周郎，空城无计，未了三分天数，让避可深思，连营是，东风一步。刘备无兵路路，这司马，退兵相许。这里人间，此子少年，莫把浮心牵顾，莫败败成成，一品第，千金分付。

49. 又

已见隋河风雨，秋叶向长城舞。水水山山，南南北北，杨柳去来如鼓。运河今古。天堂里，苏杭门户。须信道，江山是主，小女也，愁肠思羽。夜夜情情，春春性性，去来去黄金缕。如伊如妩，私相里，碧玉当取。

50. 临江山

太史鉉臣天下定，人间自是多情，仪仪象象自枯荣。冬梅呈白雪，夏雨水荷731。曲曲歌歌何可以性，梨园一半人生。真真假假帝王行。乾坤天地界，日月去来明。

51. 又

是是非非何不定，行行止止行行。明明暗暗亦明明。东西行日月，草木向枯荣。是是非非先后是，成成败败成成。人生一往一人生。浮名浮不尽，立志立途程。

52. 采明珠

雨入云，雾里香庭，淡淡霏霏露永。独坐一灯明，已见春秋影。六国坑灰冷。一苏秦，又是张仪，自古纵横。共轨同书，千端万绪重整。曾已省，书生警，记取过秦领。非是请。燕赵卫韩，齐楚边境。这江山，社稷方圆，落得李斯五马。深宫知我，为伊成病。

53. 朝玉阶

春色宜人水清清，运河柳杨碧，杏花明。桃花红遍女儿萌。湖边湖岸静，不啼莺。美女春困鸟知情。欲行还止步盈盈。风流心上几重生。千金一笑，倾了三城。

54. 又 体

朝露尖尖两寸莲，太湖香雪海，百花妍。人人都去探云天。东西山碧玉，小桥边。运河杨柳运河船，苏杭天下路，范蠡传。思量真个好因缘，这商商贾贾，在伊泉。

55. 卜算子 古今诗

一路一人生，两手诗词赋。止止行行已跬步，事事应相顾。国国自家家，日日时时度。一品千金格律工，苦苦辛辛付。

56. 又

曲曲一声声，舞舞歌歌赋。已是人生处处鸣，只被多情误。瑟瑟半琴琴，态态姿姿付。不得衷肠夜腐竹萌，草草花花城。

57. 瑞鹧鸪

一日萧娘半日郎，由衷已作夜兰香。媚景胡沧常向背，人心容易女儿肠。相信相思日月长，婵娟作了月明光。院落半深花自主，待云下雨上空床。

58. 燕归梁

缺缺圆圆上下弦，何处一婵娟。缺多圆少几何天？容桂树，纳寒泉。约期相互，嫦娥后羿，人月两心田。残宫列桂亦残川，人月问，有明年。

59. 菊花新

柳柳杨杨颜色好，处处莺啼杜萱草，新荷满池沼，莼萍小，燕子衔藻。兰亭来去人不老，书画考，等闲崔颢。万里一晴川，黄鹤去，带了烦恼。

60. 又 又一体

止止行行半长叹，独独孤孤杨柳岸。芳芳复香香，心扉里，几时无乱。潘郎相思多少断，一日思，三生如半。有情有衷期，从今起，月明云散。

61. 鹊桥仙

牛郎织女，天河兴叹。隐隐鹊桥相见。人间只是仰头看，却不见，嫦娥何面。去来都半，径年分散。望尽长空汗漫。不思怎得守寒宫，知后羿，九阳应乱。

62. 又 古今诗

去来书卷，去来音韵，去去来来朝

暮。有折腰，也有桃花源，五柳下，平生去处。诗词格律，天天不断，紫绶金章不误。在东湖，武汉译英文，已看取，人生此路。

注：年参与武钢七工程，冶金部工作翻译，"钢铁元帅"升帐，引进轧机，"中国未来"的汽车由头顶无缝不分东西半球的整板制造。

63. 虞美人

春花秋月何时了？往事知多少。江流不断问江楼，逝水东方入海几潮头。春秋不尽春秋鸟，北北南南晓。长城未及运河修，寄与人间留下几王侯。

64. 又　古今诗　一路一带，一带一路。

歌歌舞舞红尘去，雨雨云云雾。隋炀自古好头颅，北北南南通水作商路。长安西去丝绸路，不尽千年故。非非是是亦胡胡，世界中华人类共殊途。

65. 又

书书剑剑成今古，武武文文虎。江山国力是和平，世界英雄人类共枯荣。中华日月中华主，地以园区辅。银行化解作通明，竞竞争争心上是纵横。

66. 凤栖梧

秋叶飞扬向空去，不是归根，历历寒霜路。高高还低近夕暮。有声无影随风语。已是风何不顾，暮暮朝朝，都是凄凉付。相去相回根在树，几回无计何如故。

67. 又

秋在芦花浅深处，水色天光，浪浪沧沧雾。归雁黄昏曾寄住，一字一行人形护。半在衡阳青海路。一字排空，多少人形顾。留下人间千万许，念春秋以春秋付。

68. 又

书剑人生是天路，暮暮朝朝，去去来来分付。当是精英官步步。岁年年岁诗同步。日日天天从不误。七十行程，多少朝天度。何去何来应心务。一情千古文章赋。

69. 又

当以人生细思想。百岁光阴，苦苦辛辛广。来去江湖常俯仰。如来如去听方丈。自在心径开又朗。色色空空，无可问商鞅。何是非何孟昶，长春节长春享。

70. 又

西下夕阳又天暮，暗了黄昏，点点云云雾。高处还留光几许，有倾无止应归去。一半风帆行水浪。影影形形，都入江湖数。吴越山河下故，范蠡留下经商路。

71. 忆汉月

红杏一枝常见，自古半春如面。开开落落任东君，色纷纷，入长生殿。曲江池上月，蜀女问，已红千片。莫以汉宫画师便，却衣裙，有心无恋。

72. 许衷情　忆同里小桥村，江村一号小叶

儿儿女女半销魂，误了一江村。花花甲甲如数，七十已黄昏。同里友，叶家尊，几王孙。妹（费世城）兄（费效通）吴淞，共了姑苏，同了荷根。

73. 朝中措

书生禁火已清明，云雨自轻轻。柳柳杨杨如雾，青团未了心情。缺圆未见婵娟锁，湖岸半花城。龙井万千芽叶，春茗虎跑泉萌。

74. 菩萨蛮

春风已过江南岸，小桥流水花开半。一意系君船，多情莲已尖。离家初入难，只待黄昏畔。悄悄任君依，幽幽姿君怜。

75. 丑奴儿

春风过了清明近，谷雨花解。已望长天。云雨阴晴处处莲。池塘水暖鸳鸯戏，上了游船，也欲交情，何了私情明月圆。

76. 蝶恋花

一树梨花千万片。白雪多情，会了东君面。问了丁香李见，金陵满得秦淮燕。已是凤凰台上宴，曲曲歌歌，舞舞琴琴院。态态姿姿无限，声声不尽声声恋。

77. 赵抃

折新荷引

夕照黄昏，丛荷约了轻舟。越女轻盈，却了内内含羞。芳容艳艳，绸身透，

白皙风流。藏藏隐隐水中，依恋回眸。当作芙蓉，婷婷孤孤立露头。沐浴清明，有莲有叶沉浮。声声不语，余霞色，指点春秋。欣喜不道有人，忘了沧洲。

78. 刘几

梅花曲　其一

汉宫娇额，半涂黄，凌寒透薄妆，好借月魂半映烛。恐随春梦去飞扬。风亭把盏酬孤艳，雪径回舆认暗香。不为调羹应结子，直须留此占年芳。汉宫中侍女，娇额半涂黄。盈盈粉色凌时，寒玉体，先透薄妆。好借月魂来，娉娉画烛旁。唯恐随，阳春好梦去，所思飞扬。宜向风亭把盏，酬孤艳，醉永夕何妨。雪径蕊，真凝密。降回舆，认暗香。不为藉我作和羹，肯放结子花狂。向上林，留此占年芳。

79. 又　其二

子子心心一鼎香，梅梅雪雪半幽芳。洞庭山上花如海，探访红颜作萧娘。十里东西山上色，千年艳色太湖乡。姑苏自以三吴水，小杏梨花共海棠。子子心心，品寻探访，潜潜一鼎香。以冬冬雪，度韶华，玉女占幽芳。洞庭香雪海中扬，以红颜，知已萧娘。只向东君借鉴，一一作天梁。十里海海洋洋，千朵作国色，千株天香。雨云云雨，运河水，碧玉太湖乡。馆娃已去西子，不尽越吴肠。桃李梨杏沐春光，丁香问海棠。

80. 花发状元红慢

三春已近，百草成阴，半分一香脉。娇姿嫩质，女儿红，共赏倾城诗客。已去来洛阳，千朵万株阴晴泽。这长安，处处多才子，见了元白。以牡丹丛中色，翠幕游丝，紫容羞帛。旭日温香，问史册，未寒尽，明空命相隔。绿斑金阁子，百花齐放知新迫。武陵人，洞口不可寻，阡陌阡陌。

81. 元绛

减字木兰花

来来去去，止止行行一路。过了江都，过了长洲是越吴。朝朝暮暮，古古今今多少误，问了屠苏，问了钱塘一玉壶。

82. 映山红慢

谷雨清明，足可见杨杨柳柳。漫岭满红姿，品流第一，东君知否。山山野野分良莠，草花掩映人间朽。谁问得天上，瑶池阆苑无有。寒未了，先暖春风，听杜宇，羊羊依旧。应带绿，不藏锦绣，日月山河如友。佳人不隐群芳面，着新裙，作朝霞酒。是否知否，这天地，谁闻白首。

83. 程思孟

渔家傲

折柳赠君君且住，行行止止朝朝暮暮。去去来来谁不误。都如故。巫山不断多云雨。

84. 陈朴

望江南

夫妻是，三峡水中舟。官渡去留不住，巴山夜雨，过三州，宋玉赋诗求。惊逝化，两岸自然休。独鸟孤飞充宇宙，无树巢巢几相谋，居守一生忧。

85. 又

江楼在，江水逝中舟。草木先得春消息，自高低去一东流。天下见沉浮。回首是，沧海易神州。十载河东河西去，几人重问一江楼，日月共春秋。

86. 又

谁玄道，何不一丹丘。三清调息重火候，玉炉炉玉半春秋，中央六变求。册册功，重变易仙舟。火自天门当贡炼，水从莲沼以心修。自此一身由。

87. 又

阴阳在，向背一乾坤。六开六闭三界外，丹玉玉丹一慈恩。如此见心根。多育火，千万望黄昏。五岳辨微知日月，方圆自在一王孙。紫气向天尊。

88. 又　古今诗

丹炉望，火在液中生，九九浮沉重六息，易阳阴变半英明，天地始阳精。成物象，文化武功名。兑争始终知力量，去去带路斩长鲸。远近有联盟。

89. 又

三生见，一生二生重。炉中石玉经冶炼，火中由火见殊从，天地自开封。化无形，仙步有神踪。最是朱砂参不举,寺门莲沼有云龙,世界已从容。

90. 又

无形影,从玉石丹炉,一元八转重九数,此丹当以作元虚。心自始终如。新五内,冰火火冰居。这是是非非不辨,去来来去问三闻,楚信一一当初。

91. 又

天门外,云雨自从容。有工有主成跬步,一圆还缺故心封。诗赋久人踪。留下路,传承自中庸。格律诗词先已从,日经经日终又始,处处是清钟。

92. 又　九一九兵团

诗词辞,格律千年空。九候息调重九数,五蕴千转六遍风。四体已相通。纯六变,重六转阴功。常以抱无为打坐,一静千得佐相公,玉剑赐诗翁。

93. 张伯端　紫阳真人

西江月

莫以人生似梦,丹田内炼真功。心心意意总清融,苦苦辛辛不众。欲欲情情控控,身身处处通通,阳春白雪腊梅红,玉石丹炉九衷。

94. 又

已是人生如此,当然日月西东。终终始始亦终终。不可与其共众。独有仙丹妙药,孤寻地理天工。玄珠铅汞融炉红,见得成凰作凤。

95. 又

岁岁年年入定,青龙白虎精英。阴阳共渡是人生。自是真功共性。九

转壶浆五内,还元内外初荣。乾坤一半互相倾,水火沉浮已证。

96. 又

玉石丹炉日日,神平气定年年。人生五内是渡船,太一阴阳两半。合二为身守一,经三老子道田。玄玄世界已玄玄,木木金金汗漫。

97. 又

小女男儿两岸,夫妻日月相倾。天工木液与金精,得情情性性。水水山山如定,炉炉火火和平。郎君姹女自和平,一命何然一命。

98. 又

七返朱砂回本,三还木液金精。五行俱内百行荣。一性千丹一孕。左右玄牝消息,周流自得情生。丁公锻炼有欢情,顺义慈仁已晟。

99. 又

你里当然有我,雌中自养其雄。东西互易是西东。四象两仪互用。半见纯阴莫问,阳精半见天工。金丹一粒作龙翁。总共原来总共。

100. 又

泰泰平平泰泰,干干处处坤坤。炉炉玉玉好儿孙,地地天天一尊。姹女郎君夫妇,朝阳恰似黄昏。慈恩益重是慈恩,一字人来相守。

101. 又

日日长长冬至,年年夏至时分。阴阳一半互相分。暮暮朝朝木槿。不解南洋八卦,何无北国纷纭,原来

四象不然分。世界音音信信。

102. 又

卦卦仪仪象,元元意意真。南洋不分一秋春。何须人前相问。易易云云想想,思思辨辨人人。丹炉玉石不分均,炼就仙丹孟昶。

103. 又

只有阴阳两岸,神神不问仙仙。阴功积了过三年,一半阳精汗漫。彼此无常火种,修修练练天年,丹心自在以丹田。日月方成桂冠。

104. 又

世上儿儿女女,人间瑟瑟琴琴。蛇龟秉此自方圆。织女牛郎天仙。已见阴阳向背,还闻日月分近。乾坤咫尺一深渊,汝汝吾吾丹田。

105. 又

石石丹丹玉玉,炉炉火火功功。江南十八女儿红,咫尺人如梦。纵纵横横观火,经经色色空空。生前世后又枯荣,白虎青龙始终。

106. 又

跬步恒河两岸,沙鸣不到华天。心经留下世人缘。五转幽幽不断。暮暮朝朝长不乱,明明灭灭方圆。经纶日月入丹田,一半神仙一半。

107. 又

本自生生灭灭,强强弱弱分分。根根慧慧属仁君,处处知知识识。已是生生命,为为是是非非,回归不尽是回归,坐定方方正正。

108. 又

上下云云雨雨，阴晴地地天天，高低左右是方圆。不尽朝朝暮暮。三寸丹田七尺，抱心守一三千，三千世界又三千。不收人间不付。

109. 又

法法无无法法，**繁繁简简繁繁**，层层演演一玄元，性性情情所智。色色空空色色，非非是是言言。恩恩不尽一媛媛，古古今今轩辕。

110. 又

佛佛儒儒道道，天天地地圆圆。人人世世一年年，朽朽荣荣眈眈。自自然然不计，名名利利迁迁。生生死死一迁迁。草草花花日日。

111. 又

水水山山处处，深深浅浅流流。弯弯曲曲几沧洲，柳柳杨杨分付。早早年年雨雨，洋洋海海洋洋，南南北北赤道旁，四象两仪不住。

112. 又

南北是非南北，东西又自西东。朝朝暮暮太阳红，去去来来有省。色色颜颜同异，荣荣枯枯无同，同同异异是非同，自立人前镜中。

113. 又

是是非非是是，非非是是非非，回归不是一回归。去去来来猪猪。假假真真假假，真真假假真真，朝朝野野史修陈，野野朝朝重唯。

114. 又

果果因因果果，因因果果因因。轮回六道只当尘，白塔人间咒几？步步立立步步，玄玄步步玄玄。三清日月一元元，三界修修子子。

115. 又

冰冰桥桥岸岸，洲洲处处船船。人间彼此度方圆，易易难难半半。独木成林百步，孤行过路三千。平生跬步量前川，自是云云雨雨。

116. 又

性性情情性性，人人事事人人。伊从一始遇尘尘，寂寂修修静静。此号如来正智，天机自在经纶。春秋度过是秋春。五眼三身六定。

117. 又

有有无无妙道，何如自见真心。炉中石玉火中吟，静净清青任凭。一二三成老道，思思退退临临。平生草木是知音，得了修为上品。

118. 满庭芳

一径三分，中中正正，水山路上知音。东西南北，朝暮半生临。不见藏龙卧虎，何知草木晴阴。东君在，春风万里，万里一千金。清吟。观左右，居间彼此，宾主人心。问中原，四时今古弦琴。却是南洋赤道，唯闻雨旱季暗。都休问，洲洲海海，独木已成林。

119. 卢氏

凤栖梧 题泥溪驿

蜀道蚕丛留一路。绵里川华，剑门关前雾。难以上天寻何故？嘉陵金沙乌云怒。滟滪瞿塘流不住。夜雨巴山，楚客知官渡。一溪泥泥云雨暮，日月草木谁分付。

120. 刘述

家山好

一身生下自爹娘，从因此，作家乡。功名富贵何由问，度炎凉。有歧路，自沧桑。少年知道家山好，老得忆爹娘。南洋北国，平生远近误家乡，孤身已断肠。

121. 赵祯　宋仁宗

合宫歌

一春秋，何以见杨柳。草木运河水，日月满了白首。江山社稷鼎九州，玉宇万里，处处歌舞酒，五位六典一口，风风光光流流，千年来今古沉浮。何已是，进退来去，天下君臣忧。君臣忧，民至上，以农友。玉露肃机理，御丹凤展羽绶。冰轮仿佛墨索求。远近问附，动植当知否？表表里里，政政仁仁，天功羊牛。祥祝唐虞坐，群情同重九。菊花又重阳，方知无有。

122. 王拱臣

沁园春　忆乡

十里家山，八卦辽东。五女长春。自读书去去，明清故国，京城皇巷，已步成尘。一线前门，中南海岸，过了煤山去了人。流年在,束妆文卷，七十相邻。思亲。父母如云，又子女，如何自己身。苦苦孤独主，已子了，诗词我老，未以清贫。究可家家，儿孙父母，各其家各自珍。吾何见，有诗翁日月，忘了天伦。

123. 蔡襄

好事近

客路客平生，何以茧丝千绪。五女一山云雨，是家山无数。南洋南下七十余，木槿相互语。朝开暮谢红主，共年光如许。

124. 韩绛

踏莎行

衣亦潇潇，雨还了了。冰冰雪雪何知晓，天天地地已茫茫，湖湖水水波渺。一去遥遥，又来少少。南南北北多飞鸟。山山草草几沧桑，东西日月高低皎。

125. 李师中

菩萨蛮

梅花开了寒冬雪，明皇过了千秋节。处处子规啼，幽幽耶女溪。婵娟圆又缺，主客分离别。一世去来冀，三生辛苦蓑。

126. 蔡挺

喜迁莺　韦庄词鹤冲天

高山流水，一杨柳，白帝巫山十二。问了东君，梅花三弄，渔父在天光里。只记取梁圆曲，化作樵山砥砺。向西去，已成东知已人问无止。千子江岸外，三峡瞿塘，第一人间是。已在高唐，自知神女，官渡楚王披靡。有高有低东去，沧海容容如此。万千水，万千山，万万千千何儿?

127. 王益柔

喜长新

阳春白雪满天台，已不徘徊。梁王未至问邹枚，相如可是人才。红上覆素心暖，香气全开，披衣暗自带寒来，化成细雨一春催。

128. 韩维

西江月

少小离家此去，平生七十径年。身名一世已如烟，自以源泉一处。日月朝朝暮暮，阴阴雨雨晴晴。乡乡国国自枯荣，利禄人情不平。

129. 踏莎行

风月沧桑，人生已老。春花秋月民间草，为为留下一诗词，佩文格律辞韵好。日月如如，江山杳杳。年年不见见年年，深深不尽浮浮道。

130. 减字木兰花　颖州西湖

朝朝暮暮，去去来来知处处。十里西湖，不在西施不在吴。桥桥路路，一片琼花千片雾。误了江都，有了楼船问念奴。

131. 浪淘沙　自述

日日是平生，字字生平。诗词十万记枯荣。留下人间都是顾，格律经营。世半精英，未了今赢。无须此世立身名，步步朝前行不止，止止行行。

132. 胡捣练令

数枝白雪一时开,覆被白,暗香如许。孤傲独姿天赋，何以群芳妒。寒中有暖暖中寒，只有意，向天公去。多少少年情绪，求以香为主。

133. 失调

一不作催花雨。

134. 又

兄弟不举杯。

135. 曾巩

赏南枝　自度曲

是红梅白雪，是头是尾度，岁岁年年。尾尾是冬寒，始终见，旧岁新岁如天。惊草木，向杜鹃。日月是，与时有元。大抵留下独许，不误有先贤。南山多有源泉，此花应早，已沧海桑田。贵在苦心思，三春里，不管是叶是枝全。谁不见情乍怜。可处处，暗香向人人去，自耕自耘先。

136. 司马光

阮郎归

轻舟已入洞庭湖，君山两岸苏。问山观水有还无，飞飞落落凫。寻日月，问江都。天堂半越吴。运河此去造殊途，商家一丈夫。

137. 西江月

不以浓浓淡淡，何须粉粉红红，无情不与有情同，夜夜星月入梦。已是慵慵懒懒，常因碌碌匆匆。空空色色是空空，始终终是衷。

138. 锦堂春

向背东西，南南北北，高高自是低。上下功夫寻得，早晚同霓。相似不知何处，朝朝暮暮谁批？半半分半半，应似平平，去向菩提。始以阴晴无籍，缺圆圆缺后，以石溪溪。月上何时月落，色以中齐。谁向嫦娥问遍，起落间，行止鳌鳌。怎教人易老，多少无知，日月时暧。

139. 刘敞

清平乐

从丛桂桂，最是留人意。月月明明藏有限，自得身香一袂。霜层度了枫红，秋光闹了重阳。自以黄花依旧，茱萸满了书房。

140. 踏莎行

处处重阳，重阳处处。黄花满了山河误，风霜带了对红枫，阳春白雪经冬路。处处茱萸，茱萸处处，兄兄弟弟相寻去，人情只以缺圆行，家家父母家家主。

141. 王珪

一书香，半书香，到了长安望了乡。平生父母堂，状元郎，探花郎，过了龙门又故乡，曲江一路长。

142. 韩缜

凤箫吟　芳草

一行人，行行止止，来来去去风尘。几朝朝暮暮，又分分合合，别征轮。长亭长路路，望前程，了了青春。小子女，扬扬误误，只顾经纶。相亲。巢边停一鸟，等归晚，妒了家邻。共飞同落落，有心多意望，处处香茵。相思留日月，取芳草，岁岁常新。已计得，蜂蜂蝶蝶，主主宾宾。

143. 韩缜姬

蝶恋花

一晓长亭都是露。月色明明，已是难留住。别了相思应使去，韩姬自是由云雨。

144. 苏氏

临江仙　立春寄季顺妹

记取春来春又去，花开自作花奴。楼船上了一江都，运河杨柳岸，最先绿东吴。姊妹心中应许得，多情一日扶苏。金枝玉叶是珍珠，相期相草绎，共约共芳途。

145. 更漏子　寄季玉妹

雨丝丝，云雾雾，如此烟烟不住。难去去，问吴吴，淞江连五湖。三日暮，一儿女，悄悄相期无数。琴已住，曲还姑，只须大丈夫。

146. 鹊桥仙　寄季顺妹

牛郎织女，河河汉汉，处处星星不断，人间留下是相思，纵喜鹊河桥两岸。柔情似水，佳期如算，七夕通宵达旦，儿儿女女可宵汉，已望尽，弦弦半半。

147. 踏莎行　寄姊妹

草木枯荣，人心不老。情情意意多多好。东君来了带春风，相期可约听啼鸟。小杏红红，过墙了了。书生望望私窥早，有心有意不平平，桃花落了梨花晓。

148. 裴湘

浪淘沙

过了雁门关，问五台山。衡阳一半青海湾，一字飞天南北见别别还还。一字一人间，一二三般。增增减减一元元。以此思成天下路，雁字天班。

149. 又

逝水浪淘沙，填写了天涯。南洋北海是同家，不以江流成世界，已助人家。海里物多华，不必桑麻。如阡似陌似桑麻。不仅鱼鳖虾食，近了些些。

150. 阮逸女

花心动　春词

三里桃花，五湖女儿家。见了云雨。同是小桥过了江村，似以采桑朝暮，暗香浮动红梅晚，衣白雪，春心倾述。有蚕有桑芽，一丝一丝如注。处处阴晴不误，似晴似阴时，教人不误。见是见无，多多工夫，绰女已然相顾。一心三问蚕蚕宝，丝丝束，几时可度。但只恐，春心欲交未付。

151. 滕甫

蝶恋花　次长汀壁间韵

一水池塘天下定。照影无心，弄破平平镜。圈圈波波佳人性，遥遥欲向幽幽映。一水池塘都不定。向了人间，向了王孙姓。只有多情多运命，纹纹远远方平净。

152. 又　再和

一入春情何不醒，懒懒慵慵，发髻都无正。只有双波情不定，夫人作得杨花性。不远清平有水性，闪闪粼粼，近近遥遥胜。四面无人无所并，孤孤独独何其命。

153. 王安石

甘露歌

介甫临川士，金陵老半山。平章文所谧，仆射侍郎颜。

154. 桂枝香

金陵满目，六朝何不留，一代萧肃。记取秦淮两岸，两云相逐。隋炀已去楼船去，下扬州、越水吴溇。柳杨杨柳，湖塘相互，运河天竺。念已去，知其有伏。叹一好头颅，千古相续。正史当然不正，以成荣辱。谁修旧事前朝故，汉粮胡草牛羊牧。姬姬女女，歌歌舞舞，似花如玉。

155.

白雪一枝香已久，诗翁成玉首。春雨轻轻过九州，杨柳诸芳求。

156.

独立严冬心自有，冰霜如可否。一日阳春百草头，唯作帝王舟。

157.

引领入春花草有，先成杨柳首。谁见红城雪已羞，香气满娇楼。

158. 菩萨蛮

波波日色粼粼，运河杨柳长城垒。一字雁南飞，三生臣不归。关情千万蕊，切瞩阴晴究。日月春晖，人间无是非。

159. 渔家傲

一字南飞杨柳岸，群芳百草花争乱。且得春莺三两唤。黄鹂叹。声声曲同志欣欣伴。雨雨云云多少爨，山山水水人间灿。只以臣工臣汗漫。思退难，平生且着精英冠。

160. 又

见了运河杨柳藻，隋炀一颗头颅好。自古新行新自访，须行早，人生入了邯郸道。自以秦皇当汉武，南南北北封疆小，战战和和亦少。民声晓，平平只似飞来鸟。

161. 雨霖铃

长亭一路，有行无止，莫以朝暮。先先后后无绪，成成败败，巫山烟树。记取陈仓入蜀，散关明皇误。一去去，天宝开元，暮霭霖铃楚天雨。多情自古谁如故，似云雾，最是由衷度。长生殿上自倾许，羯鼓断，却霓裳步。去去人生，来是朝廷，太上皇顾。便再有，万种风情，社稷江山付。

162. 清平乐

朝朝暮暮，去去来来路，古古今今行止步，战战和和如数。平生剑剑书书，青云卷卷舒舒。利利名名碌碌，人人事事余余。

163. 浣溪沙

白雪阳春腊月梅，东君岭外唤先来。为谁引领，为谁开？小杏秦淮桃叶渡，梨花落下自徘徊，门前逝水去无回。

164. 许衷情　和俞秀老鹤词

天尊已始上三清，老子一玄明。松松桂桂同鹤，洞口久枯荣。山水净，草花萌，自精英。管弦丝瑟，向了湘灵，竹泪方平。

165. 又

峰峰谷谷一山间，洞口半人寰。仙丹自以修炼，桂鹤可同攀。知往夕，见河湾，莫清闲。有来无去，不似丘轲，过了潼关。

166. 又

茫然不解是茫然，守一自丹田。玄元自是非是，不误半神仙。炉石玉，化云泉，地天年，去来来去，达似周昭，问在青莲。

167. 又

离巢燕子一飞翔，去处半家乡。南南北北无尽，岁月度沧桑。何父母，作爹娘，各炎凉。独孤独，一半江湖，一半雕梁。

168. 又

西游记里一孙猴，万里半周游。空空悟悟师付，八戒弟兄头。紧箍咒，西筋斗，海龙忧。任沉浮。取来经卷，假假真真，几是春秋。

169. 南乡子

一半是红尘，一半民间一半人，一半神仙神不在。沉沦。一半如来一法轮。处处有秋春，处处行止止身。处处亲既常是客，求真，日月耕耘日月循。

170. 又

一代帝王川，一代江山社稷楼。一代金陵天下水，悠悠，一代秦淮日月舟。一水一东流。一水波涛一水头。一水江南杨柳岸。沉浮。一水朝低自在流。

171. 浪淘沙令

历世一蓑翁，以老还童。伊吕已始志无终，汤武得知樵渔客，老是英雄。路路自相通，异异同同，藏龙卧虎见云中，今古兴亡成一笑，只是天工。

172. 望江南　归依三宝赞

如来众，梵行有人心。守一经心佛土净，十方天竺有甘露，不灭世间今。

173. 又

如来法，法法不须思。只以修成六根净，智慧心经达人知。善哉望西迟。

174. 又

如来佛，处处一心径。觉悟慈悲智善祇，色色空空着丹青。大势已身铭。

175. 又

三千界，五百罗汗城。一半人间一半情。只以方圆作佛城，自在苦行名。

176. 西江月　红梅

一半烟烟雾雾，芙蓉出沐华清，身身露露水珠明。恰恰云云雨雨。已是真妃自展，莲花作了香城。君王以此国相倾，且醉温汤神女。

177. 渔家傲

岭上梅花红一半，东君已到江南岸。女女儿儿都不算。香四散，折来只可由心冠。白雪如云如所素，梨花似开阳春乱，只是桃花今岁懒，天下看，群芳待得群芳叹。

178. 清平乐

杨杨柳柳，后绿先黄首，已见杨花天下落，柳絮方成飞友。东君护了春头，花花草草中州。已是江山如故，年年岁岁风流。

179. 生查子

江南处处花，江北时时草。已是一平生，未了人间道。圆圆玉兔行，缺缺寒宫小。不可问婵娟，可否相思鸟？

180. 谒金门　自度曲

人已老，始得人间方好，二粒核桃三粒枣，东池鱼多少。十万诗诗未了，晨练须时须早，项背身心通便晓，耕耘行止好。

181. 菩萨蛮　自度曲

人生不老人情老，相思未了长亭了。

自顾自虫雕，写诗情绪好。群书群览晓，万卷千人少。一品一船桥，三生三界早。

182. 千秋岁引　自度曲

词赋一人，当代一英杰，一独步诗林，寒宫客，名留第一一长春，一而再，一是从头力。一趋三，一成千，一天翼。得隽诗词推第一，李白千分之一数，五万全唐诗。我一织，十二万一方圆，一平生，一字云天极。行一品，一人心，一天息。

183. 吴氏　王安石妻

定风波

一半春光一半酒。携手，无风只见运河柳。

184. 吴师孟

腊梅香　平韵101字体

岁末寒香，雪衣妆，情着五瓣纯黄。岭外天机，态态姿姿，傲影先入回廊。只与东皇，付春信，指点群芳。也入楼中，谁家艳质，作了萧娘。颜色半红光，半阳春，半心已是衷肠。素裹妖娆，应白玉手，且与明月天堂房。淡淡轻轻霜，只凝信，神女轻狂。向瑶姬问，巫山白帝，三峡高唐。

185. 周紫芝

阮郎归

钓鱼台上问三郎，烟云已苍茫。巢由已问伊吕，彼此几人梁。汀草岸，浦花傍，野田香。樵渔不似一金章，蓑衣之下有炎凉。

186. 临江仙　题清溪图

一片丹青天下色，源泉自蓬莱。清溪曲曲泡尘埃。云晖云入水，木色木流催。两岸风光风不定，千波映碧徘徊。先生自以作传媒。前川所望以步以行其才。

187. 古调歌

望中途，人前路，止止行行，当做成功步。具得夔门峰十二，两岸猿啼，栈道嘉陵暮。一江流，三峡月，神女高唐故。已见扬州琼花暮。一夜东风吹落琼花处。

188. 郑獬

失调名　木槿

不知妾意何如，向君心，朝开暮谢花。

189. 好事近　初春

客路苦前行，思尽万头千绪，五里短亭无数，已黄垂无语。清明寒食向东君，青团间神女，柳杨飞花暮。

190. 又　自度曲

七十七年前，初学作人行步。二十北京朝暮，学生诗书顾。成贤街上一人生，工件由词赋。朝暮去来都无误，老时诗分付。

191. 强至

渔家傲

一路运河杨柳岸，梅香四溢梨花散。白雪阳春都是乱，何不算，衣裳换了冰霜断。一半风流花一半，青莲满了池塘畔。燕子飞来飞去唤，回首看，平生自主何人叹。

192. 沈注

踏莎行　赠杨蟠

去去来来,先先后后。人情处处情酒。风流自主是风流，红尘不尽红尘柳。

193. 蒲宗孟

望梅花　平韵体

数枝寒里带香萌，大雪覆，红白相映，唤起群芳春色情。天下傲孤影，三弄琴弦月正明。婵娟一声倾。

194. 陈汝羲

减字木兰花

朝朝暮暮，去去来来都是误。一半诗书，一半人情已未顾。亭亭路路，止止行行应所付。问了相如，问了梅花千百度。

195. 汪辅之

行香子（记恨）　自度曲

此也花红，彼也花红，少年老，历历年丰。有成无败，跬步西东。水流低处，人向上，一高风。一字儒工，一品儒工。一诗成，作古今雄。岁岁年年日日不了无终。是一生，留下是，颂雅风。

196. 范纯仁　范仲淹次子

鹧鸪天　自度曲

一度东君一度梅，一生日月一生催。年年岁岁耕耘客，处处时时意不恢。今古去，暮朝回。天天自有格诗魁。儒翁自以儒翁笔，十万重加四万媒。

197. 张才翁

雨中花

缺缺圆圆，离离别别，人事常有炎凉。夏秋冬春继，四象青黄。万里关山朝暮，古今来去书香。这平生活计，一半衷肠。重阳九九，又见金花，一半风霜。信道儒字宜儒子，何谓家乡。无了父母兄长，隔生黄泉思量，此儿心事，已行何止，分付黄粱。

198. 寿涯禅师

渔家傲

一世观音世界，慈恩一半民间派。自古人生都是债，尝报拜，弘弘愿愿朝前迈，辱辱荣荣多少历，名名利利何成败。去去来来，常不怪。知好坏，如来自得如来届。

199. 章粢

水龙吟

泾泾渭渭东流，向谁来得朝谁去。潼关行止，黄河远望，何低流去。何以春秋，几回冬夏，去来朝暮。杜鹃群芳色，梅花谢过，百草碧，成天度。须信人情易老，有良辰，佳期无数。丁香百结，牡丹千态，桃花三付。应见红尘，儿儿女女，古今如故。这乾坤，何不英雄，当日月当知否。

200. 声声令

一波光碎影，闪闪粼粼。草花花草已经春。东君问过，令山落，作天津，向白云，龙宫已陈，作了深濑。观赏问，莫登邻。水山山水作经纶。移移荡荡，镜中臻。莫沉沦，且不禁，这水上人。

201. 徐积

渔父乐

水水山山一两家，夕阳西照小桃花。舟已系，女儿娃，渔歌声细半生涯。

202. 无一事

一半红尘一半舟，三春钓影一春洲。无得失，有风流。船女三声己不羞。

203. 堪画看

取了鱼竿上了船，萧娘自己水中天。纹两岸，一云牵，得了逍遥作水仙。

204. 谁学得

一片深湖一片天，低头望尽是神田。分两岸，望三边，取得风光不要钱。

205. 君看取

入了江湖入了山，船娘作得小红颜。三两曲，一心还。觉得人情画屏间。

206. 君不悟

入了红尘入了天，船娘月里作婵娟。清秀影，玉姿妍。偶尔含羞望眼前。

207. 沈括

开元乐

草草花花日暖，儿儿女女情长。雨雨云云寂寂，山山水水风光。

208. 又

雀雀鸿鸿鹤鹤，人人一一行行。路路仙仙客客，南南北北明明。

209. 又

渭渭泾泾水水，昆仑北岳山山。败败成成事事，形形影影还还。

210. 又

已是春春夏夏，当然夏夏秋秋。野草琼花野草，江流只问江楼。

211. 范宽之

失调名

书书卷卷，利利名名。

212. 方资

黄鹤引 自度曲

平生朝暮，只识前程止行步。士林书剑思儒，庸中来去。家农阃悟，老以公私何顾。不言归，算是黄鹤楼前相许。排榜首唐诗，崔颢乡关赋。昔人鹦鹉洲头，晴川如数。李白凤凰台句。此情谁共？十二万、诗词倾许。

213. 王安国 王安石弟

点绛唇

只问东君，寒寒暖暖何相顾。雨云云雨，已向江南付。柳叶先生，已见杨花妒。早了天堂，是以隋炀赋。苏杭路，运河来去，留下商家度。

214. 清平乐 春晚

春留不住，费尽春莺语。一夜春风云雨故，落下春花无数。女儿越越吴吴，船娘一半江湖。曲曲歌歌，情情意意处。

215. 减字木兰花

小桥流水，碧玉姑苏花里蕊。曲曲徘徊，岁末梅花腊月催。太湖美美，半在人间一二姊。许了元魁，向了精英介子推。

216. 孙洙

菩萨蛮

来来去去阴晴路，朝朝暮暮前行步。事事一书儒，人人三界孤。源源流不住，本期期如故。一水一江都，千年千万区。

217. 河满子

已见莲蓬结子，芙蓉一半留心。独立多情天地界，萍萍水水知音。远远杨杨柳柳，枯荣处处阳阳。荷叶风流起伏，红颜已自藏簪。一品有天无地老，塘塘已见深深。不可龙宫窥望，如来古古今今。

218. 李清臣

失调名

杨花落，柳叶初生弱。岁岁年年如有约。春春云雨托。去来来去谁承诺，许了东君。朝暮风云，回首辽东谷雨分。

219. 韦骧

减字木兰花　惜春词

运河不断,柳柳杨杨都是岸。水调歌头,去了隋炀留了楼。运河河畔,开了琼花香四散。多了江流,有了天堂主客舟。

220. 又　劝饮酒

相逢饮酒,别去当然还饮酒。借酒消愁,醉了无知主客首。高兴饮酒,失意难平重饮酒。去去何否?一字人生一字守。

221. 又　止贪词

人生一路,一二三成千万度。有了中庸,才得平生少欲容。高低如数,彼此贪心都是误,故故封封,简简繁繁一半踪。

222. 又　望仙词

来来去去,处处神仙谁可度。有了姑苏,有了天堂有太湖。朝朝暮暮,岁岁年年都是误。洞口殊途,不见刘刘阮阮趋。

223. 又　春词

琼花不断,十二桥中春一半。过了花前,有了箫声有了船。香香散散,隐约红颜红水畔。不误娇妍,已见婵娟水上眠。

224. 菩萨蛮

离离别别离离叹,离离别别离离见。百草满前川,三春花陌阡。运河杨柳岸,平了吴江畔。莫得是官田,行知商贾船。

225. 鹊桥仙

人生一步,人生一步,步步人生处处。书书不止一书书,一己始,朝朝暮暮。相承继续,如行如度,日月坚持自数,舒舒卷卷是舒舒。足见得,风云一路。

226. 减字木兰花　水仙花

梅香已嫁,腊月东君先自化,是水仙花,碧玉玲珑五朵纱。立春已借,足见新姿新月下。向了人家,意气幽幽你我他。

227. 洛阳春　丁香花

已是琼花如雪,暗香无绝,青端更是早开颜,一片片,千千结。叶叶枝枝繁切。云烟明灭。佳人纤手傍柔条,似不忍,轻攀折。

228. 醉蓬莱　廷评庆寿　自度曲

已劳生八十,闻问千年。铁(铁学)院重九,经过榆关,北京书生口。自以桓仁,祖业农事,妇顺夫贤守。步步前行,天天格律,赋诗依旧。日日耕耘不止,留下紫菊荣萁,马当黄牛,离了辽东,自此成杨柳。来去当朝,了了无了,作得南洋首。箸以诗翁,古今今古,是唐人酒。

229. 沁园春　廷评拜军情　自度曲

别了家乡,别了爹娘,老了故肠。过榆关蓟燕,皇城学子,中南海吏,制书圆方。伴了中华,随同改革,社稷江山一柳杨。科技会,又园区开创,蛇口苏堂。专家一去招商,二十载,长洲再建章,工业园区主,新加坡合,财团两国,再度南洋。老了南洋,马来西亚,再去巴新一海疆,园区设,一带成一路,取得银行。

230. 圆禅师　主湖州甘露寺

渔家傲

已有湘灵竹泪泽,君山不问东流客。已见东西南北陌,知李白,诗人一半当涂迹。利利名名浮不尽,声声誉誉诗词积。日日天天成律格,知太伯,周昭社稷江山革。

231. 则禅师　主潼川天守寺

满庭芳　自度曲

一半人间,三千子弟,步步万里秦川。古今诗赋,沧海问桑田。八十年来日月,千万计,十首天天。天天写,天天不断,三万日成年。人生留一路,二三相续,守一方圆。社稷江山问,误了婵娟。过了南洋回首,江海去换了坤干。枯荣易,丛林草木,处处是芳莲。

232. 陈偕

八声甘州

一平生,步步八声鸣,何西过甘州。以西东相续,东西合璧,如此周游。衣带丝绸古道,茶马亦春秋。伴以江流水,无语东流。不必登高望远,只须行步走,过目相收。莫以留踪迹,何事已淹留。有佳人,婵娟月上。误几回,天际问归舟。争知我,人生路路，忘了乡愁。

233. 满庭芳　西湖

一片西湖，西湖一片，月浮月落三潭。潭中潭外，月色共峰岚。保步苏堤之半，留玉影、隐隐涵涵。飞来峰，心灵咫尺，作了一春蚕。丝丝相互束，生生守守，方寸含含。禁禁缥缥客客，两两三三，成了人间一子，今日去，隔岁重眈，明年见，依依旧旧，不取此生甘。

234. 又　送春

一路榆钱，丁香结子，小莲尖脚初平。浮萍青叶，桃李以红萌。江北中原寒暖，无是有、有是无明。枯荣见，年年绿遍，一岁一红英。人生如意念，春风细雨百里在和平。只见江南岸，早了殊情，一半红颜碧玉，衫已短，向小桥行。原来是，潘郎在此，已向女儿行。

235. 晏几道　晏殊幼子。

临江仙

碧玉桥前月下，潘郎水上云中。罗裙散尽古香风。运河杨柳岸，白项粉生红。近了婵娟玉影，云云雨雨匆匆。小舟左右纵横同，随心由自主，共意任西东。

236. 又

碧玉轻舟内外，小桥流水西东。江南十八女儿红。芙蓉应结子，蒲远叶由衷。自是多情有意，须知口上香风。婵娟月色寒宫。观音观玉影，一世一情中。

237. 又

约约离离合合，分分别别情情。人生自古半相倾，同心同日月，共世共阴晴。去去来来步步，朝朝暮暮声声。儿儿女女是卿卿。知音知草木，主客主枯荣。

238. 又

雪雪梅梅雪雪，梅梅雪雪梅梅。年年岁岁互相催。原来红白色，俱是作春魁。本本源源本本，来来去去来来。杯杯旧酒又杯杯。三生三世界，一步一天台。

239. 又

一片芙蓉初出水，婷婷玉立相遮，圆荷叶下有清波。丛丛藏浴女，隐约作娇娥。已见莲蓬应结子，丝丝络络心多。荷荷水水是荷荷，今年今已主，隔岁隔家婆。

240. 又

草草花花草草色，阡阡陌陌阡阡。年年岁岁自方圆。枯荣应不尽，日月可径年。处处芳菲多少误，阴晴自负娇妍。云云雨雨共相怜。芳菲芳似露，碧玉碧如烟。

241. 又

竹在苍梧多少泪，云云雨雨霏霏，湘灵鼓瑟九嶷归。年年明月色，久久不相依。记取人间人自语，情情意意微微。岳阳楼上白云飞。东流天下水，草木共春晖。

242. 又

学道深山空自老，名名利利平平。天天地地一枯荣。无非无自主，有日有阴晴。三寸丹田三寸练，人生守一方圆。江河湖泊一源泉。向低知是海，回首向当然。

243. 思量子

觅觅寻寻觅觅，寻寻觅觅寻寻。人心。柳柳杨杨柳柳，杨杨柳杨杨。炎凉。止止行行止止，行行止止行行。前程。水水凉凉水水，源源水水源源。清泉。利利名名利利，名名利得名名，枯荣。国国家家国国，家家国国家家，你我他。你们我们他们，海角天涯。

244. 蝶恋花

已上山头应欲尽，自是明明已是高高信。回首朝东多少问，西阳已向黄昏近。事在经天朝暮阵，日日高低，日日东西印。夕照晨曦无限醒，平生不断平生进。

245. 又

一月下弦天上际，问了婵娟，何处云中帐。独见寒宫圆缺样。情情意意偷偷望。十六嫦娥心已畅。色向人间，作了娇妍相。暗暗明明多少伏，留心才有心思量。

246. 又

雁雁飞来飞去见，一字排空，落了衡阳岸，隔岁重回青海岸，年年一字人人见。柳柳杨杨柳柳岸，处处江南处处莲花面。半在春秋天下唤，人人一字从头练。

247. 又

七夕人间谁可谢，喜鹊河桥，织女牛郎嫁。乞巧无声儿女化，有心无忍无心罢。隐约群星花草架。靠近池塘，只在香丛下。一片荷花思结子，婷婷玉立芙蓉夏。

248. 又

一半红尘情一半，满了人间，满了江南岸。已是群芳天下乱，声声不止声声唤。白雪阳春都不断。下里巴人，自是衷情贯。去去来来都是散，何须处处时时叹。

249. 又

夜半秦淮桃叶渡。有了心情，有了书生故。天下人间都是路。来来去去来来去。薄了罗衫裙色妒，不似桃花，卸似丁香雨。短了还长应白露，潘郎见此时时误。

250. 又

已日三心还二意，细雨微云，一半阴晴易。莫以枯荣都是势，人情自古人心致。越水吴山儿女寰。半在姑苏，半在杭州异。不得天堂天下弄，平生自得平生赐。

251. 又

减了罗衣寒未去，步步西湖，已是风流处。绿绿红红花草度，波波目目心心妒。杳杳桃桃红几许，一片梨花，暖暖阳阳住。别是山前山后顾，红尘近了红尘误。

252. 又

腊月梅花香百位。向了群芳给与人间醉。带了东风多少赐，风流满了东君意。换得天光风景异。红了桃花白了丁香寄。带了牡丹心叶萃，明明艳艳何容易。

253. 又

一曲梅花三弄去，下里巴人，白雪阳春处。已是高山流水渡。阳关三叠阳关路。不断楼兰应不误，过了交河，始向昆仑顾。记取江南杨柳树，天涯海角生朝暮。

254. 又

出水芙蓉人不妒。已自红颜，独自婷婷顾。半以芳霏情已度，蓬壶结子心中住。玉影细腰所许。见了浮萍，不是横塘路。十二楼中双不语，吴姬来了当神女。

255. 又

不是后庭花玉树。按了琴弦，弹了阳关暮。不说凉州天下去，丝绸不断丝绸路。自古华人华如数。纵纵横横，浅浅深深处。自是东西南北度，朝朝暮暮人人付。

256. 又

雪月风花云雨度，小杏墙头，莫把红尘误。不问书生多少路，平生已在人间故。桃李成蹊成如数，一半春秋，一半阴晴付。岁岁年年天不住，来来去去人行步。

257. 又

四面楚歌埋伏曲。不向乌江，罢了虞姬辱。问了江山刘项误，鸿沟两岸何分付。只以未央宫上督，误了鸿门，作了英雄故。只以分封垓下数，张良罢了韩信路。

258. 又

九月重阳重九路。四面黄花，已是金英度。采了茱萸兄弟顾，诗诗韵韵词词赋。夜夜相思君子暮。父父母母，国国家家数。去了爹娘来了误，儿儿女女何如故。

259. 鹧鸪天

半弄罗裙半近身，七弦未了一琴春。潘郎未了萧娘意，此曲相逢此曲人。三弄玉，半红尘。梨花白了杏花津，春光处处都相似，入了心中入了亲。

260. 又

一夜春风一夜云，半天水露半天芬。梅花暗自香千里，只向东君不向闻。杨柳岸，女儿裙。江南带了白云勋。群芳如许群芳色，且自农家自在勤。

261. 又

半地梅花小地香，三吴草木两红妆。千枝白雪千家色，第一人间第一香。何不语，已牵肠。萧娘已自向潘郎。东君借了春风便，柳柳杨杨各短长。

262. 又

草草花花已满楼，年年自得一情忧。荣荣见已枯枯忆，水水来来去去流。非草木，是春秋。荷莲红遍女儿羞。

蓬壶结子心中苦，出水芙蓉一叶舟。

263. 又

已见春云夏雨生，秋风白雪腊梅萌。
冬寒哺育心中入，只向东君告慰成。
三百日，一群英。暗香浮动已倾城。
枝枝叶叶分先后，有了身名有了情。

264. 又

仰望寒宫缺未圆，弦中不见小婵娟。
形形影影心中在，夜夜明明作别船。
情处处，意拳拳。人间咫尺足经年。
相如不隔文君岸，只作知音不作田。

265. 又

入了巫山已几重，高唐神女有无踪。
瞿塘一水东流去，玉壁夔门十二峰。
官渡雨，蜀云封。猿啼不住已分客。
江流只向江楼问，入海何须再问逢。

266. 又

一品尽寒第一枝，三春叶茂已三迟。
群芳出众群芳问，独傲香风白雪时。
金凤阙，玉龙墀。东君带了暖风知。
婵娟作了谁明月，咫尺遥遥不可司。

267. 又

日日楼中一夕阳，云云雨雨半牵肠。
儿儿女女分年岁，事事人人一半梁。
天下色，野花香。相思自是自思量。
无凭有据人情在，咫尺天涯一世娘。

268. 又

踏了榆钱过了桥，桃花谢了杏花遥。
蚕声起惊天地，束缚原来久不消。
蚕禁禁，茧雕雕。春春夏夏自瑶瑶。
丝丝不尽丝丝尽，短短长长各有标。

269. 又

一寸心思十雨萌，三春月色五湖平。
小家碧玉桥边曲，见了男儿自不声。
来去望，去来行。红红白白自多情。
低低不语低低语，过了盘门水陆城。

270. 又

十里莺啼半翠微，衡阳雁字半回归。
江南一片黄花菜，白雪阳关取次飞。
云淡淡，雨霏霏。运河两岸满春晖。
柳柳杨杨青莲色，可以垂鞭不可违。

271. 又

陌上杨花陌上归，杜鹃声里杜鹃飞。
繁繁简简初枝叶，绿绿黄黄色相依。
三界问，一天机。两仪四象是春晖。
江南足以桑蚕女，细细腰肢楚楚衣。

272. 又

一日风流半日空，三春细雨两思空。
红颜已去阴晴在，月夜声声作忆中。
三五日，万千衷。依依就就女儿红。
情情已入心心里，隔了难平不可终。

273. 又

半向寒宫一玉英，三更桂影五更明。
婵娟隐隐嫦娥见，定了心思以此盟。
弦上下，月阴晴。沈郎谢女共声鸣。
人间自有鸳鸯在，凤凤凰凰总是情。

274. 又

九日重阳九月秋，登高远望一风流。
茱萸采得黄花色，问了生平四十州。
青海雁，向湘楼。衡阳不是故乡洲。
爹娘去了家乡去，子女生来子女修。

275. 又

采得茱萸采得菊黄，爹娘在了有家乡。儿儿女女妻夫客，只以炎凉作短长。千叶落，一重阳。书生彼此只书香。回回顾顾童翁误，十地身名一柳杨。

276. 又

一路行人十里亭，半生日月两丹青。
遥遥远远知何去，百步云中百步庭。
三世界，一心灵。公公正正作玄龄。
潇湘竹泪苍梧瑟，正道人间有渭泾。

277. 生查子

人生一本书，不止前行路。日日似当初，步步非如故。云云见卷舒，雨雨何朝暮，所事总经余，处处谁分付。

278. 又

年年四象时，岁岁三春至。步步几相思，止止行行次。七言八句诗，格律双生字。已过渭泾川，不问秦淮泗。

279. 又

关山朝暮晓，日月江湖淼。织女望牛郎，彼岸情多少。幽幽七夕至，客客三生草。不可问神仙，日日天天老。

280. 又

天河两岸边，织女牛郎语。七夕鹊桥情，一岁倾心女。三千六百天，十载孤身虑。若是在人间，近半苍生与。

281. 又

离情别更多，世路人心隔。天上一银河，月下三生客。江湖日日波，草木时时泽。半月见嫦娥，上下弦弦脉。

282. 又

朝朝暮暮寻，去去来来见。得了一相思，上了长生殿。梨园羯鼓声，掌上轻飞燕。自古问昭阳，不可人间怨。

283. 又

香香径径斜，曲曲幽幽路。无远一人家，近近三重雾。山山是野花，水水非如故。见了浣溪纱，不忘西施顾。

284. 又

荷花独自红，不问游人色。玉立已婷婷，水影云烟得。莲蓬不禁风，只以心中匿。十二子初生，一半回回忆。

285. 又

一朝来柳柳眉，暮去梅梅额。楚楚细腰肢，步步纤纤脉。烟烟雨雨多，雾雾云云白。闪闪一千波，杳杳三生客。

286. 又

梅梅雪雪香，雪雪梅梅色。半日两春情，一步三消息。花花草草扬，草草花花殖。已有去来寻，只是阴晴织。

287. 又

蜂蜂蝶蝶寻，蝶蝶蜂蜂觅。只向一心中，换取三春绩。红红白白侵，白白红红晳。以果自园成，彼此传媒适。

288. 又

多多少少情，少少多多意。一半作阴晴，一半成相思。花花草草生，花花草草真。一半是人心，一半多谊寄。

289. 又

阡阡陌陌云，陌陌阡阡雨。夏夏麦收蕙，杏杏农夫女。日日见勤俭，日日知来去。

290. 南乡子

碧玉小桥边，细柳垂丝系客船。十八女儿红白晳，妍妍。靠着栏杆望着天。水上有云烟，一半阴晴一半莲。玉立婷婷初出水，鲜鲜。弱不径风自可怜。

291. 又

碧玉小桥东，一片桃花暗自红。一见春光多无力，衷衷。有了心思有了公。色色是空空，面对峰峰是始终。已见花花多粉粉，心中。不作嫦娥不入宫。

292. 又

碧玉小桥中，一半心思一半空。十八女儿红未嫁，西东。不是潘郎一阵风。来去已匆匆，始始终终不是终。暮暮朝朝多少误，风风。吹落桃花一片红。

293. 又

碧玉小桥西，处处江流只向低，一只春莺停树树，啼啼。一曲无休一曲迷。已见草萋萋，柳柳杨杨本不齐。短短长长应日月，溪溪。水水多时楚楚黄。

294. 又

碧玉小桥前，月色无私满了天。半在寒宫寒一半，园园。上下弦弦苦自怜。已是一年年，去去来来独自悬。已见群星群不语，婵娟，误了萧郎误了田。

295. 又

碧玉小桥英，有了梨花有了荣。一见心丝蜂蝶至，倾倾。结子传媒结子盟。一岁一生平，一岁年华一岁精。自是女儿多少愿，平平。妇妇夫夫自在行。

296. 又

碧玉小桥头，半望江楼半望流。曲曲弯弯多少水洲洲。花花开又落，悠悠。自以相思自不休。

297. 又

碧玉小桥边，一曲江流一叶船。逝水东流东逝水渊。积了江湖垒了天。夏未有荷莲，见得蓬蓬见得年。十粒心中多结子，圆圆，回首婷婷玉立延。

298. 清平乐　自度

留心自主，别了江湖去。格律诗词多少路，自古平生如数。十三万首知书,辛勤不谓樵渔。随世天天读学,先贤处处当初。

299. 又

花花草草,日月知多少?有有无无何了了,是是非非晓晓。条条路路遥遥,江江海海潮潮。止止行行不止,秦秦晋晋谁消。

300. 又

云云雨雨,处处思思路。一半人生不误,格律诗词如故。人情误了姑苏,运河到了江都。断了相思日月,孤身独步江湖。

301. 又

无知小小,有识诗词好。白首当知人易老。处处花花草草。运河水水潮潮,平生步步遥遥。日日吟吟十首,翁今二万余雕。

302. 又

红英不尽,格律诗词信,七十年多凋白鬓,忘了秦秦晋晋。音音韵韵寻寻,情情意意心心。古古今今古古,弦弦瑟瑟琴琴。

303. 又

梁州已去,大漠交河暮。海市蜃楼天下路,实实虚虚如故。周唐碧碧朱朱,平生佛道由儒。始始终终始始,奴奴主主趋趋。

304. 又

吟吟赋赋,老老平生路,十万诗词都不误。自以朝朝暮暮。楼船到了江都,运河过了江湖,世界人间记录,耕耘日月殊途。

305. 又

谁人主宰,白雪梅花怠。见了姑苏香雪海。乱了东君色彩。向南百里天台,山泉一半花媒。近了清明禁火,丁香玉影徘徊。

306. 又

西湖花草,不教人心老。两岸苏堤都是藻,绿了杭州也好。远山近影成潮,天光柳色云霄。见了龙宫虾蟹,无声处处逍遥。

307. 又

云云雨雨,作了阴晴女。一片梨花何不主,结子丁香自许。人生读学如书,国家不可樵渔。社稷轩辕伊始,云云卷卷舒舒。

308. 又

深宫四皓,别路君臣道。入了商山人已老,好了当然不好。人间吴得渔樵,江流逝水云霄。远近无须内外,成成败败如潮。

309. 又

巢由何处,社稷江山路。自是人间人不误,退退前前如数。朝朝代代多余,时时势势相书。不可樵渔过市,劳农自主天居。

310. 又

新瓶旧酒,旧酒新瓶口。一路行程多少友,天下杨柳柳柳。江楼不问江流,阴晴已是春秋。九月重阳九日,千年渡了千舟。

311. 又

黄昏已后,不可东山守。向背当然,无限有只见诗翁白首。年华自是春秋,千年记了王侯。野史当然不野,修修正正修修。

312. 又

衫衫袖袖,短短长长陋。透透明明依可就,隐隐私私豆蔻。羞羞忘忘羞羞,由由是是由由,本是人心相悦,当然不误春秋。

313. 又

琴琴曲曲,玉玉弹弹续。跬步纤纤三两酷。不似原来妆束。阳春白雪阳春,巴人下里巴人,世上原来如此,红尘不是红尘。

314. 又

阡阡陌陌,去去来来客。见了隋炀杨柳帛,已是楼船有泽。北通过了黄河,秦淮六渎江波。已是扬州秀女,天堂一半莲荷。

315. 又

儿儿女女,俱在红尘处。自有文人多少误,意意情情如故。花花草草当初,云云卷卷舒舒。何以君臣父子,人生读了天书。

316. 又

莺歌燕舞,两两三三羽。处处原来云作雨,自是阴晴水浒。情情越越吴吴,何何主主奴奴。自得红尘彼此,杭州已是姑苏。

317. 又

心心印印，女女儿儿信。到了姑苏云雨进，意意情情滋润。言言语语文文，侬侬草草薰薰。已是香香淡淡，相期约约慎慎。

318. 又

文文武武，古刹听钟鼓。自以心经心自主，化化今今古古。钱塘越越吴吴，天堂一半姑苏。留下杭州一半，隋炀寄予江都。

319. 采桑子

戊戌清明

浑江流水流无断，永忆爷娘。永爷娘，一路生平一路乡。诗词十万诗词记，思忆爷娘。思忆爷娘，问了秦皇问未央。

320. 木兰花

一年一度相看过，未叶木兰花箇箇。向天独自望将来，玉颜不锁从不惰。一路先见人人课，暮暮朝朝不敢坐。平生不必自停行，有了东君有了佐。

321. 又

木兰已绽东君处，一笑留春也住。晓霞已染白红颜，色深紫气东来路。踏遍青草裙边露，罗袖藏龙跬步度。余香暗暗向君留，恐怕娇情不日暮。

322. 又

杨花已向长安路，子规不住啼啼去。初生柳絮绿先成，春风一夜群芳误。幽幽燕燕皇城故，去去来来多不顾。有情还是老人书，向了人生千百度。

323. 又

黄藤日暖迎春色，雁飞一字人形翼。声声不过玉门关，青青海海湖湖息。其中最是相思息，见了萧娘都不力。隔年重得问潘郎，莫误初心多少忆。

324. 又

念奴已唱离亭曲，向了木兰杨柳绿。始终尽是解人心，怯声已见身白玉。恩恩怨怨相思束，暮暮朝朝情已属。来迟春是去年书，有了人生相继续。

325. 又

玉真羯鼓霓裳舞，世上已留梨园府。九天鼎立是君臣，一生逐鹿何不主。十丈方寸今今古，来去方是前朝误金缕。相观只是问先贤，帝帝王王草木圃。

326. 又

东城柳色西城草，北苑木兰南苑枣。最迟最早由东君，有花未叶情独好。云云雨雨相思鸟，暮暮朝朝都是晓。一春三月一心身，两半相思谁多少。

327. 又

初心有了相思叹，不知美女何人见。杨杨柳柳运河边，红莲绿了江南岸。文君帐后相如面，已是知音何不便。不须猜测倩人情，且与明皇长生殿。

328. 减字木兰花

人生处处，去去来来都是路，唯有诗词，日日天天必守时。朝朝暮暮万日前行都不误。已了叁思，未了千思尚不知。

329. 又

留春已住，尽在花心花处处。记取江都，记取明皇向念奴。东君且顾，满了丁香桃李路。过了东吴，过了长安入玉壶。

330. 又

花花草草，俱是春风春雨好。有了春潮，也有江南杨柳条。苏杭小鸟，唱遍天堂人不老。未了诗词，未了人生日月桥。

331. 泛清波摘编，凡曲数叠而取，裁为之摘编。

微微细雨，淡淡渺渺。却似去年天气好。杏花含露，百草青青子规鸟。长安道，秦川渭泾，归了黄河，当见潼关天不老。万里江流，九曲湾湾客多少。客多少，吴越楚云互相，蜀峡水何芳草。空把江流一线潮，自然清晓。春莺早，声里有约有声，孤身有情谁了。见得花花草草，一春多少。

332. 洞仙歌

泾泾渭渭水色长安道。玉女含羞媚先笑。是花时，恰恰偏是云云，雨雨早，烟里花香不少。群芳和百草，是是非非,色色颜颜似伊好。白雪覆，暗梅香，近了阳春。谁知道，红花青草，十日里，丁香与梨花，八百里秦川，不知谁老。

333. 菩萨蛮

杨杨柳柳隋炀帛，苏杭已是天堂客。战士问干戈，商人船运河。青莲水泽，六渎多阡陌。一暮一渔歌，三吴三水波。

334. 又

圆圆缺缺婵娟别，梅梅雪雪阳春节。玉露一园荷，珍珠三界多。红颜红切切，碧玉桥边杰。燕子向低飞，行人心已归。

335. 又

一莺啼不是春留下，丁香过了葡萄架。处处是桃花，风情儿女象。池萍浮水榭，谷雨分春夏，百朵牡丹花，三生千叶纱。

336. 又

歌歌舞舞歌歌舞，声声曲曲声声鼓。一水一江都，三吴三越主。官姬官入府，俗色君无语。自古作香妃，身名共玉壶。

337. 又

秋千落下秋千女，轻轻不已轻轻语，碧玉一姑苏，盘门三玉壶。飞鸿收故羽，拾得寒山鼓。寺外近江湖，枫桥多少吴。

338. 又

倾情只与倾情主，相思已得相思苦。自以自娇娇，何言何玉箫。秦楼声已古，弄玉黄金缕。已过凤凰桥，穆公心事消。

339. 又

渔歌一曲渔歌晚，长洲半夜长洲范。寺里一寒山，钟声三界关。船娘音慧婉，曲里情衷绻，月落月湾湾，婵娟色还。

340. 又

江梅白雪江梅客，阡阡陌陌阡阡陌。半月立春河，三更明月多。姑苏知太伯，草木江湖泽。草下有鱼禾，吴中儿女歌。

341. 又

相思不尽相思苦，衷情只是衷情主。人在一江湖，身由三界鬼。今今何何古古，代代皆文武，剑剑亦书书，云云知卷舒。

342. 玉楼春

月照玉楼春逐逐，只以风采庭外竹。子规声里梦难成，一水运河连六渎。欲使人间多少目，草草花花红簇簇。夕阳西下是黄昏，却怕良宵如李煜。

343. 又

女女十三歌一曲，细细腰身成碧玉。水波波水是初心，知己管弦声韵续。来去少年游曳促，手上有香近拘束。有情谁见一花枝，向背含羞红蜡烛。

344.

一曲两情明月下，半夜三春人已夏。女儿儿女互相时，男大当婚女当嫁。多少少年都未见，止步不行云影借。约期应是玉芙蓉，却是含羞何不罢。

345. 又

月下玉楼春已暮，影上云山歌未住。已知金屋可藏娇，飞燕掌中何不误。吴女十三音乐数，束束带带妆不顾。一身丰满自无疑，一曲心中成玉树。

346. 又

不到玉楼春不足，只有萧娘身似玉。夜衣轻掷枕头余，啼鸟欲窥声断续。何以有情都不顾，昨夜梦中归来属。醒来如果可相依，少了婚时红蜡烛。

北宋·郭熙
早春图

读写全宋词一万七千首
第五函

第五函

1. 又

荳蔻枝头春有信，玉露心中花自润。
珍珠点点尚无流，闪闪发光争一瞬。
柳叶弯弯多少鬓，额上梅中花中又印。
唯心浮动有相思，乱了群芳啼鸟认。

2. 又

又是东风来去问，草草花花都已奋。
诗翁先可问东君，仄仄平平何以韵。
不是多情桃花运，二月丁香梨杏近。
阳春白雪共梅花，老了人心多了素。

3. 又

梅花去了丁香见，桃李梨花如杏面。
有云无雨女儿情，朝暮心中都是羡。
临楼一半香风散，醉拍琴弦声不断，
隋炀杨柳满江南，只向运河伊约岸。

4. 又

不得相思相思误，莫以人间人间顾。
你若行止止行时，切不去来来去处。
不如进退都是路，只是前程朝又暮。
风流天下几风流，跬步此生应未故。

5. 又

只有前行前行步，不以回头回头路。
你若生得一平生，不止日天耕朝暮。
女儿已是儿女去，老子扬长诗句赋。
风流应是是非情，不恐废时劳力处。

6. 又

采女莲塘多少语，玉叶我风藏采女。
暮中形影作芙蓉，水雾浴中无藏处。
不如草草梳洗去，免了行人多少虑。
风流非是世人情，只恐梦中潘郎妒。

7. 又

卸妆见了明股雪，春殿丁香多少结。
凤落凰飞自离离，鹭击花长多别别。
昨夜枝头圆又缺，今长偏里长亭绝。
风流多少已难留，十里望伊伊不说。

8. 又

天上牛郎银河岸，织女望之兴叹。
俱是人心乱。牛在池塘，谁见芙蓉散。
只有衣衫儿女看，郎之取，萧娘轻唤。
共是心中愿，儿女情长，作个双无半。

9. 阮郎归

春来一半到南国，青梅如豆宣，小荷出水角尖尖，青黄一寸莲。云淡淡，雨烟烟，柳丝系靠船。运河两岸好桑田，江南小小怜。

10. 又

春风一夜满桃花，东君问馆娃。家乡西子浣溪纱，女儿玉影华。天下事，太湖洼，英雄五霸车。夫差勾践越吴嗟，春秋共一家。

11. 又

黄花九月一重阳，晴空十里香，带寒含暖，一层霜，心中有玉章。天下问对炎凉。同情桂子肠，古今今古一圆方，唐家格律梁。

12. 又

雁飞一字下衡阳，三湘半故乡。隔春青海望衡阳，何时半故乡。南北度，去来翔，无疑自暖凉。爹娘去了没家乡，难平子女肠。

13. 又

人形一字雁飞空，衡阳青海同。有来还去每年中。爹娘已始终。谁子女，儿童翁。年年岁岁工。春秋冬夏一惊鸿，南南北北东。

14. 读中华韵典

唐人以古今界诗，今人以普通话为今。自度
十万诗词大半生，传承国学小方明。
人间跬步和则立，小大由之集大成。
格律今今由古古，音音韵韵佩文萌。
平平水水应唐制，状状元元以唐城。

15. 归田乐

岁岁年年数,七十七,半生诗赋。不误正常顾。日日正务事,留得词句。原来人生两条路。花开花不语,见草碧,东君由此度。女儿多意,以此相思去。对情可取得,阮郎窥处,立步丁香结花处。

16. 浣溪沙

二月东君收落梅,香泥已向牡丹催。群芳只待翠微回。碧玉桥边留独影,江南日月已徘徊。青莲出水不相隈。

17. 又

柳絮扬扬得意飞,随风自去不知归。谁知处处已相依。读学书生书不尽,江河逝水两霏霏,行行止止去微微。

18. 又

两半清明一步乡,三千弟子五千肠。爹娘去了作爹娘。岁岁年年寒食路,儿儿女女不同堂。人人事事久彷徨。

19. 又

李白自名酒里仙,王维画里仕途田。知章八十镜湖船。杜甫草堂崔颢鹤,昌龄落日玉门泉。佺期之问不听蝉。

20. 又

井架前头李白诗,床前故语误今时,床床井井蜀人知。已过千年今古问,何须重解韵音迟,情情意可相期。

21. 又

月半残时半月残,寒光落得一光寒。丹青化作是青丹。五树幽幽形影去,嫦娥后羿见何难。婵娟隐约望云端。

22. 识

朝朝暮暮一长亭,去去来来半渭泾。柳柳杨杨成足迹,行行止止作丹青。荣荣辱辱平生事,曲曲折折石径庭。水水山山和斗路,成成败败自心灵。

23. 浣溪沙

一叶黄时绿半成,三声鹂鸟问千莺,初心只是向枯荣。已见西湖西子岸,黄花未尽近清明。霏霏细雨作阴晴。

24. 又

半入旗亭已入吴,相逢记取有情无?年前一醉在当炉。不是居心因不是,轮回已是故当途,楼船又可下洪都。

25. 又

一日当心九日郎,三杯已尽九杯肠。红颜已作玉壶香。旧酒新瓶新式样,纤腰柳媚薄衫妆,年前不似此轻狂。

26. 又

一酒倾倾百酒郎,三春处处五分香。潘郎不饮向萧娘。老子书生儒佛子,言中立世作空肠,心经度得去来量。

27. 又

扑扑风尘古道行,温温雅雅作人生。花花草草共枯荣。世世情情何不定,观观止止亦难平。清明过了又清明。

28. 又

逝水东流一叶舟,源泉万里半无求。分开两岸几江楼。莫行行人同进退,当须远近智人修。兴亡自古帝王侯。

29. 又

懒系胸衣懒系裙,清波荡漾两边分。船娘只顾一人纹。两眼无心还俯视,潘郎晓得女儿云。青天白日久相曛。

30. 又

金屋藏娇一见情,掌中翻飞燕云生。团团扇舞几难行。只有班姬修汉史,文章正野世当平。年年代代总修名。

31. 一而三则十

一带风华一路翔,一圆一国一银行。和平共建共炎凉。远近丝绸茶马道,东西合璧一天堂。人间正道共兴亡。

32. 又

一品寒梅一品香,半春白雪半春扬。云云雨雨入芳塘。汴水苏杭杨柳岸,青莲碧玉作天堂。人民不可忘隋炀。

33. 又

小杏颜红小杏天,梨明已展李明前。扬州曲舞玉箫篷。似雪如花天下色,头颅好处胜桑田。今年水调运河船。

34. 又

杏杏梨梨两色开,桃桃李李一花来。丁香结子牡丹猜。领袖分符铜虎令,晴云五彩御旌催,三军报捷上天台。

35. 又

浦口芙蓉不可羞,婷婷玉立带香留。人间一色一倾收。小女渔歌轻细细,,眠眠欲睡不惊鸥。轻舟泛泛到洲头。

36. 又

一度春光一度秋,,千花百草半风流。

轻风逝水问渔舟。久在江湖江有语，源源本本自西头。沧沧海海以低收。

37. 又

不锁楼台不闭门，苍茫水气入江村。春风带雨自留痕。近了君山云梦泽，湘灵鼓瑟二妃魂，苍梧已见忆王孙。

38. 六么令 六么音缘腰字录要，曲工词语录其要者。自度

东南寒,云雨清明妒，黄花满了阡陌，最是黄昏暮。一夜人心处处，半是爹娘故。平生何故，读书远去，梦里家乡此情误。九辩离骚忧楚，莫以汨罗步。相思多忆多情，父母兄弟妹，最是爷爷奶奶，创业关东路。胶州分付。如何回道，皓首穷经律诗赋。

39. 浣溪沙 皓道穷经小淑女

皓首穷经一寸心，空空色色半观音。波罗密得五蕴藏。苦苦行深般若规，菩提受想是晴萌。千年独树木成林。

40. 六么令 自度

弟兄兄弟，兄妹共朝暮。爹娘志同爷奶，创业辽东路。当属桓仁八卦，小小县城度。自胶州故。孙孙祖祖，三代劳农自耕时。善人墙外造井，治地医赴。修庙宇，铺桥梁，敬以关公谕。何以书生自去，别离离离误。何当归也，何当飞雁，一一人人字相顾。

41. 又

桓仁五女，山下有朝暮。初中高中毕业，上了北京路。钢铁书生书学院，

读学书书处。苦辛相付，农民学子，耕得田园再耕赋。别离未到不顾，四品郎中注，耘日月，著诗词,步步平生步。原是农家自立，创业开荒住。南边哈达，西关村里，记取家乡不如故。

42. 更漏子

近清明，寒食暮，柳杨杨柳路。看百草，见鹂鸪。云都不误。谁分付，几如故。忆忆思叫不住。四十亩，一殊途，上皇有念奴。

43. 又

柳垂垂，杨际际。已是隐晴屏蔽。儿女见，女儿情，小莺啼两声。江水逝，对佳丽。花落花开花迷。三界计，一枯荣。只须步步行。

44. 又

雨幽幽，云细细。杨柳运河佳丽。情远远，意悠悠，去来来去愁。花草砌，守门第，暮暮朝朝难济。千水路，一轻舟，共君百里游。

45. 又

西阳平，夕阳暮，两两三三人语，花密密，草疏疏，世人多少书。早也女，晚还女。一半乾坤是女。千跬步，一当初，半生几处余。

46. 又

出墙花，当路柳。见得芳心谁有？三界易，一江流。运河多少愁。丁香首，牡丹口，一半人间老酒。南去客，北来舟，半春半是秋。

47. 又

草幽幽，花砌 。两岸运河佳丽，云淡淡，雨凄凄，运河平岸堤。船舱闭，船台济北北云云滞。荒漠漠，野齐齐。越吴处处低。

48. 河满子

来去东西南北，炎凉日月春秋。暮暮朝朝低逝水，行行止止潮头。岁岁枯荣花草，年年自在风流。一路关山眼底，三生跬步神州。天若有情天不老，书生何以无忧。夜夜圆圆缺缺，诗诗赋心留。

49. 又 体 爽商钟

已见湘灵鼓瑟，九嶷一舜心平。不断巫山云雨，娥皇从了女英。竹泪风流不止，衡阳一字人情。

50. 于飞乐

月色朦胧，女儿还了天台。盈盈一笑难猜。有余红，无领带，一朵香梅。娇娇嫡嫡，扭腰肢，处处开开。半是春深，三杯情怀。千姿百态徘徊。似中人，由此意，可以相回。良辰好景，知心处，不可归来。

51. 愁倚阑令

由来去，任西东，望飞鸿。人字排空成一字，是春风。

时令缘缘红红。斜最外，水月朦胧。秋去春来南北问，画屏中。

52. 又

花芳草，柳啼莺，近清明。长似当年今日雨，一人行。

跬步行止几诗成。平平仄，又仄平平。共与征人鸣不住，向前程。

53. 又

春衫薄，舞裙低。向东西。摇摆圆圆留云际，运河堤。杨柳水月无齐。无妆束，隐密兮兮。情里含羞留所见，半开笄。

54. 御街行

行行止止朝前路，不计何朝暮。红尘疑罢有瑶台，六欲七情有误。浮名何去，虚利重重顾。春兰秋桂花香雾，岁岁年年树。风风雨雨仰天公，自在是人生主。相思无尽,诗词歌赋，只作乾坤步。

55. 又

运河一半苏杭路，寒食清明暮。江南处处满云烟，遍地黄花分付。啼莺飞去，当时回首，几度西阳雨。晴晴不尽阴阴雾，不见乾坤主。杨杨柳柳问青莲，指日芙蓉出户？婷婷玉立，开心结子，且向黄昏住。

56. 浪淘沙

一水两横塘，百里花香，运河两岸满天光。见得苏杭杨柳色，记取隋炀。汴水斜阳，处处天堂。人间已是故书乡，进士翰林吴越迹，又状元郎。

57. 又

碧玉一妆红，处处由衷。花开花落也丛丛，岁岁年年如此见，不计西东。二月已春风，九月秋风。年年岁岁始始终终。别别离离多少路，望得英雄。

58. 又

七十半生年，学了先贤。诗词十万近天缘。北去南来天下路，见了神仙。李白半青莲。作了源泉。王维杜甫在人前，元白知章之涣雀，浩浩然然。

59. 又

自古一文章，柳柳杨杨。风流日月寄衷肠。北北南南天下色，处处炎凉。处处作家乡，处处青黄。年年岁岁自衡量。以帛隋炀经换取，入了天堂。

60. 丑奴儿

琴琴瑟瑟湘灵问，书写丹青泽泽汀汀。苍梧如今九脉通。疑是金谷无人问，已误相逢。何以临风。玉树人间玉树空。

61. 又

春中柳絮杨花落，春有无中。实实空空。飘飘飞天去去终。春雨春水春云后，一半春风。来去匆匆，岁岁年年各不同。

62. 许衷情

生平八十半神州，一半不风流。诗词十万古，千载帝王侯。书不尽，事难休，望东流。始终终始，日日年年，岁岁春秋。

63. 又

生平八十自耘耕，一世半精英。诗词格律今古，记取佩文名。天下路，去来行，暮朝程。是非非是，也有相思，也有阴晴。

64. 又

红莲未尽一莲红，半水色无穷。婷婷玉立初见，处处有荷风。珠露水，叶由衷，向西东。摇摇无落，空空色色，色色空空。

65. 又

杭州十载已无同，不异是西东。新楼处处林立，旧识已成空。人老去，心难穷，意由衷。旧名新解，白作苏堤，西子湖中。

66. 又

梅花谢了下杭州，汴水自风流。清风近了寒食，介子一春秋。何旧忆，几轻舟，老人头。西湖西子，见了群芳，过了长洲。

67. 又

无言西子已黄昏，水色满江村。莺啼柳浪依旧，竹寸向王孙。居易守，正乾坤，月留痕。以思相忆，我去沈阳，四品无恩。

68. 又

知君一见石榴裙，日月半香曛。纤腰柳叶眉目，玉手弄衣纹。垂锦衣，叠香云，问文君。月前花下，见了相思，得了耕耘。

69. 又

清明近了已中春，划划以花邻。杭州虎跑龙井，一叶一年新。寒食节，雨云亲，满红尘。已红桃李，过了江南，到了天津。

70. 破阵子

柳柳杨杨汴水，朝朝暮暮钱塘。草草花花天下岸，去去来来日月光，船平同里乡。去岁今年相似，老人少小难量。有了前行无了故，作了平生误了娘。亲情炎复凉。

71. 好女儿

到了西湖，梅子东吴。已青青，见得黄花菜，向霏霏细雨，烟烟雾雾，处处扶苏。应是行云归路，有花草，有书儒，几长亭柳杨杨月，小莲初出角，尖尖朝上，碧玉姝奴。

72. 又

标火书生，西子阴晴。近清明，捣得青团子，更霏霏细雨，洞庭山上，四面春莺。应是东西归望，香雪海，尽风流，不尽杨柳问，桃李梨杏，约了萌萌。

73. 许衷情　秦汉隋唐

清明时节菜花黄，雨水半钱塘。苏杭处处杨柳，以帛易隋炀。天下事，古今扬，问侯王。汉秦秦汉，筑了长城，有了天堂。

74. 点绛唇

已近清明，纷纷雨雪衣杨柳。忆爹思母，白了桓仁首。到了清明，上已三三守。诗词口，作人间手，胜似千杯酒。

75. 又

又是清明，回乡不见门前格，一天三九，九九三三久。

过了重阳，上已民诗调酒。兰亭首，有千章友，只以乡情守。

76. 又

翠柳东城，清明雨雪皇城路，北京云雾一半燕山付。一带长安，一路中华故。银街数，二环东顾，远近崇文度。

77. 又

一半京都，崇文已与东城。北北南南，近了长安步。一带中华，一代丝绸路，银街数，去来如故。远近和平赋。

78. 又

一半心经，三千弟子三千度，拨开云雾，始得人生路。一半心经，一半天机故。观音雨，以慈恩付。咫尺丹青步。

79. 戊戌西湖游

柳柳杨杨绿带黄，隋炀汴水到苏杭。千年作了一天堂。忘了江湖曾是客，楼船未语过钱塘。西湖寒食忆爷娘。

80. 又

保俶湖边倒影明，雷峰夕照玉波清。苏堤欲晓柳闻莺。曲院风荷春已近，桃花已放紫萱情。观鱼浅港已徒生。

81. 又

花港观鱼小子牙，天光四面白琼花。雷峰塔下曲桥斜。倒影波纹龙井路，南屏虎跑满山茶。西湖不是杜鹃家。

82. 又

又得江南小水村，童翁岁月已无痕。

人生七十是黄昏。不是西湖西子路，何言一木问王孙。钱塘八月一云根。

83. 又

百岁诗词一古今，千年未到木成林。钱塘印影六和琴。保俶雷峰蛇不见，苏堤两岸断桥寻。三潭印月水云深。

84. 又

八道虚亭四面鱼，三光水色五湖书。无钩有钓子牙居，一路山茶花十式，千颜紫玉一心，桃花未了牡丹余。

85. 又

锦带西泠不断桥，平湖望月一波潮。流金玉带入云霄，葛岭黄龙金谷洞，栖霞岳暮莫须消。西湖两岸几桑苗。

86. 又

杜仲根生叶白萌，枇杷古色已香成。观鱼不尽有鱼情。未了汪庄天下忆，三潭自是满春荣。百媚风流近清明。

87. 又

步上苏堤忆白公，断桥曲院半荷风。形形色色见人空。只问西湖西子问，应闻诸茵自耕躬。于谦自此作英雄。

88. 又

老马行空独步鸣，天台浙北近清明。青团上海绿矛城。乞火书生寒食禁，轻烟不见五侯情，年年又是香泥生。

89. 又

静寺南屏一晚钟，雷峰塔下白蛇封。三潭印月半无路。自宋临安南北望，城隍阁上问芙蓉。徽宗已去老城龙。

90. 又

一步苏堤半断桥，西泠印社九州肖。
春莺不尽向波消。宝石山前知保俶，
梅妻鹤子自逍遥。桃花共了杏花潮。

91. 又

保俶云中一剑消，西湖月下半波潮。
楼中楼外宋南朝。西去西湖龙井脉，
楼船品味醋鱼寮。光华复旦故时遥。

92. 又

玉带晴虹六部桥，荷花曲洒入云霄。
徽宗一路一逍遥。不以临安南宋去，
原来代代帝王朝，燕山野道自迢迢。

93. 又

一字成三作玉奴，如来共度共扶苏。
观音济世济河图。咫尺天涯灵隐寺，
心经自在过江都。春秋五霸半东吴。

94. 又

一品梅坞一品茶，半生立世半人家。
杜鹃园里杜鹃花。步入丝绸研究院，
心从五女故乡涯。清明扫墓志中华。

95. 又

一统江山一帝王，半天世界半苏杭。
蚕蚕茧茧束人伤。螺祖无言无旧迹，
人间自古见钱塘。千年一水忆隋炀。

96. 又

不到梅坞已自香，云溪竹径采茶娘。
天堂一半是苏杭。叫化鸣鸡叫化，
西湖再向醋鱼尝，清明故里是家乡。

97. 又

钱塘不是富春江，钱塘正是富春江。

杨岐胜垸行善童，足踏莲花花不语，
观音水雨入家邦，吉祥玉佛自成双。

98. 又

妙法观音一善身，文殊礼赞半春秋。
丛林顺治二庄人。白玉黄金非以贵，
山河百年古今邻。胡糊已可智根津。

99. 又

步向观音法雨廉，华藏世界自庄严。
无量善乐一身兹，以愿慈悲天下路，
祥云普渡半人占。随缘佛事己心潜。

100. 又

六六和一塔边，塘塘水水半钱钱。
潮头八月自朝天。五霸春秋吴越问，
千年汴水润桑田。江南自此十方圆。

101. 又

浙水三春一日流，钱塘八月几潮头。
晨钟暮鼓五湖洲。五百三千罗汉去，
观音普渡共春秋。如来彼此是同舟。

102. 又

柳娘闻莺古宅，四号方建松，借纸
借笔写诗词，柳浪闻莺叫化鸡，三
潭印月问东西。桃花落下作香泥。
已近清明寒食雨，雷峰晓色自高低。
西湖一路草萋萋。

103. 又

一派西湖一派明，半生跬步半生行。
茫茫不见是云萌。乞得清明寒食火，
阴阴雾雾亦晴晴。轻烟不见读书生。

104. 又

静静身名意意清，空空色色己明明。

再以心经灵隐寺，双峰法雨玉竺情。
天涯咫尺有文明。

105. 又

不到无量独步行，飞来峰下中情。
商商贾贾已连城。若以心经灵隐寺，
何言界外竟枯荣。人生守一不难成。

106. 又

保俶钱王四十州，钱塘百里一江流。
西湖记取宋王休。自以临安临社稷，
徽宗不再向春秋。盐官浊浪几潮头。

107. 又　上海吕赢家中

尾尾游鱼玉宇中，层层色色白黄红。
儿儿女女乃诗翁。上海当然应世界，
琳琳美美自由衷，花园夜上月明空。

108. 又

四照孤山放鹤亭，西泠印社一丹青。
苏堤晓日半心经。记取平湖秋月色，
风荷曲院自双灵。栖霞洞口以茶铭。

109. 又

宝石流霞保俶王，钱塘缪越治钱塘。
隋炀汴水一天堂。四十州头三界事，
千年一调过苏杭。雷峰夕照晚钟光。

110. 又

一度清明半故乡，桓仁扫墓问爷娘。
胶州旧忆是炎凉。创业辽东思祖父，
书生读学北京肠。浑江五女久低昂。

111. 又　浣溪沙　成成清明桓仁寄吕思凝

一日清明雨雪花，三生去处半生涯。
思凝具得弟兄家。道路前行前不止，

书儒自古是梅花。午泥已作以春华。

112. 又　寻祖父足迹　望江亭

跬步清明草已青，南边哈达望江亭。三兄四弟二华铭。曲曲浑江流不尽，胶川上祖业忆先灵，心中已得故家庭。

113. 又

创业关东祖迹铭，桓仁一路守乡灵。吾家自此一丹青。治世开田三百亩，农夫子女望江屏，谁人记取作心经。

114. 又

跬步人生故土情，乡灵一路入清明。爷娘父母作慈英。忆取童翁同意气，前前后后自由行，谁心不向故家盟。

115. 又

扫墓思亲一故城，回乡雨雪半清明。人生自此始前行。组合伊斯兰蒂克，南洋几度上天城。天涯再作只丰荣。

116. 两同心

楚流吴水，共谷同源。彼此见，以先承后，千万里，暗度王孙。人人在半上青云，得滋味，最是黄昏。
相思里，一抹夕阳，无限离痕。史记精华录，康熙本，三本纪，二书，十世家，三十二列传。

117. 少年游

龙门史记，循环咀炙，无奈问分明。风风雨雨，束之巾帛，总有玉关盟。王侯此际，山山水水，东战复西征，春秋冬夏半阴晴。批导自前行。

118. 又

春秋战国，儒林法子，天下自精英。波澜壮阔，尚书论语，未达总关荣。文章剽剪，东西日月，今古已纵横。分经当见左丘明，先后短长情。

119. 又

洋洋史记，丘明独论，人事两思成。三仓旧阳，五车新始，已得百家名。文章始末，非非正正，庭庭野野，修着自相倾。斯精由一万千明，其卷五分荣。

120. 又

潜龙一事，才人半鸣。元凯已分成。春秋本末，左传纵横，事事以人行。难图陌巷，精华敷衍，临广武虚荣，芊绵之九嶷情，书简而繁萌。

121. 又

巫山一始，高唐半末，吴楚已江流。人人事事，左丘明传，史记总关鸣。菁华录记，言之五万，成一取十成。雄图刘项几分明，垓下客思行。

122. 虞美人　秦始皇纪

销兵同律封疆路，十二金人树。钟钟镰镰鼎咸乡，法石轨文商贾，共朝皇。章台燕子来还去，面谀群臣误。李斯书禁制坑儒，从此书生书难尽，问扶苏。

123. 又　项羽纪

书书剑剑何居否，始始终终久。鸿门宴上项庄求，项伯张良左右，是沉浮。江东霸主秦王首，不计乌江口。一生天下几人谋，未将范增有，只以英雄轻道，水东流。

124. 又　高祖本纪

吕公单父知时景，酒色何人领。大风起兮自飞扬，故国乌雅远近，四方王。识人一目天机在，无语龙颜改。沛公刘季几情长，回首古今路上，一家乡。

125. 又

杨杨柳柳隋堤路，往事如朝暮。来来去去向东吴，项羽霸王一诺，问扶苏。虞兮剑舞虞兮去，已是江山误。问君刘项几书儒，约定未央宫阙，是殊途。

126. 又

楚歌起落乌江岸，一半乡人叹。不闻渔父渡江船，立马英雄垓下，问方圆。鸿沟一界难分断，只是云飞散。未央宫中是何年，不以书生来去，自轻天。

127. 又

秋风自比春风好，一夏金英老。满山日月又重阳，共与茱萸同舞，是扬长。关山晓月应同早，果果丰丰葆。一层枝叶一层霜，遍野群山同素，净家乡。

128. 又

东君指望梅花早，唤起郡芳晓。小楼旖雨有江潮，一半江南回首，雁逍遥。吴中碧玉闻飞鸟，自以红颜表。欲行还止几多娇，不似一江新水，过村桥。

129. 又

梅香一日江南路,最是西阳暮,牵牵处处共梨花,白雪阳春回首,半人家。浮萍带玉何求去,已见微微雨。暮朝朝暮作珍珠,会了群芳同住,问东吴。

130. 又

心机织下回纹字,尽是柔肠事。东君又是去年时,雨雨云云南北,锦书迟。相思不尽江流去,别见黄昏暮。莲开萍闭玉人来,恰是多情水暖,入蓬莱。

131. 采桑子　河渠书

河渠禹水龙门抑,一半华荫,一半人心。一路东西一路寻。高高只问低低就,故道川临。积水清浔。九派江流入海深。

132. 又　平准书

中原养马封疆立,万里长城。万里长城,百姓年年作甲兵。年年岁岁多边戍,帝国枯荣,帝国枯荣,汉汉秦秦总不平。

131.

范蠡勤力应勾践,共患为人,不可同尘。自谓鸥夷自就身。朱公治产居陶子,又辅秋春,又辅齐臣。散尽千金散尽沦。

133. 又

千金一步庄生德。楚国师尊。楚国师尊,一日江山一日门。耕耘治产经纶力,事理乾坤。事理乾坤,三徒江山一老根。

134. 又　陈涉世家

阳城胜涉农夫路,自号扶苏。自号扶苏,燕雀鸿鹄大泽途。渔洋太息亡秦路,一举陇呼,一举旗辜。项项刘刘叠骈吴。

135. 又　外戚世家

清华太后观津女,窦氏良家。代命良家,子武公卿太子华。枝枝蔓蔓,重荣茂,草草花花,正正斜斜,古古今今你我他。

136. 又　卫皇后

微微卫氏阳侯邑,武帝史更衣,甚赐天机,独有深情冲动依。王窃听器,易主陈皇后,卫青宫妃,去病宫妃,大幸长平战早归。

137. 又　齐王世家

朱虚力气侯王清,一半田歌,一半兵戈。吕后分疆列祖罗。齐娥主父临甾幸,乱了山河,姊妹情多,性性忧忧是几何。

138. 又　萧相国世家

萧何掾吏秦刀笔,律令图书,社稷知车,一臂刘邦汉事疏。咸阳巷里江东项,一火虚虚,万户居居,顺治三秦百业如。

139. 又

攻城掠地曹参一,百创平阳,以战飞扬。不似萧何以智良。和和战战思谋长。治国圆方,主世圆方,上苑夫民是狱章。

140. 又

邯郸未平淮阴反,一战千伤,一战千伤。自以萧何百石粮。人人犬犬争相逐,第一功王,第一功王,远野居贫治久长。

141. 又　曹相国世家

曹参只附萧何律,一事平平,事事平平。罢罢秦秦战战名。攻城野战清清静,淡淡明明,业业轻轻,百姓心中独善情。

142. 又　留侯世家

良殊一诺当如是,下邳先生,可教先生。留下兵书一见成。良谋去涉随邦策,验了书兵,用了书兵。履圯原来黄石名。

143. 又

东周甪我里先生易,四皓衣冠,太子衣冠,只以运筹计策宽。鸿鹄羽翩韩家世,下邳云端,黄石云端,有物多言决胜坛。

144. 又　陈丞相世家

尊封右勃陈平左,不是贫人,只是贫人。割肉均匀作治臣。

无为有治分君宰,吏吏沦沦,主主沦沦。始始终终善政邻。

145. 又　绛侯周勃世家

周相勃朴平相后,位极人臣,位极人臣,勇退中流误祸身。留侯建白赤松主,曲逆难逢,徒妮无从,拙厚心田自惧邻。

146. 又

非刘不得封王邑，窦后家昌，不以功尝。甲以严阵待上后。亚夫自此臣名伤，误了家乡，害了中堂，悻直宜尼不足当。

147. 又　伯夷列传

君臣父子江山治，是是非非，显显微微。伯夷叔齐谏马归。
周姬一粟应无食，采得其薇，采得其薇，社稷无言日月晖。

148. 老庄申韩列传

无为李耳华清至，百岁余生，三百余生。道养身心一寿成。虚无变化庄申继，才子书荣，才子声鸣，青牛度谷尹喜平。

149. 司马穰苴列传

君心约束如穰苴，武威言轻。武威言轻，将令三呼一诺成。军行立表齐尊氏，一世声名，半世声名，隔世兵书始立英。

150. 又　商君列传

常人故谷无功法，半世虚名。变法难成几纵横。汤行夏衍成今古，织织耕耕，礼礼行行，例例条条上下明。

151. 又　张仪列传

张仪一半苏秦半，纵纵横横，纵纵横横，鬼谷先生二学名。春秋战国分天下，草木枯荣，日月阴晴，正道人间山水盟。

152. 又

闻妻一舌曾安在，足矣张仪，不足张仪。一璧君贫半不期。秦秦楚楚相疑久，六国分离，一国立师，以辱相召始可司。

153. 又

苏秦大半张仪半，学术同门。辱慢同门。事以相秦六国根。苏秦不及张仪及，一半乾坤，两半朝坤，纵纵横横如可论。

154. 又　孟子荀卿列传

何言能利吾家国，利欲熏天，得得熏天。孟子梁主一客年。商君富国秦疆普，楚卫齐宣，国政侯弦，合纵连横始祖先。

155. 又

博闻强记淳于髡，志逐王驱，意在音鬼。一语连三日所儒。荀卿适楚兰陵令，祭酒三无，浊世千殊，去了春申废了都。

156. 又　孟尝君列传

田婴四十余人子，五月生文。受命人生孟尝君。
相门自有丞相治，将府将闻，留誉留名白日熏。

157. 又

为相结客相门客，以将连军。善遇人群，网结人英孟尝君。鸡鸣狗盗心根易，裹足思文，曲隐思文，本本原原正以分。

158. 又　平原君列传

囊锥一使知毛遂，合纵连横，合纵连横。十步方圆只一兵，邯郸卫赵夷陵楚，歃血堂盟，赵楚同盟。约定平原君子城。

159. 又　信陵君列传

侯嬴七十夷门客，魏邺之声，晋鄙之声，朱亥单在力士行。拥兵十万一将倾。以侧如行，自侧从行，已结平原君子盟。

160. 又　范雎蔡译列传

交朋以贵非为友，利不为贫。利不为贫，吕尚文王济世人。管夷自是桓公客，仲父私臣，范雎私臣，不在平原君子身。

161. 又　廉颇蔺相如列传

秦强赵弱无非可，一璧何倾，一璧枯荣。战将廉颇有勇名。相如完璧秦归赵，十五池城，十五池城，一叹秦王一叹英。

162. 又

渑池瑟缶邯郸历，独胆加勤，赵奢秦闻，李牧其奇智国君。英雄五步成殊死，一去青云，半去青云，留得青山白日曝。

163. 又　屈原贾生列传

屈平九畹离骚客，宋玉知吟，唐勒承诗。一赋怀沙作离辞。怀王郑袖张仪道，六里分司，六里秦施。贾谊长沙吊水迟。

164. 又　刺客列传

荆轲一诺秦王去，击筑声声，击筑声声，半向秦王半自明。深害以此图穷见，聂政知情，聂政知情，剑剑书书始见成。

165. 又

元功自得无须有，已是千金，不是千金。仰绝英雄是古今。张陈见始知天地，一世知音，再世知音，贵贱因分立足箴。

166. 又　淮阴侯列传

滕公不斩萧何将，死地求生，约地求生。背水临川指向兵。蒯通相面封侯定，未了枯荣，未了功成。略地人间总一鸣。

167. 又

成成败败斯人间，漂母萧何，漂母萧何，以士知心自己多。蒯通骥骥骐骐论，胜一干戈，败了干戈，辱辱荣荣一界河。

168. 又　韩信卢绾列传

非刘独以燕王许，误了忠贞，误了忠贞。卢绾临终吕后钧。东胡不是卢王是，未是君臣，又是君臣，是是非非几易沦。

169. 又　郦生陆贾列传

狂生自舌陈留客，纵纵横横，纵纵横横，女子无成洗足成。食其广野君天定，陆贾南行，陆贾南行，越界英伟越界名。

170. 又　刘敬叔孙通列传

当儒进取当儒守，有了声平，继了声平。已见平平定定声。歌歌舞舞孙通叔，立了皇名，守了皇名，已负儒家未负荣。

171. 又　季布栾布列传

为奴不是为奴子，一念惊人，一念惊人。季布千金一诺人。彭城已知已栾布，已了称臣，未了称臣，自负其才自负身。

172. 又　张释之冯唐列传

廉颇李牧为良将，一代冯唐，一代冯唐。爵赏封功一代王。匈奴智委单于破，尺籍贤良，持书贤良，魏尚云中作柳杨。

173. 又

张冯自悼之微汉，上下通情。左右通情。一代贤良一代行。留侯释下萧何狱，周勃陈平，周勃陈平，太子壶关守一明。

174. 又　扁鹊仓公列传

唐成小说文成汉，一守桑君，一代桑君。扁鹊因公一药云。赵简因医治俗群。阴阳急缓相交错，虢子重生，虢子重生，到此人间扁鹊名。

175. 又

桓侯表里医功见，未了先生，已了先生，五日深心五日惊。胆肾肌肤病不营。病既枯荣，病既枯荣。社稷江山似此衡。

176. 又

仓公一女长安意，帝免私刑，上免私刑，太禁医方籍祖灵。乘阳已与淳于氏，受读丹青，读受丹青，绝死临生自述宁。

177. 又　魏其武安侯列传

荣荣辱辱君臣客，戚戚官官，宦宦官官，一代王孙一代坛。成成败败人生路，学了邯郸，忘了邯郸，莫以泾泾渭渭澜。

178. 又　李将军列传

成成败败英雄事，进退平生，上下平生，辱辱荣荣不是名。今今古古前行客，一世枯荣，草木枯荣，一半阴天一半晴。

179. 又

英雄盖世匈奴虏，作了英雄，汉不英雄，自古英雄一始终。匈奴自始匈奴共，射虎由衷，射石由衷，射是飞将力敌穷。

180. 又

其身自正匈奴客，记取贡名，记取英名，起自匈奴至名。财均士卒居贫地，自了平生，自了平生，留下人间处处声。

181. 又

卫青去病空中告，叶叶枝枝，叶叶枝枝，广广陵陵李氏迟。匈奴自爱英雄将，汉汉师师，汉汉师师，李广何言自到时。

182. 又　匈奴列传

匈奴太子单于后，冒顿身名，冒顿身名。质子生平月（音肉）氏惊。言明射教知鸣镝，立得王程，自得王程，后母为难父独倾。

第五函

183. 又　卫霍列传

燕山李广射虎声，自请军缨，自请军缨，七十余争战场名。英雄自到飞将情，孰是精英，孰是精英，国威皇亲百万兵。

184. 又　司马相如列传

相倾自比相如蔺，读学长卿，太子长卿。一见邹阳一见名。庄忌何同君子悟，赋赋辞辞，赋赋辞辞，子子虚虚岁月明。

185. 又

临邛一富王孙卓，一谒长卿，再拜长卿，已有知音窃复声。文君自得相如切，酒舍身名，得意身名，子子虚虚楚赋生。

186. 又　淮南衡山列传

聪人自得群声里，见者无形，见者无形，自古人间一渭泾。耕耕不足糟糠粃，甪我直姑苏，甪直姑苏，有到无时有是无。

187. 又

蒙恬受命长城筑，暴露兵师，胜败兵师，不得和平不得时。秦皇异海从徐福，百姓先知，广泽先知，不见蓬莱不见思。

188. 又　汲郑列传

无为不是无为意，不是先知，已是先知。且且三思五味时。张汤跋扈张汤去，汲黯无辞。吸黯所辞。社稷江山太子时。

189. 又

九卿废后贫家巷，汲郑殊同，汲郑殊同，不以金钱立治风。之贤不势居门侧，已是无穷，自是无穷，色色空空是色空。

190. 又　酷吏列传

刑民道政无齐德，法令滋章，盗贼滋章，久久行行乱世狂。疏疏密密丞相吏，自是张汤，又是张汤，笔笔刀刀自食亡。

191. 又　游侠列传

河南剧孟千乘母，死后无金，一诺为音。季布条侯以叶荫。方圆不在方圆在，古古今今，古古今今，莫以规规矩矩临。

192. 又　货殖列传

范蠡自以朱公姓，货殖千金，货殖千金。一半臣思一半心。山东已治齐人贾，祖了商荫，再序商荫，富富桑民作古今。

193. 又　滑稽列传

王庭一鸟三年隐，问了威王，答了威王，飞了惊天社稷昌。大笑冠缨索绝皇。淳于髡赵齐田庄。一半文章，一半文章，子弟三千子弟光。

194. 又

多才善辩知优孟，半楚先生，一楚先生。仰哭庄王一马鸣。君皇自以君皇事，不可低昂，只可低昂，叔敖当然自寄肠。

195. 又　太史公自序　正史不正，野史不野

龙门禹穴河山问，未了无穷，已了无穷，是以天官太史公。文章古古今今见，去也匆匆，来也匆匆，正史无形野史明。

196. 又

非非是是由人见，是是非非，日日晖晖，一字排空雁不归。南南北北年年路，翠翠微微，子子微微，一字人形一字飞。

197. 踏莎行

意意情情，心心印印，桃花杏李迷魂阵，东风送与作香津，人间自是繁花信。一半红英，三千雨润。心期不断殷勤认。东邻女语已倾声，春莺处处红芳进。

198. 又

坐想行思，消魂已暮，偏偏细细微微故。莲池未定一浮萍，幽幽怯怯黄昏路。雨雨云云，云云雨雨，衣衫露了衣衫处。心期一度是私情，明明隐隐波波顾。

199. 又

碧草红花，云消雨散，年年俱是东城见。华清水色一芙蓉，霓裳舞入长生殿。别后初非，离情不断，杨杨杨杨隋堤岸，天堂只有运河船，蒙恬不得长城叹。

200. 又

白雪梅花，梅花白雪。香香素素千

秋绝。山山水水已扬长，辽辽阔阔人间洁。灭灭明明，明明灭灭，江山一片茫茫别。烟烟雾雾似云云，长空淡淡芳香切。

201. 满庭芳

叶叶枝枝，枝枝叶叶，脉脉连自根根。年年朝暮，岁月似无痕。冬夏春秋四季，三界外，日日黄昏。谁相问，阴晴昔日，来去至乾坤。前行天下路，山河瞩目，远近河村。逝水东流去，海口江门。海水应知逝水，曾几许，不误儿孙，当知道，终终始始，自在自然蕴。

202. 留春令

雨云云雨，去来来去，暮朝朝暮，半在高唐半襄王，问神女瑶姬顾，宋玉瞿塘留辞赋，对江流千里，楚蜀巴山自相连，一水是，由官渡。

203. 又

排空雁雁飞人字，二织，北南千里。回文青海半衡阳，已寄远，人间次。已得鸿鹄春秋志，收天灭，可同无异。一荣三暖却清寒，自与去来当事。

204. 又

六月莲花，一午三色，粉红佳丽。荷得珠玉，流流欲止，最是轻风艺。含露芙蓉云雨际，且在蓬房第。经时已是，沉沉甸甸，尽是沧桑继。

205. 又

采莲舟下，女儿心暖，莲花方面。独立芙蓉自婷婷，色无限，云烟见。浦口红楼人已眷，上了长生殿。只

有梨园古今声，可羯鼓，荷蓬恋。

206. 风入松

传闻天上有家书，处处无余。半弦月色婵娟在，圆圆缺缺如无。有似有时何影。如情以密求疏。如来如去一当初，剑剑书书。平生三甲千年尽，人间七十樵渔，十二万诗词首，吟来云卷云舒。

207. 又

杨杨柳柳杏花墙，满了苏杭。富春江水西湖水，六合塔，作了钱塘。八月潮头一线，天空落下骄阳。天堂应记一隋炀，荡气回肠。风风雨雨当年事，古今诗，自是隋唐。水调歌头阡陌，江南水月芳香。

208. 清商怨

春光庭树一叶，绿绿黄黄鳃。只向东君，江南儿女睫。龙鳞老枣贴贴，独傲是，唱天三叠，有了深根，风云犹自烨。

209. 秋蕊香

已见运河杨柳，自得女儿香手。多情不可多言口，记取黄昏时候。相依互抚心中有，甜甜酒。婵娟玉兔瞧瞧走，留下红颜依旧。

210. 又

梅蕊雪残香透，独傲冬春侯。群芳不动同杨柳，已见枝头还瘦。萧郎不饮杯中酒，岁寒友，杜鹃红了长春首，留下红颜依旧。

211. 思远人

千里相思人一个，焦虑坐还卧。五更多辗转，黄粱难梦。无可寄厮磨，杜鹃不尽声声讨，只是待情惰。玉兔桂影何，此宫深处，婵娟嘱云破。

212. 碧牡丹

舞袖连团扇，来去轻飞燕，一屋藏娇，一屋成长生殿。出水芙蓉，开了香云遍。上皇依旧宫院。已无见，梦里三两面，华清水汤相恋，蜀雨霖铃，一过马嵬情变，负了杨妃，惊了江山谴。深宫无了新媛。

213. 长相思

短相思，长相思，短短长长一独思，长长短短思。雨相思，云相思，雨雨云云半独思，云云雨雨思。

214. 醉落魄

独行孤住，相思不尽相思去，不尽柔肠凄凄处，人生长亭，步步多云雾。江南塞北咸阳路，汉秦天下征尘误，长城汴水天堂炉，欲把离情，付与山河暮。

215. 又

月圆还缺，相思未尽相逢别。少少逢时多多别，情为人人，落叶寒蝉切。梅花不忘寒风雪，东君已定冬霜绝。群芳百草应时折，只作留香，细品花枝杰。

216. 又

一江流，三春逝去含香彻。纳青山红花别。何为红颜，只与东君别。

芙蓉出水荷莲折。去来来去人人悦。黄昏采女孤身掇，织女牛郎，故事重新说。

217. 又

羞羞莫莫，相思不定相思约。不待离时应常索。都为情情，未了才相托。黄粱梦里多收获，自然来自风尘若。飞飞落落人前雀，有了初心，水水知河洛。

218. 望仙楼

半春花信问东君，处处东楼春云。杨柳芳香衣裙，还见女儿纷。一枝一叶绿黄，百草千花日曛。故色故乡故土，处处有耕耘。

219. 凤孤飞

一曲寺僧钟鼓，步步声声缓。断了红尘玉管，普渡口，人间暖。古古今今今古短，依绿是，五蕴未晚。来去人生应不晚，未归前行远。

220. 西江月

岁岁风花雪月，年年草木春秋。江流已舍一江楼，只以高低左右。处处杨杨柳柳，时时水水舟舟。大江东去自西流，逝去青丝白首。

221. 又

一路行人一路，三生南北三生。行行止止复行行，不尽朝朝暮暮。上了前程跬步，初心日月光明。枯荣未了又枯荣，只是儿儿女女。

222. 武陵春

社稷风光三世界，江山一春秋。不斩楼兰半九流，西去问梁州。望处吟诗今古赋，天下有沉浮。一一精英一一忧。胜与帝王侯。

223. 又

九九黄花应有意，一风一重阳。半在红枫半在霜，半在故家乡。弟弟兄兄爹娘子，祖上有衷肠。觅觅寻寻旧忆长，不识风求凰。

224. 又

雾烟烟云雨后，密疏一春秋。瑟瑟琴琴付水流，素女已含羞。一曲阳春白云去，过了玉门楼。但与胡姬共并头，不负五湖舟。

225. 解佩令

半霜天下，一叶何去，深山里，先后无绪。冬夏春秋，去去去，来来来序。问高唐，几时神女。瞿塘犹在，江流白帝，问夔门，锁住几处。宋玉瑶姬，见襄王，朝云暮雨。这山花，向谁倾许。

226. 行香子

李李桃桃，岁月成蹊，又结子，花作新泥。三春达后，一夏萋萋。到得夏收，在麦陇，共端霓。何妨到老，常荣草木，共阴晴，自在高低。中原南北，望遍东西，共与人间，同雨露，共夫妻。

227. 庆春时

东君雨水，春风花草，处处生机。荣荣凤竹，**繁繁**柳叶，新意独相依。旗枪初出，芽小芽细还稀。留心采女，怀中玉露，龙井正逢衣。

228. 又

五湖草木，姑苏岁月，有碧螺春。浮浮玉叶，沉沉绿帛，青色洞庭人。康熙游罢，乾隆题处经纶。浓浓郁郁，清清淡淡，香透四杯邻。

229. 喜团圆

南南北北，春春夏夏，柳柳杨杨。清明过后衣加减，草花有余香。谷雨已过，两行飞雁，一字文章。原来所以，衡阳青海，两地家乡。

230. 忆问令

一度琼花三两面，玉箫扬州院。何人教得多情，分付江南见。瘦瘦西湖水，处处芳香甸。好风月，俱是相思，留下长生殿。

231. 梁州令

一唱阳关曲，三叠，黄金属。胡姬不教玉门关，沙鸣不问何荣辱。杨杨柳柳何情绪，不系行人住。长亭一半飞絮，前程尽是人间语。

232. 燕归梁

老燕归飞旧画堂，加减故衣裳。寒寒暖暖半炎凉。谷雨后，夏云乡。儿儿女女，情情意意，一半一衷肠。时时可上玉人堂，有白雪，有梅香。

233. 胡捣练

水流千里散余香，自得河源方向。不是风云争让，分付知高尚。已思腊月问东君，未得群芳模样。莫把早梅天匠，任凭朝东放。

234. 扑蝴蝶

东京二月，唐王蝴蝶会。花开十早，已成天下最。且看数万成云，上令空中结网，原来金银器荟。几容易，名名利利，是无知与兑。朝朝暮暮，歌歌舞舞脍。只得一响人间，不待春秋末了，何如只听天籁。

235. 丑奴儿

一路万里沙，湾曲处，都是人家。自西已得朝东势，高低尽道你取，入海未了天涯。曲曲又弯斜。汇千水，清浊自华。九九八十一逝水，母亲河上儿女，当人生你吾他。

236. 谒金门

天地客，无有是非何泽。辱辱荣荣和氏璧。相如应不易。飞将燕山射虎石，卫青无帛。七十余战兵将迹，有单于一役。

237. 存目词 附录 上行杯

不食殷商周粟，吴太伯，百里江苏。禾草鱼湖千万里，巢由否咒。禹天章，尧舜子。有以，无以，都是书奴。

238. 王观

忆黄梅

枝上叶儿一半，已见落红如乱。春意自生生，自不断。自我安排，有酸无味子，曹操叹。千万军前独看。何须算，惹清香，因果散。色中有觉通宵旦。问谁已贯，口中觉，应作牵肠，挂心轻声唤。犹兀自，云雨霏霏两岸。

239. 浪淘沙

木叶一天山，过了阳关。黄河二曲已三弯。玉在玉门先后问，有去无还。大漠问人间，万里天颜。沙鸣已到月牙湾。西去楼兰回首望，等等闲闲。

240. 天香

草草花花，花花草草，天香岁岁好好。内外长城，运河两岸，自是春来春早，繁繁简简，已共度，芳芳长道。野野疏疏密密，人人处处葆葆。冬梅三弄已，绣罗衣，有了啼鸟。伴我隐时同隐，昭时同昭。自是人生一路，进退个，诗词应未了。莫道江湖，遥遥渺渺。

241. 浣溪沙 纵横，苏秦和张仪

鬼谷先生两弟兄，成成败败共分明。人间正道是和平。智辱张仪求合纵，苏秦已始作连横。春秋战国有枯荣。

242. 卜算子 送鲍浩然之浙东

眉间一座山，鼓瑟湘灵暮。不问心人那边去，船向横塘路。已是玉门关，只有沙鸣处。大漠丘丘月牙湖，留得同君住。

243. 清平乐

天台一路，不问何朝暮。都向人间天下故，自以如来如去。浙东已是东吴，隋炀下了江都。柳柳杨杨处处，天堂半在姑苏。

244. 雨中花令

跬步知荣荣辱辱，半天下，一流九曲。有千步廻廊，无心无欲，半是阳关玉。不在深宫看画烛，望不尽，沙鸣继续。不可斩楼兰，交河垂地，万里风云促。

245. 庆清朝慢 踏青

云烟江南，春分雨水，东君吩咐开船。青青路边藏暖，误了婵娟。步步踏新去旧，衣裙长短入心田。荒郊外，四方秀色，还有清泉。阴也是，晴也是，有晴有阴是，也有相怜。盈盈花花草草，由野争鲜。细细纤纤纳露，香香疏密满前川。私心是，不无旁顾，郎在河边。

246. 清平乐 拟太白应制

华清如雾，出水芙蓉赋，羯鼓霓裳都是度，太白人间如故。隋炀下了江都，楼船已是花妒。两岸运河杨柳，长城不必倾许。

247. 木兰花令 柳

一半过冬梅作发，六九河边杨又柳。当第一，数风流。楚女腰肢如瘦否？黄中带绿空牵手，尽是路人折尖首，思思量量只多情，只以饮了黄藤酒。

248. 生查子

关山一路长，塞雁音声少。一字两家乡，北北南南晓。潇湘有柳杨，青海芦苇渺，只是有情肠，作了春秋鸟。

249. 菩萨蛮 归思

匈奴处处琵琶语，单于汉汉昭君女。岁岁帐篷居，年年知蜀书。阴山来不去，延寿何相与。已是长城内外余，荒冢如石墟。

250. 江城梅花引

年年冬雪上寒梅，一芳来，百花催。三弄曲终，仙子上瑶台。独傲向天天不语，暗香尽，玉枝影，竟自开。插入头上去不回，念此情，寄与谁？去还徘徊。无人处，寂寂新裁。以我多心，稍稍隐蓬莱。花易飘零人未老，可思量，向东君，不必猜。

251. 高阳台

一半人间，人间一半，人间一半秋春。雨雨云云，云云雨雨红尘。朝云暮雨瑶姬女，问襄王、宋玉天伦。这乾坤，少了书生，老了闲人。香风不尽群风满，山花山色，碧玉烟津。陌陌阡阡，来来去去相邻。朱裙半曳桥头望，有巴山，也有江滨。莫多愁，一半山河，一半经纶。

252. 减字木兰花

朝朝暮暮，去去来来天下路。一半人生，一半诗词日月明。童翁玉度，八十年年都不误。十万三千，格律康熙佩文城。

253. 红芍药

人生百岁，七十稀少。更除十年孩童小。岁岁年年晓，都来二万日，一半是，古今诗表。那二十五史之中，中华人事何了？细细思量，不寻啼时鸟。百里江湖多浩渺，二月梅花娇，白雪冬色，红颜是，柳杨窈窕。待春君，过了清明，谷雨幽幽津沼。

254. 失调名

十三州外一天涯。

255. 临江仙

柳柳杨杨多草草，运河两岸风潮。小桥碧玉柳杨条，钱塘吴越水，八月入云霄。只是相逢相别误，人生不得逍遥。春秋燕子去来雕。衡阳青海路，不可作渔樵。

256. 王安礼

万年欢

雅颂风前，万岁多少愿，满了心田。已是君臣，江山社稷同船。共济分流万里，源头是，五百泉年。东方立，舜禹唐尧，古今有了方圆。龙龙虎虎易威，日日月月间，有见香莲。且听诗词吟唱，管管弦弦。角羽宫商徵店，五音全，荡气回天。何终始，月满清宫，人向婵娟。

257. 潇湘忆故人慢

湘灵留下，潇潇斑竹泪，一水汨罗。楚王有干戈。有秦有仪子，以辱兄何。连横合纵，半春秋，一世南柯。有多少，古今又古，江南塞北黄河。长沙传，寻贾谊，赋离骚，九州头九天歌。玉树自婆娑。况泽有芦花，池有莲荷。青梅煮酒，国三分，逐鹿磋砣。功名是，有终有始，岁年忍耐清和。

258. 点绛唇

燕雁应心，南南北北春秋路。不分朝暮，青海衡阳去。古古今今，一字人形顾。平生住，岁年如故，泽泽津津度。

259. 张舜民

江神子　癸亥陈和叔会于赏心亭

六朝文物半江山，玉门关，一河湾。万里长城，今古几红颜。汉使昭君单于客，琵琶曲，去无还。秦淮月色镜边斑。后庭蛮，补朝班。谁已无言帝业女儿潜。八艳明清南北间，琴瑟里，是人间。

260. 朝中措

江南迁客不悠哉，心上一天台。鼓瑟湘灵依旧，苍梧舜治相催。一年几日经纶主，谁共一余杯。山水洞庭湖北，衔泥燕燕飞来。

261. 卖花声 题岳阳楼

木叶下君山，流水弯弯。迁客不忍问芳颜。自作渭城西去望，三叠阳关。一路苦登攀。天下人间。平生跬步去无还。何以夕阳西下去，竹泪斑斑。

262. 又

万里一千山，来去人间。玉人不过玉门关。大漠沙丘鸣不止，同月牙湾。一去自不还。何以登攀。三湘水月洞庭闲。谁问暮朝相演易，飞雁殷殷。

263. 曾布

江南好

江南好，春莺啼未了，钱塘六合多花草。弟弟兄兄文章骄。一半人间潮。江南好，垂垂杨柳晓。黄黄绿绿何飞鸟，处处江山一逍遥，一半秦楼箫。

264. 水调歌头　排遍第一

李唐有泾渭，幽并一神州。运河帛丝杨柳，炀帝半南游。谁作王，江东守，长城秦汉春秋。直气凌貔虎，楼船十日扬州。已见大江流。辱荣如酒。江山衣带，东君润雨，败成知众人手。留下是江楼。堤上春莺啼止，香车宝马沉浮。社稷轩辕首。南南北北人，事事总无休。

265. 又　排遍第二

建成秦王侯，玄武一门头。向兄弟，相争斗。今古半沉浮。代代君王，独立瑶墀，豸角皇冠，斗角钩心江楼望，一水杨柳半春秋。见炀帝，隋规唐附，丽萍当去，以将诺，江南吴越，木渎长洲。杨柳丛丛青鸟，莺莺燕燕，的的关关语，却衣解佩，绸缪相顾自可羞。

266. 又　排遍第三

柳杨杨柳运河舟，楼船造就，江南去来，逝水沉浮。玉树秦淮朝暮，箫声一半扬州。花草花草色，兰房因此，劳夫水调一歌头。有莲遴相续，芙蓉无翼。几何岁年茌芜。当见苦淹留。唯以新朝旧代，心心力力，萧娘日日潘郎，人生和和睦睦，一比一春秋。

267. 又　排遍第四

一水江南，千载胜封侯。边疆有无何以，天下自春秋。樵渔曾隐，风起云涌问巢由。一农夫，千年向背，只以尘流，有耕有耘天地，如此不汤周。足视隋唐水调，假手天堂造，会稽同里，杭州胜似半苏州。

268. 又　排遍第五

一隋炀，半是周唐。见杨柳，风流岸，朝暮钱塘。连得西湖西子，凌波山水萧娘。不见相逢忆，思思无罢，孤影有低昂。运河青，玉堤吴越，后路淮首。有炎凉，故邻里，一曲作家乡。分付莲开落，结子无计中央。来去山水色，丹青相与，红尘红遍尽思量。

269. 又　排遍第六　带花遍

在红尘里，有荷花碧叶，水珠欲动，见流无流，有形还影，作圆方。如以丹青呵护，芙蓉不变初心，倾倾落落，光彩水中央。仿佛缧绁，自由古今，离者长城叹，家国堂。帝帝王王，问了刘邦，项羽乌江去，翻然垓下，运河南下逐苏杭。

270. 又　排遍第七　撷花十八

运河流水南北色，一半长城影，半隋炀。闻今古，天下事，封章圆方。足以目文轨，李斯赵相何鹿，二世未央量。自从隋炀诗赋始，劳力者，治河觞，劳心举，任流水滔滔，水调歌头扬。古今至此辞赋，流入作钱塘。

271. 魏夫人

临江仙

谷雨榆钱飞不尽，人间自此无穷。花花草草各由衷。扬眉天上去，跬步赋英雄。高高在上鹅毛应已定，青莲有了初红。蓬房有子还空。池塘一片女儿风。浮萍浮上下，碧玉碧云中。

272. 好事近

一路梦黄粱，应是万头千绪。问水水云云雨，看山山林树。阳关三叠共沙鸣，何以玉门顾。关上有谁倾述，只当情分付。

273. 阮郎归

清明寒食踏青时，榆钱欲上枝。去来朝暮自吟娖，丁香白雪迟。荒野色，杜鹃姿，牡丹有所思。西湖西子两相宜，梅花已可持。

274. 减字木兰花

梨花白雪，一树丁香千百结。落了梅花，一半桃源一尘家。香香茁茁，水水山山多少洁。满了天涯，只向人间你我他。

275. 又

三生一路，十里长亭长短去。过了姑苏，不得明皇向玉奴。朝云暮雨，已是巴山水处。不问江都，不问楼船有是无。

276. 菩萨蛮

江南一半斜塘雨，荷花一半相倾许。步步向东吴，人人都是儒。运河南北雾，水色秦淮渡。目下是扬州，楼船应自流。

277. 又

人生一半长亭路，人生一半江山雨。日月是风流，阴晴非去留。书中多少误,月下方圆故。处处有春秋,时时闻九州。

278. 又

天台不尽天台路,秦淮未了 淮雨。一水一鹚鸪,三吴三玉奴。桃叶明月处,献之文章误。这里是江都,那里非酒壶。

279. 定风波

不是无心是有心,多以相思少以箴。莫若人间天下路,朝暮,去来自在几知音。

280. 点绛唇

岛上平湖,三潭印月三潭暮。岁年姑故,不尽平生路。柳浪闻莺,一步皇家渡。瀛洲去,几多云雨,几少成烟雾。

281. 武陵春

洞洞深深秦汉问,风流武陵春。两两三三小王孙,不见不红尘。短了衣袖长了巾,日落已黄昏。留下青光解照人,相对作经纶。

282. 江城子

梁州西去玉门关,响沙山,月芽湾。大漠荒丘,万里去无还。海市蜃楼天下望,谁日月,在云间。

283. 卷珠帘

不问来时不问去,自是朝朝暮暮。况且云云雨雨。过了巫山高唐语。宋玉何时应知赋。瑶姬因此相分付,巴山巴水,欲向从神女。两岸激流经官渡,瞿塘三峡江山故。

284. 系裙腰

心心去去意迟迟,明月下,影南枝。诗翁留下一情辞,谁知我,一生是,惜相知。可工格律几相期,何国语,以隋司。到唐还韵绝裁词。四八句,五七字,是今诗。

285. 王仲甫

清平乐

人生易老,自是天难老,日月山河何时了,过了千年还好。人生不可逍遥,长亭不是云霄。跬步前行自去,钱塘八月潮。

286. 满朝欢

杨柳江都,运河南北,苏杭以水成镜。百里光明烂漫,儿女行径。烟烟雨雨,有云有雾生,东吴人性。骤阴乍晴,香尘染惹,群芳掩映。谁念秦楼弄玉,凤凤凰凰,不似穆公清净。缺时太久,忆取圆时弦并。人事相间,未知何处,莫以朱门一令。尽日独自成行,殊取人生成命。

287. 丑奴儿

柳暗花明时,碧玉处,满榆钱枝。汉汉秦秦方圆币,天下尽见:"东城,已处处,无限天仪。"相问已相知,取得者,不可迟迟。有时在春情绪里,片片俱是风流,客客俯仰思思。

288. 永遇乐

飞鸟如声,轻风似水,风景无限。曲港观鱼,华清日暖,寂寞长生殿。霓裳羯鼓,胡旋一舞,社稷江山惊断。马嵬路,霖铃细雨,蜀竹叶叶声遍。长安倦客,开元天宝,忘却深宫别院。燕子楼空,十年居易,柳柳杨杨面。今今古古,人情依旧,何以昭阳团扇。可回首,不须短叹,风云已散。

289. 浪淘沙

一水浪淘沙,万里天涯。长城内外共人家,胡汉单于胡汉客,牧草桑麻。已见运河毕。满是朝霞。商商贾贾贩绸纱。北北南南同日月,胜过兵车。

290. 醉落魄

进进退退,由君一意诗书辈。行行止止骆驼队,大漠连天,步步沙鸣背。雨去丝路东方佩。蜃楼海市黄昏昧。风光处处陶陶悖。不必左右,见得人南北。

291. 蓦山溪

云云雨雨,都作烟花主。年岁一春秋,分付是,朝朝暮暮。枯荣不尽,繁简向四时,二三月,去来许,只道瑶姬女。巢由何语,四皓绵山去。韩信后宫知,这萧何,张良来去,只是一人,败败成成误。垓下名,鸿沟岸,莫以汉家顾。

292. 孙浩然

离亭燕

不尽山山水水,不尽夏荷春蕊。不尽运河杨柳岸,不尽碧玉佳美。不尽荻花洲,不尽竹篱茅枳。天际风云披靡,楼前酒旗酒市。四十州头州兴废,不尽渔樵歌伎,不尽一声声,江北江南红紫。

293. 夜行船

船在采荷深处，水芙蓉，悄悄如暮。白红了碧蓬房，女儿羞，半藏无语。欲以清波心已许，含情望，几多回顾，何以黄昏,依依烟树,花香付君归处。

294. 王诜

鹧鸪天

汴水开封一运河，隋炀水调半清波。杨杨柳柳江都岸，胜似人间处处歌。和世界，静干戈，天堂西子久婆娑。钱塘六合惊涛客，白雪阳春共稻禾。

295. 花心动　腊梅

白雪寒梅，有花心，三界九冬如故。一色岭前，元本修灵，日日节节倾述。佳人妆束先情备，红颜是，百草先顾。引芳路，以香以素，未齐云雨。自是天公已主,腊月末，东君共同分付。一半逍遥，一半清姿，一半后庭花树。琼英影，幽香去，以身品，只由郁附。俱朝暮，婵娟月下，结情成步。

296. 落梅花

去来来去，年年不误。花心动时相顾。东君白雪，向春分付，以冰姿庭树。向背天光，以香委地，残英铺路，苦寒时节作香泥，红尘寄与，残色共归南。留下莺声相遇，感群芳，不言非妒。越溪浣女，吴门过客，俱风流相度。朝暮红英，以香忆色，已成天赋。始终第一寄寒心，含情处处春无住。

297. 黄莺儿

状元曾是文章主，第一人前，三界枯荣，逝水东流，谁可分付。杨柳运河隋炀，水调劳工语。帛进先后天堂，有了芳心，多了情述。云雨。紫气东来烟，又有金陵树。台城台石，两两三三，人人谁不朝暮。天下地上人家，柳浪闻莺处。此际过了姑苏，不把兰亭误。

298. 踏青游

何以东君，京城已闻啼鸟。布谷曲，清明纤草。五龙亭，一北海，十地春晓。目望去，中南海桥南北，依约北京光照。七里前门，钟声鼓楼环岛。已是见，明清此道，这风光，汪魏巷，豪情多少？进退是，皇家古今归去，不以凤凰人老。

299. 忆故人

旧忆初心步步面，近了远，长生殿。人间谁知唱阳关，向背含情燕。无奈来去云雨散。由明皇，霓裳羯鼓，梨园留下，古古今今，谁家庭院。

300. 行香子

李李桃桃，岁岁蹩蹩，曲东君，各自高低。年年如此，处处东西。见林中鸟，树下落，筑枝栖。何妨到老，常忙常主，弃功名，作了夫妻，大难来去，范范蠡蠡。去去来来，谁同坐，望隋堤。

301. 蝶恋花

八十人生人已老。作了诗翁，作了家乡草。岁岁枯荣天下好，年年跬步前行道。十万诗词多是少。古古今今，格律佩文晓，回首家乡飞鸟，桓仁五女浑江淼。

302. 玉楼春　海棠

水水山山天下甸，北北南南来去燕。春秋青海又衡阳，梁上云中都见面。不作帝王长生殿，不作开元天宝院。兄兄弟弟共枯荣，莫忘人情人可见。

303. 花发沁园春

水水山山，五湖西子，皇家无以园林。明皇念奴，曲舞于民，人间已有知音。琼花千簇，对白雪，入了花心。碧玉问，桥下桥边，柳杨留下清荫。几度歌歌曲曲，玉箫玉人见多少弦琴。桃腮杏脸，楚腰晋鬓，伎伎绿绿浅浅红深。和风来去，泛扁舟，却了衣襟。莫窃望，浮动波波，一花烟里浮沉。

304. 人月圆　元夜

初春白雪梅花早，元夜月方圆。年年此刻，人人向背，只望婵娟。寒冬未暖，钟钟鼓鼓，过了弦弦。清清静静，千门互问，明镜高悬。

305. 换遍歌头

帛换楼船道，运河堤岸柳。人间客，群芳友。是是初心在，苏杭处处，多少去来舟。已隋炀时候，天堂作春秋。越越吴天地，女儿酒。碧玉红红酥手，钱塘十三州。天上云霄，八月潮头回首。惊富春，可知否。一线横去洋洋，江南自沉浮。问白首，相将万人口。

306. 画堂春令

西风西去一重阳，茱萸同菊黄。有霜枫叶换红妆，何以炎凉。已是六州歌晚，未言枝叶归乡。玉门关上玉心藏，谁问萧娘。

307. 撼庭竹

不略青梅带春色，花草皆所得。红红绿绿东风力，心心蕊蕊有邻息。未语楚留香，寒里有情匿。月是寒宫人所望，婵娟共相忆。已知后羿人情息，东西射日不无极。回首九阳天。空自九天翼。

308. 蝶恋花

雨雨云云多不少，一半江南，一半阴晴好。雾雾烟烟何不了，姑苏来了杭州鸟。越越吴吴谁不晓，一半天堂，一半人间草。到了黄昏人已老，诗翁八十人间道。

309. 陈济翁

蓦山溪

清明时候，带了榆钱友。天下有方圆，一路成杨杨柳柳。山山水水，记取东君否。枯荣见，半春秋，一一人人守。行行止止，苦苦辛辛手，日日风云久，只赋诗，已作白叟。夕阳西下，远去是黄昏，下逝水，上高峰，只是重阳九。

310. 踏青游

寒食清明，青青水，青青草。弱柳色，垂杨多少。踏茵茵，穿绿径，几声啼鸟。最是处，黄黄菜花成片，依约任东君晓。一半姑苏，梅花落红杳杳。香雪海，群芳绕绕。洞庭山，湖水淼，幽情如藐。向晚后，青团已初好，见了暮飞人老。

311. 苏轼

水龙吟　四首

江山万里清秋，人人事事天天路。先先后后，来来去去，朝朝暮暮。见得沉浮，无惊行止，退思分付。望天涯海角，朝堂庙宇，皇帝客，人间雨。左右身名儿女，半文章、半乾坤语。骑鲸自称，约相谁去，江山普渡。记取神州，莫以人首，纵情吟赋。有周郎赤壁，何须天下去来如故。

312. 又

曹操百万雄兵，连营入了东风计。江流赤壁，火烧外壁，声声历历。一径华容，半生三国，大江形势。这成成败败，中原已定，吴蜀魏，江山砌。回首周郎门第，孔明知、有无云际，何亮也，已生周瑜。称称道弟。已约相盟。还思孤立，古今当世。进退谁司马，百年归晋汉朝终逝。

313. 又　次韵章质夫扬花词

扬花已是杨花，应如柳絮成同尖。飞飞落落，来来去去，当然自坠。结子风中，身形云里，留心田地。已年年岁岁，春春夏夏，多子女，人间弃。如紫如青如翠，有情思、却无才智。听由日月，随同花草，东风幼稚。也有柔肠，多姿飘舞，似痴还醉。欲寻芳前去，莺啼未了却因声避。

314. 又　吕长春格律诗词六万八千首

平生一半平生，平生上了平生路。来来去去，成成败败，朝朝暮暮。岁岁年年，童行翁继，风骚如故。尽诗词格律，音音韵韵，平仄处，平平赋。西方天天分付，古今声、佩文书斋，康熙进士，大清状元，翰林回顾。八十年中，何须先后，如来心渡。积善司祖业，胶州下了这关东步。

315. 满庭芳

一步桃源，桃源一步。处处汉汉秦秦。未央宫外，刘项几经纶。垓下鸿沟南北，天下路，满了征尘。乌江北，乌雅站立，来去不相邻。吾归何处去，风风雨雨，冬夏秋春。有长城汴水，泾渭轻尘。入了黄河逝日，千万里，一半天津。应不问，事事人人。何今古，正史不正，野史不野情真。

316. 又

一半红尘,三生素月,百里云雨瞿塘。瑶姬神女，三峡问襄王。两岸巴山草木，千逝水，百岁衷肠。司空见，寻寻觅觅，意意念念常常。夔门关不住，江流白帝，十二峰扬。各官渡望，误了家乡。记记云云雨雨，朝暮是，弃了红妆。冰封玉，圆圆润润，宋玉赋高唐。

317. 又

见了蜗牛,何须问道,步步行止沧桑。总须回首,进退两茫茫。是是非非得意,杨柳树,一任炎凉。平生远,,天涯海角,在四四方方。平生天下路,荒荒大漠,故雨。向天南地北,春绿秋黄。自是枯荣百度,天下事,不必思量。何繁简,枯荣岁岁,见短短长长。

318. 又

七十余年,三生已晚,小桥渡水行船。如官如子,似作似为泉。序以文华日月,成草木,自立人前。中庸客,平平淡淡,字字学先贤。江南江北岸,杨杨柳柳,共了桑田。作得耕耘客,陌陌阡阡。岁岁年年夜夜,多少字,作了方圆。隋唐是,隋炀水调,处处有青莲。

319. 又

七十余年,余年未晚,事事处得云泉。三亚今往,一半入心田。不是童翁不是,谁老少,一路人前。阴晴里,枯荣彼此,也有渡江船。平生平步去,天涯海角,谷谷川川。见东流直下,逝水由泉,过了天台回首,云海望,日月方圆。枯荣是,风风雨雨,独木成林烟。

320. 水调歌头

水调歌头曲,帛建运河东。隋炀兴了劳役,南北一天工。两岸杨杨柳柳,六溇江苏云雨,日月共天风。但向长城问,社稷汉秦雄。黄昏晚,晨阳早,各红红。钱塘郡守商贾自主有无中。岁岁年年千载,越越吴吴儿女,有水有情衷,帝帝王王客,见色色空空。

321. 又

日逝快哉水,落暮短长亭。如来如去如同,静静读心经。咫尺天涯相望,独木成林普渡,教化一神灵。自是人间在,有渭渭泾泾。黄河水,潼关路,共丹青。弯弯曲曲,流去到海到沧宁。一旦功名成就,润泽中原草木,日月久昌龄。逐鹿千年故,立马帝王庭。

322. 又

夜暗知明月,举目望长天。嫦娥后羿今古,来去几何年。桂影寒宫玉兔,处处丝丝圆缺,不忍问孤眠。只以登高处,半月半弦弦。人间事,多少欲,自难全。风花雪月天下沧海一桑田。莫以成成败败,废废兴兴已久,本本自源泉。彼此同离合,进退共婵娟。

323. 浣溪沙

已是东君一半情,春莺只与两三声。杨杨柳柳以身萌。注目江南江北望,朝朝暮暮朝朝行。平生跬步是平生。

北宋·宋徽宗赵佶
听琴图

读写全宋词一万七千首

第六函

1. 又 水调歌头

四面埋伏曲，一半楚歌声。刘邦项羽垓下，且向未央鸣。何以鸿沟南北，酒醉虞姬帐下，不是颖师情。立目乌骓马，八百子弟兵。江东望，何天下，已英英。高山流水，阳春白雪自方明。不是知音不是，日月英雄日月，自古帝王生。对一关三叠，问败败成成。

2. 满江红

日月生平，东西去、朝朝暮暮。少小路，继青年路。又中年路。老了人情官场路。行行止止行行赋，苦耕耘，十二万诗词，留心主。六十后，人回顾，两万日，天天度，以风风雨雨，似倾如许。自得如来如自己，长城万里长城步。唱阳关，又去问楼兰，重分付。

3. 又 自变

四品郎中，沈阳半市，姑苏一路。法特使，地铁主任，一生风雨。曾是精英知制书，无言政治谁相顾。是农家，创业下关东。诗词赋。作小吏，知学步。京城里，人心计，国家家国见，苦辛朝暮。得以人间天下故，民情只以民情许。这人生，只可以谦谦诗词赋。

4. 又

一世诗词，十万首，三生朝暮。三万日，百年倾述，半生风雨，六十退休千百度。童翁罢了诗词赋。这始终，已去去来来，前行路。农夫见，耕耘主。五色土，三光许。只须随日月，自然如故。一世无谋无自主，辛辛苦苦常分付。见英雄，学了不寻常，谁人步。

5. 又

难得糊涂，人生路，朝朝暮暮。日起落，由东西去，所随如故。柳柳杨杨天下树，中南海里诗词赋。是书生，也是一农夫，邯郸步。精英见，天子路。知制书，听分付。不知无不去，目非相顾在。日月耕耘辛苦步，唐时只因隋时度。有春秋，也有这阴晴。凭甘露。

6. 又

不是奇人，平生是，辛辛苦苦。三百日，年年如此，去来朝暮。第一书生知第一，前行不止前行主。每亩田，六千粒秋苗，天天数。有草木，无孤去，互助与，相随步。去南南北北，以诗词赋。共了平生同了路，来来去去来来去，社会人，处处有精英，听分付。

7. 归朝欢

未了江南江北客，雪上梅花衣半白。姑苏一半近钱塘，富春入海江东陌。运河杨柳帛，江流作了江楼泽。今古是，兴兴废废，留下人间迹。一路天台云水脉，进退朝堂几度隔。高高已是一低低，平生只在平生迫。岁华秋收获。前行步步应何莫，有归期，又无相约，左右何人策。

8. 念奴娇 赤壁怀古

一江东去，半逝水，九派高低之路。西是源头源不住，竹泪朝朝暮暮。鼓瑟湘灵，君山远矣，大禹江山顾。周郎赤壁，东风吹去分付。百万兵马连营，踏平吴蜀步。孙权当顾，火火舟舟，谁知三国去，似今如故。漳河铜雀，风流化合物如数。

9. 雨中花

孤月高楼深院，远近芳香，处处云烟。一半隐隐约约，一半婵娟。何付江东，灵山古刹，满了榆钱，且过十五日，清明谷雨，出水萍尖。黄花处处，红颜比比，步步草上花前。莺已语，有寒还暖，序序当然。蹈矩循规彼此，清商不假余弦。已如全，十分心意，付与来年。

10. 沁园春

正史无正，野史无野，史史难全。这江山社稷，兴兴废废，成成败败，谷谷川川。岁岁年年，年年岁岁，去去来来日日悬。由朝暮，任阴晴演易，沧海桑田。人人事事方圆。跬步是，时时刻刻连。咫尺天涯想，高低进退，朝堂上下，未了先贤。自当相怜，必以成成败寇传。天下路，这非非是是，有了源泉。

11. 劝金船

人间多少知阡陌，逝水江楼客。年年岁岁常流脉，是非是非隔。曲曲弯弯，积积沉沉如泽。还又行行止止，修修事事。青青似织如丝帛，纵纵横横格，自以高高低低迫，合合分分，影影形形交迫，自古天公一侧，何粉何白。

12. 一丛花

东君已步半川前，花落运河船。春风有信娇人见，踏青去，碧玉桥边。纤纤细细，幽幽小草，波水有清圆。寒宫匿下一婵娟，可惜半弦弦。有形无影酸梅子，有桃李、杏要争先。有情可怜，女儿自得，十步有江船。

13. 木兰花令

东君早向木兰花，一枝未叶间朝霞。成形朵朵婷婷树，香香色色满天涯。其中处处相思字，不似云云明月斜。若疑层层叠叠似，不误人只望家。

14. 又

层层叠叠重重玉，色色颜颜香香足。疏疏密密丛丛东，叶叶枝枝簇簇续。遥遥近近思思促，暮暮朝朝明明誉，去去来来阳阳旭。

15. 又

知君上路风云雨，呈枝不叶先朝暮。东城束束问佳人，临情处处应相妒。梅香已云相思故，白雪梨花衣不误。见了春风飞不去，不与平生几分付。

16. 西江月

过了丝绸学院，重来又是三年。荷花谢了有荷莲，姑苏一半芳甸。作了江村叶燕，运河汴水江船。三吴纳了五湖天，云卷云舒便便。

17. 又

一曲阳春白雪，三声下里巴人。高山流水小荷津，唱晚渔舟圆缺。自得情情切切，寒山拾得秋春，钟钟鼓鼓半相邻，有了如来心悦。

18. 又

记取吴江草木，小桥碧玉多情。双波最是水中横，独立孤孤独独。柳柳阳阳竹竹，花花草草疏疏。婵娟月上自多余，夜夜娇娇淑淑。

19. 又

一片青莲影影，三吴玉树湖湾。东西两面洞庭山，一半枇杷飞燕。点水声声不断，盘门处处无关。姑苏碧女小桥颜，不忍加减再看。

20. 又　重九

九月黄花路路，重阳未了姑苏。东吴燕雁过江湖，带了云云雨雨。水姑苏处处，红楼点点芜芜。盘门挂满野茱黄，碧玉朝朝暮暮。

21. 又　茶词

二月形形影影，西山十里新新。女儿采了碧螺春，叶叶芽芽眉眉。不远梅坞龙井，茶香妙杀相邻。西湖虎路一泉津，品味年年独领。

22. 又

世上儿儿女女，人间草草花花。行行海角过天涯，进退风风雨雨。见历成成败败，心经正正斜斜。农夫自古事桑麻，自得朝朝暮暮。

23. 又

一半人间俯仰，三生世态炎凉。运河杨柳钱塘，碧玉春春往往。蜀蜀蚕丛孟昶，吴吴越越隋炀。千年已是作天堂。不以长城想象。

24. 又　送钱侍御

谷雨榆残天下，春光满了人家。书书剑剑理天涯，同朝朝朝野野。记取少年同语，何言彼此年华。诗词日月共桑麻，步步秦砖汉瓦。

25. 又　梅花

腊月梅花傲骨，人间一半香风。冰姿玉影自由衷，带领群芳入梦。再以东君繁衍，桃桃李李冬无穷。香香雪雪海边红，已是梅花三弄。

26. 又

一半梅花一半，千层白雪千层。红红素素玉香凝，日日迎迎送送。杜宇声声唤唤，人间废废兴兴。寒山拾得苦行僧,也有梅花三弄。

27. 又　平山堂

几度平山堂上,文章自古何穷。平生草木有无中,且以诗词接踵。处处杨杨柳柳,行行止止西东。郎中四品一情翁,简简繁繁冗冗。

28. 送别

一月圆圆缺缺,三生去去来来。忧忧念念一天台,作了人生豪杰。彼此离离别别,云衣着着催催。江山社稷状元魁,独烛明明灭灭。

29. 临江仙

一路人生何处去,江山半是功名。书书剑剑有人情,行程行不止,问事问枯荣。自得龙丘三两子,溪山好处耕耘。琴弦不尽女儿声,吟诗吟日月,向道向阴晴。

30. 又

半亩田园多草木,三光日月枯荣。耕耘土地伺阴晴,听天由命去,自主任生平。百岁年华诗赋曲,文章太守无名。山山野野故乡情,无如无世界,有道有心明。

31. 又

不必归来去问,人间自古书生。从来不少是声情,天空天下问。地广地枯荣。已见何言问事尽,无以进退身名。方圆已定有阴晴。江山同社稷,日月共光明。

32. 又　冬日即事

八十人生已暮,行行止止诗翁。退休日月已无穷,生产部门寒冬白雪,夏日夏荷风。太守文章今古赋,人情已自由衷。南南北北又西东。耕耘耕不尽,索取索苍穹。

33. 又

送别君行千里里,孤留细细思量。官人处处几家乡,知音非故旧,独步是爷娘。回首云中三两问,阳关漠漠炎凉。梅花落落有梅香,人间人自主,世态世中羊。

34. 又

一醉方知谁李白,清平乐后相猜。当涂月色久徘徊。诗翁诗不尽,蜀道蜀人来。未了江村吴太伯,东风过云天台。香香雪雪海边开。春分春不语,谷雨谷云开。

35. 又

一半春光花草色,三生日月耕耘。天天不断作人君,退休知六十,此后自青云。拘东东皇行太一,五分格律东君。三十日月十年文。诗词逾十万,守句富千芬。

36. 又

去去来来去见,朝朝暮暮相离。堂堂野野自纷纷,相思相不语,独客独云云。止止行行天下路,杨杨柳柳秋春,辛辛苦苦亦勤勤,收收多少果,得得废兴君。

37. 又

入了部门天下路,行行止止途途。人生退休在姑苏,江湖杨柳柳岸,琼花满江都。国务院中听国务,东吴富了东吴。诗词十万有沉浮。平生平不得,一步一春秋。

38. 又

近了清明寒食雨,春风满了梅坞。风光误了龙井奴,旗枪旗未举,玉叶玉怀姑。一半碧螺春女采,怀香醉了东吴。洞庭山上洞庭苏。知茶知水本,论道论玄儒。

39. 又

七十人生行不止,诗翁作了书生。朝朝野野自无平,方圆由格律,进退可枯荣。利利名名多少客,江南塞北阴晴。天机不断几营营,巴山巴雨夜,一峡一云声。

40. 又

自是人生行止去,港湾不问江楼。如今日月作春秋,天天应去去,夜夜未留留。十万诗词人百岁,心经逝水沉浮。东方入海十三州,江山江水色,九鼎九秦周。

41. 渔家傲

十里台城千万柳,六朝不尽人人口。一半秦淮今古守。惊四首,紫金山上知君否?建邺东吴三国去,黄花九月重阳九,虎踞龙盘天下友,江南阜,风云尽了风云有。

42. 又

送送迎迎天下路,离离别别情中许,一半心思三两处,惊不误,三年去了朝朝暮。已是郎中场妒,平生未了平生主。剑剑书书先后故,风云雨,风云雨,川流蜀楚经官渡。

43. 又 七夕

七夕牛郎牵织女，银河鹊鹊桥桥路。岁岁年年都不误。儿女处，人间留下云和雨，千百度，朝朝暮暮何分付，有了心思谁自主，夫夫妇妇何时语，古古今今都是故。

44. 又

一曲阳关千里路，三秦日月三秦雨。九曲黄河东逝去，泾渭渡潼关，合了中原处。万里长城南北误，金陵唱彻后庭树，战战和和战女。昭君主，胡胡汉汉同人赋。

45. 鹧鸪天 谪黄州作真本藏林子敬家

百里西湖一路长，三潭印月半清凉。寒山拾得枫桥外，夜半钟声过柳杨。灵隐寺，忆隋炀。富春水色入钱塘。萧山六合江边塔，八月潮头水四方。

46. 又

百步扬州十步桥，三吴八月一吴潮。凤凰弄玉秦楼上，廿一桥头教玉箫。杨柳岸，女儿娇。芙蓉云水玉荷苗，隋炀且以楼船去，水调声声入月霄。

47. 少年游

年年五月，年年端午。同里在三吴，姑苏城外，荷花处处，犹是入江湖。送别送离相逢误，风月一杯无！只见婵娟怜圆缺，分明是，怯杨都。

48. 又

芙蓉不用去年枝，端午有新姿。一水荷塘，西波三折，慢慢迟迟。颜颜色色经互照，多与牡丹时。花深深处，碧蓬蓬处，一子千丝。

49. 定风波

且听穿林打叶声，无妨吟啸独前行。雨雨云云多少景，心领。一蓑烟雾共平生。止止行行止境，脱颖。弯弯曲曲向前程，回首向来知定永不，重整。林林木木自枯荣。

50. 又

白雪成城二月花，东君忘了半人家。李李桃桃梨杏色，直得。姑苏碧玉小桥斜。五湖运河方寸力，无极。江南处处好年华。织女牛郎多少夜，含羞之后挂窗纱。

51. 又 重阳

山山林林叶已扬，枫枫菊菊桂花香。采撷茱萸兄弟荣，多少。一层岁月一层霜。九月重阳重日昭，知晓。登高望远是家乡。回首向来年岁草，当道。春秋一半有炎凉。

52. 又 感旧

刘邦何曾问未央，潘郎已见向徐娘。一曲三声应自语，神女。腰轻不胜舞衣裳。柳絮杨花飞不尽，晶莹。春来秋去对炎凉。衣带霓虹何俯仰，天上。回身自得散余香。

53. 又 送元素

江南风光草木荣，西湖不尽水山情。莫以文章行政令，归晟。迎迎送送问平生。步步前程行止命，当竞。成成败败以心轻。回首今日分别镜，人性。闻莺柳浪自阴晴。

54. 又 墨竹词

一池丹青竹叶平，三杯已醉独身行。太守文章保复醒，谁听。枝枝节节向天生。雨雨云云形影定，梅径。菊菊菊菊四芳名。已是秋冬春夏证，书馨。人人自此有精英。

55. 又 咏红梅

梨花桃桃李李开，丁香杏杏半天台。晚取群芳香雪海，谁宰。茫茫一片不相催。未了余情心有蕊，成蕾。东君自得有春才。处处荣荣天下彩，崔嵬。晓园香径独徘徊。

56. 又

平生无须百岁明，十年有道半徐行。跬步前程应不定，如改。郎中太守自声鸣。去去来来人理性，当镜。兴兴废废共思城。以老当知青少更，清净。无情尽处是多情。

57. 又

一生心安半故乡，潘郎不远一萧娘。十万诗词由四方，何向？天涯海角自炎凉。若以天台台上望，工匠。音音韵韵格律章。百岁古今三万日，思量。隋炀水调一天堂。

58. 南乡子 春情

桃李半春情，红白梨花一啼莺。水调运河香雪海，阴晴。同里江春一号城。三载五湖英，中国射园半国名。只以新加坡上问，官倾。上了姑苏忘了名。

59. 又 梅花词

千里满梅霞，南粤江东逐月斜。一日岭前香雪海，堪嗟。之后姑苏一片华。江北入人家。雨水春分半月差，只以东君排布始，天涯。一国风流一国花。

60. 又 酒

谁弄谢公台，明月清风带酒来。旧日一杯情已至，徘徊。今再三杯再忆回。坐定两相催，一酒沉浮一酒媒。李白华清池上赋，崔嵬。出水芙蓉再不开。

61. 又 重九

霜降五湖舟，寒入江南九月头。一路运河听水调，歌头。钱缪争言四十州。有勇有无谋，子以江山子以忧。社稷民情多少望，羊牛。好掉头时且掉头。

62. 又

迎送送迎行，官场车车马马鸣。夜夜月明明不尽，无声。来去枯荣驿路情。跬步自前程，蜀道蚕丛蜀道惊，果果因因心不定，身名。且赊天朝且向平。

63. 又 有感

冰雪玉香肌，三月春春薄薄衣。一日五湖湖水色，天机。同里吴江水调稀。燕雁已相依，落落巢巢自不飞。舞尺霓裳天下曲，湘妃，鼓瑟终时竹泪微。

64. 又 和杨元素

东武半余杭，江左江东大禹忙。治水一疏朝海导，汪洋。天下茫茫万里乡。有水有天堂，草草花色四方。柳柳杨杨莲竹缘，苏杭。一半瑶姬一半妆。

65. 又 自述

千古一书香，夫子三生半短长。日日不停犹读写，倾常。长了时时短了娘。十万赋诗肠，国国家家自四方。自是忧忧天下路，炎凉，不道功名不道杨。

66. 又 送元素还朝

裙带石榴红，飞将酒泉霍卫功。射虎石头惊不定，天空。心有灵犀一点通。只向酒泉逢，汉武秦皇帝国风。不必区区天下问，由衷。只事江山又事终。

67. 又 赠行

来去去来吴，回首姑苏一丈夫。步步五湖天下水，书儒。同里江东问念奴。水水有沉浮，试问波波三万途，已是无平无止境，江湖，已见崇郎见绿珠。

68. 又 双荔枝

双见是双扉，心里香上一子微。岭上蜀中绛绿色，皇妃。千里江山一笑归。自小两相依，共叶同枝不是非，自以同根同日月，菲菲。玉玉身身玉玉肌。

69. 又 集句

安得万里裘（白居易），万里身同不系舟（玄鱼机）。白雪却嫌春色晚（韩愈）。春秋，读书何为稻粱谋（龚自珍）。不必泪长流（杜甫）。长笛一声人倚楼（赵嘏）。采得百花成蜜后（罗隐）。轻薄桃花逐水流（杜甫）。

70. 又 集句

闲坐说玄宗（元稹），野渡无人舟自横（韦应物），此去云回恨不胜（李商隐），行踪。此处何时不相逢（杜牧），旧欢如梦中（温庭筠），蓬密群科济世穷（周恩来），怅望千秋一洒泪（杜甫），西东。一树梅花一放翁（陆游）。

71. 又 集句

天涯若比邻（王勃），今见功名胜古人（岑参）。忽见陌头杨柳色（王昌龄），冠巾。成如客易却艰辛（王安石）？聊赠一枝春（陆凯），不问苍生问鬼神（李商隐），两岸青山相对出（李白），经纶。零落成泥碾作尘（陆游）。

72. 又 集句

山色有无中（王维），映日荷花别样红（杨万里）。借问酒家何处有（杜牧），西东。露似珍珠月似弓（白居易），林花谢了春红（李煜）。柳絮池塘淡淡风（晏殊）。泪眼问花花不语（欧阳修），天工。人面桃花相映红（崔护）。

73. 又 集句

大道如青天（李白），不问天公买少年（元好问）。人生交契无老少（杜甫），方圆。十里长街市井连（张祜），树杪百重泉（王维），春愁黯黯独成眠（韦应物）。已作迟迟君去鲁（苏轼），临川。天子呼来不上船（杜甫）。

74. 南歌子　游赏

水调江都回，声平一半楼。玉箫教处女儿羞，二月琼花如雪，满扬州。汴水隋炀水，歌头水调头。千年来去去来舟，富了苏杭富了，共春秋。

75. 又　湖景

十粒鸡头米，三吴芡实秋。江湖百里女儿舟。处处红莲如梦，隐长洲。碧玉姑苏女，芙蓉出水留。婷婷玉立半沉浮，水调歌头唱尽，又沉浮。

76. 又　寓意

一半江湖水，三千大小舟。隋炀记取下扬州。水调歌头杨柳，弄春秋。雨雨云云见，情情意意留。牛郎强人有牵牛，碧玉桥边望望，自无休。

77. 又　和尤韵

寒食青团子，姑苏子胥城。江湖水上满清明，勾践夫差留下会稽情。北越西施女，男吴楚客缨。我是人间闲客，不闲行。

78. 又　和前韵

也上孤身读，人间独步行。天天地地各前程。鼓鼓钟钟听得，是分明。老少心经在，童翁雅颂声。国风日月著诗城，草木繁荣处处，一根生。

79. 又　晚春

上巳清明后，三春谷雨生。人间处处是光明，世上繁繁花草，竟枯荣。

已绿池塘水，常芳水月情。梅坞采女有歌轻，龙井碧罗茶叶，是精英。

80. 又　八月十八日观潮

八月盐官路，当惊一线潮。无须远近望云霄，白浪淘天天下，水逍遥。雷动夫差国，云平玉带桥。蓬莱如此不渔樵，只见垂流直下，自潇潇。

81. 又　再用前调

海角天涯去，天涯海角来。天台今古一天台。进退升迁官场，莫徘徊。一步朝堂路，朝堂一步开。帝王日月帝王裁，世世身身左右，是非催。

82. 又

太守西湖雨，钱塘太守云。民心一路建功勋，八月潮头天上，雾纷纷。六水钱塘合，三光日月分。文章太守一衣裙，不见禅师见寺，几何闻。

83. 又

却一河梁守，还修日旦堂。相离互别牵强，北客南行何处，共炎凉。已近西施女，偷情眨目娘。百里江湖左右，作萧郎。

84. 又　湖州作

日日遥遥望，天天水上浮。湖州对面是苏州，去去来来同是，五湖舟。水调歌头在，三分岸水留。七成日月自春秋。谁与江都处处，共风流。

85. 又　暮春

紫陌随花色，红阡拂面香。无人不道看花黄，只有女儿如醉，着长妆。欲欲情情结，情情欲欲匡。春心不

尽又春肠，影影形形木木，作萧娘。

86. 又　黄州腊八饮

怀霍承天后，韦平以族贤。江山社稷各当然，正史何言其正，不桑田。射虎燕山客，飞将误酒泉。野史何言野，过前川。

87. 又　有感

一半姑苏客，三千日月光。十年草木五湖妆。太守去来何故，有炎凉。十尤诗调赋，三吴水调乡。杨杨柳柳作文章。不问长城南北，问隋炀。

88. 又　感旧

太守文章客，郎中日月乡。来来去去一炎凉，雨雨云云都见，一衣裳。事事官官问，时时子子量。苏杭已是半天堂，水调歌头杨柳，自隋炀。

89. 又　舞曲二首

扭扭千姿舞，弯弯百态身。情情意意一花邻。细细余香味，眉眉媚媚颦。亭亭玉立楚腰春，粉粉红红色色，是天伦。

90. 又

洁洁肌肌面，冰冰玉玉身。东君付予西波春。素颈丰胸莲坐，似迷津。不尽风流舞，无常细语亲。十指红线纤弱，入红尘。

91. 好事近

处处是莲塘，柳柳杨杨两岸。已是运河南北，半春三吴乱。船娘不误一余芳，草草编花冠，目在江南云散，有情心无断。

92. 又

水调一歌头，处处多多杨柳，见了红花时候，女儿温温酒。

运河自以产丝绸，百岁一回首。雨雨风风先后，此情谁知否。

93. 鹊桥仙　七夕

银河一路，人间一路。七夕情思相互渡。鹊桥只是愿心成，但见得，倾倾述。天天地地，儿儿女女，总在云云雾雾，牛郎织女两河边，不可见，朝朝暮暮。

94. 又

成都乞巧，长安乞巧。望尽银河淼淼。潘郎得了是萧娘，这情是，多多少少。

相如已约，文君未了，人间两处不遥，自是得，柔情正好。

95. 望江南　暮春

听谷雨，萍叶己声声，水水不平平水水，杳杳烟烟色波明。一望一云轻。

微雨过，鹧鸪已催耕。作事为人官本位，正人君子民心成，天下自枯荣。

96. 又

三月里，上巳上兰亭。曲水流觞鹈鸠池瘦，竹节风微色青青。醒醉见心灵。

龙井采，叶叶远泉茗。百舌无言桃李落，鹧鸪有意隐旧庭。姑姑莫零丁。

97. 卜算子　感旧

创业下关东，原始丛林梦。采取人参鹿角茸，祖父胶州众。百岁一人生，五女桓仁凤。女女儿儿六代衷，留下人间蕨。

98. 又

一代一平生，六世同堂诵。自以胶东创业耕，百亩田家种。祖父御医行，百里方圆颂。根治民间漏血情，病病奇效俸。

99. 瑞鹧鸪　观潮

一线平推万里遥，三吴云烟半江霄。瀑布欲垂天下尽，回头争望作天桥。盐官八月惊风落，富春钱塘两地摇。元是悟空翻海底，龙王自此作逍遥。

100. 十柏子　暮秋

一世平生五蕴，黄花入了重阳。清明时节知扫墓，九月茱萸忆故乡。长春父母堂。去去来来天下，暮暮朝朝怜香。霜染层木同五子，一女幽州共炎凉。留名是诗皇。

101. 清平乐　秋词

重阳一路，叶叶枝枝远。白雪冰霜如薄雾，素素明明相附。姑姑且且奴奴，风风雨雨相度。见得山山水水，春春处处苏苏。

102. 昭君怨　送别

一路琵琶一路，如暮去来如暮。汉家别了入胡家，有鸣沙。儿女只知相顾，处处云云雨雨，生生死死作梅花，共天涯。

103. 戚氏

玉龟泉，山山水水万经年。见了人间，去来来去几桑田。当心，是萧然。寒宫无锁问婵娟。当时后羿射日，九阳曾到海西边。何故何故，嫦娥独自，威信无以方圆。以弦弦上下，玄圃清寂陌陌阡阡。争似穆满巡天，鸾辂驻跸，八骏踏芝田。西王母，形形影影，淑淑妍妍。肆华筵，周穆王自宣宣，帝所处处光宣。楚腰蜀女，末淡西施，三国明月貂蝉。月色东皇酒，琼浆玉液，有欲成仙。不知人间所见，八仙天上愿望留连。梅花三弄已相邻。高山流水，无始无终叹。这坤干，何事向云岸。忘归思，回首前川。误望尽，处处尘寰。五千年，处处是神仙。未央宫外，秦皇汉武，五百云烟。

104. 醉蓬莱　重九上君献

得黄粱一梦，行止成程。又归重九。兄弟茱萸，菊花多回首。百度人情，不饮无醉，只以诗词守。去去来来，朝朝暮暮，老翁依旧。一世平生跬步，诗句自以留名，种了杨柳，生女生儿，字字知双手。年以高登，岁又长顾，应得思思口。独独孤孤，天南海北，不知知否？

105. 贺新郎

步步人生路，这人生，来来去去，暮朝朝暮，不尽诗书千百度，不尽回回顾。不尽是，如何分付。不尽是前行前瞩目，一长亭，十里云川树。凭日月，任风雨。诗词不是留名故，是殊途，年年岁岁，以天如数。十万诗词三万日，夜夜吟吟赋赋，百岁里，辛辛苦苦，日日经年从不住，有相思，也有相情处。多少误，向飞鹜。

106. 洞仙歌　咏柳

婆娑起舞，朝暮多无语。楚女腰肢自无立。风流处处，不误高低。何摇摆，随它东君伴侣。运河南北水，商帛隋炀，两岸垂垂已金缕。碧玉到扬州，不问东西。江都晚，苏杭情绪。何自如，招得草萋萋，女儿小桥堤，姿姿诩诩。

107. 又　公自序曰，七岁见眉山老尼朱，年九十余，自言随师入孟昶宫，一日热，孟昶与花蕊夫人避，而吟，只记前二句。

冰肌玉骨，自清凉无汗。水帘荷风自无断。夜菊香，弦弦月月婵娟，谁相比，引得轻轻唤唤。有丰胸素手，灯影流波，懒了群星下霄汉。鬓发自如何，已过三更，依然是，含芳不乱。侧卧是，柔柔似流，只道是，黄粱梦中如半。

108. 八声甘州

过阳关，大漠自朝天。去来已方圆。有沙鸣百里，蜃楼海市，源本山川。西云风流切切，东下柳杨烟。八拍甘州唱，士马争先。上了楼兰，交河外，封疆千古，沧海桑田。醉了胡姬舞，犹似玉肌妍。曲再三，二弦胡语，忆风情，终自在，玉门前。何今古，飞将霍卫，是酒家泉。

109. 三部乐　情尺　明皇分立伎、坐伎和法曲三部

三部分声，共是一曲情，管弦音切，堂上堂下，坐立伎人如列法曲是，一道观音，暗度天下路，一半圆缺。石崇缘殊，教以情人桃叶。回文绵字相传，金谷从坠影，是非何说。梨园不如羯鼓，霓裳无歇。转思量，如花似雪，不只得，明灭灭。弟弟子子，传情见，多了愁结。

110. 阮郎归　初夏

甘霖碎了一圆圆，人间有本泉。已交春夏满榆钱，鹧鸪清种田。微雨后，小荷翻，榴花已色燃，红尘不尽作云烟，佳人不入眠。

111. 又　梅词

暗香浮动下黄昏，平生日月魂。已知天子告王孙，东君以此蕴。天下色，一乾坤。千年万岁根。群芳换了入春门，芳芳尘世纯。

112. 又　苏州席上作

黄天荡里一江湖，小桥碧玉姑。读书成了一书儒，吟声半念奴。情不尽，美人姝。华姿半丈夫。歌上舞舞半飞凫，红颜作玉壶。

113. 江神子　陶渊明正月五日游斜川，作诗，余躬耕东坡，雪堂居之。

东坡一路一躬耕，一渊明，一枯荣。一半斜川，一半东坡情。只见雪堂天下目，由日月，付阴晴。人生老少意难平。大江声，小溪鸣。南去长亭，北去酒旗缨，问罢英雄飞将问，知进退，是精英。

114. 又　孤山竹阁送述古

阳关唱尽一佳人，几秋春，几红尘。百度平生，半度是天伦。柳柳楚腰天下色，嗔耳目，挂冠巾。含情带泪已颦颦，波已动，小红唇。一半纤纤，一半以身邻。直到相倾无醒醉，由五鼓，一更珍。

115. 又　江景

江楼不住一江流。一江楼，一江流，今古悠悠，今古几春秋。古今今东逝水，无止境，有沉浮。江流不住一江楼。一江流，一江楼，古古今今，今古自悠悠。水水山山分别见，山屹立，水低流。

116. 又　猎词

英雄一半射天狼，有炎凉，老儿郎，少小离家，几度可思乡。猎尽鹧鸪飞雉兔，谁敌手，几牵强。耕耘不及小牛羊。有黄粱，有衷肠，持节云中，不日遣冯唐。射虎幽州天下路，回首处，望周郎。

117. 又　空城计

残兵老弱一空城，一琴声，一夫鸣。阵阵兵兵，司马懿心明。同是英雄相惜去，旗鼓偃，退行营。却听诸葛怯声情。有无惊，有无盟。至以精英，你我共生平。一晋百年三国尽，留下问，出师名。

118. 又　冬景

风风雪雪带阴晴，半山林，半乡城。白了山川，白了一书生。白了人间天地素，三界气，九州明。霜冰色里日明莹。半相倾，半相萦。满了昆仑，满了帝京荣。不知鸿鹄何时见，

当日月，共枯荣。

119. 又

相离已了是相逢，有分封，有行踪。草木枯荣，日月共阴晴。作了书生天下路，无未欲，有青松。离离别不相从，自中庸，有鸣钟。远近相闻，处处有芙蓉。雪似故人人似雪，千万里，九州绒。

120. 又

钱塘喜唱陌花天，女儿妍，小桥边。缓缓纤纤，左右已逢缘。淡淡清香三尺远，回首处，是婵娟。梅花溢溢作香烟。似去泉，荷莲，玉立婷婷，影影已相怜。茉莉香香西子问，三五月，一前川。

121. 又

生生死死两茫茫，尽思量，是爹娘。奶奶爷爷，创业自炎凉。独下关东经自立，生五子，女儿郎。如今两处话衷肠。日方长，月方长，忘了黄粱，有了一松冈。自以桓仁天下望，向日月，作牛羊。

122. 蝶恋花 春景

一树梅花香未断，向了群芳，向了婵娟唤。桃李迎春应已算，梨花白了樱花冠。燕子飞来飞去见，叶叶枝枝，筑得梁巢眷，岁岁年年多少面，明皇上了长生殿。

123. 又 佳人

草岸青青三两柳，过了黄黄，绿绿红酥手。欲断无折应俯首，浮萍影里鱼儿守。曲曲歌歌樊素口，百态千姿，一语三杯酒，谢了红妆作了友，倾身可许谁知否。

124. 又 送春

不可东君知可否？一半春风，一半黄杨柳。雨雨云云都是酒，桃桃李李梨梨首。小小蛮腰樊素口，一半人间，一半吴姬友。见了鸳鸯都是偶，人情自是心中有。

125. 又 暮春

上巳兰亭三月暮，曲水流觞，复禊江南赋。一路苏杭红一路，桃花作了梨花雾。缆江村云雨处，入了江都，美了扬州女。有了隋炀千百度，琼花淑气情分付。

126. 又 密州上元

走马灯前多少路，百草群芳，万态千姿处，不尽民间情不住，灯灯火火人人故。云云来来何所顾，未了声名，未了行行误。自得农桑农是主，官官吏吏何分付。

127. 又

春夏秋冬年岁度，竹菊梅兰，鸟鸟虫虫数。水水山山川谷赋，朝朝暮暮何云雨。北北南南天下路，一半东西，一半高低步。废废兴兴今古付，成成败败英雄误。

128. 又

一字千思翁不语，半是行程，半是人生虑。格律佩文来又去，文章自是心经处。十万诗词千百度，过了康熙，过了乾隆数。问遍人间都不遇，如今第一如今付。

129. 又

夜半潮头惊一字，一字平平，一字倾倾次。左海门前光水异，波涛一度波涛洎。八月钱塘回水至，浊浪排空，瀑布由天赐。小月当然应有记，寒宫水洗秦淮泗。

130. 又 述怀

目与东城三两步，海角天涯，止止行行顾。太守文章天下付，诗词不住诗词赋。一半人生来去路，一半功成，一半何辛苦。日日年年依此数，天天只以天天故。

131. 采桑子

天天不尽天天赋，十首诗词。十首诗词，少少年年自不知。

青春一始行无止，二万天时。二万天时，日日衡衡日月迟。

132. 千秋岁 湖州暂来徐州重阳作

玉人三弄，明月江湖雪。宫人记取千秋节。玄宗多少客，弟弟兄兄列。人已老，开元尽日终须别。天空徐州咽，居易何言说。天已老，情难绝。十载杨柳色，十岁心心结。皆去也，东窗未白残灯灭。

133. 苏幕遮 咏选仙图

一神仙，三界路，不了人生，不了人生慕。阮阮刘刘何不误，未尽相思，未尽人生苦，日遥遥，天主主，臆想天开，实实虚虚顾，谁见神仙谁是主，自有如来，自有观音处。

134. 永遇乐

古古今今，兴兴废废，谁主谁客。一路前行，三生有命，跬步由阡陌。朝朝暮暮，来来去去，俱是这人间迹。听巢由，湘灵鼓瑟，周王不问吴伯。

秦楼乐曲，玉箫声里，一半人间莫莫。独独孤孤，儿儿女女，易柳知商帛。隋炀去处，天堂六淡，山山水水如泽。秦淮岸，南南北北，已收已获。

135. 又　夜宿燕子楼梦盼盼因作

燕子楼中，东坡梦里，居易何故？柳柳杨杨，杨杨柳柳，十载人生误。夫夫妇发，妻妻女女，只是共飞同住。大难处，各来各去，暮朝独自分付。

徐州盼盼，知音之岫，曲曲歌歌百度。剑剑弦弦，声声舞舞，彼此相倾慕。文文武武，同同异异，只以人生里论，是唐，情肠未了，几何步步。

136. 行香子　茶词

同里江村，同里黄昏，小桥边，繁老树根。身身枝叶，无际无垠。历数明清，战中立，如儿孙。同里文章，同里乾坤。退思园，得道慈恩。几时归去，近了天尊。作了个闲人，一吴水，一江阴。

137. 又

惊蛰时分，小叶如云，碧螺春，微雨纷纷。浮珠浮玉，虚若天嚯。采女胸怀，一旗见，半衣裙。初入心前，凉后波芸。且杀青，地理天文。妙香焙绿，煮水茗君。几度沉浮，一杯里，一氤氲。

138. 又

千古书生，吏吏卿卿。有沉浮，知辱求荣。金张三叶，纨绔貂缨。不叹龙门，问皇榜，待明经。应得文章，明月躬耕。自陶陶，九品人轻。与谁归去，寂寞君平。道道儒儒，向如来，可无名。

139. 又　秋兴

夜夜无尘，落叶频频。可归根，无夏无春。这秋肃穆，霜雪沉沦。有西风扬，有黄菊，有冠巾。近近邻邻，远远离身，飏青旗，流水桥滨。偶然居地，也是风因。也飞还随，朽冬见，不相珍。

140. 又　冬思

春夏秋冬，梅雪冰封。年年是，秩序相逢，故人不见，鼓鼓钟钟，拾得寒山，姑苏寺，作青松。如来如去，观音施水，著书香，有了中庸。节中春动，心里成宗。暗香疏影，群芳唤，作云龙。

141. 又　过七里滩

运河轻舟，水调歌头。这隋炀，杨柳帛侯。玉箫教处，多了春秋，有桃花红，李花白尽，尽风流。七里滩洲，影堪星留。问君臣，严陵荒丘。已然山水，落叶沉浮。对一弦琴，一壶酒，一羊牛。

142. 菩萨蛮　歌伎

声声不住声声住，人间未了人间妒。百态一卿卿，千姿三界情。波波形影顾，曲曲无误。彼此共阴晴，倾倾同止行。

143. 又

情情不定情情述，人人有欲人人误。念念不知书，情情何有余。后庭花处处，曲曲歌歌去，唯有一心居，当初何意舒。

144. 又　西湖

钱塘六合西湖路，功堤保俶梅坞暮。年年一当初，岁岁龙井居。春春云也雨，夏夏荷花女。柳浪有莺余，三潭三部书。

145. 又　杭伎往苏迓新守

苏州已见杭州女，江湖多了西湖雨。太守一书儒，西迓何有无？浮丘多少路，历史何朝暮。小小问姑苏，明皇留念奴。

146. 又

吴儿越女知多少？姑苏多了杭州鸟。百里半逍遥，千情三界潮。五湖分未晓，小小心明了。烟雨半云霄，馆娃当楚腰。

147. 又　述古席上

圆圆缺缺弦弦落，朝朝暮暮人间索。喜鹊一天河，群星三界波。牛郎何有约，织女帮娥诺。自古自嫦娥，如今如几何？

148. 又　感旧

平生不尽前行路，翁翁继了童童处。意切知姑苏，声平闻念妈。朱唇留下女，玉雪双波语。碧柳自扶趋，江湖谁丈夫。

第六函

149. 又　新月

弦弦月月圆圆约，天天不尽天天若。缺缺望银波，明明知夜多。人生人自索，立世平沟壑。水水一潇洒，川川三界歌。

150. 又　七夕

人间自有人间鹊，牛郎织女相情约。七夕渡天河，三生儿女波。经心常有约，乞巧飞天诺。见了一嫦娥，无须千里歌。

151. 又　有寄

江湖自有江湖岸，风云必是风云散。打以运河船，耕耘沧海田。先生何晓旦，古古今今叹，正史正人传，民间民俗贤。

152. 又

先生自觉先生少，人间第一人间草。十二万诗词，文章天下知。音声平仄好，格律裁量晓。八句七言辞，五言截句司。

153. 又　回文

约花小院春衫落，落衫春院小花约。弄女问天河，河天问女歌。语郎牛织女，女织牛郎语。多岸回娟娥，娥娟回岸多。

154. 又　夏景回文

好莲百色红莲好，好莲红色百莲好。清水玉婷婷，亭亭玉水清。晓情蓬结子，子结蓬情晓。萌约是荷花，花荷是约萌。

155. 又　回文

白梅飞雪冬君主，主君冬雪飞梅白。家客见开花，花开见客家。石山阡是陌，陌是阡山石。他我一枝斜，斜枝一我他。

156. 又　回文春闺怨

路前行止驿朝暮，暮朝驿止行前路。许中云作雨，雨作云中许。无是有殊途，途殊有是无。奴作半书儒，儒书半作奴。

157. 又　回文夏闺怨

柳风人静红枚手，手枚红静人风柳。舟平一歌头，头歌一平舟。守云知可否，否可知云守。浮逝忆江楼，楼江忆逝浮。

158. 又　回文秋闺怨

晓秋明月风寒早，早寒风月明秋晓。消落有江潮，潮江有落消。藐情儿未了，了未儿情藐。飘叶离心遥，遥心离叶飘。

159. 又　回文冬闺怨

雪梅红白天云切，切云天白红梅雪。枝上已多姿，姿多已上枝。杰中眉目悦，悦目眉中杰。时有女儿知，知儿女有时。

160. 生查子　许别

运河一水流，两岸多杨柳。日日有商舟，约约黄昏后。儿儿女女柔，淡淡浓浓酒。岁岁又年年，小小翁翁首。

161. 又　寄小小，独娜

榆关北戴河，小小秦皇岛。记取去年遥，不忘独娜好。来来去去桥，暮暮朝朝老。不日不逍遥，学得江山道。

162. 翻香令

一花无意一花残，一云有欲一云端。芳香处，红颜色，不一般，眉目起波澜。雁飞人字玉门关，水调歌头小重山。满天下，氤氲久，为情深，留得一河湾。

163. 乌夜啼　寄远

月明一夜归心，半知音。枕上已留余梦，似鸣琴。何不忍，自怜悯。是情深。望了嫦娥谁见，几晴阴。

164. 虞美人　琵琶

江山社稷何时好，日月人间老。无情自是有情消，项羽刘邦几度几云霄。鸿沟不设鸿沟道，四面埋伏讨。琵琶已向楚歌消，正史无正野史不野潮。

165. 又　述怀

乌江不尽乌江小，回首江东少。乌江日月作江潮，不以项庄舞剑沛公消。张良楚计萧何表，韩信金台小。成成败败一人桥，下得云霄何以上云霄。

166. 又　守杭

天光一半西湖水，草草花花蕊。烟烟雨雨自微微，白鹭沙鸥上下自翻飞。三潭印月三潭里，柳浪闻莺姊。

苏堤保俶满春晖,人在杭州太守自无归。

167. 又　东坡与秦少游饮别

西湖不尽西湖水,不尽杭州美。断桥断了半心扉,别了少游天下去来微。西州一云东坡此,不可词人止。声声未了雁鸿飞,一醉方休一醉一回归。

168. 河满子　湖州作

粤粤湘湘南北,吴吴楚楚东西。一水东流低处去,花花草草萋萋。蜀蜀川川日日月,江江汉汉辛夷。试问当垆在否,文君酒市莺啼。有了知音天下去,梅花作得香泥。汉时相如七子,梅州乘七赋成蹊。

169. 哨遍　公云,渊明归去来赋,有词无声,东坡筑雪堂,人以陋名。或作稍遍。龟兹五声。独鄱阳芜颜夫欲卜邻,作此词家僮扣牛角为云节。

斗米折腰,因柳渊明,已弃弦弦处,知稍遍,天下五音来。角羽宫商徵如去,上天台。农夫一田归路,前川人自喧喧语。天下一人家,沧桑日月,吴吴水水楚楚。月色明明婵娟传媒,杖策见,人字暮鸿来。有道初心,鸟倦知还,是非神女。哦,归去来回,人间忘我何多虑。第一人后语,书香里,虎龙踞。跬步几崎岖,成蹊桃李,隋炀水调留黎庶。草木有枯荣,杨杨柳柳,称城南北休与。自以秦皇汉武寿相催,不自

觉,皇皇十三杯,云蓬莱,生死谁驭。神仙何在何处?死死生生去,但知留下诗词今古,已是人间书著。此生此世不相猜,不随流,第一名誉。

170. 又　春词

小叶露珠,云里雾中,烟伴江南雨。初始见,碧玉小桥边,望蒙蒙又笼笼煦。这一时,风流回岸,天光浮动,处处龙宫府。鱼跃作波花,浮萍吐绣,圆圆成片成圃。有燕子贴水点身舞。莫远近荷香惹心吐。俱是人闲,画卷初开,早来如盏。更渔娘开户,妆淡红面芳菲妩。对谁轻语,疑是六朝后庭树。看紧约罗裙,玉波溅竖,霓裳入破惊鸿羽。楚腰正临池,镜前光闪,情歌声,黄金缕。任彩霞飞落旭阳宇,一明又明塘上荷浦。尚徘徊,后羿惊主。何以今古悠悠。浮幻人世叹。一生百岁诗词日日,三万六千如数。去程跬步不妨行,作平生,付得辛苦。

171. 点绛唇　己的巳重九和苏坚

北北南南,深川百里云开绽,去来人间,一一行行雁。楚楚吴吴,不以平生盼,情钟幻,去来人间,一一行行雁。

172. 又　庚午重九再和前韵

岁岁年年,衡阳青海云开绽。春来人间,一一人人雁。蜀蜀湘湘,都是排乞盼,重阳幻,秋来人间,一一人人雁。

173. 又　再和送钱公永

止止行行,阳关过了交河涧。玉门关栈,十里长亭宴,北望中原,社稷江山谏。何人间,折了花瓣,废了人间盼。

174. 又

一半人间,三生日月诗词办。腊梅花串,唤起群芳綦。老少人间,不以清闲盼,飞飞雁,一人变幻,字字排空慢。

175. 又　离恨

去去来来,春春见见秋秋雁。有飞无慢,岁岁年年间。别别离离,寄寄居居募。谁人盼,腊梅花绽,已是云中惯。

176. 殢人娇　赠侍人

小杏花红,己是刘郎先见。春风里,枝枝如面。秋千上下,共人前飞燕。纤纤步,惊起飞花一片。意意情情,羞羞易见。偷窥处,有心无便。君君日日,怎安排眷。谁知道,常讲述长生殿。

177. 又　赠朝云

雨雨云云,暮暮朝朝相便。瞿塘峡,瑶姬如面。襄王宋玉,一高唐飞燕。起落处,总是意迁情眷。曲曲声声,司空惯见,平白是,楚水吴甸。来来去去,总是人思人羡。有道是,入了深宫故院。

178. 又

小小渔家,尽在风中浪里。咫尺是,

天涯人比。空中日月，水上浮萍苡。沉睡起，碧玉扁舟妹姊。不可偷窥，女儿似水，平白是，清波如此。流苏百子，怎抵她心你，当知道，就就推推几几。

179. 许衷情　送述古

钱塘处处半诗家，一水到天涯。阳春白雪吴越，腊月满梅花。同日月，共桑麻，是官衙。一根千叶，去去来来，见浪淘沙。

180. 又　海棠

春来日日是东风，见得海棠红。花开未了花浇，结子自无空。黄白色，自由衷，是天工。一年来去，过了三元，始始终终。

181. 又　琵琶女

寒宫桂树半方圆，月色一团团。琵琶曲里无怨，蜀汉已如年。书不尽，画难全，女娇妍。敕勒川里，大小青山，共了婵娟。

182. 更漏子　送孙巨源

一来来，三去去。来去去来无数。杨柳岸，玉江都，运河朝越吴。秦淮路，后庭树，暮暮朝朝不住。西子女，到姑苏，一声忆念奴。

183. 华清引　感旧　此调此一词，平仄遵之

杨杨柳柳运河旁，玉帛方长。小舟来去如水，丝绸一故乡。国华此云忆隋炀，雨烟烟雨苍苍，至今清月夜，千载作天堂。

184. 桃源忆故人　暮春

阴山脚下孤青冢，蜀女髻云高耸。兰天白云如凤，已得单于宠。无端汉帝多情种，听得琵琶冗冗。敕勒川中草茸，独见清泉涌。

185. 醉落魄　述怀

一目一路，由君自取向前去。人前马后何分付。以此平生，只以阳台暮。若以百百千千度。歌歌舞舞花中许。江山社稷谁人顾。醉醉醒醒，只得人间误。

186. 又　席上呈元素

步步路路，先先后后何来去。由其日日三生数，百岁年中，三万天日顾。不解世界多云雾。书书剑剑多相付。何人不得何人误。独独孤孤，只以前行故。

187. 又　忆别

路路步步，行行止止已何故。朝暮不可长亭误，柳柳杨杨，缺缺圆圆度。向了草木枯荣顾。春前更后秋风赋，别别离离常分付。老老少少不得人间住。

188. 又　述怀

古古今今，神仙只在人心里。谁见世上神仙市。阮阮刘刘，俱是人情拟。昆明玉树天赋。龙了豸豸江山遂。

189. 谒金门　秋夜

重阳九，半见茱萸杨柳。半见星辰君子友，菊黄应白首。知否何人知否？知否何人知否？不饮平生天下酒，诗词应手口。

190. 又　秋兴

重阳后，叶落云飞经爱。万里见，天高地厚，诗翁岁白首。少小中年老叟，见得运河杨柳，见得长城飞将守，酒泉天子酒。

191. 又　秋感

何来去，尽了人间朝暮。西去阳关天下路，胡杨君子木。大漠丘丘无数，古古今今如故。万里长城南北误，英雄秦汉去。

192. 如梦令　公曰，本曲唐庄宗制，名忆仙姿，末句：如梦如梦，和泪出门相送。因以为名。

自古人生如梦，别别离离迎送。腊月一梅花，白雪阳春三弄。三弄，三弄，小女见钗头凤。

193. 又　同前

作了书生如梦，上得龙门知贡。九品一纵横，不见了仙人洞。由衷，由衷，不以黄粱为梦。

194. 又　有寄

有了东坡如梦，末了庄宗如众。忆得一仙姿，不似有凰无凤。无凤，无凤，见了秦楼空洞。

195. 又　春思

见了东君如梦，作得官家迎送。太守一文章。白首诗翁三弄。三弄，三弄，白雪阳春如梦。

196. 阳关曲　公曰：本名小秦王，入腔即阳关曲

阳关西去一沙尘，大漠清鸣半客邻。月牙水色逐湾月，无醉当知孤独人。

197. 又　军中

受降城下望长城，万马军中五柳营。李陵力尽忆飞将，恨君何成金甲兵。

198. 又　李公择

阳关西望玉门关，大漠难平大漠山。一沙不尽一丘远，明月湾中留故颜。

199. 减字木兰花

人间俯仰，不尽人间何想象。九月重阳，九月重阳忆故乡。三三两两，不尽三三知两两，共了圆方，共了人间一暖凉。

200. 又　寓意

风风雨雨，不尽这儿儿女女。一道玄虚，一道神仙梦里居。来来去去，不尽这朝朝暮暮。半是情余，半是心余力不余。

201. 又　荔枝

心心小小，糯米荔枝心小小。白白红红，肉肉肤肤体体丰。人人晓晓，一粒甘甜多少少。入了香宫，只供杨妃食未了。

202. 又　送东武令

官官场场，古古今今民怕养。有了牛羊，有了人间作故乡。方方向向，来来去去多少想，水水汪洋，半在沉浮半在王。

203. 又　送别

无心无味，已有佳人千滴泪。不似湘妃，莫以相思寄翠微。泾泾渭渭，别别离离都是慰。闭了心扉，开了前程不必归。

204. 又　送赵令

如君一面，十里长亭天下见。过了阳关，始见英雄对百山。如君一面，北北南南飞晓燕。一半春秋，一半人间都是还。

205. 又　过吴兴，择生子三日会客

择子如梦，一字人情千里送。半在西东，半在南南北北中。如凰求凤，白云梅花都是众。白白红红，共了人间颂雅风。

206. 又　得书

居居定定，剑剑书书都是情。不必声名，不必年年岁岁荣。心心正正，止止行行何未镜。处处诗情，处处人人事事中。

207. 又　送别

天台旧路，已是刘郎来又去。谁是神仙，都是心中有觉缘。家乡处处，有了云时无了雨。见得前川，步步行行万亩田。

208. 又

天涯尺咫，已见飞来峰下止。有了商家，无了灵灵隐隐他。僧僧志志，自己清贫清自己，拾得寒山，不去阳关不去还。

209. 又　赠小鬟琵琶

女儿十五，四载琵琶多少谱。一半东吴，一半人间共念奴。辛辛苦苦，玉玉珠珠都是主。满了姑苏，满了杭州六合浦。

210. 又　立春

云云雨雨，十里田家夫妇土。有了扶苏，有了人间日月图。耕耘自主，一半桑麻花草圃。满了三吴，满了江东十万户。

211. 又　雪词

阳春白雪，一片梅花三两结。荟萃群英，玉玉冰冰点点明。缨缨绝绝，羽羽绒绒身欲折。落落倾倾，见了东君纵了情。

212. 又　花

金房玉蕊，只向佳人多妹妹。色色逢时，紫紫红红已自知。芙蓉水里，立立婷婷多少靡。粉粉香香，只以留心又换妆。

213. 又　春月

东君一月，白雪梅花枝上结。见了冰肌，见了作佳人燕飞。香香欲绝，色色情情枝已折。开了心扉，开了胸怀有是非。

214. 又　赠胜之

童童少少，日日无知何了了。近近遥遥，过了江村过小桥。虫虫鸟鸟，日月耕耘都不晓。草草苗苗，见得官衙见海潮。

215. 浣溪沙　新秋

一叶飞扬自得秋，天长地远有风流。
归根不向不回头。岁岁年年如此见，
高低之处水东流。人生日月似行舟。

216. 又　游蕲水清泉寺，寺临兰溪，溪水西流

蕲水田流自向西，清泉寺外见兰溪。
初芽短浸净无泥。莫道人生长亦短，
门前逝水见高低，春风唤取晓莺啼。

217. 又　渔父

自立乌江一扁舟，吴吴越越十三州。
何须见得半鸿沟。八百江东好子弟，
英雄批取未央楼。刘邦误解帝王侯。

218. 又

西塞山前白鹭飞，鱼鸥已云自回归。
桃花水色鳜鱼肥。自立江湖江水问，
严滩日卧绿蓑衣，风流自在向阳晖。

219. 又　微雪

白雪微微细细飞，初情点点入心扉。
梅花慢慢半成衣。远望山中应一色，
无寒舍上忆湘妃，清灵鼓瑟泪余晖。

220. 又　前韵

白白梅花白白微，衣衣被被半柴扉。
篱间淑气暖人归。落落扬扬飞不定，
粘粘着着释寒晖，年年岁岁共春归。

221. 又　前韵

大雪纷纷不可依，庭前暖暖已相稀。
寒寒未到近人衣。塞外胡风胡草木，
梅花处处处天机，清清白白送春归。

222. 又　前韵

未到田园已自稀，回苏始自是天机。
人间似此着新衣。冰肌玉树天下色，
微微处处已微微。飞飞落落又飞飞。

223. 又　再和前韵

唤得扶苏共是非，春光到已自先归。
何须至此已微微。九陌风流风已定，
三冬去后带天机。杨杨柳柳翠先晖。

224. 又　前韵

雪雪云云雨雨飞，花花草草自回归。
天机处处一天机。白白红红红梅满色，
情情意意一心扉。春春已近半相依。

225. 又　九月九日二首

一菊山中一菊黄，重阳日上半重阳，
炎凉九九九炎凉。采得茱萸兄弟问，
家乡少小是家乡，衷肠不尽是衷肠。

226. 又　和前韵

作了书生忘了娘，天涯海角自扬长。
家乡处处不家乡。一字排空飞雁过，
春秋青海问衡阳，湘灵鼓瑟二妃肠。

227. 又　有感

处处神仙处处奴，吴吴越越半姑苏。
隋炀日日一江都。阮阮刘刘天下误，
心中有欲还无。殊途之处有殊途。

228. 又　咏桔

水落荷枯一夜霜，湘灵鼓瑟橘先香。
青青绿绿已黄黄。已是人间人不主，
无言序秩序时光，垂垂郁郁是衷肠。

229. 又　公守湖长老法惠作伽兰寄黄公济

法惠伽兰已自惊，如来自在以心成。
生平似已有生平。献彩纷奇春巳首，
初情总是故人情。霜颜打坐对枯荣。

230. 又　前韵

自以观音一世明，民间自得半人情。
卿卿我我几峰名。百岁诗词千百度，
平生格律佩文盟，十三万首作人生。

231. 徐门石潭谢雨道上作五首

日照潭深不见鱼，溪流柳暗半知书。
儒官作了道玄虚。只有农家求雨水，
黄童白叟不多余，无归陌上自荷锄。

232. 又

一日当官一日奴，三春不雨二春姑。
秦淮乞水到睢盱。社日红妆红自醉，
村门燕舞影扶苏，神仙不见有还无。

233. 又

麦叶成层豆叶黄，缫丝煮茧软丝长。
娇语远近有奇香。柳柳杨杨儿女问，
摇摇摆摆日方扬，人间不可久姑娘。

234. 又

大路朝天小枣花，村村舍舍几人家。
姑苏一半碧螺茶。夏夏春春分不得，
麦收小杏不酸牙，阡阡陌陌有黄瓜。

235. 又

草草花花雨过新，阡阡陌陌净无尘，
耕耕作作近相邻。不过荷锄荷不过，
女儿自惜女儿身，春天过了已无春。

236. 又　春情

边月香风麦已成，三吴碧玉五湖盟。
运河水色运河明。小燕啼莺都不远，
何人系了女儿情。行行止止又行行。

237. 又　菊节

菊节重阳九九情，黄花处处一心明。
霜封小叶自相倾。岁岁年年岁岁，
十三过了十三盟。如今十六向人荣。

238. 又　春情

雪雪梅梅已隔年，桃桃李李不经天。
花花果果自相怜。十六女儿云雨见，
三春日月过秋千。圆圆缺缺又弦弦。

239. 又　荷花

一半芙蓉一半花，婷婷玉立作人家。
无私四面向私华。十里隋堤杨柳色，
丝丝络络共参差。女儿采了挂窗纱。

240. 又　寄费孝通人大副委员长

一别姑苏十八年，通公自幼两重天，
三吴已不半乡年。日日江村江水色，
丝绸学院费家田。（其姊为院长）
江南小镇结书泉。

241. 又　有赠

一世书翁费效通，三吴荷泽半无穷。
苏南月色柳杨同，八月巴鱼巴肺腔，
阳澄蟹脚痒西风。江村同里小城中。

242. 又

老步垂垂一故乡，翁翁忆忆半吴堂。
青年赴学问英皇。少小离家三十载，
如今小镇女儿妆。东洋过了问西洋。

243. 又

八十人间一短长，三吴旧步半家乡。
江南小镇忆隋炀。帛帛丝绸杨柳换，
姑苏碧玉女花黄，书得不尽枳花香。

244. 又

一句姑苏半句情，千年不变柳杨生。
丝绸学院纪乡盟。五十年前英国去，
江南小镇论文明。碑铭上海孝通名。

245. 又　人大批准满旗自治县

一把茱萸数叶看，重阳又叙隔何年。
书生沧海作桑田。上殿云霄生羽翼，
清来满萃自当然，中央已准自方圆。

246. 又

一步天堂半岁年，三吴水调两吴田。
运河处处见商船。碧玉小桥杨柳岸，
青莲日上作红莲，五湖月色有婵娟。

247. 又　赠远

逝水东流日日低，兰溪不羁自偏西，
年年树上鸟空啼。一路先生先自得，
三吴草木草花萋，钱塘水色富春霓。

248. 又

去去来来自有无，回回首首问姑苏。
朝朝代代见裙裾。上党从来天下尽，
民生自古教知儒，时平不用鲁连书。

249. 又

芍药丁香一色新，樱花杜宇两相邻。
珠珠露露半家珍。碧玉桥边杨柳岸，
红妆短短寄春因。经心不望待心人。

250. 又　赠楚守田待制小鬓

步步婷婷是妙年，春春夏夏困当然。
情情意意半无眠。曲曲歌歌何自学，
声声舞舞已弦弦。寒宫独影一婵娟。

251. 又　和前韵

一别红尘已半年，声声色色两无全。
书书画画已翩翩。
记取春春还夏夏，流流水水一泉泉。
云云雨雨问婵娟。

252. 又　端午

已见长沙岳麓山，苍梧帝子九门关。
江流曲曲又弯弯。祭得屈原端午节，
潇湘竹泪已斑斑，佳人只向二妃颜。

253. 又　感旧

徐邈难成酒作贤，刘伶醒醉是神仙。
潘郎白璧自留连。李白清华池上赋，
知章解得玉龟钱，人间古古作诗田。

254. 又　自适

八十年来一老翁，三生路上半诗童，
心中色色已空空。白首书中今古问，
山河日月去来中，朝朝暮暮志无穷。

255. 又　寓意

叶叶枝枝一树根，风风雨雨半江村。
心经日月是慈恩。巧干平生知岁月，
书香履历是无垠。风光远近作黄昏。

256. 又　即事

一日江山半日游，三生草木两春秋。流年不肯付东流。白首黄花黄九九，浮云起落尽温柔，如来自在自无休。

257. 双荷叶　即秦楼月

秦楼月，清光落照双荷叶。双荷叶，

经心已偶，碧蓬应结。有云无雨风流绝。浮浮动动婷婷雪。芙蓉析。婵娟取得，作了圆缺。

258. 皂罗特髻 采菱拾翠

采菱拾翠，芡实米鸡头，江湖拾得。采菱拾翠，舟上君知客。蓬莲子，江菱拾翠，有横塘潜匿。女儿手，采菱拾翠，束衣紧，蟹脚背青泽。采菱拾翠，已到人心侧。

259. 调笑令

杨柳，杨柳，满了苏杭渡口。运河两岸风流，隋炀水调歌头，杨柳，杨柳，作了天堂好友。

260. 又

归雁，归雁，北北南南不断。飞行一字当天，人形起落似船。轻唤，轻唤，过了人间一半。

261. 荷华媚 荷花，词律辞典载荷花媚

荷珠露成碧，婷婷客，自是风流香册。浮浮莲叶水，圆圆玉玉，自红红白白。每独见，姿色多姿色，各高低上下，芙蓉起侧。莲蓬隔，心中结，清香深处，且见伊之得。

262. 青玉案 和贺方回韵送伯固归吴中故居

姑苏百里吴中路，共日月，同朝暮。进退相思同里步。去来来去，此心何顾，不在江湖住。吴越勾践夫差故，留下春秋五霸叙。木渎天平娃馆许，右丞诗句，老庄相度，天下多云雨。

263. 渔家傲 赠曹光州

已去三年遭罢贬，何须一路闻天点。步步朝前朝日月，应自检，江楼只见江流潋。向了平生来去琰，无从草木春秋掩。海角天涯应自渐。荒芜苒，情情意意声声歉。

264. 江城子

心中自有自神仙。地玄田。一方圆。上了天台，过了古前川。作罢人间天下客，应后进，向先贤。诗翁巧干过三年。有源泉，见云烟。下得姑苏，去得问荷莲。束束蓬蓬多结子，明月色，望婵娟。

265. 又

华清李白一神仙，是青莲，是随年，不以生平，斗酒赋诗篇。帝子呼来知日月，由已去，不由船。清平乐里一神仙。是因缘，是诗泉，有得才思，信步著方圆。醒醉人间天下问，泾渭后，夜郎前。

266. 南乡子

未了长卿游戏，过了钱塘四十州。不是人间人不语，难酬。半了平生半白头。日月有风流，皓齿朱唇楚柳羞，扭扭妮妮多少意，温柔。水水波波总不愁。

267. 又

已了文君由，酒市当垆自不愁。有了知音无了愿，风流。喜鹊上枝头。目在十三楼，太守文章太守忧。海角天涯天下阔，无休。见得刘郎柳柳州。

268. 菩萨蛮

姑苏一半斜塘路，青莲处处荷花雨。杨柳满东吴，池塘明月珠。西施西子女，木渎夫差付。碧玉小桥奴，一家谁丈夫。

269. 又 咏足

朝朝暮暮朝朝暮，行行路路行行路。左右一屠苏，辱荣三界枢。前前由跬步，后后知来去。已是半江湖，何须空玉壶。

270. 又

来来去去来来去，行行顾顾行行顾。百里一东吴，千年三界图。人人知跬步，处处闻云雨。女女作姑苏，儿儿成玉奴。

271. 蝶恋花 送潘大临

别路相逢相别路，执手潘郎，莫向云间顾。俯仰人生天下步，行行止止行行去。不住东邻应不住。剑剑书书，暮暮朝朝赋。五十年来王白度，荣荣辱辱何分付。

272. 又 同安生日放鱼，取金光明经救鱼事

日日安生鱼一路，救女相怜。膝上王文度，三个明珠生命住，东风不尽东风雨。半明经明保护，处处青莲，处处金光煦。半在人间人不误，渔樵不是樵渔付。

273. 浣溪沙 端午

一半人生一半家，浣溪女子浣溪沙。夫差木渎一梅花。十载天平娃馆舞，

江湖晚了范蠡车。天涯海角不天涯。

274. 又

腊月梅花腊月香，群芳二月竞群芳。红红绿绿有黄黄。一半姑苏香雪海，千芳百里越吴乡。苏杭自是作天堂。

275. 又

水调歌头帛柳杨，隋炀至此作天堂。楼船过了这苏杭。自以头颅天下好，江都古寺作炎凉。隋炀毕竟一隋炀。

276. 减字木兰花　琴

啄雪饥鸟一濡弹，风惊鹤舞半君冠。孤鸿独鹜点波澜。五柳无弦琴自语，千山日月古今坛。知音三尺一心丹。

277. 又

向地闻天问七弦，成连赐教伯牙泉。知音访戴雪封船。不见高山流水去，相如"老子""大音"田，文君自此酒垆传。

278. 又

十指希声一大音，文王牧治七弦琴。平生似此古今念。目下知音三尺六，纵横放纵五湖深，何虑以实去来寻。

279. 又

"万籁秋声"一叶飞，"香林八节"半回归。奇清透古静心扉。九德千川千谷壑，天天地地润芳围。嵇康仰俯五玄机。

280. 又

尾实声池项实中，四音韵沼纳音空。槽槽腹腹七弦衷。以此知音天地柱，情商角羽有征宫。"清英"自至一今工。

281. 又

"万壑松风"已古今，"九霄环佩"半音琴。"飞泉"直下伏羲箴。也有神农传五帝。平湖已续有余荫，连珠自得落霞吟。

282. 又

大象无形大音希，陈书缀卷宇天机。潼关老子一章依。道隐琴声琴有语，儒情自洽自回归。春秋西度两向飞。

283. 又

阮籍嵇康半已知，"清思赋"里一清思。空林雪雨几逢时，"碣石"幽兰文字谱，丘明一调六朝司。雍门史籍减弦辞。

284. 南歌子

一曲南歌子，无声碧玉差。隋炀水调歌头，皓齿丹唇妩媚纵风流。一曲南歌子，千姿百态留，细腰莲步杏花眸，却了裙衫东禁作柳枝头。

285. 如梦令　题淮山楼

世上人间如梦，月下云中凰凤。色白白红红，不误梅花三弄。三弄，三弄，冬去春来放纵。

286. 瑞鹧鸪

一村梨花有似无，浮云起落半娇奴。春夏秋冬分不得，夫差勾践共东吴。西子金莲两寸余，虎丘喑胆剑池书。但见范蠡经商去，莫留碧玉小桥居。

287. 临江仙　赠王友道

一望东阳前去路，来来去去王书。人生跬步不多余。平平荣辱度，处处暮朝居。废废兴兴天下误，成成败败当初。沧海桑田自荷锄。文君已在，十指自相如。

288. 少年游

去年春尽，余杭门外，飞雪过人家。今年春尽，杨杨柳柳，还是李桃花。逝水只留江南月，三月到天涯。不是婵娟怜圆缺，分明是，你我他。

289. 一斛珠

一半人情一半珠，明皇知了采萍无。霓裳尽日华清舞，天下歌声有念奴。

290. 点绛唇　二首

见了胡姬，胡天不断胡风断，文胡云散，同坐交河岸。白雪阳春，莫向情波看，楼兰叹，雨云参半，莫以英雄见。

291. 又

一片梨花，桃桃李李黄昏下，四时春夏，九脉人间哑。一半人家，颂颂风风雅。农夫舍，汉砖秦瓦，都向长城野。

292. 虞美人

风花雪月春秋好，只以人情老。重回少小杜鹃潮，一树梨花，白白女儿娇。楼兰未了阳关道，处处人情草。云云雨雨自逍遥。不尽相思不尽玉门桥。

293. 天仙子

谷雨清明花作雨，玉舞池塘荷叶舞。芙蓉出水净芙蓉，无不主，无不主，自有情郎见成府。已是心中多少苦，结了莲蓬花之羽，踪踪迹迹是踪踪，当已主，当已主，到了明年当己父。

294. 满庭芳

五载黄州，黄州五载，别去临汝江楼。南都阳羡，承德一恩酬。一路人间回首，风华在，误了春秋。何荣辱，天涯海角，覆水难收。天光天下路，悠悠日月，日月悠悠。见长城南北，武勇风流。也见运河杨柳，江南帛，水调歌头。文章守，今今古古，留下十三州。

295. 南乡子　宿州上元

一目十三州，山外青山楼外楼。越越吴吴多少事，风流。水调歌头六合册。五霸一春秋，勾践夫差半去留，又见卧薪尝胆处，悠悠。何以江山社稷忧。

296. 浣溪沙

细细清流曲曲溪，高高处处向低低。东东也至西西。不似大江东流去，惊涛骇浪净无泥，终生不必问高低。

297. 又　送叶淳花

上海姑苏买半田，书生第一问三千。儒家弟子可经年，不以相逢求来去，当然白首自依然。文章太守共何缘。

298. 减字木兰花

书书剑剑，过了江湖过了淹。渭水波澜，注入黄河半带寒。潼关一帆，曲曲弯弯天下鉴，去去云端，十日朝墀两日官。

299. 又　寄李白

形形影影，月色明明留下看。架架横横，李白床前寄所情。何言憧憬，俯仰思乡知下井。一水清清，已见源泉半水平。

300. 又　寄李白

源泉如井，井架空空留月影。俯仰清明，自古思乡自古情。人生已省，万古千年形有影。问了思元，问了人间子女生。

301. 行香子　与泗守过南山晚归作

同里江村，同里黄昏。三吴水，处处无垠，故人不见，月月留良。缺缺圆圆，寒山寺，胥公门。归去来矣，飞鸿留照，有衡阳，鼓瑟湘魂。有还青海，西水乾坤。问江山老，人间路，小儿孙。

302. 画堂春　寄子由

人生一路一山河，止行行止日穿梭。书生第一学先科，有了蹉跎。世世人人天下，来来去去当歌。朝朝暮暮望天波，几几何？

303. 浣溪沙　方响

水水无平水水流，舟舟有水有舟舟。浮浮不尽又浮浮。织女牛郎天上望，鹊桥七夕鹊桥头。九州过去十三州。

304. 好事近

自上而下一先科，处处人人求索，利利名名先后，去来何相约。官官吏吏半江山，社稷一高诺。几度人间风雨，且登凌烟阁。

305. 占春芳

听羯鼓，霓裳舞，独自见明皇。不比胡旋宫内，自然透玉生香。一斛采萍肠，作佳人，肌骨冰光。只闻长笛吹花落，初是宁王。

306. 南歌子　步独娜小小景山公园韵

柳絮杨花白，芝兰蕙芷黄，皇城御苑牡丹香。碧玉洛阳红透紫中堂。串串珠珠色，层层叶叶藏。潘郎问了问萧娘。谷雨东君去后夏荷扬。

307. 浪淘沙

白雪问红英，一半春情，女儿十六有阴晴。不住心中多少问，听了莺鸣。柳岸两三声，草暗花明。风流自是水无平。处处亭台多少色，岁岁枯荣。

308. 木兰花令

群芳开遍人间路，百草枯荣杨柳絮。牡丹花落满残红，谢女一词何处顾。风流雪月江南雨，春夏秋冬听风语，芙蓉出水已婷婷，多了相思多了妒。

309. 又

东君来了匆匆去，立夏轻风杨柳絮。牡丹花落遍残红，绿畦麦苗摇摆女。河南热了中原豫，河北黄河应问楚。吴吴越越运河舟，娃馆西施多少语。

310. 又

楼兰过了交河暮，美人只作胡姬女。妆成两目寄情波，红红白白多倾许。双肩左右相思处，初是含香何自顾。知羞俯首窃心余，留下私情千百度。

311. 虞美人

亭亭长短何长短，止止行行晚。别郎容易见郎难。渭水入河东去久波澜。弯弯曲曲经流远，一去何知返。黄粱梦里在云端，过了人间过了一长安。

312. 又

圆圆缺缺何时了，莫以嫦娥小。弦弦上下已遥遥，见了婵娟以谓是情嘲。兴兴废废江山老，事事人人道。秦楼弄玉凤凰箫，留下穆公独自问逍遥。

313. 临江仙

不是秦淮桃叶度，云云雨雨烟。小心曲岸小心船。乌衣桥下去，得月玉楼边。忽有琴声中断后，还留兴叹怜怜。杨花柳絮何绵绵。金陵王谢女，白雪满江天。

314. 蝶恋花

角羽宫商征不缺，已是声声。未了千秋节。九月重阳重叙别。千山顶上千山雪。万里江山江水别，自以茫茫，今古知豪杰。已见黄河多少折，遥遥向海何明灭。

315. 又

自以私心低首去，又是多情，滞滞微微步。人后回身羞不语，人前有意难倾述。左右开花花不妒。近了黄昏，月色常常误，见了婵娟何玉树，人间多少阴晴雨。

316. 又

多少人情多少蛰。两岸银河，尽了人间鹊。织女牛郎来去约，情情不断心心索。七夕相思何漠漠，暗暗明明，已是登高阁，望尽江流江不泊，长长短短常常错。

317. 又

草草花花天下色，问了嫦娥，后羿人间得。射取九阳留一则，朝朝暮暮分相侧。过了阴山知敕勒。留下琵琶，见得单于国，自古三边胡汉克，如今只有长城阕。

318. 又

咫尺天涯心独脉，恰似江河，万里多阡陌。已有心经是吴越帛，运河已是人间泽。柳柳杨杨南北客。俯仰嫦娥。落照青莲红又白，芙蓉出水池塘莫。

319. 渔家傲　飞来延吉机上

白雪梅花三两弄，昭君挽起钗头凤。共了单于都是梦，都是梦，阴山敕勒花仙众。
蜀女深宫儿女从，琵琶曲里声声颂，万里草原无地封。天地封，飞将射虎凭横纵。

320. 江城子

无情胜似自多情。一枯荣，半阴晴。草草花花，世上有身名。春夏秋尽分四象，三界路，九州城。诗词格律久耕耘，是前程，是清鸣，仄仄平平，十二万辞萌。只向人间多跬步，无止止，又行行。

321. 浣溪沙

烟雨延吉，图门、珲春行

一路梨花半北村，延边谷雨过图门，常春玉树已黄昏。

达达莱花红世界，关东创业好儿孙。云云雾雾是慈恩。

322. 又

达达莱花满京人，烟烟雨雨下珲春。梨花白了落红尘。

一路图门江上水，三边木秀见经纶。关东虎豹以园林。

323. 又

木作衣裳水作容，朝鲜日本两高峰，俄罗斯接北冰封。

守将界碑清口岸，中华自主已留踪，欧洲美国路相逢。

324. 又

一半佳人一半春，三边日月成边人，欧欧美美北冰邻。

世界当今当已小，环球一路带时新，图门一望作经纶。

325. 又

满族山乡汉水亲，鲜卑创业故天津，关东一度白山人。

自古边陲多少界，瓜分政治作秋春，清明谷雨已相邻。

326. 又

世界当今自古分，风云旷世作风云。珲春几日雨纷纷。

立夏图门流水去，清兵以此建功勋。江山社稷客衣裙。

327. 又

谷雨连江半汉村，珲春酒店一名门。图门水色几晨昏。

五国山山何水水，林林九脉已乾坤。重来忆取战将魂。

328. 又

水上去中一古今，山前古木半成林。诗翁跬步信引吟。

创业关东思祖迹，兴安岭下白山荫。图门杜宇达莱深。

329. 又

雨雪纷纷杜宇红，流川处处白山中。兴安岭下色天空。

一带春光春一路，三边草木两边功。人间自此问英雄。

330. 又

一带方圆一路扬，华人世界半华乡。珲春五国共ди疆。

建业当思东北亚，林林炭炭可炎凉。交通直逾北冰洋。

331. 又 清守将

界主珲春二百年，瓜分五国一方圆。和平共处半长天。

出海由然桥已阻，当然自在自难全。英雄立马已如烟。

332. 又 忆桑衡康

一带当兴一路然，三边五国半方圆。珲春自古自经年。

小小环球环世界，交通经济世人全。衡康再建始桑田。

333. 又 南方航空到延吉商务舱

三十年前此座先，环环保保到延边。汉秦砖汉砆泥砖。

雨里如今曹焚见，兄兄弟弟一诗篇。翁如白首忆当年。

334. 又 吴大澂

百步珲春土字碑，三生旧路大澂垂。吴中一土半文维。

寸土俄皇俄士古，予心自此有深思。图门虎豹也吟诗。

335. 又 上五家山

百步高邻九路弯，频东上顶五家山。终临大海六君颜。

白色梨花梨子树，珲春信得近天班。苏俄土界自归还。

336. 又

一路梨花达达香，风风雨雨两茫茫。如今自得大澂扬。

曲曲图门江水去，心中又忆故家乡。人间几度几炎凉。

337. 又 雁在珲春

一字排空一字人，三边土界两边津。春来草木本相邻。

一二生三知老子，初心已自入珲春。图门逝水始相亲。

338. 又

最最东方第一光，荷荷北国十三香。落尽谷雨木苍苍。只见图门江水去，延边路上外低昂。何人不作远东狂。

339. 又 寄赵连胜兄

一路山行一路弯，东方四国半天颜。登高望远五家山，但见梨花山定子，红中秀白色去还。皇城绽放是人间。

340. 祝英台近 寄蔡兄

问千年，寻一路，已是两朝菲。延吉珲春，日月自如数。图门江口相顾。俄罗斯海，十万里，半生曾度。满云雾，蔡兄德善相行。人间百年千计。远望东方，跬步自来去。平生所见平生，行行无止，老子曰，玄元分付。

341. 浣溪沙 延吉—北京机上

纵纵横横一曲流，天天地地半沧洲。遥遥渺渺几春秋。昨日图门江逝水，今天再忆大澂求。明晨又见十三州。

342. 又 延吉—北京机上

水调歌头，几柳杨，万里长城一秦皇。千年帛易半隋炀。昨日王城延吉路，今天六国九州乡。明晨社稷共衷肠。

343. 雨中花慢 二十一体

延吉中雨朝暮，树树梨花，正意方长。小定子，蕾蕾绽，一路芬芳，金达莱迎，罗先已紫，粉色哈桑。以步步上上，图门口岸，国色天香。清明立夏,残红尘净，满目李李榶榶。春雨尽，浅山深谷，碧玉昂扬。群木成林处，叶叶处处宫商。但如留取，三春无一尽。尽作红妆。

344. 又　别体

一路梨花，春暮北国人家。四面分葩。达达香初展，桃李分霞。日本苏联解体，珲春延吉沙车。登高望远，问天下路，见浪淘沙。自东方港，犹对罗先，哈桑已是中华。曾记得，清廷腐败，有大激嗟。一别未催鹈首，吴门此举瑜珈。今今古古，封疆成府，海角天涯。

345. 念奴娇　中秋

圆圆缺缺，问嫦娥何处，弦弦无顾。一到中秋天下望，泛泛寒光如故。落照黄花，秋风来去，落叶飞空雨。归根非是，近遥天下分付。我自一介书生，声鸣第一，对影行朝暮。步步重阳重露，见得茱萸相互。便使思乡，弟兄情绪，共与人间度。一生行止，明年今日飞鹜。

346. 水龙吟

微微细细泉泉，西西湿地东东雾。千年万里，川川谷谷，朝朝暮暮，南是长江，黄河还北，源元东赋。以此观逝水，分分合合，高不汇，低流去。青海川藏如故，这三江，沿云南路。行行曲曲，有宽无止，声声不顾。缓缓平平，中流砥柱，无私无固。第一湾前虎跳，人间自此一天云雨。

347.

王维高适吕长春，去去来来一路人。近近遥遥天下步。如来自在是经纶。
王维：

渭城朝西泡清尘，客舍青青柳色新。劝君更进一杯酒，西出阳关无故人。
高适：

千里黄云白日曛，北风吹雁雪纷纷。莫道前程无知己，天下谁人不识君。
吕长春：

三生跬步半知音，一路前行一古今。事事人人皆是路，千年独木已成林。

348. 渔父　四首　二体

渔父去，秋风来。虾蟹岸边徘徊。鲈莼脍里半江南，醒醉当不知己千杯。

349. 又

渔父夏，钓竿垂。云雨不分相维。蓑衣藏得睡难知，彼此不寻鱼丝。

350. 又

三月水，一梨花，钓得春雨不回家。鲤上滩边涯。

351. 又

冰玉色，玉人家，白雪阳春问梅花，碧玉已生华。

352. 醉翁操

琅琊幽谷，山水奇丽，泉鸣空洞，岩中音会，醉公操弦，琅然，清弦，方圆，一长天，千年。琴翁醉里和云烟。有鸣有止婵娟。人不眠，百渡过前川。曰："有思无思丹田。"顶峰一树，山底千泉。醉翁已去，古古今今陌阡。水上荷荷莲莲，涧涧空空延，滨滨当前全。翁今作神仙。第一在当弦，世世界界何芊芊。

353. 瑶池燕

飞飞落落，多离索若若。一情丝丝络络。何相托。窥心自诺。闻喜鹊。望银河，何以承诺，玉花萼，春春来得赴约，经秋风，渭渭洛洛，江南博。

354. 千秋岁　次韵少游

兴兴废废，自谓千秋辈。成败里，声声海。问长城汴水，向江南塞北。人可见，秦皇汉武隋唐对，只有人间背，不可同音碎。共思索，今谁在。见杨杨柳柳，二世朱颜改。人去也，只寻世上桑田态。

355. 减字木兰花

富春江路，直以钱塘天海去。一片飞凫，不作江东大丈夫。山河如故，自在人生应步步，有有无无，过了杭州问五湖。

356. 菩萨蛮

朝朝暮暮谁朝暮，行行路路何行路。水调一江东，歌头三界吴。人人千百度，世世三分付。草木满姑苏，阴晴倾五湖。

357. 踏青游

一半阴晴，一半雨烟相许。草草秀秀，何寻何步。踏青游，野花小，香莲寸度。女儿趣，碧玉楚腰分付。不知几何回顾。梦里牛郎，已有鹊桥相渡。这河岸，这情如数，有相思，无岁月，蓬山难足。又杳杳，东君初心不妒，群芳已待朝暮。

358. 阮郎归

云云雨雨阮郎归,心中不是非。雁行人字一行飞。群芳半翠微。云澹澹,雨霏霏。苍梧向二妃。湘灵鼓瑟已相依,深情不可违。

359. 西江月　咏梅

白雪阳春白雪,阳春白雪阳春。红红白白白红尘,白白红红白粉。雨雨云云雨雨,云云雨雨邻邻。烟烟雾雾作经纶,岁岁年年远近。

360. 踏莎行

草草花花,文文雅雅,书生一半书生假。行行止止向前行,天堂自在天堂下。夏夏秋秋,秋秋夏夏。因因果果因因社。枯枯荣荣是荣荣,樵渔不待樵渔惹。

361. 又

寺寺僧僧,僧僧寺寺。相邻钟鼓相依赐。无知不以不无知,何须岁月何须智。四四三三,三三四四,人间自古人间至。空空色色一心经,平生已得平生志。

362. 鹧鸪天　佳人

两目清波总不平,酥胸不抱纵丰盈。朱唇半守含皓齿,玉手如冰画不成。无限态,有深情。多多谥善曲声声。相思复以相思调,白雪阳春半复萌。

363. 西江月　佳人

一曲阳春白雪,两声三弄梅花。大江东去浪淘沙,玉立婷婷胛胛。目在刘郎身上,心怀水秀人家,知音以此到天涯,素手轻弹鸭鸭。

364. 更漏子　佳人

步微微,身细细,回首影留佳丽。声切切,语凄凄,欲开还止笄。南一芝,北三芝,处处形形相济。音不尽,舞彩霓,千姿百态迷。

365. 又　佳人

一声声,三步步,影影形形相顾。歌舞态,曲琴书,绕梁多少余。来又去,朝还暮,我我卿卿相许。云细细,雨舒舒,一情日月初。

北宋·宋徽宗赵佶
柳鸦芦雁图

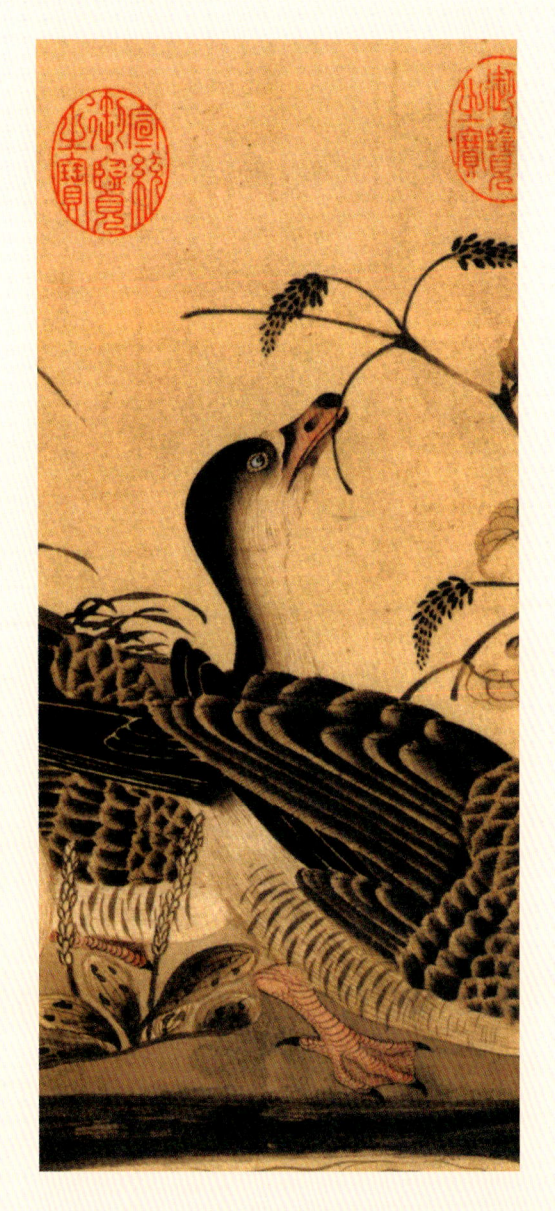

读写全宋词一万七千首
第七函

第七函

1. 如梦会　佳人

自古凤凰凰凤凤,已作梅花三弄。白雪共阳春,傲骨当然心动,心动,心动,雨水女儿如梦。

2. 清平调引　佳人

初水芙蓉花自成,朝云暮雨露芳明。玉形身影霓裳舞,木芍药前月已倾。

3. 又

念奴留下李龟年,歌尽人间不可眠。力士不宜天子似,已留天下望婵娟。

4. 又

昨天木芍药香寒,今日花开玉牡丹。日后春风应得意,沉香亭色满长安。

5. 赵轼

夜行船

采女莲丛云雨,细珠玉,有谁窃语。荷花开遍又荷花,点点露,净净如女。出水芙蓉情自许,闻听处,水香分付。一半黄昏一半影,有蓬房,有谁朝暮。

6. 郭讵

河传　咏甘草

小小甘草,微微从了。一味当中,调和尚好。无可缺失因消,作中桥。楼船不是隋炀造,天堂岛,共以江都道。杨杨柳柳两岸花,运河潮,共逍遥。

7. 李之仪

水龙吟　中秋

分分断断明明,寒寒影影何清净。圆圆已满,行行不定,婵娟照映。一国相倾,,半天孤鹜,万民如姓。是前庭玉树,后宫桂子,三界外,五蕴并。地地天天明镜,月和平,风云如咏。今今古古,去来朝暮,哃弦云命。岁岁年年,有增无减,平生何政,曲曲高低水,东流水止是源头性。

8. 暮山溪　次韵徐明叔　上声二十五有韵

人人朝暮事事知杨柳,逝水一行舟,千万里,平生白首。呼风唤雨,驱虎战狼虫,不所惧,有功成,步步英雄手。乾坤日月,进退何知九。岁岁四千诗,从不断,翁翁自守,沉浮行止,如去又如来,青云上,白云间,第一成知否。

9. 又　上声七虞韵

运河杨柳,吴越多云雨。雾雾似烟烟,小碧玉,深深成府,清风朗月,木芍药花开,不无色,又有情,五百年今古。牡丹醒醉,已觉乾坤主,问拾得寒山,自留下,钟钟鼓鼓。僧僧拂拂,以色色空空,这人间,彼天堂,一羽黄金缕。

10. 又　采石值雪,入声九屑韵

金陵淮泗,九腊三冬雪。红白散梅香,向群芳,月弦圆缺,江南日月,楼阁曲琴多,见东君,云中雨,采石吴东浙。燕子矶上,流水应明灭。飞一叶轻舟,有归期,无思不绝。天涯情绪,此路百行程,千秋节,冰霜结,只等春风彻。

11. 又

梅梅雪雪,处处人人杰。明月散孤芳,带冰霜,蕙宫圆缺。何如天下,已道有情别。东君误,红尘绝,作今相思结。风寒未尽,春立三冬窃。心动早初心,女儿知,花枝已折。金钗正插,已作得红尘。情切切,神悦悦,今昨一春节。

12. 满庭芳　八月十六日咏东坡词,因韵

已到姑苏,三逢此月,孤孤独独婵娟。五湖天下,一缺缺圆圆。自以书生进退,官不举,士自诗篇,分明鉴,荣荣辱辱,任岁岁年年。平生千万路,行行止止,后后前前。跬步成日日,著作因缘。昨已诗词十万,今六万,再万成全。川前见,中华历史,上下五千年。

13. 又

玉带桥边,运河杨柳,雨中云里如烟。吴江同里,不忘退思园。一半荷花两岸,听碧玉,见得红妍。姑苏曲,江都月色,夜里有婵娟。诗词多少问,经纶自在,自主方圆。水调隋炀帛,制作楼船,可见秦皇汉武,知上下,今古千年。谁评说,王王帝帝,何世一源泉。

14. 玉蝴蝶 九月十日登黄山骤雨

一路黄山云雨,水溪垂断,惊得初寒。目送秋光南北,枝叶沉丹。菊花扬,蛩吟似织,兄弟忆,九日峰峦。入云端,重阳茱萸,风流香冠。难难。别来别去,路途途路,当了人官。依小苦辛无大,第一雕盘。作郎中,高低不说,留自在,海水犹悭。问严滩,故乡银汉,何以邯郸。

15. 早梅芳

雪初晴,始见梅花色,尚以无寒侧。有杨无柳,白白红红互相得。各纷纷落落,点点层层饰。隐深心,自以清香国。已融合,应不匿。只向东君惑。天然标韵,且与群芳共清则。玉肌形影傲,雨雨云云默,最销魂,赤壁知苏轼。

16. 谢池春

一世书生,一路去来天侯。白云高,青云再就。春分惊蛰,谷雨清明秀。四时循,自来无漏。词诗不断,忘

了衷情红袖,读千秋,犀犀右右,风流日月,依然相如旧。向今古,不成钱缪。

17. 怨三三

清溪一派绿中蓝,山影参参。过了邯郸上杏坛。读书卷,再三三。东君不独江南,十五六,圆圆素蟾。巧干七年谦,行行无止,自喜沾沾。

18. 春光好

花已暖,草初黄,腊梅香。白雪来时多得意,唤群芳。独步行行止止,孤诗柳柳杨杨。巧干朝前朝八十,挂斜阳。

19. 千秋岁

樱桃小口,白白红酥手。运河岸,多杨柳。商船南北走,有了江南友。儿女酒,轻轻醉得轻轻首。近了吴姬口,听了姑苏叟。人不老,河长久,天堂千百里,天下谁知否?应为九,相思只在人归后。

20. 又

黄昏时候,同里吴江秀。云里雨烟中岫。江湖由水色,草木芙蓉茂。如是旧,嫦娥却了长双袖。试问人间宥,情入芝兰厚。天不老,人长久,书生书不得,依旧还依旧。经一笑,黄昏不是黄昏后。

21. 又

谁人先后,行止平生就。冬夏里,春秋候。中原分四象,海角天涯秀。由豆蔻,年华北北南南懋。一水千波皱,三界慈恩守。人不老,情依旧。

诗词歌赋著,书著翁家首,朝宇宙,成功第一文章右。

22. 又

波澜波折,木叶何优劣。弦上下天明灭。罗巾罗袖别,玉树谁圆缺。千百结,英雄不住知豪杰。赤壁江东缺,黄盖周郎辙。天下水,江东浙,连营应十象,何以东风灭,知火烈,华容小道关公节。

23. 又

连营谁晓,火里东风杳。年正少,周郎小,在惊涛赤壁,书剑人间了。知蒋干,蜀吴只向曹公表。铜雀纤纤草,直节章台老。天所识,应嗟道,有岐山六出,木马流牛造。谁独好,见托白帝躬身葆。

24. 又

杜鹃如血,不可芳菲歇。殷勤只向风流说。这清明谷雨,梅子青时节。未了见,无人去处花飞雪。缺缺圆圆切。且以弦弦决。人不老,经年别。情似诗词网,中有千千结。十二万东窗未白残灯灭。

25. 临江仙

自觉知音汉水滨,清清净净红尘,花花草草半均匀。水仙如女,仙骨玉含春。香在岁初年轮启,孤身浮色相邻。水晶宫里岂无因,条条枝叶,已配送情人。

26. 又

上了离亭未去,前行不止还来。平生何以有徘徊。一人飞雁见,半日

岁年催。今夜诗词作业,时时事事何铺。东阳萧史问香媒,秦楼多少梦,弄玉穆公台。

27. 江神子　即江城子

东风赤壁一周郎,半沧桑,半炎凉。一半阴晴,一半大江狂。已云英雄三国尽,归晋后,再兴亡。章后一曲凤求凰,一杜康,一未央,汉武秦皇,一代一文章。古古今今多少事,从日月,话封疆。

28. 又

十年南北一飞鸿,有无中,去来风。半待枯荣,地待不知衷。跬步平生天下路,争日月,作雕虫。诗词十万始何终。夕阳红,照霜枫。李白知章,自古一诗翁。留得人间千百度,离此去,再相逢。

29. 又

平生南北又西东,步无穷,志无穷。学了心经,老子教玄通。且以儒书儒耳目,何滞止,有明聪。空空色色色空空。有飞鸿,又飞鸿。十万诗词,一句一精工。见历人间人事里,行毕竟,尽其中。

30. 清平乐　橘

平生一路,只可前行去。已见湘灵鼓瑟语,自是苍梧如许。潇湘橘子当儒,经霜不忘姑苏,结子东吴似水,楼船已到江都。

31. 又

朝朝暮暮,橘子洲头路。已是经霜红满树,只在云中分付。江流已向东吴,秋风共度姑苏。界在淮南淮北,原来其味相殊。

32. 又　听杨姝琴

琴书诗友,处处人生酒。饮了前程听得手,日月无无有有,知音已上沧洲,凤凰弄玉春秋。莫以穆色留下,江楼忘了江流。

33. 又　再和

朋朋友友,不借邻家酒。旧曲声声何可有,丝帛隋炀杨柳。山河未尽春秋,运河水调歌头。地上人间富裕,天堂记取商舟。

34. 又

前庭后院,共识东风面。枣树枝头青色见,落燕声声家眷。杜鹃处处红妍,鱼池有了青莲,草草花花遍遍,芳香作了云烟。

35. 浪淘沙　琴

已是五弦琴,作七弦琴。天天地地两弦琴。弦弃陶公五柳,自在知音。见古今今,问了寻寻。文文武武一周心。太伯江苏天地外,独木成林。

36. 卜算子

我住大江头,君在江之尾。日日江流晖,两岸多芦苇。不顾去来流,自在人伋蛊。只以君心似我心,是是何知诽。

37. 忆秦娥　用太折韵

谁子曰,书生一半书生曰。书生曰,前行步步,主姿英勃。龙门第一山头月,阳春白雪梅花月,梅花月,诗诗赋赋,渭泾吴越。

38. 蝶恋花

一半人间三界酒,液液瓶瓶,旧旧新新友。醒醉原来杨似柳,常言不似当言口。作得文章天下手。李白明皇,不问王家否。自己夜郎回白首,当涂问月无非有。

39. 又

白雪梅花天下赋,半似神仙,半似人间妒。只向东君都不误,多情最是黄昏暮。玉骨冰肌儿女顾,顺手拈来,似以香如故。已是余姿何不语,心中自此留无主。

40. 又

一世都归人事好,一字飞鸿,北北南南早。半是衡阳青海岸,平生只以春秋草。去去来来应已老,十万诗词,记取天天晓,落是文章飞是鸟,行行见见何多少。

41. 又

玉水滩头多少见,独独孤孤,胜似寻常面。去去来来飞小燕,京城未了皇院。白雪阳春应是恋,傲傲香香,处处成芳甸。唤起群花何不羡,红尘化取经心茜。

42. 浣溪沙

水性杨花碧玉羞,姑苏柳岸运河舟。天堂一半是春秋,水调歌头千百度,江流不住问江楼。秦皇汉武几销忧。

43. 西江月　橘

昨夜西风已住,今晨桔子红书。霜

沉处处不多余。足以潇湘自主。独望君山一路，苍梧留下途殊，天堂一半在东吴，满了淮南树树。

44. 又

合合分分一处，红红白白三吴。淮南一味满姑苏，曲曲声声分什。已见湘灵鼓瑟，何言贾谊情孤。长沙不远作红都，橘子洲头有路。

45. 又

世岁生日月，人间一半春秋。因因果果一心头。橘子红时似酒。第一川前依旧，平生绿了沧洲。辞辞字字句句风流。暮暮朝朝白首。

46. 鹊桥仙

天天地地，人人事事,古古今今史史，成成败败太激词。已留下，珲春海址。图门江口，封疆未止,北国东君晚至，梨花白了杜鹃红，山定子，心中所以。

47. 又　中苏日朝韩

云云雨雨，云云雨雨，雨雨云云无数。山山水水有还无，五国外，三光草木，行行路路，行行路路，自主前行所顾。东东北北亚洲苏，世界事，英雄可主。

48. 踏莎行

一半高唐，朝朝暮暮。襄王不在瑶姬处，云云雨雨向云云？只知宋玉人情顾。一半高唐，云云雨雨，襄王忆在瑶姬处，朝朝暮暮又朝朝，江流三峡何倾许。

49. 又

无暮无朝，有来有去，人生步步由

经度。风花雪月一昆明，江流石屹千山故。地地天天，云云雨雨，平川谷壑群峰主。人生有路且前行，私私欲欲何其误。

50. 鹧鸪天

九月重阳九日寒，一江逝水一波澜。黄花遍野黄花傲，白雪茱萸满云端。三夏晚，半霜冠，千峰一律向天峦。秋风尽了来冬始，且向诗词著杏坛。

51. 又

二月梅开处处香，黄花十地入重阳。刘郎上了刘郎路，一寸心思一寸肠。浓淡抹，短长妆，酥胸半露作娇娘。婷婷玉立千金步，只见莲裙未收藏。

52. 又

采女荷锄不著妆，私情去处望牛郎。芙蓉出水婷婷玉，几处自心几处藏。凭叶色，借莲塘。鸳鸯戏水不鸳鸯。红花绿叶相珍惜，柳岸风摇是我裳。

53. 又

不是桃源一故乡，儒生处处半书香。朝朝暮暮经天地，柳柳杨杨客四方。三界外，五湖旁。秦皇问过问隋炀。五千岁月三千史，正正邪邪野史梁。

54. 朝中措

东君到了落梅残，还有诸芳寒。自以春心杨柳，野化已上香坛。杜鹃日日梨花雪，丁香已去付波澜，木芍药荣天下，人间不尽青丹。

55. 又

平山水榭向晴空，云雨有无中。帛

易天堂杨柳，运河几度西东。文章四品，诗词十万，一鼓千衷。日日天天如此，平生作得诗翁。

56. 又

平生不可叹流年，水水有源泉。四品文章太守，三公日月先贤。天天日日，天天夜夜，十首天天。三万六千五百，何闻沧海桑田。

57. 采桑子

逢逢别别情情事事，一半难同。一半难同，雨雨云云处处风。行行止止前程去，万里飞鸿。万里飞鸿，有有无无步步中。

58. 如梦令

路路程程无限，事事繁繁简简，有易易难难，也可顺逆编撰。编撰，编撰，其意浮浮潜潜。

59. 临江仙　登凌敲台感怀

且在凌敲台上望，天天地地乾坤上。相连一字接黄昏。居中分不定，已是地天根。滴水偏颇何取向，高低自在寒温。清清净净亦纯纯。方圆三界境，日月半儿孙。

60. 又

一线天边无止境，烟烟雾雾云云。浮浮浇浇已难分。形形形不定，态态态衣裙。日月江山千万度，人人事事殷勤。中庸以道作元君。高低流逝水，花草自芳芬。

61. 丑奴儿

东君只以春风约，有了梅期。草木

皆宜。水暖还寒鸭先知。群芳处处东西望，朝阳先枝。欲笑还垂，已作千千百百姿。

62. 青玉案

人人处处山河路，跬步向前前去。远近高低云又雨。有情山水，多姿花木，步步无朝暮。已是岁岁年年度，别了还逢后庭树。若以文章天地故，一城功业，一城诗赋，七十平生付。

63. 更漏子　借陈君俞韵
仄声十二震韵，上阕十二侵韵，下阕十一真韵

问秦晋，知尧舜，鼓瑟湘灵谁吝？无日月，有知音，草花何古今。知之讯，亦闻信，第三浪潮还进。冬夏外，有秋春，去来现代人。

64. 渔家傲

一片秋光天下异，衡阳已带青海意。一字排字人雁起，经天里，长城汴水江南闭。跬步已行千万里，诗书不尽平生计，七彩山林霜满地。红树叶，飞飞落落三山泪。

65. 南乡子　月

一寸一心田，万水万山万里船。跬步平生平日月，源泉。三万人间日月年。夜夜问婵娟，何以方圆度弦弦。侧侧明明寒未减，悬悬。咫尺天涯咫尺缘。

66. 又　夏日

十里一斜塘，万户千家处处香。小杏沉枝黄燦半，扬扬。麦已垂垂叶叶长。月下一凉床，远近蛙声唤水乡。

百亩荷花杨柳岸，萧娘。夜里含羞不必藏。

67. 又　读史

一足问钱塘，一足寻根作柳杨。水调歌头天下路，隋炀，见得宫庭见得王。且以问秦皇，六国同文六国堂，著得长城分内外，封疆。几度兴修二世亡。

68. 又　端午

点水燕飞行，点水蜻蜓两翼平。雨后云中晴已好，思情。一寸私心一度萌。自古有枯荣，织女牛郎七夕盟，岁岁年年何鹊见，声声，留在人间作纵横。

69. 又

碧玉小姑娘，十六方知日月长。不是心中心不是，潘郎。偶像无须梦里藏。浣帛小桥旁，对岸男儿倒影长。脚下波纹连两目，荒荒。独独孤孤望四方。

70. 蓦山溪

运河杨柳，几帛君知否？万里一长城，多少砖，听君知否？秦皇六国，八千楼船否？饥饿死，纤纤手，谁以深宫否？运河似酒，可见楼船否？千载一隋炀，谁记取，江都可否？佳人美女，代代又朝朝，谁白首，白谁首，异异同同否？

71. 减字木兰花

人生一步，处处前行成一路。丈丈夫夫，主了沉浮作了儒。朝朝暮暮，三万天中千百度。几几图图，一念

明皇一念奴。

72. 又

梨园风雨，听了霓裳知羯鼓。已是殊途，留在人间一念奴。金金缕缕，不主人间何不主。戏子江湖，一半人间一半鬼。

73. 又

诗词不尽，后后前前何所引。古有斯人，百岁谁当继后尘。伊伊户户，雨雨云云新竹笋。有了经纶，有了平生有了春。

74. 又

于心不忍，一半心怀都是悯。处处皆邻，入了红尘不染尘。标标准准，意意情情当自敏。旧旧新新，去去来来继继人。

75. 又

花花柳柳，入了人间都是酒。一半春秋，一半江湖日月舟。朋朋友友，少小青中何白首，自主风流，自主平生作马牛。

76. 天门谣

牛渚天门险，贺铸语，谣名当占。方回咽，采石蛾眉敛。毕庙前年年水见，玉石矶金陵览。凭木槛，依卷浪，东流激滟。

77. 好事近

自得弃弦琴，五柳渊明情韵。不主知音如此，几何人间问。五弦不逆七弦音。立步自当郡。古古今今应是，以情情经酝。

78. 又

云雨半阴晴,去去来来相送。别别离离如梦,别离何如梦。情情不尽是情情。自古有凰凤。水水山山平静,莫须阳关弄。

79. 又

日落作黄昏,独立孤身无约。淡淡天光血略,以居心求索。云沉暮我满江门。人间几多鹊。七夕河桥留下,不须人间诺。

80. 浣溪沙

谷雨人间草木华,十亩农田一人家。夫夫妇妇半桑麻。处处甘霖天下泽,春春夏夏喜甜瓜。秋收社酒女儿霞。

81. 又

见了三农一片云,甘甘露露半纷纷。耕耕作作又耘耘。细细微微深浅润,烟烟雨雨日天曛。人人喜曰谢东君。

82. 又

一雨霏三泅尘,三春处处,半天伦。滋滋润润向农人。喜自杜鹃啼不尽,春莺柳上已平身,书生危坐正冠巾。

83. 菩萨蛮

雁飞一字人形去,衡阳青海千声语。俯首一江湖,排空三界孤。春秋南北度,日月何云雨。只以作飞凫,明皇留念奴。

84. 又

东君带得春风雨,小家碧玉小桥女。缘去一姑苏,红来半五湖。青梅初摘去,燕麦何思虑。日月早东吴,农家多少株。

85. 雨中花令

谁道人生是酒,自得江湖朋友。所以隋炀修六渎,水调歌头守。雨是花中多柳,以帛易,百翁千叟,已见得,好头颅,好得恰在长城后。

86. 又

剪翠依依就就,两岸杨杨柳柳,水调歌头天下色,碧玉红酥手。只在运河堤上走,见来往,问君成友。莫辜负,女儿心上酒,只在黄昏后。

87. 留春令

一梦难成,半生如梦,百年何处。来去朝暮,风风雨雨,步步谁分付?行止行行行止路,事事人人度。荣荣辱辱,成成败败,独立人间主。

88. 踏莎行

紫燕衔泥,黄莺唤友。知章李白金龟酒。春秋去了又春秋。诗翁白了诗翁首。白雪梨花,杨杨柳柳。河山驾驭英雄否,江楼不住问江流,重阳九日重阳九。

89. 又

寸步芳容。樱桃小口。丰波白玉红酥手。情情意意自含羞。黄昏饮了黄昏酒。一半回文,私私友友。心中梦里君知否。芙蓉出水净芙蓉,连连不断丝丝藕。

90. 南乡子

雪月影徘徊,碧叶丁香独自开。借得梨花多少色,亭台。一半香蕾一半催。腊月一冬梅,不待东君傲骨媒。唤取群芳天下满,三杯。一半春心入梦来。

91. 万年欢

雅颂风流。以东君分付。著作春秋。万岁江山,繁简社稷神州。一片青莲出水,碧玉里,低首含羞,凝形影,姑射冰姿,运河水调歌头。多情对水易感,九夏荷丛里,忘了滩洲。已采天蓬菱藕,有女儿愁。自叹因因果果。这乾坤,荡荡悠悠,黄昏后,织女牛郎,无止无休。

92. 朝中措

"芙蓉"初见照"红梅","述旧"以情催,"梅月园时"香动,黄钟"醉偎香"回。文章太守,郎中四品,今古徘徊,至此翁翁少少,平生第一奇才。

93. 又

诗词第一是天台,七十岁年开。半是冠官杨柳,半生日月当催。文成草木,官居四品,读尽蓬莱。处处时时不止,耕耘字句情媒。

94. 临江仙　早梅

白雪纷纷天地色,扬扬落落如烟。东君不到尽寒年。经冬成傲骨,自作暗香天。自以方圆多少问,当知独立婵娟,幽幽已是挂寒蟾。弦弦常可伴,寞寞对前川。

95. 又

雨水黄花应满地,春分燕子回归。东君只准绕梁飞。衔泥巢正补,乳子待光晖。半见梨园桃李第，明皇留下微微，兄兄弟弟是何非，秦王秦不在，汉武家威。

96. 蝶恋花

落尽桃花青杏小，一半红尘，一半南来鸟。麦子临风如蒲草，烟云处处晴方好。燕子回飞经岸绕，贴水平平,点点何多少，十里芳塘情渺渺，春深只有情人晓。

97. 蔡确

失调名：骊山脚下谁天子，太液池中一水生。

98. 许将

惜黄花

雁声不断，春光先乱。暗影疏香，梅花半，月下唤。芳比群芳早，寒在寒江岸，好颜色，已朝天散。当以瑶林，闲编花寇。素里英华，芳心叹。意霄汉。只见塘鸭远，总是回头看。渐遥远，去寻洲滩。

99. 郑无党

临江仙

八月中秋明月色，年年夜夜如时。东方欲见一仙姿。隔年应又见，此夜不应迟。相似方圆相似望。婵娟老了分思。嫦娥留下故宫司。人间人不尽，世上世难知。

100. 陈恺

无愁可解

怨怨愁愁，愁愁怨怨。俱是望洋兴叹。问君何处愁，问君何处有怨。事事人人风过耳，又何必，以心上献。今古问，去去来来，算以达者，以步这远。燕雁，北北南南，春秋路，生生道沧洲岸。天上地下唤，不以千思不断。这里元无彼此恨，只简单，物情半半，无牵无系解，方圆四时，有行止，无计算。

101. 苏辙

东坡弟子由，进士共名修。上下诗堂客，眉山教九派。

102. 调啸词二首 效韦苏州

同里，同里，满了姑苏桃李。云云雨雨萋萋，柳柳杨杨齐齐。
吴伎，吴伎，雨雨云云水出。

103. 又

云雨，云雨，江南烟烟雾雾，运河同里三吴，杨柳阴晴五湖。
朝暮，朝暮，去去来来同路。

104. 又

飞雁，飞雁，青海衡阳苇岸，飞时人字年年，天上一行牵。
春见，秋见，排空呼呼唤唤。

105. 水调歌头 徐州中秋

明月鼓城照，水调一歌头。隋炀帛易杨柳，日月半千秋。今古来去去，见历人人事事，惜别几交流。记取长城忆，九鼎十三州。何离别，谁七夕，问王侯。名名利利朝，燕雁过汀洲。家国忧忧患患，翠羽婵娟待客，无赖素娥楼。但恐王粲对，不与子由留。

106. 渔家傲

七十八年多少路，辛辛苦苦何朝暮。止止行行来又去，今古度，人人事事诗词赋。格律生平天下付，耕耘日月经纶步，岁岁年年都不顾，都如故，年年月月天天数。

107. 陈睦

沁园春

一半阴晴，一半枯荣，水水不平，已是杨柳岸，红莲成片，浮萍移动，翠羽精英。雨雨云云，红红绿绿，处处表蛙处处鸣。谁采女，芡菱荷蓬子，已是新生。芙蓉出水明明。身带露，心藏五百萌。已婷婷玉立，张张瓣瓣，丝丝蕊蕊，伏伏倾倾。色色紫紫。江南如梦，见了蜻蜓点水行。知燕子，已林林总总，自在成城。

108. 清平乐

腰如细柳，委委红酥手。扭扭怩怩何不走，不可轻轻回首。运河岸上来舟，先生水调歌头，

若以荷丛莲色，黄昏已不含羞。

109. 马成

玉楼春

去时一路风云雨，当今三生成败度。来时未及作春秋，人间天地何分付。离离别别逢逢误，国国家家先后顾。荣荣辱辱自时时，进进退退前行步。

110. 李婴

满江红

楚楚别别，仲秋月，风花时节。兰央半，苇花初秀，女儿如雪。略带寒凉，衣袖短，轻衫薄翼，榴裙折。这清姿，故意相倾，与君悦。有心愿，何不说。传眉目，乡音别。只娇娇媚媚，缺圆明灭。欲曲声声尤带冷，颤颤抖抖微微说。应所依，共暖共寒宫。同心切。

111. 王齐愈

菩萨蛮 戏成六首

一、

纤纤弱弱如香草，情情意意知多少。汉帝已藏娇。夫差娃馆好。声声歌未了，处处飞啼鸟，弄玉自逍遥，穆公听玉箫。

112. 二

蚕蚕茧茧丝丝秀，儿儿女女情情就。去日一江流，来时三界头。相思相守守，相忆相时侯。逝水问江楼，江楼问水流。

113. 三

婷婷玉立芙蓉玉，纤纤为为荷花足。一面半红红，红红三界东。双波分楚蜀，一心和平触。自在自由衷，由衷由始终。

114. 四

江南一半莲湖满，满湖一半荷香远。采女小心船，船心知女田。妍芳群自散，散自群芳妍。处处雨云烟，烟云雨方圆。

115. 五

江南小女红酥手，手酥红女三杯酒。同里问江湖，湖江知九流。女儿香短袖，袖短常依旧。水调柳杨舟，舟杨柳字头。

116. 六

老老少少人间路，路音处处人人去。别别又离离，离离还分付。前行前所顾，顾所前行主。百岁一平生，生平何止行。

117. 鹧鸪天

大连海鲜

一日飞来渤海鲜，三更捕纲已收船。鱼虾蟹贝龙宫鲍，来自辽南是大连。天有际，水无边。青云直上半长天。人人海海洋洋问，只在阳光不酒泉。

118. 鹧鸪天

马踏飞燕

一望楼兰万里沙，三生跬步半人家。阳关不锁飞天马，自以英雄待晓霞。千里目，百年华。诗词格律是桑麻。幽州射虎何人忆，白雪红木梅腊月花。

119. 菩萨蛮 初夏

青莲出水尖尖度，度尖水出青莲顾。水水半东吴，吴东千水湖。江南江路路，路路江南雨。处处问姑苏，苏姑知念奴。

120. 虞美人 寄情

丝绸被褥蚕砂枕，一半吴王寝。知音自在一人心。几处情长几度赋音琴。江南女女儿儿品，帝帝王王锦。夫差勾践越吴荫，水调歌头杨柳运河寻。

121. 王齐叟

望江南

居上下，庸可正中含。左右逢缘青玉案，姑苏不赋望江南，水调运河淦。

122. 失调名

卷卷舒舒，杨杨柳柳，淡淡浓浓景。罢罢酬罢，行行止止，怯怯形形影。温温冷冷。隐约是，吴吴鄄鄄。明白见，斗斗星星，口口梦桃桃杏杏。但风花明月，清清净净。

123. 舒氏

点绛唇，舒氏武弁女，适王齐叟，失翁礼，翁怒，取归离绝。一半心情，难明一半夫妻影。水天如井，辘辘盘盘领。上下绳绳，曲曲弯弯省，何其秉，妇夫谁颖，婿婿翁翁生目。

124. 琴操 杭伎，后为尼

满庭芳

一半衣肠，衷肠一半，一半一半衷肠。运河杨柳，处处自低扬。也见池塘四岸，云雨里，自在荒唐。阴晴故，垂垂荡荡，扭捏作萧娘。倾心倾一半，领情一半，一半黄粱。可惜人不久，带去芬芬。独立孤村相望，千里目，万里风霜。春秋外，冬冬夏夏，夜夜见辉煌。

125. 卜算子

江水问江楼，意意情情首。自有人生自有言，不尽狂妄口。江岸问江流，继继休休否。若有高低若有源，古古今今酒。

126. 舒亶

临江仙 桓仁

余款城下一水流，桓仁五女春秋。书生第一上幽州。北京钢院，含笑自扬头。里七外八榆内外，轻车山海关楼，秦皇岛外有渔舟，何闻徐福，解作是风流。

127. 点绛唇

一介书生，千年古古今今度。暮朝朝暮，日日天天数。止止行行，不住诗词著。翁知故，去来来去，第一人间步。

128. 散天花

云卷云舒一叶秋，寻根寻不见，自风流。书翁书子十三州，声声南云雁，下湘洲。无奈衡阳有去留，苍梧听鼓瑟，二妃忧。江流处处几时休。见年年竹泪，五湖舟。

129. 蝶恋花

什刹海新经济中南海早莲

卷卷舒舒分两半，小脚尖尖，满了荷莲畔。两耳双船中独见，黄黄绿绿青青冠。后海中南三海岸，一水长天，立夏群鸥唤。什刹海中成片瀚，园园一半尖尖半。

130. 醉花阴 试休

飞来峰下灵隐寺，龙井芽初茋。玉手已纤纤，采女怀中藏得茶香里。杀青晾晒阴晴止，妙得芳香止。不必问相如，细品枚乘，俱得文章矣。

131. 又 越州度有伎送梅花

阳春一半知白雪，梅花香未绝。处处半梨花，问了东君颜色千芳绝。劝君不语含情悦，醒醉何人结？此见青楼女，尽了身心，忘了离逢别。

132. 虞美人 寄公度

人生自古分朝暮，不是朝朝暮暮。霸王不与沛公图，不顾乌江，不饮半东吴。鸿沟地垲下条条路，不是人生路。未央宫外一浮屠，暮暮人生路路自扶苏。

133. 又 周园欲雪

周园欲雪黄昏半，暗暗明明漫。昏昏厄厄一前川，抑抑人间天下已方圆。暖暖梅香散，叶叶枝枝冠红衫不举白衫怜，远近阴晴都作故江天。

134. 又 蒋园醉归

人生醒醉人生酒，是是非非口。春秋自主一春秋，水调歌头水调运河舟。江南小女红酥手，曲曲人人友。王孙不是帝王侯，万里江山万里自行舟。

135. 丑奴儿

绿里一半黄，杨柳色，同里钱塘。运河两岸女儿乡，兰兰布裙短短，里面衬得红妆。太守杜韦娘，一曲曲，几度衷肠。苏州刺史情多少，两省八座横行，晓月年斗角低昂。

136. 一落索

道得初心如酒，少年时候。上天回地不知穷，来去从前走。步步行程依旧，关山杨柳，是非非是不深知，留待明君口。

137. 又

白雪梅花时候，素妆红首。七分香气满江南，应似婵娟酒。女女儿儿知否？东君无笑。一枝先折上鬓头，疑见纤纤手。

138. 满庭芳 重阳前席上次元直韵 六麻

燕雁南飞，衡阳北海，一半满了芦花，去来来去，处处别人家。一字排空玉宇，留何意，自在无邪。苍梧见，湘灵鼓瑟，竹泪到长沙。重阳重老九，天涯海角，海角天涯。有行无止路，你我和他。共得春秋日月，黄菊色，见了霜华。寒光里，荣荣隐隐，四序自参差。

139. 又

一路平生，平生一路，九月九日范，去年今日，也是半衷肠。岁岁春花秋月，朝也望，暮也扬长，前程去，行行止止，不尽望家乡。黄花黄色遍，皇城已满，已满山梁。最是陶潜故，篱下分香。弃了琴弦自得，天下唱，五柳书堂。朱颜在，霞冠雪鬓，独步试沧桑。

140. 又

古巷金陵,金陵古巷,秦泗淮水低昂。自由流去,六朝自兴亡。十里台城旧寺,梁武帝,一代君王。谁天下,僧僧佛佛,举世半炎凉。东流东不止,人间日月,李煜衷肠。问丽华何在,过了隋唐。记取运河南北,今古事,谁话隋炀。长城在,秦皇不在,见柳柳杨杨。

141. 卜算子

古寺问东君,小巷多芳草。已是春风四序分,处处听啼鸟。十步入烟云,三界心经晓,色色空空色色曛,佛佛僧僧老。

142. 菩萨蛮

东君铺甸榆钱路,行行止止凭朝暮。草木自扶苏,阴晴从玉奴。三年同里步,玉带桥边住。木淡半三吴,姑苏一五湖。

143. 又

人生不尽人生问,前往不止前行酝。岁岁有秋春,年年无旧沧。风花多少运,雪月阴晴近。一步一经纶,千年千日尘。

144. 又

高楼有酒留君住,人生有度由君主。实步实书儒,空心空玉壶。江潮江复雨,一水何分付。天下一飞凫,云间何有无。

145. 又

窗前细雨偏红烛,树后微风摇文竹。水调到江都,运河连五湖有。茫茫听碧玉,处处闻李煜。往事一屠苏,朱颜何有无。

146. 又

丁香一片江湖岸,江湖一片丁香散。碧玉运河船,吴儿潮满川。波涛波不断,天水天霄汉。浪浊白方圆,山深红杜鹃。

147. 又 次刘郎中赏花韵

群芳起伏连香起,风花雪月烟霞里。半见杜鹃红,千重桃杏风。东君如色垒,澹澹浓浓比。便得一枝中,无须三界空。

148. 又

秦皇六国应同轨,王家九鼎何峰砥。自古自微微,何言何是非,运河天下水,一将长城止。一字雁南飞,排空来去归。

149. 又 送奉化县知县秦奉武

一别三年一别老,离离界得逢逢。逝水作江湖,东流来去消。东风云雨好,天下皆花草。大势不逍遥,孤行当自雕。

150. 又

人生只合前行路,前行只合人生路。草木自扶苏,阴晴烟雨吴。运河南北去,足见长城误。至此向江都,谁知连五湖。

151. 又

江流不问江楼去,江楼不问江流去,水水有江楼,楼楼何所求。江流江不顾,天下天公度。日月满江湖,人生空玉壶。

152. 又

轻歌已近轻声语,相思不远相思女。水水有珍珠,情情无丈夫。纤纤垂玉手,小小樱桃口。醒醉是非奴,枯荣多少枢。

153. 又

亭亭阁阁云云守,朝朝暮暮杯杯洒。沙市一,运河杨柳洲。红莲红玉手,天下天人友。水水有沉浮,情情何所求。

154. 又

江都一半楼船酒,吴姬一半香云首。一子有风流,三分无赖头。琼花琼色偶,谁见谁知否。白雪白含羞,风花风月留。

155. 又

平生一半流年送,诗词一半耕耘梦。日日苦心行,天天辛笔盟。吴姬谁玉凤,蜀女琵琶蕻。娃馆有风情,天涯无水平。

156. 又 次萤中元归韵

山山水水江南色,鸿鸿雁雁鸱鹄翼。岁岁北南飞,年年何处归。江南江北忆,年月年其力。一字自微微,千声朝朝晖。

157. 又　湖心寺湖上赋茶

湖风已到湖心寺，僧人不语僧钟意。四品入相思，三生天下时。中人分草木，碧玉如新竹。二饮见沉浮，三杯归九秋。

158. 又　别意

青钱碧色园园立，根根叶叶好好集。水浸水生羹，丝长丝茁齐。从从知所及，各各由身筴。自此不东西，随身无别霓。

159. 又　次韵

钱塘八月风云雨，潮头一线天堂许。六合一杭州，九州三界秋。盐官千百度，十里阴晴付。世界见沉浮，乾坤何水流。

160. 又

青莲独立尖尖好，枣花米米微微小。自在自逍遥，垂垂杨柳条。年年花未少，岁岁人先老。不似望云霄，当知前小桥。

161. 又

池池岸岸荷花色，红红碧碧沉沉幂。云雨欲低低，风流何不齐。浮烟香隐隐，玉影常怀臆。影影各东西，形形谁不迷。

162. 蝶恋花　置酒别公度座间探题得梅

十里江城香渺渺，百步梅花，酒后人心老。已是知音情未了，孤枝独傲停飞鸟。不可无人无不晓，一处人家，色色颜颜好。白雪阳春衣正少，东君已送群芳草。

163. 又

已过人生已大半，步步向前，塞北江南岸。处处花花香自散。东君多了春风面，格律诗词应不断，古以承传，宋宋唐唐见。有了佩文书院殿，音音韵韵平仄冠。

164. 减字木兰花

朝朝暮暮，止止行行天下路，六十姑苏，七十诗词十万赋。人生步步，退下风云多了雨，暮暮朝朝，八十年华格律潮。

165. 又　赋锦带

平生锦绣，第一龙门皇榜绶。以此人生，步步忧民忧国名。杨杨柳柳，处处风云行止守。玉带垂情，老了诗翁敏于情。

166. 木兰花

回头只见长生殿，月色入窗谁不见。九天远远玉真来，一言一语初不倦。处处华清层层院，出水芙蓉独独面。梨园羯鼓有龟年，舞以霓裳多少美。

167. 又

群芳已入东风院，美人折得梅花片。枝头已见有情人，红颜已上桃花倩。微风静水青钱面，不是东君情不见。玉娘猜得是潘郎，不误今生多少恋。

168. 又

江湖一半江湖岸，英雄一半英雄叹。荆轲一诺一荆轲，秦楼弄玉秦楼断。秋千上下秋千惋，小女旁观小女看。舌了红墙多少见，疑了潘郎逢了面。

169. 浣溪沙

玉女排空一字悬，过墙小杏半秋千。杜鹃红了作婵娟。隔壁书生多少见，心情自以过前川，平生自此有余年。

170. 又

舞罢梁州已自满，阳春白雪半韵头。渔舟唱晚老苏州，拾得寒山僧寺月，枫桥夜泊运河流，广宫里女儿愁。

171. 又　和仲闻对棋

一曲张良百万兵，楚歌四面汉家营。刘邦项羽两相倾。八阵岐山谁赤壁，东风不语火相攻，中分黑白手中赢。

172. 又　劝酒

一半黄昏夕照空，三层小阁两西东。榴裙起落女儿红。醒醉如今如彼此，前行进退似无穷。千杯不尽有无中。

173. 又

白鹭低飞近碧塘，红荷独立作衣裳。蜻蜓不觉女儿妆。白纻声声疑是曲，青莲脚脚树法扬，芙蓉出水野鸳鸯。

174. 鹊桥仙　吕使君钱会

梨梨杏杏，桃桃李李，后后先先水比。春春夏夏到秋口，果是果，因因相置。天公地主，繁荣赐识。

175. 菩萨蛮

湘灵鼓瑟苍梧竹，二妃单，人如玉。一字雁飞翔，鸿鹄半故乡。天云千里目，寺磬由天竺。九月是重阳，三秋寻客方。

176. 好事近

一路一江河，一路一生求索。半是人前人后，半非无承诺。书生自古有先科。一字可飞落，一字人形南北，自春由秋获。

177. 范祖禹

虞主回京双调四曲

导引一曲

皇家车马，一路一人间。天仗是天颜，端围古日笼黄道，奕照百师还。尧舜仁德孝继，圭瓒列臣班。民情气宇和善，万岁寿南山。

178. 六州一曲

中兴国，率治一隆平。先帝志，先主策，册宝初始鸿名。深宫密殿玉墀鸣，龙銮金驾绣衣轻，东华旭照北人星。长最际会，乾坤已比明。风云何自举，民情玉箫声。君思田舍，椒壁丹楹。有天千，勤俭民情，无疆地晓枯荣。佑圣主，护君盟，生灵以此成城。神话鼎，同轨同行，共同文，天下阴晴。事事人人已生生。朝朝代代，一路一皇廷。会稽山水，海上蓬莱，如今便是王京。

179. 十二时一曲

梅花运，一月方荣。白雪半中楹。三春日照，四海兴萌。南北五湖情，风花雪月，玉荷娥，已耕耘，夏水芙蓉生。六六顺时明。天生嘉谷，乞巧女儿行，仲秋英，九九重阳城。从天地，随阴晴，王道今古世人平。璧圭璀璨，金石立盟。仪礼过西京。人人是，事事盈盈，咏夷庚。以班上上笏，銮路自还衡。南山双阙，篱下切三清，有冬声，腊得初心宏。

180. 虞神歌一曲

一玉龙，拜虞祭终，侯虞七，三虞士礼，路转回峰。天辽廊，烟云冲融。宦西东，鼓乐不尽悲雄。何成羽卫躬。职旗皇道眩青红。凭宇空，由夫酒道，修治百神功。昂首茫茫，日月勋风，掩泉宫。不得人间道路进退枯荣环宇，山川改崇。色空，何远近，官官吏吏，富富穷穷。人如故，君忧民丰。运河隆。南北汴水相通。长城分进攻，皇家治治有为同。文武，巍巍余列，辉映简编中。万万斯年，亿载千种。

181. 虞主祔朝日中吕导引一曲

皇家感事，三虞一崇荣。主至已晴明，瑶编宝列相辉映，归美自相倾。钧韵九奏凤凰鸣，册立意尊情，声声气气成天地，久久是和平。

182. 孙平仲

千秋岁

三春时候，云雨姑苏秀，格落尽，泥香透。尖尖荷小脚，一半浮萍绣。葡萄酒，金童玉女声声口。试问春杨柳，经夏芙蓉苜，红未遍，情知否？婷婷何立，头匕蜻蜓守。从一笑，萧娘只在人归后。

183. 了元　僧佛印，浮梁人

满庭芳

羽羽毛毛，鳞鳞甲甲，佛印自以浮梁。慧根聪性，觉悟了元章。世世人人来去，千万里，柳柳杨杨，枯荣见，天天地地，一半自圆方。轮回轮不见，生生死死，隔道炎凉。若以心经著，读学金刚，自立中枢信念，观音界，大势三光。红尘里，行行止止，处处见牛羊。

184. 西江月

雨雨云云处理，僧僧寺寺因缘，平生步步过前川，岁岁东君如面。自是天涯咫尺，何方觉慧神仙。谁知隔世不耕田，了了元元不见。

185. 品字令

觑着足，向高朝天目。僧歌鼓钟起，怎记取，自天竺。醒醉不如无去，了了元元孤身独。几回自语自心经，空色色空玉。

186. 蝶恋花

水上船娘留客住，子夜无声，已是重重雾。隔壁潘郎灯火处，风平浪静生云雨。下了沧江天下路，去去来来，独独临朝暮。半是云烟先后误，如今不必多倾述。

187. 浪淘沙

万里半江山，天上人间，交河已过玉门关，海市蜃楼回照远，去去何还。玉树一红颜，水水弯弯。东流不尽月牙湾。一路黄河黄两岸，等等闲闲。

第七函

188. 如梦令

不在人间人间风月，自是鼓停钟歇。灵隐寺中天，汴水运河吴越，吴越，吴越，近了天台如偈。

189. 太尉夫人　仁宗时宗室夫人

极相思令

江东最是一年春，天下半花人。清明立夏，青莲出水，无了轻尘。十里小塘红碧乱，草木色，翠羽天津。云云雨雨，烟烟雾雾，入了经纶。

190. 郭祥正

醉翁操　笑东坡

天然，方圆，清泉。半天边，云烟。诗翁醒醉闻桑田。一情三断婵娟。人不眠，月色满前川。曰"有心也应自怜"。以忧问道，知国先贤。已来去后，空有夜断轻泉。水水山山年年。若以天云当悬，又闻回度漩。无形无为延。此意作青莲，角羽声外天地弦。

191. 董父

望江南

一树青钱一树缘，
三吴汴水一河船。

192. 又

梨花白白小心红，
雨雨云云露露蒙。

193. 丁仙现

绛都春　上元

春寒料峭，沼冻已解封，东君应到。水鸭已知，天与梅花半廊庙。元元物物争先妙，白雪梨花多少？一团和气，有心有意，小桃情笑。纱纱，不分远近，已繁无简见，碧颜如早。雨雾在天，阴里晴里，烟亦好。运河杨柳江南道，辞书不闻谁老。去来去去姑苏，岁岁长草。

194. 刘泾

减字木兰花

朝朝暮暮，进退钱塘千百度。一半西湖，小小人间小小奴。来来去去，柳浪闻莺天下路。近了姑苏，六合云中望及吴。

195. 夏初临　夏景

泛水青莲，有尖成叶，遥遥近近新圆。亭榭连萍，云云雾雾烟烟。小莺飞云天边。有幽香，逐了心田。桥头碧玉，腰似柳摇，如短衣妍。婷婷临照，欲作芙蓉，形形影影，自似婵娟。红颜绿裙，双目也向流年。似有潘郎，醉归来，挂满青钱。望秋千。杨杨落落，过了前川。

196. 黄裳

桂枝香　延平阁闲望

一行归雁，三界问，南天有烟无雨。青海衡阳，岁岁去来如府。上天处处排人字，似浮云，直作湘羽。桂香应寄，以秋空阔声声。湘浦。橘黄矣，辛辛苦苦，见人间，岸边渔父，一片青山，已当古时今主。烟烟淼淼付流水，莫不待，鱼鹰先取。飞舟顿起，中流砥柱，似狼如虎。

197. 又

桂枝香彻，无远近，重阳菊花如主。霜叶寻根，莫计漫空飞舞。几何见得中秋路，似浮云，不如乡树。玉书难寄，海天辽阔，梦黄金缕。晋朝客，儿孙所遗，又隋唐，宋家文武。万里江山，千古旧时风雨。朝朝暮暮如流水，不待见，时惊钟鼓。人心信仰，跬步其向，莫闻渔父。

198. 新荷叶　雨中泛湖

雨雨云云，行行止止倾倾。水水荷荷，红红白白成成。尖尖足足，已圆圆，玉玉婷婷。青青夏夏，莲莲处处情情。碧碧新新，黄黄绿绿先生。伞伞蓬蓬，心心蕊蕊英英。芙蓉结子，一半是，重重轻轻，时时序序，蒙蒙还是萌。

199. 渔家傲　咏月

春月

处处春来春又去，花花草草荣荣住。简简繁繁多少度。明月付，江山万里江山赋。日见和平和细雨，虫虫鸟鸟知音许。衍衍生生何不顾，明月付，江山万里江山赋。

200. 夏月

一水池塘多少雾，三春留下逢时雨。半见寒光宫里住，明月付，江湖只以清晖许。缺缺圆圆都是顾，弦弦上下弦弦数，别别逢逢离离合合度，明月付，多多荷塘多多雨。

201. 鹧鸪天

雁

一一人人一雁飞，南南北北半回归。衡阳已暖知青海，草木江山自翠向。
无正史，野文晖。朝朝代代隔心扉。今今古古何人是，是是非非不是非。

202. 鹧鸪天

舜

竹泪苍梧向二妃，湘灵鼓瑟一心扉。夫妻本是同林鸟，大难临头各自飞。
知所遇，共相依。微微草木自微微。同生不得同生去，共路当然共路稀。

203. 鹧鸪天

谢国君兄里土地菜蔬

莫道诗翁不种田，荣莘换作地三鲜。珲春共步图门岸，雨雨云云北亚天。
长白岭，到延边。兄兄弟弟共斯年。如来自以如来面，德善人间德善缘。

204. 渔家傲 秋月

带了寒光寒玉树，明晖未尽清宫路。玉兔蟾蜍何不顾，明月付，因因果果秋秋数。万里江河留不住，秋风落叶离根去。
古古今今如此误，明月付，平生步步平生度。

205. 又 仲秋月

缺缺圆圆天下度，弦弦暗暗天天故。唯有中秋中正顾，明月付，婵娟只在中心主。十五圆圆分外素，三秋处处三秋树，桂子无须随玉兔。明月付，寒中已有经霜步。

206. 又 冬月

雪上加霜已住，冰封水滞无流处。莫以寒光寒不去，明月付，婵娟似是衣衫故。去去来来弦数数，清光冷冷人间误。半在炉边听玉兔。明月付，心随至此年华寓。

207. 又 新月

月月弦弦多少路，来来去去何朝暮。加上云云还雨雨，谁分付，新新旧旧何人许。已是初心初是故，先先后后经时数。只有婵娟清影许，谁分付，圆圆缺缺由心顾。

208. 又 斜月

一月天边斜挂树，婵娟不见应先妒。半半弦弦何不顾，谁自主，沉沉落落差差误。落照余晖天上树，清光隐约生云雾。已是寒宫藏玉兔，谁自主，徐徐慢慢幽幽去。

209. 永遇乐 雪

洒洒扬扬纷纷落落。朝始经暮。市市城城乡乡野野，白色人间主。旋旋舞舞，幽幽雅雅，处处不分何去。迷离雾，疏疏密密，似云似絮如雨。田田陌陌，阡阡旷旷，一半茫茫不顾。盖得山川，江河不付，只是人间误。衣衣被被，清清素素，如此冰封如故。梅花处，香香约约，东君已度。

210. 又 冬日

一半人生，人生一半，兴叹兴叹。四品郎中，郎中四品，杨柳运河岸。官官草木，官官日月，事事人人霄汉。几千年，今今古古，夜阑挂月高冠。天天达旦，天天如算，七十人生两万日，格律诗词，年年岁岁，处处人人见。红尘不已，青莲自许，跬步人间不断。平生是，翁翁笔笔，不离不散。

211. 蓦山溪

风云不断，莫以功名叹，处处是关山，跬步去，前行不乱。诗词十万，进退自经年。长达旦，志霄汉，十月梅香散。平生一半，一半平生冠。李白贺知章，王摩诘，玄龄主翰。如今我已，五万过唐诗，乾隆岸，只四万，以此人生观。

212. 喜朝天

一诗翁，十三万诗词，格律精工，四万乾隆，全唐诗五万，如此人穷。当以今今古古，一平生，天天笔辉鸿。天下士，五千年里，春在西东。江山日月春夏，草木秋冬易，如此天公。纵有寒署，又炎均均坎坷，事世难同。桃李成蹊自下，这因果，人间始成终。谁来顾，风花雪月，万里相逢。

213. 锦堂春 雪

树树梨花，梨花树树，纷纷落落无涯。满芙蓉素影，玉色人家。一片云帆压海，三吴浣了溪沙。更烟云渺渺，淑气生华。以霜池馆如画，有钩心斗角，一半参差。少女见得如此，换了轻纱。白白红红相照，云中雾里不遮。析分分析见，柳被花衣，已是奇葩。

214. 霜叶飞

谁须留得年华住，人间今古朝暮。万林飞鸟，百川流水，半空来去。望南北，东西似许，何如成就何如故。跬步顾，人生路，云雨高唐雨云，楚王神女。三峡官渡巫山，连楚楚蜀蜀，宋玉何赋情度。大莱方意，寄予瑶姬，是化为主。杜鹃里，瞿塘笑语。年年不似年年误。问草木，年年处，还是年年，化成朝暮。

215. 水龙吟 方外述怀

虚虚实实元元，人间一路功成难。阴也一半，阳也一半，平生一半。假假真真，真真假假，两仪分岸，以玄玄自得，有天有地，当日月，乾坤看。方外方中何观？是方圆，是方圆断。无无有有，有有无无，时礼不算。是是非非，非非是是，几何汗漫。这深山洞口，长天旷野老生兴叹。

216. 蝶恋花 牡丹

一路牡丹红烂漫，气势芳妍，一味冲霄汉。半在人间天一半，红红紫紫黄黄冠。白白蓝蓝分两岸，绿绿丛丛，处处春先断。溢溢香香何不算，群芳妒里群芳见。

217. 又

一半春时春不住，一半花花，一半云云雾雾。一半阴晴情一半，朝朝暮暮还朝暮。一半人生人已故，一半乾坤，一半童翁度。一半古今今已误，来来去去还来去。

218. 又 东湖

杏杏梨梨桃李树，过了春天，结子人间去。草草花花天下度，牡丹月季可香雨。
作得群芳群自主，万紫千红，自古从无误。自古东西南北路，兴兴废废何须顾。

219. 又

一水东流应不住，有了高低，有了虚名误。有了人知人所述。杏坛有得千头绪。一本求根都一处，简简繁繁，叶叶飞天去。远近何知何所顾，枯荣只在枯荣路。

220. 又

一半池塘池水雾，一半蒙蒙，一半风云雨。一半人间天下路，行行止止何其顾。少小知书知不误，老大心经，始始终终主。忘了童翁都一处，阴晴自是枯荣度。

221. 又

水下看花看有雾，水下云天，水下风云度。水下空中分不付。平生不可相互误。月里婵娟婵娟鬓女，月里寒宫，月里蟾蜍树，月里孤身知玉兔，谁知后羿谁知顾。

222. 喜迁莺

招商蛇口，一香港，作潘琪帮手。我是专家，珠江三，中国第一杨柳。改革开放如酒，醉了华人之首。冯景禧，新鸿基，还有胡应湘友。知否，三载后，罗湖深圳，部部楼楼守。合合和和，李嘉诚迹，自以是长江有。富穷富穷人去，谁问江都先后，只应道，一隋炀，国以开放无朽。

223. 宴琼林 木香

林木几春秋，独立一香流。犹自杨柳。每孤在，本位本纯真，一物自然味守。高山色，小溪头，向阴晴雨后。积香清，只以寒梅类。任心白雪友。果果因因，物物有春秋，时时当受。树与叶，有枝传绶。有邻无隔莠。同情处，寒宫玉兔，沉桂子，见重阳九。这黄花中，去来去去，人生见如酒。

224. 宴春台

夏夜长长，有虫鸣远，寒宫一半清光。色色荒荒，大蛙去小蛙狂，一声无断炎凉。一华堂，一半芳塘，芙蓉初出，婷婷玉立，轻羽红妆。形形相照，影影珍藏。曲歌舞酒，无了萧娘。腰腰柳柳，婀娜散尽余香。醉卧君床，李龟年，共念奴娘。这文章，李白华清，同了衷肠。

225. 雨霖铃

听霖铃雨，问霖铃驿，见明皇路。开元换了天宝，华清处处，梨园庭步。羯鼓霓裳曲舞，二妃采珠妒。最不是，儿女胡旋，一路深宫任来去。玄宗不以明皇误，半江山，一半人间暮。上皇也有朝暮，何所顾，念奴曾度。由主，长生殿里相住。忆往昔，天子情怀只与常人付。

226. 桂枝香 重阳

登高步步，步步向高登，望尽千里，

不尽江山处处。一一云雾。家家园园何其顾,有天光,有人间路。见黄河水,见长江去,不同朝暮。九月菊,重阳又度。不似去年情,如故如故。不似今年林木,如故如故,非非如故非非故,这年年,来去来去。又闻商女,歌歌舞舞,几何分付。

227. 喜迁莺　端午泛湖

汨罗江岸,几人问三闾,楚秦霄汉。古古今今,船船争竞,何以不知当断。黄花美酒,鱼香粽子,分飞无乱。诞年年,五月情,一水载舟谁岸。文馆,书生叹,秦楚六国,纵纵横横横算。败败成成,荣荣辱辱,死死生生都半。人生短暂,殷勤如愿,长沙湘畔。可重见,国家忧,不比人心相唤。

228. 洞仙歌　暑中

芳塘碧玉,是荷花时候。雨过香来,好清昼,玉芙蓉露出水,初色初开,蓬莲小,丝粉心中已就。全开应未落,花瓣含情,守住宫门不开口。是非结子,多情总是来迟。只见得,如花如柳。醉中一柔柯,半黄昏,带一点愁,同饮三杯酒。

229. 又

南风吹尽,运河千株柳,去去来来女儿手。入身心,情里无语桃花,何不似,偏守定,人前有口。去来空自首,隐隐黄昏,约约羞羞可知否。不得不追寻,切切从从,人生此,如葡萄酒。也如醉,浓荫去深处,靠树依,从情这般无友。

230. 又　七夕

牛郎织女,鹊桥年年渡。七夕人间已无误,这求求索索,何以心情,因言笑,留下人间去处。知河河汉汉,都是春余。一半王母是非妒,问何意也,年年岁岁人人,已不住,花香归路。有无有无河,乞黄昏,不见月明,由得同朝暮。

231. 八声甘州

万里来去,一半风流,八声一甘州。阳关玉门关外,不问留侯。依旧沙鸣不尽,由大漠移丘。海市蜃楼客,尘世难修,不斩交河草木,取楼兰百度。步踏尘洲。月牙湖上愁,八桂九州头。望中原,垂垂六幕,七十秋。何叹运河舟。长城外,玉门关上箭,嘉峪关楼。

232. 满庭芳　咏浮桥

问雁门关,知天下路,南南北北年年。衡阳芦苇,青海一滩前,已得故乡处处,飞一字,一字高悬。排空见,人人翼翼,一始一经天。蝉鸣蝉不断,声声落叶,处处咽咽。尽了杨柳树,旷旷川川。今日明天如故,相似处,不似婵娟,寒宫里,蟾蜍玉兔,弦后有方圆。

233. 宴琼林　上元

走马一灯明,玉树半花生。神女相迎。魏妃香与色,欲凌波,怯又不离心娉。陈王到此,都不尽,天机似镜。百盟生,不解常人性,惹风流相并。隔岸两行远近,见灯情,明暗清净,处处隐隐牛郎面,织女如互映。无

须鹊,心心秉烛,更休管,已端芳倩。算来年,花共人想见,天河水消命。

234. 又　东湖春日

雨水满东湖,草木半江苏。离了朝暮。见东君,白雪达三吴。入柳柳杨杨路。桃溪不远,香处处,姑娘百度,少年郎,两两知心面,有烟花云雨。遽暖骤寒不定,见江河,尤自如故。见得彼此东风故,佳人何不去。殷勤误,问芳屏,向春莺处。探情来,花与人何顾,年年可分付。

235. 又　牡丹

五色杜鹃香,一片牡丹王。芳信方向。国花颜与共,客姚黄,布下九州人赏。东君有此,都谢了,天以以,以娇娘,不可常思往。惹风流倾荡。白雪红梅发爱,玉串长。苞里孟昶。以此作彼长春雨,见良辰贵想。何须是,人间美景,直应得,老僧方丈。武则天,花与王相处,人人可为仰。

236. 满江红　东湖观莲

一片莲裙,芙蓉出,心心相印。红颜主,一蓬十字,玉壶多鬓。蕊蕊丝丝分不定,皇皇帝帝。相倾吝。以亭亭,玉立自超群,荷塘信。向天地,无远近。明月下,轻姿魇。独云云雨雨,有烟有润,而且珠珠形不定,池塘滴水多音韵,以新声,点点作沉浮,方圆阵。

237. 瑶池月　云山行

台余一兴,平生去,诗词今古名姓。渔公有水,日月七发枚乘。云雨后,

竹笋声声，八十载，见闻如镜。阴晴切，风流竟，深潭倒，远山映。怜听，江江水水，瑶池曲胜。老来是，名利休病，物是物，人非人境。须臾百年梦，有诗无定，日耕耘，留住文华，笑世上，重生齐郑。蒹葭渚，芙蓉正。再行止，又寻径。三更，天天十首，年年成命。

238. 又　烟波行

轻舟一兴，云山中，烟波谁问名姓。天机落景，七发江山枚乘。川雨急。壑谷沧流。石壁下，此如清净。浮云卷，孤峰静，松涛起，木林性。谁定，琴琴曲曲，人人命。古今问，来去休听，事是事，人非人政。千年可尊敬，几僧知磬？望婵娟，留住年华，问彼此，平生听凭。何人是，风流经，一侯印，半渔镜。心定，中原九鼎，诗词如证。

239. 蝶恋花　月词

一日黄昏初过后，见了婵娟，饮了三杯酒。后羿残阳应自守，寒宫少了何知否？天上人间儿女口，一路银河分了人情久。不是王母封玉口，光华已在相公首。

240. 又

忘了人间应一镜，待待弦弦，十五圆圆性。此日生情情不定，弦弦多少弦弦映。桂桂无根无所正，不见蟾蜍，玉兔何从敬。婵娟去处谁丁宁。

241. 又

古往今来千载去，木木林林，草草

何其虑。月里婵娟何不语，年年桂子年年著。也上多情多少处，事事人人，一水流吴楚。最得风流杨柳絮，相如已是谁儿女。

242. 又

一井何须杯里见，小小圆圆，色色形形面。记取明皇香熏遍，清光怜悯长生殿。万里人间由此恋。已是婵娟，不知情变。右以相思相互牵，弦弦不得弦弦倦。

243. 又

百岁成千成百月，几度弦弦，一度圆圆没。自是经天经刖刖，无明自是无明越。世上悲欢离别阙。不过天河，喜鹊人间歌。只是嫦娥偷药罚，谁知后羿居心厥。

244. 又

客逐金乌天一半，一半方长。一半弦弦叹，一半寒宫圆半半。婵娟玉树居弦岸。缺缺圆圆光四散，去去来来，一半云霄翰。一半留成男子汉，金乌一只嫦娥半。

245. 又

不尽人间天下影，只在杯中，月色沉沉静，自得应独省，清清是处清清冷。万籁无声天下岭，草木枯荣，不入寒宫境。已见嫦娥孤独境，何须后羿金乌颖。

246. 又

月里寒光寒玉影，桂子秋声，只是人间永。自以千思人所省，婵娟自

是人间晴。七彩天光谁不领，草木枯荣，果果因因整。已是春秋多少旹，生生灭灭生生秉。

247. 又

一望云中行缓步，暗暗明明，以色分朝暮。少小人生行夜路，追追不得寻寻顾，足下身形身影顾，是是非非，实实虚虚故。已得相连相独主，何须分立分时误。

248. 又

一月瑶华初委首，约了山河，夜夜天天走。少小青年经白首，诗词不尽耕耘手。格律方成音韵口，八十生平，还似儿童友。十八方言天子酒，当知日月当知否。

249. 青门引　社日游云门

蝉在云门，一声三响，秋风已至，夕阳西榭。有了人来，果蔬丰硕，梨枣莲蓬荷霸。条几长长卓，案甜瓜，葡萄离架，草鹅香鸭，金鸡玉兔，家家通夜。长记小妆无嫁，十杯敬地，千杯无谢。醉里应余，有先有后，都是醒醉壶亚。自有行私处，不思量，耳边无罢，甚时岁岁年年，自是丰收天下。

250. 满路花　和秋风吹渭水

人间无进退，草木有春秋。西风今古见，大江流。以西东去，度万千行舟。又见黄花色，渭渭泾泾，潼关老子思谋。

九月水沉浮，凌波听古语，是商周。未央日落，汉武已白头，莫以长城守，

运河红楼，留下苏州杭州。

251. 卖花声

云雨津，一半阴晴分付。卖花声，朝朝暮暮。紫紫白白，碧碧红红处。听新腔，向了小女。根根本本，叶叶枝枝繁荣绪。开门不门，这满筐皆许，忘春娇，粉香无顾。

252. 王雱 王安石子，进士，龙图阁直学士，三十三岁卒

倦寻芳慢

半开半掩，无意无心，形形印印，色色尘尘，燕舞莺歌阵阵。小院书香由处处，花花草草留春信。听吟声，问秦楼弄玉，凤凰云鬓。倦不得，寻芳慢慢，一片桃红，杏李滋润。树树梨花，白雪上衣谁奋。已是梅先回首去，如今犹向东君认。莫疏狂，不归情，有羞人吝。

253. 张景修

虞美人

东风送了桃花面，细雨重回见。珍珠一半有方圆，叶叶垂垂，小上自悬悬。潘郎一路萧娘院，慢步惊飞燕。婵娟约了月婵娟，下了心田何以上心田。

254. 选冠子

渭渭泾泾，潼关一水，都过了黄河岸。清清浊浊，俱是中原，天下风消云散。何以商周，以何秦汉，隋唐宋元清叹。一春秋，一半江山，终始只留芳畔。人易老，见了东营，洋洋海海，万里已成霄汉。章台有曲，灞水无舟，留得房谋杜断。曾是故国阳关，朝雨轻尘，惹人肠断，劝君更进酒，谁人无识，自黄花冠。

255. 黄大临 字符明，黄庭坚兄，萍乡令

青玉案

行行止止行行路，不去来去来暮。步步人生径步步，一童翁二，其三何处，事事人人住。春春夏夏秋秋度，又以冬冬储云雨。昨日今天明日付。始终终始，树林林树，独独孤孤主。

256. 又

行人又上来时路，步步是，人生度。但得阳关三两句，是庭坚弟，是兄情绪。也是黄家顾。别语一半倾心许，读了诗书有多误。正断离肠经几许，暮朝朝暮，父母离去，别了倾心处。

257. 七娘子

天涯海角何情绪，家乡不是家乡许。羿地相怜，无须分付。高山小鹿回头处。居高望远南洋路，前行前止前无处。五指山中，以朝还暮，如今总是人人步。

258. 黄庭坚 字鲁直，洪州分宁人，进士，著作郎，编管宣州，有山谷词。

念奴娇

雨云云雨，一天下，塞北江南如许。陌陌阡阡都是主，岁岁年年分付。已见东吴，还知晋陕，陇蜀云湘路，粤闽中原，江河两岸，自以天堂度，人间天下，农夫多少辛苦。官场大半书儒，利名何不误，无私无顾，以治君王，忧国士，自是忧民忧故。一问南唐，丞相知自己，曲歌音赋，见韩熙载，国家谁可无主。

259. 水调歌头

六淙隋炀柳，水调一歌头。长城分得南北，谁人十三州。莫以秦皇汉武，已见唐宗宋祖，今古一春秋。土地农夫种，日月客风流，知天地，无进退，有沉浮，黄河万里九曲十六炫东游。自以官官吏吏，又以和和战战，不及有商舟。足了天堂岸，曲舞满红楼。

260. 又

天下三千界，漠里万沙丘。雄心起起伏伏，壮志十三州。已是楼兰沉没，还是交河无流。此事已千秋。一字骆驼队，二字又开头。沙鸣已，风狂肆，水无求。唐僧西去，天竺今古半生游。留下如来如去，留下观音济世，留下几沧洲。只以心经在，胜似帝王侯。

261. 满庭芳

朗朗乾坤，花花世界，四面柳柳杨杨。儿儿三志，女女半书香。谁以青楼上下，歌不断，曲舞低昂。平生里，千姿百态，月下弄红妆。云鬓梳玉髻，清波眉目，白雪胸膛。以潘郎相配，作了萧娘。了了人人事，寒宫里，独惧空床。桃梨色，红红片片，日月共炎凉。

262. 鹧鸪天

读史

赵氏孤儿一晋名，英雄自得半程婴。忠忠义义何矛盾，此事不成彼事成。三六国，两相倾。今今古古互相荣。留门世界留门客，大大人人大大盟。

263. 满庭芳　雁

一字飞天，人形所见，以情死死生生。衡阳青海，半度半乡盟。温地丛丛芦苇，同日月，共得阴晴。双双宿，双双步，远近两三声。曾不解，凤凰相问，柳浪闻莺。记取元好问，一介书生。筑得雁丘留念。天下路，自有枯荣。当知晓，乾坤世界，彼此是身明。

264. 鼓笛令　南唐近事

运河处处多杨柳，谷学士、御史当友。熙载弱兰三杯酒，驿卒女，箸行官首，小雨勒云时候，这陶公，为伊消瘦。后主凭之相思偶，"风光好"，轻君子口。

265. 洞仙歌

月中无草，有婵娟难老。世上春秋四时早。望中秋，圆了又缺，半弦弦，经风雨，何以枯荣永道。老子诗词句，孔子儒书，天竺心经几多少。君子曰，是黄河，曲曲东流，湾湾水，不思皆好。有风雨人间几时休，再看去，嫦娥何了？

266. 惊帝京

银烛生花当如旧，同故饮，新瓶酒。无醒醉身名，有远道，常招手。语又三言，独立去，由朋友。花带露，云烟香透，有明月，有婵娟就。柳柳杨杨君人口，去天涯，回首不然回首。跬步前行后，处处是，知可否。

267. 雨中花

西阳关三叠，百里经霜枫叶。白雪梅花腊月，小约知刘勰。此去西州寻眉睫，大漠望，舞衣胡妾。可惜是，月牙湾里好，百里沙鸣接。

268. 醉蓬莱

以文章太守，格律诗乡。下黄天荡，九月重阳，五湖风方向。东见西山，姑苏吴越，自以江南仰。碧玉寒山，枫桥流水，几多方丈。项羽刘邦，浩然垓下，已是萧何，张良何往。韩信班师，败败成成想，一人为止足矣，谈笑去，济时功榜。不见蓬莱，有醉无醒，几何商鞅。

269. 南歌子

百里姑苏巷，千年古迹城。五湖水上洞庭明，坐想罗浮山下羽衣轻。碧玉乌江女，枫桥拾得名。寺里寒山寺外鼓钟情。

270. 蓦山溪　赠陈湘

湘灵鼓瑟，鼓湘灵苗。竹泪一苍梧，曲曲是，陈陈蜜蜜。情情相惊，舞舞亦奇奇。天下逸，人中逸，醒醉千姿质，湘灵鼓瑟，鼓瑟湘灵苗。眉目一传情，清波平，音音律律。声声似与，曲曲其轻鸣，多体恤，多由毕，已已杯杯溢。

271. 转调丑奴儿

上下弦弦时，自在易，月中分知。后后先先皆相缺，唯有十五："观圆，隔日去，还是如丝。"天下似难司，历处处，象象仪仪。始终继，辛辛苦苦，不尽毕毕平生。不可弃弃离离。

272. 品令

小桥碧玉五湖，同里一水姑苏。江州司马，运河杨柳，已到江都。水调歌头四起，香雪海里三吴。有人且道，是伊天下，已留念奴。

273. 踏莎行

同里三吴，五湖渡口，江村一号三杯酒。小桥碧玉小桥头，女儿洗净红酥手。月下姑苏，红颜白首，寒山拾得人间守。钟钟鼓鼓颂心经，耕耘日月应知否。

274. 又

步步人生，人生步步。前行不断前行路。耕耘日月自耕耘，诗词格律由朝暮。去去来来，来来去去，阴晴独目成林树。丛丛木叶已丛丛，千千万万经心主。

275. 定风波

剑剑书书唱九歌，先先后后渡半河。上得楼兰知关阙，明月，龙泉三尺待新磨。朝暮去来诗十首，登临杨柳自凌波。试问公余天地路，何故，再书三万唐人多。

276. 又

万里风云一线天，百年杨柳半倾朱。

不自问春寻杏李,如季,尚余梅雪白梨田。休以诗翁知物事,何志,菊黄人老正华年。钟鼓寺中多慧觉,重学,旧川再过又前川。

277. 又 荔枝

绿绿红红子子微,甜甜品品入心扉。糯糯香香千人口,如酒,明皇飞马向杨妃。自是芙蓉初出水,玉蕊。红颜何以几光晖。但得小米妃子笑,只有华清胜于帝王归。

278. 又

字字诗词字字工,音音韵韵句句通。百岁千年留得住,当主,十古万首作飞鸿。步步人生行一路,一路,终终始始无终。情情意意格律在,色色空空,空空色色空。

279. 鹊桥仙 次东坡七夕韵

八年不见,人间天上,只有西风如面。荣荣辱辱过是人生,海角路,天涯小院。山河行遍,阴晴飞燕,自得云舒云卷。阳关十里玉门关,但记取,诗词芳甸。

280. 又 赋七夕

东坡七夕,庭中七夕,岁岁年年易易。天涯海角度平生,牛郎织女各东西。成与败,今与昔。去年乞巧,今年乞巧,到了明年乞巧,人间七夕女儿潮,又何必,阡阡陌陌。

281. 阮郎归

黔中小女采茶忙,怀中碧玉香。一芽初作一旗枪。杀青焙妙娘、青小栳,粉红裳。歌歌曲曲长。最当坡下有潘郎,私心一半慌。

282. 又

茶香留住阮郎归,女儿在翠微。一心藏住半心扉,今晨喜子飞。天下事,半情晖。三春小叶肥。别时白雪见时绯,人前不可依。

283. 更漏子

有阴晴,无花果。平日里,多败火。经坎坷,树婀娜,以汤温向左。争基沱,化微颗,上下平生无惰,闻处处,饮多多,调和步步妥。

284. 绣带子

冬雪一枝梅,向寒独心开。唤取东君先主,衣袖带香回。明月作婵娟,似由情,何去还来。傲身孤玉冰肌见,雪片已成堆。

285. 撼庭竹

心上梅花三弄情,东君一夜行。玉香庭竹已先生,隔邻琴断已无声。月夜一弦挂,光影自难明。石隙小泉总不平,荒草漫无横。如今自在如今纵,草木阴晴各相荣,何必复锄铲,云雨不须耕。

286. 减字木兰花 春

荒原小草,近近茵茵先自好。一片天骄,绿绿黄黄色色早。春来小鸟,落落飞飞知大小。水暖地如潮,已见青青自不遥。

287. 又

人生一路,一路人生。去了姑苏,去了东吴上五湖。朝朝暮暮,暮暮朝朝多少路。有了公余,有了诗词日月书。

288. 又 登巫山县楼作

巫山神女,神女巫山云又雨。宋玉相如,不是瑶姬不是书。朝朝暮暮,暮暮朝朝来又去。日月当初,草木当初不是初。

289. 又

巫山古县,杜甫先生何不见。一水长天,一水人间逝水船。浣花溪岸,未以严君真自面。莫以诗前,微得平生作得贤。

290. 又

诗翁已见,已见诗翁天下面。格律先贤,格律先贤日月研。方方便便,字字词词都入选。人人在天,岁岁年年今古川。

291. 又

今今古古,去去来来多少雨。世代儒书,隔日诗人隔日余。平生一主,日月耕耘皆落羽。学读玄虚,老子心经自在锄。

292. 又 私情

儿儿女女,自以巫山云与雨。暮暮朝朝,日日东流日日潮。相思相绪,总作无人无语处。云云潇潇,雨雨潇潇誓不消。

293. 又 中秋,寄曹使君伯尧兼简施州,张使君促得

山山白首,水水东流多渡口。月已中秋,木叶经霜四十州。人生似酒,止止行行还似酒,苦在心头,味在

舌头逝水舟。

294. 又

中秋问月，小小圆圆多少阙。似有潇洒，似有人间姮女娥。天堂吴越，汴水东流保不歇。一路清波，一路平生唱九歌。

295. 又

清光自古，桂影寒宫同玉宇。满了江都，满了姑苏满五湖。辛辛苦苦，不似书生知有主。自以忧朱，自以忧黄，自有无。

296. 又　今夜鄜州月，闺中只独看，遥怜小儿女，未解忆长安

儒生念念，剑剑书何剑剑。步步长安，步步人生步步宽。杨杨潜潜，水水山山几可兼。独木成林，处处耕耘处处心。

297. 又

圆圆缺缺，上下弦弦何处说。夜夜长河，少少明明暗暗多。逢逢别别，桂树吴刚曾不绝。问得党群，一夜中秋可几何。

298. 又　前韵未知命弟

明明灭灭，少了相逢多了别。兄弟元明，弟兄庭坚一两声。诗书优劣，同步清宫清发阅。回首枯荣，去了爹娘去了情。

299. 木兰花令

十年五次相逢过，一似木兰花半朵。九嶷远自向苍梧，湘灵鼓瑟听不坐。

竹泪流下心心个，何以前行不敢磋。东流以导向东流，大禹人间代代贺。

300. 又

东君应带江南柳，水调歌头千万口。未央宫外有长城，汉武霍家经卫守。阴山一半飞将手，天水千年何所有。英雄李广酒泉留，野史当然无野否。

301. 又

梅花初起成红雾，柳絮当风知谢女，阳春白雪半风花，探访客人何一路。楼中庚信谁音韵，天下州州分土语，差差错错俗乡言，格律诗词佩文处。

302. 又　隋唐前为古诗，隋唐至清为今诗，民国后为现代司

隋唐分别成今古，一代诗词同乐府。直清当以佩文韵，秀才状元知有主。当朝现代含今古，自由词中白话取。中华上下五千年，留下兴情天下语。

303. 又

黔前少女阴晴雨，月下有影芭蕉树，姮娥有约叶婆娑，谁人躲在多情顾。其间自有相思字，织在心中自数去。临流一曲付江流，梦里还来何自主。

304. 又

三千年里三千故，五百人中五百步。寺僧僧寺鼓钟声，去去来来千百度。山山水水条条路，草草花花人人误。春春月月又秋秋，雪雪冬冬无梦处。

305. 清平乐

春归何处，日月分朝暮。若以人间人自主，唤取归来同住。花花草草扶苏，云云雨雨江湖。最最烟烟雾雾，天堂越越吴吴。

306. 又　重九

风来俯仰，日落黄天荡，风了西风何不想，已得方方向向。黄花开了重阳，满山遍野芬芳，一叶飞扬远近，当初未了思乡。

307. 又

朝朝暮暮，已是秋风度。叶叶飞扬何去路，满了前行一路。黄花一半茱萸，人生远远江湖，不是相如似故，楼船六淡姑苏。

308. 又

黄花已老，客以经霜早。岁岁李雪莹多是草，到了重阳才好。茱萸不比逍遥，天高九月风潮，只有秋冬两季，梅花白雪香消。

309. 又　亦知命

枯荣自度，草木阴情故。弟弟兄兄分几路，异异同同朝暮。重阳采了茱萸，黄花处处江湖，父父母母去去夕，殊途自是殊途。

310. 又　饮宴，桓仁冰葡萄酒

葡萄冰洒，半入家乡口。白首诗词吟白首，作了人生杨柳。桓仁余款城楼，浑江曲曲东流。五女山下十里，诗翁八十春秋。

311. 忆帝京　赠弹琵琶忆

切切不断丝丝语，又是汉宫藏女，俯仰拨弹听，楚曲还吴暮。落下是

珍珠，滚滚流流数。易水岸，明妃初渡，又仿佛，乌孙公主。项羽刘邦，张良有不解，四面埋伏谁天赋。记取一单于，负与飞将故。

312. 又　私情

红豆江南黄藤酒，香雪海，多杨柳。舟以运河流，鼓宝瑟，红酥手。白白素衣胸，却不及，樱桃口。弹一曲，冰肌香透，莫啼鸟，可可否否。酒后微寒弦弦守，寄君人，常约镜中消瘦。切莫黄昏后，有约道，明月友。

313. 画堂春

蛙鸣一半静池塘，婵娟一半轻妆。刘郎一半入萧娘。一半水温凉。白白波波浪浪，零零落落香香。云云雨雨是瞿塘，一半水月扬。

314. 又

红妆却下换轻妆，黄昏有约风狂。林中叶密问刘郎，不是萧娘。何以云云雨雨，烟烟雾雾藏藏。梨茶一树一低昂，一半女儿乡。

315. 鹧鸪天

一度西风一度寒，三秋日月两秋官。经霜草木经霜易，白雪冰封白雪冠。枫叶肃，肃云端。红红紫紫落银滩。梅花腊月心先动，一树风流一树丹。

316. 又　前韵

一半书生一半安，两忧自己两忧草。民民国国民民主，剑剑书书剑剑寒。无日月，有冠官，桃花尽了杏花残。群芳自以群芳客，一树梅花一树丹。

317. 又

一树梨花一树寒，二春草木二春官。群芳已有如芳主，白雪无须白雪冠。山顶洞，水波澜。扬州一梦过邯郸。东风过了东风去，夏雨来时夏雨滩。

318. 又

越越吴吴浒溆关，渔渔父父不须还。玄真自是玄真子，以弟其兄以弟湾。同里水，洞庭山。五湖不尽一湖颜。桃花流水桃花岸，一半青莲一半闲。

319. 醉落魄

人生醒醉，时时事事华胥国。名名利利争休莫。雪月风花，不此不知得。邯郸学步何忧乐？文章太守无闲过。东山再起雨中竹，曾以乐天，居易谢安石。

320. 又

人生醒醉，因因果果何由得。诗中三万六千日。正道旁观，历步不落魄，行行止此朝前足。碧玉桥边丛丛竹。江村一号夜银烛，身在姑苏，春茶洞庭绿。

321. 又

人生醒醉，因因果果何由得，生生三万六千日，日日吟诗，十二万首魄。何须饮酒自忧国。偶尔杯中藏日月，何言李白不为过。生以斯文，赢今有新适。

322. 又

人生醒醉，直直弯弯还曲曲，朝朝暮暮何荣辱，七夕重阳，只以风云促。

家乡一去知忧国，诗翁日日文思续。东西历历北南目，如来观音，金刚向天竺。

323. 南乡子　重九，知命向成都

一路向成都，一路重阳半念奴。万水千山朝暮见，浮屠。步步人生步步儒。一路见扶苏，一路嘉陵积玉湖。自以蜀相知日月，托孤，见得鞠躬尽瘁趋。

324. 又

九月九重阳，万里茱萸半故乡。采得秋山秋草木，扬昂。步步人生步步量，一世一衷肠，足以诗词太守忙。格律音声观日月，君王。白首知音著八行。

325. 亚洲发展投资银行 ADIB

孙宇付行长：赠吕董　评马哈蒂尔重当政

九旬老叟重掌国，千日新维还磋跎。隔洋互勉伏枥志，且看抖擞御魂罗。

和其韵（下平五歌韵）

平生政治路磋跎，只以汨罗唱九歌。政治安华何政治，南洋海上自扬波。

2018.5.23

326. 南乡子

九月九重阳，一路黄花一路香。万里成都知日月，炎凉。半收良田半收粱。半世半沧桑，步步吟诗过四万。海角天涯都可见，思量。杜甫花溪筑草堂。

327. 又

越里十三洲，山外青山楼外楼。见得西湖西子水，杭州十里三潭印月舟。处处有风流，柳浪莺啼自不休。上了断桥桥未断，从头。过了西泠印社游。

328. 点绛唇　重九寄弟

有弟有兄时，去去来来处处迟。自以爷娘生手足，何知，暮暮朝朝独叶枝。读学用其思，日月耕耘一半姿。白首诗翁回首望，无知。采得茱萸忘了辞。

329. 谒金门

东坡路，问得东坡朝暮。韵韵音音常思度，吴头知楚赋。只与东坡分付，海角天涯何度。见得平生都是故，前行前步步。

330. 采桑子　赠黄中行

小蛮不去留龙马，别了苏杭，别苏杭。六合桥头望四方。萧山不尽江南岸，入了钱塘。入了钱塘，作得江流作海洋。

331. 又　赠彭道微使君

重阳岁岁重阳月，九九重阳，九九重阳。九九重阳九九凉，重阳岁岁重阳日，九九重阳，九九重阳，九九重阳九九乡。

332. 又

平生处处平生路，处处平生，处处平生。处处平生处处行。平生处处平生去，处处平生，处处平生，处处平生处处鸣。

北宋·王梦希
千里江山图

读写全宋词一万七千首
第八函

第八函

1. 西江月 茶

一半沉浮一半，杯杯水水新芽。玻璃器皿满茶花。竖竖横横上下。叶叶层层叶叶，纷纷落落升华。梅坞岭上问人家，近了清明立夏。

2. 鹧鸪天 吉祥长老设长松汤

一道生灵一道根，长松汤里半慈恩。人人万岁求无得，长老源泉度病阴。三界药，半乾坤。朝朝暮暮有黄昏。玄元洞里玄元水，几世沧桑几世孙。

3. 渔家傲

不可无分来去路，当然有得思量处。阻逆江宁江口渡。禅师语，南朝武帝梁家付。面壁十年传六祖，达摩洞里金刚主。天下苍生天下顾，天下顾，心经自在心经住。

4. 又

不上桃源人已老，无弦五柳琴声少。莫以渊明荒野草，天下晓，春春夏夏多啼鸟。十里前川人未了，风风雨雨桑田好。下括牛羊声已早。人悄悄，邻家少女花衫袄。

5. 又

一语玄元玄一语，来来去去应朝暮，二二三三成道路，何分付，人心渡口人心渡，处处牛羊牛牛处处，轮回不见轮回误。若以无知无所顾。生死去，生生死死今生去。

6. 又

天竺西文天竺路，心经只有心经语。自以如来如自度，观音主，生生世世人人主。自以心中知信仰，僧僧道道儒儒步。只以行前行善故。何不误，平生自己平生付。

7. 又

了了无常知了了，人间不尽人间草，老得当然应自老，天下好，时时世世飞鸣鸟。一个葫芦行沽酒，黄公垆上枯荣道。去去来来当自老，知多少诗翁八十炎凉晓。

8. 拨棹子 退居

香不绝，梨花雪，一朵芙蓉形切切。身似玉，心胸如洁。空时见，窃窃私情明又灭。互相吸引互相悦，弯弯细柳弯弯结。还有约，少年心血。回首是，已见深深眉目节。

9. 许衷情

一江流水一江波，万里问黄河，长江亦是东去，清浊映嫦娥。渔父见，日几何？雨云多。丝丝垂钓，网网收收，吕尚厮磨。

10. 浣溪沙

渔父轻舟半不平，江波不断一流生。直钩鼓案向周情。一半人间人吕尚，文文武武是王情，风风雨雨作枯荣。

11. 菩萨蛮 王荆公新筑半山草堂，引入功德水筑港，土磊石作桥

烟烟雨雨荆公岸，桥桥石石溪流畔。功德水临山，书常书港湾。渔翁应不断，直直钩钩乱，吕尚问君颜，文王知等闲。

12. 调笑歌

无语。月如许。海上神仙方士度。蓬莱岛上多少雨，半是巫山神女。天长地久相思苦，只以梨花分付。

13. 步蟾宫

坎离干兑逢子午，今己古。曲歌身舞。不惊落下霓裳羽。一洞口，玄虚苦。不得人间情可补，喜笑中，几何龙虎。有人不问是谁主，但见是，如生诩诩。

14. 浣溪沙 程婴

一世聪聪半世行，三生处处两行程。

思思虑虑久鸣鸣，赵朔公名屠岸贾。程婴晋楚问秦荣，邪邪正正是非平。

15. 南柯子　又名南歌子，东坡过楚州见净慈法师作南歌子

不得东坡语，还知一净背书。人间一半有先知，楚楚吴吴天下一江司。已知初心见，当然大法师。方方丈丈教无知，误了秦皇汉武几天时。

16. 又

只以渔翁见，滩头日月寻。蓑衣斗笠顶无心，鼓案直钩泾渭几相临。万里沧江月，千年独木林，人前至此作知音，水水花花草草作天荫。

17. 丑奴儿

一夜半月明，形影里，池水清。回头望尽身歌舞，厮磨耳目尽管，衣带后，两三声。有口只传情，碧杨柳，何以阴晴。即是好意也是恶，你来他去谁了，怎生也，我成情。

18. 西江月　病戒酒，宴独醒

宴宴筵筵独醉，人人事事书生。花花草草一枯荣，去去来来如梦。剑剑书书不止，荣荣辱辱难平。成成败败有阴晴，暮暮朝朝相关。

19. 画堂送

年年少少画堂春，人生八十经纶。纵横六国纵横人，一半相邻。一半精英汪魏，东城一半天津，红尘不入是红尘，正了冠巾。

20. 虞美人

平生一半江湖路，只以如来主。家家世世作农余，善善人人生我作诗书。行行止止行行去，暮暮朝朝赋。名冠今古以天居，李白知章杜甫作云舒。

21. 又　宜州见梅作

天涯不以江南雪，不以梨花绝。一僧白塔十三阶，半岸心经来去一同僧。东君作了丁香结，月色谁圆缺。梅香处处唤芳皆，自是东风送西到天街。

22. 两同心

行止轻轻，杨柳阡陌。越小小，居易蛮腰，知潘素，无言客客。芳心帛，分系情丝，雨润云泽。已见丁香已结，是梅花落。羞羞涩涩，神态千憧，天津上，艺高低说，相思切，一别须臾，暮朝无绝。

23. 又

行行不足，看看不足。柳杨树，垂了东风，海棠子，似花如玉。惊双目，藏了双波，几何风竹。一笑千金黄菊，两心相逐。情意见，新谱新诗，以声韵，送回娇目。留姿态，寄以风流，可依心曲。

24. 又

荷水明珠，以芙蓉度。独立色，羞满池塘，红光潋，风流朝暮，芳心处，初以蓬莲，子当分付。落了花花自顾，瑶姬神女。襄王去，宋玉辞赋，知三峡，几何云雨。应如故，见这人前，不须相妒。

25. 满庭芳

社稷江山，江山社稷，见得草木萋萋。阴晴相济，处处有辛夷。一半枯荣天地，凭日月，朝暮虹霓。人间是，平生自得，行止任东西。君臣君子客，成荣败辱，上下无齐。历史何正野，后代评批。一半人生进退，何自立，鼓鼓鼙鼙，英雄路，夫夫子子，田亩有高低。

26. 又

宋玉襄王，襄王宋玉，瑶姬雨雨云云。暮朝朝暮着了卸衣裙。只有高唐醉客，从不酒，不可离分。平生度，夔门白帝，瞿塘逝水，去去自纷纷。西湖知小小，三潭印月，柳浪莺闻，有浣溪西子，也有风云。勾践夫差故地，无今古，有得芳芬。阳春雪，梅花落里，日月可耕耘。

27. 又

一半天光，天光一半，浮萍满了池塘。原来生命，岁岁可青黄。有序时时令令，春秋夏，冬日思量，平生见，人口事事，处处自炎凉。荒唐，天下路，旷旷狭狭，狭狭旷旷，最是行止问，短短长长。已见芙蓉出水，朝暮雨，日月鸳鸯。诗词里，平平仄仄，格律始文章。

28. 蓦山溪

来来去去，不得回头路，赵朔问程婴，屠岸贾，思思数数。朝朝暮暮，事事有殊途。同归处，高人主，只

以红尘住。江南昝,处处多云雾。杨柳运河吴,雪月色,风花如故。杭州西子,碧玉半姑苏。无分付,有分付,智慧人人度。

29. 又

何人一口,一口人生酒。李白贺知章,为了饮,金龟易缶。平生醒醉,捞月一功成,当涂友,断杨柳,了了诗人首。天下事,人知否？九月重阳九。前前后后,止止行行走。日月上江山,草木里,无孤有偶。声声不尽,处处有无明,人无口,人有手,不饮清寒守。

30. 又

少年行止,老了何无作。剑剑也书书,杏坛上,文翁各个。风花雪月,云雨是生涯,不羡富,不忧贫,不怕嫦娥过。平生不饮,只以文章贺,一步一篇诗,尽从他,龙吟凤和,平平仄仄,格律佩文知,庾信约这先生,一任江东佐。

31. 阮郎归

诗人一半过东吴,轻舟上五湖。洞庭山上姑苏,心怀大丈夫。知小小,问罗敷。明皇纵念奴。运河留下一江都,人间有是无。

32. 又

诗翁十万五千章,平生芒。暮朝朝暮办炎凉,耕耘一草堂。三界晚,四方扬。当今世界梁。著书七八十年长。归心已半乡。

33. 又

孤孤独独半人生,诗词日月城。百年三万六千鸣,跬步自在行。千里目,万人情,辛辛苦苦声。十三万首作生平,诗翁八十盟。

34. 又

全唐诗尽宋词吟,平生作古今。一人天地一知音,文章日月荫。三界浅,五湖深,百年独木林。高水流水是音琴,公余一寸心。

35. 又

兄兄弟弟半家梁,人生父母堂,爷爷奶奶共爹娘,胶州是故乡。千万里,两三万,书文日月香。辽东创业白山旁,兴安岭柳杨。

36. 定风波

书书剑剑能几何,名名利利似侏儸。望尽长城南北越,关阙。龙泉三尺久斯磨。两足向前行步,高山无路自蹉跎。玉树影中多少碍,明月不问婵娟,问嫦娥。

37. 又

远远行人趁落晖,空空一字雁回归。岁岁北南南北唯,知水,春荣秋肃野蔷薇。青海衡阳应是路,人形今古欲沾衣。已见秦王合纵子,同轨,苏秦张仪两人非。

38. 又

映日书窗碧玉纱,半明半暗女儿花。数尽秦砖和汉瓦,下天。书生一路半年华。巫山高唐三峡泄,荒野。瑶姬宋玉楚王家。且向嘉陵江上也,真假,江流自蜀作吴霞。

39. 又

望远登楼不问君,一天沉落雨纷纷。一半江流当酒饮,心浸。古今人上半风云。自古平生平所任,有荫。青山隐隐水浮嚥。举目保须天地际,不见飞鸿,却见鹊耕耘。

40. 浪淘沙

江水浪淘沙,见得江华。江青一半是山花,江上峰青千万里,有得江涯。处处有人家,处处桑麻。沧洲处处有朝霞。莫以东西方向去,自是低斜。

41. 看花回 茶词

一角高杯,青青碧螺春玉。上下垂垂竖竖,作醉对风景。相缘相逐。人中草木,见得沉浮成阅目,泉水远,井上寒凉,万里江中有六溇。茗石器,纤纤若谷,乍泛起,本知天竺。僧以如来见教,以水化清心,净情清目。以至当时,微雨轻云寻篁竹,见其势,得其心,付与杯中牧。

42. 惜余欢

运河一路,运河似少年,流着求索。南北隔长城,做胡汉城郭。和战朝朝,互名互利,已多少,不得重头错。以攻为守,一夫国家,以强凌弱。江都一人承诺,不尽这楼船,留下商约。杨柳满苏杭,借酥手相托。青楼歌舞,吴姬拍板,有琴语,女色衷情博。不知来去,儿儿女女,人间喜鹊。

43. 醉落魄

家家国国，故山明月多圆缺。有情无语何优劣。唯有闲人，处处经心说。长亭十里歌绝，天山不尽黄河雪。丈夫不用衣冠折。见得弦弦，圆缺何明灭。

44. 西江月

一半诗翁日月，三生草木飞汇合。枯荣处处自由衷，水水山山如梦。寺寺僧僧明灭，朝朝暮暮空空。人人事事自匆匆，鼓鼓钟相送。

45. 又

宋玉巫山楚赋，渊明五柳知音。红妆一半作人心，不与瑶姬自问。水水山山相度，情情意意深深，圆圆缺缺七弦琴，远远谁疑近近。

46. 木兰花令　当涂解令印后宴

当逢官府今为客，昨日今天明天陌。汉家书剑过人生，谢女雪诗杨柳白。隔家一墙分别腐，明月三更当水液。行行止止几何多，留下相思成收狄。

47. 又

郎中本是神仙路，作了儒生去来度。暮朝官场学人间，作得丈夫何不顾。乌纱日月吟诗赋，三峡瑶姬成神女。襄王宋玉在瞿塘，留下私情无去处。

48. 又

平生须以平生度，步步前行应步步。挂了乌纱又知书，日月相承日月付。

君君子子君君顾，丈丈夫夫应不误，来来去去又来来，记取农家记取路。

49. 又

乌纱一顶乌纱路，步步三生自步步。朝前自得朝前去，解令何须解令误。杨杨柳柳枯荣度，吏吏官官经历数。江南塞北望飞鸿，留下东西任分付。

50. 又

诗翁八十无朝暮，日月耕耘有路数。少年经老经处处，四海五湖杨柳树。行人不止前行去，流水从低流不住。东西南北各晴晴，水水山山都是度。

51. 品令

品茶须是早春，寒里带暖冰肤，小芽初露，采来杀炒，远泉过吴。碧螺春里女儿，洞庭一半江湖。器茗细火，一浮三落，有珍有珠。

52. 醉蓬莱

自平生一路，千里百年，不分朝暮。如是农夫，有耕耘无数。少小多情，好学多事，已见客儿女。举目登高，江湖日月，物华相度。一诺荆轲已去，三界草木东吴，运河来去，何问长城，柳柳杨杨许，来岁今朝，去日东西，不惜黄金付。会与前行，以诗词赋，此翁回顾。

53. 江城子　忆别

平生一路入长安，入长安，渭泾寒，剑剑书书，日月在云端。进士状元谁第一，凭步步，任官官。中南海里半衣冠。半衣冠，问严寒，作了精英，知了壮波澜。唯以诗词成世界，

今古迹，作青丹。

54. 又

知伊容易见伊难。久盘桓，久盘桓，多了相思，少了女儿丹。唯有前程不止，千万里，万千峦。作得精贡，作得步邯郸。日月耕耘诗赋路，天下去，挂高冠。

55. 逍遥乐　香港招商局，蛇口工业区专家组长吕

蛇口两年如路，记取潘琪，书信息，袁庚度。电脑初兴作得专家，立了招商官路。李鸿刻。开发区、创业云中，国家如数。粤纪任仲夷，问林则徐。开放开关先驱，以珠江三角去。相邻一香港。同，获朝暮。贫贫富富比，天下事华人付，回头一生思寸计，开发区路。

56. 离亭燕

十载郎中谈笑，地铁外交成好。法国中华何处见，总统首辅通晓。密特朗知书，戴高乐情多少？吾以特使西表，国门外，巴黎昭，塞纳河边潮起伏，自以人间飞鸟。地上不东西，红日无言了了。

57. 归田乐引

日月何无几，最是情，去来徘徊，止止行行里。怨你又思你，恨你惜你，毕意平生是依你。前生算未已，水色人前风声起，向伊歌舞，低落作飞鸩。远远进退里，只与旖旎，不必多言少语儿。

58. 又

对镜应消瘦,不见人,见人无面,胜似三杯酒。对我不问我,见我嗔我,天我轻风弄杨柳。玉人自相守,一半私心红颜首。有疑无信,半拒半得旧。相邻独作柳。也许是,这风停否,及至垂垂又依旧。

59. 归田乐令

一生路,万里百年何去何从？前行步,留行踪。留行踪,此离已别去,又相逢。这天理,水上见芙蓉。浮萍浮碧波,共池峰。

60. 望远行

有约黄昏有约情,无处有心盟。有花无月有相倾,人在有无声。无止止,有行行,有无无有萦萦。有无无有无生,只道由君处,自以作身荣。

61. 鼓笛令

酒中诸友常为戏,打揭儿,非常得意。是是非非都不是,是是是,非非非记。小五出来无事,莫以山峰石底,若要十一花下次,数十三,不如十四。

62. 又

已知醒醉千杯酒,怕歌女,有红酥手,小小樱桃小小口,一生是,作杨柳。小雨轻风时候,抱琵琶,有情无守,天下男儿皆女友,相倾处,知知否否。

63. 又

钟情一见心于我,相悦处,声情不过。声在琴弦半厮磨,与一手,月中妙。酒里传语不大,目中见,且以先和,处处男儿处处啰,同天下,何望多少。

64. 又

谁分两个何桃李,小杏女,妹如如姊。蕙蕙芳芳繁繁芷,俱教人,由此成彼。月上九州明土地,醒醉是,影中花蕊。日月草木分处比,香塘处,不是妯娌。

65. 好女儿

叶也如春,树也如春。看杨杨柳柳,群芳润,牡丹共梨花,香香阵阵。世上经纶。儿女有心谁问,求辞书,得相öl。见鸳鸯又凤凰音信,秦秦晋晋,金钗双鬓,梅了佳人。

66. 又

秦有佳人,晋有佳人。尽千娇百态。应相问,见吴越西施,昭君远近,玉步成新。今古向貂蝉问,司徒结,吕布无纯。叹杨妃不得明皇郡,皆皆家训,留名名运,无以红尘。

67. 采桑子

高唐只在瞿塘岸,一半巫山,一半巫山,暮暮朝朝云雨间。襄王已向瑶姬问,宋玉无还。宋玉无还,赋尽巫山自等闲。

68. 又

楼兰去了无归路,过了阳关。过了阳关,一半交河一半山。朝朝暮暮还朝暮,大漠沙环,大漠沙环,一半黄河一半湾。

69. 又

江南小女如红豆,已是春秋。已是春秋,一半私情一半羞。相思不了相思酒,逝水东流,逝水东流。一半忧心一半愁。

70. 又

江南碧玉江南岸,下了商船,上了商船。见得年华见得妍。姑苏一半杭州半,一半人田。一半人田,尽在儿儿女女前。

71. 丑奴儿

客舍不是家,天下路,非你吾他。几何柳柳声声树,江河故道逝水,处处草草花花。杜宇问桑麻,丈夫事,成了天涯。已是步步又步步,这前程是非上,又东流浪淘沙。

72. 菩萨蛮 淹泊平山堂

烟烟雾雾清明雨,寒寒食食姑苏女。禁火一东吴,青团三界儒。平生堂上暮,步履殊中途。人已在江湖,思行何去兔。

73. 鹧鸪天

洞水水难平一五湖,云云史锁半姑苏。洞庭山上东西望,泰伯何须是有无。千百里,问江都。隋炀汴水运河吴。江南一半江南水,且似长城一界孤。

74. 又

一半江南一半吴,声声不尽是鹧鸪。苏杭处处天堂水,一片青莲满五湖。千里目,万家儒,知书达理到江都。明皇已上长生殿,莫问公孙问念奴。

75. 又

只把茱英仔细看，黄花一片带微寒。重阳草木重阳日，正得衣巾正得冠。千草落，百花残。西风到处先邯郸。孤身奋斗孤身进，独木成林独木丹。

76. 少年心

对景一半方寸，半初春，有思何困。是是非非有意，有无不恨。只待得，作了情人。草草花花相问，你有我，不分远近。小小樱桃口，生了音韵，由心里，不个个人人。

77. 又

心里无人，都不见，有时多些。何时你我都个个。已清心头前后，善以摩挲。不得了，百日厮磨。玉树似弦何桂影，日日斜，只待夜夜过。月明时，这个不成非那个，温存过，以圆嫦娥。

78. 点绛唇

只问东君，为何不见归来燕，是在家，误向长生殿。暖了还寒，一水春风面，朝行倦，暮行还倦，苇苇滩滩甸。

79. 又

北北南南，春秋两度分成关。春在青海，秋在衡阳岸。一字当空，只以人形冠。飞无断，有声声唤，也有声声叹。

80. 南乡子

一日一风流，百岁生平四十州。一半公余分一半，悠悠，十万诗词十万侯。一水一东流，万里千年几

逝舟，一半功成功一半，秋秋，总是耕耘总是牛。

81. 南歌子

步步平生路，家家国国忧。江流不住问江楼，一半精英书剑著春秋。日日耕耘作，行行逆水舟，诗词十万九千留，历练人间世上不封侯。

82. 更漏子

万声声，千处处。杨柳去来朝暮，三百日，半长途，是非有有无。春少雨，夏多雨，不记巫山云雨。知越水，问姑苏，令时序五湖。

83. 好事近

一叶一枝根，半水半船临近。处处江湖天下，少年何相问。儿儿女女作王孙。五月小桃运，若在人间来去，一生应琴韵。

84. 又 太平州小伎弹琴送酒

吏吏又官官，剑剑书书天下。酒酒琴琴经夜，女儿何春夏。民民子子一家家，水阁复亭榭。伎伎身身歌舞，日欢谁思嫁。

85. 又

一路一思量，步步前行方向。出入江湖南北，去来黄天荡。公余日月著诗词，历练作方丈。寺寺僧僧钟鼓，老来多知广。

86. 喝火令

艳舞情知浅，交流客似深。一声千意入人心。朝暮去来如梦，人人何追寻。夜久灯前见，重闻旧日音。

不愁云雨弃衣襟。月落星稀，独木已成林。百岁大榕榕榕树，一古古今今。

87. 留春令

南南北北行行雁，一字去，玉门关见。回文机上织心心，以雁寄，谁情断。已是春来黄河岸，知时令，声声唤唤。有寒还暖是乾坤，指日雨消云散。

88. 宴桃源

前日花花柳柳，今夜歌歌酒酒。无见有思守，有情见时候，时候，时候，小伎身轻消瘦。

89. 雪花飞

白雪阳春有无，歌声曲舞相呼。意态情姿乍赐，花在皇都。酒酒难忘女，杯杯易玉壶。醒醉不知琼花，已到东吴。

90. 下水船

一步神仙路，三界何分朝暮。望尽人间，去是来，来是去。谁相遇。虎虎龙龙虫鸟，变变化化相度。瑶姬女，宋玉高唐赋。自以襄王步步。意意情情，蜀楚一峡云雨。只回顾，白帝嘉陵故。不锁夔门分付。栈道江流。巫山过了官渡，芙蓉树，叶叶枝枝茂茂，如果如果如数。

91. 贺圣朝

书生第一皇城去，半知人生路。隋炀留下两苏杭。已见长城误。来来去去，朝朝暮暮，只余诗词赋。始终留下始终心，作童翁主。

92. 青玉案

书生读学人间路，步步向前如故。到了皇城应自主，去来来去，去来来去，古古今今度。八十年是何情顾，一半冠官一半误，不是农家不是谕。处处园区应处处，暮朝朝暮，暮朝朝暮，老卫诗词赋。

93. 沁园春　寄女今子赢

一半人生，一半人生，一半不平。有成成败败，荣荣辱辱，中中正正，止止行行。约约盟盟，诚诚信信，义义忠忠自己明。兄弟弟，弟兄兄，父母，草木枯荣。爷爷奶奶家情，创关东，传传德德名。善善慈慈见，圆圆缺缺，星星月月。日日阴晴。日日阴晴，年年路路，一事无成一事成，三四品，有诗词天地，也有今赢。

94. 千秋岁　少游，醉卧古藤阴下，了不知南北，竟死于藤州光华亭上。

千秋岁里，不是千秋止。藤阴下，藤州子。少游应至此。留下佳词视，文太史，九千绝句三千士。半向朝堂轨，半向人间水。天下望，红酥手，沈园儿女唯。且以楼兰豸，交河岸，平生可鉴词翁足。

95. 又

心心相印，相印心心信。歌舞尽，无力鬓，身姿轻似重，体态娇柔慎。依约是，卿卿我我情客。且以香香进，又以声声润。何是是，非非认。原来都不问。雨雨云云引，应如此，无须再度明天晋。

96. 河传

红杏，红杏。墙头相映。怯见书生，有情无力似无情。倾倾以心荣。春光处处风流路，不朝暮，本是多云雨，开心开叶又开明。萌萌，天光主上清。

97. 望江东

江水西来忘朝暮，只不尽，江东路。刘刘项项已来去，只是见，江山主。灯前写得诗词数，总问得，鸿沟故，未央宫里几分付，却言道，英雄路。

98. 桃源忆故人

梅花未了清明雨，香气群芳作主。四序不分朝暮，只向行人去。花如天下瑶姬女，三峡水，嘉陵江处，再向楚云官渡，一下江东路。

99. 卜算子

一半是人心，一半非情断。一半相思一半吟，一半知深叹。一半是音琴，一半弹弦算。一半非非是是今，一半风流乱。

100. 蝶恋花

月下相思多少误，一半人生，一半江山路。信信书书无数数，人间只是朝朝暮暮。老了经纶当自主，剩下人生，只以诗词著。十二万首何不住，耕耕日月耕耘步。

101. 浣溪沙

四序人间四序花，三生步步一生涯。南南北北半人家。一半书生三四品，诗翁处处问参差。江山社稷是桑麻。

102. 又

一叶轻舟过五湖，半生旧步问三吴。隋炀帛柳守江都。始以长城相比照，和和战战久书儒。人间正道农夫。

103. 诉衷情

桃桃李李已红颜，过了玉门关。东君先后南北，翠羽满天山。云不定，雨潜潜，水湾湾。大河清浊暮暮朝朝，有去无还。

104. 又

沙鸣只到月牙湾，过了玉门关。敦煌留下今古，日月主人间。千万里，万千山，大河颜。已知天竺，读了心经，钟鼓班班。

105. 又

人生八十惜流光，月下忆爹娘。爷爷奶奶今古，以此寄衷肠。今日下，古坟旁，故亲乡。去来来去，子子儿儿，几度炎凉。

106. 昼夜乐

洞庭山上江湖路，一水色，三界树。东西步步西东，已做姑苏朝暮。便是春风春来去，已满目，杏花情绪。这李李桃桃，日明何情妒。此心香处天无误，人东君，同分付。梨花白雪兼容，只可当初留住。春夏秋冬时令序，谁自主，简繁之外，日日可思量，去来千百度。

107. 一落索

白雪梅花时候，已知杨柳。一枝芳信到苏州，度下三杯酒。暖暖寒寒无守,江湖朋友。运河来去一商舟,何以纤纤手。

108. 满庭芳　自述

学步邯郸,邯郸学步,少年来去皇城。书剑剑书,书剑作枯荣。第一离乡离土,钢铁院,成府生平。经蛇口,中南海里,制书作精英。中央编委办,郎中日月,进退声声。改革成身名。举国文明,一日家家国国,中法使,地铁京城。中华是,今今古古,远近寄和平。

109. 西江月

少小年年上进,老来处处田麻。诗词句句浪淘沙。夜夜灯泡之下。二万三千百日,人生退进中华。耕耘至此似农家,历尽春秋冬夏。

110. 失调名

直须把,茱萸遍插,兄弟忆,再度重阳。

111. 好事近

鸟语问花香,碧玉洞庭山上,望远姑苏城下,已知黄天荡。五湖草木五湖扬,拾得一方丈,自以寒山钟鼓,寺前何思想。

112. 瑞鹤仙　双调字,上平韵。下,平叶颜韵。

不知秩也,有春风带云,雨烟低也。成层草齐也。这梅花,早近芳香萋也。东君吉也,是东山,西山律也。香雪海,伴得花翁,未肯作泥笺也。霓也,江湖一片,色满姑苏是辛夷也。心成实也。红妆旋舞栖也。待枫桥碧玉,声声曲曲,语语情情出也。小衣衫,白白兰兰,一身逸也。(平声八齐韵,入声四质韵。)

113. 蓦山溪　春晴

车车步步,不尽平生路,一半是公途,另一半公余处处。辛辛苦苦,日月已耕耘。朝也付,晚也付,十万诗词赋。春宵有数,夜烛应无数。独作古书儒,香雪海,梅花如故。香泥不尽,只是色重均,云和雨,烟和雾,恰似阴晴女。

114. 捣练子

碧玉上,小桥中,未断春寒已断风。白白兰兰裙见短,女儿和月已由衷。

115. 菩萨蛮

江湖一半黄天荡,寒山寺里谁方丈。同里退思园,虎丘知二泉。运河流水响,柳岸青莲仰。自古得桑田,如今知雨烟。

116. 渔家傲　自述

一半人生人已老,诗词十万诗词少。一半公余公亦好,天天晓,耕耘日月时时了。一半前行前已路,文章四品文章早,古古今今无草草。人间道,朝朝暮暮勤飞鸟。

117. 踏莎行

落下琼花,飞来柳如絮。谁知谢女梅香误。飘飘作尘平。颜颜色色何分付。处处情情,朝朝暮暮,春风不尽扬州路。梨花杏李百花中,人间草木多儿女。

118. 黄叔达　字知命,黄庭坚弟

南乡子

九月一重阳,九日重阳半菊香。已过篱边篱外色,黄黄。半度秋风半度霜。荡叶一扬长,不得归林不得乡,自做书生书不止,洋洋。未了人间未了凉。

119. 盼盼　泸州伎

惜花容

是非是,红红绿绿,一半章台半歌曲。古今少年惜花容,终日花红花不足。越姬蜀女颜如玉。灯烛映辉何断续,千姿百态无拘束,何顾行人荣或辱。

120. 晁端礼

绿头鸭　亩产千斤米,每斤二万粒,日食一斤,巧干岁五亿粒米。

一书田,半亩园,六千棵黍,一千斤米稻然,二千万粒,平生巧干,食数,五亿粮川。明月婵娟,此何是可。童翁中小自经年。天天见,岁年里就,淑雨云烟。水源泉,江山社稷,书书剑剑,忧眠。杏坛边,小桥流水,碧玉度,李白青莲。只醒醉,金龟换酒,诗赋作神仙,明月当涂,休生已已,摘梅煮酒忘先贤。屈指间,方圆何处,何处方圆。

121. 又　咏月

月弦弦,十五日,上弦下弦,一经天,一度圆。问婵娟,身身影影,有明暗,自古难全。何似人间,曲歌曲舞,风流儿女已当然。梅花弄,阳关三

叠，在运河船。满红莲，江南好在，高山流水云天。也东君，一方阳春，半白雪，下里巴川。已可烽，佳人碧玉，情意似秋千。应是姑苏，依依细语，以茶代酒一心田。是场梦，相思相切，夜夜自无眠。

122. 望海潮　创关东

关东创业，创业关东，兴安岭下居工，一半胶州，胶州一半，人人始始终终。有土不贫穷。苦辛苦辛种，自是英雄，已是英雄，从零开始，任由衷。山前两手空空，有丛林处处，里雉飞鸿，亩亩田田，耕耘自主，山村已风年丰。一世上兴隆。女女儿儿立，日月红红。当是农家岁岁，除夕一家翁。

123. 水龙吟

春风一路春风，东君半语东君令。姑苏已早，长安未晚，江南水性。柳絮梅花，小桃红了，梨花心定。运河流水色，扬州玉笛，留白雪，当中正。一树香蕉如命，半香风，居心何性。阳关远近，荆轲成败，文公晋并，赵朔程婴，司寇屠岸，几帝王镜。不是人间故，英雄一半是英雄病。

124. 又

风流一半风流，人生一半人生酒。杨杨柳柳，南南北北，成成就就。水土山河，雨云天地，四时时候。恰如同草木，年年自主，三界外年年秀秀。有了长城谁守，运河舟见红衣袖。声声曲曲，歌歌如旧。和和丰丰，古古今今，隋唐秦汉，以

英雄绶。良田应万亩，又章自以这郎中右。

125. 又

洲洲渚渚萋萋，花花草草东君伎。桃桃杏杏梨梨李李，丁香糜糜。最是山坡，野花争色，晨光荣委。这清清世界，珍珠露水，晶亮亮，圆圆止。彼此生灵天机，尽芳明，严滩香昔。波光淼淼，锦鳞来去，烟烟水水。一叶轻舟，似云如雾，向遥寻鲤。见风平浪静，江山社稷一番心里。

126. 又

皇城十里京都，江山一半风云雨。东城一半，西城一半。南城似古。北望雍和，两门相对，孔家文府，此文官落轿，武官下马，今古事，千朝府。不尽晨钟暮鼓，自明清，中华民数，毛公立业，农家相伍，已黄金缕，定国安邦，不分贫富，中央海宇。是人间天下，南南北北皆同民主。

127. 上林春

微雨烟云，同里五湖，一半东吴朝暮。运河柳岸，姑苏百里，荷塘处处纤女。相门出相，数娃馆，佳人不妒。问西施，木渎水，勾践有何分付。这杭州，会稽谁误，夫差去，贡里尊前轻舞。自古至今，平民未与，王帝盛名如数。圭圭玉玉，自甘苦，晋公之女。问程婴，千群载，赵武何许。

128. 又

人过中秋，云付江流，九月重阳时候。叶飞叶落，归根不得，扬扬抑抑如秀。有心无意，读书后，自难自守，乍平生，暂燕处，俯仰朱门老幼。自人生，会须简陋颜回巷。笑里何思贫富。旧有衮衣，新书未已，千岁了里依旧。清平乐曲，几杨柳，向交河就，雁门关，一字落，地天如宙。

129. 满庭芳

一步人生，人生一步，赵朔屠岸程婴。国君当国，臣子作何荣。古古今今天下，谁社稷，谁是英名。谁儿女，沉浮自主，处处是人情。何人成大业，年华千群，千群年盟。赵氏孤儿在，几度身惊。一半王孙一半，君子问，日月阴晴，公孙客，行行一路，一路帝王行。

130. 又

自得悠悠，悠悠自得，岁岁自得东流。农夫先是，夏末始丰收。四十州头钱塘缪，天下问，百里长洲。人民是，江山社稷，来去一风流。风流，天下问，春秋五霸，五霸春秋。是公卿公证，是帝王侯。记取桑田日月，风水去，载了轻舟。耕耘者，今今古古，见得一沉浮。

131. 又

千群年中，程婴度日，屠岸贾度平生，正邪邪正，处处始终鸣。自以忠忠孝孝，仁义鉴，约约盟盟。言何晋，秦秦楚楚，画地又分城。君王君所记，江山社稷，日月枯荣，战士何征战，

不是和平。草木阴晴不定,民田误,未治耘耕。谁家国,成成败败,几萎萎萌萌。

132. 又

雪满山川,阳关三叠,足见越带吴钩。交河南北,万里觅封侯。自以书书剑剑,天下去,一半春秋。平生事,行行止止,步步向前头。黄河清浊水,泾泾渭渭,古已东流。老子潼关问,一二三牛。道道儒儒佛佛,今古赋,不向江楼。平生步,秦秦晋晋,过了十三州。

133. 又

九曲江河,江河九曲,湾湾渚渚洲洲。一波三折,执意向东流。近水千年不尽,低下去,有得源头。西东向,高低所在,何以帝王侯。四时分日月,三光依旧,冬夏春秋,自商汤所治,水水沉沉。大禹家门不入,渠九派,富贾羊牛。今留下,江山社稷,万里运河舟。

134. 雨中花

九九重阳,枝枝叶叶,朝朝暮暮霜霜。以三年窥宋,十载炎凉。自得阴晴,方圆四象,别了家乡。见落叶,如见飞鸿文字,已是低昂。茱萸采断,送香黄菊,去来最是文章。知兄弟,谁知朋友,情意深长。日月耕耘分布,山河草木天光。但知记取,一平心态,两半辉煌。

135. 又

豆蔻枝头,一梦扬州。桃桃李李沧洲。

已见云云,雨雨大江流。见得运河夕照,风华玉树香楼。又箫声来去,十二桥前,富水轻舟。琼花白雪,池下青莲,绿萍起起浮浮。何所谓,千波佳丽,百态春秋。不尽江南江北,还催花草无愁。运河朝暮,女儿儿女,欲止还羞。

136. 又

一半姑苏,一半虎丘,西施娃馆风流。勾践夫差,已是故长洲。到得杭州。钱塘六合,八月潮头,富春一水东流。分别处,旗亭茶酒,便是清秋。不道嘉陵江上,巫山云雨何愁。古今三峡,宋玉神女,日日无休。

137. 玉楼宴

一轮红日,一江东逝水,处处无平。一流向低下,一去杨柳岸,一度枯荣。已有旗亭曲,谁醒醉,声声自鸣,半见江楼,风尘不归,一半人情。身名,到今问古,五湖黄天荡,碧玉相倾。女儿小桥横见,水月清清。再直与昆山,只念我,姑苏弟兄。忆时重度胥门,日月可耘耕。

138. 醉蓬莱

醉蓬莱九品,酒器濒凝芳。每逢佳节,庾岭归来,已梅花香雪。何以心情,文章太守,月色经明灭。玉在关前,阳光四叠,几多豪杰。大漠沙鸣,五湖殷切,十里姑苏,会稽评说,鹓鹭班回,记取朝天阙。好把书书卷卷,莫须有,济时空劣。切莫徘徊,初心依旧,一波三折。

139. 又

见春秋一路,冬夏经年,又来重九。山上黄花,正重阳翁首。草木无情,四序循旧,处处多杨柳。水水山山,南南北北,物华相守。只是风云见后,何已卷卷舒舒,菊花如发,枫叶经霜,日外知红否,来岁今及,不忘茱萸,落羽飞壶口。会与黄河,曲湾东去,叹千人口。

140. 又

本枝枝叶叶,根不风流。肃霜成羽,山下萧萧,四荒群飞舞。赖以李雪莹,岁岁年年,不以何甘苦。步步登高,翁翁落发,自听钟鼓。此会台城玉宇,黄白菊里茱萸,已迷云树,枫叶经红,有意寒山主。春夏秋冬,已有时序,彼此同今古。会与先人,半江日月,一歌渔父。

141. 金人捧露盘

半江南,香雪梅,玉金莲。运河水,处处商船。幽幽采女,暮中倩影半云田。自怜是,作芙蓉,色色娇妍。波波起,红红滟,何影影,已成仙。这图画,西子纱宣。馆娃初舞琵琶声里作婵娟,有情可见,向淼淼,似雨如烟。

142. 玉女摇仙珮

平生巧干,二万三千,日日诗词如面。格律隋唐,平水韵见。古古今今分传。水调歌头汴,在清平乐里,阳关三遍。有佳人,音琴独伴,惟是情情意意归燕。争如这风花,占得人间,红尘女倩。高阁远山秀目,皓月当空,已是圆圆院院,记取应,长生殿。自古及今,佳人才子,俱是当初如恋。任凭相依倦。怎消得,读得书文方便。只索取,兰心蕙质,床前月下,贵妃胡旋。多绵缠,情情不断心心牵。

143. 暮山溪

长衫短帽,已入长安道。中南海中老,禹圭早,皇州尧瑞,帝王宫殿,古今几朝朝,公多少,卿多少,四品居多少。郎中虽好,自得公余葆,十二万诗词,退休后,时间日了。人生已是,日日望飞鸟,今日晓,明天晓,日日天天晓。

144. 又

云云雨雨,暮暮朝朝雾,两岸一巫山,三峡水,嘉陵官渡。夔门白帝,不锁大江流,天下去,问神女,宋玉襄王故。瑶姬不住,不以高唐付。滟滪砥中流,惊石破,沉舟一路。轻帆无数。此古古今今,来去误,相思处,俱是人情主。

145. 又

广寒宫里,作了婵娟姊,窃窃向人间,忘平是,人间自己。谁言后羿,余日射无明,留一日,当空轨。不得英雄是。行行止止,只见弦弦以。灭灭亦明明,有玉兔,蟾蜍卧矣。高高桂树,影影向人间。谁偷喜,何知己,夜夜私私姒。

146. 又

钟钟鼓鼓,一寺禅声府。天竺有心经,金刚士,人心自主。来来去去,古刹有相知,方丈宇,因缘谱,跬步重新组。人间仰俯,已得黄金缕。静静复清清,天地上,如来六祖,观音日月,世世几沉浮,由神父,听三五,自作平生数。

147. 喜迁莺

朝朝暮暮,吕氏洞口处,云云雾雾,路路神仙,神仙路路,何似人间无顾。几回执796来去,自在人间如故。应占尽,静坐瑶台上,诗词独步。蓬莱春已早,昨日也在,也有今日付。最是明天,今今古古,总是不难分付。月明间香浮动,休使玄元甘苦。且留取,四时应三界,人间一路。

148. 又 雁

天空初暮,一字人形去。如是不误,岁末衡阳,年初青海,且以春秋分付。回首雁门关外,斑竹湘妃倾述。人已老,望尽南北路,徘徊故。人间情自主。鸿雁相许,共侣同居住,一年一年,半岁半岁,两翼南北来去。已见洞庭云雨,不可孤孤独独。过尽也,已留江山影,同甘同苦。

149. 又　吕长春格律诗词十二万首,平生二万五千余日。

时时序序,日月草木举,年年儿女。岁岁枯荣,先分后,明灭人间相许。山山水水成立,格律诗词老吕,应尽自,在百花头上,长春言语。中华,君行早,深夜笔耕,粒粒棵棵黍。七十余年,天天二万粒米,五亿下配,步步是,人生路,虎啸龙吟吴楚。只留取,十三万首诗句,郎中文著。

150. 沁园春　又

七十余年,六十公休,二万五千,日日自经年。三皇五帝,千年垂史,夏已商田。殷纣姬周,纵横六国,秦汉隋唐雨烟。何成败,长城汴水,指下源泉。一篇"梁父"文宣,百代春秋惊古今贤。已"离骚"歌曲,"灵光"赋就,"阳关三叠","白雪"前川。自问诗词,"渊源是史,本本由根步,方圆"。何回首,上下五千年,一青莲。

151. 水调歌头　又

水月风花色,水月一春秋。莼鲈脍里鱼蟹,一味老苏州。络续扬澄湖岸,处处蒹葭倒影,处处芰荷玉立,处处自风流。客左梁园右,两叶运河舟。风流水,风流月,几风流。诗翁白首来去朝暮十三州。不以桃源洞口,不以年华草木,不以王谢何刘,不以莲蓬子,不以夜迟留。

152. 金盏倒垂莲　又

生在桓仁,得山乡风水,二十青年。文考皇城,小小状元县。五女浑江两岸,自开荒,百亩良田,爷奶父母甘苦,创建家园。胶州关东一路,皆以耕者著,雨露源泉。淡饭粗茶,白雪过三边。不以隋唐来也,草木外,云远长天。书剑成就先客,次第方圆。

153. 百宝装　又

农子家乡,粱米果菜,关东一半炎凉。祖赐爹娘,生得一衷肠。良心

处处方圆鉴,端午插艾汨罗柳杨,
路前书剑九歌扬。见云峰俯仰高低,
自然五帝三皇。
诗词已是文章, 行程历史, 人间纵
横书香。老得一翁, 耕耘下南洋。
巴新大马平生路, 问得秦皇问得隋
炀。问得空城计外司马, 有无向背
青黄。

154. 玉蝴蝶　又

自以邯郸学步,成平生路。一半春秋,
处处时时杨柳,运河风流。见长城,
胡风大漠, 牧马牛, 西去沙洲。旷
燕休,夕阳西下,海市蜃江楼。封侯。
楼兰已逝,骆驼沙舟。处处生涯,
有无杨柳沉浮。见胡姬, 眉眉目目,
比细腰, 红白含羞。舞姿曲情依旧,
不是风流。

155. 木兰花　又

一春三日草,未生叶,木兰花。读
学入皇城,年青二十,书剑年华。
年华,独孤正茂,五湖来去误了乡
家。何以书生念远, 北京钢院天涯。
天涯, 社稷江山, 今往事, 古桑麻。
念击筑当歌, 凌波渭水, 白雪梅花。
梅花, 已芳傲影,唤来群妍久久咨嗟。
赢得东君先意, 红颜满了朝霞。

156. 金盏子　又

步步行行,止止行行去。是平生路。
书剑过榆关,进士箸皇冠,状元县故。
农家父母先生,北京应分付。当时是,
人情未见沉浮, 去来朝暮。四品作
郎中, 国务院中南海度。三十年
国家忧, 诗翁老交游。古今相许。

桃桃李李梅梅,杏杏梨梨处。成蹊雨,
百年甘苦,诗词如述。

157. 洞仙歌　又

专家如酒,一生可无有。入了京城
作杨柳。国科技大会, 遇了潘琪,
珠三角, 利落招商蛇口。似天涯海
角, 念念仲勋, 何以袁庚我教授。
三十六, 平生自产, 加工园区, 屈
指中华首。廿年后, 苏州再圆区,
算自好公余退休知否。

158. 安公子　又

重阳重九暮, 肃风西去归叶, 已是
离根而云, 三峡连官渡。江楼江流路。
当此菊花远近, 采得茱萸谁顾, 行
止心情绪。旷野隐隐芜芜。云云树树,
侵侵约约, 不是不可多分付。昨昨
明明日, 今昨三生, 遥指天边一步。

159. 庆寿光

仁善蕴仁, 寿光乃庆, 世当广孝高
扬。九十年封, 当然自以辉光。
三万六千日月, 十三万首文章。乾
隆主, 四万诗词, 古今格律华堂。
灵龟荐祉,紫鸾称志,辞辞赋赋,
百合书香。况有诗翁年少, 倾雅丝篁。
风国传承继续, 会唐人, 和宋词行。
应只是, 今古声声, 姓名现代诗乡。

160. 黄鹂绕碧树

黄鹂轻鸣久, 音余碧树, 落云生烟。
汉瓦秦砖, 垒勾心斗角, 沧海桑田,
涓涓细水, 且无限, 江河源泉。当
赖是, 上苑风光已好, 芳香娇妍。
末叶兰花玉鲜, 见丁香, 更梨花天,

这官场, 一民千本位, 臣命如天,
吏各守其职, 百草色, 主流年。
桃桃李李春秋, 正阳前川。

161. 永遇乐

剑剑书书, 书书剑剑, 朝暮朝暮。
步步人生, 人生步步, 去去来来路。
成成败败, 荣荣辱辱, 简简略略繁
繁顾。有回首, 应无止止, 向前向日如故。
行行问问, 云云雨雨, 处处甘甘苦苦。
自以儒名, 儒名自以, 曲曲折折主。
因因果果, 先先后后, 利利名名何。
诗词客, 耕耘, 勤勤付付。

162. 满江红

一半金陵, 六朝尽, 龙龙虎虎。钟
山外, 如烟风雨, 如烟今古。问得
台城梁武帝, 风花雪月, 唐后主。
这江山, 谁社稷斯民, 谁应主, 几
故事, 谁玉宇。秦淮岸, 飞鸿羽。
有东吴建邺, 秣陵金缕。也有春秋
周太伯, 江苏留下江苏浦。莫愁湖,
白下问江流, 多歌舞。

163. 春晴

燕子春莺, 清明谷雨, 黄花已成来去。
杏杏梨梨, 桃李如烟如许。不须回首,
身在江南深处。向此谁人念远, 人
人无语。高唐一夜神女。瞿塘水清流,
暮朝云雨。细细东风, 当作此时情绪。
几声鸣鸟, 几步向前知去, 处处芳菲,
不须寄与。

164. 河满子

见见杨杨柳柳柳, 山山水水桥。塞北
江南生处处, 枝枝叶叶条条。共以

东风成友。又同九月风潮。苦苦甘甘自主，垂垂荡荡逍遥。天若有情天易老，杨杨柳柳上云霄。若以重阳黄菊，人间一半招摇。

165. 醉桃源

洞口桃源一路，汉汉秦秦无主。世外有今人，空得朝朝暮暮。分付。分付。人面已知何处。

166. 一丛花　巴布亚新几内亚国家顾问

南一去制鲸鱼，谈笑下蓬壶。巴新岛外沧天海，水深深，万丈之余。金枪兰尾，龙虾载角，旗蟹帝王居。朝朝暮暮海洋芜，日日向红舒。日日似当初。惊涛骇浪经年见，只一目，读尽天书。原始丛花，丛林今古，依水不荷锄。

167. 感皇恩

六溇运河亭，杨杨柳柳，水月婵娟女儿口，依依就就，且予这，红酥手。见青莲倒影，相和首。曲舞红楼，商人呼酒。小小旗风弄开袖。白红分处，不忍是，人消瘦。只乘今夜醉，更深后。

168. 御街行

花非花是花难见，丁香结，桃花面。东君知我向阳红，雨雨云云芳甸。欲栖飞燕，几何寻觅，记取长生殿。如春一梦心先倦，朱阁轻妆便。有行无止少人人，留下足痕芳倩。余香余粉，余味余影，天以多情衍。

169. 踏莎行

暮暮朝朝，朝朝暮暮，花花草草香香度。东君毕竟是东君，南南北北人人主。路路人生，人生路路。行行止止何分付。云云雨雨自云云，儿儿女女谁儿女？

170. 又

处处江南，江南处处，天涯海角人生路。成成败败是成成，朝朝暮暮非朝暮。数数年年，年年数数，三千岁月三千故，平生日月计平生，诗词日月诗词度。

171. 又

李白知章，知章李白，金龟换酒金龟客。旗亭酒肆诗人陌。莫莫阳关，阳关莫莫，女儿声里春风泽，春风不度玉门关，洛阳亲友谁高适？

172. 蝶恋花

一半荷花杨柳岸，一半姑苏，一半江湖畔，一半人间算。古古今今，古古今今伴。今今半，古今参半，杨杨柳柳半。

173. 又

五月汨罗天下酒，一半潇湘，一半荷杨柳。已见尖尖莲叶首，荔枝红了由君口。一箭龙舟天下否，半在江河,半在人间久。半在心中知左右，九歌唱尽书生手。

174. 定风波

香是梅花柳是春，萍绿荷莲水绿濒。三峡高唐朝暮雨，神女，楚辞宋玉客东邻。九脉流水东去，一路负华一路新。百妍千恣皆自态，由本，便知泾渭浊轻尘。

175. 江城子

高低远近半西东。去匆匆，去匆匆，自以源，自以不流空。万里江河经日下，千载尽，一川风。年年月月始无终，不殊同，不殊同，事事时时，日日不相逢。是是非非非是是，知燕子，问飞鸿。

176. 又

秋冬春夏一经年，似前年，似明年。也似今年，不似是何年。日月阴晴多少变，来去雨，去来烟。似曾相似一前川。木前川，水前川，不似前川，也似旧前川。也似桑田沧海见，无草木，有方圆。

177. 临江仙

一树丁香千万结，桃桃李李花花。东流万里浪淘沙，长江长有尽，日月日天涯。见得东君天下色，春情处处人家。儿儿女女问窗纱。乾坤多草木，世界少桑麻。

178. 西江月

去已桃花满地，来时小杏香香。长安收麦问家乡。记取春风一面。七夕重阳过后，山山岭岭秋霜。一年廿次下南洋，何以爹娘小院。

179. 浣溪沙

忆亚洲发展投资银行

自适江河一柳杨，平生客舍半家乡。书儒未彩向爷娘，一夜空怀天下梦。

三湘已得九歌肠，辽东万里两南洋。

180. 又

渭渭泾泾水水，河河灞灞川川。姑山洛，浦几千年，雪雪冰冰媛媛。玉玉肤肤缅缅，肌肌素素娟娟。芙蓉出水作红莲，人面桃花人面。

181. 诉衷情

春风带得雨云烟，上了运河船。萧娘不收眉目，放纵一心田。明月色，静无眠，夜长天。隔舱轻叹，今昔何年，一半婵娟。

182. 又

潘郎一望半婵娟，月色五湖船。萧娘不住轻叹，独处自难全。杨柳岸，玉青莲，月明圆。运河风水，水调歌头，似雾如烟。

183. 又

观花隔岸自难全，月色一心田。萧娘以目先后，独处在运河船。由彼此，任方圆，有源泉，女儿卿，你是潘郎，我是婵娟。

184. 清平乐

相思无数，无数相思故。三峡瞿塘云又雨，处处朝朝暮暮。人情总是人情，阴晴不是阴晴。宋玉襄王水月，瑶姬梦里书生。

185. 又

归来燕子，燕子归来矣。燕子巢梁巢不止，燕子平生如以。归来不似轻移，归来养子生私。是以精工所致，耕耘日月情司。

186. 又

红花一路，一路红花雨。只有余香留不住，未了分分付付。桃桃李李江湖，梨梨杏杏姑苏。娃馆宫中歌舞，春秋五霸东吴。

187. 又 雁

飞行一路，一路飞行度。一字当空惊瞩目，只以人形相顾。衡阳青海当初，南南北北鱼书。万水千山分付，文君以此相如。

188. 浣溪沙

一步桃源洞口斜，三湘竹泪二妃家。九嶷满是杜鹃花。百里君山君子路，汨罗曲曲种桑麻，屈原贾谊问长沙。

189. 又

洞口仙人不在家，桃花源里问桃花，人面相似你吾他。竹泪无声无日月，湘灵鼓瑟二妃嗟，苍梧泪雨半长沙。

190. 又

有欲人生有欲为，因因果果因因思。心心意意с谁知。自古人情人自古，神知未见作神知，诗词格律是今诗。

191. 又

少语当心半玉河，多情最是一横波。婵娟月色两嫦娥。就就依依杨柳曲，唯唯诺诺滠轻罗，琴琴瑟瑟几时歌。

192. 又

一见刘郎半见明，三声玉曲两声情。云边有雨雨边生。小小瑶姬张好好，三潭印月两波平，阳春白雪几倾城。

193. 又

润润清清雨后天，枝枝叶叶有悬泉。池池水水自生烟。碧玉江南江北见，风流水岸小桥边。女儿玉影故娇妍。

194. 又

一束花光入榭廊，三春水色带余香。杜鹃红透自低昂。曲曲莺啼莺自语，声声不止向萧娘，东窗随笔是潘郎。

195. 又

雨后枝顶一滴明，微微细细半珠生，云云雾雾两阴晴。见得江南杨柳岸，何知草木已枯荣，花花草草百媚倾。

196. 菩萨蛮

微微细细风流雨，婷婷立立江南女。水色一姑苏，云光三界芜。运河商贾去，水调歌头暮。六渎作江都，三吴向念奴。

197. 又

江流不止江流问，诗词格律诗词韵。足履几相均，草花名独陈。唐家今古训，文字平水郡。国语洛阳人，书儒吴越绅。

198. 又

群芳不尽群芳主，花香已向花香付。碧玉在东吴，明皇由念奴。东君春一路，细雨云烟雾，日月半姑苏，阴晴三五湖。

199. 又

多愁善感多愁暮，风花雪月风花路。步步过东吴，人人知五湖。东西山上雾，一半阴晴故。碧玉小桥姑，风流谁丈夫。

200. 又

人情不尽人情主，江山已见江山故。草木问姑苏，波涛归五湖。依依听细语，碧玉桥边女。水上有飞凫，云中无玉壶。

201. 一落索

五月曹公知否，酸梅时候。洞庭山下五湖舟，藏入长洲柳。半问姑苏朋友，须三杯酒，运河船上小桥边，碧玉先挥手。

202. 虞美人

春春不力春春梦，一半钗头凤。年年草木自青青，岁岁潇潇鼓瑟问湘灵。梅花曲里经三弄，白雪阳春庭。高山流水过浮萍，社稷江山天下几长亭。

203. 又

花花草草何时了，一半人间好。秋冬春夏有云霄，日月朝朝暮暮自昭昭。山山水水多飞鸟，月色何多少。钱塘八月见天潮，去去来来江上满狂飙。

204. 一斛珠

花萼楼下，玄宗已见梅花落。何须结了丁香索，一斛珍珠，百度人情略。柳叶长门谁独鹤，天南地北无相托。江妃有泪残妆薄，上阳宫中，莫以衷情诺。

205. 少年游

佳人欲笑值千金，月下一知音。几

何媚目，花香余暖，好事入身心。依依就就从君意，灯影暗，玉庭深。白雪阳春小楼风月，百弄七弦琴。

206. 鹊桥仙

咸阳城上，姑苏台下，五霸春秋已故。农耕治水始尧功，后羿朝朝暮暮。三皇五帝，百千万付。留得人间云雨。湘灵鼓瑟向苍梧，已留下，朝朝暮暮。

207. 点绛唇

记取隋炀，运河已过江南岸。不须兴叹，目在天涯断。柳柳杨杨，荷叶芙蓉半。芳匪畔，草王花冠，古古今今看。

208. 鹧鸪天

虢国夫人不着香，招摇过市自扬长，皇城女子杨家贵，半在游春半在王。三峡水，一高唐，华清一半待明皇。芙蓉出水婷婷立，已却常身不着妆。

209. 浣溪沙

费世诚　占美宝

未老秦皇已作鱼，何留二世帝王书。蓬莱岛上录多余，美宝仙丹在徐福问。元原自古有无虚，农夫幼少已当初。

210. 浣溪沙

尧帝

问得娥皇问女英，苍梧已见九嶷名。陶唐已在主枯荣，不以临汾临竹泪。湘灵鼓瑟水清清，中原自古二妃盟。

211. 鹧鸪天

碧玉余香已满城，残红盛绿自繁荣。

春风至此留情在，记取娥皇又女英。三世界，一人生，湘灵鼓瑟以心明。尧心自以苍梧在，九脉疏通十国平。

212. 武陵春

鼓瑟湘灵流竹泪，桃源武陵春。水向君山草色茵，风问玉门人。四十州头行止客，五百罗汉尘。月色清明不解邻，不负五湖津。

213. 苏幕遮

已知尧，何问禹。以此人间，自夏经商府。古古今今都是古，一半王朝，一半鸣钟鼓。学书儒，歌曲舞，处处农夫，汗汗珠珠土。天下粮仓粮食主，沧海桑田，子子民民苦。

214. 朝中措

短亭无尽又长亭，杨柳草青青。恰是晴明天气，苍梧鼓瑟湘灵。向尧日月江芳静，云雨小浮萍。甘苦得名功迹，东流九脉町町。

215. 丑奴儿

步上长亭时，十五里，此心谁知。鼓瑟湘灵尧先得，斯子已道："苍梧，九派水，东去功仪。"
先鲧禹谁司，一向导，划九嶷旗。教流水高低自去，再教子子民民，导是正道人师。

216. 又

步下长亭时，又十里，几何相知。苦苦甘甘谁因果，名利不可："功勋，只见得，留下风仪。"
踪迹自当旗，取奉址，汉地胡思，不归旧途前进去，六郡八水向东问，步步自承先师。

217. 惜双双

草草花花都不误,日月阴晴不住。不得周郎顾,不得音琴赋。雨雨云云何为主,香雪海中分付,古道东君去,暮朝三峡瑶姬女。

218. 脱银袍　自述

诗翁老叟,从不人生杯酒。桃花落,杨杨柳柳,水山山水,世间皆朋友。且占得,银袍两手。格律诗词,二十万首。应须是,千人一口。五湖明月,半生南洋走。海外路,书香可否?

219. 行香子

一水芳塘,半芷鸳鸯,这朝暮,满是行香。草间花下,自不飞翔。有桃溪色,李梨子,杏红黄。近近台梁,隐隐茅堂。望风流,云逐天光。有春莺语,也有萧娘。向潘郎赋,寄眉目,却红妆。

220.，小重山

大是娥皇小女英,尚尧汾水已清清。灵斑竹鼓瑟声,多情处,时有故乡鸣。一夜梦难成,三湘多少泪,独孤行。手援裙带绕君城,思君切,日月望君盟。

221. 雨霖铃

明皇何去,马嵬坡下,著杨妃墓。霖铃雨尽声住,空怀一夜,开元天宝故。社稷江山一路,太平公主妒。欲欲欲,人欲难平,草木阴晴简繁数。胡语重心长眶是胡旋误,史思

明,安禄山分付。王维一病状元,流杜甫,苦甘甘苦。已乱民生,谁主,争争战战朝暮。处处是,兴废荒芜,最是饥难度。

222. 玉叶重黄

一年来去年年去,早忆着,后庭花絮。芳菲旧路重见,同同异异故故。问同同,异异何处?这东君,岁岁应笑误,今明天里不昨,未以旧时风度。

223. 金蕉叶

何人醒醉平阳第,千歌舞,太态佳丽。曲笔难禁,依依就就卿卿继,已是幕天席地。金蕉叶落珍珠霁。三更酒,一了狂谛。无计有计。临安处处灯红帝,未尽女儿心际。

224. 南歌子

一步临安路,开封十载情。成成败败也枯荣,只是民心民意总难平。半水杭州暮,西湖百度明。三潭印月半先生,已是摇摇曳曳总无成。

225. 鹧鸪天

未伏蝉虫已自鸣,知知了了带寒声。炎炎暑气寻常近,苦苦甘甘热浪行。须媚顾,难为情,今天昨日待明程。秋风一叶重阳许,见得黄花九九英。

226. 又

一步阳关万里沙,三生旧路半人家。家家国国忧心在,腊月严冬几梅花。知海角,见天涯,英雄自古待中华,三皇五帝应回首,始得平生你我他。

227. 又

一步朝堂半国家,忧心逢古九州霞。君君事事臣臣事,子子为为子子华。尧治水,浪淘沙。人间正道是桑麻。书生不尽书生路,世上为官你我他。

228. 又

一夜红尘一夜英,五更月落五更明。谁知醒醉昏天地,自以枯荣日月生。官利禄,士声名,筵筵不尽曲声声。甘甘苦苦田家事,处处农夫处处营。

229. 又

北下黄河十八弯,西来渭水入潼关。三门峡里惊天下,九州原中半华山。飞一字,雁门关。吴门一语长安解,不等天机不等闲。

230. 又

一半男儿一半天,三生励志五湖边。楼兰忆斩交河断,逐鹿中原日月田。寻步迹,过前川。犀兵十载凯歌宣。英雄自有英雄志,一半男儿一半天。

231. 又

万里沙丘万里尘,百年日月百年春。单于己见昭君女,日月和平始近邻。胡牧马,汉田均。阴山白云映天津。长阳宫里班姬女,敕勒川中草木人。

232. 又

万里长城万里沙,三边故土一边家。南南北北分疆界,牧牧田田你我他。流汴水,运河花。隋炀帛柳小桥斜。采莲娃女红荷里,曲曲声声你我他。

233. 又

雨雨云云日月春，和和丽丽草花人。运河两岸垂杨柳，采女茶丛水色新。无战事，有经纶。商商贾贾好天津。民心自以民生得，晋晋秦秦是晋秦。

234. 又

一马当先半路烟，三生跬步五湖田。源源本本经心产，格律诗词日月年。三万日，十万泉。书生此世已如天。自由自在光明向，也是方方也是圆。

235. 并蒂芙蓉

北海桥边，太液中南海，清漪园岸，百亩野荷田，丹桂满清汉。紫光阁中日月，领袖分明多书翰。草花不断，有周公，也有毛家兴叹。江山几回共建，有农家共赏，方圆称冠。已岁岁年年，古今可参半。东风已经吹遍，处处和平风云散。天安门旦，照前门，紫气来焕。

236. 寿星明

柳绿花红，一朝分明见，建章宫殿，李李桃桃，梨花白雪，天下倩人如面。晓得长生院。玉宇香来，琼花翡翠，归来飞燕。曾是格律重整，作诗词，只以工精辞选。下了南洋，重回文砚。已得"征招"千阕。十二万首诗，未了平生封禅。日日经心年年，以精工见。

237. 黄河清

离了河源经万里，河源清水如止。处处是初心迹，荒原荒芷。流到兰州十日，黄土地，风云彼此，夜来朝去兼程，曰："大河本自清泚。"弯弯曲曲湾湾湾，中原去，陕甘宁后胡比。九曲始终，六乐"征招"已纪，直下潼关乍转，赵齐鲁谁知净玺。一流沧海东营见，未央宫史。

238. 浣溪沙

自述

四品郎中一寸田，中南海里半鱼船。皇城十里九思天，制书文章惊日月，大兴改革开放年。精英独在对源泉。

239. 又

系统经纶日月天，文心草木已涌泉。中南海里几云烟，四品郎中留足迹，精英一代不称贤。专家自此已经年。

240. 舜韶新

寻舜耕山，齐鲁半君颜，黄花争艳。杏坛子弟，千代儒，书是书，剑非剑。当斩楼兰去，向易水。龙行鲸潜。三皇传五帝，谢尧见，唐陶赠。燕赵汾阳，来去中原，天水流流，九阳无斁。鲦横山水，后羿功，乾坤方圆伊占。今古风流在，大禹夏，家私相兼。看天天地地，农夫是农夫念。

241. 上林春 自述

人在中秋,星在远空,夜在清宵明月。婵娟桂影，微风气爽，嫦娥不寻贤哲。七夕相继，序重阳，自飞一叶，不归来，几落索，俯仰到根离辙。想人生，不须自悦，蜉蝣见，漫海迷天谁说。二百千，千千万万，成亿始成时节。自知百岁，日三万，六千同盟业。共诗词，共日月，海天辽阔。

242. 雨中花

三峡雨，千流云去，十里高唐。白帝夔门未锁，巫山两岸天香。楚人官渡，蜀川争欲，十二峰光。嗟故步，自寻踪迹，当是重阳。行尽吴头鄂尾，空空阔阔鱼梁。不知休也，一庵归得，千万诗乡。

243. 醉蓬莱

已难成楚雨，易散巫云，瞿塘三峡。一水扬长，对嘉陵流甲。浅浅深深，让让争争洽。玉宇无尘，光天化日，碧波如匣。正是重阳姬神女，宋玉襄王，未知情怯。暮暮朝朝，任管弦玄法，雾雾烟烟，白帝夔门，夜夜曾相狎。十二峰前，高唐有梦，月明星眨。

244. 吴音子

一梦神仙事，有无问，意意微微。不当有欲作心扉。玄元里，不回归。地地天天云门起，炼丹砂，想入非非。观无有，非非是是，是是非非。八仙过海各自飞，经传说，天地生晖。双关路上有天机，雨霏霏，自依依。已守丹田交欢笑，入黄粱，公得春闱。独相守，生生死死，不可相违。

245. 洞仙歌

冰肌璃骨，洞洞宾宾吕。已得娥皇女英语。向湘灵鼓瑟，竹泪留痕，留得个，独独孤孤女女。瑶台王母液，处处幽芳，先后苍梧九嶷杼。自自一丹田，半黄龙，半飞虎，予予汝汝。阮肇知，天下是刘郎，又唤起心思，两仪时序。

246. 安公子

渔灯三两点，楚乡吴岸迢递，雨雨云云闪闪，无可舱门掩。茫茫苍苍染。当时夜风不尽，自觉多愁多感，光已波波滟。望尽旷野沉沉，收收敛敛。幽幽黯黯，已是远近皆芜菁。认得归程水，儿女相呼，遥向天空渐渐。

247. 河满子

有语先先后后，无情去去来来。曲曲歌歌多少处，花花草草应开。最是三杯两盏，阳春白雪冬梅。几处潇湘水月，嫦娥玉影徘徊，不得知音知日月，猜情只是情猜，犹犹疑疑豫豫，阳春白雪冬梅。

248. 踏莎行

草草花花，花花草草，春分谷雨清明早，人情不尽一人情，春莺啼尽心情好。鸟鸟虫虫，虫虫鸟鸟，初心自是阴晴晓，枯荣日月自枯荣，云云雨雨何多少？

249. 临江仙

岁岁年年年岁岁，今今古古今今。知音汉水是知音。琴台琴不响，自得子期心。去去来来何日月，同同异异衣襟。相寻总是何寻，春荣春已去，草色草重琛。

250. 清平乐

楼前黄鹤，鹦鹉洲中落。击鼓骂曹天下诺，草木无声一雀。长江问得黄河，人生不断长歌。信誓扬言旦旦，东流折折波波。

251. 一落索

柳柳杨杨垂语，未了春秋序。去年杨柳去年叶，却有个，今年黍。向道水流吴楚，问瑶姬女，肯如是暮暮朝朝，草向杜，花为吕。

252. 一斛珠

倾倾妩妩，相思处处何心苦，由谁问讯由谁主。一月空城，俱是寒宫羽。桂子不成天下圃，轻歌慢曲黄金缕。玉床斜凭空窗户，不断声声，子夜三更鼓。

253. 少年游

眼来眉去自无言，寂寞谢家轩。云云雨雨杜鹃时节，情中简成繁。少年无绪，初收自立，如草木萱萱。相私已解有三元。半月水，一鸳鸯。

254. 鹊桥仙

人间七夕，牛郎织女。两面天河鹊渡。两情相悦已相分，水月里，心心自数。男儿如故，女儿如故，只是黄牛老处。天河照旧是天河，数不尽，朝朝暮暮。

255. 点绛唇

语语声声，情情绪绪心心静。莫留人形影，隔壁窥思省。就就依依，不觉秋风冷。闻香颈，此馨应惬，已得三生幸。

256. 卜算子

碧玉小桥边，杨柳姑苏女。百亩吴城百亩塘，处处云烟主。六渎运河船，一水知渔父。十里风流十里香，拾得寒山鼓。

257. 柳初新

东君赋与初新柳，黄绿色，春为友。梅花风韵，群芳百态，渐沉牡丹红首。应是千姿俯糇。杜鹃情，丹青知否？别以余香左右。这阳春，梨桃良莠。杏园因果，去年今日，从面互寻相守。草木荣，情心深厚，这香尘，如千杯酒。

258. 千秋岁

看花来去，自是情无数。香不尽，归何处？年年和岁岁，春已无相顾。千百度，东风一路东风误。一半阴晴雨，三界谁分付。人已老，声如故。去年花草树，今岁云烟露。当去也，有承有继当然路。

259. 殢人娇

河水流流，杨杨柳柳，三皇教，皆农民手。江山依旧，几何天下口。见史记，千年是，谁知否。当记王侯，无须白首。有功成，重阳数九。当权书旧，败者兴亡走。野史正，正史野，称王后。

260. 遍地花

碧玉栏边两三步，有余香，有云泉暮。尽芳菲，锦绣成丛，百草碧，千花好处。牡丹城，笑女盈盈，只纤纤，向谁分付。自藏娇，白白红红，不独是，由千百度。

261. 梁州令

一步阳关路，万里当年诗赋。离歌

自古向英雄，相逢只在相离处。扬长西无回顾，不必多分付。书书剑剑如故，悠悠海市蜃楼住。

262. 滴滴金

东君送以春风早，柳丝黄，碧青草。人人都见梅花好，未尽余香晓。七十诗翁格律老，十二万多少，五亿颗米一平生，不误飞天鸟。

263. 失调名

鼓瑟三湘闻竹泪，春秋两度雁门关。

264. 蓦山溪

相思时候，月下曾携手。最是女儿口。左右得，前前后后。情情意意，尽缠缠绵绵，千杯酒，千杯酒，作得垂杨柳。章台已久，曲曲歌歌否。这馆馆池池，似一楚，无无有有。孤孤独独，不似多情娘，常回首，常回首，作得垂杨柳。

265. 曾肇

好事近

路上一人生，四品郎中天命。六十退休开始，再新诗词咏。诗翁十二万诗翁，吕氏一家姓。文化传承今古，此情由心性。

266. 郑仅

调笑转踏

归去，罗敷女，陌上柔桑三月雨。秦楼十五余柳絮。东风入怀无主。行止步步芳草路。回顾当初何处？

267. 又

归去，莫愁女，一曲台城杨柳暮。五陵豪客已止步。青楼不尽云雨。阳关唱断楼兰路，不得已，何分付。

268. 又

归去，文君女。帐后知音心已付。临邛客舍酒垆顾。相如至此倾许，人间已是见朝暮，莫以琴弦相妒。

269. 又

归去，刘郎住，洞口桃源秦汉误。武陵溪上不知路。渊明五柳朝暮，琴弦已弃是何故，且以惊鸣长赋。

270. 又

归去，少年路，一半男儿何朝暮。前行日上后庭步。楼兰未斩回顾。交河岸上见云雨，自得人间分付。

271. 又

归去，一君主。百步人生千百度。吴姬不解吴钩处。姑苏胥子雨务。何言楚国相妒，不记斯民甘苦。

272. 又

归去，莫相误，大漠胡沙杨柳树。玉门关外何朝暮，春风未了住住，炎炎火火故故。未了胡姬所付。

273. 又

苏小，苏杭鸟，一度人间芳百草。歌歌舞舞知多少。恨晚相逢不早，刘郎自愧文晓，水月今宵独好。

274. 又

苏小，天堂鸟，柳柳杨杨运河好。蕙叶半心总无了，善待人间不老。留下念奴谁未晓，处处人间芳草。

275. 又

调笑，人已才。步步人人步步少。玄元洞口应知道。气以丹田正好。萧娘自以潘郎晓，水水波波渺渺。

276. 又

调笑，天已老，岁岁年年相似少，花花不似似草草，沧海桑田了了。人人隔代人人晓，世界微微小小。

277. 又

调笑，地已老，已是贫贫济济了。粮粮米米已见少，海海洋洋晓晓。自文多思善解好，见得人间老小。

278. 蔡京

西江月

八十一年旧事，四千里外无家。平生自是浪淘沙。一梦司空阙下。已是仙游不，丞相四主天涯，何为正正邪邪，只以君民骂也。

279. 苏琼

西江月

李白诗词问世，谢安水月风流。苏琼官伎一长洲。半是良辰美酒。玉阁文章笔墨，歌歌舞舞红楼。人间以梦各沉浮。九月重阳数九。

280. 李元膺

茶瓶儿

一水运河杨柳，三帆去来相守。女儿红了黄藤酒。当约是，以黄昏后。兰衫褂，红酥手。杏花岸，小心人口。相依相就应知受，对好景，落花香否？

281. 洞仙歌

阳春白雪，下里巴人月，三弄梅一寒阙。与东君来去，碧玉桥边，云雨雾，已满吴吴越越。东西山上步，望尽江湖，还比兰亭会稽别。浙水也东流，问姑苏，乱春色，丁香结结。后羿知、尧令谢多阳，八日去时天，一空圆缺。

282. 又

嫦娥玉宇，后羿当空乱，不是唐尧未心断。药谁偷，悄悄不见窥人，谢八日，留一人间霄汉。莫以弦弦问，上下无声，时见疏星半轻叹。园了又如何？夜已三更，寒宫里，玉身偷换。但寄与，作得一婵娟，又重是，流光再圆参半。

283. 蓦山溪

短亭步步，步步长亭路。处处一条路，只道是，朝朝暮暮。花花草草，春夏秋冬。知何去，朝前去，不尽风云雨。行时也数，住下还数，百岁数如故，三万日，匆匆已付。公余尚己，这始　终终，千百度，诗词赋，足迹人间步。

284. 鹧鸪天

起落秋千起落声，花荣不定乱花荣。形形影影形形在，上下无时上下平。难步步，软盈盈。女儿自是女儿情。刘郎窥见萧娘怯，五味心思五味城。

285. 菩萨蛮

杨杨柳柳杨杨柳柳，儿儿女女儿儿酒。日月一春秋，阴晴三界舟。多情携玉手，有意私情守。胜似帝王侯，从君过九州。

286. 一落索

一一人人飞雁，过长生展。衡阳不似玉门关，总是东风面。北北南南何见？入诗翁院。五亿颗米一平生，胜似天天宴。

287. 浣溪沙

一寸芳心十寸长，三声细语五声香。人间自是半炎凉。月色云中云月色，萧娘作了是刘娘，黄粱梦里有黄粱。

288. 又

月下花前处处香，云中树后叶低昂。萧娘悄悄问潘郎。已过清明当谷雨，桃花人面几思量，何须隐隐凤求凰。

289. 吕南公

调笑令

行客。行客。止止行行阡陌。前前后后何归，有云无雨未泽。未泽，未泽，江湖岁月柳帛。

290. 又

行令。行令。呼得杯中所竞。情情意意声声，纷纷醉醉如性。如性，明朝不见谁姓。

291. 赵顼

瑶台第一层

王母池边汉帝，问琼花，步玉霄。吉云祥露，风流雪月，弄玉秦箫。见人间天上，忘却谁，不得逍遥。几何步，壶中珪璧，分付琼瑶。情标，神仙已是，坐见天下净尘消。这盘桃，五百年熟透，千载香潮。有歌无语，轻舞百态，欲欲苗条。楚姬腰。凤凰台上，有欲必招摇。

292. 吕希纯

临江仙　自述

一欲神仙千百度，黄粱有了风流。希希望望不知休。秦皇秦二世，汉武汉三求。不尽平生行止步，蓬莱可在心头。王侯来去不王侯。诗词留日月，草木作春秋。

293. 喻陟

腊梅香

白雪阳春，欲暖暖寒寒，送东君信。已有初心动，影影形形异，蕊含秦晋。溢溢香香，应独傲，丝丝鬓鬓。岭上先开，吴中后与，未央滋润。日日晓妆新，一苞千层粉，素英微进。百步疏芳意，唤得春先至，相思同认。有了光阴，无了吝，红尘一阵。只须香雪，姑苏正好，五湖匡胤。

294. 朱服

渔家傲 自述

寄语东城南北路，南洋过了巴新步。部长国家家国处，谁自主，人生七十诗朝暮。

忘了金龟何不妒，中华世界中华故，格律平平平仄度，先生步，春秋日月春秋付。

295. 丁注

无闷

诗赋梁园，雪素谢苑，寺外钟钟鼓鼓。一僧独月明，三更思社。曾面壁千百度，自在如来又观音主。天下问，秦汉隋唐玉宇，今今古古。

飞羽。莫相疑，应自古，来去暮朝尽是，李蔡下中，三三五五。已见人间曲舞，这名利，岑牟衹生圃。已得天竺心经，以平思静问庚。

296. 刘弇

宝鼎现

初心一始，一始初心，元宵三五。常记取，郎中钟鼓。天下书生同落羽。过年少，亦中青老子，次第风风雨雨。已去来，陌陌阡阡，过去将来今睹。

政政阜阜何门户，有笙歌，也有情舞。琴不尽，琵琶遮面，红白相间，谁自主。笑伊问："声声灯竹，未了门门户户。"几何，皇城野老，梆析喧喧天宇。白雪梅花，香杳杳，与黄金缕。不寻灯火处，疑上蓬莱神父。有甘苦，这人生数，处处前行扈。以始终，此时此刻，且以天机相俯。

297. 洞仙歌

秦秦汉汉，志过长城断，柳柳杨杨运河岸。共东君来去，塞北江南，谁得个，日月分，云雨散。嫦娥真入月，后羿婵娟，尧以陶唐逐日算，不射共长天。九龙行，不行雨，天机已乱。药已成，偷了贝盘算，一旦入寒宫，李桃经半。

298. 浣溪沙

落阳宫

过去黄昏已始终，四光返照落阳红。重归故土上晴空，借以天云天上色，无还俯仰俯诗翁，南南北北是西东。

299. 金明春

四品郎中，三生六典，不似侯门一路。同甘苦，民来士去，有千点万点细雨。作芭蕉，点点声声，一半是，共了王孙归处。最是赖公余，诗词格律，日月方圆如主。见得东君香雪度，把世上芳菲，一时留住。重阳节，黄花满地，随天水，玉山倾许。这春秋，各自分付，念故国风情，几回甘苦。作下里巴人，梅花三弄，地铁郎中谁顾？

300. 内家娇

约约盟盟，情情意意，儿女女儿风流。杨杨柳柳，李李桃桃，小杏自顾墙头。曲善宫商，丝绸之舟，如此轻浮。有心处，白帝巫山，已三叠半无休。带娇神态，江楼日月问江流。声声里，东西逝水，付与同行，同步共路，来往神州，何已得，王母蓬莱，人间不是何求。

301. 安平乐慢

且慢东君，小桃已放，梨花百草争春。丁香结情，故苑情深。云雨水殿一新。有了莺啼，却无莲蓬盖，惹了浮萍。最是约红人，香香作得红尘。这十里笙歌，万家灯火，三界疑在天津。萧娘呈私意，五侯尽是少年身。记得吴姬，苏小小，盘门晋秦。已芳菲，草木日月，不齐时令经纶。

302. 佳人醉

最最朝朝暮暮，当是桥桥路路。正云云雨雨，情情意意，处处烟雾。关了窗扉，有灯火，何来无故，船娘许。依依就就，约约思思，幽幽隐隐，来去轻轻渡。谁分付，越儿吴女，最是朝朝暮暮。

303. 惜双双令

十掩荷花红白度，杨柳岸，莲心暗苦。最是芙蓉雨。玉立初已亭，幽芳去。记得黄梅时节女，细语里，回回顾顾，已见阮郎误，任他曲曲弯弯，横塘路。

304. 清平乐

黄昏回首，回首黄昏酒。曲曲声声听杨柳，已与女儿牵手。江流不似江楼，秋冬近了春秋。草草花花世界，人情不误沉浮。

305. 时彦

青门饮　自述

边马扬言，男儿翻雪，山光隐岳，夕阳西照。古木丛林，石溪川下，年岁序时芳草。春去秋来早，一层霜，千家知了。已经枫叶，冰凝石羽，江山谁晓。天竺半生儒道。公余格律，今诗多少？世上方圆，人中是非，都是几何烦恼。最是终身处，且思量，此心难老。不求有去归来，北海南洋轻笑。

306. 廖正一

瑶池宴令

飞花无恨，春心困。寸寸。杜鹃红了纤嫩。牡丹逊。丁香结顿。何须论。赋新诗，吟得余韵，玉人酝。私情未了还奋。梦远近。晨来敛晕，娇中问。

307. 董武子

无调名

已见芳菲各不低，水月东流，高高低低。

308. 哑女

醉落魄　赠周鄂应举

风云不息，人人事事皆无力。不如早去问南北。何以渔樵，名利不须忆。知君即已有行色，不求雁塔留飞翼，他年只到南雄驿。玉石无分，当下一杨柳。

309. 秦观

秦观字少游，一客故高邮。坐党元丰士，藤州短句留。

310. 望海潮　四首

盘官城下，萧山桥上，钱塘一线江潮。浪比天高。风齐石底，江山一半云霄。水月竟逍遥。此流作千瀑，海阔洋辽。草木惊呼，有波涛涌，有天摇。无非世界倾消。问乾坤日月，未了喧嚣。毁了龙宫，平滩玉宇，英雄有了娇娇。未尽一琼瑶。立目南洋远，北海昭昭。只道人书尺寸，不不逐渔樵。

311. 又

平生今古，几何书剑，春秋一半春秋。夏夏周周，秦秦汉汉，英雄何以沉浮。一客十三州。越吴寸天下，半见风流。也问夫差，不寻勾践，大江流。江流未问江楼。有秦秦晋晋，二代王侯。记取农夫，天天地地，沧桑日月何求？社稷国家忧。不是羊牛，即是羊牛治政，上下五千谋。

北宋·张择端
清明上河图

读写全宋词一万七千首
第九函

第九函

1. 望海潮

暗香浮动,傲姿疏影,初春白雪梅花。唤起千芳,提携百草,东君作得芳华。五湖早杨柳,入了人家。点点眉妆,两三鬟后,半斜斜。洞庭东西山涯。已是香雪海,问女儿娃,丁香已结,桃桃李李纱纱。阡陌绿桑麻。最是听蚕茧,豆豆瓜瓜。到了农夫心里,春雨浥尘沙。

2. 又

运河杨柳,运河儿女,钱塘一半船家。处处云烟,幽幽水月,花花草草参差。暗香到天涯,牡丹杜鹃色,误了胡笳。李李桃桃,杏红梨白,竟无遮。东君正正斜斜,独木成林后,作了奇葩。老树枝繁,根深叶茂,初心自是中华。最是朝霞。九月重阳九日,四野满黄花。

3. 沁园春

一半乾坤,一半阴晴,一半有声。问青楼小小,红妆淡淡,歌歌舞舞,似水东流久不平。明月夜,见嫦娥玉影,桂子无成。刘郎四品人情。一半是,天天地地声。以风流居正,人间日月,兰兰蕙蕙,主主倾倾。故故乡乡,离离别别,异异同同是未名,三界外,尽来去去,了了枯荣。

4. 水龙吟

钱塘水上芙蓉,运河月下萧娘性,幽幽切切,婷婷楚楚,如如似镜。不是无声,有形成影,独孤清净。叶下藏采女,小舟停下,衣在处由身倩。怯是潘郎情并,这香香、蓬蓬相映,朝开暮榭,绿珠金谷,初心大晟。约得黄昏,女儿船下,相思结盟。这岸边谁问,沉沉落落又浮浮娉。

5. 八六子

问钱塘,运河西岸,五湖一半风光。正是水月雪花色,又有杨碧柳翠,芙蓉伴得船娘。

兰裙短了红妆。婷婷玉立相见,摇摇摆摆呈香。结子成莲蓬,苦心同醉,著宫深锁,隔世炎凉。常相见,作得荷间采女,一身带露无藏。这天光,留心不再桃姜。

6. 风流子

金谷满红尘,谁当问,不见绿珠人。有情雪月色,只须花草,不须妒频,已是茵茵。窈窕细腰歌舞曲,留下玉姿身。无后主庭,有韩熙载,以琴弦弄,谁再秋春。青楼年年在,隋炀渡,杨柳作了经纶。二十四桥南北,六溇天津。处处有芳心,相思千缕,去来朝暮,偷望东邻。今日黄昏重约,淡定婚姻。

7. 梦扬州

梦扬州,柳柳杨杨岸,水调歌头。二十四桥,曲曲箫箫舟舟。运河留得楼船影,小女儿,啼鸟不休。隋炀帛,今人何见,去来皆是沧洲。应记人间燕游,当妙语吴门,忘了春愁。碧玉小桥,岁月因情淹留。醉莲作得芙蓉色,过不羞,丝卷金钩。佳色会,情情意意,依入难收。

8. 雨中花

姑苏十里,洞庭山,一半长洲芷。江湖深深浅浅,惊涛已静,平平清水。最以箫声已断,水调歌头音起。月夜时,谁问隋炀,认得如非又如是。扬州自以楼船始。有歌声,也有天堂姊。西湖已知六合,只一道,多多花蕊。暗想姑苏,宝带桥边,贡歌吴伎。问碧玉,同里荷花,但作梁园子。

9. 一丛花

江南半李师师,分付帝王时。婵娟寄与寒宫里,有桂子,玉影谁知。人间相似,狐裘不暖,情在总相思。琴琴瑟瑟已痴痴,楼阁去来迟。一声一曲三生计,半依处,半就姿,半是佳期。小桥碧玉,流水自滋滋。

10. 鼓笛令

二杯不尽三杯酒,已醉人,不应回首。未问相思常携手,只思取,一声杨柳。五里短亭知否?有前行,也有回走。步步人生多朋友,有相助,有君子口。

11. 促折满路花

微风春日短,细雨杏花天。落云藏古木,李桃烟。姑苏碧玉,相约小桥边。雾露丝丝挂,何以珠圆。阁楼遮了青莲。鸟啼无止,私信以谁传。这相思处处,自心怜。红尘无尽,苦了一婵娟。何梦潘郎事,来了帆船,可依朝暮同眠。

12. 长相思

卞河流,运河流,到了扬州未到头。苏杭点点头。云幽幽,烟悠悠,未了相思未了幽,运河水幽幽。水幽幽,月幽幽,江流不断问江楼。钱塘处处舟儿无休,女无休,一有相思便不休,水月人不愁。

13. 满庭芳　三首

雨雨云云,云云雨雨,远远小江村。渔帆初落,阳落半归门。暮色回天溢彩,天下望,未可销魂。平生路,平生日月,借以共黄昏。蓬莱多少梦,醒来憾怅,沾沾虫虽。独木成林见,百岁慈恩。海海洋洋知己,源流水,老树深根。乾坤纪,成成就就,自在小儿孙。

14. 其二

草木青青,青青草木,岁岁年年春春。群芳争艳,百草落红尘。最是桃桃李李,今不在,是去来人。桃花面,依依旧旧,一见一倾钧。相思相互问,心心意意,处处謦謦。尽是民情苦,不是天津,何故阴晴日月,烟雨雾,不是经纶。经纶见,卿卿我我,隔壁近亲邻。

15. 其三

流水高山,高山流水,子期伯牙知音。古今今古,留下一鸣琴。自以陶公五柳,弦已弃,以木惊心。凭声律,何求不响,独木已成林。人间天下路,乾坤世界,水水浔浔。有运河杨柳,寸土金荫。也有长城南北,分内外,胡汉衣襟。英雄问,农夫日月,田亩要甘霖。

16. 江城子　三首

杨杨柳柳系归舟,运河流,运河楼。自以隋炀,七百一千秋。不问长城南北界,胡汉见,帝王侯。吴吴越越半沧洲。一沉浮,半沉浮,八月金融市场,天下一扬州。草木繁荣花草茂,知日月,待商舟。

17. 其二

少年自取觅封侯,半春秋,一风流。记得隋炀,水调是歌头。以帛江南杨柳易,天下去,问长洲。姑苏一半五湖楼。五湖舟,太湖舟。一半江湖,一半大江流。黄天荡里日日在,天子见,帝王洲。

18. 其三

桃桃李李各由枝,不同时。共相期。

一半开花,一半玉萌迟。一半红颜人面去,先结果,后成师。吴吴越越有西施,馆娃辞,几相思,勾践夫差,谁问范蠡持。留下商舟商贾事,天下易,几慈悲。

19. 满园花

不可沉吟久,已知君开口。是当初月下,问杨柳。这枝枝叶叶,可是同根否?原是经心守。岁岁任雨露,水月风云友。自入春,回归先绿首。已似三杯酒,只晓得两人手。欲留先欲走,未了从情有。疑当后。同道共我,梦得也,不可依旧。

20. 迎春乐

枝枝叶叶知多少?应五亿,何无了。一点点,微微小。二月末,以春夏早,过秋日,冬阳梅晓。只与东君朝暮,共度人先老。

21. 浣溪沙

夜梦

一世延长两世人,三生故事半生宸。十万诗词翁自在,千姿百态四时新。心心意意作善邻。

22. 鹊桥仙

花花草草,花花草草,只与人情不少。心中最是有相思,处处,无无了了。花花草草,花花草草,春夏秋冬好好,心心臆自无平,最不得,人人未老。

23. 菩萨蛮

秋霜处处黄花少,西风肃肃人情老。一日叶如潮,千声虫似消。重阳何太早，落日何无了。离土已道遥，归根应不招。

24. 减字木兰花

天天一燕燕，落落飞飞天下院。处处关山。九曲黄河十八湾。何何见见，不得桃花曾一面。已是红颜，还得相思自不还。

25. 木兰花

明皇已上长生殿，贵妃不得华清院。九天远地问王母，一生记取云雨见。幸蜀来去霖铃雨，曾以梨园不得倦。珍珠一斛彩萍还，一阵春风两地燕。

26. 画堂春

婵娟已入画堂春，潘郎见得眉颦。平生不可随红尘。正了冠中。曲曲声声舞舞，琴琴瑟瑟人人。亲亲近近是邻邻，不是经纶。

27. 千秋岁

姑苏城外，落叶寒山碎。钟鼓响，轻舟退，船娘船已去，一曲人间对。何不问，人生见老宽衣带。寺后枫桥在，一片轻霜盖。渔歌响，情无宰，不应声不断，只恐朱颜改，香梅海，洞庭山重相会。

28. 踏莎行

雾雾云云，云云雾雾，姑苏一半阴晴雨。洞庭山上望东吴，江湖处处烟花树。女女儿儿，儿儿女女。情情意意相相顾，萧娘只可问鱼书，小桥流水心无误。

29. 蝶恋花

碧玉小桥飞燕语。一半江湖一半姑苏女。一半云烟天下与，洞庭山上吴门楚。记取隋炀杨柳树，水调歌头，以帛楼船住。不问长城何所误，扬州雪月多分付。

30. 一落索

未了莺歌燕舞，草草花花主。李桃梨杏问东君，却有道，春风与。紫陌红尘路，女儿何朝暮，小桥五孔两三步，隐隐约，云烟付。

31. 丑奴儿

水月已有声，杨柳岸，荷上珠鸣。只听点点红莲语，倾倾落落欲止，原来近似人情。圆圆一精英，有初意，风去再生。不是有意也有意，道无情是有情。半蓬莲子已成盟。

32. 南乡子

宋玉是东邻，只有窥时始为真。半过墙头应未见，瞋瞋。处处东君处处春。五岁一秋人，两地相思两地颦。再向墙头东向，尘尘。宋玉瑶姬未结亲。

33. 醉桃源　以阮郎归歌之

星光明灭月经天，有情有可怜。有情容易有心田，有人思白莲。何不问，雨云烟。这瞿塘一川。十二峰下自方圆，与君神女前。

34. 河传　二首

日暮，舟去。杨杨柳柳，运河深渡。泗淮流水到东吴，小姑。雨云相逐苏。扬州谁问楼船路，琼花暮，处处是神女。过江湖，问浮图。莼鲈，月明浮玉壶。

35. 其二

白首，杨柳。波波渺渺，一舟朋友。风花雪月不休休，水流，古今运河不愁。江南江北江知否？隋炀口，十八女儿酒。运河浮，运河舟，从头，不须忧九州。

36. 浣溪沙　五首

不到黄粱不到家，天涯海角是天涯。梅花白雪半梅花。一片飞云轻似梦，书生似旧问官衙。名名利利浪淘沙。

37. 其二

步步人生步步图，无无赖赖是无无。江都帛柳作江都。已见飞花飞落日，扶苏草木自扶苏，东吴细雨满东吴。

38. 其三

一夜春君一夜钱，黄榆叶叶满村田。云云雨雨已成烟。坐在灯前原不梦，声声未了自无眠，风平浪静是归船。

39. 其四

一有人情两面波，三杯醉酒半杯多，心中自是一心歌。隔岸小桥船已直，襄王宋玉不分何，高唐水色照嫦娥。

40. 其五

五水明明半水涯，三更夜夜五更家。花花世界是花花，一寸心思千日月，乌纱大小是乌纱，桑麻草木待桑麻。

41. 如梦令

一半人生如酒，一半人生如口。一半水沉浮，一半人生知友。知友，知友，一半人生杨柳。

42. 其二

见得运河杨柳，见得运河酥手。见得运河舟，见得运河重九，重九，重九，见得茱萸知否。

43. 其三

一路人行高首，一路人行低首。只问这前后，止止行行当否。当否，当否，足足踪踪相守。

44. 其四

晋晋秦秦如首，鲁鲁齐齐如首，这越越吴吴，卫卫韩韩知否。杨柳，杨柳，一曲清歌当酒。

45. 其五

止止行行回首，暮暮朝朝回首。一岁一春秋，必必然然回首。回首，回首，正正当当行走。

46. 阮郎归 四首

花花草草已繁枝，红红绿绿时。一塘春水白莲迟。圆圆小叶知。莺渐老，柳杨垂。运河小女姿。扬州二十四桥师，箫声弄玉思。

47. 其二

何时有约待相逢，云云雨雨中。似曾相见各西东，空空色色空。心不在，意无穷。香香淡淡风。平生当自作英雄，儿儿女女红。

48. 其三

湘灵鼓瑟问苍梧，人间大丈夫。运河天下到江都。楼船是玉奴。无是有，有时无。杨杨柳柳株。江南一半女儿湖，红莲月下苏。

49. 其四

潇湘沅水一郎归，鹧鸪半不飞。早春秋末草菲菲，衡阳青海晖。南茂茂，北微微。唐陶鲧禹帏。何岁月，几人非，苍梧九派湘。湘灵鼓瑟问天机，人间是二妃。

50. 浣溪沙

丁酉 吊屈原端午

一日轻轻唱九歌，三生楚楚问江河。东流处处万千波，曲曲变变天下路。今今古古正人多，三闾九陌过汨罗。

51. 满庭芳 三首

一半文君，相如一半，一半作得琴音。半弦弦半，一半已倾心。这里原来那里，儿有意，女有情深。同行止，还同，一半对衣襟。当垆谁沽酒，临邛一赋，古古今今，你中应有我，两木成林。我中应有你，天下去，作得英钦。相知处处，天天地地，夫妇共光阴。

52. 其二

流水难平，难平流水，一江总是东东。河源青海，总是雾蒙蒙，近了康藏玉树，冰川下，雨雪融融。三江水，高低远远近近，万里自由衷。黄河清水色，长江奔放，见得飞鸿。汇澜他九泊有，又有嘉陵。向得南洋珠海，天下路，始始终终。人人事，今今古古，日月已难同。

53. 其三

结结丁香，丁香结结，牡丹尽了芳园。梨花桃李，小杏过墙边。只有书生信步，春夏日，问了青莲。池塘色，浮萍处处，对雨雨烟烟。江南江北色，枝枝叶叶，有了游泉。有青梅结子，陌陌阡阡。见了姑苏碧玉，何未了，上得秋千。已是私心所向，窥东里，书剑源泉。潘郎在萧娘也在，近处一心田。

54. 桃源忆故人

秦秦汉汉桃源树，何以谁人忆故。杨柳岸，风雪雨，寄与行处。人如双鹄分朝暮，归不去，寻来何处，只有武陵相渡，便是心中路。

55. 调笑令 十首并诗

王昭君 曲子

何故，何故，抱了琵琶去去。阴山已是单于，明妃蜀女路途。途路，途路，画得君王不顾。

56. 乐昌公主 曲子

今古。今古。往昔金陵玉府。隋兵来到台城，风流一半鼓声。声鼓，声鼓，日月红尘不主。

57. 崔徽

飞羽，飞羽，宠罢君公不主。裴郎一见相倾，西门自去妒名。名妒，名妒，寄与衣巾不取。

58. 无双

杨柳，杨柳，绿了王郎渡。亲家是，尚书楼，知书达理首留。留首，留首，只以人间不否。

59. 灼灼

谁断，谁断，不似灼灼落燕，雕梁画栋深宫，河东锦苑院空。空院，空院，莫以长生故殿。

60. 盼盼

杨柳，杨柳，十载君君口口。飞来燕子楼头。乐天莫以旧忧。忧旧，忧旧，去去来来白首。

61. 莺莺

春梦，春梦，处处凰凰凤凤。崔家小女莺莺。何桥已早送情。情送，情送，这里张生影动。

62. 采莲

春晓，春晓，夏采莲花正好。云云雨雨如烟，人生最是少年。年少，年少，心上花花草草。

63. 烟中愁

江淹，江淹。片片云云帆帆。平生有有无无，知章老大镜湖。湖镜，湖镜，世说书书剑剑。

64. 离魂计

儿女，儿女，女女儿儿不主。儿儿女女胡涂。江南最是雨吴。吴雨，吴雨，一半朝朝暮暮。

65. 右十

人后，人后，雨雨云云酒酒。三杯一入心头，平生半壁守舟。舟守，舟守，应是同林白首。

66. 虞美人　三首

杨杨柳柳青莲岸，十里琼花半。楼船带了女儿天，二十四桥水月五湖边。隋炀水调歌头赞，莫以长城断。秦皇汉武只桑田，牧马荒原野外饮源泉。

67. 其二

张良不见萧何见，项羽刘邦面，鸿沟一界未央前，半是英雄半是楚歌天。明皇思得长生殿，帐下虞姬卷。江东处处有春茧，自缚丝丝绕绕作长眠。

68. 其三

行行止止平生路，暮暮朝朝步。成成败败半东吴，项羽刘邦韩信问皇都。鸿沟一界谁来去，始始终终处。人间总是读宏图，去去来来何必误书儒。

69. 点绛唇　二首

簇簇丛丛，轻舟入了迷津暮。不疑无路，却是无人处。水色茫茫，采女芙蓉顾。倾情许，不由分付，雨雨云云渡。

70. 其二

草草花花，花花草草都如雾。雨云云雨，水水烟烟处。一叶轻舟，一叶情儿女，丛丛苇，五湖神女，采得青莲故。

71. 品令二首

幸自质，公余后，作得诗词第一。工于格，精于唐今律。有阴晴，也有日。十二万首相秩，有了平水严密。乾隆去，四万三千毕。说不定，有臣恤。

72. 其二

九歌家，是楚人，襄王错了秋春。以秦心事，纵纵横横，古今文津。楚辞如是张仪，何以故日联姻。大家且道，苏秦模样，几君几臣。

73. 南歌子　三首

玉漏声声细，眠人后后庭。水边带三星，何处余香寻了是秀灵。止止行行去，无无有有听。平生日月过长亭。若惹红红绿绿是青青。

74. 其二

已得香云色，还须碧玉情。小桥流水不虚明，共是春秋月度平生。事以男儿壮，人当小女荣。今今古古几声鸣，白雪阳春日月有阴晴。

75. 其三

短短长长褂，兰兰白白衫。侬侬细语口中函。碧玉小桥流水挂云帆。水面平如镜，山形作石岩。取来作枕捣相嵌，左右邻人已去自喃。

76. 临江仙　二首

五帝三皇尧舜禹，苍梧记取湘灵，斑斑竹泪自青青。潇潇风雨客，处处落三星。古古今今谁不问，九嶷山下汀汀。二妃鼓瑟泠泠。年年人不见，岁岁自零丁。

77. 其二

竹竹斑斑多少泪，潇湘沅水相盟。娥皇一半女英明。阴晴何不定，日月有私情。独见江流江水色，山山草木荣荣，峰峰隐约已平平。千年千载尽，万岁万人生。

78. 好事近

人面作桃花，水色高唐三峡。自以瑶姬神女，已开心中洽。情情意意在天涯。水月一华甲。雨雨云云官渡。直流嘉陵匣。

79. 添春色

不尽一情多少，窗外半家春好。树影过，有飞鸟。天下已我花草。世世人人微笑，隐隐明明何了。步步是，望人情，故乡广大人间小。

80. 南柯子

白帝瞿塘水，夔门十二峰。高唐一半故人封。宋玉襄王神女玉芙蓉。暮雨天边月，朝云水岸松。今今古古已相逢，意意情情未了是人踪。

81. 画堂春

杨杨柳柳日方长，花园处处余香。潘郎约了小萧娘，著了红妆。小杏樱桃结子，人间处处高唐。瑶姬别日会襄王，宋玉文章。

82. 木兰花

几时南雁至，已萧索，叶飞晴。蟹脚痒秋风，阳澄水畔，巴解横行。云明，食虫第一，帐中人自以火更生。空遣昆山念远，古今已是成城。兵营，四紧相倾，寻往事，战还争。只对酒当歌，英雄在此，何争名。冠英，故乡处处，以朝朝暮暮论三更。赢得心中日月，无言俯仰程婴。

83. 御街行

飞飞落落轻霜后，保一叶，当树首。秋风来去自招摇，天淡云清杨柳。年年如此，独孤相似，何以知重九。茱萸已断黄花酒，已见得，谁知否。要要以此向天游，小人见，君子口。文君也是，相如心上，原可无还有。

84. 青门饮

风起千声，雁横一字，天涯海角，重阳朝暮。已见庾梅，二妃湘瑟，行止去来天路。人去余香在，长相思，情心分付。昼夜方长，一夜难明，婵娟何处。三峡云雨雨。由宋玉襄王，瑶姬神女。留在人间，以流不断，只念得嘉陵渡。步步难忘处，栈道边，悬崖无主，任人攀附。有惊无险，章台歌赋。

85. 夜游宫

一路多劳苦，十里长亭，半生今古，有以前云与雨，下高唐，问瑶姬，有自语。步步知龙虎，僧僧寺寺钟鼓。养就知身三界府，著诗词，有格律，今人在。

86. 醉蓬莱

醉蓬莱一梦，多见琼花，是扬州树。洁白无瑕，有百花相妒。赖有隋炀，帛换，以此云烟雨。岁岁，朝朝暮暮，两次分度。一半珠玑成蕊，三五一朵环苞，细观倾述。如此如形，有影有言顾。情致今朝，共了西女，只以天宫付。会与江都，饮公都止，俱同观去。

87. 满江红

一代西施，半吴越，馆娃细女。范蠡去，夫差勾践，几何军旅。五霸春秋，天下乱，联横合纵何秦楚。鬼谷子苏秦领教，张仪六国知君举。这人间，似乎有英雄，谁来去。慢慢舞，轻轻语，天平木盘门苎。镜中沧浪水，有流无泪。最是红尘标致色，娇娇艳艳情情许，误阴晴，自有白酥胸，纤纤序。

88. 一斛珠

燕子离巢日月遥，珍珠一斛去来潮。长生殿上曾相许，欲采浮萍已自消。

89. 如梦令

一半东坡开口，一半秦观收酒。日月共人生，草木不知朋友。朋友，朋友，世上如来杨柳。

90. 玉楼春

处处江南春色半，莺莺未老西厢叹。丁香牡丹白红颜，桃花连蹊杨柳岸。碧玉桥边流水影，刘郎未到编香冠。黄昏相约下钱塘，情意入心都是乱。

91. 又

一问东君千百见，半见桃花三两面。两分天色几阴晴，三弄梅花都不算。雨雨云云春水畔，浮浮蕙蕙成心散。余香留作满姑苏，同了运河扬州燕。

92. 又

一半春秋南北雁，两乡相就谁行远。潇湘青海几多程，居易至今知盼盼。柳柳杨杨十载怨，夫夫妇妇同林愿。鸳鸯飞了入横塘，流水过来都江堰。

93. 南乡子　忆姑苏同里江村小桥一号

晓色一江新，同里吴江半客人，一望江湖三百里，灌溉。汴水江舟总是春。处处半红尘，月月落落月月新，碧玉小桥千百度，相邻。见得红尘见得亲。

94. 虞美人

来来去去何人早，草草花花晓。秦楼弄玉凤凰箫，一半天间一半穆公遥。养儿育女应防老，独霸称王了。人情自是向逍遥，破了红尘破了柳杨条。

95. 踏莎行

寺寺僧僧，方方丈丈。人生处处何方向。观音学得学如来，无知日月谁思想。世世生生，思思想想，心经已在金刚仰，江湖过了黄天荡。

96. 又

上巳清明，清明上巳。花花草草东君事，春云细雨总无迟，老翁方丈寒山寺。洛水凌波，兰亭修禊。江南一半风流士。东坡远才问天涯，秦观近了常迢递。

97. 又

青海如面，衡阳落雁。春秋来去潇湘涧。飞天一字一天飞，南南北北都相见。一半人间，人间一半。书生读了书生叹。家乡记忆是家，天涯海角都无断。

98. 临江仙

一半江村同里渡，小家碧玉三吴。隋炀杨柳满江湖。小桥流水去，日月在江都。步步天平山顶路，馆娃曲舞姑苏。不该　花缟素色殊图。箫声依旧在，二十四桥孤。

99. 又

处处红尘歌曲舞，金迷纸醉情奴。青楼依旧是姑苏，风流风不定，草碧草花殊。不是红妆红不是，山河草木荒芜。楼船帛换一江都。扬州杨柳岸，玉女玉冰壶。

100. 又

一半人情何了了，朝朝代代云霄。江山社稷是清僚。天公天日月，地藏地秧苗。一字文章谁草草，诗词格律渔樵。纵横上下入河潮。千年千近近，一步一遥遥。

101. 钗头凤　别武昌

弄丹壑，登高阁，高山流水飞黄鹤。知音处，应回顾。鹦鹉洲草，已生朝暮。去去去，江城渡，谁分付主，龟蛇不销人间路。相思误，周郎顾。青山一片，风流如故。苦苦苦。

102. 蝶恋花

半树石榴花落羽，一面红红，五月同端午。不到汨罗谁不主，屈原舟上君重五。著得楚辞谁首辅。见得张仪，莫以连城？寺寺僧僧钟又鼓，人间第一留今古。

103. 又　题二乔观书图

赤壁周郎天下付，大小乔娘，一半儒书度，一半琴弦应不顾，东风却与先生赋。火烧连营谁不妒，一半徐庶，一半风云雾。三国书香今是故，多情不只多云雨。

104. 又

一半红楼天下路，一半年年，一半年年去。一半风流风不住，朝朝暮暮何儿女。一半人间都似故，古古今今，是是非非数。草木阴晴当已付，年年去了年年度。

105. 又

十载佳人情已老，去去来来，草草花花少。曲曲歌歌应似禹。青楼已是新音好。年年春莺啼日晓，只是初声，不是东君早，一二三时三是道，南南北北多知了。

106. 又

有了阴晴无了雨，一半姑苏，碧玉桥边路，柳柳杨杨多少雾。摇摇曳曳情如故。莫以相思明月误。已见婵娟，只可常常顾，不守寒宫同桂树，嫦娥后羿分开住。

107. 又

岁岁中秋明月好。满地黄花，只采茱萸草，过了重阳重九道，今年去岁应同老。草木枯荣时序早，一半春秋，落叶知多少？五亿由根枝叶晓，七十年中同米了，平生日月诗词筱。

108. 又

一水浔阳分九路，半色江青，九派东流去。曲曲琵琶声已住。下得潇湘天下顾，洞庭湖里千峰雨。不见滕王高阁暮，这里江山，那里孤飞鹜。已是王勃能瞩赋，见得四海青衫误。

109. 渔家傲

不觉青衫烟露湿，珠珠点点微丝集。只见眉边先约汁。三两及，无平上下轻身歙。早早行行知远近，虫虫鸟鸟巢中悒。我向长亭杨柳什，千户邑，家家只顾家家立。

110. 又

已见寒山刘方丈，江湖未了黄天荡。拾得人生天下广，心经向，如来自在观音广。尽心天涯灵隐寺，商家满布人皆仰，去去来来非所想，天竺享，书生忘了高金榜。

111. 又

忆取家乡春已到，书生陪对爹娘少。忆取胶州爷奶好，关东道，桓仁创业无终了。一岭兴安长白水，关东创业关东晓，子子孙孙重雨晓，飞远鸟，离巢跬步人心老。

112. 又

中日粼粼波渺渺，蜻蜓点水寻飞鸟。一抹江湖天下了，天下小，黄天荡里英雄少。自古王侯唯已任，公卿只以山河划。岁岁年年生满道。谁不晓，江山社稷人先老。

113. 又

俱说隋炀多不好，人人不解何为好。造得楼船南北好，杨柳好，运河两岸天堂好。造得长城何不好，秦皇汉武称王好。战战争争谁得好，天不好，人间总是和平好。

114. 行香子　夏至

夏至方长，知了斜塘，收麦后，处处荷香。石榴花色，作得红妆。杏花成果，酸味重，半青黄。远近村庄，处处芬芳。鸟飞宜，燕子还忙，筑巢未了，锁了高梁。隐隐情情，藏约约，过炎凉。

115. 江城子

岁岁年年来去见，山河换了春妆。新新旧旧是风光，长长应所色，草草有青黄。老少人生年岁易，春秋冬夏炎凉。去年今日明年长，年年无不尽，岁岁有余肠。

116. 河满子

九派东流如注，三生日月扬长。处处儒家书剑问，人人济世天光。只以家乡空忆，留成自己衷肠。自以天涯海角，运河汴水天堂。水调歌头杨柳岸，扬州有了隋炀。此是江南才子，从今是，女儿香。

117. 忆秦娥　灞桥雪

千里雪，灞桥两岸人踪绝。人踪绝，茫茫阔阔，旷平无缺。潼关老子风云减，玄元一二三中哲。三生一道，几多豪杰。

118. 又　曲江花

千秋节，曲江花下文章绝，文章绝，状元榜眼，探花优劣。诗风一代唐人切。隋时取士阳春雪。阳春雪，龙门过后，明明灭灭。

119. 又　庚楼月

庚楼月，平水韵里诗词越。诗词越，工精格律，子言君曰。古今纵纵横横勃，**繁繁简简朝天阙**。朝天阙，文章如此，寺僧知谒。

120. 又　楚台风

知音诺，楚台风里楚辞约。楚辞约，鹦鹉洲泊，一天黄鹤。高山流水飞天雀，琴台自古人间阁，人间阁，古今今古，百若千若。

121. 风入松

微风细雨一清明，谷雨半新英。运河两岸黄花色，作青团，碧玉声声。处处桃桃李李，寒寒暖暖书生。杨杨柳柳总无平，日月已光明。萧娘见了高郎在，有情情，又有情情。少小儿儿女女，心中总是生萌。

122. 满江红　自叙

一叶飞鸣，高低见，**幽幽切切**。根犹在，残枝还在，半含风雪。万籁重阳重寂寂，千山俱静西风烈。五色林，红了这栌枫，留明灭，忆往事，多离别，剑不尽，书难绝。望圆圆缺缺，故乡何说。自是前程前不尽，心思竟在人间结。问平生，回首向爹娘，谁优劣。

123. 又

一创关东，经三代，书生又别，幽燕客，离乡背井，少年呜咽。独在京城攻大学，北京钢铁学院杰。人生路，处处见精英，经明灭。当年事，经风雪，已进士，知优劣。有辛辛苦苦，有工人历，也有英文翻译著，耕耕岁月郎中决。中南海，历历作人生，梨花雪。

124. 碧芙蓉　九日

九月九重阳，孤馆菊花，自在佳节。遍插茱萸，这秋光轻别。飞落叶，枫林初染，暗红颜，含霜洁洁。登高知远，驿前长亭，零角残光雪。故乡，作书生，弟弟兄兄分别，最是爹娘，爷爷奶奶咽。俱往已，羁踪难去，望征鸿，年年漫切。长吟抱膝，就中深意向谁说。

125. 满庭芳　赏梅

一半成都，成都一半，已知薛女校书，江楼常问，只见锦江余。片片孤芳自赏，含素雪，影傲当初。江流见，欣欣已印，自以暗香疏。东西山上色，成香雪海，访探樵渔，都是姑苏客，六瓣何居。八瓣人间罕得，天下事，奇处三闾。文章沽，今今古古，自在百芳菇。

126. 琳琳

乌镇

荷塘月色明，草木雨烟荣。沪水流乌镇，渔歌一二声。

127. 亚洲发展投资银行

晋耳重生千群年，子推土块一方圆。惟惟此此半先贤。孙宇银行标志寄，耕耘岁月在心田。嫦娥自以是婵娟。

128. 念奴娇　忆张恩媛

书生意气，八十载，几度明月圆缺。少小离家工大学，费了京都心血。记得恩媛。刘家沟里，却是张家结。三兄四弟，浑江依旧香绝。已是影影形形，共黄昏叙语，凉水泉咽。勤工俭学，惊伐木，回顾当年如拙。霜霜冰冰，寒风多少列，路中烟雪。谁人知道，此情应对天说。

129. 又　赤壁舟中咏雪

东城何在，赤壁在，一水连江烟雪。烟雾茫茫天下尽，火烧连营如列。不道东风，孔明所得，应是无知说，徐庶所告，避风应是无绝。黄盖自己周郎，一同书火字，长江明灭，一道华容，凭独马，复以百万兵折。去去来来，英雄三国志，巧兵如舌。孙权刘备，曹操南北豪杰。

130. 又

一人行止，半神女，一半人间花草。记取明皇天下曲。众皇声中为表。是念奴娇。群音鼎沸，力士难消了。且呼小女，雀然临静知晓。玄宗羯鼓霓裳，羽衣多缥缈。私情多少。以剑公孙，曹霸马，筚篥这边独好。以此梨园，今今还古古，已留公道，念奴尚在，人间多了多少。

131. 又

是江边草，最先绿。也最纤纤微小。得到东君南北信，两岸寒寒早早。不问川流，中涧青面獠牙玉柱，且以声声绕。梅花远望，垂垂杨柳难道。渭泾水潼坏，已黄河九曲，波涛多少。万里东营，天下去，自是凌烟方好。海纳河川，湾湾相汇聚，雨云飞鸟。赵燕鲁齐，源泉声里春晓。

132. 又　咏柳

隋炀杨柳，运河岸，荡荡垂垂相守。到了天堂多雨水，到了边关独久，有了春秋，寻常日月，处处人间友。长亭步步，常常行者回首。自在陌陌阡阡，近庄庄户户，前川依旧，土地田园，山岭外，处处娇娇如手。岁岁年年，人家人所见，不分知否。当然生气，东风云雨当首。

133. 又　过小孤山

小孤山外，大孤水，一派长江流去。澎湃堆成千百雾，自是朝朝暮暮。大小姑姑，为何不嫁，只在江心住。风风浪浪，舟郎心里无数。形影不可分渡，有环鬓柳目，明眉情妒。皓齿楚腰。神女熊，只以船娘分付。处处江青，山山多少落，几何云雨。洪涛应日，千年如故，如故。

134. 又

十三州外，八十载，去去来来如数，一半洞庭天下水，一半小姑如雾。一半江青，峰光一半，一半烟云雨。九巅九派，东流无止无住。一半影影形形，已流无逝去，晴川飞鹜。

回首处，百折不挠如赋。社稷江山，原来如此故。嫁时分付。嫁时分付，大姑情，小姑顾。

135. 又

小姑山影，一堆雪，会得大姑情绪。留下江青流不去，作了儿儿女女。雨雨云云，云云雨雨，一半人间侣。舟郎一半，舟娘心上如语。浪里处处声声，问吴吴楚楚，风流千渚。水水山山，谁已去，谁不情情相予。太太新新，相交相合嫁，不同儿女。已同儿女，波平如契如计。

136. 鹧鸪天

自了

养了何言防老名，平生日月自耘耕。公余已作诗词客，北海南洋世界行。三万里，五湖情。巴新一半马来盟。如何了结人间路，此处难书彼处声。

137. 解语花

东君一半，一半春风。花花共草草。互相相好，人人觅觅，百蕊作丛还小。幽幽晓晓，萧娘望，回眸一笑，谁不解，因此无言，无言还无了。不待墙阴渐老，牡丹桃李色，处处飞鸟。取香应早。天天度，步步去来娆。情情绕绕。当知道，时时惊昭，记取也，水调歌头，柳怕蕤。

138. 玉烛新 四时和，谓之玉烛

诗翁当白首，玉烛四时和，柳黄初就，垂垂欲绿，茵茵草，已见东君经手。前川夜月，正是暖寒分定后。

随所度，弱弱纤纤，梅香影疏知否？长春白雪多心，只顾自风流，不须天久。明争暗斗，终不是，水上草肥花瘦。和和气气，处处奉迎三杯酒。须信道，无醉无情，为人父母。

139. 水龙吟

人间一增婵娟，几番别缺保离索。嫦娥后羿，殊途各步，寒宫不朽。一日沉浮，九天弦月，无须偷药。忆当初彼此，孤男寡女，兴叹是，皆皆错。处处人人相托，有春秋，有山河阁，有荣有辱，无功无过，无须作作。止止行行，东张西望，人间飞雀。只以求其食。生生灭灭去来都无诺。

140. 浣溪沙

25/6－2018 辰二点钟 题书房寄瑶

斗室方圆一世明，耕耘日月半枯荣。平生步步有阴晴。十万诗词应格律，千年玉宇古今情。文章太守是纵横。

141. 之二 — 辰二点钟

黑暗黎明一黑成，黎明黑暗半黎明，相相互互自微行。玉宇轻回天地问，苍茫易化是非生。无平左右是流平。

142. 之三 — 辰三点钟

古古今今第一人，行行止止半经纶。因因果果是秋春。岁岁年年成日月，黎明黑暗泡风尘。中华世界自天钧。

143. 水龙吟

人间苦苦难难，江河溅溢骄阳恶。

唐陶自令，射阳后羿，疏流舜禹，苍梧已诺。九派分流，一阳孤在，人间相托。自此和平略，天天地地，夏建立，谁重若。已见河溪漠漠。社稷江山，去来来去，上下求索，谙何是故，兴亡荣辱，以何为约。

144. 石州慢 九日

柳色已黄，石州慢舞，纳霜含雪。正值西风，长亭川外，自行明灭。地荒天老，楼兰当斩，贡禹弹冠切，何妨王士口相随，一树枝根结。轻别。苻坚入寇，王王谢谢，风流豪杰。七发枚乘，一叶相如鸣咽。盖娘声名，缺圆明灭。耶溪虽好，却范蠡空说。西去何远，隔岁方知春苗。

145. 喜迁莺

两哭一叶，上下左右问，关河波折。柳柳杨杨，飞飞落落。姑射行明灭。几回止止清净，几度风霜冰雪。何不定，且见深根处，春来又苗。荒原千万里，草木一番，处处应无缀。岳峙渊停，游身历目，总是故乡圆缺。不愧屋漏相惜，休使龙吟虚设，只留取，待目棠召伯，无须姜切。

146. 又

画角断，涟清清，弦月梦难成。雪霜三木论囚声，杨柳水调鸣。三十六湖飞鸟，二十四桥水草，只寻北斗待天明。扬州自阴晴。

147. 又

杨不尽，柳无穷。都是我情同。隋

炀水调歌头东,何以五湖逢。人情老,知音少。天地一切都好。只应看去任空空,今古一飞鸿。

148. 风流子

知割臂盟公。从之孟,左传一初风。岁华有去来,旧时巢燕隔年经空,徒仰飞鸿。绣阁凤帏涤几许?见得女儿红。八哥不休,又闻鹦鹉,一先声至,愁近由衷。湘灵苍梧去,蘋花色,鼓瑟竹泪西东。远了小孤,大孤不见伏龙。只与君子说,佳意密耗,寄将秦境,由始无终。海角天涯,浮瓜沉李何同。

149. 沁园春

野老村夫,雀跃凫趋。蜀女佳人。见峨眉姝丽,西施越水,昭君敕勒,一半秋春。记取貂蝉,贵妃醉酒,又见湘灵鼓瑟勤。天下事,女儿心上忆,自上而下经纶。人间晋晋秦秦。锦帐外,相如知己邻。可当炉灶饮,何须有叹,文君已辅,儒得冠巾。古古今今,琴台剑阁。一寸相思一寸人。留下是,一半高大尚,一半红尘。

150. 又

春春夏夏,夏夏春春,岁岁有因。这秋冬一半,收收储储,丰丰果果,世世人人。白雪梅花,东君守旧,一寸山河一寸新。天下路,自行行止止,见了经纶。相不是东邻。治者曰,文恬武嬉勤。见枚乘七发,庄王问楚,飞天一字,自以惊臣。置散投闲,桃桃李李,窃玉偷香齿豁频。文相守,状元知进士,水泛

波瀲。

151. 浣溪沙

游子

自得人间一始终,胶州祖父闯关东。桓仁学子作飞鸿。十万言情在下客,中南海里已由衷,空空色色空空。

152. 摸鱼儿 重九

一重阳,九重重九,人间杨柳杨柳。唐陶后羿宣孤曰,九作一时相守。知可否。何不见,垂垂拂拂空摇首。回归左右,日月有风霜。阴晴有序,岁岁是无有。黄花色,宿学旧儒为友。隋侯珠宝先后。龙章凤尾裁云去,鲁殿外,灵先首。今古阜。王朝易,人间处处还依旧。翁翁叟叟。自以几英雄,横横纵纵,只及一杯酒。

153. 兰陵王

莫回顾,留得人间朝暮,平生去,芳草连天,薏苡滩头满南浦。依依自讨苦。简简单单如絮。几齐楚,斗转城荒,雁雁鸿鸿正飞渡。回顾,不相妒,杜断复房谋,梁燕谁主。琼瑶天远长门故。见万壑争流,一途如雾。长安处处渭泾路,何以不分付。朝暮,去来处,岁年日月别,庾信愁赋,文章太守郎中许。这风风雨雨,三峡神女,瞿塘流水,白帝色,嘉陵树。

154. 米芾

西江月

一半米荷香扩拢,三千玉色初凝。

芙蓉出水已如冰。未结莲蓬冗冗。一半红红白白,田田碧叶丛丛。情情多得自由衷,水水平平溶溶。

155. 菩萨蛮 拟古

梅兰竹菊何朝暮,桃桃李李丁香树。桂影下东吴,荷香同里姑。丹心应不误,墨迹当分付。日月问江都,英雄寻五湖。

156. 水调歌头 中秋问东坡

六十东坡近,米芾半黄州。书文一半秦晋,五十己春秋。未了青兰正色,字迹金山江芷。碧水对山流。莫以端明问,草木帝王侯。长江水,周郎火,蜀吴酬。东风不语徐庶百万马兵舟。水陆连营步步,赤壁波涛临尽,石岸几沉浮。且以元章见,水调是歌头。

157. 渔家傲 金山

因勉知行知困勉,金山水上金山典。一望江流江不衍,东方遗,台城不远台城冕。北国山头山不辨,春蚕自己成春茧。古寺方方寺方善,天下蹇,何须立何须扁。

158. 丑奴儿 是白发

镜中已见春秋路,少了江湖,老了姑苏。水调歌头,杨柳满江都。隋炀不问秦皇去,记取坑儒,忘却坑儒。却道:"行行止止途。"

159. 减字木兰花

书生落雁,未冷坑灰天下见,项羽刘邦,不到长城问大江。运河似箭,柳柳杨杨都是传。有了商船,有了

天堂有了钱。

160. 又　展书卷

舒舒卷卷,落落浮浮云可遣。万里长天,一叶行空一叶悬。扬扬勉勉,不尽是蚕蚕茧茧,未了先贤,了了今今古古年。

161. 点绛唇

小小獐,多多少少知诗翁。十二万首,不尽人间衷。一半生平,一半平生行。谁天盟,岁年年岁,自造诗词城。

162. 浣溪沙

苏轼与米芾

米芾东坡一字余,诚专学晋半行书。金陵岭外五湖初。五十元章兰忆色,金山墨迹黄州居。端明自在问相如。

163. 浣溪沙

致苏东坡

一步江南一始终,千杯旧酒半杯穷。英雄自在自英雄。日月何须天下志,书生且去五湖东,东君只与是春风。

164. 浣溪沙

165. 北京晋商会所观米芾画 — 刘宁

晋客元章四季亭,梧桐影暗一中庭。无人鼓瑟半湘灵。及步文思文米芾,东坡有语有丹青。周郎赤壁火攻铭。

166. 又

一路东来竹叶青,三明已误晋商亭。平生已见渭前泾。自古文章文太守,

郎中坐定坐如宁。人间第一是丹青。

167. 又

晋耳元丘雁不声,皇城旧步客无鸣。阴晴一半是阴晴。一笋无山无水色,千年自此自流平。三生世界已多情。

168. 又　寄刘宁同学孙阳澄

秘秘书书秘来成,君君子子子精英。姑苏一半不其名。是是非非非不是,今今古古古成城。如来已去自如行。

169. 醉太平

情玄意真,花红草茵。小楼小杏东邻。隔墙早入春。思春,忆春,东邻乱溅,波波香暖甃甃,日月应梦津。

170. 李甲

望云涯引

秋风西下,芦花落,沧洲白。露透兼葭,水雾几何阡陌。渔舟唱晚,鹜雁惊飞处,作过客,一点孤帆,五湖水中璧。柳杨吴帛,莫回首,隋炀泽。素鲤无凭,南北运河碧。楼船水调,谁向歌头去,问泰伸,一半三吴,不可金尊收获。

171. 吊严陵

高山流水,三弄梅花,阳春白雪,澜阔点点,严滩圆缺。浦浦芷芷,兰蕙隐情,淡淡千千波折。孤屿潮平锁口岸,唯一晴烟不绝。正念此严陵,幽幽切切,谁见一秋绝。明灭。钱塘富春东去,停舟钓址空怀别。华亭豪杰,扬帆泛去,如此何人评说。空空荡荡拙拙。今今古古吊节。

寓寓怀怀缓缓,萍天苇地,应取人间千情结。

172. 梦玉人引

雪冬冬雪,问梅心,一春礼。影影形形,自香香寒寒体。玉玉银银,傲傲疏疏独独启启。余梦相兼,亮节高风邸。似如天地,诽言是,醒醉不如洗。若依情怀,素君依仗范蠡。辞了西施,吴国经商系。五湖知,馆娃宫,一曲千声休娣。

173. 过秦楼

水调歌头,隋炀船上,运河杨柳扬州。二十四桥外,满是素琼花,日月秦楼,一曲尽消愁。这钱塘,一半春秋。正行人寻芳,箫声弄玉,情满长洲。自以沧浪水,盘门巷,虎丘应记取,吴越王侯。勾践夫差问,剑池泉水在,过十三州。谁将问江山,有沉浮,已上轻舟。五湖天下色,飞燕来时,应宿无由。

174. 帝台春

阡陌阡陌,幽幽草花客。柳絮乱飞,不似知人,春心如帛。换得隋炀作翠侣,运河岸,凤凰恩泽。到头来,海角天涯,从从莫莫。谁人迹,何如释,寺子尺,独独向如来,向晨钟,问暮鼓,以心其获。知作江南青莲伯,无止当行已求索,生则经心便九脉。不须问鳞鸿,水水天天隔。

175. 击梧桐

一雨春江阔,三月末,鱼鲤临滩无歇。草碧汀洲暖,垂杨柳,露露烟烟遍抹。

云云雾雾,江江水水,此色吴吴越越。不尽天堂久,见往岁上国,隋炀时节。纤草繁株,梨花白雪,丽丽佳佳绝绝。角我直昆山角,谁有意,不向婵娟圆缺。看得江湖明月,洞庭山上,望尽千波折。古今来,英雄千万,谁已评说。

176. 幔卷帘

十二峰前,高唐宋玉,杳杳瑶姬女。对一水东流,白帝瞿塘,两岸画屏,巫山朝暮。舜脸星眸,蕙情兰性,一作襄王住。纵以云云雨雨,嘉陵江色如雾。沉鳞绝羽,风流主,天子谁分付。可不可依伊,夕阳中侣,黄昏倚恋,犹今若古。一梦已来,鸟飞三峡,落落应无数。已是入相思,一半衷肠,桃李花圃。

177. 望春回

一江水色,半是山木川,千里清岘。三两点渔舟,七步小桥浅。船娘来时应有信,见杨柳,自得同相衍。共情形影,几何不顾,以云舒卷。潮痕未留带冕,太守问郎中,消尽章显。唯有这相思,最依最难遣。私私窃窃,曾有约,入眠成梦便如垂舛。记黄粱忆,除非向我,月是清泫。

178. 少年游

人间第一半千金,当日最情深。几回独忆,书香行迹,世界作知音。源源水水山山本,流不住,几成浔。云雨姑苏,小桥风月,两处一般心。

179. 赵令畤

蝶恋花

一半传奇天下故,一半微立,一半张生住,一半书生书不误,西厢只以莺莺主。一半红娘情不妒,一半人情,一半仙娥女。一半娇凝都不顾,相依处处相倾许。

180. 又

有约隔墙多少路,有了红娘,有了人情故。有了黄昏花影误,酥胸玉女当分付。古寺钟声多少去。有了高唐,一半多云雨。有了人生两三处,情情意意,相倾慕。

181. 又

有了幽期应不误,约了黄昏,只在西厢雨,宋玉红娘多少语,朝朝暮暮何朝暮。已见瑶姬三峡女,两岸丰波,小杏开无数。最是桃花红似故,莺莺欲向张生处。

182. 又

最怕相思相互许,见了鸳鸯,一半心情住。暮暮朝朝天下路,高唐峡谷多云雨。不可孤虑孤枕顾,一半婵娟,一半刘郎付。去去来来都不故,山山水水桥桥度。

183. 又

白乐天时天下误,此是微云,彼是张生故。盼盼十年杨柳树,人生居易难居付。十二峰前都不顾。一半高唐,一半襄王付,一半姬应所许,云云雨雨朝还暮。

184. 天仙子

细雨轻云多少付,不尽这朝朝暮暮。襄王不住问瑶姬,神仙女,神仙女,一水风流天下去。回首留情千百度,过了高唐未去路。何须宋玉楚辞赋。三五步,三五步,处处云烟都是雾。

185. 菩萨蛮

芙蓉出水周身露,杨妃解带华清雨。自在一沉浮,人间谁玉奴。春塘春水渡,花草花如雾。独见两飞凫,女儿知丈夫。

186. 又

人间一半人先老,乾坤一半多花草。日日见江潮,天天知玉箫。梅花三弄好,白雪阳春晓。碧玉过天桥,风流由日昭。

187. 又

三春草木三春色,平生日月平生力。天下士难齐,云中飞鸟啼。人间心自得,世上情消息。坐立有高低,止行无水泥。

188. 好事近

好事近无声,大小人间多少。跬步何分先后,去来知时晓。平生八十已成翁,远近见心老。左右高低难易,去来何知了。

189. 小重山

一举吴越十三州,千舟今日运河流。三钱(钱缪、钱学森、钱三强)来去自春秋。同里富,水调有歌头。吴越尽风流。叹夫差勾践对诸侯。

不呼日月已无休。沧浪水，北固满田畴。

190. 又

一半长洲一半桥，三吴同里两吴潮。千波无尽五湖樵。杨柳岩，弄玉凤凰箫。风月两逍遥。洞庭山中步步云霄。虎丘入郡剑池昭。娃馆外，至此满桑苗。

191. 蝶恋花

欲减罗衣寒已去，一半春池，一半丁香许。一半牡丹鲜带露，杜鹃丛里香如故。已是人间千百度，草草花花，一半红尘路。十八女儿都不误，刘郎只在东邻顾。

192. 西江月　自述

步步京城旧路，姑苏一去三年。运河之不满浃船，海角天涯不远。有水沧沧浪浪，流夫草草田田，源源本本是泉泉，香港招商东莞。

193. 满庭芳　自述

日月姑苏，姑苏日月，三载自在长洲。隋炀寻问，水调一歌头。已是运河来去，钱缪见、过十三州。江湖岸，周公泰伯，一岁一春秋。长城南北断，秦皇汉武，几度沉浮。这书坑已冷，照旧王侯。古古今今世世，天下去，重釜轻舟。人间事，农农子子，求剑刻行舟。

194. 清平乐　自述

一翁白首，半世知杨柳。苦苦辛辛无饮酒，十万诗词照旧。平平仄仄思谋，音音韵韵春秋。格律佩文钦定，文章太守王侯。

195. 思远人

弄玉秦楼西问，凤凰台上穆公来。声声不止人间步，儿女先从自己催。桃李色，玉花台。已成香雪海中梅，何须再向扬州月，处处春寒满徘徊。

196. 临江仙　阿方初出

一朵桃花红半面，东阿给了方圆。春风不住问娇妍。微微谁启口，慢慢曲声泉。以此平生先后见，琵琶向背经年。湘灵鼓瑟二妃怜，潇湘多竹泪，日月少新田。

197. 虞美人　光华道中寄家

书生一半知天下，日月分朝野。书生一半只思家，日月当空来去忘年华。书书礼礼文文雅，不辨何春夏。秋冬一步到天涯，草木阴晴帝王家。

198. 浣溪沙

两岸耶流两岸斜，西施莫以浣溪沙。人间向背是天涯。越女空歌娃馆路，春差践效颦花，自此五霸帝王家。

199. 鹧鸪天

不得相逢不得情，阴晴未了久阴晴。姑苏碧玉桥头问，有约黄昏日不明。三峡水，久无平。朝朝暮暮两相倾。云云雨雨高唐梦，且向瑶姬取系缨。

200. 临江仙

不向临江仙客问，原来不在人间。玄元一步一红颜。寒宫寒洞府，玉石玉人关。只可虚空虚上见，丹田一半人环。黄河九曲十江弯。谁成谁世界，未了未天班。

201. 乌夜啼

重门不锁相思，一人知。日月阴晴相济，作情痴。细细织，微微致。满天丝。茧茧蚕蚕相互，女儿时。

202. 贺铸

天宁乐　铜人捧露盘引

捧露盘，铜人捧，引黄虞。未落雀，有飞凫。瑶池旧载，九河清，洛渭出龟图，乾坤济世，举圣时，天地殊途，云吉起，穿苍弩。约万物，致和舆。向万国，已正华胥。流舫巡止，谁太守，中中正正符。五湖四海，天宁耶稣。

203. 鸳鸯语　七娘子

鸳鸯语，飞飞落落，近会稽，无远耶溪爵。北国江波金陵孤鹤。为谁架桥谁为鹊。人间处处有求索，向玉壶，问遍卿卿诺。行雨行云，如花如萼，近了黄昏近了约。

204. 璧月堂　小重山

春到长门璧月堂，问人间太守，一文章。杨杨柳柳女儿妆。风雪色，镜里对花黄。梦后忆潘郎，斜阳方日尽，染余香。微微记取约西厢，待君切，步步自彷徨。

205. 群玉轩　同前

群玉轩中一字无，丹青皆不尽，问殊途。隋炀杨柳半江都，箫声断，二十四桥孤。帛绵半东吴，天堂流水色，瘦西湖。琼花处处万千株，钱塘岸,胜似富春姑。

206. 辨弦声　迎春乐

枝枝干干知多少?根一切,春秋老。五亿叶叶年年晓。天下数,人间了。米米粮粮知多少,七十载,五亿米蓼。逢此一平生,天下成飞鸟。

207. 尔汝歌　清商怨

关河无尽长亭路,日日知朝暮。雁过潇湘,隔春青海度。一字排空南北去,已知道,远近地。岁岁年年,成归成不顾。

208. 半死桐　思越人,亦名鹧鸪天

一步闻门一是非,同为楚事半为归。梧桐未死梧桐在,白首鸳鸯各自飞。孤独宿,两相依。何曾旧事旧心扉。家家国国乡乡事,父父母母不可违。

209. 翦朝霞　牡丹　同前

日月当空一牡丹,开元天宝半长安。沉香亭北钩心见,斗角三郎望红天。无世界,有芝兰。长生殿上共婵娟。兄兄弟弟明皇问,三弄梅花一品弦。

210. 千叶莲　同前

夏日荷风夏日花,流淘水月浪浪淘沙。红莲碧叶芙蓉色,玉立婷婷带露华。千万朵,半池葩。朝朝暮暮是红霞。晴晴不定云云定,躲躲藏藏采女娃。

211. 第一花　同前

一日春风第一花,秦淮旧路两三车。王王谢谢堂前燕,不入寻常百姓家。

无故曲,有奇葩。金陵八艳客人遮。明明不在清清在,豆蔻年华你我他。

212. 花想容　武陵春

水月江南花不定,柳杨露华浓。云想衣裳花想容。有迹也无踪。钱塘江流富春水,六合一潮峰。水调歌头作鼓钟,拾得可相逢。

213. 古捣练子

风静静,月明明,半曲寒砧一曲情。落雁向南终有信,玉人天上两三声。

214. 又　夜捣衣

何落叶,已寒时,捣衣月色已迟迟。我男儿,你可知,曾一诺,千军奇,三通鼓罢独驱驰,好身手,第一师。

215. 又　望书归

风落叶,望书归。衡阳此云隔年飞。待明春,青海菲。明月色,寒霜微。我心且去,入君扉。共冰雪,同帐帏。

216. 又　翦征袍

心缕缕,情缕缕。卿卿我我黄金缕。梦中经已翦征袍,朝朝暮暮高唐雨。

217. 醉厌厌　南歌子

紫陌红尘路,长二十里亭。山山水水一丹青,远近池塘繁简满浮萍。已见春秋客,无方言日月霆。四时草木四时屏,步步苍梧处处忆湘灵。

218. 又

不饮平生酒,常闻草木荣。人间一半自阴晴。百度夫妻儿女各倾紫。本是同林鸟,无言共活生。谁分老少一生平,去去来来彼此几相盟。

219. 窗下绣　一落索

剪了灯花时候,一窗杨柳。婵娟一夜问中秋,醒醉无君酒。古古今今朋友,免开君口。残灯不断五更寒,独自去,情消瘦。

220. 艳声歌　太平时

蜀女琵琶敕勒川,汉云天。单于牧马不知田,饮清泉。生生活活各同边,共方圆。纤纤楚腰已天年。画师眠。

221. 又

牧马方圆自在天,有琴弦。阴山脚下几千年,过三边。单于自得一先贤。汉湖传。儿儿女女作源泉,不桑田。

222. 又

万里荒源万里天,一云边。千年草木已千年,自方圆。当然牧马不桑田,共源泉。帏帏帐帐望婵娟,月明悬。

223. 又

万里荒源一马郎,以鞭扬。千年马背半家乡。共三光。天高草低满牛羊,洁如霜。胡胡汉汉各服装,各奶粮。

224. 定风波　卷春空

桃桃杏杏何不红,花花子子任春风。最是书生常顾问,谁近。人情三载已成空。春夏秋冬来去,过了龙门各西东。只以不闻东君郡,有音韵。风波定了是由衷。

225. 凤栖梧 三首

桃源行

吴越声中苏小小，水调歌头，曲曲天堂起。碧玉桥边满芳草。蕙兰丛中栖春鸟。洞边桃源秦汉早，隔世桑麻，世世代代人老。去去来来天地少，移家避地无人晓。

226. 西笑吟

一半桃源人不晓，汉汉秦秦，一国三分了。魏蜀吴晋何缈。回时年岁多芳草。运河长城南北道，日月长安，伎妾东西笑。一水殷勤一石老，秦皇汉武不知到。

227. 望长安

剑剑书书总不了，十二都门，物色半春晓。三清玄元一心道，一尘风动总未少。长安儒学总是好，温文尔雅，半得江南鸟。陕晋吴门遗长老，长安一路令人小。

228. 呈纤手 木兰花三首

多分心处多离索，少见风流少落雀。李桃花色向人红，谢女王郎曾一诺。陈王洛水凌波若，曹植情深何不约。婵娟月色满山河，留下相思千戴错。

229. 归风便

貂貛何以司徒约，董卓强朝知汉弱。丈夫吕布戟前庭，晋魏蜀吴三国索。长垂爽道孤鸾舞，明月宫中主寒波，多了私情无了托。

230. 续渔歌

半上五湖春已暮，同里虎丘云里雨。天下去，见三吴，洞庭山上多玉树。碧玉小桥黄昏女，杨柳帛丝都不顾，楼船到了问隋炀，人间自古都是雾。

231. 踏莎行 七乎

惜余春

一半春光，城边蓼陌。桃花红了梨花白，青青草木入江河，江南日月多恩泽。一半春光，运河似帛。杨杨柳柳天堂客，青莲处处作红荷，东邻晓女无须隔。

232. 题醉袖

曲舞升平，谁题醉袖，千姿百态何时候。丰波闪动已平生，心中欲识开如窦。不要鏨鏨倾倾宥宥。人情只在依依就。回身留下探龙声，无心去别无心走。

233. 阳羡歌

水水山山，峰峰谷谷，人间只在人间目。沟沟壑壑总无平。东风草木西风肃。春夏秋冬，米粮稻菽。平生自得平生逐。僧僧寺寺鼓钟鸣，心经一半由天竺。

234. 芳心苦

去去来来，朝朝暮暮，红衣脱尽芳心苦。风风雨雨带春情，瞿塘一峡知神女。宋玉襄王，瑶姬自主，人间草木谁分付。陈仓暗渡问成都，江山不断江山路。

235. 平阳兴

剑剑书书，书书剑剑，平生一半须扬帆。江湖万里接长天，平阳一步千年鉴。淹淹沧洲，沧洲淹淹，昆仑一路向阴山，英雄立马何人欠。

236. 晕眉山

桂桂宫宫，明明月夜。何人有约西厢下。微之不尽乐天存，女儿只向男儿嫁。有了红娘，张生不哑，莺莺且待黄昏罢。天长地久一情终，嫦姬过了神农架。

237. 思牛女

鹊鹊桥桥，云云雨雨，银河两岸思牛女。轻罗小扇扑流萤。人间只有人间语。似见还寻，如问末许。年年七夕年年顾。池塘水岸挂衣高，牛郎取得情分付。

238. 负心期 浣溪沙（疑山花子）

一半黄河一半沙，千年古道百年华。应流即去不还家，浪涛花。不忍负心期尽了，潼关泾渭共天涯。东营万里逐平生，是桑麻。

239. 减字浣溪沙七首（浣溪沙八体）

醉中真

一老春秋半老人，多余岁月少余尘。经纶自在又经纶。醒醒难明无觉悟。无知一半自成真。新成旧了旧成新。

240. 频载酒

不醉平生不醒行，有须问路有须明。自然自在自然成。未了诗词循格律。今诗胜似古诗情。中华五万一年鸣。

241. 掩萧斋

八艳秦淮八艳名，聊人白下聊斋缥，狐狐怪怪自多情。月下婵娟身影色，云中玉树后庭荣，秋来桂子是谁生。

242. 杨柳陌

二月琼花一树开，三吴杏树五湖梅。姑苏香雪海中来。水调歌头杨柳陌，扬州碧玉小桥台，浮萍已缘故人回。

243. 换追风

一月弦弦五寸弓，嫦娥不锁半寒宫。桂花结子桂花风。半见雍容常共处，人间只许半星空，男儿只受女儿红。

244. 最多宜

半解香裳一意长，千姿百态卸轻妆。有情不问是空床。不学婵娟窥晚镜，姑娘本是本姑娘，潘郎自此自潘郎。

245. 锦缠头

会禊兰亭一岁休，山阴曲水锦缠头。吴门水月足风流，鹅瘦池肥先后在，浮舫侧畔已难休，文章太守著春秋。

246. 将进酒　小梅花二首

梅花别，梅花别，梅花回首如香雪。百花谐，一天阶，相继已来，芳草佩文斋。东君辞去寒时节，如此一任群色绝。风相催，叶孤恢。傲傲形形，云雨相徘徊。何圆缺，何明灭，同了冬冰春水切。牡丹肋，杜鹃苔。山上水前，天国竟相开。年年素袂琼白杰，一心如此丁香悦。作传媒，任瑶台，王母汉帝，西去上雀鬼。

247. 行路难　小梅花

向虎口，英雄手，平生不饮半杯酒。十三州，半沉浮，记取一轰，水调作歌州。长城万里谁知否，汴水运河多杨柳。问江流，过江楼，何以今古，处处问王侯。可白首，自无有，足迹行踪守。以房谋，五湖舟，当炉蜀女，枚乘相如忧。诗词格律文章友。暮暮朝朝是童叟，过沧洲，问王侯，扶桑日月，以马作羊牛。

248. 东邻妙　木兰花

东邻隔壁红花笑，夜来曲曲声声妙。何言月色作红娘，黄昏有约心心到。春风带雨幽幽草，不去相思终不了。若因如此隐身形，不误婵娟窥小鸟。

249. 问歌鞏　雨中花令

谁问歌鞏姿色秀，蓄美发，丰波素手。小小妍余，阿娇孤韵，弄玉秦楼守。十八女儿千杯旧酒。运河岸，杨杨柳柳。水月风花，樱桃小口，唱遍钱塘首。

250. 诉衷情三首

画楼空

吴门碧玉诉衷情，水月小桥横。初春雨淡融雪，六角作精英。云起落，运河平，紫红缨。已黄昏后，小小红娘，引了莺莺。

251. 偶相逢

黄昏约了偶相逢，忘了各西东。男儿谢了身手，小女自由衷。凭月色，任鸣虫，在烟中。柳杨杨柳，拂拂垂垂，水月荷风。

252. 步花间

多情自在步花间，不见蜜蜂闲。心心蕊蕊相采，任性不飞还。蛙隐隐，鸠关关，草山山。去来来去，取了天光，作了去还。

253. 丑奴儿二首

醉梦迷

醉梦何金迷，只怕醒，各寻东西。气宇轩扬因言道，花草水月。高低。自不是，清水红泥。南北已萋萋，不必着，蓁蓁藜藜，是圆是方非本位，两省六郡践行，只得却耶溪。

254. 忍泪吟

一觉扬州寻，二月里，琼花初萌。二十四桥西湖瘦，箫声弄玉："秦楼，曲曲在，留下知音。"先以五弦一例。向柳色，古古今今。渊明教书天子问，是好是坏无弦，独木百岁成林。

255. 铜人捧露盘引

凌歊

一沧江，千青嶂，半燕台。对彩帐，乐曲中央。严滩蕙芷，步天台，越国换新妆。夫差勾践，独春秋，尽五湖光。

姑苏梦，娃馆曲，虎丘地，剑池乡。不一问，几度兴亡，书生日月，借文章，相对两茫茫，四品郎中，更西望，三弄斜阳。

256. 燕瑶池

秋风叹

未断朱弦肠已断,水调歌头叹。隋炀是,杨柳楼船,过扬州,著江南岸。都是帛,经心换,运河流,胜如秦汉。从今后,若得重来,论功过,不可参半。

257. 万年欢

258. 断湘弦,平韵102字。上片50字9句4平,下52字,10句4平。

淑淑纤纤,红红白白,杏梨桃李颜妍。人在东邻,情见窥宋三年。不得朝云暮雨,向高唐三峡留连。瑶姬女,宋玉襄王,共同月夜婵娟。芙蓉出水,冭颜无妆艳艳,弱质红莲,自以心中蓬子,封了方圆。这里吴门碧玉,小桥边,未似兰田。谁相约,居易微之,向红娘,问当然。

259. 忆秦娥

子夜歌

秦娥忆,私情只在心中匿。心中匿,东邻不语,梦前消息。排空一字双飞翼,衡阳青海风流极。风流极,向元好问,雁丘心力。

260. 更漏子三首

独倚楼

独倚楼,观港口,何以江流杨柳。千草木,一沧洲,此情何淋。谁白首,客人酒,已是平生相守。应不问,见沉浮,已心天尽头。

261. 翻翠袖

运河船,杨柳岸,明月轻风一半。知碧玉,见婵娟,有情归这边。云不断,雨难断,隔了红莲不算,无日月,有方圆,可依是睡莲。

262. 付金钗

付金钗,分玉手,杏眼樱桃小口。同里水,运河舟,去来应久留。男儿守,女儿酒,得了人心莫瞳,同日月,共沉浮,此生到白头。

263. 丑奴儿　伴登临

少年不是人生客,行酒当歌。行酒当歌,地地天天,杨柳一江河。童翁只得从阡陌。水水波波。水水波波,只道:"人间几少多。"

264. 苗而秀

老来已见精英路,四品郎中。四品郎中,为赋诗词作国风。而今十万千余首,日月无休,日月无休。可道:"公余万里流。"

265. 尉迟杯

东吴乐

半天地,五湖风月属三吴丽。多杨柳,运河明,同里寺,姑苏第。梅花桃李,虎丘见,由洞庭山计。一凌波,半壁天光,香雪云烟无际。女人细,兰裙系,侬侬语,纤纤楚腰相济。摆摆摇摇,衣衣袂袂,皆是不忘眸睇。风流月,芳音传寄。这如此,君可知无已,小桥边,碧玉轻舟,只待高山流水。

266. 水调歌头

台城游

记取隋炀柳,水调一歌头。金陵六代繁简,汴水下扬州。注目台城旧巷,不忆后庭花曲,犹见大江洲。武帝梁家寺,不作帝王楼。乌衣巷,王谢路,几春秋。秦淮泗水南北二世已亡休。社稷江山来去,留作英雄兴叹,今古作交游。燕子矶边水,有合有分流。

267. 满庭芳

潇湘雨

鼓瑟湘灵,苍梧行泪,江上数峰青。二妃尧舜,治水九嶷铭。导导疏疏引引,高低水,两岸山屏。东流去,源源本本,西土自泠泠。天王天地主,江山社稷,百姓心宁。鲧禹篇何以纪,渚渚汀汀。半在先生旧步,经一字,半在乡町。星罗布,人间割剧,十里一长亭。

268. 沁园春

念离群

一字排空,去了衡阳,总不别分。有人形重组,呼声互语,已辞青海,入了天云。岁岁年年,春秋一度,不独飞翔不独闻。天下路,去来来去见,一半芳芬。离群。元好问,书生意气君,见了枪上雁,筑丘凭吊,孤孤独独,处处藏文。何物为情,衣衣裙裙,共是晴天和日噢,同生死,任南南北北，苦苦氤氲。

269.六幺令　词律辞典作六幺，六幺会止吕岩一体。句平。

宛溪柳　自述

倒冠一见，杨柳已分岸。郎中去来何断，六十人生算。自此幺余留守，不比英雄汉。水流山半。入诗词界，格律音韵，古今畔。同里三吴待，步步寻娃馆，坐在天平山中，国国忧忧叹，匆匆朝朝已去，穷塞翁生唤。柳杨当看。大江南北，何处东君不先见。

270.满江红

伤春曲

一半东吴，一半越，朝朝暮暮。运河水，是东君路，是钱塘雨。一半春风初见色，梅花带了丁香住。百草香，香雪海中颜，阴晴顾。风云雨，阴晴顾，都不误。何言妒，已群芳处处，自成烟雾。莫以花开花榭去，年年岁岁都地。向中华，半向这人生，时时步。

271.青玉案

横塘路

凌波已到横塘路，日落尽，黄昏暮，不约居然来此处，女儿儿女，野心无妒。自可倾情去。甬我直碧玉阴晴雨，不过昆山小桥误，自是西厢曾不顾，几何何几，以然分付，执手轻轻度。

272.感皇恩

人南渡

行止向临安，寻天堂路。先后杭州步。相顾。越王钱缪，四十州头难许。向杨花柳絮，人南渡。回首渭泾，咸阳倾许。阡陌长安住。谁处。鼓刀于市，吕尚是文王慕，秦皇汉武去，何分付。

273.薄幸

下天涯路，上大漠，黑龙江暮。过戈壁，西藏青海，万里江河源顾。海角问，终于黄河，东营鲁鲁齐齐去，回首一中原，长江万里，万里长城分付。五千载，中华主，自大禹，以私自度。几回风云见，南南北北，成成败败王侯误，问人间处，有农夫耕种，田家演易工人务，重重信息，秋月春花如故。

274.天香

伴云来　巴布亚新几内亚

自古中华，黄河万里，九曲十八湾去。九鼎中原，长城石筑，北北南南相顾。运河朝暮，杨柳岸，蒹葭分付。惊了芙蓉出水，何以经纶相许。如今是，千百度，越丝绸，一带一路。世界中华互道，去来相映。国国家家语语，共明月，同天下相处，海上风来，云云雨雨。

275.满江红　念良游

自古中华，隋唐代，丝绸之路，骡马市，西方商贾，向长安住。已见胡姬胡饼色，还闻羌笛情儿女。两肩端，两目作情波，相倾顾。身无价，人有主，天天遇。作衣衣带带，国家相悟，借了诗词歌赋曲，中华世界中华故，共存荣，天下共阴晴，同朝暮。

276.胜胜慢二首　作胜胜令，非声声慢

寒松叹

填池一水，万里松林。去来孤木已成荫。声声慢慢，任风涛，作知音。向野望，何见古今？上大观楼，入别院，问深浔。不听弦外有瑶琴，苍天阔地，任春秋，掩冷衾。有夕阳碎影似金。

277.凤求凰

听凰求凤，问凤求凰。意中情里一潘郎。吴吴楚楚，一萧娘。雨去乡。向三峡，神女高唐。宋玉襄王，莫醒醉，在瞿塘。五去溪半天光。瑶姬解带，沿嘉陵，彩云长。十二峰，夜雨苍茫。

278.好女儿四首

国门东

过国门东，又作飞鸿。数长亭，尽日春秋误，常风风雨雨，行人离绪，水月空空。有是回程归路，谁无见，女红红。解相思，带了黄昏色，又依依难了，香颜旧事，翠袖由衷。

279.九回肠

夏日春香，梅子青黄。上高楼，望

尽长亭路,应微微细雨,烟尘茫茫。应是潘郎归路,一浓淡,半萧娘。梦黄粱,海角天涯近,切莫情不在,心心意意,下九回肠。

280. 月先圆

明月先圆,万里长天。上下弦,十五无云夜。更寒宫玉树,嫦娥桂子,不同婵娟。太守文章繁简,兰亭序,曲觞泉。问鹅池,袯襫何肥瘦,四品郎中田。诗词歌赋,格律相传。

281. 绮筵张

吴茧成蝉,汉柳垂眠,问西施,又问丽华女。昭君行敕勒,司徒王充,吕布貂蝉。最是杨家贵妃,霓裳舞,作梨园。这方圆,古古今今易,帝王将相天。佳人才子,岁岁年年。

282. 迎春乐

舞迎春

不叶情多少,图得个,春花草。叶叶来了千枝晓,一点点,丁香好。莫结子,阳春道,牡丹色,诸芳早。太守文章人不老,问今古,乾坤了了。大禹夏周朝,长城大,楼船小。

283. 菩萨蛮

城里钟

行行止止谁迎送,春春夏夏荷风动。不问一寒山,姑苏城里钟。枫桥风已定,月色渔舟应。一点一红峰,三更三界容。

284. 清商怨三首

望西飞

春秋南北一飞雁,过了濠朴涧。芦苇纵纵,风云不变幻。
衡阳青海相盼。岁两度,已是习惯,不是成规,归时何客栈。

285. 东阳叹

产生兴叹东阳叹,已是风云散。四品郎中,中南海里半。中央政府杜断,也是得,房谋清算。最是公余,梅花三弄漫。

286. 雨女销凝

雕梁依旧作燕侣,欲向人前语。去去来来,已是神女。春花秋月云雨。尽是非,一化絮。格律诗词,郎中长短句。

287. 兀令　又名想车音,贺铸独体

想车音

车马楼前何日少?有知花草,行者须行早。去来问江山,社稷应谁了。凭是自在无为,月月弦弦老,只得东方蓝。学问时风书客道,是桑田好。身寄工余小。快马快程音,几度青门鸟,占得春去秋来,无止无休淼,不似花边草。

288. 渔家傲

荆溪咏

南岳离天三尺五,荆溪笠泽黄金缕。九月重阳飞叶舞。秋菊羽,夏荷府中无须主。一半潇湘流沅水,君山一半衡阳雨。不见刘郎天下苦,洲边户,渔歌唱晚知渔父。

289. 鹧鸪词

吹柳絮

月色朦胧过短墙,红娘不在待西厢。莺莺自以琴弦切,杳杳余余茉莉香。微之寄意从居易,云云雨雨作潘郎。人心只向人心近,处处相思处处狂。

290. 蝶恋花

江如练

一派江流流似箭。纳了小光,一派江如练。去去来来都已见,人间留下谁宫字?岁岁年年桃李面,问了明皇,有了长生殿。已是君王情不变,相思被了相思牵。

291. 南歌子

宴齐云

独步三千界,孤峰七尺天。庐山一半生云烟,五叠清泉流下去前川。止止江山望,行行社稷田。经纶自古是方圆,水似山光静静月如弦。

292. 定风波　十五体

醉琼枝　无此体

水调歌头声尽,琼枝银满繁莲。二月扬州淹滞客,何以群芳百草青。无人带意停。二十四桥云霄,瘦西湖水喧宁。长记运河流不尽,一路江楼挂绣屏,隋炀有醉醒。

293. 更漏子

运河船,杨柳岸,雪月风花都不断。桃李色,女儿天,去来来去怜。三更半,一情乱。入了寒宫长叹。无日月,有方圆,是婵不是娟。

294. 暮山溪

弄珠英

人间杨柳,处处长亭路。万里四野生工,向江河,何须去处。山川旷野,借此作生灵,应垂语,由朝暮,自自然然许。天涯海角,古古今今付。十载不成林,是三生,不知其故。年年岁岁,如此向婵娟,千百度,多辛苦,不唱黄金赋。

295. 木兰花慢

梦相亲

有枝无叶见,早春色,木兰花。有燕子先雏,寒波未了,日暖人家。新茶。牡丹欲问,这丁香不结已清华。来去晴阴,雾中易失,到了天涯。他她。你我已咨嗟。小姑半江洼。不可误江南,丹素羽,上了窗纱。她他,是非有约,作红灯绿竹女儿遮。独上西楼你我。别人作了人家。

296. 采桑子　罗敷歌

高楼沉在相思里,有了潘郎,有了萧娘,今夜何如昨夜长。莺莺不去红娘去,莫以东厢,却以西雁。见了东厢是老娘。

297. 二

寒宫一半清晖里,一半偏偏,一半婵娟,十五明明十六圆。去年不是今年是,总是长天,总是长天,一半弦弦一半悬。

298. 三

隋炀已去江楼去,留下扬州。留下扬州,天下女子第一流。官船一了商船在,总是春秋,总是春秋。水调歌头满阁楼。

299. 四

夔门水色瑶姬色,两岸风光,十二峰光,不是襄王是故乡。嘉陵栈道由天路,也是瞿塘,也是高唐,作了人生作柳杨。

300. 五

扬州一半琼花色,一半风流。一半风流,一半相思一半愁。隋炀一半江山去,一半春秋,一半春秋。一半钱塘一半楼。

301. 小重山

玉指金徽一再弹,声声应访戴,曲云端。有情有意有波澜。这姿色,有欲有羞难。五月有香残,三生无独语,已胜鸾。不回首处不阑珊,思君切,学步到邯郸。

302. 二

聚散人生舒卷云,阴晴应不定,总离分。犀尘不断路途闻,宫漏促,四品著朝文。日月始耕耘,中央中政府,作臣君。中南海里自辛勤,公余后,格律诗词芬。

303. 三

四品郎中自独尊,当非当不傲,半青门。东城汪魏巷慈恩,佩文韵,格律古今蕴。旧忆一江村,姑苏同里客,水无垠。回头八十已黄昏,何归宿,不胜小儿孙。

304. 四

月月弦弦月月全,婵娟如此见,作行船。迢迢三十夜光偏,共离合,同了作方圆。桂影在长天,嫦娥无,无后羿,不情眠。隐时约了一花前。未得问,一半自相怜。

305. 河传

梁巢落燕,莫私窥小女,正桃花面。记取月明,夜半问长生殿,贵妃来,皇帝见。丁香结子梨花倦,一半春秋,一半人情恋。向北向南,一半东君芳遍。天下心,都敷衍。

306. 二

晒眉醉眠,着歌歌舞舞,人情不断。不记几时,曲里神魂迷乱,以双波,飞两岸。梨花白了芳香散,语细声低,问我何兴叹。云雨未谐,不可当人唤,只约君,同别馆。

307. 侍香金童

出水芙蓉,欲立婷婷止。不独是,荷风莲蕊,姿秀一房多结子,碧叶浮萍,似歌舞姊。侍金童,香散人间穗裦姒,不问周幽王不已。今古女儿皆如是,一月行舟,去行千里。

308. 凤栖梧

岁岁年年天在变，水水山山，花草依稀变。曾是相似不见。长城南北落飞燕。共是筑巢何故面，老少难处，何以长生殿。作了明皇谁笔砚，不留情绪杨妃恋。

309. 更漏子

天远黄昏，夕照高复下，入了渔村。一曲船娘，小桥孤望，念念回顾家门。人人都见儿孙。罗中有泪痕。是轻舟左右，动了锦鳞，有了心根。不可断了香魂，紫羽飞还止，元始天尊。跬步乾坤，儿儿女女，明明隐隐五蕴。如人处处慈恩。人情有嫁婚。只以观音月，多少儒书，似我清纯。

310. 玉京秋　一体，双调95字，上片48字11句6仄，下片47字9句6仄韵

应独约，残阳弄残照，一天求索，画角风寒，落枝度叶，重阳飞雀。谁采茱萸黄菊，问凉山，霜雪河洛。曾言诺，一襟天下，向何相托。一路长天无蠹，唱高歌，琼瑶似若。翠扇相疏，红衣香雪，荷风湘鄂。一度西风，可记取，闲却人间收获。步高阁，天上辽辽廓廓。

311. 蕙清风

何许是黄昏，残阳残照，谁共问高低，一然如笑。人世是红尘，自古人情道。几应是，有情多少。西下上东山，无分远近，南北共云天，只同老少。年岁易江山，日月耕耘好，回道是，去来遗老。

312. 虞美人

千金一掷千金千千万万，两足生少。逍遥津里不逍遥，魏蜀吴中一将是张辽。山河路上山河小，应是人先老。长江后浪推前潮，九曲黄河东去入云霄。

313. 下水船　忆雅卿

芳草红花路，谁向轻尘朝暮。回想当年，前思后为相顾。何步步，三峡瞿塘云雨，儿女相思无数。瑶姬岳母分付，宋王襄王赋。重庆惊天雅付，卿已垂桥，山西岳母分付。故京故，北海五龙亭北，生日儿儿女女。

314. 点绛唇　又

已上山城，枇杷熟了枇杷客。陌阡阡陌，问了无锡伯。过了京都，北海景山迹。人心在，有情无隔，却是无情隔。

南宋·李迪
风雨归牧图

读写全宋词一万七千首
第十函

第十函

1. 渔家傲

不必相逢相别去，湘灵鼓瑟潇湘雨。宋玉高唐三峡赋，天下付，朝朝暮暮瑶姬女。素昧平生同日月，枯荣草木何相互，不问去来来去步，何须顾，行行两足朝前路。

2. 感皇恩

人去自临安，杭州湾路，天下同朝暮。何顾，雨云动不动，一半多情如许，运河杨柳絮，人南渡。人有所求，人无其误。当以江山数，分付。富春江水，都向这钱塘注。四时先后主，春秋赋。

3. 菩萨蛮

斜阳一半黄昏暮，西湖一半春莺语。水水近东吴，山山连五湖。渔樵何不数，日月应相主。碧玉在姑苏，小桥同玉奴。

4. 二

章台一半金龟步，金陵一半秦淮路。唱遍后庭花，隋炀何丽华。江都杨柳树，水调歌头住。两岸满桑麻，三吴千万家。

5. 三

隋炀一半隋炀去，江都一半江都路。自古一楼船，如今三界田。运河头脑好，水水山山道，有意有云天，无心无岁年。

6. 四

隋炀一半江都岸，扬州一半楼船断。不必问长城，运河杨柳荣。人间留下见，天下寻飞燕。汉武几知名，秦皇何谓嬴。

7. 五

杨杨柳柳江南岸，吴吴越越香风散。处处有青莲，塘塘藏小船。隋炀由帛换，柱石长城断。自古战争宜，如今和事全。

8. 六

婷婷玉立听知了，芙蓉出不莲蓬好。结子太逍遥，成房听玉箫。成功人已老，水净波多少。细雨问芭蕉，轻风寻小桥。

9. 七

蝉声不断莲房早，荷蓬结子情人老。水水一波潮，涟涟三寸遥。萍萍天下草，子子荷荷好。弄玉凤凰箫，秦楼杨柳条。

10. 八

高堂一半青灯面，红妆一半知君见。上了运河船，和来明月眠。无心飞云燕，有意萧娘面。素女作婵娟，羞颜成玉莲。

11. 九

芭蕉带语声声响，秋风落叶飞飞仰。一日过苏杭，三生知故乡。洞庭山下水，甪直黄天荡。岁岁有青黄，年年无四方。

12. 十

人情一半人情误，平生一半平生故。去去问江都，来来知五湖。隋炀杨柳树，水调歌头路，六合问东吴，钱塘知玉壶。

13. 十一

流苏挂满流苏帐，芙蓉出水芙蓉浪。促织不离床，后庭呼玉娘。婵娟高阁上，月色寒宫望。织女隔河乡，人间谁断肠。

14. 于飞乐

水离山，船靠岸，人已由衷。度春秋，乡望身躬。一平生，千万里，四品郎中。不分上下，为民事，来去西东。著方圆，知创书，作了诗翁。已佩文，格律清风。党中央，国务院，朝暮精忠，奉君首辅，为人民，无止无终。

15. 浣溪沙　自在姑苏三年半郎中

两度花开一度莲，三年舟直两年船。运河万里半云烟。止止行行天下路，官民自古话桑田。来来去去是年年。

16. 品令

事事误，人人故。去去来来朝暮。那天天，何须知君路。不愁不分付。不尽云云雨雨，白儿儿女女。终日盼依情，经心处，共跬步，过十渡。

17. 海月谣

波光一面，月明处，千涛见。上天远望，飞机直去，鲸掠成练。自得无边海岸，白沙一线。曲曲漫漫，杳杳散，长云便，麻姑相问，南洋未尽，天涯还远，再以天涯求索，不知遣变。

18. 风流子

谁是一刘郎，天涯路，万里半萧娘。百草十花，柳杨垂绿，青莲荷岸，蕙芷芳塘。女儿国，有男儿放马，窃拾舞衣香。兰烛伴归，镜中同照，闭花别月，却了红妆。谁以后庭光，知心故人肠，作得萧娘。以此作婵娟住，无可流黄。一半红尘，鱼鱼水水，桥桥路路，驿驿香香。只在杏桃梨李秋子方长。

19. 鹧鸪天

一路钱塘一路娟，运河杨柳运河莲。有情不了多情见，一半相思一半悬。寻水岸，向江边。刘郎上了女儿船。姑苏去了杭州去，有月弦弦有月圆。

20. 忆仙姿

日日长亭休养，止止行行明朗。垂后几回时，足步前行方向。方向，方向，当以用心思想。

21. 二

不可长亭回首，十里未须人口。孤独走前程，应自分荫杨柳，杨柳。杨柳。不似天机知否。

22. 三

何以寻寻觅觅，未了经经历历。吴越小女儿，羞了还送鸣笛。鸣笛，鸣笛，穿过水滩芦荻。

23. 四

已过阡阡陌陌，不限朱朱白白。楼船过运河，去来天堂相泽。相泽，相泽，杨柳柳杨如帛。

24. 五

一川云云雨雨，三峡朝朝暮暮。夔门白帝城，十二峰前如故。如故，如故，别别逢逢分付。

25. 六

古今梅梅鹤鹤，来去相思约约。隋炀问丽华，水调歌头飞鹊。飞鹊，飞鹊，织女牛郎求索。

26. 七

秋叶霜霜雪雪，明月圆圆缺缺。天下一婵娟，夜梦波波三折。三折，三折，只可偷情如窃。

27. 八

江上残阳回照，云中彩霞微妙。飞鸟认归巢，一路匆匆无眺。无眺，无眺，雕梁应是荣耀。

28. 九

应是山阴亭榭，春日杏桃争夏。曲水已流觞，酒岸兰芳已借。无价，无价，月色东邻篱下。

29. 凤栖梧

同里菜花黄未落，云霞烟，碧玉衣衫薄。啼莺自在霄已略。有人何以寻飞雀。水下游鳞何相约。群群行止，倏忽惊时作。未了人间谁作恶，朝朝暮暮都难莫。

30. 琴调相思引　送范殿监赴黄岗

何日归来重送客，长亭山水，多阡陌。是泰伯，周公经首白，有足迹，无锦帛。不见隔。九流脉。谁问休心闻史册。山色碧，云光帻。春草尺，秋霜泽。嫦娥有相思千里迫。已迟迟，何所策。八日落，后羿射。

31. 芳草渡

几时去了几时回，云不定，雨无催。冰霜过后问冬梅，香风里，东君在，似先来。春欲动，待心开，孤傲影，芳瑶台，群芳成色喜相陪。和天地，重南北，百花猜。

32. 雨中花　我筑阳澄小区，渔民自水泥船上岸定居

何以扬州，杨杨柳柳，江船一路归来，不以隋炀锦帛，几点尘埃。四品郎中无锁，三生日月重栽。是姑苏错问，下了阳澄，闲吃青梅。人非物是，

一半昆山望断，道道台台。水泥船，渔村销散，明月徘徊。太守文章无断，难凭净了尘埃，一番桃李，同居陆上，惟我独才。

33. 花心动 又

一路荷花，这一程，近了阳澄朝暮，斜塘不远，近了唯亭，水泥舨头倾。故儿女同舱相互住。但色起春秋，来来去去。杜宇声声妒，渔村花柳，以我初才度。紫燕喃喃，黄莺处处，对此昆山分付。退居官寄人未休。乍向运河隋炀赋，长城不往矣，山海关顾。

34. 浪淘沙

过了玉门关，过了阳关。昆仑山外一群山，过了衡阳青海岸，到雁门关。过了大江湾，过了河湾。源头本是一清湾。中原作十三湾，万里东流黄土地，曲曲弯弯。

35. 二

十二数都门，将令乾坤。精英一半水儿孙。一诺千金千里外，近了黄昏。记取父母恩，记取乡村，人生一路有英魂。不舍前行前不舍，叶落归根。

36. 三

自古有渔樵，不可渔樵。隋炀造了运河桥。二十四桥明月夜，弄玉箫，一去路迢迢，自是遥遥。杨杨柳柳自萧条。只见红莲红不尽，随得波潮。

37. 四

碧玉小桥舟，向运河流。杨杨柳柳共春秋，不系风流风自去，过了汀洲。

不要误侠楼，且莫含羞。青莲一半可遮头。水调歌头谁已唱，到得扬州。

38. 夜游宫

一路红红绿绿，杏轻佻，桃花不俗。只有丁香求子属。似梨花，以色促。都似玉。今夜小楼多风竹，有东风，却无新曲，误了诗人，谁当醒醉，问三峡，几时楚蜀。

39. 忆仙姿

杨柳隋炀杨柳，两面素莲红首。向晚一芙蓉，只似千杯香酒。朋友，朋友，四品文章太守。

40. 二

帛丝隋炀杨柳，不绝船家人口。何以向男儿，明月凌波女儿手。回首。回首。云雨武陵知否。

41. 菱花怨

一路潮头，十三挥霍，军声十万，千舟摧解。海角天涯，似山如岭，水荡逐云飞快。深见龙宫。鱼鳖虾蟹，古今何在？是以惊涛，凌波已晚，谁共天黛。天外玉壶空，近蓬莱上下，鲸鲲相待。海纳百川，淹吞平野，江洋顷分尘界。不觉情无奈。望难巡，与人同怪。会知大圣悟空，只以心胸豪迈。

42. 望扬州

记取隋炀，杨杨柳柳，钱塘有了船楼。秦腔楚舞，越伎吴琴，王家灯火扬州。水调歌头。有丝弦宛转，情绪娇柔。处处总风流。见琼花，香十三州。二十四桥风，瘦西湖月，一水曲折

沉浮。殷勤裁尺素，问姑苏，何似长洲。碧玉当羞，兰妆下，含衣白袭。步步回，湖中一叶，不应已是同秋。

43. 定情曲 春愁

冬雪融消，风信带潮，腊梅应了春晓。去来飞鸟，东君问，一缕江花应了。指待纤纤百草，见得浮香天老。又记曾相思，年年有多少。一点屡犀倾倒。念岁岁依依，前车无道，后车还早，来去间，许了人情应老。忘了桃源自得，已是苏杭小小。殷勤是，凤凤凰凰，鸳鸳鸯鸯好。

44. 吴音子 拥鼻吟

一步盘门外，见三锁，半在云中。一回雨色一回空。问吴越，有西东。百里钱塘隋炀水，这江山，社稷蒙蒙。杭州北，姑苏一半，有五湖风。一城大小一城终，西施去，小小由衷。胥关路上胥关翁，谁吴楚，莫言同。一世恩恩仇仇世，似江潮，始始终终。百年路，行行止止，作得离虫。

45. 思越人

十里瓜洲百里天，三生旧步一生船。东风不尽江南水，未了轻舟未了莲。春色草，夕阳田。寒宫一半寄婵娟。红尘满了扬州岸，莫以隋炀不可眠。

46. 清平乐

回回首首，白白红红酒。入了吴门儿女手，情意知知否否。春秋一半春秋，长洲一半长洲。碧玉桥边一望，心思上了心头。

47. 二

朝朝暮暮，去去来来走。自度人生常白首，是是非非知否？杨杨柳柳风流,河河水水行舟。日月年年日月，春秋岁岁春秋。

48. 三

微微守，细细纤纤手。有了私情都是酒，且以樱桃小口。扬州不是扬州，苏州不是苏州。一半相思处处，杭州是了杭州。

49. 木兰花

男儿一诺千金价，美人半语三天下。书书剑剑试平生，行行止止东风嫁。多多少少相思话，暮暮朝朝都难罢。五湖湖水五湖情，入了秋冬春入夏。

50. 二

长洲同里云烟雾，白下金陵杨柳树。后庭花开画梅妆，不以丽华隋炀顾。江南处处荷塘雨，三峡瑶姬情里女。襄王宋玉百千度，留下人间应不误。

51. 减字木兰花

夕阳西下，一半风云天下嫁。入了船家，一半黄河一半沙。秋冬春夏，腊月梅花先后谢。处处红花水，水上江青日月斜。

52. 二

杨杨柳柳，作了人间时节友。碧玉桥头，不拒风流一点羞。人情似酒，旧酿新瓶如白首。经了沉浮，未了相思未了愁。

53. 三

芙蓉立夏，见了莲蓬应自嫁。一半人家，一半灯光一半花。葡萄树架，影影形形都是罢。直直斜斜，七夕人间何不遮。

54. 四

多情多性，如果人间都是命。有了心情，自得相思自得鸣。媛媛倩倩，一镜平生如一镜。留下心情，有了行程有了荣。

55. 摊破木兰花

三峡高唐一暮朝，雨雨云云，从了云霄。回身神女不胜娇。记取姑苏，碧玉江桥。孤独瑶姬自寂寥，官渡瞿塘入楚朝。襄王应待宋玉遥。何以成情，保以逍遥。

56. 二

三尺长裙一尺围，半香千润，开了心扉。西阳西下暮何归？应是红云，不是相晖。自是弦前调玉徵。不许今日雁南飞。楚辞赋客莫相违。何以痴情，想入非非。

57. 南乡子

月色半楼船，望后清蟾已破圆。二十四桥留步处，红莲。不待婵娟不可眠。十八女儿妍，不破瓜蒂正妙年。一意千情言不尽，波连。作了吴蚕作越蚕。

58. 二

一半运河舟，一半居心碧玉求。一半男儿多少月，悠悠。一半心思一半流。一半是春秋，一半姑苏一半楼。一半情长情不尽，休休，一半人间一半愁。

59. 临江仙

柳柳杨杨杨柳岸，钱塘一半红莲。风花雪月是当年。江南天下色，吴越女儿泉。去去来来天下路，隋炀造了楼船。扬州二十四桥边。幽幽多少夜，处处一婵娟。

60. 罗敷歌　丑奴儿

一见罗敷时，四野顾，采桑谁知？已是男儿心中念,,情可自邀"婵娟,请稍后，无限相思。"何自不眉之，已见得,俯首垂姿。未言正规归不得，举足不定相似，莫错过待人持。

61. 点绛唇

越越吴吴，运河沿着长洲路。几何杨柳，不以分朝暮。碧玉桥边，最是青莲妒。如其顾，女儿儿女，雪月风花故。

62. 南歌子

步步寻同里，洋洋问五湖。杨杨柳柳满三吴，水月风花多少向江都。娃馆知西子，明皇客念奴。人间有了一姑苏，碧玉桥边石岸半书儒。

63. 二

一半姑苏路，三千辫子奴。洞庭山上净平湖，同时唯亭并是运河吴。以水人如玉，依山碧似朱。青莲不断似红衢，两岸相倾互对话珍珠。

第十函

64. 小重山

一叶西风风一叶，飘飘飞不落，自苍茫。归根不得已惶惶，千百步，十里半亭长。路上遇红娘，莺莺何不见，约西厢。微之居易话书香，从此去，不免作文章。

65. 清平乐

人生回首，老少知杨柳，过了阳关都是友，不可酒泉作酒。千年万里神州，隋炀水调歌头，何以长城南北，秦皇汉武王侯。

66. 二

三吴杨柳，一半黄藤酒。碧玉桥边多不守，意意情情知否？杭州不远苏州，青楼自是红楼。过了年年岁岁，千秋又是千秋。

67. 木兰花

杨杨柳柳江山树，南南北北人间路，心思只可近枯荣，行行止止常常误。情情自以相思故，意意何言分不付。运河知道忆隋炀，误了长城多少故。

68. 玉连环　一落索

半路香花如舞，一池风雨。江山处处有春秋，九派东流去。今夜人间儿女，不应无主。灯灯火火自分付，依自得，余情与。

69. 惜奴娇

洛浦潼关，一路是，黄河道。把风流分付花草。六出歧山，九回曲，湾水好。人晓。与春秋，中原多少。今古田家，借以耕耘好故。作江山，见人已老。最是辛勤，天天朝暮成

飞鸟。何了。桃源洞，当秦汉小。

70. 蓦山溪

朝朝暮暮，一半南洋路。柳柳又杨杨，只作得，天天如故。知人知己，正直以书生，行人处，知无数，百百千千渡。马来一顾，再向巴新顾。八十己幺余，终日里，诗词歌赋。长春在此，四品是郎中，天下去，人生步，日月耕耘数。

71. 西江月

弟子三千弟子，婵娟一半婵娟。运河一半运河船，片片风波片片。五百罗汉五百，方圆寺里方圆。难消一月落前川，处处僧颜佛面。

72. 摊破木兰花

桂子难生落不成，玉兔难行，蟾影难鸣。婵娟一夜挂明缨。风水波波，纵纵横横。弦了方圆梦枯荣，以水连山，楚女腰轻。清溪曲曲可怜情。一半私心，一半初盟。

73. 浣溪沙

寄父母兄弟

立户家园立孙小。从无清苦味可归根。黄昏隔日又黄昏。作了书生书不止。父母兄弟几慈恩。乡心只在故乡村。

74. 又

作了书生别了乡，天南海北度炎凉。故人只在故人肠，跬步前行前不止，郎中四品人老年郎，京城一半有中央。

75. 点绛唇

一水罨塘，巫山十二峰前路，不分朝暮，云里高唐雨。白帝夔门，三峡流官渡。谁分付，去来神女，宋玉瑶姬赋。

76. 诉衷情

衷情一半诉衷情，一半镜湖平。鱼鱼鸟鸟相见，不觉不闻声。天下路，有枯荣，是平生。运河流水，望了长城，今古留名。

77. 二

春秋不尽一秋春，曲意属何人？青栈不断歌舞，朝楚暮时秦。轻调笑，几情真，促眉颦。古今今古，处处声声，日月风尘。

78. 怨三三

登姑塾堂寄旧游　用贺方回韵

姑苏一水绿如兰，百草氋氃。一月明明入画潭。向档阁，问重三。春风不锁春蚕。已千万丝丝茧圆函。碧玉小桥眈。何时行止，只是江南。

79. 醉春风

陌上清明近，阡中寒食问。青团处处绿姑苏，韵韵韵。一片黄花，杏红桃面，几何吴郡。共了东君困，过了谁人恨。玉兰衫子月明进，逊逊逊。对了前川，过来泉水，作人方寸。

80. 忆秦娥

春楼月，箫声不在秦楼月。秦楼月，声声弄玉穆公关阙。秦楼只有秦楼

月,凤凰情断秦楼月,秦楼月,朝秦暮楚,去来吴越。

81. 浣溪沙

农夫

雪雪冬冬腊月花,长长短短两黄瓜。阡阡陌陌一桑麻。果果因因因果果,农家天地自农家。中华世界是中华。

82. 忆秦娥

箫声断,秦娥去了人间乱。人间乱,凤凰曲里,穆公兴叹。妇夫男儿汉,离离合合都分散。都分散,人间正道喜忧参半。

83. 又

男儿三,初生五女山前南。浑江岚。兴安岭下,柞丝春蚕。丝丝茧茧丝丝甘。年年岁岁重相函。沧桑含思思忖忖,地坛天坛。

84. 河满子

十月怀胎儿女,一年一度花开。腊月梅香千百度,群芳满了章台。有了依依杨柳,洞庭山上青梅。运河两岸,商血腥味去去来来。最是人间人所欲,弦弦月月徘徊,总是歌歌舞舞,只留下,女儿猜。

85. 御街行 别东山

人间多了人情故,桃叶秦淮渡。夜里作嫦娥,玉树灯前相顾。衣衫兰兰团雕笤,红白桃李误。玉身藏白谁分付。宋玉媱姬赋。暮云朝雨自瞿塘,白帝高唐神女。襄王去后问,意意情情不主。

86. 连理枝

白雪阳春好,世上人间少。岁月重来,年华已逝,山河花草。最是书生老,问钱塘,不知苏小小。

87. 金凤钩

石城江水花畔,水月羁,暖寒参半。丁香桃李运河岸,小笋出芦香散。幼芽小小初成冠,已垒垒,又尖尖赞。一江流水一不蠡,半来半去从无断。

88. 芳洲泊 踏莎行

叶叶枝枝,杨杨落落。归根不得归根约。吴头楚尾都登阁,天涯海角何寻雀。作了书生,人情错漠,文章太守文章若。平生当是一平生,荆轲一度平生诺。

89. 水调歌头

一觉扬州梦,十里半长亭,钱塘六合层塔,不断忆湘灵。自是苍梧竹泪,不似运河杨柳,处处有浮萍。共步江山路,独独作零丁。玄元子,如来佛,孔家庭,人人处处天下步步写丹青。昨以书书剑剑,未可兴兴叹叹,水岸芷汀汀。若以平生见,影影是形形。

90. 摊破浣溪沙

万里江山一翠微,千年日月五湖晖。姑苏处处雨霏霏。是人非。彼此长洲何彼此,女儿国里女儿依。归归不得不归归。鸟还飞。

91. 江南曲 踏莎行

月色三更,灯花一烛。卿卿我我相依足。人生处处是人生,吴娘且与刘郎促。过了三更,还明一烛。心心意意情情续。儿儿女女共儿儿,重温此夜江南曲。

92. 二 潇潇雨

雨上芭蕉,芭蕉下雨,苍梧处处湘灵女。二妃竹泪二妃心,潇潇不断潇潇暮。如苦如辛,
似辛似苦。人间不以人间住。情情意意谁分付,千千百百千千度。

93. 三 度新声

问石头城,寻天下路。台城日月从朝暮。芙蓉芷浦自芙蓉,梁家武帝梁家度。何故江山,江山何故,江山社稷江山处。梁唐晋汉去来空,今今古古谁多顾。

94. 楼下柳 天香

一路秦淮,莫愁湖畔,金陵白鹭洲头,虎踞钟山,隋规唐治,每年三月三游。不须十步,石头岸,已是红楼。歌舞曲琴处处,人人不尽风流。钱缪十三九州。望江潮,帝王春秋。帆落帆扬朝暮,接运河舟。杨柳杨柳处处,自生命,年年岁岁由,树当如此,人何所求。

95. 吴门柳 渔家傲

柳细吴门吴细柳,生生自在生生守。日日垂垂如饮酒。君子手,折折不断送离友。大漠沙洲沙不尽,阳关自在阳关柳,垂垂上下杨杨首。天知否,年年岁岁人知否。

第十函

96. 二　游仙咏

一半仙宫仙一半，心中自度心中算。信得玄元应不断。潼关岸，天尊老子天尊馆。一二三时三二一，生生世世生生见。三生无限三生冠。天下观，人间有了人间荆。

97. 雁后归　临江仙

雁在衡阳青海岸，年年岁岁迁迁。排空一字作方圆。江南多日月，寒北少青莲。一半芦花一半，千川青海千川。南南北北共长天。飞时飞不尽，落了落云烟。

98. 二　想娉婷

西下夕阳天下色，心中上了娉婷。江山一半自丹青。声声情不尽，语语自扬灵。素手弹琴琴已问，相如已见聆听。文君不再自零丁。当垆当酒匠，作曲作人宁。

99. 三　采莲回

小女莲中多少色，鸳鸯有了私情。衣衫尽了净身荣，女儿卿问，独自独鸳鸯。十埯平湖人不影，莲荷深处小船轻。此时不用彼时行。羞容羞不定，一语一声鸣。

100. 四　鸳鸯梦

有约黄昏心不定，张生欲见莺莺。红娘见了一墙情，分时分内外，合时合阴晴。月在西厢西月内，颜颜色色倾倾。无声一半又无声。同心同彼此，共意共枯荣。

101. 念彩云　夜游宫

一路多辛苦，百步成行，五湖云雨。两岸隋炀杨柳树，运河流，有人情，有朝暮。水调歌头路，时时不须分付。已见钱塘天下赋，已姑苏，又杭州，天堂主。

102. 烛影摇红

烛影摇红，暗中垂泪，成言语。朝秦暮楚向文君，未始知相如。剪心何须来去，尺余寸，平生谁箸。积心处虑，有了身心，巫山神女。问黄花，水中颜色应相与，天涯海角是成期，处处谁焦虑。紫燕飞来书预，望晨曙，青楼来去。几何何几，望了蓬莱，杨花柳絮。

103. 小重山

越国天下十三州，吴人天下五湖楼。钱塘多少运河舟。天下路，一半是春秋。朱紫不风流，帝王将相，才子佳人，古今步步长亭修，居乐业。子女共春秋。

104. 绿头鸭　别名多丽

下天津，过六淀，运河南北，五湖芳草入春。有春莺，还闻杜宇，鹧鸪咕，芷芷濑濑。芦笋初生，牡丹乍可，梨花开了尚思匆。清和景，水烟画里，满了经纶经。正冠巾，书生好坐，窗前当是已茵茵。是无端，剑书书剑，奈几度，客客彬彬。再冉冉，令青纳绿，成就作红尘。千朵玫瑰，三丛芍药，百梅煮酒共东邻。指日待，江南江北，处处新人。

105. 减字浣溪沙

一水斜阳一水金，五湖白鹭五湖荫。半知烟雨半知音。未了人间人似梦，成林独木独成林。今古古古是今今。

106. 二

背背灯光向向香，衣裳脱尽问衣裳。心肠一寸一心肠。上下低扬翻左右，空床似旧半空床，长长夜色夜长长。

107. 三

一树中庭一树花，半人岁月半人家。两藤不是两藤瓜。同宿同林同落鸟，夕阳尽了夕阳斜，桑麻未了又桑麻。

108. 四

柳柳杨杨已见黄，南南北北半寒凉。花花草草野香香。蓟菜分心分土地，菠菠丁叶苦心肠，春情处处隐时长。

109. 五

一步长亭一步量，半生日月半生光。人间不了是行藏。水月风花天下色，儿孙父母是爷娘，成成就就几回肠。

110. 六

鼓瑟湘灵竹泪乡，苍梧不见丈夫郎，九嶷山下九嶷肠。一派三湘三水色，二妃不了二妃姜。人间处处作姑娘。

111. 七

一曲琵琶一曲胡，四弦日月四纺奴。半生弟子半生儒。蜀女阴山知蜀女，单于敕勒作单于，人间世界有殊途。

112. 八

鹦鹉洲头草木深，高山流水有知音，琴台自古已如今。黄鹤楼前楼尚在，凤凰台上凤凰心。大江东去大江吟。

113. 九

步步行程步步量，长亭十里十亭长。思乡一路一思乡。水水山山水水，杨杨柳柳杨杨。衷肠未了未衷肠。

114. 十

见了衣衫问内妆，男儿自是薄情郎。黄昏错过问红娘。有约难成难有约，西厢月下渡西厢，衷肠造次造衷肠。

115. 十一

一水江青一水仙，半山草木半山田。池塘镜里月婵娟。有女多情多有女，姑苏碧玉小桥边，黄昏约了运河船。

116. 十二

白下金陵白下船，青莲鸥鹭问青莲。源泉本本是源泉。一半秦皇秦二世，年年岁岁亦年年，方圆不尽不方圆。

117. 十三

点点春山点点波，黄河处处是黄河，清清浊浊九歌多。曲曲弯弯弯曲曲，禾禾处处是禾禾，嫦娥不了不嫦娥。

118. 十四

鹭鹭鸥鸥一叶船，荷荷蕙蕙半湖天。鸣泉未了二鸣泉。夜月含含含夜月，婵娟自在自婵娟，弦弦近了是圆圆。

119. 十五

一望昆仑万仞山，千寻不了百寻颜。黄河留下九河湾。柳柳杨杨杨柳唱，衡阳过了雁门关，春风几度去无还。

120. 琴调相思引

古古今今一代音，冷冷暖暖半人心。香风白玉，云雨不难寻。官渡瞿塘三峡外，高唐上下木森。媱姬神女，开了一衣襟。

121. 天门谣

一把天门剑，贺铸试，方回之念。娥眉瞻，采石云中占。比干庙，年年分古欠。月月弦弦兼兼。多少滟，云落处，鱼龙难潜。

122. 献金杯

谁献金杯，秦淮两岸。后庭花，舞歌参半。玉人身影，八艳帐房红，河水畔。且剪乌丝一段。此情难断。雨落云空，望桥边，曲终还观。有声寻得，句句几精工，余有叹，桃叶文章汗漫。

123. 清平乐

阴晴不定，未了寺僧磬。养性修身一大乘。是得人间方宁。百花自可香凝，千年一半明灯。已得心经所在，空空色色由凭。

124. 又

小荷初夏，细脚尖尖下。不向莲蓬何不嫁，不苦心中不罢。芙蓉出水开花，浮萍作秀红霞，日色偏偏不与，深情入了人家。

125. 摊破浣溪沙

水上秋深藕叶黄，湖霜瘦薄朽根长。清风十里多寒意，自火火凉。月茆鲈池未老，三吴子弟半天堂。姑苏蟹脚阳澄岸，问船娘。

126. 浣溪沙

平生

吕长春，平生八十多，读学二十年。诗不足百首，多承打油诗。公作四十年。一万四千四百天，古今诗词日均五首，约柒万二千首，后修身成佩文格律诗词。公余二十年，七千二百天。佩文格律诗词柒万二千首。如此，古今诗，一万七千首，中国作家出版社出版，吕长春格律诗词六万八千首。中国书籍出版社出版。续集读写全唐诗，五万首，全唐朝诗人二千二百余。再续集读写全宋词一万六千余首，全宋朝诗人一千三百余，千余词牌，三千余体调。中国书籍出版社出版。总计约十四万首诗词。

公作公余八十年，平生两万一千天。诗词格律十万篇。日日耕耘文字作，翻翻译译已方圆。胼胝指手学先贤。

127. 摊破浣溪沙

一路天堂半路船，三吴桂子五湖天。苏州百里杭州客，运河边。八月钱塘潮水岸，千年日月向涛悬。盐官已在云端上，作方圆。

128. 惜双双

二月钱塘江岸路，草草花花已主。

一见周郎顾,一曲琴声误。已是五湖杨柳树,流水桃红何去。古道东君去,有情无意多烟雨。

129. 思越人

古台城,芳草深。杨杨柳柳知音。杏杏桃桃红一片,东风赋了弦琴。渔娘一曲如多心,兰衫开了衣襟。不可回头儿不语,鸳鸯入了群林。

130. 又

一到金陵一古今,三吴独木半成林。秦淮两岸情难尽,曲向周郎舞向琴。明月夜,话房深。呢呢语语促衣襟,灯灯火火纱窗影,男儿不似女儿心。

131. 鹤冲天

新瓶旧酒,一路长亭柳。花木一桃源,渊明叟,五柳垂弦弃,书得处,儒人守,是五陵溪口。记取坑灰,李斯小篆人手。秦秦晋晋,只与三杯酒。书壁杏坛藏,知君否?自是关心处,皆朋友,应回首,旧事前朝久。帝帝王王,几何九月重九。

132. 小重山

一路天下十三州,三生今古半书忧。江流无止问江楼。山水问,束手几春秋。朱紫尽风流,卿卿将相,帝帝王侯。江山社稷几酬谋,民乐业,富土是田畴。

133. 六州歌头

少年一诺,今古一英雄。何与共,何与梦,问始终,向云中。未了凰求凤,千金踵,成横纵,无简冗,千兵种。叶城东,朝楚暮秦,无可

春秋宠。海纳天虹。踏南洋万里,白羽贯雕弓。色色空空自匆匆。有黄粱梦。玄元洞,明月送,交河秉。珍已贡,怀倥偬。弃尘笼,剑书翁。一路阳关共,来去统,是奇功。天地动,渔阳倾,律诗工,一望长缨,系取天骄用,大漠沙风,有高山流水,手持夕阳红,目送飞鸿。

134. 浣溪沙

五色方圆一粉红,千姿百态半春风,朱朱白白有无中。不是佳人佳自色,当然女态女人风。彼情不易此情空。

135. 又

半壁江山一古今,千人碧玉半人心。音琴弃柳弃音琴。已是无中无已是,陶公不可不知音。千年独木作森林。

136. 又

半路长亭,一路遥,五湖水镜两云霄,洞庭山上满芭蕉。已见枇杷梅大小,斜阳未了作高潮。姑苏碧玉望江桥。

137. 江城子

姑苏碧玉小桥中,有鸣虫,有归鸿,一半阴晴,一半各西东。暮雨霏霏无赖小,潇洒洒,入丛丛。公余日月是余公,作情翁,自精工。格律诗词,古今佩文宫。且以康熙康日月,谁李杜,问乾隆。

138. 浪淘沙 与国防科工委副主任钱学森,谈草部,谈钱缪。

越国十三州,一半春秋。江流不断问江楼。只见殷勤多少客,不见长求。

自古帝王侯,不止无休。钱家千载学森优,草部难成非草部,世世忧忧。

139. 木兰花

江南日暖双飞燕,美人折得千新面。黄昏约了故情人,匆匆一见深深见。明皇上了长生殿,结子丁香常不倦。杨妃留下半梨园,羯鼓霓裳多少恋。

140. 又

今今古古都应乱,去去来来何不断。弟兄兄弟是人情,夫夫妇妇何必算。其中最是相思字,一半由衷一半。帝王王帝有灵犀,取得香名人不散。

141. 蝶恋花

月色轻开窗一扇。见了楼台,过了三重院。阳是东邻人影面,私窥已久长生殿。不得声中飞去燕,却了衣衫作得卿家眷。回首床上空未见,嫦娥影子相思练。

142. 石州引

水色苏杭南北运河,一半杨柳。唯亭百里钱塘,远客不开君口。云烟雨雾,暮带几点商舟,葡萄不是葡萄酒。西域一丝绸,三吴女儿手。知否。小桥流水,碧玉渔歌,无无有有。不可经年,不可红尘太久。欲知方寸,留下几尺清忧,芭蕉已上丁香首,结子过天涯,见重阳重九。

143. 减字木兰花

华人处处,一带中华成一路。万里飞凫,万里江山万里图。来来去去,世界先生杨柳木。一半前驱,足见英雄大丈夫。

144. 凤栖梧

谁问虎丘台下柳，拂拂条条，牵了行人手。不住东风不回首。水边阡陌都左右。一世生生不开口。已是青青，且向何知否。未知问人曾依旧，年了春雨秋霜后。

145. 南柯子　别恨

别恨经年别，流泉对日流。朝朝暮暮总无头。见得江山天下是春秋。月月知圆缺，天天问九州。情情意意自沉浮，不是人间处处帝王侯。

146. 望湘人　春思

有莺声自语，呢呢喃喃，草花花草参半，被被衣衣，运河两岸。旷野东君先乱。泪竹潇湘，二妃留下，兰梅香散。记取时，尧舜苍梧，鲧禹相承功赞。何以鸾弦易断。水流流水见，古今兴叹。这天下无形，但处处江流畔。因水作水，导疏相涣。尽目隋炀商观。不必问，胜似升天，战战争争王冠。

147. 谒金门

谁不约，是是非非都错。是是非非都不错。求求何索索。不见人间飞雀，已见人间飞雀。社稷江山应一诺，山前多杜若。

148. 浣溪沙

太湖

九子莲医十子多，一湖碧玉五湖荷。三吴弟子女眷螺，已去姑苏姑不见。寒心苦苦向嫦娥，波波不断问波波。

149. 蝶恋花

几许知春知不住。柳柳杨杨，杏李梅花路。结子丁香先后去，牡丹红了前川暮。草草花花都不误。如火如荼，色色空空度。桃叶秦淮谁可赋，无非日月人情故。

150. 小梅花

女人手，君子口。运河两岸多杨柳。十三州，半春秋，梅花处处，水调一歌头。阳春白雪葡萄酒，天若有情人知否？有思谋，有沉浮。长亭短亭，处处见马牛。羯太守，问白首，天下文章谁所有？一沉舟，侧畔休，十五明月，上下如弦游。婵娟不似嫦娥久，事过三年何先后。帝王侯，百年受，何如来去，日日自行舟。

151. 乌啼月

一夜寒明月，三秋不断风声。烛火欲断嫦娥问，寄我半人情。已有乌啼相伴，只是处处私鸣。重墙隔了相思路，此外共思行。

152. 簇水近

一笛清风风细雨，三峡知神女。高唐夜梦，官渡过了瞿塘路。以水嘉陵，不可九派红尘故。江上见，不须朝暮。回首处，认得瑶姬，为君重扫新眉妩。何知宋玉相部在，楚辞人间语。十二峰前见，有灯火，章台去。只记人，同了分付。

153. 画眉郎　好女儿

玉雪梅芳，月色红妆。洞庭香雪海，东君主，五湖烟雾细，山前山后，苍苍茫茫。本是朝云暮雨，相思客总牵肠。望长亭，步步黄昏问，莫依前误了，女儿音信，客舍家乡。

154. 试周郎　诉衷情

琴琴曲曲问周郎，赤壁一军扬。东风火里吴蜀，魏武落仓皇。三国立，九州梁。半天光。是非非是，误了连营，不误文章。

155. 新念别

当日轻舟一列，嫦娥不见何明灭。已是琼花如白雪，满扬州，素丛丛，何须折。箫笛久无绝。瘦西湖，殷殷切切，杨柳江南新念别。应千杯，对万水，千山说。

156. 谒金门　自述

凉水泉，下古城中寒天。俭学勤工伐土钱，黄昏何自怜。雀蒙眼，张恩媛，引路西关桥边，自此英雄多少迁，方圆应自全。

157. 减字木兰花

迎迎送送，士士官官都是梦。步步人生，处处时时自不平。同同共共，暮暮朝朝何所用？一半枯荣，五百年中一精英。

158. 摊破浣溪沙

碧玉桥边一朵花，江湖摊破浣溪沙。姑苏城外寒山寺，女儿空。上下洞庭山水色，姑苏富土运河涯。钱塘同里天堂路，是桑麻。

159. 赵仲御

瑶台第一层　上元扈跸

人在风流，分老少，年年岁岁休。凤凰台上，蓬莱汉武，弄玉秦楼。玉人多时色，过小桥，上了轻舟，运河外，作圆蟾呈瑞，同与春秋。汀洲挼文摘藻，蕙兰云雨草暗花羞。一天成命，紫微加绂，何语王侯。是平章旧序，水月里，自得悠。任沉浮。运河多杨柳，水调歌头。

160. 仲殊

蓦山溪

风云不断，不断风云散。南北运河船。只停靠，唯亭两岸，年华岁月，不殚故前川。情水醉，心还乱，不尽声声唤。楼楼达且，处处吴娃馆，唱晚一渔舟，枫桥外，姑苏一半。寒山拾得，暮鼓又晨钟，天下看。天下秆，不足人间半。

161. 鹊踏枝

斜暮黄昏谁可约，白雪阳春，玉色残英落，已见梅花香不略，未分先后归来鹤。唤起群芳天下若，叶叶枝枝，处处花花蕚。结子为伊谁忘却，长安十地渭河洛。

162. 点绛唇 题云中梅

白雪蓬春，梨花夜里谁相见，杏桃如面，已是东风倦。唤起群芳，万紫千红院。长生殿，去来飞燕，水水波波溅。

163. 南歌子

一唱南歌子，三生不忘家。潮平水岸浪淘沙，一带江青山色半天涯。摇摇晃晃长城北，匈奴塞外霞。单

于乍古不桑麻，取了昭君汉画误年华。

164. 减字木兰花

桃花如面，减字木兰花见。叶叶宣宣过了今年似去年。归来燕燕，上了雕梁何不变，父母巢前，女女儿儿，一带生机一路船。

165. 又

运河水暖，到了钱塘谁可伴？一半商船，一半嫦娥一半娟。长长短短，帛帛丝丝情缓缓。一半方圆，一半人间岁月年。

166. 南歌子

见了江南水，才知塞北山。黄河万里有河湾。一路奔波天下不回还。古古今今战，秦秦汉汉颜。长城过了玉门关，五百年前日月主其间。

167. 踏莎行

茶似碧螺，春情未老。红英欲落非常好香香雪雪洞庭山，人人处处心无了。一越西施，三吴小小，歌歌舞舞成花草，范蠡不问半夫差，春秋五霸谁知晓。

168. 金蕉叶

丛丛簇簇金蕉叶，阳关唱，未了三叠。已是楼兰，交河故土何王妾。天上人间相接。千军在此曾三捷。留名处，作了关牒。俱是人设，风流总被风流烨。已了千行文褶。

169. 定风波 独登多景楼

十里长亭玉里乡，三生新路半生扬。

不问六朝谁鲁芥，方向。山河花草各炎凉。书剑剑书来去，处处见柳柳杨杨。故里无家归不爽，已千望，今今古古多思量。

170. 蝶恋花

北国山头飞小燕，一半黄昏，一半桃花面。铁瓮开门谁不见，六朝来上金銮殿。只有台城梁武院。敬得如来，天下人间缘。色色空空都是禅，心经入了心经传。

171. 南徐好

瓮城

南徐好，水色瓮城中，开锁关门三两载，剑书书剑始无终。家国自作雄。初日晓，朝气一晴空。汴水运河六涘接，清江夕照杜鹃风，谁问夕阳红？

172. 二　花山李卫公园亭

南徐好，城下小花山。一路清江千滴露，萧萧疏疏一河湾。风月共闲闲。金章外，灯火小船间。李卫当年行乐处，如今未可见红颜，桃李玉门关。

173. 三　渌水桥

南徐好，天下水难平。绿水桥头日月满。柳杨三月待春莺。寒食近清明。团子绿，书市故人情。有客上楼寻不见，轻呼酒保两三声，碧玉小桥横。

174. 四　沈内翰宅百花堆

南徐好，内翰百花堆，步步吟吟随竹色，丛丛落落满门栽。芳草遍池台。三曲水，一路一徘徊。落鸟归飞思

旧德,文章太守作高才。诗词作传媒。

175. 五 刁学士宅藏春坞

南徐好,学士藏春坞,日色云中长碧绿,溪流水雾作扶苏。烟雨是东吴。歌舞榭,池亭树株株。何以年华留不住,隋炀已去客江都。无计有如无。

176. 六 多景楼

南徐好,楼下自生烟。北固瓜洲三十里,秦淮水路一帆船。何以夕阳天。京口岸,人人自养蚕。桑叶女儿晴雨后,阳春七色似花妍,情在大江边。

177. 七 金山寺化城阁

南徐好,当见女儿眠。甜甜美美已无边。化城楼阁带香妍。虚空七寸田。翁已老,儿女自源泉。年年岁岁何所见,同同共共一长天,自古是方圆。

178. 八 陈丞相宅西楼

南徐好,应得十三州。一宅丞相还世事,锁江旌节国家忧。明月满西楼。桃李在,江水问江舟。北国山前今犹在,百里风光一瓜洲。凭此共春秋。

179. 九 苏学士宅绿杨村

南徐好,桥下绿杨村,海角天涯曾自主,文章太守共黄昏。东去作星门。苏学士,今日好儿孙。东南西北曾生命,夏秋冬春有慈恩。江月一千尊。

180. 十 京口

南徐好,京口一淮津,山上凝云烟雨路,潮中白雪卷龙鳞。谁见问秋春。天尽处,风水作经纶。锦绣河山先有色,金山日月渡头人。江水泛红尘。

181. 念奴娇

石头城外,大江去。白鹭莫愁如雾。已是金陵何不问,意下秦皇何故。一半英雄,江山一半,虎踞龙盘处。如如故故,人间还是朝暮。台城作得方圆,去来天下路,梁朝何述。寺寺僧僧,由日月,大小乘中分付。已是如来,观音如是主,以心经度。色空空色,当然今古平步。

182. 蓦山溪 佩文诗韵

人生一路,一路人生去。有太守文章,有李杜,诗词歌赋,中华传统,国学自扬承。今古主,古今主,一半人间雨。朝朝暮暮,去去来来处,老子孔丘书,百家说,春秋分付。佩文诗韵,格律状元则。皇上主工,书生度,雅雅风风度。

183. 减字木兰花

运河已去,一半钱塘杨柳雾。过了三吴,可问杭州点点雨。天堂处处,小女富春江上住,草木扶苏,日月人前问玉奴。

184. 浣溪沙

处处人间一柳杨,山山水水半家乡。垂垂荡荡自炎凉。不拒风霜何冷暖,无须日月度芬芳,生生息息自扬长。

185. 醉花阴

淡淡浓浓多少酒,不见君子口。万里一江山,今古人生,处处知杨柳。秋冬春夏谁知否?也有黄昏后,莫道不枯荣,天下西风,同了黄花友。

186. 西江月

水下西江一月,云中草木千波。处处问嫦娥,楚客谁人九歌。水上江青五色,长江本是黄河。源源本本是是,万里行程不多。

187. 玉楼春

花香一半扬州岸,一水江楼烟雨断。隋炀留运河船。古古今今谁兴叹。黄梅细雨芭蕉半,只在江南涤点乱。一年风月一年娟,谁问如今秦或汉。

188. 虞美人

年年岁岁清明雨,碧玉桥边女。运河一去过三吴,半在江都半在姑苏。书生寒食平生路,晋晋秦秦顾。杏坛读学自家儒,一步先行成就作前驱。

189. 蓦山溪

杨杨柳柳,女女儿儿手。一半相思,一半约。知知否否。黄昏不晚,足见夕阳红,山水后,水山后,意意情情守。瓶瓶酒酒,不饮平生酒。太守一文章,千百载,如今白首。耕耘日月,格律作诗词,君子叟,子君叟,世上公余友。

190. 诉衷情 春情

吴头楚尾大江流,日下一千舟。金陵建业谁问,白鹭莫愁洲。黄鹤问,凤凰求,已春秋。后庭花落,不是南朝,燕子矶头。

191. 又 建康

六朝旧事一台城，今古半人生。金陵建业康复，已得凤凰鸣。梁武帝，丽华荣，石头横。后庭花色，到了隋炀，自以相倾。

192. 又 宝月山作

三潭印月水余明，柳浪问莺声。苏堤处处杨柳，保俶塔前情。云黯黯，雨萌萌。两阴晴，隔湖相望，色色天天，纵纵横横。

193. 又 春词

西湖柳絮伴杨花。白堤斜。阴晴分了南北，远近两三家。寒食雨，玉人华，小桥涯。碧螺茶早，洞庭东山，叶叶乌纱。

194. 又 寒食

清明寒食两三天，乞火一书年。春分谷雨前后，处处运河船。云似雨，雨如烟，叶流泉。虎丘同里，忘了夫差，有范蠡传。

195. 蝶恋花

杏杏桃桃花满树，结子丁香，不必东君顾。白雪阳春谁不妒，阳关三叠谁朝暮。一路运河多水雾。杨柳曲声中，尽了梅香雨。留下啼莺留不住，青蓬来了红莲去。

196. 柳梢青 吴中，食蟹第一人巴解

大流淘沙，长江万里，东去天涯。嘉陵三峡，澜沧云霞，天地人家。三吴同里富华，问阳澄、蟹虫横爬。火是兵营，昆山巴解，第一自夸。

197. 夏云峰

夏云峰，天地界，莲花一半芙蓉。红白白红，互相参差自封。以成娇艳，何不是，五色神宗。更那是，余香韵胜，雨雾相逢。已婷婷玉立从。况肌肤，多情多意丝茸，更是心中，再三龙龙钟钟，轻盈姿态，一片一片自重重。何以自彤彤，更有谁自彤彤。

198. 望江南

成都好，蚕茧素丝绸，半在山城观紫陌，枇杷黄了满发，水蜜桃香洲。春不尽，人意各情收，遥想天孙离别后，桑条应似玉纤柔。不可不风流。

199. 望江南

成都好，处处是神仙。步履剑门关上路，三元玄都溢玉泉，缥缈结灵烟。金丹色，三寸是心田。炉里石花作客草，愿求长生化生缘，一粒一万金。

200. 南柯子 六和塔

八月钱塘水，苏杭汴水台。隋炀一路向天开，处处商船留下，曲徘徊。不向萧山问，当闻海日来。富春江水已相催，六合塔中来。

201. 减字木兰花 李公麟山阴图

山阴道士，一半兰亭书卷气。鹅池风云，曲水流觞九日曛。文章太傅，左右将军曾启示，第一人群，不是秦王不是闻。

202. 念奴娇

一江流去，西岸在，留下人间今古。一半山河应不主，一半王家不主。万里风云，千年日月，俱是英雄故。秦皇汉武，长城修得相顾。杨柳丝帛隋炀，运河天下路，江南云雨。六淓平和，文化见，水水山山如许。月在江都，箫声桥上炉，由谁相互。去来如度，人生保以分付。

203. 惜双双 墨梅

墨里梅花香暗度，白雪色，曾不误，最是梨花树，处处丹青主。一半雨云应不妒，池砚书生何处，第一人间去。共了芳芬住，再无人弃飞红数。

204. 洞仙歌

飞梁悬水，虹影应多少，半显江村半烟草，叹今今古古，往往来来，云雨中，谁见江山不老。已知翁好，早早玄虚了。剑剑书书几心晓。问玉龙，听啸虎，意守丹田，归去也，炉中谁知道。一生二三已是平生，步满是苍苔，青春永葆。

205. 楚宫春慢

晶晶白雪，似花取同心。结了珠结。漫漫舞飞，云里情中光彻。且作梨花放纵，却不许，风华难歇。信任梅香，已不见，影影身身，别具一家风月。江村远近，回首处，姑苏台前呜咽。何似吴越，勾践夫差难说。只与江南寸土，也与是，圆圆缺缺。尽日行行，总不止，到了源头，已足江河时节。

206. 晁补之

第一书生第一名，儒中二数三成。如来自以观音在，坐党元丰正字荣。

207. 水龙吟　别吴兴至淞江作

秦淮木渎姑苏，吴中一半淞江路，洞庭左望，洞庭右望，山山已主。水纳湖州，湖州含水，五湖天树，馆娃宫中女，夫差已去，勾践间，千年去。汴水江南如故，一隋炀，千年分付。杨杨柳柳，好头颅也，平生不数。社稷江山，帝王将相，以谁可顾。俱是来去误，人间是沧海桑田度。

208. 八声甘州　扬州次韵和东坡钱塘作

一文章，一字一东城。富春万千波。共钱塘八月，潮头落了，成了江河。楼外楼前点点，西子可相和，已见苏堤上，自唱九歌。谁笑千秋，今古事，飞云沉舸，后羿嫦娥。处处云雨客，闲铁马金戈。几度知，越吴吴越，有夫差，勾践了了如何？人无断，浮云不断，步步磋砣。

209. 又　历下立春

已莺声远近，见芳华，先是草花新。衬东君不在，绵绵平野，青色茵茵。步步不留踪迹，桃李已知春。何以桥边柳，垂了经纶。一半黄粱旧梦，待燕来巢去，多少相邻。赖群芳争妍，小杏未分均。过墙去，行人不顾，来去来去总相亲。清明后，谷雨天地，净了红尘。

210. 满庭芳

一半江南，江南一半，山山水水云天。运河杨柳，两岸尽青功。自古荷塘月色，同天地，共了婵娟。飞鸿落，巢巢燕燕，自作方圆。鱼惊河底树，鸥平岸芷，白鹭归船，这五湖天下，最是月弦，挂在东西山上，明石壁，已是经年，明年又，年年不断，人老不应怜。

211. 凤凰台上忆吹箫

弄玉秦楼，穆公箫史，凤凰台上凤凰。乘风乘龙去，日月炎凉。不以离情别意，多少事，今古去也，三叠一阳关，柳柳杨杨。白雪阳春曲，远了周郎。唯有高山流水，三青苹果梅花，日方长。梨园客，将相帝王，一段沧桑。

212. 又

万里长城，长城万里，何言今古千年。又正是，梅梅柳柳，未了方圆。曾是秦秦汉汉，问口北，敕勒川前。阴山外，牧马未妨，青划连天。昭君琵琶留下，谁画得，单于独得婵娟。这南北，江南塞北，何谓三边。九曲黄河入海，清浊里，自有源泉，都休说，草草也是桑田。

213. 摸鱼儿　东皋寓居

对重阳，一年一度，东皋居以何处，陂塘买得无勋业，淮岸朝云暮雨，君子路，一顾我青衣，也自留今古。当年步步，知多少儒书，去来去去，不知是归路。何往事，满目山河草木，征鸿起落无主，春秋一半春秋度，也不是，相思故。杨柳树，知万里河山，只要经风雨。黄花无语，毕竟是，荣荣无数，西下夕阳暮

214. 永遇乐

古古今今，今今古古。龙虎龙虎。帝帝王王，王王帝帝，败败成居舞。梨园台榭，江山社稷，自以英雄主。世人间，耕耘田地，殷勤日月何取？荣荣辱辱，赢赢负负，已半钟钟鼓鼓。世代农家，农家世代，丈丈夫夫祖。未央一火，长安八水，渭渭泾泾湾浦，周秦汉，人间如此，以民作之。

215. 过涧歇　自述

归去，问故人，少年去了诗翁，未了何时归去。未归去，过了榆关读学，学院无归去。大学士，上了京城不归去。欲得功名事业，年华自归去。北京人海，云雨也归去，分付邯郸口，一路清风，已梦黄粱，十三万首诗，归去。

216. 黄莺儿

香香匀了东君去，雨雨云云无主，红红绿绿分章，同是朝暮。三月不可多余，夏日应先绪。五湖舟岸芰荷，路路梧桐，云雨无数。情慕。点点遇风风，意态相倾许，就中蝉声，以外芬芳，多妍容易分付。柳下有陶潜，弃了琵弦故。肯与出水芙蓉，结了莲蓬度。

217. 消息　端午　越调永遇乐

一半汨罗，汨罗一半，天下端午。楚楚秦秦，秦秦楚楚，见得苏秦府，

张仪不再,纵横鬼谷,俱是人间主。这天下,英雄俱是,文英武魁府。长沙贾谊,长沙如赋,已是长沙如许。见得龙舟,人情无数,已是人间苦。邪邪正正,臣臣子子,直直偏偏不辅。共同是,平生一路,九歌玉宇。

218. 梁州令叠韵

今古谁兴叹,未了人间一半。英雄一半问江山,儿儿女女,处处心情乱。梁州一路荒沙岸,过尽南飞雁。如面,沙鸣处处风云断。不记长生殿,过眼华清相见,太真已是水芙蓉,多情多态,已作长条绊。梨园羯鼓霓裳见,花下梅香散,应知不要离去,声声曲曲何宫院。

219. 酒泉子

一目楼兰,一步交河天下路,英雄已过玉门关。是天颜。梁州过了问红颜,一箭天山飞不断,沙鸣已到月牙湾,是何还。

220. 归田乐　桓仁镇天后村吕家

归田赋,乐在其中人所顾。农夫院,米粮囤,花草木。四围墙最好,隔分处。杏李叶,樱桃树,葡萄山楂圃。少年望,年年来去,读书千百度。

221. 诉衷情　同前

西关村外一人家。后院满春花。芳香处处颜色,玉影作窗纱。天子路,话天涯,事桑麻。杏坛书子,事事忧忧,误了回家。

222. 浣溪沙　同前　夏至后

细数天窗雨点声,人间以此客阴晴。烟烟雾雾自微生,不见风流风不见,枯荣世界世枯荣,耕耘日月日耘耕。

223. 金凤钩　同前

南江沿,奶头岭。五女月,共西关井。泰山石敢当邻家善,何计自身相静。桓仁回首山东省,祖父担,向辽东省。一生桥路,与人耿耒,辛苦事,谁憧憬。

注:祖父自胶州创关东,修桥铺路,引医治病,善行百里闻名,打井在房东南而且障引泰山石也当而安。

224. 又　同前

西关北,浑江水。五子女,去来同轨。一朝这肋,一朝彼此,千里视同十里。常常离别父母唯,试问我,一生何已,一生无止,不曾卧鲤,留下时始终无是。

225. 生查子　同前

年年岁岁思,去去来来后。处处一江流,不似三生酒。知书已白头,问事还红叟。日月作诗翁,草木同杨柳。

226. 行香子　同前

子女山村,两代慈恩,子传德,娶了丛门。祖母刘氏,自以洪尊,每医医善,三二一,多儿孙。吕氏轩辕,本本源源,自胶州,立得人根。关东创业,不顾晨昏,百亩田,粮菜米,作乾坤。

227. 诉衷情　同前

父母子弟一衷肠,共了半家乡。为听故事心动,与之共炎凉。天下路,可扬长,有三光,未维无孝,一世茫茫,尽忆爷娘。

228. 浣溪沙　同前　山姜

一半寒冰一半茸,山姜只以石头缝。红红绿绿作春踪,已是甜酸甜已定,工农见此未工农。当然白雪不言冬。

229. 木兰花　邎观楼

朝朝暮暮高唐雨,亲亲近近近瑶姬女。流流止止问江楼,临临顾顾千秋许。遥遥近近相思望,远远情情何不付。傍人不必从须目,不望平生多少路。

230. 行香子　同前

三峡瞿塘,百柳千杨,一嘉陵,十里风光。小楼东望,是故家乡。问兰亭,向小小,是天堂。帛以隋炀,何以苏杭,运河流,有了船娘,天南地北,多少经商。有相逢,有离散,共炎凉。

231. 阮郎归　同前

江楼处处见江流,人间是九州。古今今古一王侯,谁言四十州。千万里,十三州。金陵半石头。秦淮二水紫金留,如今作莫愁。

232. 引驾行　一名长春

梅花开落,东风次第明桃李。继青莲,水月里,何已是芙蓉蕊。因此,远近已黄花,冰霜白雪带天意。一年事,长春一路,少年时,老年旨,雅士。雅士，桃花红面，小杏墙边市。又见得，樱桃枇杷，莫把江南相比。芳芷。是云云雨雨，儿儿女女几无几？自春起，秋冬以夏，是生生地。

233. 碧牡丹

已老人情减，无遥近，有长短。见了红桃，见了梨花心眼。白雪古川，阳春有归雁。行行无其止，不须断。旧事如云散，功成业就叹。几说功名，几说前程步晚。几说梅花，不上蓬莱殿。诗翁长生殿。

234. 江神子 江城子

江流自是已西东，雪冰融，谷川空。本本源源，日月已蒙蒙。不可知花知不语，今岁紫，去年红。孤行不训半英雄，剑书工，作飞鸿。自是高低，学得悟身躬。古古今今天下老，明月色，静清风。

235. 好事近 中秋不见月，重阳不见菊

隐隐半重阳，下了青楼不上，有菊无花方向。去年今年状。云云雨雨过中秋，二十日程量。一月经天来去，此生山河望。

236. 洞仙歌 留春

梅作白雪，月作剑书堂，花花草草。天下入阳春，水暖鸭先早。从来不说，深山森木，根自同心，枝叶里，知己晓。且以春情年少。年少。影影形形，隐隐茫茫，阳阳坡坡，色色微微，茵茵无语，人间正道。空

空荡荡，林林总总，无限生机，枯荣里，飞落鸟。随一片浮云，同湖光淼。作春面貌。一花独好。群芳继，开口笑，隔世迟，未及人老。

237. 又 填卢仝诗

嫦娥不在，美人无色，弦弦圆缺。今古别离客，到天涯评说。婵娟谁问，寒宫形影，三五初圆，作二八，圆又缺。弦不尽，月月岁岁无绝。无绝，作感心情，由以音声，一梦相思，明灭中，黄粱近，后羿远，陶唐悦。八阳不见，人间不折，千古长空，有缘绮，琴清切。流水在高山，向伯牙说子期已别。何以春秋，应知辍。相承哲。满眼里，芳容冰洁。

238. 水龙吟

从生步步前行，人生步步朝天路，春花草草，秋风肃肃，倾倾许许。夏日红莲，冬中梅香，年年朝暮。四时成四季，规则序列，天下易，江山度。自以功名无误，有阴晴，有枯荣故。文章太守，云舒云卷，后庭玉树。四品郎中，三公九卿，如天如顾。回首人已老，诗词格律曲，知翁赋。

239. 洞仙歌 温园赏海棠

春芳难尽，海棠知时候。已作人间白翁首，却青春，和了无数梨桃，应结子，相守定，谁分先后。见温园老少，举目垂耳，果果花花已繁口。过了这云天，管焦碳风光，春秋在，情情知否？红黄白颜色，摘下他，方知道香酥手。

240. 又 梅

冰霜白雪，满了冬天道，玉艳宫中媚藏笑。这心中，已有春暖微情，处处是，多了相思不少。东君知己处，是是非非，月色清清正香花。独傲影，向群芳，百草先知，何须问，闲花凡草。我大使，年年自当然，以此报人间，四时应早。

241. 行香子 梅

一路梅花，一路人家。香雪海，处处风华。故人已见，改了乌纱。向望江楼，寻孤访，探相遮。东西山上，江湖千里，洞庭山，代了桑麻。女儿妆媚，弹是琵琶，对湖中月，隋炀柳，吴宫娃。

242. 盐角儿 亳社观梅

开时白雪，谢时白雪。花中奇绝。清香于此，清香于彼，心中香彻。守身香，留香清。唤芳处，如何如别。不便是，寒寒暖暖，春了一般情结。

243. 清平乐 对晚菊作

黄花九月，自对重阳节。见了茱萸都道好，不问人间圆缺。开开灭灭开开，来来去去来来。一半春秋一半，情情意意媒媒。

244. 江神子 观梅

去年此日探梅香，一斜塘，半书房，白雪阳春，处处散芬芳。李李桃桃先后色，何不诺，女儿肠。今年此日访梅香，一西厢，半红娘。约了张生，入梦作黄粱。不是功名何不是，杨柳岸，对隋炀。

245. 望海潮　扬州芍药会作

孙何柳永,东坡贺铸,长长短短文章。春上小桥,秋成桂子,荷花十里芳香。不可不隋炀。以帛易杨柳,留下钱塘。八月天潮,盐官作得海洋疆。长城南北天堂,有苏杭水月,塞北牛羊。羌管一鸣,胡姬肩目,风流自在扬长。一马一高强,虎头龙腾狂,牧马姑娘。且向阴山一曲,蜀女换红妆。

246. 夜合花　牡丹

万紫千红,牡丹园里,串珠十寸心长。东都日本,一色满了咸阳。白梅对姚黄,似沉香亭北金阳。鲁荷红里,羞容翠幕,雨后风光。桃桃李李浮霜。盛丹炉,旭日东升天香。红霞带玉,晴雯一点扶桑。景韵旧情伤,凤丹贵妃黄粱。纵情来去,长生殿上,不是君王。

247. 下水船　琼花

早以隋炀路,才有唐昌玉树。便是当年,琼花梨花不误。尚记取,月里梅花来时,应是扬州朝暮。与时见,应以楼船许,朵朵冰姿藏露。何以无双亭前,一芳独炉。已步步,风子瑶姬神女,谁得飞天云雨。

248. 浣溪沙　樱桃　郑逢时

小雨微微一半枝,深红点点未藏司,明明露水女儿姿。已见风流风不止,无须向北未分迟。枝枝叶叶正逢时。

249. 万年欢　梅

第一人间,数青云少年,齐鲁遗韵。进士平生,天下剑书相问。社稷江山岁岁。九歌人,兰荪豪奋。谁管鲍,仪与苏秦,纵横成败儒训。梅花白雪颜色,唤来芳又华,无远无近。一物谈何容易,以霜冰训。待到红妆丛里对东君,春芳身晕。谁听得,冬后春前,自然天地交运。

250. 感皇恩　海棠

步步踏红尘,情情已民到,不问丁香海棠好,心交多得,结子殊同何了。是非云雨下,嫘姬晓。叶叶枝枝,多多少少。繁简朝天自然道,故人何去也,人应老。

251. 洞仙歌　菊

重阳九月,菊花山上早。何以秋风向群草。问茱萸枝节,兄弟相星,空记得,此日人人都晓。无言应正好,四序民同,俱与天光少成老。莫愁已去,念奴无声,苏小小。微之了。岁岁始终,始终年年,问混杂龙山,向牛山鸟。

252. 喜朝天　海棠

月牙湾,海棠正花繁,粉玉红颜。燕雁回了,李桃初结子,花蒂珊珊。春夏偷偷暗换,共年华,衣冠尽香蛮。多有意,有妆无彩,何以斑斓。谁分向背先行,只怪东君误,应采群芳,忘了新羽,便风风雨雨,来与清闲。杏李桃花总总,互相色,终须见云环。寻常是,花花果果,共了庭间。

253. 生查子　梅

梅花白露吴,才子佳人暮。一半洞庭山,雪海香林故。冬春两向图,二月东君雨。日日寄扶苏,访探寻分付。

254. 少年游　次季良韵

庐山一岁一花尘,半望九江春。滕王阁外,浔阳日暖,仙人洞中新。峰峰岭岭千林语,叠叠五泉溱。庚公楼情,寄于装束,独自少年中。

255. 又

小楼归雁已黄昏,晚汐误江门。波涛远近,雨云来去,江海一乾坤。渔家一水千舟去,谁自在,向家村。孤独行舟,以心明月,共处小儿孙。

256. 满江红

九派江河,山川谷,求求索索。争朝夕,问年华路,上滕王阁。四望人间都是若,千山万水平生诺。跬步前,任剑剑书书,群芳尊。何远近,谁落却,楼兰斩,交河博。这今今古古,有荣相托。日月耕耘多少步,文章太守郎中凿。赋诗词,自此是英雄,人人错。

257. 浣溪沙　黄河

九曲黄河十八湾,惊鸣只在响沙山。沧流直问玉门关。浊浪乔空壶口落,泾泾渭渭洛河颜。东营入海不回还。

258. 离亭宴　巢

世上花花草草,世上有人皆好。鸠占鹊巢,争不断,怒目相对难了。有守有攻谋,注定不分昏晓。呼是声声公道。门外去来多少,谁问六朝兴废事,小燕依旧飞鸟。不是不

第十函

黄昏，成败何须言老。

259.千秋岁　次韵吊高邮秦少游

短辞长句，长短皆光彩，今古事，人如悔。当如同进退，不可无词宰。鹏展翼，排空万里无须改。却见杯中酒，还明天空鼐。不醒醉，情难在，文章何太守，一字朝朝偏偏。不过也，惊涛骇浪珠沉海。

260.迷神引　贬玉溪对江山作

一水江山朝又暮，两岸石头关注。前行不望，回首烟华路。问波涛，寻天地，在何处？点点渔舟小，谁自主？淼淼接茫茫，互相误。只有平生，不悔儒冠步。不以途穷，何为妒？大江三峡，逐千里，多云雨，从官渡。有竹枝歌，声声去，人间苦。猿鸟自述啼，都是雾。处处皆成迷，自分付。

261.满江红　赴玉山之谪

一半人生，何进退，高低一路，有荣辱，无言成败，去来朝暮。只问芰荷深几许，渔公指点船头去。见水风，掉转这船头，芰荷处？书剑试，君臣顾，精英来，英雄住。自耕耘日月，以天分付。跬步前行行不止，文章太守诗词赋。半阴晴，草木一山河，年年度。

262.古阳关

谓城朝雨，一路浥轻尘。柳叶绿，已是新春。故行邻，千里万里身。步步路，一半经纶，须见一半秦。须离别，独君自得自行止，圆圆缺缺，自古富贵功名已不绝，一路霜，一路雪。多明灭。劝君更进一杯酒，信仰后，西出阳关，玉门关外，交河知故人。可见得，谁斩楼兰，不寻前日臻。

263.玉蝴蝶

举步旧年豪气，望南北，秦汉风光，万里长城留下，见对隋炀。运河流，杨杨柳柳，歌水调，扬州苏杭。好钱塘，去来千载作得天堂。书香。和和战战，民田野野，免得文章。古古今今，一生成败作君王。来去间，一流东水，天下是，何以炎凉。九回肠，人间正道，朝暮沧桑。

264.安公子

二十莲蓬子，十三州里平湖水。遥遥波波明似镜，鳞鳞无已。近方见，浮云沉底龙宫里，天地中，兰蕙蒹葭比。这一舟碧垒，道得江青原委。见江南淮泗，水调歌头重闻耳。水驿唯亭扬州月，桃桃李李。莫回首，隋炀杨柳功名矣。万千语，天子难相轨。记千年留下，认取人间风水。

265.惜分飞　别吴作

一半姑苏人一半，不断人间不断。柳柳杨杨岸，运河南北江湖畔。不算江南都不算，水调歌头一叹。不问隋炀乱，运河留下重新看。

266.又　代别

见了隋炀杨柳岸，不断风帆，已过吴娃馆。钱塘南北天堂赞，胜似长城都是叹，战战争争也是乱。且以商舟唤，丝绸之路丝绸半。

267.离亭宴　忆吴兴金陵怀古

一燕离亭轻唤，半望风云难断，两翼沉浮巢不见，过去江南南岸。前面是吴兴，回首金陵兴叹。未了六朝霄汉，记取台城天半，只有如来如此观，且与观音参赞。有路有人间，人觉有明无难。

268.满庭芳　忆庐山

一脉庐山，浔阳九派，五叠云水清泉。森林三亩，十里作庄园。只在风华雨雾，空壑谷，满了香烟。栖贤峡，尘云互接，天瀑挂前川。经英方，铺就青茵草地，白果成田。四在光落，六郡蓬莲。夏里芙蓉出浴，春色在，也有秋蝉。冬梅傲，还留骨影，世上作方圆。

269.又　次韵答季良

步步庐山，心心九派，滕王阁上观天。鄱阳湖镜，牯岭照方圆。回首仙人洞口，王母问，沧海桑田，原来是，云垂瀑布，五叠落飞泉。莫愁飞鸟去，清平若谷，古木千年。以斑斑驳驳，月月弦弦。后羿嫦娥何在，天下望，已是婵娟。平生路，人情所在，处处是前川。

270.又　用东城韵，题自画莲社图

五柳先生，桃源口，半秦半汉天波。丹青莲社，以韵对东坡。草木林林总总，天下问，万里江河，东流去，

汨罗水，不尽楚人歌。千年留日月，一图独木，百尺英柯。独以成林见，已作天梭。幽士往来不尽，冠高冕，竹履云蓑。禅音在，山光古诵，李白远公何。

271. 尾犯　庐山　一名碧芙蓉

庐山一路，十年人生步，几何来去。小桥常入云云，山谷应母，洞口深，故如如故。世上人间分付，近蓬莱，琼岛主，瑶台问，日月沉浮，玄元相度。谁见云烟里，知阮肇，杳然回顾，只是个，来去乾坤，是在都是原误。

272. 尉迟杯　亳社作惜花

去年时，可回首，小杏桃李枝，花花草草丹青，无可负了春远。今春又其时，上小桥，碧玉数花期。应结子，因果成城，以情情自垂垂。及见小杏相思，又桃花如面，李子青姿。已得人间传后代，请君文化作诗词。书香客，年岁相如，五七弦，不可不相知。一归路，半壁观天，去来来去夫斯。

273. 八六子　重九

雁南飞，北南南北，排空一字如归。九月九日重阳去，雁门关外霜微。衡阳日晖。潇湘芳草菲菲，听得二妃一曲，入秋几许芦苇。竹泪斑斑，洞庭湖水，小姑听得，大姑波浪。茱萸片片黄花色重，秋冬一半相依。叶枝稀，春来四方生机。

274. 临江仙

一见新瓶新旧酒，平生是是非非。人间一半一相依，君心君子路，小子小。一半枯荣枯一半，阴晴草木菲菲。成成败败自微微，成时成所败，败以败其成。

275. 又

一半人间人一半，行行止止朝前。神仙一半半神仙。临江仙可问，拭目已青莲。一半荣枯荣一半，春秋日月桑田。前川不见不前川，行踪行尺寸，客主客方圆。

276. 蓦山溪　谯园饮酒

谯园一酒，半世三朋友。醒醉再加予，人间路，行行走走，握兰曾是，跃过这龙门。如今首，如今首，水调歌头否？文章太守，去后刘郎久，司马问琵琶，九派见，浔阳杨柳。江山社稷，滕王阁上，四海五湖波，君子手，君子手，九九重阳九。

277. 又

新瓶旧酒，处处生杨柳。读学自书香，前程是，行行走走。龙门金殿，是社稷江山，离乡久，离乡久，古古今今否。文章太守，老少人间友。何处是桃源，不醒醉，渊明回首。秦秦汉汉，只是一君口。何所有，何所有，彼此千家叟。

278. 又　亳社寄文潜舍人

杨杨柳柳，天下从皆友。六漠半河边，四十易，人间太守。山山水水，暮暮亦朝朝，风云首，风云首，树大根深否？功名如酒，利禄还如酒。醒醉几应知，处处酒，人生是酒。荣荣辱辱，败败成成垂，千杯酒，千杯酒，不可时时酒。

279. 又　和王定国朝散忆广陵

无无有有，恰似三杯酒。去了又来时，分别是，相逢聚首。杨杨柳柳，两岸运河舟，扬州友，广陵友，奉劝难开口。文章太守，已过金陵否？不忘旧台城，六朝地，三江左右。神仙一半，白下莫愁湖。知虎阜，紫金叟，不落他人后。

280. 忆秦娥　和留守赵无愧送别

人生路，年年月月行行去。行行去，朝朝暮暮，以新非故。重阳九月茱萸顾，菊香十里黄花雨。黄花雨，杨杨柳柳，似非如故。

281. 好事近　南都寄历下人

历下一平湖，半见舜耕禾菽。近得山泉流水，鼓钟听天竺。人间自古问南都，记取二妃淑，鼓瑟湘灵斑竹，已留唐陶陆。

282. 阮郎归　同十二叔泛济州环溪

如来如去自相随，杨杨柳柳垂。古今今古一轩规，人人事事为。无浅见，有深思。耕耘日月时。长长短短是诗词，九歌草木迟。

283. 又

诗书一半已平生，人间尺寸城。古今留下是乡情，雁飞一字鸣。南北见，去来声。衡阳青海行。年年岁岁两枯荣，何言父母盟。

284. 又

诗翁不忘少年时，三思总是迟。入春杨柳早先知，枝头总绿姿。曾学孟，道家师。杏坛一世持。江山社稷入忧之，平生日月司。

285. 宴桃源

不问桃源已去，何以人间留语。隔代不传言，世个汉秦云雨。神女，神女，三峡瞿塘不主。

286. 一丛花

琼花谢了问溪奴，何以对空壶。东君去了芙蓉见，十二桥，一半江都。风流越长，弯弯曲工，花草自扶苏。烟烟雨雨有如无，杨柳万千株。青莲换作芙蓉方，一池塘，碧玉珍珠。满身香迹，重然红袖，大小两姑。

287. 又 十二叔

无情有意解银鱼，破卷一生书。儒家有教诗词赋，以曲见，客帝王居。春夏秋冬，四时序象，钟鼓不多余。风风雨雨自当初，帐后见相如。知音何必琴台上，有桃花，也有樵渔，更有人间，风流子女，卷卷亦疏疏。

288. 又

年年岁岁复年年，天下自方圆。春花断了秋霜断，白雪色，梅傲怜。似曾相似，来来去去，沧海易桑田。运河杨柳系商船，楼阁淡云烟。女儿自作男儿计，一代代，过了前川，似曾相识，年年岁岁，月月自弦弦。

289. 临江仙 韩求仁南都留别

不可临江仙客问，寒宫住了婵娟。应除十五是圆圆。时时天下隐，宁可自弦弦。后羿嫦娥应有顾，人间去了重眠。明明暗暗影形悬，多心多不问，少见少思怜。

290. 又 同前

记取常阳县里客，纶巾羽扇翩翩。今今古古一书田。天津天下路，衡阳青海两归川。排空呈一字，独立作方圆。

291. 浣溪沙 广陵被召留别

一酒着门半广陵，三生有召一书庭。淮山十点月初明。芷芷兰兰临泗水，飞鸿自此问湘灵，何归不上玉心铭。

292. 忆少年 别历下

杨杨柳柳，船船舸舸，江山行客。南都历下别，步步行阡陌。半方圆何步石，向刘郎，有桃花色，其颜有何错，只以高人隔。

293. 江神子 广陵送王左丞赴阙

功名利禄半人生。一枯荣，几阴晴。过了扬州，二十四桥声。一曲玉箫天下去，王粲在，庾楼明。文章太守系红缨。酒杯平，暮朝行。步上长安，足见渭泾情。下马隋宫知草木，杨柳岸，运河萌。

294. 虞美人 广陵留别

江南不酒江南路，水水山山雾。扬州一梦半洪都，柳柳杨杨都是半扶苏。蓬山去处银台暮，不问江山故。金陵过了是三吴，六合钱塘天下满书儒。

295. 金盏倒垂莲 寄杨仲谋观察

谁说江南，运河杨柳岸，满倒垂莲，一水钱塘，六合半丝蚕。以此是，风流余事，二泉还有三泉，只有一女，日日不尽琴弦。多情有心有意，寄春风细雨，碧玉桥边。见了元龙，英气序人怜。也见得，平生如此，属摇落，自当然。只可一笑，何须醒醉花前。

296. 浣溪沙 夏雨

阵阵疾风骤雨生，长长短短读书声。阴阴一半是晴晴。独木成林成日月，年年岁岁自枯荣。相相似似总无情。

297. 金盏倒垂莲 寄杨仲谋安抚

鸿雁天边，过衡阳青海，两度经年。如是归来，不可不当然。一字是排空见，问寒暖，缺缺圆圆。春间秋问声声，莫以方圆。人形南来北往，日月飞不断，自在芦田。有雁门关，也有衡阳泉。只是道家乡矣，半岁北，半岁南川。桃杏霜雪春秋，次第云烟。

298. 西平乐 广陵送王资政正仲赴阙

尽日临流一目，万里当千绪。何以江山日月，时节朝朝暮暮，天气云云雨雨。烟光处处，装点平芜玉树，不分付。甘棠好，听燕语。数尽三三九十，两五蛙鸣已住，各自朝天去。世上物，情情已顾。秦楼弄玉，穆公相许，箫不止，凤凰误。百岁父母百度。可怜向晚，啼鸟声声如故。

299. 御街行　待命护国院，不得入国门，寄内

如来如去如天老，臣已半，君还晓。东君春梦作黄粱，雨雨云云多少。谢还冠冕，便衣明月，秕秕墙头草。朱颜不可惊飞鸟，珠阁门开小。护国辽埋历历好，无锁有栓当道。高楼歌舞，月明池树，人事多情早。

300. 生查子　同前　感旧

轻轻细露云，点点芭蕉雨。促织有啼声，独叶清高树。君家日月分，子曰在朝暮。一夜半阴晴，九陌三更故。

301. 青玉案　同前

重重日月重重路，十载别离墀步。见得红墙红漏处，去来来去，是朝廷顾。社稷江山付。未了天下风云树，杜断房谋未知数。已有香烟香如故。一人掌老，半生朝暮，只以君臣度。

302. 水龙吟　始去齐，路逢次膺叔感别　叙旧

惊回岁月如烟，运河过了钱塘岸，杨杨柳柳，丝丝帛帛，江南一半。未了隋炀，向长城问，雨消云散。这秦秦汉汉，天堂水月，芳草色，群芳畔。自古何人兴叹，运河船。去来无难，桃桃李李，人前人后，

风尘达旦。误了春秋，还应冬夏，四时齐观，莫以桓公见，英雄自古自平生难。

303. 南歌子　谯园作

一半江山雨，三千弟子名。人间自古自枯荣，步上谯园明月带风情。不饮千杯酒，当然后步行。平生足迹足生平，柳柳杨杨处处共阴晴。

304. 醉落魄　用韵和李季良泊山口

飞鸿落鹜，溪山泊口多烟雾。知君已在渔矶处，明月相随可吩附。谁家歌女不应顾。南陵风水波秩序。幽幽曲曲赋群芳妒。何以文章，太守无须误。

305. 万年欢　次韵和季良，卜命黄花达帝畿与雅卿

少小当然，一云飞远天。燕赵英俊。十八可攀登上，登上香山千仞。振袂皇城北海，雅卿家，初诗遗韵。情管鲍，同下山城，半生同学音信。如君似我无礼，只知身是途，何以无近，月月年年日日，杏坛师训。似如似如其向，算黄花，东君兴奋。因此卜，投老生涯，以梅花傲霜郡。

306. 临江仙　信州作

谪官江城无所谓，冠冕官是是非非。书生不得向乡归，春来应向北，秋去向南飞。本本天天相似少，花花草草菲菲，今年不与去年晖，山河依旧改，日月去来微。

307. 虞美人　羊山饯杜侍郎郡君十二姑及外弟天逵

羊山不向谁人间，月色封霜韵。油灯野店对黄昏，半在途程半在小姑心。行人古道行人近，不语何离分。长亭十里一乔，少小成明老大见如今。

308. 安公子　和次膺叔

九日重阳到，落叶又前人老，我不归根归不得，共君同途少。有了当年，学得玄元道。山谷山，何以千金笑。到头来今古，恰以华胥一觉。此意何时了？故乡处处生春草。曲曲黄河流不尽，夕阳飞落鸟。远近是，梅花三弄秦楼小，向穆公，凤凰声中晓，曰："凤凰凰凤，忘了父母谁好？"

309. 绿头鸭　琵琶

半阴晴，半遮面，一音三断，一弦三弄余声。有秋风，穿堂入室，柳杨树，独对蝉鸣。高处偏宜，遥遥远远，风流无止是乡情。长亭外，水烟未了，敕勒霜明。汉宫城，昭君好在，阴山在，单于生。这琵琶，画师春梦，蜀女影，百岁身名，不须是，司空见惯，司马落珠行。四面埋伏，刘邦项羽，鸿沟不结未央盟。九月九，茱萸重采，寄弟和兄。

310. 水龙吟　寄留守无愧文

江南水水山山，杨杨柳柳青莲岸。风花雪月，儿儿女女，桃花粉面，羽扇纶中，一湖云润，运河船断，上青楼而曲，歌头又起，红白处，

莺莺乱。谁记取,长生殿,这明皇,霓裳如见。胡儿羯鼓,内宫宫外,安史已半去了。长安,雨霖铃驿,亡羊兴叹。问江山社稷,风云不尽风云散。

311. 惜奴娇

歌舞楼台,只是人情误。许衷肠,分分付付。几度生平,有来去,无须主。日暮,问夕阳,何归是处。留下黄昏远近望,波光许。见渔火,阿谁相顾。那里思量,诗书客,最苦。天伦里,儿儿女女。

312. 临江仙

自古人间人已逝,神仙不是神仙。年年岁岁又年年。前川前所尽,后者后源泉。不见江河流不见,圆圆缺缺弦弦,来来去去已难全。今天今已羿,昨日昨无延。

313. 又

不见神仙神不见,年年岁岁年年。天涯海角变桑田,今年今所目,隔日隔其天。有欲心中心有欲,秦皇二世无虔。长城汉武作方圆。人前人九派,客后客三边。

314. 满庭芳

鼓瑟湘灵,苍梧竹泪,君山已向长洲。唐陶尧舜,自此一春秋。莫莫以九嶷落叶,飞不尽,随波逐流。三吴水,湾湾曲曲,处处是行舟。 庐垂瀑布,浔阳酒市,牯岭难收。四面鄱阳水,水调歌头。一半朝朝暮暮,天下路,水月沉浮,风流客,情情意意,不作帝王侯。

南宋·李迪
雪树寒禽图

读写全宋词一万七千首
第十一函

第十一函

1. 定风波

水调歌头杨柳洲,隋炀留下运河流。六淡泗淮应是酒,回首,长城南北以何求。无绪定,风波里,江都一梦几春秋。四面尽闻钱塘路,共朝暮,天堂领教十三州。

2. 千秋岁

玉京仙侣,同受玄元结。丹石见,峨嵋雪。天机天不定,一二三成杰。书剑外,寒宫一半更圆缺。不忆杯中酒,还饮溪边月。未料到是,人间别。瑶台瑶草木,度遣尘埃绝。成道也,潼关收作黄河节。

3. 又

朝朝暮暮,渭渭泾泾去,千万里,潼关处。黄河由此渡,听得何言语。谁自主,弯弯曲曲人间路。尽日闻风雨,天下当分付。留下水,中原故。几何飞云鹜,还以前川树。今去也,古人不以江流数。

4. 鹧鸪天

不见鹧鸪已有声,农夫子女以田耕。耕耘自是家庭事,半在春秋半在精。春雨雨,夏荣荣,秋冬收贮慰生平,桑田自得桑田主,拾得人间拾得情。

5. 清平乐

诗翁白首,不饮平生酒,去去来来天下走,水水山山杨柳。楼船造,运河舟,钱塘如此行舟,自是今古古古,人歌水调歌头。

6. 虞美人　宜宾洪水冲倒苏东坡,黄庭坚尚在

庭坚独在东坡去,十日宜宾雨。文章太守共河儒,未了平生天下自沉浮。天涯海角何朝暮,不问人间路。大江东去问皇都,日月山河如此一通途。

7. 浣溪沙　又

日日宜宾水不平,涛声吞没大江倾。庭坚独在向天鸣。只有东坡和水去,天涯海角已无声,阴晴误了一阴晴。

8. 万年欢　寄韵次鹰叔

十里环溪,半繁荣草木,故地清静。点点秋霜,泛泛黄花形影。步步寻寻觅觅,隔载路,无踪无景。杨柳岸,如此年年,石壁云泉新颖。中秋月,重阳岭,忆兄兄弟弟,茱萸采省。少小书生,过了榆关背井。自可千金一诺,也不负,立字耿耿。俯仰处,作了飞鸿,误了家乡同永。

9. 一丛花

细雨和风,密意东君在花心。有白雪,也有梅花,还有梨桃,秀水百年成浔。簇簇知深浅,多流水,树高有荫。根根毕,叶叶枝枝,浣花溪上有知音。梦已三更,行亭十里,营营自啼韵。百草路,百草霖霖,高山流水处处,天中鸣琴。多是多情久,何所问,古今古今。空山是,杨柳山河,独木自成林。

10. 减字木兰花

朝朝暮暮,去去来来都是路。一半江都,一半钱塘一半吴。朝朝暮暮,去去来来非是路。一半扶苏,一半成成败败儒。

11. 菩萨蛮　自述

斤粮二万三千粒,六千一亩高粱集。二万六千盟人生,诗词三两辑,日月文翁笠。世界有阴晴,心思何不鸣。

12. 鹧鸪天

一半鹧鸪一半声,三更已始五更鸣。人间各有阴晴天,事事人人久不平。无上下,有枯荣。书书剑剑作平生。高低已见东西见,利利名名不可名。

13. 凤箫吟,自度曲

凤求凰,桃桃李李,年年陌上风光。莺莺鸣鸣百鸟,花明千草碧,十三香。长亭长在路,古道,柳柳杨杨。满目是,杨杨柳柳,处处家乡。情肠。人生从此霜。冬来梅雪色,向岁月,独度炎凉。格律在,平平仄仄,胜似黄粱。

14. 梁州令　同前

一曲梁州令，三诺少年成性。书书剑剑斩楼兰。如今自是交河定。运河已去长城病，水水山山正。人间只有相映，和和战战由纵横。

15. 引驾行　同前　亦名长春　寄雅卿

春卿春客，东君到了长春晓。下山城，正灯火沉浮，上年华好。多少，记雾里光摇，四川重庆大学校。夜校部，天心独俱，喜同林，共两鸟。多少，相如宋玉，杜曲庐家窈窕。自举案齐眉，高山流水，半情未了。多少。问冯唐回道，书生何以误偕老。自别有，诗词永日，比人间草。

16. 菩萨蛮　同前

夫妻不是同飞鸟，森林自得森林小。自以作书生，观音天下情。三生应以才，半世同居少。草木有枯荣，阴晴何独鸣。

17. 点绛唇　同前

迫近遥遥，情情意意时时好。有阳关道，也有天涯小。最是行中，独木桥头堡。谁知晓，向嫦娥了。不作婵娟鸟。

18. 上林春

当是中秋，三夜月明。见得婵娟分付。桂香玉影，蟾蜍白兔，寒宫锁开朝暮。向嫦娥问，几圆缺，几时暗度。有人间后羿去，不尽这生生路。见弦弦，

一日一数，如今是，缺缺圆圆无故。上下左右，东西南北，行止止行辛苦，与天共住，不回顾，似前如离。济生灵，共草木，不同孤鹜。

19. 杨柳枝

杨杨柳柳一风斜。半人家。村前巷口似云。到天涯。十里长亭行不尽，色如花。枝枝叶叶似奇葩，共桑麻。

20. 蓦山溪

杨杨柳柳，不以君开口。雨里一东风，吹不尽，垂垂相守。春春早绿，夏夏尽风流，君子友，小人友，日月何分手。重阳数九，落叶谁知否。自去不归根，经隔岁，冬梅先后。江山草木，处处共茵茵，黄青首，青黄首，又是新杨柳。

21. 又

村村杨柳，处处长亭友。日日自垂垂，供折取，分离携手。灞桥水色，枝叶已随君，千不主，万难走，饮了三生酒。川川杨柳，不尽诗人口。有水口山口，亦必有杨杨柳柳。生生伴。自以自消声，无知否，有知否，不是多杨柳。

22. 生查子

梅花白雪梅，雪白梅花雪。别别又离离，柳柳杨杨折。春春雨雨催，夏夏荷莲节。最是一秋冬，见得何豪杰。

23. 少年游

春花秋月，草岸荷塘，江南一路。沿汴水运河去，六渎色，朝朝暮暮。

五湖同里，杏桃无数，梅花如妒。最不是，以红尘误，似海香雪雾。

24. 青玉案

春风已到秦淮岸，百草色，风流乱。上了金陵王稿叹。燕飞飞燕，乌衣桥畔，曲曲歌歌半。桃叶渡口轻轻唤，去去来来雨云散，不以献之书法案，以文相待。望洋兴叹，都是人间冠。

25. 江城子　赠次膺叔家娉娉

娉娉不道不轻盈。好名声，好心荣。晋晋秦秦，结结繁红缨。豆蔻年华多自顾，情意外自心惊。章台四面草花明。半枯萌。一倾城，色色颜颜，处处有啼莺。不在春前春后问，由约定，以文明。

26. 青玉案　伤娉娉

儿儿女女谁儿女，道不尽人情语。宋玉窥墙窥来去，只当无见，有情留处，只以相思虑。柳絮未了飘杨絮，去去来来似相与。只有私心私越楚。一遥不近，不言无助，梦里深深倨。

27. 胜胜慢　家伎荣奴既出有感

一半春风，一半细雨，杨花柳絮轻飞。别别离离圆缺，百草菲菲。红尘不当一半，作芙蓉，楚女腰围。未算肯，有秋风南北，不向根归。已见章台草木，铜雀台，余音是是非非。魏蜀天围，不事微微。留下凌波洛水，这陈王，不误香妃。又争可，一郎成儿女，已了相依。

28. 点绛唇　同前

哭了人猜，不离不弃相思暮。笑音相许，步步重回顾。一路徘徊，一路难难心去。三生误，半生风雨，一诺千情数。

29. 永遇乐　赠雍宅璨奴

暮暮朝朝，朝朝暮暮，来去来去。一半平生，平生一半，事事人人故。成成败败，荣荣辱辱，俱是公卿路。向兴亡，江山后稷，自然天下分付。川川日月，山山林木，且且以身相许，曲曲歌歌，姿姿态态，切切由情妒。红唇皓齿，蛮腰细细，樊姬舞舞，自以倾倾许，念奴去，人间纪念，有千百度。

30. 虞美人　代内

夫妻本是同巢鸟，落落飞飞晓。男儿有了女儿桥。自以心志心曲半云霄。夫妻未尽情多少，岁月年年老，童翁不可自逍遥，日月江河流水有波潮。

31. 行香子　赠轻盈

柳柳杨杨，水水塘塘，问轻盈，红了荷妆。芙蓉出水，成了莲房。似桃花颜，李花白，杏花香。隔壁邻墙，太守文章，有丹青，无可雕梁。偶然听得，是凤求凰，不疑知音，是郎语，问萧娘。

32. 感皇恩

曲曲一江流，洲洲碧柳。五女山前问知否。榆关已过，燕赵英雄如田。剑书书剑手，天相就。一字排空，三生交友。沿了钱塘运河走，下吴下越，少小老翁回首，姬姬曲曲后，何言酒。

33. 临江仙　代内

步步朝朝闻喜鹊，声声不断氤氲。知君欲解石榴裙。羹汤应已就，子女未分云。一载十年曾不定，三生伺奉辛苦。窗前灯火向归君。天天寻日月，夜夜梦相闻。

34. 碧牡丹　王晋卿都尉宅观舞

水水山山几，重山山，重重水。雨雨云云，舞舞歌歌比美。曲曲上眉头，身作吴家姊。余音是，牡丹。楚腰伎，三峡瑶姬姒。思量暮朝无止。再见夫人，侍儿子野轻视，望极兰桥，万里还千里。几时终，几时始。

35. 少年游

佳人一曲值千金，一半少年心。吴山吴雨，云云雾雾，谁与共知音。已见楼前明月色，风露点弦琴。何以婵娟，一波三折，古古已今今。

36. 西江月

有有无无似是，离离会会难猜。情情意意总徘徊。暮暮朝朝陷隙。已见春春夏夏，楼楼处处台台。春莺老了共蝉催，日日年年派派。

37. 鹧鸪天

去去来来半是非，生生灭灭一回归。春风不尽秋霜尽，细雨难停细雨霏。知鸟落，见鸿飞，排空一字入心扉。人形自在人形里，北北南南满翠微。

38. 满江红　寄内

妇妇夫夫，何老少，朝朝暮暮，何内外，同行同止，去来来去。与共荣荣还辱辱，和和气气多云雨。有苦辛，也有富贫情，生儿女。户已立，家已主。公已至，人分付，古今今古见，苏秦何路，百里奚临盆一水，原来此去倾难复。这人间，自以自求同，当心度。

39. 菩萨蛮　代歌者怨

清歌一曲人间去，杨杨柳柳长亭路，小小问东吴，明皇民念奴。春莺春自度，草木何分付。日月自江湖，声鸣难独孤。

40. 临江仙　自度

半作诗翁今白首，如今八十人生。今今古古读书声。阳关门外见，百里一沙鸣。只以刻舟求剑事，当然日月耘耕。诗词十二万千城。身前身后见，去日去时情。

41. 浣溪沙　谢独娜一扇过伏天

一扇清风一扇凉，独娜共伏独娜香。成林步步自扬长。老子幽州幽燕路，诗词十万过黄粱。衷肠不尽不衷肠。

42. 苏小小

越水十三州，吴山一半楼，红尘征雨岸，碧玉碧桥头。

43. 临江仙　又

格律诗词今古论。平平仄仄平平。声声不尽又声声。扬扬天下事，抑抑久难鸣。自以随唐先后继，运河六淡人情，江南一半柳杨荣。荷塘荷日月，水色水和平。

44.紫玉箫　过韩相家伎轻盈所留题

歌曲声声,余音无尽,舞姿香满轻盈。初花自比，复见应知己，云雨多情。不可虚见，天下色，第一佳名。何归去，相思有人，别了谁英。襄王宋玉三峡，神女是瑶姬，语语萌萌。朝朝暮暮，雅卿迎，曾以手系红缨。有高唐梦，留所想，海誓山盟。芳香在，当以吕今，当以吕赢。

45.斗百草　二体之一

事事人人，别离离别知多少？木叶菲菲，百花开谢，春去春来不了。自无言，日日写诗词，终生还好。俯仰望浮云，舒舒卷卷，去来杳杳。已是春秋相继，日月穿梭，名利富贫如百草。有了枯荣，却无先后，四时序，知知晓晓，从今古，玉宇长空凭飞鸟。此情绪，数英雄，武陵源小。

46.又　二体之二

帐外相如，帐中且以文君匿。以此知音，琴里水山相识。可当垆，酒市半旗亭，相知相倚。路路又何妨，临邛且好，共飞比翼。三弄梅花信息，云落云浮，高山流水无已极。何以阳关，任沙鸣，平生直午。重寻路，前度刘郎寺僧惑。何相忆，问东君，不知社稷。

47.斗百花　汶伎阎丽

小小何知何意，记得其时彼此，男女共同歌舞，一度春秋儿戏。三叠阳关，楼兰过了交河。回首是，梁州地。不以求名利。适者知己，有风云已至。情寄日月，声声与人轮次。不见无休，人生处处前行。还是作英雄器。

48.又　汶伎褚延娘

一半英雄当步，止止行行无数。何须长亭荒芜，不顾杨花柳絮。百花处处，颜颜色色相妒，方见情情绪绪，始始终终去。留待人间，只见朝朝暮暮，云云雨雨，不以醒醉相度。劝于英雄，黄昏过了阳关，听得沙鸣无数。

49.又

何以人间儿女，自古英雄不语。曾以水花明月，一诺何言来去，即已前行，楼兰不远交河，此己是长安虑。继以身外誉。听了沙鸣，又忆霓裳可与。歌舞楚腰，惊鸿掠影无据。别以延娘，阎丽自正罗巾。须以月牙湾曙。

50.御街行

英雄不减当年路，已救美，平生去。江山社稷作人生，一半天津相顾。原来如是，当然如是，古古今今主。儿儿女女有情人，一步步，千千度。风流日月自经年，老少中青朝暮。少年一诺，中年分付，老得诗翁故。

51.南乡子

一汉一昭君，作了琵琶易了裙。已得单于胡日月，云云。半在人心半在勋。画里画师闻，不是丹青不是文。敕勒川中牛马草，殷殷。只有香花处处芬。

52.清平乐

朝朝暮暮，万万千千路。止止行行天下去，不管何人不顾。平生处处平生，东吴蜀魏东吴。不在出师表里，周郎赤壁飞鬼。

53.好事近

日月几何多，落不尽人间鹊。草木丛丛繁简，去来无求索。山山水水问江河。一影是云鹤,道道儒儒佛佛，俱是平生泽。

54.调笑令　西子

西子，浣溪水。应是轻纱多少姊。声声若耶花已蕊，粉粉头头分襁。吴吴越越相思子，古古今今何止？

55.宋玉

朝暮，有云雨。三峡高唐官渡去，巫山两岸成一路，唯一人间分付，襄王忘记相思楚，淼淼嘉陵神女。

56.大隉

波浪，帝王将，成败江山谁是相。桃花一枝春风状。事事人人思量，前前后后推流水，似五湖风云涨。

57.解佩

君非玉斧望归来，落水桃花已相误。相误，一春路，已自成蹊不去。青青结子心心主，自己分付朝暮。夏荷点点雨，共了人生处处。

58. 回文

丝丝缕缕回文处，妇妇夫夫心寸结。寸结，白如雪，一练经心不绝。青龙折虎交相切，凤凤凰凰明灭。有圆圆缺缺，自以弦弦折折。

59. 春草

闻君东马向江南，为傅春草忆相忆。相忆，已无极，去了江南信息。杨杨柳柳荷塘色，梦了双飞云翼。已然独自在，且得丝丝织织。

60. 洞仙歌 泗州中秋作，此绝笔之词也

中秋一夜，只以圆圆好。草木经霜见多少。有当年，也有今日行身，复至于，辛苦年年不老。耕耘常日月，物是人非，古古今今去来晓。见孤寺，问晨钟，拜得如来，观音道，无烦无恼。但自在，应年岁华迁，水水别河源。不知谁老。

61. 下水船

十里长亭路，何以人生步步。柳柳杨杨，风风雨雨谁顾。有朝暮，无有成途草木。巴山楚水如雾。裴庭裕，敏捷文书度，下水船中寻常赋，了了丹青，朝中一半分付。莫回顾，当以江流自去，随以朝朝暮暮。

62. 洞仙歌

金秋正好，有黄花已早，一带山光半霜晓。见枫林变色，采得荣黄，兄弟问，何言陶潜诗道。在江陵种橘，

曾妒王孙，因是年年果收到。一百日，三千里路，山河风云，北南东西草，以年岁，经心苦栽培，不必问文君，当妨便倒。

63. 又

黄黄绿绿，色色颜颜好。枯在江南枳难了。泗淮分，一水南北相闻，以本鉴，辛苦因不少。长沙连抽麓，橘子洲头，已是英雄昆行晓。有了秀色，带寒香，软软绵绵，心中了，非花非草。只记得，人随岁华移，果以优劣种，智成人老。

64. 朝天子

醒醉何人说？有绿蚁，有葡萄雪。寒食一别，再续清明节。日日饮，人生多少绝。只以醺醺明又灭，春睡缺，睡秋缺，天天睡缺。

65. 陈师道

菩萨蛮

平生不尽平生路，人间未了人间暮。自以自扶苏，何言何越吴。行程行步步，日日经天数。十里过姑苏，千年成五湖。

66. 又

高高玉宇低低燕，西西水色东东见。日日运河船，年年杨柳天。常闻炀帝院，又见长生殿，一水一红莲，叁花三玉田。

67. 又

斜塘四面斜塘雨，唯亭两岸唯亭女。碧玉小桥姑，碧螺春五湖。盘门杨

柳树，同里江南故。水调到江都，隋炀何有无。

68. 又

年年七夕年年缺，儿儿女女儿儿别。岁岁鹊桥街，年年双手谐。人间多少折，世上去来说。处处雾烟疆，心心相互怀。

69. 木兰花

阴阴不尽晴晴见，杏杏未了桃桃面。隋炀造得彩楼船。明皇上得长生殿。蓬莱已远人难恋，古寺心诚香火便。莫愁还了一衷肠，误了平生红线牵。

70. 南柯子 父母空桓仁，五兄弟一妹，妻雅卿，女今子赢

故土家乡在，父母日月情。兄兄弟弟是平生，一妹人间留下共阴晴。一半长春好，三生向雅卿。北京城下共枯荣，记取中南海里，我今赢。

71. 西江月 又

草木人间草木，枯荣日月枯荣。中庸一半是人生，处处清清净净。水水高低水水，平平不定平平，情情似此似情情，姓姓名名姓姓。

72. 菩萨蛮 又

年年岁岁成杨柳，平生不饮平生酒。水调一歌头，长城三界丘。人人行自古，事事交朋友。日月自春秋，诗词千载留。

73. 虞美人 又

春花欲住风催去，自作云烟雾。杨杨柳柳半江都，一片红莲红水满东

吴。何知岁月何知故,日月春秋木。夫差木渎馆娃苏,五霸江山已去,范蠡孤。

74.木兰花　汝阴湖上同东城用六一韵

江南落叶湖平阔,三潭印月泠泉越。苏堤半成白堤桥,文章太守西施阙。轻纱浣了耶溪汨。白发黄花何不歇。一流清去载风光,不误平生多少末。

75.南乡子　九日用东坡韵

过了十三州,九日黄花一水流。影入寒江留落雁,悠悠。不到耶溪步不休。水调唱歌头,柳柳杨杨半系舟。莫以长城分南北,楼楼。一半王公一半侯。

76.又

不问十三州,九日重阳九日秋。一叶飘飘飞一叶,悠悠。水调歌头水调舟。草木自风流,旧曲佳人总不愁。涨退江潮沙漫漫,休休。远近沙平远近楼。

77.西江月　咏荼蘼菊

半半黄黄白白,丝丝络络长长。肌肌骨骨玉人香,练练团团盎盎。抑抑扬扬就就,颜颜色色风光,妍妍带带似萧娘,小小娟娟俯仰。

78.又　咏榴花

叶叶枝枝校小密,红红绿绿繁荣。灯笼挂满欲倾城。结子心中定。自是摇摇摆摆,无言处处盟盟。颗颗粒粒作平生,雨雨云云天性。

79.菩萨蛮

娇情媚性别时难,蚕丝茧壳谁人断。一去一人间,三生三界还。舟连分,水合波三断。曲尽向红颜,人情寻不闲。

80.减字木兰花　九日

杨杨柳柳,九日重阳君子酒。上了江楼,白首黄花一半秋。知知否否,采了茱萸兄弟手。问得江流,日月山河作去舟。

81.满庭芳　咏茶

水水山山,山山水水,闽粤一春先。尖尖芽细,一两数三千。且与人前兴叹,龙井色、碧螺春天。梅坞岭,清明谷雨,玉女满村边。烟云烟云露,悬悬不止,不止悬悬。望东吴北越,岁岁年年。记取乾隆私访,茶品味、作了时解。东南岸,姑苏碧玉,一立小桥边。

82.南乡子　自述家

一字一书香,半壁江山半柳杨,止止行行千万里,衷肠。处处年年忆故乡。有雨有钱粮,创得关东自在王。祖父桓仁天下路,爹娘。五子登科小女姜。

83.清平乐二首　又

朝朝暮暮,去去来来路。止止行行都不误,莫莫休休无顾。平生越越吴吴,杭州过了姑苏,见得隋炀杨柳,长城秦汉殊图。

84.又

生生命命,绪绪情情定。自在从前人属性,马马牛牛方正。成成败败成成,荣荣辱辱荣荣。日月耕耘日月,声声世世鸣鸣。

85.南乡子　又

白首一诗翁,半以人生半始终。十万诗词唐宋客,由衷。过了乾隆世界雄。李白陆游穷,七百清平万首空。荷马莎翁三万日,工工。过了西方过了东。

86.罗敷媚　二首　和何大夫荼蘼菊

重阳不以黄花绪,叶落飞扬。换了秋妆。十里相逢一路香,纤纤簇簇化炎凉。共了浮霜,共了低昂,共了钗头独秀芳。

87.又

春风化雨连蓬作,九日秋霜,过了重阳,十里得山十里黄,桃桃李李忘刘郎。雪时雕梁,雪里梅芳。雪里东君唤水乡。

88.木兰花　和何大夫

朝朝来去朝朝暮,处处人人三界路。别别离离自情情,送送迎迎都不负。杨杨柳柳隋炀树,帛帛丝丝吴女顾。楼船到了一江都,回首人间何自付。

89.减字木兰花　赠晁无咎舞环

婷婷袅袅,鹤鹤姿姿多隐约。过了天河,见牛郎问小哥。疏疏略略,七夕桥中都是鹊,织女嫦娥,见了夫君是几何?

90. 又

羞羞莫莫,意意情情都是客。过了天河,织女牛郎不可多。桥头草草,留下人间求复索。久久厮磨,久久相思久久歌。

91. 临江仙 自述

未了平生何白首,幺余退而夫休。诗词格律一江流。唐诗唐古,宋句宋春秋。十二万余千百首,今今古古沙洲。长长短短句殊谋。温庭筠一曲,李白向江油。

92. 南柯子 问王产之督茶

白雪梅花后,清明谷雨前。东君已始绿溪川,小小碧螺春木一芽先。四面江湖水,三吴雨雾烟。洞庭山上两三泉,一万三千小叶煮茗宣。

93. 减字木兰花

娇娇小小,细语轻声和老老。浪浪潮潮,雨雨云云上。花花草草,日月阴晴终始好。一半逍遥,一半人生子女桥。

94. 清平乐 二首

霜声满地,叶叶无留意。一阵轻风飞不止,自己离根未已。秋冬春夏迟迟,枝枝树树司己。岁岁年年本本,摇摇摆摆何知。

95. 又

秋霜一院,月色三宫殿。别别离离难得见,记取桃花如面。隋炀有了

商船,江都有了婵娟。二十四桥弄玉,三千弟子丹田。

96. 卜算子

杨柳运河船,杨柳婵娟见。杨柳垂丝处处莲,女女儿儿面。处处水云烟,处处云舒卷。处处人情不岁年,最是江南岸。

97. 洛阳春

曲到余音娇面,离情已见。樊腰素口乐天闻,赤壁借、东风便。向背在人前,记取长生殿,只以高唐梦里恋,留下由君便。

98. 浣溪沙

夕拾朝花处处怜,三秋细雨莅垂眠。枝枝节节各尊天。已见长亭长短路,飘零落叶远根田。轻衫一路各自然。

99. 临江仙 送叠罗菊与赵使君

九月重阳重九日,黄花一半轻寒。团团簇簇叠霜澜。香罗香密密,色淡色云端。一片芳心芳一片,人间以此作青丹,金銮驾上凤凰冠。由天由自己,任地任汗漫。

100. 浣溪沙 观雨书房

几净窗明看雨星,东君自惜晚丹青。苍梧已见误湘灵。橘子洲头洲子橘,聆听之后不聆听,江山易改座中铭。

101. 清平乐 柑子菊

柑柑菊菊,叶叶苍苍竹。叠叠重重成一族,密密丝丝表淑。婀娜片片衣裾,烟烟露露书书。九九重阳九

九,黄黄绿绿舒舒。

102. 南乡子

柳絮落黄楼,一半春风一半秋。盼盼英英留曲赋,悠悠。李李桃桃子不收。自古大江流,莫以披云寄莫愁。白雪梨花原是树,休休,到了人间到了头。

103. 其二

一岁一人心,十载杨杨柳柳林。盼盼英英分别曲,音音。一代声名一古今。半剑半书琴,独木百年独木林。不得生前生后事,寻寻。水始弯弯水始深。

104. 临江仙

万里晴空飞白马,小桥流水人家。郎中四品到天涯。三山平五岳,一水浪淘沙。步步人生行步步,农夫麓收桑麻,辛辛苦苦着乌纱。前途前不止,后顾无他。

105. 蝶恋花 送彭舍人罢徐

十里长亭长短路,一半人生,一半何朝暮,一半江山云雨雾,何人不送何人去。一半前程前步步,一半官程,一半成林木。水水山山峰几许,登高一望谁分付!

106. 西江月 咏丁香菊

浅叶含霜点点,深心隐约黄黄。炎凉之后自扬长,九月人情仰仰。岁岁年年日月,风流自在重阳,山山岭岭满丁香,近了冬梅模样。

107. 洛阳春

水影如花如面，方方便便，波波浪浪自粼粼，处处折，难成线，已是洛阳牡丹，舒舒卷卷，只荷素袖暗藏春，且要识，东君倦。

108. 菩萨蛮　寄赵使君

诗情一别诗情老，人生半度人生少。夜雨已潇潇，风云声玉箫。郎中生百草，四品成仙道。不可独逍遥，当然途路桥。

109. 减字木兰花　和人对雪

瑶川如雾，处处梨花形树树。不要知书，不要樵声不要渔。蓬莱已许，且告东君朝暮。雨后荷姑，出水芙蓉一半吴。

110. 卜算子　送梅花与赵使君

白雪一枝香，借与东君享。未及群芳未及妆，得以心心向。素面作梨花，古木衣衫昶。一色千姿百态扬，只作乾坤朗。

111. 渔家傲　从叔父乞苏州潜红笺

乞得姑苏红笺力，排云一鸟飞云翼，格格音声音韵得，平仄强，今今律律成唐直。白雪陪冬天下霁，梅花一带春消息。润潜街南桥北匿。丹青色，人间满了平生忆。

112. 少年游

半生千里半扬长，应往事，向前方。好山清水，天涯海角，何以作家乡。圆圆缺缺嫦娥在，弦弦误，隐时长。

万种千般，剑书书剑，年少不思量。

113. 南乡子

半读一诗书，豆蔻年华十六余。已得音琴词赋曲，相如不见周郎不自居。草草不荷锄，有水粼粼有水鱼。独得身姿千百态，初初。以舞三更裙落裾。

114. 木兰花减字

如烟似雾，一半姑苏同里树。过了江都，是以吴江入五湖。云云雨雨，一半阴晴都不对。一半东吴，一半人间作念奴。

115. 踏莎行

白白红红，红红白白。人人处处行阡陌，运河过了一扬州，江南雨雨云云泽。百百千千，千千百百，人间不了人间客，杨杨柳柳半山河，隋炀换了吴江帛。

116. 菩萨蛮　佳人

秦秦汉汉桃源洞，人人事事黄粱梦。一半佳人佳女色，未了姿情未了从，请君先入瓮。

117. 卜算子

不可误人生，自是人生好。有了东君有了情，自是人生草。自在自春秋，春秋人间道。处处生平处处明，若以人间老。

118. 二

一水一河桥，两岸千舟少。社稷江山作玉箫，未尽人生了。有水有波潮，难问难寻早。处处江楼逝水消，

只可天难老。

119. 三

百岁一平生，半世千年了。古古今今自不明，历史由人草。野史野人书，正史无知晓。败败成成未可名，辱辱荣荣老。

120. 青幕子妇

减字木兰花

词词赋赋，永叔子瞻曾独步。小小东吴，盼盼徐州作念奴。文章如故，太守芳华多少慕。谁问西施，谁问昭君敕勒胡。

121. 张耒

减字木兰花

龙门一志，减字木兰花下意。秘秘书书，正字难平元佑居。房州次字，一记峰名词一记。少少余余，已了樵情已了渔。

122. 鹧鸪天　入京书字，桓仁第一人

金榜题名第一人，桓仁五女半秋均。轻霜九月重阳日，此路京城此路尘。三世界，五湖津，郎中四品作官身。外交地铁中华客，彼是欧州我是春。

123. 满庭芳

玉石丹炉，金丹一粒，制成方丈屠苏。虚名成就，步步著书儒。易于闲田野鹤，经昌明有，有有无无。江山易，枯荣不改，洛水作东都。山中山草木，风云上下，独自扶苏。望人前人后，各自殊途。近了瑶台玉树。西王母，汉武嗟吁。平生外，寻寻问问，一

影一飞凫。

124. 风流子

秋叶一重阳，千山落，共与菊花黄。有形有影飞，本根分别，似曾相思难度斜阳。只以抑扬多远路，不似凤求凰。欲止又休，逐流随去，来去何方？沉浮当然了，含霜重，无知待月非乡。百草暗藏，一年一度炎凉。且与时且与，南南北北，雁门飞，关下衡阳。天便生人，云来来去何妨？

125. 秋蕊香

两岸运河杨柳，一半女儿酥手。多情已似人间酒，点了文章太守。萧娘请了刘郎走，解红袖。弹琴已尽相依旧，此意君心知否。

126. 少年游

少年游里一轻歌，情入半香罗。荷塘月色，红楼媛女，曲曲似天河，偷偷传信心思多，以碧成朱棶。思思量问嫦娥，玉宫里，有清波。

127. 鸡叫子　荷花

芙蓉凌波问陈王，碧叶红云自在香。子子蓬蓬云雨阔，是衷肠。

128. 侯蒙

临江仙

不见行藏知远近，江流一向西东。年年岁岁已成空，人人由自己，事事可英雄。六国苏秦知六国，饥饥饿饿穷穷。羊皮已了五张丰。当然当俯仰，步以步兴隆。

129. 周邦彦

瑞龙吟　春景　大石　取为三叠

章台路，还是白雪红梅，问桃李树。群芳自以心中，冲冲动动，东君已主。暗分付。百草已先争绿，几何朝暮。云云雨雨烟烟，杨杨柳柳，垂垂不语。无可刘郎重去，寺僧同理，四时如故。当以旧家声娘，歌曲无数。文章太守，记取东坡句。青楼上，吟吟赋赋，闲庭信步。一作飞鸿去，半知万里，三生不负。峡水朝官渡。神女误瑶姬高庙口相付。一应宋玉，楚王回顾。

130. 锁窗寒　越调

鼓鼓钟钟，钟钟鼓鼓，入心经曲。空空色色，色色空空相续。滴石阶，细雨不歇，五更不断西窗烛。以吴江楚月，一流到此，有言金玉。朝暮。迟迟促。问野店村烟，晋秦履足。陈仓暗度，栈道嘉陵荣辱。汉王朝，韩信张良，萧何月下今何属。几归时，败败成成，一放应一束。

131. 风流子　大石

荷叶小池塘，由明月，处处闪灵光。白莲白玉房，一蓬多子，细丝心中，红白青黄。绣阁凤帏藏隐约，苦苦筑文章。最最此心，品来尝去，小芽先绿，留下清香。芙蓉初出水，婷婷立，应自恃，带新妆。左右方向，前前后后扬扬。且不须说于，蜻蜓点水，便偷消息，秦镜西厢。天已从人，一波三折何妨。

132. 渡江云　小石

山青风已静，渡江云落，一水浪淘沙，见潮潮汐汐，海角桑田，远远是天涯。回回顾顾，举足望，玉立风华。但见是，杨杨柳柳，处处可藏鸦。咨嗟。黄河东去，汉水西流，独高低日下。千万里，天庭玉宇，顶戴乌纱。诗翁四品郎中嫁，运河岸，同里蒹葭，天水借，时时叁弄梅花。

133. 应天长　商调

一春二月，千里半黄。江南花草阡陌。水色运河吴越，风流柳杨客。夲，炀帝泽，秀女易。一船丝帛。素娥下，夜夜婵娟，近了周伯。梅花带香白，雪雪梨花，无探访相隔，一到海中芳绝，红尘已成册。东西望，山上获，一十百万千相借。细品味，雨过河桥，云过唐虢。

134. 荔枝香近，歇指，大石调皆有近拍

小大张长生殿，太真面。帝幸日，荔枝香，歌乐骊山院。曲供奉，李龟年，不在人间见。记得雨霖铃蜀中堰。泉下水，井上取，江中衍，且以茶茗，明谷碧螺春见，心自清清，水色东西洞庭选，再与玄宗一禅。

135. 第二

碧碧殿殿红遍，糯米羙。一点小小香甜，深了东江恋。五日忠州燕，飞去长生殿。玄宗会于杨妃，未了相思院。未了两相依太真倩。银白乳，富体软，香肌弁。自以清明，心寸寸，情情见。朝暮临川，一马飞天长安倦，

荔枝荔枝如面。

136. 浣溪沙　长茂小玉醒宇共游什刹海

碧玉重重一点红，残荷处处半莲蓬。珍珠欲止满潮风，后海鼓楼汪魏巷。兄兄弟弟自由衷。重回旧忆作诗翁。

137. 浣溪沙　满汉全席　中国国际商会朱雯伟　御膳宫

敕勒川中百草香，阴山脚下一肥羊。宫廷御膳九天王。海味山珍京八件，飞禽走兽汉旗乡。书生自此半黄粱。

138. 浣溪沙　昨天，今天，明天

骗骗欺欺鬼谷人，真真假假李时珍。当当下下舟自横。古古今今三界见，来来去去一红尘。当天去世将来轮。

139. 还京乐　大石

听钟鼓，古刹，禅音一半传今古。正如来自在，去来行止，观音如主。望尽天波府，空空色色心经囿，有远近，无不路路，思量三五。自然天竺，过楼兰西域，天涯咫尺，鸿鹄飞向玉宇。桃桃李李成蹊，五蕴界，以生如羽。积沉香，缕缕向云浮，龙龙虎虎。一举青鸾步，何归应是归祖。

140. 扫地花　双调

夕阳落羽，玉宇半浮云，如成龙虎。丝丝缕缕。听钟钟鼓鼓，禅音一谱。世世人人，处处时时自。后庭树，叶叶不须迟，听遍歌舞。相望今又古，万里隔云山，不知门户。见滩滩浦浦，蕙兰辛苦，半对黄昏，只道如云似杵。莫迟步，望长亭，作人生主。

141. 春景

解连环　商调

以心相托，西厢已有约，见云间雀。纵妙手能解连环，又不似微之，乐天云薄。盼盼楼空，锁杨柳，十年差错。向成林木叶，不是当时，已是沟壑。汀洲已生杜若，运河南北去，两岸如若。处处尊，心里开发，处处色芳华，总是经络。水馆春红，只与我，梅兰求索，问东君，有花有草，有开有落。

142. 玲珑四犯　大石

却是萧娘，又是遇潘郎，作了飞燕，入得云中，落下是长生殿。慢慢忆取玄宗，细想念，有杨妃面，叹霓裳羽衣曾见。羯鼓梨园相传。明皇如此罗香倦，下温泉，上芙蓉倩。骊山脚下排云院，谁更华清见。是非是非人间，但记取，芳情一片。雨雨云云晚，三峡水，高唐堰。

143. 丹凤吟　越调

一半扬州无赖，一半楼船，琼花杨柳，天下路，人行走。朝朝暮暮，去来去来，水水山山，谁人回首。处处时时前后，太守文章，朋友朋友朋友。况是春风细碧，又当夏雨红白朽。直以秋风肃，向冬梅问侯，四时知否？瘦西湖里，二十四桥何有？桂树寒宫藏玉影，问当时以阜，是非此意，知者谁饮酒。

144. 满江红　仙吕

一半人生，一半是，朝朝暮暮。一半是，柳杨杨柳，去来来去。一半是成成败败，荣荣辱辱阴晴故。一半非，一半是非间，何回顾。一半是，春花妒，一半是秋霜误。问天天地地，几何如主。一半花开花又落，红尘满了人间雨。这枯荣，一半作繁华，谁分付。

145. 瑞鹤仙　高平

玉门关外诺，月牙沙湖，一路沙鸣大漠。斜最当天落，漫云间，海市蜃楼连作。凌云一雀，似雄鹰，何似有约。有沙丘冲动，轻舟骆驼，对日飞跃。回首阳关三叠，此去谁托。去岁朱阁。今世重作。无所欲，有求索，尽西东，不是黄河天水，春秋冬夏收袄。任时光过卸。犹喜人生所博。

146. 浣溪沙　曾家

西湖活水续春秋，一门忠烈载青史。国共当然两渭泾，曾门烈祖一丹青。儒家孔孟志忠灵。昭藻春秋湖水色，儿孙扑继自袭馨。中华自在赣江莲。

147. 西平乐　小石

是是非非，云云雨雨，珠玉满了春花。亮亮晶晶，正怜初结，明明映了无遮。俯仰问其有处，人与风流共晚，重来旧忆故步，区区伫伫轻纱。曾是由此及彼，回顾是依旧两三家。以吴连楚，知齐向鲁，依了曾参，颜子嗟。知孔孟，儒书晦迹，彭泽归来，六国春秋上下，松菊梅兰，杏坛留芳作岁华。多谢故人，长亭十里，

杨柳垂垂。对此淹留,处处寻思,何言海角天涯。

148. 浪淘沙

中秋初,霜轻叶碧,隐隐如雪,清目寒圆未缺。重阳过了六别,桂子欲离倾倾欲说,不流泪,此去经决。玉树后庭宫里何许,弦弦有明灭。情切。一人一世豪杰,日日是文章,千秋节。步步优不劣,以石立天涯,独木成林,翠华未折,凭断云海角,天街若碣。唱罢阳关三声叠,解连环,人生不歇。一门望,沙丘移动阙。交河去,不见楼兰,俯仰见,今今古古沙鸣咽。

149. 忆旧游 越调

已姑苏顾况,客在终身,忆旧情游。落叶离根去,见鸿鹄南北,岁岁春秋。半云半雨吴越,烟里玉花流。一锁在盘门,小桥碧玉,问五湖楼。悠悠。运河岸,记取帛杨柳,满运河舟。直下钱塘去,八月盐官望,水调歌头。千年有了天堂,六合已风流。处处是红尘,苏杭作了桃李洲。

150. 春景

蓦山溪　大石

人人来去,世世应朝暮。日照日荣生,草木水,湖波一路,运河七色,久久自难平。云雨雾,柳杨树,一半天堂付。经年百度,诸葛周郎妒,赤壁火中生,东风借,曹公如故。连营若是,取计孔明谋,吴已误,蜀难谕,魏晋江山主。

151. 少年游　黄钟

金陵采石一矶留,水岸半春秋,去来百里,两分天下,朝暮大江流。秦淮六合江南色,步步少年游。镇江北固,六朝已尽,帆落过瓜洲。

152. 又

夕阳西下半黄昏,草木一荒门。风风雨雨,旧日天气,相次易乾坤。石头无语,梁唐晋汉,周国有儿孙。多情不解故家村,独步问,有慈根。

153. 秋蕊香　双调

小鸭深塘水暖,杨柳色,东君面。运河两岸两三院,白雪阳春唱遍。文章社日心思见,飞新燕。女儿有意作娇倩,花草参差衍衍。

154. 渔家傲　般涉

步步生平谁白首,荣荣辱辱千杯酒。废废兴兴无里有,天下友,人间处处何居守。日日耕耘辛苦手,运河两岸垂杨柳。不到清明寒食后,君知否,春风已向桃花久。

155. 第二

一半春风春一半,江南杨柳江南岸。不算扬州都不算,天下见,商船过往官船断。自古长城南北叹,胡胡汉汉花云畔。敕勒川前今古飨,阴山冠,英雄牧马排空叹。

156. 南乡子　商调　雁

一字一春秋,北北南南两主游。见得人形人见得,悠悠。已去人间已是留。一水一河流,不是东西不是头。水过江楼江水过,舟舟自问次浮自问由。

157. 望江南　大石

游客散,独自上苏堤,居易当时修水竹,钱塘八月下湖西。九陌富春泥。桃李问,年岁自成蹊。何秘见花寻子女,柳杨垂处是高低,莺落亦啼啼。

158. 浣花溪　黄钟

白雪阳春日见低,梅花落下子规啼,桃桃李李已东西。一半姑苏姑一半,牡丹深处杜鹃栖。心中忆故浣花溪。

159. 迎春乐　双调　自述曲

枝枝叶叶知多少?应五亿,谁人晓。一生粮米相同好,七十载,成老小。二万日,每餐两粒,共经度,年年知道,日作诗词十首,完得平生了。

160. 第二

根根叶叶知多少,枝有个,根无了。度年经日荣荣早,一点丈,千家小。只可见,雨云落鸟。熟视去,无睹无道。未得年年来去,作个思量好。

161. 点绛唇　仙吕

一半人生,花开花落春来去,暮朝朝暮,不必时人主。一半枯荣,一半阴晴付。经风雨,有长亭路,也有重阳故。

162. 一落索　双调

何不思量何不问?有花无否。牡丹桃李自相亲,且俯首,花香近。应得阳关西郡,独歌孤奋。玉门关外有沙鸣，天水向，山无尽。

163. 第二

杜宇声声苦苦，含春带雨，风风月月守花香，却不道，人间主。桃李杏梨朝暮，红尘处处，儿儿女女相思，西厢约，谁分付。

164. 垂丝钓　商调

风风含雨,牡丹红了无主。叶叶枝枝，作了长亭路。朝还暮，谷谷川川雾，情怀误。已花尘处处，香泥正是，桃花人面分付。自千百度，若以人心顾，还是思量付，来又去，莫以青羽步。

165. 夏景

满庭芳　中吕

换了人间，群芳似旧，百草不再争先。池塘前后，岸岸满红莲。出水芙蓉叹止。含露水，采女藏宣，莲蓬子，心心苦苦，玉叶玉当妍。年年，天下色，红红白白，绿叶花天，这里鸳鸯戏，那里神仙。织女牛郎隐匿，应最是，一觉深眠。黄昏后，依依就就，不见来时船。

166. 隔浦莲（近拍）　大石

红莲隔浦共色，曲经通窈窕。夏雨芙蓉立，荷盖挺，飞鸥鸟。烟雾连岸。蜻蜓小，点点扬扬好。水云淼，浮萍断处，女儿留影如嫂。红妆已就，束了双波何了？足以婷婷玉立天，惊矫，相思情，有多少。

167. 法曲献仙音　大石

世上千年，人间一幕，女子乌衣时度。

盖以龙云，去来来去，禅音由唐分付。咫尺见，天涯处。人情有朝暮。问谁语。悟心经，色空空色，行识路，天下五蕴自主。过了玉门关，问天竺，长安回顾。法曲三藏，对观音，声声如故。见花前月下，只是枯荣云雨。

168. 过秦楼　选冠子　大石

桂树寒宫,清蟾玉兔，共了人间朝暮。弦弦影影暗暗流萤，多不在人人处。离了后羿私心，已不成眠，立窥相顾，独向儿女许，天地千里，彼此分付。已不得，作了婵娟，容情不已，地上云，天中雨。阳春白雪，三弄梅花，都不过秦楼处，弄玉凤凰无主。谁信神仙。为伊消得穆公主，忧忧步步。月明圆缺数，依旧是，千百度。

169. 侧犯　大石

云云雨雨，夏莲作了浮萍主。朝暮，见了采江妃，镜中许。心深是闽草，池浅游花妒。人前，惊艳质珍珠不由数。冰肌皓腕，白雪梨花浦。回首顾，序身香，声里带心许。已是瑶姬，高唐止步，三峡巫山，何须相误。

170. 浣溪沙　怀仁　林下参

百草之王已至尊，三生有幸有乾坤。千年一鹿对黄昏。自古怀仁怀日月，如今之义至儿孙。中华以此作慈根。

171. 塞翁吟　大石

山海关南北，朝暮色，太阳红。三边外，一诗翁，九陌塞西东。秦州晋祠阴山问，敕勒野草丰丰。十代别，

一人公，以马已征雄。由衷。应记取，昭君出塞，唐宋治，朝鲜域虫，有辽将，薛平贵帐，月明夜，进退同同。教见薰风。菖蒲岁老，早晚成花，结子无穷。

172. 苏幕遮　般涉

问吴门，由细雨。碧玉桥边，一半兰衣女。白雪阳春心已许。秀色冰肌，楚楚倾倾与。过横塘，同里路，语语侬侬，用直姑苏步。小小长洲吴越顾在，几度人间，几度情分付。

173. 浣溪沙

谢了梅花百草香，姑苏一忆半思量，新荷碧玉小桥旁。不可心胸多少露，春风到了低昂，潘郎两目寄萧娘。

174. 点绛唇　仙吕

骤雨初停，烟烟雾雾江南路。去来来去，去去来来去。落叶寒凉，暮暮朝朝暮。长亭树，柳杨如数，不见撑天木。

175. 诉衷情　商调　自许吕字泰山石

南天一石一南天，海角立无边。泰山一字天下，七十半经年。知日月，见桑田，问前川。苦耕耘作，未了生平，未了源泉

176. 秋景

风流子　大石

祖父创关东，开荒奶头山。桓仁县五女，浑江水，桥上望乡田。有十里长堤，古城鲜汉，六河凉泉，挂

牌岭前。南老台,奶头山下土,绵延逐云天。创业到关东,刀耕火种,人参鹿茸,天下方圆。书生书中学,北京钢铁院,大学生员。应念幽燕津蓟,西域张骞。以芳菲荒甸,红英晼晚,林林总总,原始河渊。枫叶五颜六色,浑假当然。

177. 华胥引　黄钟　秋思

庖牺之母,华胥身名,太昊为羽。造就人间,王侯士族成幕府。四序春夏秋冬,草草花花舞。一日江流,陌阡寺里钟鼓。处处繁荣,这神仙,那龙飞虎。女娲天水,一人轻轻列祖。招得玉皇大帝,百鸟朝凤主,万里升平,只留黄帝今古。

178. 宴清都　中吕

一寺听钟鼓,香火续,方丈禅意今古。心经不乱,大悲大咒,金刚如主。天天地地书书,不过尽,千程万羽。谁信得,天竺僧多,真真伪伪难诂。心心念念难同,如来二,观音祖祖,三生大势,未来今煦。春秋半已临宇,只以目,横横竖竖。更久久,只以慈根,了然慧普。

179. 四园竹　官本作西园竹　小石

寒宫一月,桂影入千扉。后庭花落,灯火半明谁解官衣,官竹色,已自立,同形是辈,不分公是私非。
夜何其,书书剑剑公卿,花花草草香帏。奈何灯前火后,无了萧娘,刘郎何归。应不悔,雁一字,春秋两度飞。

180. 齐天乐　正宫　秋思

人间自有齐天乐,西风带来求索,一半春秋,因因果果,日日人人收获。东君一诺,夏雨带芙蓉,叶已先落。自己飘飘,有根不得独相若。疏疏漠疏漠漠,共朝朝暮暮,同谷同壑,作羽分飞,扬扬抑抑,似以群群如雀,孤孤个个,多少有相思,不平停跃,岁岁年年,入荒城外郭。

181. 木兰花　高平

重阳日落黄花秀,叹梅煮酒红酥手。冰肌浅东见清波,千姿百态轻杨柳。其中已破相思守,却恐刘郎谁白首。若无猜得夕阳红,莫以人生知不否。

182. 霜叶飞　大石

已秋霜草,摇摇落,幽幽低作飞鸟,小池浅浅满青山,只见天去杳。五彩岭、枫丹白露,排空鸿雁声声晓。一字自当天,向远近,人形上下,南北何表。回首几过关山,无私年月,有岁难老。凤凰台上见西风,独木成林好。此月弦弦明未了,婵娟不可相思少。有故人,应知道,一意孤行,去来行早。

183. 蕙兰芳引　仙吕

人字雁飞,决心下,上长亭路,对青海衡阳,南北北南孤鹜。玉门大漠,一万里,沙鸣无数。鼓湘灵处,尽长潇湘多雨。草木霜天,江丝竹,不误朝暮。莫以九嶷木,且得二妃旧步。音尘未了,瞻前顾后,今月明,争奈与君分付。

184. 塞垣春　大石

暮色分天半,野草暗,风难断。长城万里几何秦汉,谁运河岸。战和和战气消云散。以物象,谁思乱,以文才,武功贯,古今成败难算。斗斗又争争,王侯胜,当立当冠。大泽起天骄,陈胜吴广叹。一刘邦,不向未央去,鸿沟问,项庄江东看。不必问垓下,以谁项羽唤。

185. 丁香结　商调

千结丁香,牡丹初放,庭树早春先娠。细雨东风汛,带露水,点点珍珠清润。似梨花满树,同桃李,色色不吝。园园红绿,自是岁岁年年不尽。相认。是烂漫芳香,过了梅花雁阵。一字人形,长天象尺,行行进进。知念青海故国,也是衡阳峻。惟丹青相伴,子以秦秦晋晋。

186. 秋景

氐州第一　商调

同里澄江,姑苏夕照,洞庭山上草草。目极东西,江湖落日,天际飞云杳杳。杨柳官船,六淡水,秦淮多少？总是关情,六朝历历,古今谁老。已到苏杭知小小,第一是,盖歌天晓,排遍声中,琴音入破,彻曲临终了。也知音,成大曲,归唐调,回头一笑。已至高堂,问瑶姬,襄王可好？

187. 解蹀躞　商调

已是凡枫红尽,五彩霜林舞,叶飞飞叶,归根几今古。只见叶叶枝枝,年年岁岁春秋,去来离苦。甚情绪,道是生生成府。空中自无主。朽荣繁简，苍公作雕归，以此来去人间，在雁南北飞时，莫辞风雨。

188. 少年游　商调

少年游去一扬长，花似雪，木经霜。玉门关外，交河明月，吴并女儿郎。王孙不是王孙客，何天地，有柳杨。万种千般，五湖情分，行止不思量。

189. 庆春宫　越调

何处阳关,沙鸣落日,玉门一半孤城。海市蜃楼，天涯海角，长安有了秋声。少年来去，岁月里，经年见成。老来回首，何以胡杨，大漠丛生。华堂送送迎迎,官官民民,子语宫轻。第一当头，歌排遍曲，入破彻了音声。一波三折，有密约，时时有鸣。来来去去，暮暮朝朝，路路无平。

190. 醉桃源　大石

冬衣半染江霜成，鬓丝寒带生。月弦挂树几峰情。苍山已不轻。云已落，驿方明。生平行止处，辛苦辛苦历前程，计何多少程。

191. 第二

滩头落日水平沙，潮头千万花。远远近近两三家,船帆曲影斜。翁仰望，见云霞，女儿生玉华。不问十步不参差，一字醉无遮。

192. 点绛唇　仙吕

一路遥遥，长亭古道长亭草，去来多少，独步如飞鸟。落叶潇潇，未尽人情老。行行早，不休无了，柳柳杨杨好。

193. 夜游宫　般涉

别别离离不见，海角岸，天涯飞燕。落了桃花梦里面，东西去，北南来，芳草甸。已有长生殿，太真妃，华清池院，不作玄宗不设宴，见伊时，话云雨，自方便。

194. 第二

自是吟吟叹叹，俯仰里，相思不断。流水桃花分两岸，杨柳下，小桥边，杏化畔。已是书香半，运河水，风云消散。约得商船悄悄唤，是红娘，是莺莺，见玉腕。

195. 诉衷情

当知处处是他乡，读学一衷肠。平生作以杨柳，自在自炎凉。青海雁，度衡阳，儿扬长。地南天北，换了行装，误了爹娘。

196. 伤情怨　林钟

黄昏心绪草草，归鸟知多少。客客留留，满门收夕照。鸿鹄人字杳杳，作一字，暮暮晓工，夜里孤灯，形长人已老。

197. 红林檎近　双调

白雪情知淑，红梅寒溢香。暮色少年问，夕照入林塘。一隙沉阳未了，半遣草木穿肠。已见料理红妆，呵手理丝篁。十里长亭客，三更驿东梁。毫毫简简，风流太守文章，不及渊明柳，桃源远近，弃弦只对情时张。

第二

霜叶惊枝断，水冰结暮寒。白雪沉陆巷，足迹去来消残。不得文竹情面，何言误波澜。步步晴方好，时时望云端。侯门授简，郎中揽笔青丹。对山河故道，风云日月，举目同返庭程观。

198. 满路花　仙台

灯花半寸金，余影十丈节。月明寒不断，路人绝。风流不定，未了轻霜结。玉人红楼曲，带得情悰，切切语语折折。何须尽以目，素手含余悦。相生云雨近，应拙接。知他那里，争信人心切，一路巫山客，十二峰前，似如高唐分别。

199. 单题

解语花　高平　元宵

端庄一半，一半风流。吴楚云梦泽。桂华阡陌，荆州牧，九脉赣江一客。丝丝帛帛，有楚女，纤腰太伯。人与人，情与情交，柳柳杨杨碧。因念楼船一策，运河船南北，商贾穿脊。相逢处，各有暗明收获。年光似易，尤似见，长城拘役。相比寻，去去来来，战战和和丰石。

200. 六幺令　仙吕，重九

天已知，地已知，日月炉中运坎离，灵砂玉石仪。一灵龟，一心持。你无知，我有知。

201. 又　重阳

秋月凉，九月香，九月黄花九日乡。一重阳，一衷肠，有吴娘，有越郎。

202. 倒犯　仙吕调　新月

月月，上弦曾下弦，几何圆缺。悲

欢离别，书生路，一千秋节。明明灭灭，三弄梅花阳春雪，淑玉一寒宫，望及婵娟绝。共清光，共波折。千水东流，一逆岐山，河源天水说。记取陇南北，社稷社，江曲折。爱秀色，初光切。见沉浮，观吴越豪杰。以日日形成，十五梨花结，以嫦娥影悦。

203. 大酺 越调 春雨

暮色如烟，春云落，细雨已成迷雾，淞江流水止，去太湖百里，运河三顾。一半扬州，姑苏一半，杭州一半分付。船商当人去，号声常不断，是天堂路。过了洞庭山，吴中天地，自千百度。杨杨柳柳树。见，不以贫富附。却只向，隋炀帛易，大漠沙湾，对年年，含辛茹苦。作得平阳客，天地上，川前谁赋。回首问，江南处，春秋冬夏，共了江山如故，以绿经天斗牻。

204. 玉烛新 双调 梅花

江山冬雪后，百步暗香来，半春时候。四时和气，芳英嫩，玉烛称之清瘦。岭南昨旌，影影姿姿已初就。蕾顶立，仰望朝天，浓馨已沾衣袖。当然问了东君，探访问风光，故人知否？枝枝盈首，香雪海，唤起桃花杨柳，云云雨雨，露露似珠留新秀。应信道，多是无情，人间宇宙。

205. 花犯 小石 梅花

古今声，梅花三弄，幽幽曲玉烛，四时和属。不误近阳春，忘了荣辱。去年不似东风促，冰肌经雪束。独

傲举，女儿多少，眉间香继续。今年唤起一群芳，相逢似别去，依依难缘。姿望尽，花蕾放，满人间欲。清扬气，月圆月下，人正在，芳菲无可赎。留梦里，一枝天下，黄昏知所触。

206. 西河 大石 金陵

长江水，秦淮旧事如圮。石头故国燕子矶，六朝兴起。浪潮漫卷问金陵，秦皇汉武何止。王谢巷，桃叶渡，莫愁湖上行止。空余旧迹曲新新，向谁旧垒。五更不过樵渔子，朝朝暮暮花蕊，旗亭酒肆有圣旨，是皇城，公子邻里。一半台城留史，这王侯，巷陌人家，一代一世兴亡，斜最里。

207. 丑奴儿 大石 梅花

只着素玉妆，敷白雪，都是清香。已闻远远东君语，群芳百草唤起，大地已可张扬。已入一春乡，牡丹色，桃李柳杨，处处绿绿四野碧，诸芳花落叶共，却无须问缺长。

208. 水龙吟 越调 梨花

梨花树树梨花，佳人处处佳人罢。秋冬日度，东君已至，春春夏夏。见了萧娘，潘郎无主，雨云翻下，这天天地地，乾坤互济，相互泽，相低亚。日月谈婚论嫁，小河边，阳光天下，牛郎织女，芙蓉出水，当然不怕。忘了王母，不须天后，银河相假。只以梨花见，梨花树树，是梨花架。

209. 浣溪沙 寄丛树春兄

两树梨花一树春，三生草木半生人。天伦内外有天伦。世界之中之世界，红尘不尽是红尘，东邻自在自东邻。

210. 浣溪沙 梦叶剑英 叶选平 叶选宁 源水之注

叶帅选平又选宁，丹青一世一丹青。生灵自此自生灵。粤海中山中正舰，华庭再继再华庭。身铭永泽永身铭。

211. 六丑 中吕 落花

正文才六丑，六调里，声声真乐，美音美河。春归春过鹃。六子人薄，互互相相致，其名古古，百草群芳约。梅花落在桃花阁，会得梨花，东风求索，只须问花间尊。见蜂应结子，日月忽略。年年寂寞，去来来去诺。岁岁经开落，承所托。相如互继相作。似牵衣对话，以西厢约。残英里，当留闻洛。终只是，一半人间楚鄂，阴差阳错。大蹊处，逐逐若若。始水多，尚有相思处，红尘独鹤。

212. 虞美人 正宫

梨花一半桃花半，织女牛郎岸。人间处处运河船，雨雨云云三峡二人怜。长生不是长生殿，只在华清见。谁留十丈华梨园，古古今今沧海几桑田。

213. 第二

桃花落了梨花落，满了滕王阁。牛郎织女望天河，鹊鹊桥桥云雨作千波。红娘作了鸳鸳约，只以黄昏托。西厢月下两情多，有了婵娟天下问

嫦娥。

214. 兰陵王　越调柳

柳荫路，十里长亭玉树，前行步，风雨轮番，拂拂垂垂共朝暮。夕阳几回顾，无主。长安远处，孤城里，驿舍独来，不尽柔条百年故。闲寻旧踪去，又是对黄昏，百草千度，清明寒食人相妒。凭一线明月，半窗灯火，迢迢递递何不住。几欲几分付。华注，不应误。本止止行行，津堠无数，重重叠叠阳关唇，见大漠沙洲，柳杨辞赋，与君共事，似共首，不许苦。

215. 蝶恋花　商调　柳

早早先黄天下首，绿了时分，作了三杯酒，遇到骚人折入手，长亭一路垂杨柳。不语随情天下走，任水沉浮，自得如依旧，去去来来都是友，天天地地当知否？

216. 第二

遇得游人空折手。绿绿黄黄，不辨何进修。百草千芳春又就，江流已去江楼酒。雪月风花天下柳，拂拂垂垂，胜似三杯酒。叶叶枝枝根根自守，深深远远当知否？

217. 第三

柳絮杨花长不久，一了平生，欲绿先黄昏首，见了东风思故友，人间世上重阳久。已在运河南北朽。过了阳关，大漠楼兰守。且以月牙湾里纽，沙鸣不后由君口。

218. 第四

玉影窗前朝暮口，隔岸相思，日日垂垂首。十里长亭常自走，余荫作得人间友。自古书生书自朽，一半无鸣，一半称杨柳。苦苦辛辛天下酒，耕耘不止耕耘久。

219. 归去难　仙吕　期约

何约人不知，向背伊行变。聚合曾行止，水深浅。长亭十里，五里论长远，去来当不怨。泊泊待伊，因此得以离散。密密休休，俱问长生殿，步步华清水，相思念。明皇情重，却以玄宗见。多少闲飞燕。到得霖铃，云雨点点荒甸。

220. 三部乐　商调　梅雪

分乐明皇，坐部立部成，法曲三绝。梨园如此，三弄梅花思雪。寒冬里，多以春心，带了香已远。独傲圆缺。不要折取，影影形形如说。蕾蕾枝顶锦字，绽绽红点点，是人相悦。且以古今一志，当空豪杰。有思量，关关拙拙，都只为，情深意切。香雪海里，一颜色，半丁香结。

221. 菩萨蛮　正平　梅雪

人间记取梅花雪，群芳会萃丁香结。已是是非非，何言云雨归。梅花香不绝，白雪经圆缺。各自各微微，相互相承晖。

222. 品令　商调　梅花

唱歌谁问念奴，天下一半姑苏。曲传心事，语言声韵，字如贯珠。梅花三弄玉人，寒里白雪衣敷。大家且道，四时初与，有同有无。

223. 玉楼春　仙吕　惆怅

三折微波千曲流，花落小舟空惆怅。此情无见不潘郎，却见萧娘红阁上。碧玉桥边飞燕语，红色含英金线缕。水平处处映相思，两目一心应寄与。

224. 黄鹂绕碧树　双调　春情

山水人间路，南南北北，去来朝暮。一半春秋，又红梅白雪，夏芳容和煦。百草千花相许，且春莺，对黄鹂顾。探寻访，这红红绿绿，朝气蓬鹜。楚女细腰如数，只买得，青春住，生机处处志新，主无主。

225. 满路花　仙吕　思情

相思一路泉，只以千情里。冰壶应不酒，以何比。红颜知已，一顾三回迤。已是群芳在，日在东君，不须进退蕙芷。如今草木，只道章台跬。池塘云雨客，船无止。萧娘密爱，万种风情企。不须知杏子，甚了情忡，怯得一寸花蕊。

226. 杂赋

绮寮怨　中吕　思情

十里长亭一路，止行行止行，有明月，也有阴晴。有山水，也有枯荣。阳关玉门关上，万里望，海市蜃楼明。不是非，一半黄昏，沙鸣久，自及故思情。去去来来路程，方圆旧事，何曾不问人生，旧水新平，泾渭洛，与谁谁？黄河去，潼关在，老子纵道家横。儒家盟城。长歌无尽处，何不成。

227. 拜星月　高平　秋思

月色星稀，轻尘和露，半入秋娘庭院。竹影窗纱，问何情观传。笑相映，邂逅桃花如面，有约黄昏重见。水水波波，掠过初飞燕。四时中，最惜东风倦。莺莺曲，不尽瑶台殿。日日西润云湿，烟雾相互恋。一长亭，到宿无人馆。题词旧，败壁春虫遍。怎奈何，处处生机，水溪芳甸。

228. 尉迟杯　大石　离恨

隋堤路，以帛易，柳柳杨杨未配对。烟烟雨雨处处，同里江村如故。姑苏十里，沧浪水，阳澄隔吴浦。运河船，下了江南，欲留何情离去？相思一客京华，长安水，泾泾渭渭无数。冶叶倡条谁相识，应所见，山河不负。如今是，渔家旅驿，去来去，常常独自语。步前程，日月阴晴，暮朝朝暮分付。

229. 浣溪沙　过秦淮

十步乌衣五步洼，三生旧路两生华。梨花上下是梨花。得月桥边先得月，王家巷口半王空。溪沙浣水浣溪沙。

230. 绕佛阁　大石　旅情

桂香四散，楼曲半部，人在孤馆。云入霄汉，笛声已久，吟情已应断。起身望案。明月落下，无奈兴叹。花气囊乱。重阳黄菊，苏杭运河岸。倦客对萧索，十里长亭长路观。江水富春，钱塘六合畔。数远近渔灯，风波漫漫。以虹梁见，问步步前程，羁思居翰，上高山，向天呼唤。

231. 一寸金　岩江路　自述依原韵

一半红村，一半吴江绕城郭，望断同时涠，姑苏角我直，退思园里，池塘湿脚。古寺钟声久，青莲岸，西潮未落。隋炀柳，水调歌头，渡口云烟正辽廓。自以平生，经年历世，京华作飘泊，海角天涯去，撑天一柱，桑田沧海，十年如约。再以南洋过，流连处，名名薄。回头是，冶叶倡条，白首孤跳跃。

232. 蝶恋花　商调　秋思

月下运河平似镜，柳系商船，总是随波性。海誓山盟行一令，人间酒后谁思命。叶落离根应不定，柳柳杨杨，上下难书罄。古古今今何醉醒，谁人独得秋思径。

233. 如梦令　中吕　思情

两岸运河杨柳，两越三吴如酒。六淀满商舟，一水江南春秀。知否？知否？到了清明前后。

234. 第二

第一重阳重九，第二文章太守，天下作书生，世上北南杨柳。知否，知否，处处人人思妇。

235. 月中行　怨恨　月宫春

丝丝竹竹七弦琴，上下一知音。云云雨雨半人心，无力已深深。何须怨恨何须问，声不断，自有甘霖，芙蓉出水带衣襟，独木可成林。

236. 浣溪沙　黄钟

已是萧娘旧约残，何因不易别长安，瓜洲过了是严滩。驿里先寻题字处，门前不问彩云端，江村一半独盘桓。

237. 点绛唇　仙吕　商感自述

过了辽东，榆关一去人生路，不分朝暮。历世如天数。祖上胶州，创业关东去，格律诗诗天下付，十三万首应当主。

238. 少年游　黄钟　楼月

云中枝叶挂月楼，缥缈少年游，梦里黄粱，玉门关外，书剑一吴钩。阳春白雪东君色，来去半春秋。三弄梅花，高山流水，独自十三州。

239. 望江南　大石　咏伎

三部坐，无主自听歌。粉装姿身银束带，双波开放掩香罗。情意过天河。无赖是，因甚自宜多。桂影寒宫行玉兔，惺惺不语作嫦娥，神态几厮磨。

240. 杂赋

意难忘　中吕　美咏

留下梨园，太真霓裳舞，羯鼓连天。三千儒弟子，十丈一方圆。泾渭洛，易桑田。汴水运河船。古今易，江山社稷，陌陌阡阡。帝王将相丝弦，自移宫换羽，未了神仙。演秦皇汉武，杜断房谋贤。多少事，几云烟，李白作青莲。才子去，佳人尚在，岁岁年年。

241. 迎春乐 双调 携伎

明明知道春花柳，有无处，偷携手，有情无意半作朋友，醉醉了，不是酒。小小香囊香自有，波未断，一心难守。何以不知归，应是约，人去后。

242. 定风波 商调 笑情

一笑千金千百度，两堤杨柳两三吴。断帝水调歌头曲，神女。玉奴如此作念奴。竹汲潇湘妃鼓瑟，楼船箫笛满江都。况有人情如半烛，不誉，以姿以态以人无。

243. 红罗袄 大石 秋悲

落叶寻根去，秋雨带寒归。一字雁当头，人形人组，北朝南去，分合飞飞。自青海，依旧相依，幽幽缈缈天机。已到了衡阳，竹泪里，一泪一珍稀。

244. 玉楼春 大石

月照玉楼春漏促，大漠沙洲风石束。玉门关上玉来时，一曲阳关杨柳曲。心在月牙湾里宿，也有这春红夏绿以秋冬雪遍风霜，向背残英思帝誉。

245. 第二

月照玉楼千里目，雁在衡阳三百竹。女英娥皇向苍梧，湘灵鼓瑟何不独。沅水潇湘多少淡，一字人形飞自逐。排空翼下已黄昏，只在人间芦苇宿。

246. 第三

点水飞来飞去燕，拂荡春风杨柳扇。东君云雨有凝情，暗自成溪桃李面。话别生情多少遍。曲相独约到黄昏，不到良宵心已见。

247. 浣溪沙 秋雨

叶叶飘零叶叶飞，无归雨细雨无归。心扉故土故心扉。自以爷娘爷奶忆，微微未足未微微，非非是是非非是。

248. 夜飞鹊 道宫 别情

桥南是织女，桥北牛郎。鸟鹊见了衷肠。人间留下乞巧会，情情一半炎凉。男儿女儿节，已今今古古，柳柳杨杨，自鸣得意，向天伦，亦是扬长。湖岸路回清野，虫语已无闻，下了池塘。何以芙蓉出水，私心有顾，树上衣裳。桃桃李李，向骄阳，处处身香。自然多情处，人人不便，作了萧娘。

249. 早梅芳 别恨

花竹色，人情好。别恨无人晓。长亭十里，独驿孤灯自多草。已思罗袖带，一夜嫦娥老，已来来去去，门外不知晓。路难留，步未了。执意前程早。风餐露宿，雨雨云云已天道。叹行行止止，经直空怀抱。几回头，归途应杳杳。

250. 第二 牵情

路迢迢，步草草。夜月牵情早。孤孤独独，半壁孤灯一余照。日前声里见，枕上传言小。似瓜瓜葛葛，不去不知晓。有私心，无未了。不促长亭道。平生一去，止止行行自应早。这桥桥路路，各自衷肠好，向前程，步步应未了。

251. 凤来朝 越调 佳人

一眼佳人面，半情深，千姿已见。细腰吴越比，长生殿。以白雪，向梅恋。树树梨花芳甸，已开心，蕊深一茜。向背是，如何倦，已待得，雨云扇。

252. 芳草渡 别恨

芳草渡，去来见分飞，朝朝暮暮。都是生生处，情情意意分付。一半人情苦，匆匆何倾述。独嗅望，一半前程，一半云雨。夕阳渐渐，远近天光南北路。几时间，离离别别，分分已无数。见杨见柳，汴水岸，一生情绪。已不误，独木成林自主。

253. 感皇恩 大石 标韵

弱柳自垂垂，无言无语，不占春光几多处。细腰吴女，未肯曲舞分付。只因心深里，幽幽苦。一眉见色，千姿倾慕，云外去中是情雨。一声三叹，不在江楼寻渡。未了何，言所许，音无数。

254. 虞美人

离离别别何留恋，再上长生殿。开元天宝一玄宗，见了华清出水一芙蓉。明皇不忘王宫院，记取杨妃面。骊山脚下几温泉，不尽人间天下是桑田。

255. 第二

疏篱曲径田家界，树上飞来鸟。激流水浪已成潮，一半渔舟追逐入云霄。江山社稷阳春晓，白雪梅花好。峰峰谷谷向逍遥。去去来来天下一天骄。

256. 第三

江天暗处江天晓，跬步长亭早。人生路路度船桥，历练阴晴草木自青苗。山山岭岭皆春草，水水川川老。朝朝暮暮涌波潮，上了排天下了作云霄。

257. 玉团儿　双调

桃花结子新妆束，旧情韵，移风易俗。见了书生，山庄故目，情意先馥。身姿曲曲天云逐，醉不醒，芳香解读。若是相逢，且记虚度，终世不足。

258. 浣溪沙　大器　小气

大器无成小器成，平生跬步瘦平生。前程处处有前程。自在中庸中自在，枯荣草木任枯荣。阴晴一半一阴晴。

259. 粉蝶儿慢

露里含烟，云中带雨，百草千芳馨晚。玉姿应秀态，女儿多娇懒。叶下春莺空好音，唤入丛林身探。有新枝，有古干，又有芳塘深浅。眷恋。桃花一面。临韶华，未可轻辜双眼。赏心当阅目，太真长生殿。一代明皇应几日，不使此生常欠。莫因循，羯鼓霓裳，一宫三院。

260. 红窗迥　仙吕

何去来，直已醉，问窗外红尘，一半指。花影被风摇碎。半眠难自起。莫在耳边多少度，已有先后见："朝花尽未？"情情因之天地，赖得人似醉。

261. 念奴娇　大石

念奴娇唱，永巷静，曲曲声声皆好。力士昔平音力士，只道明皇晓。留在人间，情情意意，胜似王宫了。太平歌舞，梨园天下花草。羯鼓催动霓裳，这胡胡汉汉，人情多少。古往今来，文墨客，鲁鲁齐齐燕赵。世界方圆，乾坤无大小，莫惊飞鸟，念奴声里，人人听此无老。

262. 燕归梁　高平　晓

叶上新霜半夜浓，巷远一啼虫。曾经水色百芙蓉，关山曲，月明重，星星闪闪，钟钟鼓鼓，人影不留踪。已飞人字雁乡从，是离别，是相逢。

263. 南浦　中吕

半水带山青，一去来，谁知字字南浦，江夏楚辞声潇湘竹，何以二妃如雨。兰汀蕙渚，半洲草草收朝暮。菰苔满衡皋，含得清香，私情分付。渔家自有船娘，鄂曲作，鄱阳云梦无主。杨柳已知情。梅花弄，潘郎万里思绪。嫦娥不语，玉兔怀抱何人去。竹枝声里误，古古今今，婵娟如雾。

264. 醉落魄　中吕

绵绵弱弱，春风细，杜鹃衣鹤，月弦花下人求索，颜色平夷，羞映翠云阁。身姿只与芳菲若。牡丹丛中百妍落，夜露珠轻都难托。香在心中，意在凤凰萼。

265. 留客住

人人路，路人人，人人朝暮，去去来来南北，两东西处。日日行行止止，忙忙碌碌，付以辛辛苦苦，白雪红梅，青莲过，黄花主。几思虑，念古古今今，终归何故，三峡高唐，宋玉瑶姬神女，见得瞿塘两岸，不须留住。一箭千里流楚蜀，自源本，向吴过了官渡。

266. 长相思　高调

古怨相思，人情离别，缘以无结心情。朝朝暮暮，合合欢欢，上言短，下言长。两彩鸳鸯。又丝丝缕缕，不解衷肠。共瑶台，戏水池塘。后主序徐陵，李白从流乐府，始自梁张。桃桃李李，蹊成绵绵，凤凤凰凰。唐家教坊。有情余，无七弦。二十五曲里，今古留香，不负天光。

267. 看花回　越调

百草群芳依依，作梅花雪。左右洞庭山下，已一片，红尘重，层层无绝。殷殷紫紫，粉粉黄黄时尚结。寻探访，处处人人，杜仲根上二代结。五湖清洁。楼外楼中望远，一问半西子，三吴谁说。过了春秋，桂月影，明明灭灭，有圆缺，有离合，有豪豪杰杰。

268. 又

秀草佳容，明花隐形分付。处处一波三折，水自误，情重重，人心无主。轻舟摇摆，正可相依相互顾。因个甚，有意居情，半响未醒已百度。水未称，船应不住，左右是，以倾相玭。偷了心思不负，只在笑声里，相如何故。自得梨花，试尽人间有云雨。远青山，近红袖，与之朝又暮。

269. 月下笛　越调

细雨轻云，温温雅雅，越吴如约。天河有鹊，织女牛郎求索。问王母，知了意情，品高格调人渭洛，有凌波旧曲，通之杨柳，结丝经络。高山流水少，下里巴人多，竹枝如若，人间故步，莫以平阳三却。半姑苏，半重会积，儿儿女女曾一诺，这天堂，虎啸龙吟，万壑天籁绰。

270. 无闷　冬

天下人情，不可分与，日日朝朝暮暮。又来去去来，长亭长路。终日梁柱俯仰，或著书万卷何分付。应是喜，当是辛辛苦苦，人中吕布。无故。莫相疑，应步步。今日一知不浅，李蔡下中，曾何足数。隔壁趣诗未住。比肩见，岑牟不如处。自以君子梨园，便当今古一幕。

271. 琴调相思引　自许

无以诗翁忆爹娘，创业关东作故乡。祖父何在？隔世不茫茫。常常梦里相携手，讲古今，情里扶将，望子长春，二世风光。

272. 青房并蒂莲　维扬怀古

一凝眸，半见三吴羞。吴越春秋。木渎西施，又见十三州。运河杨柳芰荷岸，采菱歌，惊起眠鸥。玉叶丛，莫误湖光，以水芙蓉似水游。偷窥汴堤左右，非是是非留，解了轻舟。水中女，藏藏匿匿，莫露肩头。空令五湖暮色，也移去，还望问封侯。正不知，不觉回首，向郎重寄意悠悠。

273. 满庭芳　忆钱塘

一水钱塘，富春江色，八月独自冈。潮头天上，雷震满苏杭。不在吴门观望，任一线，追逐汪洋。惊涛里，空空荡荡，忘了是鱼乡。泱泱，怀古国，兴兴废废，各自圆方。十三州头外，有钱缪王。四十州头相问，何不尽，大小天梁。英雄去，朝朝代代，留下子孙扬（钱学林，钱伟长，钱三强）。

274. 又

六合塔前，玉皇山下，富春江里钱塘，盐官城外，八月一潮乡。小小杏杏花村酒，天下士，自得低昂。西湖望，三潭印月，柳浪作莺堂。西泠书社旁，苏堤春晓，桥断徐郎。记得莼鲈脍，张瀚衷肠。月下江南桂子，云雨岸，一曲萧娘吴门问，三秋九夏共度一炎凉。

275. 又

入海钱塘，钱塘入海，浪淘天，向龙王。鱼鳖虾蟹，此处已张狂。自以黄天荡里，江湖客，十里风光。人间主，山河日月，不可误黄粱。富春江下水，浙江水气，见了周郎。曲曲都是误，已是情长。自以人间社稷，天下事，不尽兴亡。英雄在，朝朝暮暮，作柳柳杨杨。